庆祝新中国成立60周年百种重点图书

共和国文学60年

杨匡汉 主　编

张文勇 副主编

人民出版社

策　　划:张文勇
责任编辑:姜　玮
封面设计:肖　辉
版式设计:曹　春
责任校对:张　彦

图书在版编目(CIP)数据

共和国文学 60 年/杨匡汉主编. -北京:人民出版社,2009.9
(庆祝新中国成立 60 周年百种重点图书)
ISBN 978 - 7 - 01 - 008281 - 3

Ⅰ. 共…　Ⅱ. 杨…　Ⅲ. 当代文学-文学史-中国- 1949～2009
Ⅳ. I209.7

中国版本图书馆 CIP 数据核字(2009)第 167704 号

共和国文学 60 年

GONGHEGUO WENXUE 60 NIAN

杨匡汉　主编

人 民 出 版 社 出版发行
(100706　北京朝阳门内大街 166 号)

北京瑞古冠中印刷厂印刷　新华书店经销

2009 年 9 月第 1 版　2009 年 9 月北京第 1 次印刷
开本:710 毫米×1000 毫米 1/16　印张: 43
字数:659 千字　印数:0,001—5,000 册

ISBN 978 - 7 - 01 - 008281 - 3　定价:78.00 元

邮购地址 100706　北京朝阳门内大街 166 号
人民东方图书销售中心　电话 (010)65250042　65289539

目　录

题　记

一声汽笛报道了十月的黎明。迎着朝霞的鸽群,抖动翅膀,向黄河、长江、北疆、南海送去节日的问候。五千年久远的沧桑,六十个奋斗的春秋,枫叶和菊花装扮了今天成熟的季节。我们年轻的人民共和国度过一甲子时光,峥嵘岁月,赋予纪念碑以庄重与前进的意义。不论你如何评说风雨和功过,曩昔烟云的悲烈,毕竟已化为今夜灯火的温暖。在我们共和国的辽阔土地上,所有的繁华与昌盛,都来自步履的坚定和热血的灌溉。

不过六十年的时间,一种古老而独特的文明在风吹雨打中新生与复兴,以至于让世界格局为之改变。同样,不过一甲子的光阴,一种来自传统又求新求变的文学,历经实践中的失落和获得,以突破层云后的光亮,让我们依旧感受到生活与美的笑颜。

人们常说:笔纵生花谁惜取,随他梦逐天涯去。文学是一条长河,在中国大陆的版图上蜿蜒成流动不息的血脉,流过古今,流过历史,流过光荣与梦想,作为精神的花环和心灵的搏动,留下了现实社会人生中盘旋的缠绵之思。

文学是一切艺术之本,是一个民族生存方式的折射和精神状态的窗口。我们不会遗忘历史。六十年的历史尽管可以区分为前30年和后30年两个时期,但共和国前后30年的历史是不应割裂的一个整体,文学同样有其历史的延续性。蘸有心智和血汗的文学,在共和国六十年的持续发展中,经由"指令的文学"到"选择的文学"之转型,经由"单一的文学"到"多元的文学"之蜕变,经由"封闭的文学"到"开放的文学"之鼎新,如今为我们的文化故土平添了一道雨后靓丽的彩虹。惊鸿一瞥,就让我们触摸这段历程,看看各路景色,看看它的命运和经验,看看共和国的文学家们如何化泥聚芳魂的种种争取。这一看取,自然需要我们有历史的、文化的和美学的眼光,对共和国六十年的文学,展开一种求是与辩证的述说。

第一章
关于共和国文学

"1949—2009"将长存于中国人民的记忆中。历史不是由个人发动，而是顺潮流而来的。机遇永远钟情于有特殊准备的民族。60年前，年轻的人民共和国在暴风骤雨中诞生，从此结束了鸦片战争以来中华民族任人宰割、备受欺凌的屈辱历史。站起来的人民，坚持独立自主、自力更生，迅速医治了战争创伤，创造性地实现了社会变革，为建设共和国奠定了重要的物质技术和文化基础。一切的宝贵来自伤痕和代价。经历"文革"浩劫后的八十年代的拨乱反正和九十年代的理性探求，人民共和国更加风鹏远举，在改革开放和现代化的道路上迅跑。历史的丰碑上赫然镌刻着四个大字：中国，进步！仅仅60个春秋，共和国以其强大的凝聚力和她的儿女对真理不懈追求的精神，以其名列当今全球前茅的经济增长速度，和世界一道维护和平、捍卫正义、开发合作。在共和国摇篮里共同成长的人们，把光荣和梦想写进彩虹，自然，也会把对祖国的承诺带给每一个早晨。

一甲子沧桑演进了历史巨变，60度风雨创造了新的文学中国。作为时代琴弦上的搏动与变奏，共和国文学以其宏伟叙事，也以其划时代的进步性和不可逆性，在苦难与奋取中拥有了自身持续发展的潜质与内力。它象征着一种信念，塑造着一种形象，诠释着一种启迪。也因此，从学理层面上总结其经验教训，探讨其荣辱得失，便成为文学研究工作者无可推卸的责任与使命。

一、"共和国文学"概念的提出

当我们回眸与论及中国文学时，首先会遇到诸如"新文学"、"现代文学"、"当代文学"以及近期多有沿用的"二十世纪中国文学"、"百年文学"等等概念。概念是思维的基本形式之一，反映客观事物的一般的、本质的特征。人类在认识世界与自身的过程中，大凡把所感觉到的事物的共同特点抽取出来，加以归纳，就形成了概念。上述的文学概念，体现了文学史家对历史地存在过并正在发展中的"文学事实"的归纳，表明了史家与论者对"文学运动"的把握、描述乃至某种"构造"，自然，还揭示了蕴含于文本、文体、文学现象及文学理念的意识形态因素和人文背景。

如此看来，"二十世纪中国文学"或"百年文学"的概念，显然是出于"把二十世纪中国文学作为一个不可分割的有机整体来把握"① 的理念，以晚清以来至今仍在继续的一个世纪的文学进程为对象，展开更大时段的文学史考察、研究、总结与概括，其方法论特征是强烈的"整体意识"，且意味着把目前存在的"近代文学"、"现代文学"和"当代文学"相割裂的研究格局予以打通；"新文学"或"现代文学"的概念，一般是指为"救亡、启蒙、民主、科学"的主题词所孕育，以"五四"（1919年5月）新文学运动为发端延伸至新民主主义革命成功（1949年10月）此一历史时段的文学，按照权威的解释，"新文学"或"现代文学"被界定为"无产阶级领导的人民大众的反帝反封建的新民主主义的文学"，"它具有新民主主义的统一战线的性质"，即包含着多种阶级成分及流派

---

① 黄子平、陈平原、钱理群：《论"二十世纪中国文学"》，《文学评论》1985 年第 5 期。

主张——无产阶级、资产阶级、小资产阶级以及"残余的封建文学"和"法西斯文学",并在分类分派的基础上确定主流与主导;① 至于"当代文学"的概念,通常是指自1949年10月新中国成立以降并至今尚在延续的文学,在一批由研究机构和大学撰写的"当代文学"的教材和论著中,"当代文学"被视为独立的文学时期,且确认其"社会主义文学"的性质。

我们不妨看一下一些论者关于"当代文学"概念的阐述。

如高等学校文科教材《中国当代文学》的论述:

> 作为中国革命有机组成部分的现代文学和当代文学,都是在共产主义思想体系的照耀下,在无产阶级及其政党的领导下形成和发展的。它们之间,既有紧密的联系,又有一定的区别。由于民主革命阶段的任务所规定,现代文学在指导思想上虽然是社会主义因素起着决定作用,但其基本内容仍是人民大众的、反帝反封建的文学,属于新民主主义范畴。中华人民共和国成立以后,随着社会制度的根本变化,我国当代文学具有了鲜明的社会主义性质和内容,它是以共产主义思想为核心的社会主义文学,是社会主义精神文明建设的一条重要战线。②

又如《中华文学通史·当代文学编》的界说:

> 中国当代文学是指1949年中华人民共和国成立以来的我国版图内各民族各地区的文学。它是我国文学发展的最新历史阶段,也是继承和发扬我国文学优秀传统、特别是"五四"以来新文学和延安文艺座谈会以来的人民文艺的优秀传统,并在新的

---

① 唐弢:《中国现代文学史·绪论》,人民文学出版社1979年版。
② 华中师范大学《中国当代文学》编写组:《中国当代文学》,上海文艺出版社1983年版,第1—2页。

历史条件下题材、主题、形式与风格都产生历史性深刻变化的阶段。……中国当代文学已基本成为人民的社会主义文学，成为社会主义经济基础的上层建筑意识形态。①

此外，还有从文学自身出发的表述，如：

中国当代文学是中国现代文学在当代的延伸。它受到始于 1919 年的新文学革命确立的目标的规约。它使新文学的精神在当代文学中得到延展和扩大。中国当代文学持续致力于中国文学的现代化，即通过现代社会和人的意识情感的加入，以改变中国古典文学造成的封闭和隔绝，使文学在内容和表达上与当代中国人的实际有更多的联系和契合；当代文学继续扩大白话对文言的战胜，它使中国文学在语言运载上更为接近中国当代人的习惯。②

上列"中国当代文学"的诸种概念，都可以聊备一说。不过，当我们翻阅七十余种"当代文学史"一类的教材和大量"当代文学研究"的论文时，不难发现，"中国当代文学"实际上指的是大陆 60 年代以来的汉族文学，而把港澳台地区的当代文学和国内除汉族外 55 个兄弟民族的当代文学编入另册。人们都在说中国是完整的，但当代文学门类的研究却是破碎和割裂的，几乎所有的中国当代文学史著作或许只能称为"半部"、"多半部"而不是"全部"。究其原因，是我们的研究往往受到泛意识形态、经验美学和自身视野狭小三种局限，从而难能展现全景，并在一个整体格局的背景下进行更深入的学理性阐发。

文学自然不能脱离意识形态。它作为上层建筑的一个部分，无疑要拆

---

① 《中华文学通史》第 8 卷"当代文学编"绪论，华艺出版社 1997 年版。
② 谢冕：《论中国当代文学》，《文学评论》1996 年第 2 期。

射社会现实和人生命运，要映现脚下的土地和土地上的风云，要表达意识到的历史内容或各种理念，各民族各地区的当代文学概莫能外。文学也不能脱离具体的社会环境和特殊的人文环境。考察中国当代文学，一个重要的事实是源于同一文化母体的统一的中国文学，自五十年代始以台湾海峡为地域的划分，在大陆和台湾（还有香港和澳门）两个迥异的社会环境中各自独立发展。在一个中国的原则下，据主体地位和主导地位的内地实行社会主义制度，台港澳则实行资本主义制度。社会体制的不同和意识形态的差异，深深制约和影响着文学的发展，从总体上塑造着多元的文学形象，表现出盛衰进退的不平衡状态。我们坚持一个文学中国的立场。从分离的角度去看，是半个世纪以来民族和文学的悲剧；但在综合的效果上看，则可以获致文学互补性的充实与赅备。这样，当我们谈到"中国当代文学"，自然必须面对"两岸三地"（海峡两岸，香港地区、台湾地区和澳门地区）的文学事实，也必须面对众多少数民族文学的创作风貌，而不宜以大陆的、汉族的当代文学等同于"中国当代文学"的完整概念。

问题的另一方面是，鉴于港澳台地区长久以来与祖国大陆的隔离，没有改变生养于祖国、受制于异族的局面，其文学自行其道，事实上并没有纳入人民共和国的历史命运。这样，我们提出以60年为相对独立时段的"共和国文学"的文学概念，着重考察的是新中国大陆文学在选择并开辟具有中国特色的社会主义发展道路上，如何经历种种探索和经受重重考验所获得的正反两方面的历史经验，如何以时代的晴雨表与现实的多棱镜的身份感应革命、建设和改革的脉搏而留下曲折中前进的印证，如何在服务于人民、服务于社会主义的实践中传达着民族的颂歌和悲歌，如何从对各种文学思潮和创作主张的鉴别中经过反思而逐步由封闭走向开放，如何从一种绝对支配地位的文学形态发展到既肯定主流又承认多样的足可共享的文学时空，又如何有大批立志于年轻之时、追求于毕生之途的文学工作者在不无彷徨和困扰的奋斗中为共和国文学的成长贡献了宝贵的血泪、智慧和才情。从共和国文学的运动过程、展开方式、路线实施以及对所要争取的文学前景的"预设"来看，60年来我们无疑希望将新时代的文学发展到一个更高的阶段,希望它以生气勃勃的姿态显示出强大的生命力量。这种"人为"的努力受到政治、经济、历史、社会、教育等因素的复杂影响与制约,在行进中,我们遇到过不少困难,也发生过严重的失误。但是,共和国文学在风风雨雨、特别是改革开放以来的实践中,实现了自"五四"新文学运动以来又一次重要的文学变革,并取得了新的成果和经验。可以告慰新文学先驱们的是,他们当年所追求的文学理想和美学目标,许多已成为活生生的现实,而且被同共和国一起成长的作家和批评家向前推进了。

把几代作家的艰难奋取及其内心经验集合起来,共和国 60 年文学堪称一座雄伟而悲壮的精神博物馆。从当初一年只出 100 多部作品到今天作家每年向社会贡献上万种文学类图书,年轻的共和国文学已从稚嫩的小叶成长为高高的树林。这是为振兴中国文学而历尽沧桑不懈奋取的 60 年,是印有冬天的刻痕和留下春天的记忆的 60 年,是为迎向新世纪的太阳奠定深刻与沉重的文学基础的 60 年。

二、文学演变与历史关联

共和国文学在幅员广大的中国内地生成,在特定时间和地域演变与推进。其生成与演进,都和中国社会的特殊性相关,也与现实的政治实践紧密联系,从而反映了文学如何被规范和赋予何种意义的特点。60 年来,中国大陆顺乎历史潮流地选择了经过新民主主义过渡到社会主义社会的革命道路,继而选择并有效地开辟建设有中国特色的社会主义发展道路。作为与之共脉搏的共和国文学,也就有了涵义上的呼应和阶段上的划分。这一点,我们从文学界的领导者们的描述中可以看出。

最初在 1949 年 7 月 5 日中华全国文学艺术工作者代表大会上,周扬根据解放区文艺运动的经验,提出了迈入新时代必须建设"新的人民的文艺"的要求。他特别就新中国文艺提高思想性问题作了阐述："在人民民主专政的新社会中，人民成为自己命运的主人，他们的行动不再是自发的、散漫的、盲目的，而是有意识的、有组织的、按照一定目标进行的；这就是说，他们的行动是被政策所指导的，人民通过根据他们的利益所制定的各种政策来主宰自己的命运。这就是新的人民时代不同于过去一切旧时代的根本规律。一个文艺工作者，只有站在正确的政策观点上，才能从反映各个人物的相互关系、他们的生活行为和思想动态、他们的命运中，反映出整个社会各阶级的关系和斗争、各个阶级的生活行为和思想动态、各个阶级的命运。作品的高度思想性主要就表现在对社会各阶级的相互关系和斗争的深刻的揭露。"① 他宣称当时已出现了具有"新的主题，新的人物，新的语言、形式"的新的文学形态，但在文学性质是否已转型至新的阶段上，仍持慎重的态度。鉴于新中国成立之初处于一个过渡时期，1952 年周扬认为，"目前中国文学，就整个说来，还不完全是社会主义的文学"，但"已经开始走上了社会主义现实主义的道路"。②

对于这种性质是"新民主主义"的、内容是"反映新的人物新的世界"的、手法是"社会主义现实主义"的人民文学，茅盾从塑造人物形象角度的描述是充满激情与想象的。他写道：

> 工农兵是我们新社会的主人，又是我们作品中主要的描写对象，所以，当我们描写我们的劳动英雄战斗英雄时要有鲜明强烈的色彩，可以比现实提高，加以理想化。要表现他们虽然目前尚在艰苦的生活中，但是心情愉快，坚强，有自信心，一切有办法的作主人的崭新姿态，因为这才是合于人民时代的实情与需要。十九世纪末资产阶级的颓废文人不写初升的太阳，而爱写日落，不写朝霞，而爱写夜雾，这是因为他们的精神上正如落下去的太

---

① 周扬：《新的人民的文艺》，《中华全国文学艺术工作者代表大会纪念文集》，新华书店1950年版。
② 周扬：《社会主义现实主义——中国文学前进的道路》，《周扬文集》第 2 卷，第 235 页。

阳一样。今天我们写工农兵就一定要写他们正像初升的太阳面向着伟大的社会主义革命和社会主义建设工作，情绪高昂，精力旺盛，充满自信，我们一定要在作品中把它鲜明强烈地表现出来。①

这就不难理解中国大陆五十年代初期社会上弥漫欢乐的心绪和朝气蓬勃的气氛，文学界也洋溢着夜雾过去、朝霞飞升的"早春情调"。大量的颂歌赞美着新生活。众多的英雄人物涌现于作家笔端。悲观、忧愁被视为灰色的。爱情被描述为"劳动＋奖章"。即使是孙犁传达苦难岁月的《山地回忆》（1950 年），也飘逸着故土诗意的芬芳。

应当说，五十年代中期是"共和国文学"的特征和性质被描述者定型的重要时间。1956 年中国内地在所有制的社会主义改造上取得胜利，反胡风和反右派斗争的开展，使当时文学界的领导人有理由正式提出"社会主义文学"的理念。周扬在 1957 年 9 月一个总结性发言中对此作了论述：

社会主义文学是历史上前所未有的一种新型的文学。过去任何时代的文学都不能和它相比。历来的文学作品中很少把工人、农民的劳动和斗争当作作品的主题。真正的劳动者，那些创造社会物质财富和精神财富的人，在过去的作品中没有得到应有的地位。地主、贵族、商人、资产阶级及其在政治上和思想上的代表人物占据了过去作品的绝大篇幅。这是不公平的，社会主义文学从根本上改变了这个不合理的现象。为劳动人民服务，是社会主义文学的根本方针。它以无比的热情肯定和歌颂了工人阶级的伟大斗争。它描写了建立在社会主义基础上的人与人之间的新的关系、新的道德和风习，描写了那些逐步摆脱了旧社会影响的新的

---

① 茅盾：《欣赏与创作》，《进步日报》1950 年 1 月 11 日。

人物、新的性格以及他们对旧事物旧思想的斗争。从来没有一种
文学能够像社会主义文学那样有力地肯定生活、肯定现实，那样
坚定地相信人类，相信未来，相信人民的无穷的创造力。从来没
有一种文学在思想上和情感上能够像今天的文学这样彻底地解
放，有这样乐观的精神，雄伟的气魄，远大的理想。我们的文学
作为一种积极的精神教育的武器，受到了人民的最广泛的支持和
热爱。①

"社会主义文学"观念的提出，尽管当初是理想化的预设，却也不乏
可以列出的实绩。作为独立文学阶段的标示，是在共和国成立十周年的前
后，出现了一批可资献礼的作品。在当时有相当影响的，如《红旗谱》
（1957 年）、《青春之歌》（1958 年）、《苦菜花》（1958 年）、《在和平的
日子里》（1958 年）、《红日》（1959 年）、《创业史》（1959 年）、《槐树
庄》（1959 年）、《红旗歌谣》（1959 年）、《王老九诗选》（1959 年）、
《李双双小传》（1960 年）以及《红岩》（1961 年）、《放歌集》（1961
年）等小说、诗歌、话剧，为共和国文学进入新的历史时期、写下"崭
新的一页"提供了"质"的说明。它们赋予"社会主义文学"以这样的
涵义：内容上，以革命斗争和社会主义革命与建设为主要题材；人物上，
工农兵劳动群众为作品主人公；风格上，以肯定生活、歌颂革命与斗争的
豪迈乐观为主导风尚；形式上，以民族化、大众化为艺术追求；创作方法
上，以从苏联迻译过来的"社会主义现实主义"为范本、为不可违逆的
法门；创作队伍上，以工农兵出身的作家为骨干；生产与传播方式上，则
通过"计划经济"的途径在现实生活中产生影响和发挥作用，等等。应
当确认，这一"社会主义文学"的理念和创作的初步实践，体现了传统
的社会教化和现实的主流倡导的特征，体现了新生的人民共和国为建设属
于自己的文学的争取，体现了当代作家在反映新的人物新的世界方面对文

---

① 周扬：《文艺战线上的一场大辩论》，原载《人民日报》1958 年 2 月 28 日。

学的内容和形式的全面革新的探索。由此而生发出的有异于前的文学新质，无疑是对"五四"以来新文学历史的一次重要改写。

然而，以历史的和美学的观点去看，"社会主义文学"在当时的提出与倡导，从概念的完整性到实践的科学性，与"满负豪情"的同时，也不免存在简单和幼稚的缺憾。从理论上讲，它将"社会主义文学"视作同以往一切文学的历史分界点，客观上导致了与远传统（古典文学）、近传统（"五四"文学）的剥离，它将"社会主义现实主义"视为唯一的创作方法和创作道路，客观上影响了"百花齐放""百家争鸣"的真正实施；从创作实践上讲，它对于大一统文学格局和工农兵文学形态的坚持，未必能赋予原来属于"有思想和幻想、形式和内容的广阔天地"的文学以真正的、活跃的、新的生命。动机与效果形成的悖逆，以"大跃进"和"文革"时期、尤以后者更为突出、严重。"否定一切"的大批判运动和"舆论一律"的"样板化"实践的互动，并步步升温，造成了大批作家的"失语"和"变态"。即使如郭沫若这样的一代文豪，也在"社会主义文化革命"开始时如此忏悔："我是一个文化人，甚至于好些人都说我是一个作家，还是一个诗人，又是一个什么历史家。几十年来，一直拿着笔杆子在写东西，也翻译了一些东西。按字数来讲，恐怕有几百万字了。但是，拿今天的标准来讲，我以前所写的东西，严格地说，应该全部把它烧掉，没有一点价值。"① 另一方面，被民间戏称为"八亿人民八个戏"，则以"革命样板作品的榜样力量"，受到了至高无上的推崇："从历史上看，塑造哪个阶级的英雄形象，由哪个阶级的代表人物作为文艺舞台的主人，是政治斗争在文艺上的集中反映，是文艺为哪个阶级的政治路线服务的主要标志。搞京剧革命，就是要着重塑造好无产阶级英雄人物的艺术形象，使工农兵成为舞台的主人，把千百年来被地主资产阶级颠倒了的历史再颠倒过来，恢复历史的本来面目。无产阶级明确提出，塑造无产阶级英雄典型是社会主义文艺的根本任务，这就从根本上划清了我们的文艺运动

---

① 郭沫若：《向工农兵群众学习，为工农兵群众服务》，《光明日报》1966 年 4 月 28 日。

同历史上一切剥削阶级的界限。只有塑造好无产阶级英雄典型，才能在文艺领域里用马克思主义、列宁主义、毛泽东思想批判孔孟之道，按照无产阶级的面貌改造世界；只有塑造好无产阶级英雄典型，才能在文艺舞台上表现中国共产党领导下中国人民的革命斗争，歌颂毛主席的革命路线在各个革命时期、各条路线上的伟大胜利，鼓舞人民群众推动历史的前进；只有塑造好无产阶级英雄典型，才能实现无产阶级在文艺领域里对资产阶级的专政。坚持这一根本任务，就是坚持文艺为工农兵服务的方向。这是任何时候都不可动摇的原则问题。"① 这也说明，当一种意识形态化的文学概念被不适当地强调并推向极端，文学很容易被紧紧捆绑在社会政治的大机器上，特别是在政治多变的时候，文学必定在疲于奔命中逐渐丧失自身。自然，出现在"文革"时期的文学艺术对于政治斗争几近癫狂的"配合"，又为后人保留了社会盛衰、政治进退的大不幸画面和氛围。

　　起自七十年代末的思想解放运动，使中国大陆的文学得以中兴，"社会主义文学"步入改革开放的轨迹，其涵义，其内容与形式，也得以摆脱单一和僵硬的模式，开始走上建设有中国特色的社会主义新文学的道路。将"从属于政治"易为"为人民、为社会主义服务"，口号的变更，标志着"共和国文学——阶级斗争'晴雨表'——工农兵文学形态"的文学规范受到质疑而削弱，标志着用某种单一的概念绝对地支配一元的文学格局之事实上的不可能，也标志着沿着大的方向和总的目标，共和国文学应当有更开阔的视野、更丰富的文心、更多样的思维方式和艺术地把握世界的方式，力求把最好的精神食粮贡献给人民。近三十年的文学实践，再一次证明了邓小平对发展共和国文学的论断：

　　　　我国历史悠久，地域辽阔，人口众多，不同民族、不同职业、不同年龄、不同经历和不同教育程度的人们，有多样的生活习俗、文化传统和艺术爱好。雄伟和细腻，严肃和诙谐，抒情和

① 初澜（前文化部写作组笔名）：《京剧革命十年》，《红旗》杂志1974年第4期。

哲理，只要能够使人们得到教育和启发，得到娱乐和美的享受，都应当在我们的文艺园地里占有自己的位置。英雄人物的业绩和普通人们的劳动、斗争和悲欢离合，现代人的生活和古代人的生活，都应当在文艺中得到反映。我国古代的和外国的文艺作品、表演艺术中一切进步的和优秀的东西，都应当借鉴和学习。①

共和国文学的历程也启示我们，身为人类灵魂工程师和文学公民的作家艺术家，其艺术生命不在于追随时政与政策而在于同人民之间的血肉联系，其艺术原动力来自人民由精神上的被动转入主动的历史创造活动之中，其艺术价值在于从人民的生活中汲取题材、主题、情节、语言、诗情和画意而转化为审美的结晶，成为人民勤劳、智慧、奋斗与创造的艺术影像。改革开放三十年来，文学从"为政治"到"为人民"的调整，是文学观念的解放，催动了共和国文学在人民的历史创造中进行艺术的创造，在人民的进步中造就艺术的进步，一个弘扬主旋律与提倡多样化互动、统合的新阶段，开始展现在我们面前。

共和国 60 年的文学演变和历史关联，证实着一个伟大民族历尽艰难谋求全面振兴，应有文学的自立与自强相伴随。我们为之付出了代价，付出了心灵饱受折磨的代价，并将一部分代价转化为成就。今天，我们可以如此回答世界：中国文学正走向成熟，它在保持自己的精神火炬和民族特色，在以自己的优秀成果丰富人类文明方面，已经和正在作出应有的贡献。

---

① 邓小平：《在中国文学艺术工作者第四次代表大会上的祝辞》（1979 年），《邓小平文选》，人民出版社 1983 年版，第 182 页。

三、文学实绩和当代性特征

在评估中国大陆的当代文学时，某些海外论者认为"中国大陆四十年代到七十年代根本没有什么文学作品"，八十年代以后似乎只发现了沈从文（其成就主要在现代，新中国成立后则埋头潜入"古代服饰史"之研究）、北岛（已移居国外）、高行健（已移居国外）等极少数作家作品，其余的都因所谓"翻译问题"进入不了世界性的视野。除了意识形态的偏见，至少说明海外学界对中国大陆的文学实绩还缺少足够的理解和了解。

任何一个不怀偏见的人都应当承认，在中国大陆，"共和国文学60年"不但不是"文化空白"，而且取得了骄人的成就。就文学世界而言，因意识形态、社会建构之不同而有迥异的文学思路和创作风貌，此乃常识性问题。中国大陆从四十年代到七十年代、从新生的共和国被封锁围闭到大步走向改革开放，巨大的社会变动化作纸上烟云，我们的文学艺术家以血汗和智慧，以曲折坎坷中成长的文心和人格，毕竟把徘徊在欧罗巴的幽灵赋之以新中国革命与建设的真真切切的形象。整整半个多世纪，中国内地作家可谓前仆后继，咨嗟咏叹于民族国家之忧乐，寄怀纵目于河山风景之兴替，努力以铿鏘之声与时代相共鸣，履践着自认的庄重使命，历经"火浴"而把焦灼与痛苦、奔突与追求融化在自己的作品中，印证流年风雨的人情世态，并通过语言的艺术，来折射古老民族及其灵魂在新旧嬗替的大变动中的种种面容，其间的酸甜苦辣与创造的悲欢，是一般外人、更是异国同行所难以想象的。

共和国文学60年的成就，可以说是一部伟大的叙事。这半个多世纪，中国大陆文学的各个门类，其作品数量之可观，其形式风格之多样，其题材主题之丰富，其作者读者之广泛，都是前半个世纪不可比拟、也是中国文学史上前所未有的。统计表明，文学作品总量 1950 年为 156 种，2008 年为 15393 种；文学作品印数 1950 年为 214 多万册，2008 年达 16536 万册；文学刊物 1949 年为 18 种，2008 年达 537 种。再以长篇小说为例，现代文学阶段（1919—1949 年）出版的总量为 1200 多部，及至当代，1949—1966 年间为 320 部，八十年代达 1000 多部，九十年代更进入旺季，1995—1999 年每年平均出版 500 部以上，新世纪以来每年在 1000 部左右，共和国 60 年的长篇小说总计有 15000 部之多。诗歌创作到九十年代以来也相当繁富，新体旧体诗词每年有 70000 多首发表，一年的作品就超过《全唐诗》收集的数量。文学类出版社及可出文学作品的出版社，1951 年有 3 家（人民文学，解放军文艺，上海新文艺），至 2008 年近 40 家，其中，大型作家出版集团 1 家，大型文艺出版集团 1 家。2008 年，文艺类图书占全国零售市场码洋的比例为 15.65%。全国 567 家出版社参与了文艺类图书的市场竞争。自 2004 年以来，文学尤其是青春文学一直是我国文艺类图书市场最为活跃的一个出版领域。再以儿童文学为例，20 世纪五六十年代，只有上海和北京两家少年儿童出版社，至 2009 年，不仅全国有 34 家专业的少儿出版社，同时国内有 520 家出版社也争相出版儿童文学读物。少儿图书的年出版品种，已由五十年代的 200 余种，发展到 2008 年底的一万多种，总印数从以往的 3000 万册，猛增至今天的六亿多册。自然，数量不能说明问题的全部，但至少可以证实，中国依然是个泱泱的文学大国，绝非某些人所说的"文化空白"或"文学走向断裂与死亡"。

更重要的是，共和国文学对"五四"以降的新文学传统予以继承与发扬，而且经 60 年的奋发努力，迄今已在下列八个方面塑造了"共和国文学"的新形象：

（一）题材与体裁的新开拓。创作领域从狭小走向广阔，上下五千年，纵横八万里，天上地下，古代当今，城乡边陲，战争和平，都纳入当代文学家的视野之中，指涉范围之滂溥，想象发端之澶漫，可谓浑茫无极。典雅的传统语言、活在唇舌上的民间话语以及外来的现代词语之融会兼俱，使当代中国的白话文学更趋成熟与丰赡，文学种类与体裁至 20 世纪末已相当完备。

（二）主题与思想的新境界。历史的记忆肯定要留下作家深邃的思量，留下令人震撼的从心灵深处迸射出来的语言。共和国文学中作为主导的主题与思想，从民主革命的思想高度上升到社会主义的思想高度，使爱国主义、集体主义的崇高精神流贯于作品之中，给人民以信心和向上的力量。

（三）人物形象的新典型。在共和国文学的人物画廊里，过去受欺凌、受挤压的普通工人、农民、战士、知识分子和底层民众，成了文学作品的主人公；众多劳动人民的形象中，英雄模范人物又占据重要地位。按照生活本身的复杂性和多样性，共和国文学创造了一批比较成功的、可见性格与命运、思想和艺术并进的新的人物典型形象。

（四）风格与形式的新发展。尽管在一个较长时间内受教条主义的影响，公式化概念化一度盛行，但一批忠于生活忠于艺术的作家依然保持了文学的自主与创造精神，尤其是八九十年代以来不失时代意味又深具探索勇气的文体实践，在自由竞赛中使风格与形式有了长足的发展，中国大陆上已出现诸多艺术倾向相似、风格相近的作家群。

（五）创作队伍的新面貌。中国大陆的当代作家已是"四世同堂"。1952 年 9 月全国文协改为中国作家协会时，会员不过 400 余人，至 2009 年 7 月，中国作家协会会员已达 8924 人，[①] 加上各省、市、自治区作协分会会员，从事专业创作的队伍超过 30000 人。可供作品发表的园地——文学刊物加上报纸的文艺副刊已逾千家。老作家时有新篇，中青年作家活跃于文坛，新生代作家在榛莽中露出芽苞，女作家的成群涌现更是史无前例。这支值得信赖的文学大军，为满足人民群众的精神需求付出了艰辛的劳动。

（六）受众广泛的新环境。由于 60 年来坚持文学的民族化、大众化的实践，共和国文学已拥有广泛的接受者，形成了目前世界上最大的读者

---

① 中国作家协会于 2009 年 6 月底公布的会员数为 8930 人。至 7 月，学术大师、著名散文家季羡林先生仙逝，加上 7 月初清查出 5 名"贪官诗人"予以除名，中国作协会员现为 8924 人，另有 435 个团体会员。

群。长篇小说《红岩》共印行 400 万册、《保卫延安》初版发行近百万册，即使是在九十年代以来市场经济冲击下，钱钟书的新版《围城》至 2008 年已印行 392 万册，而贾平凹、莫言等作家探索性的艺术小说首版也印行数万册乃至数十万册。尽管时至今日作家们在寻找和确定各自特殊的"受众"，但多元选择的可能性，合起来的文学读者成千成万。

（七）民族文学的新生机。除汉族外的 55 个兄弟民族文学，在共和国成立以前长期受到歧视和摧残，有的只有口头文学而没有书面文学，有的民族文学则濒临泯灭的边缘。共和国使少数民族文学得以新生与复兴，如今全国 55 个少数民族都拥有了自己的书面文学作家，都有获得全国少数民族文学创作最高奖项"骏马奖"的作家。一支多民族、多语种、多门类、具有实力和潜质的少数民族作家队伍已基本形成，呈现了民族的历史传统和特异风采。少数民族文学作品 1950 年只出了三种，至 1999 年，少数民族图书出版总量达到 4108 万册，至 2008 年底已突破 6000 万册。与此同时，各兄弟民族还整理加工了诸如《格萨尔》（藏族）、《江格尔》（蒙族）、《玛纳斯》（柯尔克孜族）等脍炙人口的英雄史诗，颠覆了西方关于"中国无史诗"的歧见。

（八）理论批评的新突破。中国大陆的文学批评曾一度靠"复制"与"搬用"苏联模式过日子，此一批评格局到 20 世纪八九十年代有了新的突破。批评家们广泛运用历史——美学——文化的观点激扬文字，且向全人类的智慧开放，开始凭自己敏锐的理性思维与艺术鉴赏力为作家提供真切的审美判断。文学批评也作为一门独立的学科获取了多方位的发展，大话、空话、套话、训戒之言和"八股"之调为人们厌烦，在阅读与诠释中那份独特的创造性理解和识见越来越受到尊崇。

总之，由共和国土壤孕育的文学生命之树，经尽风吹雨打，毕竟健旺地生长起来了。那种"今不如昔"的观点，那种"共产党领导，对文学来说是一种灾难"的观点，显然是没有根据的。

然而，我们并不陶醉于成就。比起应当取得的进步，比起人民对文学的要求，我们的文学在贡献之中尚有许多局限、许多差距。考察和研究共和国文学都无法回避"当代性"这一理论话语。一时代的风云都会使一时代的文学染上独特的色彩。"当代性"乃是当代文化思潮、思维方式、精神状态和社会现实人生取向的一个汇合的、深厚的文化结晶品。以往人们仅以"表现新的人物新的世界",或以"与时代共脉搏,与人民同呼吸"来说明今日中国文学的"当代性"特征,实际上还只是一种平涂化的描述。我们的研究认为,"当代性"不仅流岚于时代的表面,更重要的是来自社会底层和心灵深处的一种精神,一种状态,一种性征,一种内在的驱动力,一种现象背后更本质的力量,一种最大程度地维系优秀传统又不断开拓新的空间、体现个体创造性的行为。文学的"当代性"因之而成为对当代文学的精神现象进行理性归纳的知识命题。共和国文学也恰恰在"当代性"问题上,显出其优长与不足,时代造成了文学与文学家们种种局限。

近半个世纪以来文学的"当代性",在我们文坛上突出地表现为下列特征:

其一,文化错位。一方面西方话语(包括苏联文学话语)充满了强势性、霸权性和支配性,另一方面人们又把"西方"过分理想化、浪漫化和神圣化,开口闭口希腊、罗马、别车杜或弗洛伊德,从而在与异质文化的冲突中,过分淡化了自己的文化认同。摇摆于排拒与拜倒、抱残守缺与仰赖异邦之间的文化错位,更使当代文学的价值取向之自主和思想精神之独立显得分外重要。在人类文学创造的大背景下,作家立足本土,充分利用和发挥中国的人文智慧,坚持自己的文化身份并独立不依地写作,是文学的当代性、也是作家成功的一个基本前提。

其二,过渡形态。就国情而言,今日之中国依然是过渡时代的中国。社会和文学从传统到现代化的转型都处于过渡状态。进取的胆力和实验的创力常常成为文学的生命之轮,"圣徒"和"浪子"们都为之消耗着心智与才情,成功往往以失败为代价。新的并非一切都好,但一切好的多半是新的。因此,真正的"当代性"将不是集中在任何可行性的操作上,而是更有效地把文学才华集中到艺术创造上。复制性强和笔墨打扮始终是文学进步的障碍，过渡的特点是不断以代价化作成就，并将孕育更大的成就。这也决定了我们只有面对探索、再探索。

其三，心理冲突。中国大陆的当代作家与批评家，越来越深切地感受到带有普适性的时代的心理冲突并诉诸创作与理论。越是当代，那些旧有的知识与理念已不再能满足生存的需求，形而上的欲望和形而下的怀疑两两对立，在人们的精神生活也在作家的创作实践中产生分裂。岁月动荡、不明白生活的终极意义而又必须作出明确的取舍，也使人充满困惑。中国当代社会现实也以置人的灵魂于险象环生之中而激发着作家们的焦虑与想象。生存的大折磨和求索的大痛苦，加强了作家心理的紧张度，使中国人"长于史而短于哲"的传统开始得以当代性的改造，尽管远远不足，但基于心理冲突而以"思想者"的姿态介入精神追求和对人自身的关注，正以一种辩证的"突变"的方式，在当代文学中生长起来。

其四，开放态势。在世界已不再阻隔和整个文化要求"和平建设"的当代，文学要向全人类的思维和智慧开放，同时也意味着向政治、经济、科技以及社会生活诸领域开放。共和国文学也越来越多地既在历时性上与过去对话，又在共时性上与"他者"对话。"纵""横"两轴的互动，决定着共和国文学的沧桑感和超越感，决定着不能再把某种既定之规视为历史的神圣，也决定了在诸多"前沿地带"或"交叉学科"面前，检验着文学的穿透力和创造力。

对于"当代性"的把握，将有助于增强创作与研究在对象、性质、方法上的稳定性，找到自己的觉醒之语和逻辑起点，找到时代带来的局限和作家应有的本性与灵性，从而跨入当代所需要的精神价值创造之门。

五十年前 9 月的一个深夜，著名诗人兼评论家何其芳写过一篇题为《文学艺术的春天》的文章，称开国头十年的文学是"到处是色彩，到处是芳香，到处是欣欣向荣的生意"[1] 的春天。这一评估充满了早春情调的

---

[1] 何其芳：《文学艺术的春天》（1959 年），《何其芳文集》第 6 卷，人民文学出版社 1984 年版，第 133 页。

欢愉，然而并没有看到春天的记忆总是欢乐与苦难共生、希望与失落并存的记忆。数十年过去了，共和国文学以其掺糅着回忆与欲望、苦难与考验的当代性，以其冰裂后的喧哗与骚动，以其品种、颜色和香气竞相争妍于家园的姿态，以其在物质争取实现的过程在精神上的回响去"改造"与"提升"生活，显示了认真地面对历史的积重和现实的艰辛的文学的力量。我们可以自豪地说，今天，中国大陆的文学家已能更自觉地将历史性记忆和苦乐交织的记忆铸成文学情感与经验并内化于心性血脉，已能更清醒地在顺应世界潮流的过程中注重保持东方文化身份与发挥自己的民族特色。"春潮带雨晚来急，野渡无人舟自横"，一切僵死、僵硬、僵化的东西，再也无法阻挡共和国文学前进的脚步了。

第二章
文学的政策

一、文艺政策的指导思想

政策与策略是事业的生命。

政策是政策主体的一种政治措施，政策需要指导思想作为支撑。

共和国文艺政策的指导思想，是指用以指导文艺政策形成和发展的基本思想原则。毛泽东思想、邓小平理论是 60 年来共和国文艺政策的指导思想。当然，这一指导思想本身是不断发展的过程，人们对其意义的认识也有不断深化的过程。

（一）毛泽东文艺思想

在共和国文艺发展史上，毛泽东文艺思想是一笔宝贵的精神遗产，同时又是一个受到高度重视但仍然有待于深入研究的课题。

早在"五四"时期，毛泽东在为《湘江评论》所写的《创刊宣言》中就提出："自文艺复兴，思想解放，'人类应如何生活？'成了一个绝大的问题。从这个问题加以研究，就得出了'应该那样生活'、'不应该这样生活'的结论。一些学者倡之，大多民众和之，就成功或将要成功许多方面的改革。见于宗教方面为'宗教改革'，结果得了信教自由。见于文学方面，由贵族的文学，古典的文学，死形的文学，变为平民的文学，现代的文学有生命的文学。"这大约是毛泽东第一次就文学问题发表公开见解，与陈独秀等人当时倡导的新文学一脉相承。此后毛泽东还在他的革命斗争实践和理论著述中多次涉及文化教育和文艺问题。但毛泽东文艺思想的创立，还是在他成为中国革命领袖以后的事。1936 年 11 月 22 日，中国共产党领导下的第一个全国性文艺团体——中国文艺协会在陕西保安县（今志丹县）成立。毛泽东亲临大会，并且发表了演讲。这篇演讲内容不长，却是毛泽东作为中国共产党领导人专门就文艺问题向文艺界所作出的第一次讲话。毛泽东在演讲中充分肯定了苏维埃文艺运动对于革命事业的重要性，同时提出了要建立"文武两个战线"的重要思想。毛泽东在讲中还提到，要"发扬苏维埃的工农大众文艺，发扬民族革命战争的抗日文艺"，才能争取抗日战争的胜利。[①] 1938 年 4 月 10 日，毛泽东在延安鲁迅艺术学院成立大会上发表演讲，把在上海等城市从事左翼文艺运动的人们戏称为"亭子间的人"，把在革命根据地从事文艺活动的人称为"山顶上的人"，形象地说明"亭子间的人弄出来的东西有时不大好吃"（好吃，指内容切实、丰富），"山顶上的人弄出来的东西有时不大好看"（好看，指艺术形式）。为此，毛泽东提出："亭子间的人要坚决地到战场上去；山顶上的人有许多生活积累，只是像煤矿铁矿一样还没有挖掘出来，这便要亭子间的朋友帮忙，今天主要是组织这两部分人，结成文艺界的抗日民族统一战线，而这一战线同时也是艺术的指导方向。"[②] 这是毛泽东第一次谈到国统区的文艺队伍和解放区的文艺队伍要结成统一战线。稍后，毛泽东还在鲁迅艺术学院的另一次演讲中，就革命艺术不能放弃自己的政治立场、艺术作品内容要适合时代的要求和大众的要求以及要学习艺术技巧等发表了比较全面深入的看法。但毛泽东文艺思想的正式诞生，则

---

① 《毛泽东文艺论集》，中央文献出版社 2003 年版，第 3 页。
② 《毛泽东论文艺》（增订本），人民出版社 1992 年版，第 11—12 页。

以 1942 年 5 月毛泽东发表《在延安文艺座谈会上的讲话》为标志。毛泽东《在延安文艺座谈会上的讲话》是马克思主义与中国革命文艺实践相结合的产物。《讲话》运用马克思主义观点，全面分析和科学总结了"五四"新文化运动以来中国革命文艺运动的实践经验和理论成果，提出并阐述了中国现代革命文艺运动的一系列重大理论命题，在马克思主义文艺理论发展史上具有里程碑的意义，是一篇对中国新文艺影响深远的纲领性文献。人民共和国成立后，毛泽东在繁忙的政务工作中仍然十分关心和重视文艺问题，不仅发表了许多有关文艺政策方面的指导性意见，而且直接领导了当代文艺运动的发展。毛泽东发表的《同音乐工作者的谈话》（1956 年）、关于"双百"方针的谈话（1956 年、1957 年），以及关于党的文艺政策应当调整的谈话（1975 年）等，显示了毛泽东文艺思想在中国当代历史条件下的新发展。

关于毛泽东文艺思想体系，已有不少研究者进行了卓有成效的研究，其中不乏真知灼见。有研究者认为，一方面，毛泽东主要是从宏观上来把握文艺发展的历史和现状的，因此他的文艺思想常常是从战略的高度提出文化和文艺发展的方向性问题，如民族的、科学的、大众的新民主主义文化、文艺为什么人服务、文艺的工农兵方向、双百方针、革命现实主义与革命浪漫主义相结合，以及古为今用、洋为中用，百花齐放、推陈出新等。他所指导和发动的一系列文艺批判运动，如新中国成立初三大文艺批判运动等，也都不仅仅是为了解决文艺发展中的具体问题，而往往是一些事关全局的重大问题；另一方面，毛泽东也有对微观文艺问题十分用心的地方，如他同臧克家等人讨论新诗的发展、与陈毅谈诗的形象思维、在干部大会上谈王蒙小说中的细节描写等。因此，毛泽东文艺思想如果说形成了一个体系的话，毛泽东文艺思想应该是一个多层结构的体系。[①] 其中，最为核心的内容，是毛泽东 1942 年《在延安文艺座谈会上的讲话》中提出的"二为"方向和 1956 年提出的"双百"方针。

---

① 陈晋：《拓展和深化毛泽东文艺思想研究的十个问题》，《文艺报》2002 年 5 月 4 日。

关于"二为"方向。毛泽东提出的"二为"方向的具体内涵是"文艺为工农兵服务"和"文艺为无产阶级政治服务",不同于新时期经过调整后的"文艺为人民服务"和"文艺为社会主义服务"的"二为"方向。在《在延安文艺座谈会上的讲话》的"结论"部分,毛泽东把文艺"为什么人"的问题看做是第一个要解决的问题,同时认为这是一个根本的问题、原则的问题。毛泽东在对"我们的文艺是为什么人"的问题进行了深入分析后,得出了一个基本的结论,那就是:"我们的文学艺术都是为人民大众的,首先是为工农兵的,为工农兵而创作,为工农兵所利用的。"① 1957 年 3 月 8 日,毛泽东在同参加中国共产党全国宣传工作会议的部分文艺界代表谈话时又再次讲到:"有人说为工农兵服务的方向也不要了,我看为工农兵服务是不错的。你不为工农兵还为谁?资产阶级也要改造成工人阶级,知识分子也要是工人阶级,你说不要为他们服务,中国就没有其他人了。"② 同样是在"结论"部分,毛泽东又说道:"在现在世界上,一切文化或文学艺术都是属于一定的阶级,属于一定的政治路线的。为艺术的艺术,和政治并行或互相独立的艺术,实际上是不存在的。无产阶级的文学艺术是无产阶级整个革命事业的一部分,如同列宁所说,是整个革命机器中的'齿轮和螺丝钉'。因此,党的文艺工作,在党的整个革命工作中的位置,是确定了的,摆好了的;是服从党在一定革命时期内所规定的革命任务的。"③ 但是,毛泽东的"二为"方向与新时期调整后的"文艺为人民服务"和"文艺为社会主义服务"的"二为"方向仍然具有内在的一致性,实质上都是为人民服务。两者在表述上的差异,则反映出新时期调整后的"文艺为人民服务"和"文艺为社会主义服务"的"二为"方向对于毛泽东提出的"文艺为工农兵服务"和"文艺为无产阶级政治服务"的继承和发展。

关于"双百"方针。毛泽东在 1956 年最初提出"双百"方针时,是

① 《毛泽东文艺论集》,中央文献出版社 2002 年版,第 67、69 页。
② 同上书,第 169 页。
③ 同上书,第 69 页。

把它作为一个"放"的方针和促进创新的方针。"百花齐放、百家争鸣的方针，是促进艺术发展和科学进步的方针，是促进我国的社会主义文化繁荣的方针。艺术上不同的形式和风格可以自由发展，科学上不同的学派可以自由讨论。利用行政力量，强制推行一种风格，一种学派，禁止另一种风格，另一种学派，我们认为会有害于艺术和科学的发展。艺术和科学中的是非问题，应当通过艺术界科学界的自由讨论去解决，通过艺术和科学的实践去解决，而不应当采取简单的方法去解决。"[1] 1957 年 3 月 8 日，毛泽东在参加中国共产党全国宣传工作会议期间，邀请部分文艺界代表召开座谈会，同来的有彭真、康生、陆定一、胡乔木、周扬等领导人。参加座谈会的文艺界代表有茅盾、老舍、巴金、赵丹、钱俊瑞、周信芳、周钢鸣、方纪等，大家都当面畅快地发表了自己的看法或直接提出了一些问题请毛泽东解答。当天津市作协主席方纪提出目前的舆论氛围很难贯彻"双百"方针时，毛泽东回答说："把我对陈其通等四人文章的看法传错了，是个错误。我也有责任，当时没有讲清楚。说我认为陈其通等人的文章是好的，真奇怪，我是说要放的嘛！放一下就大惊小怪，就是不相信人民。出一些《草木篇》，就那样惊慌？你说《诗经》、《楚辞》是不是《草木篇》？《诗经》的第一篇是不是《吻》……专员以上的高级干部有一万多人，其中是否有一千人赞成'百花齐放、百家争鸣'都难说。"针对有人担心提倡"双百"方针会导致混乱，毛泽东说："苏联十月革命后到 1927 年比我们现在更乱，教条主义也厉害得很，像文学团体'拉普'就强迫人家怎样写作。听说那个时候还有一些言论自由，还有同路人，同路人还有刊物，说是宣传真理的。我们就不让人家办，我们可不可以让人家办一个唱反调的刊物？可以跟他讲好，来个协定，只要不反得像台湾一样就行。我们文化政策不采取苏联斯大林时期的办法，我们采取有领导的'百花齐放，百家争鸣'。现在还没有造成放的环境，还是放得不够，百花想放而不敢放。陈其通他们的文章我读了两遍，他们无非是'忧心如

---

[1]《毛泽东文艺论集》，中央文献出版社 2002 年版，第 158 页。

焚'，唯恐天下大乱。"① 毛泽东在 1957 年 2 月 27 日在最高国务会议第 11
次扩大会议上发表的《关于正确处理人民内部矛盾的问题》的讲话仍然
是这样一个基本思想。毛泽东 1957 年 3 月 12 日发表的《在中国共产党全
国宣传工作会议上的讲话》再次明确表示："'放'还是'收'？这是个
方针问题。百花齐放，百家争鸣，这是一个基本性的同时也是长期性的方
针。同志们在讨论中间是不赞成收的，我看这个意见很对。党中央的意见
就是不能收，只能放。"② 但毛泽东的这篇重要讲话是在 1957 年 6 月 19
日的《人民日报》上公开发表的，此时反右派斗争已经开始。"由于当时
对右派分子向共产党和社会主义制度进攻的形势作了过分严重的估计，在
讲话稿的整理过程中加进了强调阶级斗争很激烈、社会主义和资本主义之
间谁胜谁负的问题还没有真正解决这些同原讲话精神不协调的论述。"③ 因
此，后来在贯彻"双百"方针时，实际上把它当成了一个规范性的方针。

除了"二为"方向和"双百"方针这样一些根本性的文艺思想外，
毛泽东文艺思想中还涉及一些重要的文艺问题。1951 年，毛泽东为中国
戏曲研究院题词："百花齐放，推陈出新。"1956 年 8 月 24 日，毛泽东在
同中国音乐家协会负责人的谈话中，突出地强调了继承和发扬优秀民族传
统的问题。毛泽东讲到："说中国民族的东西没有规律，这是否定中国的
东西，是不对的。中国的语言、音乐、绘画，都有它自己的规律。过去说
中国画不好的，无非是没有把自己的东西研究透，以为必须用西洋的画
法。当然也可以先学外国的东西再来搞中国的东西，但是中国的东西有它
自己的规律。音乐可以采取外国的合理原则，也可以用外国乐器，但是总
要有民族特色，要有自己的特殊风格，独树一帜。"又说："艺术上'全
盘西化'被接受的可能性很少，还是以中国艺术为基础，吸收一些外国
的东西进行自己的创造为好……西医的确可以替人治好病。剖肚子，割阑
尾，吃阿司匹林，并没有什么民族形式。当归、大黄也不算民族形式。艺

---

① 《毛泽东文集》第七卷，人民出版社 2004 年版，第 258、253 页。
② 同上书，第 278 页。
③ 同上书，第 243 页"注释"[1]。

术有形式问题，有民族形式问题。艺术离不了人民的习惯、感情以至语言，离不了民族的历史发展。艺术的民族保守性比较强一些，甚至可以保持几千年。古代的艺术，后人还是喜欢它。"① 毛泽东还在许多地方对中国传统文学艺术的人民性和民主色彩多有好评，如认为关汉卿、施耐庵、吴承恩、曹雪芹的创作是民主文学，② 又认为骚体是有民主色彩的，属于浪漫主义流派。③ 毛泽东对民歌的兴趣以及发动大跃进民歌运动，也从一个侧面反映了毛泽东文艺思想中的某些深层内涵。1958 年 3 月，毛泽东在中央召开的成都会议期间讲到："印了一些诗，尽是些老古董（指毛泽东在成都亲自编选的一本唐宋人写的有关四川的一些诗词和一本明朝人写的有关四川的一些诗——引者注）。搞点民歌好不好？请各位同志负个责，回去收集一点民歌。各个阶层都有许多民歌，搞几个试点，每人发三、五张纸，写写民歌。劳动人民不能写的，找人代写。限期十天收集，会收集到大批民歌的，下次开会印一批出来。中国诗的出路，第一是民歌，第二是古典。在这个基础上产生出新诗来。形式是民族的，内容应该是现实主义与浪漫主义的对立统一。太现实了，就不能写诗了。现在的新诗还不能成形，没有人读，我反正不读新诗，除非给一百块大洋。这个工作，北京大学做了很多，我们来搞，可能找到几百万、成千万首的民歌。看民歌不用费很多的脑力，比看李白、杜甫的诗舒服些。"④ 毛泽东对民歌如此重视，一方面是受到随后即将提出的"多快好省地建设社会主义"的总路线形势的鼓舞，另一方面也是他对群众运动的一贯偏爱。但随后在全国发生的大规模的大跃进民歌运动，则显然与毛泽东最初的想象相去甚远。此外，毛泽东还在 1965 年给陈毅的信中大谈形象思维。在"文化大革命"中，一度把周扬等文艺界的领导人统统打倒，把"样板戏"作为文化革命的突破口，晚年则又提出党的文艺政策应当调整。所有这些，都

---

① 《毛泽东文艺论集》，中央文献出版社 2002 年版，第 147 页。
② 同上书，第 191 页。
③ 同上书，第 201 页。
④ 陈晋：《文人毛泽东》，上海人民出版社 1997 年版，第 448 页。

体现出毛泽东文艺思想的丰富性和复杂性。

自 1942 年毛泽东发表《在延安文艺座谈会上的讲话》以来，毛泽东文艺思想就成了中国共产党有关文艺问题的指导思想。共和国成立后，随着第一次全国文代会把毛泽东文艺方向确定为新中国文艺的方向，毛泽东文艺思想也随之成为当代中国文艺主流意识形态的代表。在几十年社会主义革命和建设的历史实践中，毛泽东文艺思想对于新中国文艺事业的发展、对于构建具有中国特色马克思主义文艺理论等，都发挥了极为重要的和无可替代的作用。对于这样一个巨大而重要的历史存在，运用科学的理论和方法，深入研究它的丰富内涵和意义，仍是我们所面临的重大而紧迫的工作。

（二）邓小平文艺理论

邓小平文艺理论，是邓小平建设有中国特色社会主义理论的重要组成部分，是马克思主义文艺理论同具有中国特色社会主义文艺实践相结合的产物，是对毛泽东文艺思想的直接继承和发展。邓小平文艺理论涉及具有中国特色社会主义文艺的基本内容和任务、根本方向和方针、坚持和改善党对文艺工作的领导、正确开展文艺工作中的两条战线的斗争、社会主义文艺的效益、文艺工作者与人民群众的关系、文艺工作者队伍的建设等诸多方面，构成中共在新时期建设有中国特色社会主义文艺的纲领。

与毛泽东文艺思想总是从革命和文化的大局着眼一样，邓小平文艺理论的着眼点，首先是整个社会主义精神文明建设。社会主义建设不仅包括物质文明建设，也包括精神文明建设。只有物质文明和精神文明都搞好了，才能真正建成有中国特色的社会主义。邓小平正是以这样的战略眼光来认识和对待文艺事业的，因此，他非常强调把文艺建设与社会主义精神文明建设联系起来，提出："我们要在建设高度物质文明的同时，提高全民族的科学文化水平，发展丰富多彩的文化生活，建设高度的社会主义精神文明。"[①] 正因为提高人民群众的科学文化水平，发展和丰富人民群众

---

① 《邓小平文选》第二卷，人民出版社 1997 年版，第 208 页。

的文化生活，是建设社会主义精神文明的必由之路，所以，邓小平在多次谈到新时期社会主义文艺的基本内容和任务时，明确地指出：我们文艺工作的基本内容和重要任务是由社会主义文艺的根本性质决定的。为社会主义服务，为社会主义精神文明建设作贡献是社会主义文艺义不容辞的责任。因此，"我们的文艺应当在描写和培养社会主义新人方面付出更大的努力，取得更丰硕的成果。要塑造四个现代化建设的创业者，表现他们那种有革命理想和科学态度的、有高尚情操和创造能力、有宽阔眼界和求实精神的崭新面貌。要通过这些新人的形象，来激发广大群众的社会主义积极性，推动他们从事四个现代化建设的历史性创造活动"。[1] 同时还指出："不论是对于满足人民精神生活多方面的需要，对于培养社会主义新人，对于提高整个社会的思想、文化、道德水平，文艺工作都负有其他部门所不能代替的重要责任。"[2] 新时期社会主义文艺建设，不仅在内容上要反映和塑造投身于现代化事业的社会主义新人，而且就其根本任务而言，还应该努力地为社会主义精神文明建设作贡献，并最终体现在为促进社会生产力的发展，为社会主义现代化建设作贡献上。正因为这样，邓小平号召"作为灵魂工程师"的文化工作者，"应当高举马克思主义的社会主义的旗帜，用自己的文章、作品、教学、讲演、表演，教育和引导人民正确地对待历史，认识现实，坚信社会主义和党的领导，鼓舞人民奋发努力，积极向上，真正做到有理想、有道德、有文化、守纪律，为伟大壮丽的社会主义现代化建设而英勇奋斗"[3]。这样，邓小平将文艺在建设高度发展的社会主义事业中的崇高使命和新时期社会主义文艺的现实任务，有机地结合了起来。

社会主义文艺是社会主义整个文化事业的一个重要方面，是精神文明建设的重点之一。因此，文艺为什么人服务，坚持什么样的方向和方针，是关系到社会主义文艺事业兴衰成败的大事。长期以来，由于极"左"

---

[1]《邓小平文选》第二卷，人民出版社 1997 年版，第 209 页。

[2] 同上。

[3]《邓小平文选》第三卷，人民出版社 1999 年版，第 40 页。

路线的干扰，在我国社会主义文艺的发展过程中，"文艺为政治服务"的口号，代替了"文艺为人民服务"的方向。"文艺为政治服务"的口号源于毛泽东 1942 年《在延安文艺座谈会上的讲话》中提出的"文艺从属于政治"的命题。在当时全国处于民族危难、艰苦抗战的时刻，强调文艺从属于政治，为政治服务，是有其历史合理性的。但是，人民共和国成立后，尤其是 1956 年社会主义所有制改造基本完成以后，中国已经进入了社会主义经济建设时期，你死我活的阶级斗争不再是社会主要矛盾。在这样的历史条件下，仍然坚持"文艺为政治服务"的方针，会给文艺的建设和发展带来许多消极的影响。特别是在"以阶级斗争为纲"的口号下，文艺成为图解政治和阶级斗争的工具，失去了应有的创作活力和审美品格。因此，早在 1975 年，邓小平就提出"文艺政策要调整"①。粉碎"四人帮"以后，邓小平又及时地提出："我们坚持'双百'方针和'三不主义'，不继续提文艺从属于政治这样的口号。因为这个口号容易成为对文艺横加干涉的理论根据，长期的实践证明它对文艺的发展利少害多。"②正是通过对新中国成立以来文艺发展的曲折道路的深刻反思，从我国社会主义建设新时期的时代特点出发，邓小平在坚持毛泽东文艺思想的核心的基础上，提出了文艺"为人民服务，为社会主义服务"的新时期社会主义文艺方向。新的"二为"方向科学地概括了新时期文艺事业的总任务和根本目的，比孤立地提为政治服务更全面、更科学。它不仅能更完整地反映社会主义时代对文艺的历史要求，而且更符合文艺规律。它为新时期的社会主义文艺指明了正确方向。在新的"二为"方向的指导下，广大文艺工作者进一步解放了思想，明确了责任，为社会主义文艺在新时期的繁荣和发展开拓了广阔的天地。

要坚持文艺"为人民服务，为社会主义服务"的正确方向，必须全面贯彻党的"双百"方针。早在 1956 年，毛泽东就提出了"百花齐放，

① 《邓小平文选》第二卷，人民出版社 1997 年版，第 35 页。
② 同上书，第 255 页。

百家争鸣"的文艺方针，对当时的社会主义文艺的繁荣发展起到积极的促进作用。但是，1957 年反右斗争的扩大化，使"双百"方针的贯彻执行严重受挫。"文化大革命"期间，林彪、江青反革命阴谋集团实行文化专制，肆意践踏"双百"方针，使文艺战线出现了万马齐喑，百卉凋零的惨淡局面。还在"文化大革命"后期的 1975 年，邓小平复出主持党和国家日常工作期间，提出了全面整顿的方针，其中文艺整顿的重要一条，就是恢复文艺的"双百"方针。针对"四人帮"实行的文化专制，邓小平指出："割裂毛泽东思想这个问题，现在实际上没有解决。比如文艺方针，毛泽东同志说，要古为今用，洋为中用，百花齐放，推陈出新。这是很完整的。可是，现在百花齐放不提了，没有了，这就是割裂。"① 粉碎"四人帮"特别是十一届三中全会以后，邓小平更多次强调："一定要坚持'百花齐放，百家争鸣'的方针……不允许丝毫动摇。"② 在第四次文代会上的《在中国文学艺术工作者第四次代表大会上的祝词》中，邓小平代表党中央再次重申："我们要继续坚持毛泽东同志提出的文艺为最广大的人民群众、首先为工农兵服务的方向，坚持百花齐放、推陈出新、洋为中用、古为今用的方针，在艺术创作上提倡不同形式和风格的自由发展，在艺术理论上提倡不同观点和学派的自由讨论。"邓小平恢复和强调"双百"方针，对新时期文艺的繁荣和发展产生了巨大的保障作用和推动作用。

要确保"二为"方向和"双百"方针的认真贯彻执行，就必须坚持和改善党对文艺工作的领导。坚持和改善党对文艺工作的领导，是邓小平文艺思想的一个重要内容。邓小平反复强调："各级党委要领导好文艺工作"③，"从中央到地方、各级党委的主要负责人一定要重视理论界文艺界以及整个思想战线的情况、问题和工作。"④ 邓小平不仅强调坚持党的领

---

① 《邓小平文选》第二卷，人民出版社 1997 年版，第 37 页。

② 同上书，第 183 页。

③ 同上书，第 213 页。

④ 《邓小平文选》第三卷，人民出版社 1999 年版，第 45 页。

导，而且同时强调必须改善党的领导。要改善党的领导，就必须纠正长期以来极"左"思潮的干扰，肃清教条主义的危害，实事求是地做好党对文艺的领导工作。他明确指出："党对文艺工作的领导，不是发号施令，不是要求文学艺术从属于临时的、具体的、直接的政治任务，而是根据文学艺术的特征和发展规律，帮助文艺工作者获得条件来不断繁荣文学艺术事业，提高文学艺术水平，创造出无愧于我们伟大的人民、伟大的时代的优秀的文学艺术作品和表演艺术成果。当前，要着手帮助文艺工作者继续解放思想，打破林彪、'四人帮'设置的精神枷锁，坚持正确的政治方向，从各个方面，包括物质条件方面，保证文艺工作者充分发挥自己的聪明才智。"① 在这里，邓小平不仅提出了党要根据文学艺术的特征和发展规律来领导文艺工作的重要观点，而且具体指明了党主要从两个方面来具体领导文化工作：一方面是政治思想上的领导，即制定正确的路线、方针、政策，帮助文艺工作者坚持正确的政治方向；另一方面是具体工作上的领导，即创造条件帮助文艺工作者充分发挥自己的聪明才智，为繁荣文艺事业作贡献。

邓小平认为，改善党对文艺工作的领导的重点之一，就是必须按照艺术规律办事，必须"根据文学艺术的特征和发展规律"来领导文艺工作。要尊重文艺规律，必须充分尊重文艺工作者个人的创造性，要充分理解"文艺这种复杂的精神劳动，非常需要文艺家发挥个人的创造精神。写什么和怎样写，只能由文艺家在艺术实践中去探索和求得逐步解决。在这方面，不要横加干涉"②。邓小平还要求领导者同文艺工作者平等地交换意见，不能靠行政命令去领导文艺工作。在这里，"衙门作风必须抛弃。在文艺创作、文艺批评领域的行政命令必须废止。如果把这类东西看做是坚持党的领导，其结果，只能是走向事情的反面"③。邓小平还要求领导者要着重帮助文艺工作者解放思想，打破精神枷锁，创造良好的物质精神条

---

① 《邓小平文选》第二卷，人民出版社 1997 年版，第 213 页。

② 同上。

③ 同上。

件；帮助他们提高文学艺术水平，创造出无愧于我们伟大的人民、伟大的时代的优秀的文学艺术作品和表演艺术成果，来不断繁荣我们的文学艺术事业。在谈到坚持和改善党的领导时，邓小平还强调，各级党委"要坚持辩证唯物主义的思想路线，从三十年来文艺发展的历史中，分析正反两方面的经验，摆脱各种条条框框的束缚，根据我国历史新时期的特点，研究新情况，解决新问题"。他十分重视党员作家的模范带头作用，特别强调"党员作家应当以自己的创作成就起模范作用，团结和吸引广大文艺工作者一道前进"①。

要坚持和改善党对文艺建设的领导，确保文艺发展"为人民服务，为社会主义服务"的方向，还必须通过正确开展文艺批评、开展文艺上两条战线的斗争，来加以保障。邓小平认为，"坚持'双百'方针也离不开批评和自我批评"②。鉴于过去动辄搞运动、搞大批判的历史教训，邓小平对如何在文艺工作中正确地开展两条战线斗争的方针和方法，作了精辟的论述。他认为：第一，要坚持原则，掌握好批评的武器。"对于各种错误倾向决不能不进行严肃的批评"，并且"一定要掌握好批评的武器"。第二，要注意方法。"对待当前出现的问题，要接受过去的教训，不要搞运动。对于那些犯错误的人，每个人的错误的性质如何，程度如何，如何认识，如何处理，都要有所区别，恰如其分。批评的方法要讲究，分寸要适当，不要搞围攻、搞运动。"邓小平还非常重视在文艺队伍内部经常开展正常的批评和自我批评，他指出："在文艺队伍内部，在各种类、各流派的文艺工作者之间，在从事创作与从事文艺批评的同志之间，在文艺家与广大读者之间，都要提倡同志式的、友好的讨论，提倡摆事实、讲道理。允许批评，允许反批评，要坚持真理，修正错误。"他特别强调："虚心倾听各方面的批评，接受有益的意见，常常是文艺家不断进步、不断提高的动力。"③ 邓小平提出的这些方针和方法，对于文艺界正确开展

---

① 《邓小平文选》第二卷，人民出版社 1997 年版，第 213 页。
② 同上书，第 392 页。
③ 同上书，第 212 页。

文艺批评、开展两条战线的斗争，有着重要的指导意义。

关于新时期文艺批评的重点，邓小平提出的总的原则是，坚持实事求是，从实际出发，做到有"左"反"左"，有右反右，有什么反什么，防止一种倾向掩盖另一种倾向。"解放思想，也是既要反'左'，又要反右。三中全会提出解放思想，是针对'两个凡是'的，重点是纠正'左'的错误。后来又出现右的倾向，那当然也要纠正……对'左'的错误思想不能忽略，它的根子很深。重点是纠正指导思想上'左'的倾向，但只是这样还不能完全解决问题，同时也要纠正右的倾向。"① 在新中国文艺发展史上，文艺领域中"左"的错误，曾经反复出现，并由局部发展到全局性的、占统治地位的错误，最终酿成十年"文化大革命"期间文艺园地一派凋零。十一届三中全会以后，我们党实行了工作重点的转移，通过拨乱反正，就指导思想而言，"左"的影响基本解决了，但在实际工作中，"左"的影响仍然存在。工作中的简单粗暴，忽视文艺的发展特点以及对文艺工作者抱有种种偏见等现象还没有肃清。这就在不同程度上挫伤了文艺工作者的积极性，妨碍了文艺事业的健康发展。正因为这样，邓小平说："对'左'的错误思想不能忽略，它的根子很深。"② 鉴于"左"的错误曾经在我们党的历史上反复出现，并造成过严重危害，其影响根深蒂固，因此，邓小平对"左"的错误十分警惕，并且把反"左"始终看成是新时期文艺建设中一项长期的任务。邓小平在 1992 年南方讲话中再次强调："中国要警惕右，但主要是防止'左'。"③ 这一深刻思想对正确开展文艺上两条路线的斗争，具有十分重要的意义。邓小平在引导全党重点纠正"左"的错误的同时，也注意及时开展反对右的错误。在新时期，右的错误的主要表现形式是资产阶级自由化。在资产阶级自由化思潮的影响下，文艺领域一度出现过否定马克思主义，否定无产阶级专政，否定共产党的领导，否定社会主义道路的错误倾向。一些思想有害、格调低级

---

① 《邓小平文选》第二卷，人民出版社 1997 年版，第 379 页。
② 同上书，第 378 页。
③ 《邓小平文选》第三卷，人民出版社 1999 年版，第 375 页。

庸俗的不顾社会效应的作品和演出时有出现，造成了不良影响。针对资产阶级自由化思潮及其各种消极现象，邓小平不但提出了"坚持四项基本原则"，还专门发表了《关于思想战线的问题的谈话》，对文艺上存在的不正常现象进行了尖锐的批评，及时指导人们端正文艺工作的方向。

社会主义文艺是社会主义精神文明的重要组成部分，属于社会上层建筑，它必然要为社会主义的经济基础服务。因此，建设和发展新时期的社会主义文艺，必然要考虑文艺的效益问题，必然要提出衡量文艺效益的标准问题。邓小平正是从历史唯物主义观点出发来思考和提出这一问题的。文艺为社会主义经济基础服务的最终目的在于发展社会生产力，为社会主义经济建设和社会主义现代化建设服务。因此，是否有利于社会生产力的发展，是否有利于社会主义现代化建设，应当成为评价社会主义文艺效益的根本标准。正是这样，邓小平要求文艺工作者要以自己的创作为社会主义现代化建设服务，"要塑造四个现代化建设的创业者，表现他们那种有革命理想和科学态度、有高尚情操和创造力、有宽阔的眼界和求实精神的崭新面貌。要通过这些新人的形象，来激发广大群众的社会主义积极性，推动他们从事四个现代化建设的历史性创造活动"[1]。他还号召广大的文艺工作者，要争做"实现四个现代化的促进派"[2]。他还明确提出："对四个现代化是有利还是有害，应当成为衡量一切工作的最根本的是非标准。"[3] 这一标准与党的十三大提出的生产力标准的观点以及1992 年邓小平南方讲话中提出的"三个有利于"的思想，是前后连贯的。这些思想无论是对文艺工作领导者，还是对作为文艺产品直接创造者的文艺工作者，正确地评价社会主义文艺的效益，都具有重要的指导意义。

文艺的效益问题，还涉及如何正确对待文艺的社会效益与经济效益的

---

① 《邓小平文选》第二卷，人民出版社 1997 年版，第 210 页。

② 同上书，第 209 页。

③ 同上。

关系。鉴于共和国文艺的社会主义性质以及在社会主义"两个文明"建设中的重要作用，无疑应该把社会效益摆在首位，把社会效益作为最高标准，正因为这样，邓小平指出："对人民负责的文艺工作者，要始终不渝地面向广大群众，在艺术上精益求精，力戒粗制滥造，认真严肃地考虑自己作品的社会效果，力求把最好的精神食粮贡献给人民。"① 根据这一思想，在 1986 年 9 月 28 日中国共产党第十二届中央委员会第六次全体会议通过的《中共中央关于社会主义精神文明建设指导方针的决议》中明确提出："我国文化事业的社会主义性质，要求必须把社会效益作为最高标准。"② 当然，也必须看到，随着我国社会主义经济体制的转型，社会主义市场经济体制的逐步建立和完善，文艺产品已经作为一种商品进入市场，而市场是一个竞争激烈的大舞台，要想使文艺产品占有一席之地，保持强大的吸引力和旺盛的生命力，就必须在坚持社会效益的前提下，善于驾驭市场，按经济规律办事，讲究经济效益，力争创造出更多的"双效"产品，充分满足广大人民群众日益增长的精神文化需求。

　　文艺工作者与人民群众的关系问题，是邓小平文艺理论的重要内容。邓小平谆谆告诫文艺工作者："人民是文艺工作者的母亲。一切进步文艺工作者的艺术生命，就在于他们同人民之间的血肉联系。忘记、忽视或是割断这种联系，艺术生命就会枯竭。"③ 在这里，邓小平发挥了毛泽东历来关于文艺应当为千千万万劳动人民服务的思想，进一步阐述了新时期文艺工作者与人民之间的血肉联系以及文艺不能脱离人民的重要思想。文艺是社会生活在作家头脑中反映的产物。人民群众是社会实践的主体，是社会历史的创造者。他们改造自然的顽强斗争和改造社会的不懈努力，他们多姿多彩的现实生活，是文学艺术取之不尽用之不竭的源泉。正是在这个

---

① 《邓小平文选》第二卷，人民出版社 1997 年版，第 211 页。

② 《中共中央文件选编》，中共中央党校出版社 1992 年版。

③ 邓小平：《在中国文学艺术工作者第四次代表大会上的祝词》，《邓小平文选》第 2 卷，人民出版社 1997 年版，第 211 页。

意义上，邓小平提出：文艺工作者"要教育人民，必须自己先受教育。要给人民以营养，必须自己先吸收营养。由谁来教育文艺工作者，给他们以营养呢？马克思主义的回答只能是：人民"①。"人民需要艺术，艺术更需要人民。"邓小平明确要求广大文艺工作者，要"自觉地在人民的生活中汲取题材、主题、情节、语言、诗情和画意，用人民创造历史的奋发精神来哺育自己，这就是我们社会主义文艺事业兴旺发达的根本道路"②。文艺工作者只有自觉地汲取"人民群众的生活"这个源泉，创作才能硕果累累，才能永葆艺术青春。

文艺工作者既是受教育者，又是人民群众的教育者。因此，邓小平十分重视文艺工作者队伍的自身建设。在给第四次文代会的《祝词》中，他充分肯定了文艺工作者在新中国成立以来的文艺事业中取得的成绩，指出文艺工作者理应受到党和人民的信赖、爱护和尊敬，并认为从整体上来看，我们的文艺工作者队伍是好的。他殷切期望"文艺工作者中间有越来越多的同志成为名副其实的人类灵魂工程师"。为了使文艺工作者更加迅速健康地成长，他要求文艺工作者"要努力学习马列主义、毛泽东思想，提高自己认识生活、分析生活、透过现象抓住本质的能力"。一定要对人民负责，"要始终不渝地面向广大群众，在艺术上精益求精，力戒粗制滥造，认真严肃地考虑自己作品的社会效果，力求把最好的精神食粮贡献给人民"。他还语重心长地教导文艺工作者，"虚心倾听各方面的批评，接受有益的意见，常常是艺术家不断进步、不断提高的动力"。他鼓励文艺队伍内部开展正常的批评和反批评，"要坚持真理，修正错误"。他要求文艺工作者"还要不断丰富和提高自己的艺术表现能力"，"认真钻研、吸收、融化和发展古今中外艺术技巧中一切好的东西，创造出具有民族风格和时代特色的完美的艺术形式"。邓小平认为，"老一代文艺工作者，在发现和培养青年文艺工作者方面负有重要的责任"，同时，要求充分发

---

① 邓小平：《在中国文学艺术工作者第四次代表大会上的祝词》，《邓小平文选》第 2 卷，人民出版社 1997 年版，第 211 页。
② 同上。

挥中年文艺工作者在我们的文艺队伍中的骨干作用。针对我们这样一个大国中，"杰出的文艺家实在太少"的状况，邓小平急迫地提出："必须十分重视文艺人才的培养"。"我们不仅要从思想上，而且要从工作制度上创造有利于杰出人才涌现和成长的必要条件"。①

邓小平文艺理论，全面涉及了我国新时期社会主义文艺发展中的主要理论和实践问题，并运用马克思主义、毛泽东思想的基本原理，以辩证唯物论和历史唯物论的方法予以科学的回答，为新时期文艺工作指明了前进的方向，成为中共中央制定新时期正确的文艺路线、方针、政策的重要指针。邓小平文艺理论同时是马克思主义文艺学基本原理在中国改革开放和社会主义现代化建设条件下的具体运用，是毛泽东文艺思想的继承和发展。它要触及和解决的是以往所没有碰到的新任务和新课题，具有鲜明的时代特征，无疑对我国社会主义新时期的文艺事业的繁荣发展产生了巨大而深远的影响。

二、文艺政策的历史形态

（一）典型的文艺政策文本

新中国文艺政策的历史形态，实际上就是新中国文艺政策的表现形式。由于历史的原因，新中国文艺政策一直处于不断发展和不断完善的过程之中。新中国文艺政策因而表现出多种文本形态。其中最主要的有三种。我们将其称为"典型的文艺政策文本"、"准文艺政策文本"和"超文艺政策文本"。

所谓典型的文艺政策文本，是指由权威的政策主体，根据一般的政策

①《邓小平文选》第二卷，人民出版社1997年版，第213页。

机制制定并实施的有关文艺问题的政策文件。这些政策文件包含的内容可能涉及文学艺术的不同方面，但这些政策文件在社会性质上，均属政策主体就文艺发展的某些重大问题所提出并加以实施的政治主张，其目的是为了从文艺方面落实政策主体有关社会发展的大政方针，以便更好地巩固和发展政策主体的根本利益。这种典型的文艺政策文本最基本的特征是按照政策运行机制制定出来的文艺政策，常常表现为党和政府的正式文件，对文艺发展产生重要影响。

在现代政党和国家作为政策主体的情况下，世界上不少国家和政党均出台过这类典型的文艺政策，以促进本国文学艺术事业的发展。但相对说来，在法律体制还不够健全的国家和地区，政策所起的作用尤为突出。例如，在苏联的文学艺术事业中，文艺政策所起的作用就显得非常重要。前苏联典型的文艺政策，有俄共（布）中央 1923 年 4 月通过的《关于改组文学团体》的决议。该决议宣布取消"拉普"，解散所有文学团体和派别，成立全苏统一的"苏联作家协会"。该协会对后来苏联文学艺术的发展产生了深远影响。俄共（布）中央 1925 年所作出的《关于党在文学方面的政策》的决议也是前苏联重要的文艺政策。此外，1946 年 8 月 14 日联共（布）中央《关于〈星〉和〈列宁格勒〉两杂志的决议》也是影响苏联文学发展的一个重要政策文件。该决议由当时联共（布）中央负责意识形态的书记日丹诺夫主持制定，并由此开始了苏联战后对文学、戏剧和电影界的批判运动。类似的情况在西方资本主义国家仍然存在。例如，美国的法律相对比较健全，但仍然需要有法律以外的解决文艺发展问题的方式。美国政府自 19 世纪 50 年代起开始实行对艺术的资助政策。纽约市民用工程署（CWA）曾经资助绘画、壁画和艺术教育，但其主要目的是创造就业机会。大多数受雇者是从受救济者中挑选的，受雇的唯一条件是申请人申明自己是艺术家。所以，由此而产生的艺术品一般都为业余新手所作[1]。

---

[1] ［美］L. D. 杜博夫著，周林等译：《艺术法概要》，中国社会科学出版社 1996 年版，第 99 页。

美国还成立了国家艺术基金会，旨在使艺术更广泛地为美国公众服务和鼓励优秀的艺术人才发挥其创造才能。同时，政府也借此对艺术发展方向进行潜在的控制①。美国的有关法规和政策还规定，凡准备在美国进行现场表演和制作音像制品（电影和录像制品）的外国文艺工作者及其技术助理在申请签证之前应先从美国移民归化局得到批准书。但持 B 类签证的业余演员不需要批准书，他们可以在美国自由演出。那种演出经费全部由外国政府承担，表演目的是向观众介绍该国文化的演出不需要批准书。由于这类演职员持 B 类签证，所以他们不得从美方得到任何报酬，美国赞助人、资助人或主办单位不能介入制作、不准售票，所有费用必须由派遣国政府承担。如果项目制作有美方参与，则需要向美国移民归化局申请批准书（参见美国驻华大使馆网站提供的签证信息）。法国甚至立法保护艺术家不受过分批评，要求"同一报刊必须在收到艺术家对自己无理攻击的反驳后，在下一期予以发表"②。新加坡的文化政策则明显具有抵制西方价值观的倾向。

共和国成立以来，由于我国社会和文艺发展所处的历史条件，特别是由于国家文化体制的逐渐形成，文艺政策对于文学艺术事业的发展就具有特别重要的意义。因此，党和政府制定了大量有关文艺的路线、方针和政策，其中大量的是典型的文艺政策文本。这种典型的文艺政策文本又分为两种具体情况。

一种情况是，党和政府制定的宏观经济政治文化政策本身是典型的政策文本，其中包括或者涉及文学艺术的发展，使这些非文艺本位的政策也具有文艺政策的意义。它们也可以在宽泛的意义上被看做是典型的文艺政策文本。例如"双百"方针的提出，本来就不限于文学艺术，而是涉及整个科学文化事业的发展。毛泽东在《关于正确处理人民内部矛盾的问题》的著名文章中曾明确指出："百花齐放，百家争鸣，长期共存，互相

---

① ［美］L. D. 杜博夫著，周林等译：《艺术法概要》，中国社会科学出版社 1996 年版，第 101 页。
② 同上书，第 160 页。

监督，这几个口号是怎样提出来的呢？它是根据中国的具体情况提出来的，是在承认社会主义社会仍然存在着各种矛盾的基础上提出来的，是在国家需要迅速发展经济和文化的迫切要求上提出来的。"因此，"'百花齐放，百家争鸣'的方针，是促进艺术发展和科学进步的方针，是促进我国的社会主义文化繁荣的方针"。只是由于其中较多涉及文学艺术的问题，所以，人们常常把"双百"方针当成了文艺政策。需要特别注意的是，这一对于中国当代文学艺术影响至深的文艺政策，最初是由毛泽东在1956 年 4 月中央政治局扩大会议讨论"论十大关系"时提出来的。此后由时任中共中央宣传部部长的陆定一，在 1956 年 5 月 26 日代表党中央向首都文艺界和科学界一千多位代表作了《百花齐放，百家争鸣》的报告，1956 年 6 月 13 日的《人民日报》又正式发表了这个报告。因此，"双百"方针完全是按照典型的政策机制形成的，而且，这在中国当代社会应该是最具有权威性的制定政策的机制。又比如，1981 年 1 月，中共中央发布了《关于当前报刊新闻广播宣传方针的决定》；1983 年 9 月，中共中央发布了《中共中央批转中央宣传部等四部门〈关于加强城市、厂矿群众文化工作的几点意见〉的通知》；1986 年 9 月，中共中央发布了《中共中央关于社会主义精神文明建设指导方针的决议》；1991 年 7 月，国务院发布了《国务院批转文化部关于文化事业若干经济政策意见的报告》；1996 年10 月，中共中央又发布了《中共中央关于加强社会主义精神文明建设若干重要问题的决议》；1996 年，国务院发布了《关于进一步完善文化经济政策的若干规定》等。上述这些"决定"、"通知"、"决议"、"规定"等，均属典型的政策文本，并且对文学艺术事业的发展产生了深刻影响，但它们都不是完全针对文艺问题而形成的，而是包含了更为宽泛的内容。因此，它们在宽泛的意义上也可以作为典型的文艺政策文本。

另一种情况是，文艺政策的制定，既完全按照政策形成的机制进行，又是专门针对文艺发展中所提出的重大问题而形成的。这是更为典型的文艺政策文本。在共和国文艺发展史上，这类文艺政策文本也不在少数。如共和国成立初期，《政务院关于加强戏曲改革工作的指示》（1951 年 5 月

5 日）便是属于这样的典型的文艺政策文本。20 世纪 60 年代初期，《中共中央批转文化部党组和全国文联党组提出的〈关于当前文学艺术工作若干问题的意见〉》（草案）（1962 年 4 月 30 日）也是属于这样的典型的文艺政策文本。"文化大革命"前夕产生的《部队文艺工作座谈会纪要》也应该属于这种典型的文艺政策文本。其他的如《国务院批转文化部〈关于加快和深化艺术表演团体体制改革意见〉的通知》（1988 年 9 月 6 日）、《中共中央宣传部、文化部、广播电影电视部关于当前繁荣文艺创作的意见》（1991 年 3 月 1 日）、《中共中央关于进一步做好文艺工作的若干意见》（1997 年 1 月 11 日）等，都是这种典型的文艺政策文本。从某种意义上讲，这种具有更为具体的针对性的文艺政策文本的影响面不如上一种文艺政策文本，但它们对于文学艺术所产生的作用却更为直接。

（二）准文艺政策文本

所谓准文艺政策文本，主要是指代表政策主体的党和国家领导人就文艺问题所发表的重要讲话及著述。这些讲话和著述中有关文艺的基本观点和重要见解一般都能够代表政策主体的思想主张，所回答的也往往是一些事关文艺发展的重要问题，因而它们无疑同样具有文艺政策的意义。但这类文艺政策文本一般体现为领导人的个人讲话或著述，有的甚至并没有履行典型的文艺政策运行机制，而且有鲜明的个人风格，不同于典型的政策文件，因而可以称作是准文艺政策文本，也可以称为有风格的文艺政策文本。就政策运行的一般机制而言，典型的文艺政策文本是最基本的，也是最主要的文艺政策文本形态。但在某些情况下，借助于领导人的个人威信或个人魅力，这种有风格的准文艺政策文本往往比典型的文艺政策文本具有更大的影响力。

在中国现当代文学艺术发展过程中，最有代表性的准文艺政策文本莫过于毛泽东 1942 年发表的《在延安文艺座谈会上的讲话》。共和国成立以后，这类有风格的准文艺政策文本的情况也是相当普遍。以毛泽东为例，他既是新中国的缔造者和最高领导人，又十分喜爱文学艺术，在几十年革命斗争生涯中发表了大量关于文学艺术的谈话，留下了许多关于文学艺术的文稿。其中有不少谈话和文稿都具有文艺政策的意义。中央文献出版社 2002 年出版的《毛泽东文艺论集》所收集的毛泽东在新中国成立以后所撰写和发表的有关文艺问题的讲话、著述、题词、按语、解释、批注、批示、批语、书信等，共有 52 篇，其中不少都具有文艺政策的意义。如 1951 年起草的《人民日报》社论《应该重视电影〈武训传〉的讨论》、1954 年发表的《关于〈红楼梦〉研究问题的信》、1955 年《〈关于胡风反革命集团的材料〉的序言和按语》、1956 年《同音乐工作者的谈话》、1957 年 3 月《同文艺界代表的谈话》、1963 年 12 月和 1964 年 6 月《关于文学艺术的两个批示》，以及 1975 年关于《党的文艺政策应当调整》的谈话等。

除毛泽东以外，中共和国家领导人就文艺问题发表个人的指导性意见的情况相当普遍。有的可以看做是典型的文艺政策文本，有的则是准文艺政策文本。其中较有代表性的有：周恩来《在中华全国文学艺术工作者代表大会上的政治报告》（1949 年 7 月 6 日）、《为总路线而奋斗的文艺工作者的任务——在第二次全国文代会上所作的政治报告》（1953 年 9 月 23 日）、《在文艺工作座谈会和故事片创作会议上的讲话》（1961 年 6 月 19 日）、《对在京的话剧、歌剧、儿童剧作家的讲话》（1962 年 2 月 17 日）；刘少奇《关于作家的修养等问题》（1956 年 3 月 5 日）、《对于文艺工作的几点意见》（1956 年 3 月 8 日）；林彪《给中央军委常委的信》（关于部队文艺工作座谈会纪要，1966 年 3 月 22 日）；邓小平《在中国文学艺术工作者第四次代表大会上的祝词》（1979 年 10 月 30 日）；胡耀邦《在剧本创作座谈会上的讲话》（1980 年 2 月）；李维汉《关于写革命人物的几个问题》（1981 年 2 月）；胡启立《在中国作家协会第四次会员代表大会上的祝词》（1984 年 12 月）；江泽民《在中国文联第六次全国代表大会、中国作协第五次全国代表大会上的讲话》（1996 年 12 月），以及胡锦涛《在中国文联第八次全国代表大会、中国作协第七次全国代表大会上的讲话》（2006 年 11 月），等等。

　　新中国文艺发展史上的准文艺政策文本的产生，是一个较为复杂的现象。对于有风格的准文艺政策文本的理解，需要处理好几个方面的问题。

　　首先，准文艺政策文本的出现是一个不可避免的政策现象。其作用要么是对典型的文艺政策文本的强调，要么是对典型的文艺政策文本的补充，总是表现出说话者的个人风格。而且，不仅中国当代文艺政策体系中有这种"准文艺政策文本"，中国现代文艺政策体系中也有过这种"准文艺政策文本"。1942 年毛泽东《在延安文艺座谈会上的讲话》就是这种准文艺政策文本的代表。原国民党中宣部部长张道藩 1941 年 8 月发表的《四年来之文化动向》、1942 年所作的《〈文艺先锋〉发刊词》等①，也应属于准文艺政策文本。此外，邓小平 1941 年 5 月所作的《一二九师文化工作的方针任务及其努力方向》②、聂荣臻 1944 年 1 月所作的《关于部队文艺工作诸问题》的谈话、陈云 1943 年 3 月所作的《关于党的文艺工作者的两个倾向问题》等，都是属于这种"有风格的准文艺政策文本"。不仅中国有这种"准文艺政策文本"，国外也有这种"有风格的准文艺政策文本"。如苏联领导人托洛茨基 1928 年所作的《文学与革命》、斯大林关于社会主义现实主义的谈话、日丹诺夫 1934 年在第一次苏联作家代表大会上的讲话等。相对而言，在更加注重依法行政的社会，执政党或政府领导人就文艺问题发表具有政策意义的著述或个人谈话的情况相对较少，但也不是完全没有。法国总统常常就文艺问题发表意见。中国学者钱钟书去世后，法国总统希拉克特地发来唁电，表示慰问，并称其将以他的自由创作、审慎思想和全球意识铭记在文化历史中并成为对未来世代的灵感源泉③。

　　其次，"准文艺政策文本"的出现与政策主体代表的情况有着特别的关系。特别是，如果党和国家领导人熟悉或爱好文艺，就容易经常发表对于文艺问题的意见和看法；如果这些领导人的地位显赫，所发表的意见和

---

① 以上均见《大后方文学书系·文学运动卷》，重庆出版社 1989 年版。
② 《中国解放区文学书系·理论一编》，重庆出版社 1991 年版。
③ 载《光明日报》1999 年 1 月 1 日。

看法对于文艺的影响就特别重大。在共和国第一代领导人中，碰巧毛泽东既是党和国家的最高领导人，又是一位诗人，对文艺问题始终有着浓厚的兴趣，因此常常发表对于文艺问题的意见。而且毛泽东对文艺问题的许多见解高屋建瓴，道人所未能道，言人所不敢言，表现出不容置疑的气势。如毛泽东 1951 年 5 月 20 日为《人民日报》起草的社论《应当重视电影〈武训传〉的讨论》中的句子："《武训传》所提出的问题带有根本的性质。像武训那样的人，处在满清末年中国人民反对外国侵略者和反对国内的反动封建统治者的伟大斗争的时代，根本不去触动封建经济基础及其上层建筑的一根毫毛，反而狂热地宣传封建文化，并为了取得自己所没有的形成封建文化的地位，就对反动的封建统治者竭尽奴颜婢膝的能事，这种丑恶的行为，难道是我们所应当歌颂的吗？"又如，毛泽东 1954 年在写给中央政治局同志的《关于〈红楼梦〉研究问题的信》中写道："事情是两个'小人物'做起来的，而'大人物'往往不注意，并往往加以阻拦，他们同资产阶级作家在唯心论方面讲统一战线，甘心作资产阶级的俘虏，这同影片《清宫秘史》和《武训传》放映时候的情形几乎是相同的。被人称为爱国主义影片而实际是卖国主义影片的《清宫秘史》，在全国放映之后，至今没有被批判。《武训传》虽然批判了，却至今没有引出教训，又出现了容忍俞平伯唯心论和阻拦'小人物'的很有生气的批判文章的奇怪事情，这是值得我们注意的。"此外，毛泽东 1955 年关于胡风反党集团一些材料的"按语"，1957 年对于王蒙小说的评论、1958 年《文艺报》"再批判"专栏"编者按语"，1958 年关于大跃进民歌的评论，1963 年、1964 年关于文艺问题的"两个批示"等，都是极有风格的文艺评论。由于毛泽东的地位和影响，这些有关文艺问题的意见大都被当作文艺政策来执行，而且比之一般文艺政策文本，言辞更加严厉或意味深长。文艺界在贯彻执行这些有风格的准文艺政策文本时，也往往更有效果。

再次，"准文艺政策文本"无论怎样有风格，其前提都是，它们在内容上所涉及的都是重大的文艺政策问题，而且一般都能够代表政策主体的思想主张，有的还经过了文艺政策制定的某些程序。因此，对于党和国家领导人有关文艺问题的谈话、书信、文稿等是否就是"准文艺政策文本",还有一个判断和识别的问题。显然,从严格的意义上讲,《毛泽东文艺论集》中的47篇有关文艺问题的书信由于没有经过一般政策的程序,不能算作是文艺政策。但由于特殊的历史原因,它们实际上又起到了文艺政策的某些作用,这就还需要对文艺政策的作用方式做进一步的分析。

此外,在共和国文艺发展史上,由于社会法治进程的历史水平和第一次文代会所形成的党和政府管理文艺的特殊模式,特别是由于我国新闻传播媒体的特殊性质,以报刊文章表现出的准文艺政策文本的情况相当普遍。其中尤其以《人民日报》、《解放军报》、《红旗》杂志、《文艺报》等报刊的社论、编者按语和重要文章最为突出。例如,1952年11月26日,《人民日报》发表社论《正确地对待祖国的戏曲遗产》,对新中国成立以来由文化部主办的第一届全国戏曲观摩演出大会的圆满闭幕表示祝贺,对三年来戏曲改革工作所取得的成绩给予充分肯定,同时对今后戏曲改革工作的方向、存在的问题等提出了进一步改进的要求。整个文章完全是以政府代言人的主体姿态在说话,使该社论具有了国家文艺政策的意义。又如,1955年7月27日《人民日报》发表《坚决地处理反动、淫秽、荒诞的图书》的文章,提出要采取措施禁止租赁淫秽、荒诞的旧小说、旧唱本、旧连环画、旧唱片等。此外,《文艺报》1954年第23、24期合刊发表的《关于〈文艺报〉的决议》则经过毛泽东审阅批示,对《文艺报》的"资产阶级方向"提出批评,并提出改组《文艺报》的意见。《文艺报》1958年第2期在开辟了"再批判"专栏的同时,发表了经过毛泽东修改的"编者按语",其中讲到:"'奇文共欣赏,疑义相与析',许多人想读这一批'奇文'。我们把这些东西搜集起来全部重读一遍,果然有些奇处。奇就奇在以革命者的姿态写反革命的文章。"《文艺报》由此展开对所谓"丁玲、陈企霞反党集团"的批判。类似的重要文章还有1958年4月14日《人民日报》社论《大规模地收集全国民歌》、《文艺报》1961年第3期发表的专论《题材问题》、《人民日报》1962年5月23日社论《为最广大的人民群众服务》、《文艺报》1964年第8、9期合刊的

《文艺报》编辑部文章《"写中间人物"是资产阶级的文学主张》、《人民日报》1967 年 5 月 31 日社论《革命文艺的优秀样板》、《红旗》杂志 1967 年第 6 期社论《欢呼京剧革命的伟大胜利》、《人民日报》1980 年 7 月 26 日社论《文艺为人民服务、为社会主义服务》等。

文艺部门领导人以个人名义发表的一些重要讲话、文章等，有的也具有重要的文艺政策意义。典型的例子是周扬的文章《文艺战线上的一场大辩论》（《人民日报》1958 年 2 月 28 日）。据陈晋的《文人毛泽东》所述①，毛泽东很重视周扬的这个讲话，先看了一遍，又专门找他谈了一次，提了意见。据周扬说，毛泽东认为文章写得很好，自己有些想法，因为要去苏联，没有时间细读，是否等他回来，再修改。周扬根据毛泽东的意见先自作了修改，等毛泽东 1957 年 11 月下旬从苏联回来后，又送毛泽东审阅。毛泽东看后批示，把这个稿子印发邓小平主持的一个会议，作一两次认真的讨论，加以精密的修改，发表前再送毛泽东看一次。毛泽东还特别嘱咐，会议讨论时要有周扬和其他几位文艺领导同志参加，还说这是一件大事，不应等闲视之。周扬根据中央会议讨论的情况，对稿子作了第三次修改，然后由中宣部文艺处处长林默涵再送毛泽东审阅。毛泽东在 1958 年 2 月两次对周扬的文章作了修改，并要求在《人民日报》和《文艺报》同时发表。1958 年 2 月 28 日的《人民日报》和 1958 年第 4 期的《文艺报》果然同时发表了周扬的这篇文章，被认为是代表了党和政府对文艺界反右派斗争的基本看法，在当时和后来都产生了很大影响。其中一个重要原因就是毛泽东对此文的具有权威性的修改。但周扬晚年出版《周扬文集》时却没有把此文收入集内。而且不仅是周扬的这一篇文章，周扬自"延安文艺座谈会"后的不少重要文章都有过类似经历。周扬晚年谈道："主席对我的确关系很深，确实对我很热情、爱护、培养。整风（指 1942 年）以后我写的文章，很多都是主席看过的，所以后来他们（指'四人帮'及其御用文人）批判我的时候，引我的文章并不多，都是

---

① 陈晋：《文人毛泽东》，上海人民出版社 1997 年版，第 441、578 页。

引我的讲话。"① 类似情况也有相反的例子，最典型的是《文汇报》1965年11月10日发表的姚文元的文章《评新编历史剧〈海瑞罢官〉》。姚文元文章的出台，有着较为复杂的背景。江青等人具体策划了姚文元批判《海瑞罢官》的文章。关于这一过程，毛泽东在1966年2月3日接见阿尔巴尼亚军事代表团时有一段谈话：

> 我国的"无产阶级文化大革命"应该从1965年冬姚文元同志对《海瑞罢官》的批判开始。那个时候，我们这个国家在某些部门、某些地方被修正主义把持了，真是水泼不进，针插不进。当时我建议江青同志组织一下写文章批判《海瑞罢官》，但就在这个红色城市无能为力，无奈只好到上海去组织，最后文章写好了我看了三遍，认为基本上可以。让江青同志拿回去发表，我建议再让一些中央领导同志看一下，但江青同志建议："这文章就这样发表，我看不用叫恩来同志、康生同志看了。"姚文元的文章发表以后，全国大多数的报纸都登载了，但就是北京、湖南不登，后来我建议出小册子，也受到抵制，没有行得通。②

这样一种情况使得姚文元的文章既具有某种文艺政策的权威性，但又缺乏文艺政策应有的程序与合法性，进而导致了当时中央领导人在这一问题上的分歧。分歧的进一步发展导致中共北京市委的解体和"文化大革命"的正式爆发。这在新中国文艺政策发展史可以说绝无仅有，姚文元的《评新编历史剧〈海瑞罢官〉》的文章，也因此成为研究新中国文艺政策中的一个特别值得关注的复杂现象。

（三）超文艺政策文本

所谓超文艺政策文本，也可称为超文本文艺政策，是指那些具有文艺

---

① 陈晋：《文人毛泽东》，上海人民出版社1997年版，第441、578页。
② 陈晋：《文人毛泽东》，上海人民出版社1997年版，第587页。

政策意义但不具有通常文本形式的文艺政策文本。有时也可以称为文艺政策事件。它们通常不具有典型的文艺政策的形式，也不是前面所说的准文艺政策文本，但仍具有文艺政策的意义。它们常常是典型的文艺政策的补充形式，在新中国文艺政策体系中具有不可或缺的重要意义。在新中国文艺发展史上，这种所谓"超文艺政策文本"，主要指各种具有文艺政策意义的文艺活动以及范围更为广泛的文艺现象，包括党和国家领导人以及主管文艺工作的主要负责人参加的有关文艺工作的重要会议、活动、谈话、题词等；国家的文学批评运动以及文学艺术评奖也是这种"超文艺政策文本"的一个重要方面。由于新中国文艺事业管理方式的特点，这种情况在共和国文艺发展中相当普遍。

在共和国文艺发展史上，有关文艺的重要会议，特别是历次的全国文代会、作家代表大会以及文艺方面的重要的座谈会等，是特别值得重视的超文本文艺政策。1949 年 7 月在北平召开的第一次全国文代会，确立了毛泽东文艺思想作为新中国文艺发展的指导方针，在新中国文艺发展史，具有特别重要的、奠定基础的作用。此后逐渐形成一种惯例。每到一定时间，随着党和国家中心工作的重心转移或者出现阶段性工作安排的某种调整，文艺界的工作重心也随之作出调整。这就需要以一定的方式召开一些重要的文艺界代表大会来统一思想和规划工作。建国以来的历次文代会和作家代表大会的召开均具有这样的作用。1953 年 9 月在北京召开的第二次全国文代会的中心任务是总结新中国成立四年来的工作经验，进一步发展文学艺术的创作事业，鼓励作家和艺术家创作出更多更好的作品①。1960 年 7 月在北京召开的第三次全国文代会则强调："我国文学艺术工作的首要任务，就是用文艺的武器，极大地提高全国人民社会主义和共产主义的思想觉悟，提高全国人民共产主义的道德品质。为了达到这个目的，

---

① 郭沫若：《中国文学艺术工作者第二次代表大会开幕词》，《中国文学艺术工作者第二次代表大会资料》，第 4 页。

就必须同资产阶级思想进行长期的坚持不懈的斗争。"① 1979 年 10 月在北京召开的第四次全国文代会更是一次承前启后、继往开来的重要的文艺界盛会。邓小平代表中共中央和国务院在大会上发表的祝词，全面总结了新中国成立以来文艺工作的经验教训，提出了新时期文艺工作的路线方针和政策，为繁荣社会主义新时期的文艺提供了文艺政策保障。此后，1988 年 11 月在北京召开的第五次全国文代会、1996 年 12 月在北京召开的第六次全国文代会和第五次全国作代会、2001 年 12 月在北京召开的第七次全国文代会和第六次作代会以及 2006 年 11 月在北京召开的第八次全国文代会和第七次全国作代会等，都是具有重要意义的文艺政策事件。此外，1961 年 6 月中宣部在北京召开的全国文艺工作座谈会，1962 年 3 月在广州召开的话剧、歌剧、儿童剧座谈会，1962 年 8 月中国作协在大连召开的"农村题材短篇小说创作座谈会"，1964 年 6 月在北京召开的京剧现代戏观摩演出大会，以及 1980 年 2 月在北京召开的"剧本创作座谈会"，1981 年 8 月中宣部在北京召开的"思想战线问题座谈会"等，都是对中国文学艺术发展产生过较大影响的会议。

共和国成立以来，文艺界开展了一系列的批判运动。这已经构成了中国当代文学艺术发展的一个重要特点。这些文艺批判运动在进一步统一文艺界的思想、集中体现党和政府的文艺思想意志等方面发挥了重要作用，理所当然地成为典型的文艺政策的"超文本形式"。其中，1951 年毛泽东发动的对电影《武训传》的批判运动在中国当代文艺发展史上首开大规模文艺批判运动先河。1954 年毛泽东又亲自发动了对于《红楼梦》研究的思想批判运动，对于进一步用革命的思想和立场研究利用传统文化，产生了更为深远的影响。1955 年毛泽东发表《〈关于胡风反革命集团的材料〉的序言和按语》，掀起了声势浩大的批判所谓胡风反党集团的高潮，并进而在全国掀起了一场"肃反"运动。以上"三大文艺批判运动"均

---

① 陆定一：《在中国文学艺术工作者第三次代表大会上的祝词》，《中国文学艺术工作者第三次代表大会文件》，人民文学出版社 1960 年版，第 11 页。

具有鲜明的文艺政策特征，并对新中国文艺事业产生了重要影响。除此之外，1957 年的文艺界反"右派"运动、1958 年的大跃进民歌运动以及 1966 年开始、持续了 10 年之久的"文化大革命"运动等，都是具有文艺政策意义的大批判运动，其中的深刻教训值得我们永远记取。

此外，一些重要的文艺界组织活动也可能具有某种文艺政策的意义，也可能成为超文本文艺政策，包括代表政策主体的党和国家领导人参加的一些文艺活动，包括文艺会谈、文艺会演等。以毛泽东为例，毛泽东在 1942 年延安文艺座谈会期间与参加会议的文艺界代表合影时，"毛泽东四处张望，问丁玲在哪里？看见丁玲隔他三个人挨在朱德旁边，才放心坐了下来，开了一句玩笑，'照相坐近一点，不要明年再写《三八节有感》'"[①]。毛泽东在新中国成立后参加了大量文艺方面的活动，发表了大量有关文艺问题的谈话、题词以及诗文酬唱等。这些文艺活动及谈话题词、诗文酬唱等，多是针对某些重大文艺问题有感而发，包含了作为革命家对于文艺的深意，具有指引方向的作用。如毛泽东在新中国成立初与民国元老柳亚子的诗词酬唱，着意表现共产党人对民主人士的宽广胸襟；毛泽东又特地批示把周作人这样的人养起来，以示人民政府宽大为怀；1949 年 9 月 23 日，毛泽东为刚创刊的《人民文学》题词：希望有更多好作品出世；1951 年 4 月，毛泽东又为新成立的中国戏曲研究院题词：百花齐放，推陈出新；1957 年，毛泽东把他的诗词 18 首交给《诗刊》发表，以示对《诗刊》创刊的支持。除毛泽东外，周恩来也有十分频繁的文艺活动，并与文艺界交际甚广。他参加的许多文艺活动的意义都不限于活动本身，而具有代表政策主体"表态"的意味。周扬作为毛泽东文艺思想的主要阐释者，在新中国文艺发展史上的许多活动，包括肯定什么，反对什么，也具有文艺政策的意义。

国家对于文学艺术的奖励也是体现国家文艺政策导向的一个重要方面，历来受到文艺界重视。共和国成立以后相当长一段时间，由于社会主

---

① 陈晋：《文人毛泽东》，上海人民出版社 1997 年版，第 234 页。

义尚处于草创时期，经济基础十分薄弱，社会发展极不稳定，政府尚无暇设立国家文艺奖。但由党和政府所控制的媒体又不时开展文艺评论，评价作家作品，在某些方面起到了褒奖文艺的作用，以至在客观上把文艺抬到一个很高的地位。这使得新中国文艺评奖以及由此而发生的文艺政策问题变得微妙而复杂。新时期以来，随着社会生活和文学艺术逐渐走上健康发展的轨道，文艺评奖被提上议事日程。最初是行业性的文艺评奖，如1980 年开始设立的、每两年一次的中国作家协会全国优秀中篇小说奖，1981 年开始设立、由中国作家协会主办的、每三年一次的茅盾文学奖（专评长篇小说），1980 年开始设立的、每两年一次的中国作家协会全国优秀报告文学奖，1982 年开始设立的、每两年一次的中国作家协会全国优秀新诗奖等。此后，文学界的评奖活动，一方面向民间方面转移，由民间资本参与运作，如以南京大学名义于 2009 年设立的"中国当代文学学院奖"，以凸显"文化品质和精神含量"为宗旨，在中国新文学史上当属首次；另一方面，开始有了由党和政府设立的文艺奖项，如中宣部的全国"五个一工程"奖、解放军总政治部的"中国人民解放军文艺奖"、公安部的"金盾文学奖"、国家民委的全国少数民族文学"骏马奖"等。上述文艺评奖形成一套文艺奖项体系，对文艺发展起着导向的作用。但随着文学艺术的迅猛发展和评奖体系的滞后，有关奖项的合理性和公正性不时受到质疑。这又必将在新的水准上促进文艺政策体系的进一步发展和完善。

三、文艺政策与文学实践

（一）十七年的文艺政策与文学创作

共和国文艺政策与当代文艺创作的关系，涉及中国当代文艺政策的效应问题。理解文艺政策的效应问题，首先应对特定文艺政策的内涵特征有准确的把握；其次应对特定条件下文艺政策作用于文艺发展的方式有具体的和深入的分析；最后，还应对特定时代文艺发展与文艺政策之间的历史关联有实事求是的具体分析。从总体上讲，新中国文艺政策的政治效应大于艺术效应，而且大多是直接的政策效应。新中国文艺政策在总体上具有一以贯之的基本特点，同时又表现出不同的阶段性特征。为了表述的方便，我们大体按照中国当代文学艺术发展的阶段性特征，把新中国文艺政策对新中国文艺事业的影响，分为"新中国成立初十七年"、"文化大革命十年"和"新时期"等几个不同的历史阶段。

新中国成立初十七年是新中国文艺政策的建构阶段，文艺政策的建构具有明显的建国初期的历史文化特点。新中国文艺政策的建设经历了一个较为长时期的和曲折的过程，直至"文化大革命"爆发前夕告一段落，基本上形成新中国成立初十七年文艺政策的体系。其基本特征可大体概括为对毛泽东所确立的文艺为无产阶级政治服务、为工农兵服务方向在新中国文艺体制中的落实。其间，1949 年 7 月召开的第一次全国文代会及其所形成的文件精神、1956 年毛泽东提出"双百"方针、1957 年周扬发表《文艺战线上的一场大辩论》、1961 年 6 月周恩来发表《在文艺工作座谈会和故事片创作会议上的讲话》以及 1962 年 4 月《中共中央批转文化部党组和全国文联党组提出的〈关于当前文学艺术工作若干问题的意见〉》（草案）的公布等，是具有代表性的重大政策事件和政策文本。所有这些文艺政策事件和文艺政策文本，都表现出建构新中国文艺政策体系的努力，在指导思想上基本沿袭了新民主主义革命时期的文艺政策指导思想和文艺政策观念，仍然坚持了战争年代的文艺价值观和文艺为政治服务的工具论文艺观，强调知识分子的思想改造和普及第一的文艺方针，但"百花齐放，百家争鸣"的方针的提出，丰富和改善了建国初期文艺政策思想的有效性。

新中国成立初十七年的文艺政策，在文化内涵上，仍然基本上只是把文艺政策作为执政党和政府的政治措施来对待，文艺政策的建构长期停留在所谓文艺发展的方向等宏观问题上，所建构的也主要是一些最基本的文艺政策，缺乏与经济、政治、法律等相关配套的文艺政策及其法律法规体系建设，缺乏更多具有可操作性的具体的、部门的和各个方面的文艺政策建设；在文化形态上，则坚持了战争年代和苏联文艺政策的基本做法，执政党和政府对文艺发展的干预较多，而且方法比较简单，但新建立起来的文联和作家协会等文学艺术机构对于文学艺术的统一管理协调和服务职能得到极大强化，并逐步形成一体化的新中国文艺管理体制。上述各方面在建构新中国成立初的当代文艺政策体系中发挥了重要的作用，初步形成初期文艺政策框架体系。1963 年 12 月 12 日和 1964 年 6 月 27 日，毛泽东先后就文艺问题作出两个重要批示，给文艺界带来极大震动，也使新中国成立初十七年所构建起来的文艺政策体系受到巨大冲击，开始发生动摇，进入挫折阶段。但原来已经初步建成的文艺政策体系仍然在发挥重要作用，从而使整个新中国成立初期文艺政策表现出极其矛盾复杂的内涵及其表现形式。在整个新中国成立初十七年的发展过程中，文艺政策建构所表现出的这些重要特点，对十七年的文艺创作产生深刻影响。

新中国文艺政策的建构在影响文艺发展的方式上，也具有自己的特点。其中最突出的一点，就是文艺政策直接指导和干预文艺创作，且进而形成文艺政策直接影响文艺创作的新中国文艺政策影响文艺创作的关系模式。一般说来，文艺政策作用于文艺发展的方式大多是宏观的和间接的，主要是通过遵循文艺发展规律、影响文艺发展的某些要素来影响文艺发展的，包括引导文艺发展方向、改善文艺发展环境以及提供文艺发展条件等。但由于新中国是从长时期的革命战争中诞生的，因此，新中国成立初十七年文艺政策作用于文艺发展的方式，主要沿袭了战争年代的方式。这种特定的文艺政策方式的主要特点，一方面是对文艺工作高度重视，将其纳入革命和建设的总体目标，把文艺当作整个革命事业的一条重要的战线，与之同时，非文艺本位的工具论文艺观，事实上又将文艺置于某种非文艺本位的依附地位，使文艺自身的健康发展受到一定限制；另一方面，以政权建设为依托，建立起全国统一的文艺领导和组织机构，提出统一的文艺方针政策，进行统一的规划和管理，对文艺发展提供了过去所不可比

拟的条件，也使新中国文艺发展逐步走上一体化体制的建设。上述新中国
文艺政策影响文艺发展的方式，对于十七年文艺创作的影响既深远又复
杂，既有正面的积极影响，也有负面的消极影响，需要认真研究总结。这
之中，十七年文艺批评所发挥的作用特别值得研究。

广义的文艺批评是对文艺现象的评论。文艺批评是解决文艺界不同观
点论争、促进文艺发展的基本方法。在文艺批评的历史发展过程中，曾经
有过道德伦理批评、社会历史批评、意识形态批评、文艺审美批评、心理
分析批评和语言形式批评等多种文艺批评方式。一般认为，审美批评是一
种更贴近文艺特点和审美规律的批评。恩格斯则把他的批评方法称作是历
史的和美学的批评。在共和国文学发展过程中，至少在"十七年文学"
和"文化大革命文学"中，虽然也有一般意义上的文艺批评，但更多和
更有影响的，是所谓意识形态批评。这种当代意识形态文艺批评的最突出
的特点，其实就是用文艺批评的方式来阐释党和政府的文艺政策，表达来
自权威领域的声音。这就是说，新中国文艺政策的建构主要不是按照文艺
自身的特点和需要展开的，而是按照政治需要而进行的。新中国文艺政策
的建构主要是通过文艺批评、思想斗争和组织处理等广义的文艺政策方
式，建构起一种具有中国特色的处理文艺与政治关系的模式，并形成直接
影响和冲击文艺创作的特殊政策效应。从事这类批评的批评家，则多是与
上层保持密切联系的职业革命批评家，有的甚至就是老一辈无产阶级革命
家本人。在新中国文艺批评发展史上，毛泽东的《应当重视电影〈武训
传〉的讨论》（1951 年）、《关于〈红楼梦〉研究问题的信》（1954 年）、
《〈关于胡风反革命集团的材料〉的序言和按语》（1955 年）、《对文学艺
术的两个批示》（1963、1964 年）、《党的文艺政策应当调整》（1975 年），
周扬的《反人民、反历史的思想和反现实主义的艺术——对电影〈武训
传〉的批判》（1951 年）、《我们必须战斗》（1954 年）、《文艺战线上的
一场大辩论》（1958 年）、《为最广大的人民群众服务》（1962 年），陈荒
煤《为创造新的英雄的典型而努力》（1951 年），林默涵的《胡风的反马
克思主义的文艺思想》（1953 年），张光年的《莎菲女士在延安——谈丁

玲的小说〈在病院中〉》（1958 年）、《评郭小川〈望星空〉》（1959 年），康濯的《路翎的反革命的小说创作》（1955 年），姚文元的《评新编历史剧〈海瑞罢官〉》（1965 年）等，都是属于这类意识形态文艺批评的代表。这类文艺批评实际上也可以看做是思想斗争。文艺批评也许可以听之任之，但思想斗争则需要立竿见影，因此当代文艺批评在传达和贯彻党的文艺政策的同时，直接指导和干预文艺创作也就在所难免。其结果常常是一篇政策性文章发表后，创作上迅速闻风而动，理论批评则"一边倒"。按照过去党内斗争形成的惯例和需要，思想斗争的后期常常涉及组织处理。当代文艺批评由于完全沿袭了战争年代的做法，因而也常常因思想观点的不同和受到来自上层的批评后，最后有可能面临组织处理的结果。而事实上，很多时候这类"革命大批判"性质的文艺批评往往是政治运动的晴雨表，受批判者随即获罪而受到组织处理（如胡风、路翎、王蒙、刘绍棠、吴晗等）就变得很正常。这些文艺批评的产生虽然有其特定的原因，但不少违背文艺自身规律的文艺批评，却对新中国文艺创作乃至整个文艺生产力的发展，都产生了不可估量的消极影响。

就建国初十七年文艺政策与中国当代文艺发展的形态而言，两者既有各自的内涵和目标，又在总体上服从于发展社会主义文艺事业这一共同目的，因而保持了一种协调发展的关系。因此，十七年中新中国文艺政策的建设尽管还有诸多不够完善的地方，也因极"左"思潮的干扰而带来不少遗憾（"文化大革命"中被当作文艺政策执行的《部队文艺工作座谈会纪要》是一个典型的例子），但从总体上讲，中国当代文学的发展与中国当代文艺政策的建设，保持了基本一致的发展步调。

但是，新中国文艺政策与中国当代文学之间的这种协调发展关系，又不是简单的平行发展关系，而存在一种主从关系，即要求文艺创作为政策服务，从而逐渐形成政策决定文学发展的关系模式。早在建国前夕召开的第一次全国文代会上，周扬在《新的人民的文艺》的报告中就特别强调了学习政策的重要性。周扬指出："为了创造富有思想性的作品，文艺工作者首先必须学习政治，学习马列主义毛泽东思想与当前的各种基本政策。不懂得城市政策农村政策，便无法正确地表现城乡人民的生活和斗争。"周扬还特别指出："在人民民主专政的新社会中，人民已成为自己命运的主人，他们的行动不再是自发的、散漫的、盲目的，而是有意识的、有组织的、按照一定目标进行的；这就是说，他们的行动是被政策所指导的，人民通过根据他们的利益所制定的各种政策来主宰着自己的命运。这就是新的人民时代不同于过去一切旧时代的根本规律。因此，离开了政策观点，便不可能懂得新时代的人民生活中的根本规律。一个文艺工作者，只有站在正确的政策观点上，才能从反映各个人物的相互关系、他们的生活行为和思想动态、他们的命运中，反映出整个社会各阶级的关系和斗争、各个阶级的生活行为和思想动态、各个阶级的命运。"而且，"一个文艺工作者，也只有站在正确的政策观点上，才能使自己避免单从偶然的感想、印象或者个人的趣味来摄取生活中的某些片断，自觉或不自觉地对生活作歪曲的描写"。①

当年周扬这一具有新中国文艺政策意义的报告中有关学习政策的阐释，实践证明是有缺陷的。但它在当时却对以后的文艺工作产生了很大的影响。如果说，周扬在第一次文代会上所作的报告还只是正面强调文艺表现政策的重要意义的话，稍后展开的关于可不可以写小资产阶级的争论，以及对"肖也牧创作倾向"的批判，则从反面对被认为违背当时所确立的文艺为工农兵服务的方针政策的"偏向"给予了严肃批评。接着，在1953 年召开的第二次全国文代会上，周扬在《为创造更多的优秀的文学艺术作品而奋斗》的报告中，再次强调了政策对于文学的重要意义："文艺作品是应当表现党的政策的。文艺创作离开了党和国家的政策，就是离开了党和国家的领导。政策是根据社会发展的客观规律制定的，是集中地反映和代表人民的根本利益的。作家在观察和描写生活的时候，必须以党和国家的政策作为指南。"② 经过这样正反两方面的多次反复，新中国文

---

① 《中华全国文学艺术工作者代表大会纪念文集》，北京新华书店 1950 年版，第 92 页。
② 《中国文学艺术工作者第二次代表大会资料》，中国文联 1953 年版（内部印行），第 16 页。

艺政策以其毋庸置疑的权威性，逐渐确立起支配文学发展的地位和作用，当代作家和评论家则自觉不自觉地承担起了阐释政策的任务。

正因为新中国成立初十七年文艺政策与中国当代文学保持了一种协调发展的关系，并逐渐形成了文学服从于和服务于政策的关系模式，因而新中国文艺政策在很大程度上决定了中国当代文艺创作的内容和性质，并且规定了它的发展方向。这是一个特别值得研究的现象。

新中国文艺政策对于中国当代文学的决定和制约作用，不仅表现在根本方向的规定上，而且还在中国当代文学发展的每一个重要关头、在一些重大问题上，都有文艺政策出台，力图统一人们的思想认识，并对一些重大是非问题作出澄清，提出解决问题的政策措施。十七年文学中比较典型的例子，有新中国成立初三大文艺批判运动中毛泽东为《人民日报》所写的社论《应当重视电影〈武训传〉的讨论》（1951 年 5 月 20 日）、《关于〈红楼梦〉研究问题的信》（1954 年 10 月 16 日）、《〈关于胡风反革命集团的材料〉的序言和按语》（1955 年 5 月、6 月），以及 1956 年"双百"方针的提出、1961 年党的文艺政策的调整、1966 年《部队文艺工作座谈会纪要》的出台等。它们都曾以党和国家的文艺政策的形式对以后的文艺发展产生过巨大影响。但这些影响的效果和作用并不完全都是正面的，需要另作评价。这里仅以 1961 年党的文艺政策的调整为例略加说明。1961 年党的文艺政策的调整实际上是对 1958 年大跃进以来文艺发展中的某些不正常的以至错误的倾向的一次"纠偏"，以配合 20 世纪 60 年代初国民经济"调整、巩固、充实、提高"的八字方针的落实。因此，1961 年党的文艺政策调整的主题就是发扬艺术民主，尊重艺术规律，纠正"左"的错误。这一主题在当时周恩来所作的《在文艺工作座谈会和故事片创作会议上的讲话》（1961 年 6 月 19 日）、《对在京的话剧、歌剧、儿童剧作家的讲话》（1962 年 2 月 17 日）和稍后形成的《文艺八条》以及《文艺报》1961 年第 3 期专论《题材问题》、《人民日报》1962 年 5 月 23 日社论《为最广大的人民群众服务》等一系列政策文件中，都有明确体现。周恩来《在文艺工作座谈会和故事片创作会议上的讲话》一开始就提到："现在有一种不好的风气，就是民主作风不够。""几年来有一种做法：别人的话说出来，就给套框子，抓辫子，挖根子，戴帽子，打棍子。"又说："三年来，我们本来要求解放思想，敢想敢说敢做，结果反而束缚思想。"这之中确有一个如何改善党对文艺工作领导的问题。在谈到"为谁服务的问题"时，周恩来指出："艺术是要人民批准的。只要人民爱好，就有价值，不是反党、反社会主义，就许可存在，没有权力去禁演。艺术家要面对人民，而不是只面对领导。这是不是主张反对领导呢？不是的。领导在政治上有权提意见，要政治挂帅，但政治挂帅主要是看它是香花还是毒草，是否反党反社会主义，政治上的敏锐要放在这个方面。至于艺术方面，我们懂得很少。"周恩来因此要求参会的领导干部，第一要负责任，第二要干涉少些，尤其不要把什么都说成是修正主义。关于"文艺规律问题"，周恩来指出，"文艺同工农业生产一样，有它客观的发展规律。当然，文艺是精神生产，它是头脑的产物，更带复杂性，更难掌握"。"几年来，文艺作品在数量方面搞得很多，质量不高。文艺的队伍搞得很大，水平不高。同一个剧目，到处学着上演，路子很窄。同一个题材，各地都写，大同小异。用同样的语言歌颂同一事物，把质量降低了。"周恩来还批评了大跃进中提出的"人人作诗，人人画画"，"每县出一个郭沫若"的口号，认为这是不对的。周恩来还在《对在京的话剧、歌剧、儿童剧作家的讲话》中提出，建国以来文艺运动可以分为两个阶段。第一阶段，从解放到大跃进。第二阶段，是大跃进以后。对于大跃进以后的文艺发展，周恩来指出："一九五五年，尤其是一九六〇年以后，由于执行总路线在具体工作上发生偏差，这不能不影响到各个方面，其中也包括文艺方面。"因此，"现在要进入第三阶段，来个否定之否定，还是螺旋式的上升"。[①] 显然，周恩来上述讲话，对大跃进以来文艺发展中极"左"倾向的纠偏意图十分明显。尽管这篇讲话仍有某些难以避免的历史局限，但发扬艺术民主，尊重艺术规律，纠正"左"的偏向的指导

---

① 《周恩来选集》下卷，人民出版社 1986 年版，第 325—327 页。

思想，对于党的文艺政策的调整，对于20世纪60年代初期文艺创作和评论的再度活跃，起到积极的作用。

除周恩来的"讲话"外，当时由张光年执笔的《文艺报》专论《题材问题》也是具有政策意义的文本。文中对大跃进以来文艺创作在题材上的种种偏向提出了批评："大跃进以来，广大群众意气风发，文艺界革命情绪高涨，'歌颂大跃进，回忆革命史'成为文艺上的新风气，当前工农业建设的重大题材，受到文艺界更大的重视，许多文艺工作者及时地反映了大跃进中的新人新事，书刊上、画幅上、舞台上、银幕上的时代气氛显著地增强了，这是令人振奋的好现象。但是，有些同志在正确地、热情地支持了这些革命风气的同时，却把文艺创作的题材理解得片面化、狭隘化了：似乎无产阶级的文艺只能表现当前的重要题材；似乎重大题材只能是今天群众运动中的新人新事，而群众运动只能是当时当地的中心工作，新人新事只能是现成的模范人物、模范事例。"另一方面，"这几年的文艺评论，热情地支持作家艺术家面向群众斗争、歌颂新人新事、刻画工农业战线上的英雄人物、表现群众中间的共产主义风格，这是完全正当的，必要的。可是有些评论文章，却以是否处理了重大题材作为衡量作品价值的首要的或主要的标准。有的时候，一个作品仅仅因为写的是重大题材，就受到过分的称誉"。为此，"专论"提出："题材本身，并不是判断一部作品价值的主要的和决定性的条件，更不是唯一的条件。"这就破除了过去在题材问题上设置的种种清规戒律，有利于促进文艺创作题材的多样化发展。

当时另一篇具有政策指导意义的文章，是由周扬执笔的《人民日报》社论《为最广大的人民群众服务》。该文从分析建国后文艺服务对象的改变入手，提出："现在，各民族的工人、农民、知识分子及其他劳动人民，各民主党派和民主人士，爱国的民族资产阶级分子，爱国侨胞和其他一切爱国人士，在中国共产党的领导下，结成了人民民主统一战线，积极地参加和支持建设社会主义的伟大事业。因此，这个人民民主统一战线内的以工农兵为主体的全体人民都应当是我们的文艺服务的对象和工作的对象。"这显然是对过去简单地提文艺为工农兵服务的口号的极大拓展，必将从根本上对我国社会主义文艺事业的发展产生深远影响。

正是通过上述一系列文艺政策的调整，20 世纪 60 年代初期的文艺发展得以部分调整和纠正了大跃进以来产生的某些偏向。文学创作中历史题材创作和抒情散文开始出现一批有影响的作品，文艺批评也对"题材问题"、"共鸣问题"、"历史剧问题"、"中间人物问题"展开了广泛的讨论。不幸的是，20 世纪 60 年代初期党的文艺政策的调整还未来得及从根本上改变"左倾"顽固症带来的种种恶果，当代文学的发展很快又被一场更大的然而却是人为的"阶级斗争"浪潮所吞没。

因此，这就涉及新中国成立初十七年文艺政策与文艺创作发展历史关联的另外一个复杂问题，那就是，新中国文艺政策对于中国当代文学发展所产生的影响不仅表现为文艺政策为文学发展规定了方向，对文学发展起到积极的促进作用，而且还表现为文艺政策对于文学发展的某些限制和消极作用，甚至在一定程度上影响当代文学所能达到的历史水平。

在总结共和国文学几十年发展历史的时候，不少学者和评论家都注意到一个问题，那就是，要求文艺创作直接服从于宣传政策，往往导致作品的公式化和概念化。但是这些政策本身可能完全是正确的，问题究竟出在哪儿呢？一方面是艺术创作需要尊重艺术规律。但另一方面，也许是更重要的一方面，我们对于政策的定位、对于政策之于文艺事业的意义，还缺乏正确的认识。

一般说来，文艺政策作为政策，其基本功能不外乎引导功能、协调功能和控制功能等几个主要方面。所谓政策的引导功能，是指政策能够引导人们的行为和事物发展的方向，包括影响人们的心理预期，形成政策所需要的价值取向。政策的协调功能，指政策作为政策主体利益的集中体现，需要对政策主体利益分化后各种利益需求进行综合平衡和协调。政策的控制功能，则是指政策通过某些政策措施对政策对象的行为和事物的发展起到制约或促进作用，以保证社会的发展不偏离既定的政策轨道，从而实现对社会的控制。政策的上述功能在政策实施的过程中是统一的。例如，1956 年"双百"方针的出台，一方面鼓励百花齐放，百家争鸣，引导文艺界出现活跃的新气象；另一方面又对文艺创作中的各种风格流派、文艺评论中的各种观点学说之间的关系给予政策性规定，使之能够在政策的肯定和保护之下协调发展；此外，"百花齐放，百家争鸣"的方针作为中国共产党指导文学艺术发展的基本政策，是人民内部的民主自由的体现，这就既要对人民外部的各种错误思想进行限制，同时对人民内部不实行民主自由的各种文艺现象进行批评教育，以保证社会主义文艺事业得以健康发展。然而，更应该引起我们注意的是，我们过去对于包括文艺政策在内的整个政策在社会发展中的地位和作用往往给予了过高的估计，赋予了政策过多的调节文艺发展的权威和职能，从而从一个方面限制了文艺的自由发展。这不是哪一项政策本身的正确与否，而是对文艺政策的功能和定位还缺乏科学的正确认识。

（二）"文革"时期的文艺政策与文艺创作

按照一种极端的观点，"文化大革命"时期一切都处于混乱状态，因而也没有真正意义上的文艺政策和文艺创作。但实际上我们无法把"文化大革命"前夕产生的《部队文艺工作座谈会纪要》排斥在"文化大革命"时期党的文艺政策之外，"文化大革命"时期仍然广泛存在文艺生活。而且，进一步的讨论表明，"文化大革命"时期的文艺生活实际上表现得相当活跃。尽管"文化大革命"期间红卫兵运动打倒一切，但不可能、也并没有将"文化大革命"以前的党的文艺政策统统打倒，也不可能禁止一切文艺生活。因此，对于"文化大革命"时期的文艺政策与文艺生活的理解并不只是否定性的，而是还应该有着复杂的甚至是丰富的表现。特别应该指出的是，"文化大革命"时期的文艺政策和文艺生活对于此前十七年的文学并不仅仅是否定和颠覆，而且也是激进地发展。"文化大革命"不仅继承了新中国成立以来本应该得到调整而实际上没有得到调整的文艺政策，而且在一种激进主义文化思潮的影响下，进一步把一些不适当的政策推进到极端，从而走向它的反面。

就文艺政策方面的情况而言，"文化大革命"中最重要的文艺政策就是"文化大革命"前夕产生的《部队文艺工作座谈会纪要》。《纪要》并不是凭空出现的东西，也不只是一份否定性的文件。作为"文化大革命"时期国家文艺政策的主要代表，《纪要》的产生有其历史的根据和鲜明的特点：一方面，《纪要》表现出对新中国成立以来业已形成的文艺秩序和所取得的文艺成果的粗暴否定；但是另一方面，它也是对过去就已经形成的"左"的文艺政策和做法的集大成。《纪要》对新中国成立以来已经形成的文艺秩序和所取得的文艺成果的粗暴否定最突出的表现，就是提出了所谓"文艺黑线专政论"，认为文艺界建国以来，基本没有执行毛主席的文艺路线，而是"被一条与毛主席思想相对立的反党反社会主义的黑线专了我们的政，这条黑线就是资产阶级的文艺思想、现代修正主义的文艺思想和所谓三十年代文艺的结合。'写真实'论、'现实主义广阔的道路'论、'现实主义的深化'论、反'题材决定'论、'中间人物'论、反'火药味'论、'时代精神汇合'论，等等，就是他们的代表性论点，而这些论点，大抵都是毛主席《在延安文艺座谈会上的讲话》中早已批判过的。电影界还有人提出所谓'离经叛道'论，就是离马克思列宁主义、毛泽东思想之经，叛人民革命战争之道。在这股资产阶级、现代修正主义文艺思想逆流的影响或控制下，十几年来，真正歌颂工农兵的英雄人物，为工农兵服务的好的或者基本上好的作品也有，但是不多；不少是中间状态的作品；还有一批是反党反社会主义的毒草。我们一定要根据党中央的指示，坚持进行一场文化战线上的社会主义大革命，彻底搞掉这条黑线"。为此，《纪要》点名批判了一大批"文化大革命"前创作的文艺作品，有的是产生过很大影响的作品，如解放军八一电影制片厂拍摄的《抓壮丁》等。但仔细分析，有两点情况值得注意。

第一，"文艺黑线专政论"的提出，其思想方法和理论基础主要是阶级斗争扩大化的理论。《纪要》一共讲了十条。第一条就提出了"文艺黑线专政论"，而第一条的标题就是，"十六年来，文化战线上存在着尖锐的阶级斗争"。其中所沿用的基本理论就是，"在我国革命的两个阶段，即新民主主义阶段和社会主义阶段，文化战线上都存在两个阶级、两条路线的斗争，即无产阶级和资产阶级在文化战线上争夺领导权的斗争"。这一理论并非"文化大革命"中的新创，而是来源于1962年9月召开的中国共产党八届十中全会所提出的阶级斗争扩大化理论。八届十中全会的公报明确指出，在无产阶级革命和无产阶级专政的整个历史时期，在由资本主义过渡到共产主义的整个历史时期（这个时期需要几十年，甚至更多的时间）存在着无产阶级和资产阶级之间的阶级斗争，存在着社会主义和资本主义这两条道路的斗争。被推翻的反动统治阶级不甘心于灭亡，他们总是企图复辟。同时，社会上还存在着资产阶级的影响和旧社会的习惯势力，存在着一部分小生产者的自发的资本主义倾向，因此，在人民中，还有一些没有受到社会主义改造的人，他们人数不多，只占人口的百分之几，但一有机会，就企图离开社会主义道路，走资本主义道路。在这些情况下，阶级斗争是不可避免的。这是马克思列宁主义早就阐明了的一条历史规律，我们千万不要忘记。从这个意义上讲，《纪要》并没有脱离此前就已经确立的阶级斗争扩大化的理论，而是阶级斗争扩大化理论的发展及其在文艺领域里的具体体现。

第二，《纪要》中点名批判的所谓"黑八论"也不是新内容，而是此前的文艺批判运动中早已批判过的东西。其中，"写真实论"是20世纪50年代前期的胡风以及20世纪50年代中期刘绍棠等人提出来的，并且在20世纪50年代中期反"右派"运动中已经受到严厉批判。"现实主义广阔的道路论"也是20世纪50年代中期秦兆阳在一篇文章中提出来的，作者后来也因此获罪。"现实主义的深化论"、"反题材决定论"、"中间人物论"、"反火药味论"、"时代精神汇合论"等则是20世纪60年代前期文坛上的一些有识之士提出来的。后来陆续受到来自权威方面的批判。之所以放在《纪要》中来谈，并不是新的发现，而是对过去"革命"文艺运动的某种总结。与之相关，《纪要》提出批判的文艺作品也主要是"文化大革命"前就已经创作或者演出，并且产生了影响的文艺作品。反之，

《纪要》加以肯定并且在后来得到进一步推广的作品，也是此前就已经创作出来和已经产生影响的作品，包括其中提到的电影《南海长城》，革命现代京剧《红灯记》、《沙家浜》、《智取威虎山》、《奇袭白虎团》和芭蕾舞剧《红色娘子军》等。可见，《部队文艺工作座谈会纪要》对于此前十七年的文艺并不仅仅是否定和颠覆。更确切地说，《纪要》在一种极"左"政治路线和激进文化思潮的影响下，进一步把一些不适当的政策推进到极端。这与对于十七年文艺的简单否定，显然不可同日而语。

"文化大革命"时期的文艺政策作用于文艺创作的方式也有值得关注的一面。新中国文艺政策具有革命战争年代文艺政策方式的一些重要特点，往往对文艺创作实施直接干预，产生立竿见影的效果。这在新中国成立初十七年的文艺政策就表现得非常明显。"文化大革命"时期的文艺政策方式则有着更为集中和更为突出的表现。

这种文艺政策的直接作用方式常常表现为两种情况：一种情况表现为以文艺大批判开路，用政治斗争的方式解决文艺问题；另一种情况，则以"最高指示"的方式出现，用以解决那些用其他方式难以解决的问题。在"文化大革命"前的十七年文艺生活中，实际上是存在文艺批评的，只是在 20 世纪 50 年代后期特别是 20 世纪 60 年代以后逐渐被文艺思想斗争甚至文艺大批判运动所代替。但是，"文化大革命"中有关文艺问题的解决，几乎无一例外地都是采用文艺思想斗争和文艺大批判的方式来进行的。这已经成为"文化大革命"时期的文艺政策作用于文艺创作方式的主要特征。

除了前面提到的《部队文艺工作座谈会纪要》外，"文化大革命"中正式的文艺政策文本较少，更多的是不规范的文艺政策形态，常常不以常规面目出现，但大多来头不小。1967 年姚文元的《评反革命两面派周扬》是其中的典型代表[1]。除此之外，对湘剧《园丁之歌》的围剿[2]，以及任

---

[1]《红旗》1967 年第 1 期。

[2] 初澜：《为哪条教育路线唱赞歌——评湘剧〈园丁之歌〉》，《人民日报》1974 年 8 月 4 日。

犊的《走出彼德堡》等①，都是属于这种情况。而"文化大革命"中有
关样板戏、电影《创业》、《海霞》、湘剧《园丁之歌》等，都曾得到来
自"最高指示"的影响和干预。早在 1963 年 12 月，毛泽东在对文艺的
第一个批示中就严厉批判了文艺舞台上被"死人"和帝王将相、才子
佳人所统治。随后，江青插手 1964 年 7 月在北京举行的京剧现代戏观
摩演出，并且发表了《谈京剧革命》的讲话。毛泽东看了江青的讲话
稿后，批示道："讲得好。"② 和以后又多次观看，发表评论意见，并且
肯定了"样板戏"这个提法。有的意见很精辟，有的意见则不一定准
确。例如，毛泽东谈到："《海港》太平，矛盾不突出，玻璃纤维吃了
能有生命危险，人们都不知道？那个女演员太过分了。"又说："《红灯
记》我原想李玉一家三口都不要死，看了太悲，可那个时候的情况确实
如此，日本人、国民党对我们的残杀是很厉害的，都改掉可能不行。"
关于《沙家浜》，毛泽东评论说："《沙家浜》里阿庆嫂比较好，也讲斗
争，但未死人，一般人爱看。《沙家浜》里有四个慢板，我不喜欢。"
关于《智取威虎山》，毛泽东认为："《智取威虎山》没有戏，只有一场
'打虎上山'有戏，还是学的'林冲夜奔'，其实都是过场戏，特别是
'定计'就是过场戏，大段唱腔搞得那么长。杨子荣上山孤军作战，八
大金刚一个金刚也没有分化过来。"③ 毛泽东的这些意见在"文化大革
命"中产生了巨大影响。"样板戏"的普及运动就是在这样的背景下进
行的。

　　毛泽东在文艺问题上也有跟江青和"四人帮"不一致的意见，同样
产生巨大的作用。1975 年 7 月 18 日，长春电影制片厂编剧张天民给毛泽
东写信，反映所编以大庆石油会战为题材的电影《创业》只上演了三天，
就被有关部门责令停演，并要求不继续印拷贝，报纸上不发表评价文章，
不出口，电视、电台停止播放，文化部核心组还提出了十条批评意见等。

---

① 《朝霞》1975 年第 3 期。
② 陈晋：《文人毛泽东》，上海人民出版社 1997 年版，第 603 页。
③ 同上书，第 612—613 页。

这封信在 7 月 22 日送到了邓小平手里，邓小平将信及时送给了毛泽东。7月 23 日夜晚，毛泽东做眼睛手术，手术后眼睛就被蒙了起来，因此很可能是听工作人员念了信的内容。25 日，他在眼睛还不能看东西的情况下，凭手的感觉写了下面这个著名的批示：“此片无大错，建议通过发行。不要求全责备，而且罪名有十条之多，太过分了，不利于调整党的文艺政策。”① 据说这一共只有 40 个字的批示写了六张纸。② 可见这实际上是在非常困难的情况下所作出的批示。毛泽东的这些讲话和批示，本来并不属于严格意义上的文艺政策，但由于毛泽东的崇高地位和威望，批示被当作文艺政策迅速得到了贯彻执行。电影《海霞》和湘剧《园丁之歌》也遭遇到类似情况。毛泽东还在 1975 年 7 月与邓小平的谈话中，对当时的文艺现状明确提出了批评，认为：“样板戏太少，而且稍微有点差错就挨批。百花齐放都没有了。别人不能提意见，不好。”又说：“怕写文章，怕写戏。没有小说，没有诗歌。”③ 后来又在给江青的谈话中提出：“党的文艺政策应该调整一下。”④ 所有这些，都对“文化大革命”时期的文艺创作产生了重要影响。

　　上述种种情况，也就决定了“文化大革命”时期文艺政策对文艺创作的影响的基本面貌。一方面，“文化大革命”时期文艺政策对文艺创作的影响，既不能按照极“左”路线那样理解为开辟了无产阶级革命文艺的新纪元；另一方面又不能简单将其看做是不可思议、不合逻辑的奇怪现象，而是有着复杂的和必然的历史关联。对于“文化大革命”的政治上的全盘否定，必然带来文艺上的否定，这是毫无疑义的。从这个意义上讲，“文化大革命”中的“四人帮”所代表的极“左”路线的文艺话语应该得到认真清算。但是，“文化大革命”时期的政治和文化毕竟不同于新中国成立之前，也不能简单概括为封建法西斯专政，而是表现出异常复

---

① 陈晋：《文人毛泽东》，上海人民出版社 1997 年版，第 621 页。

② 同上。

③ 同上书，第 615 页。

④ 同上书，第 619 页。

杂的情况。概括地说，"文化大革命"时期文艺政策对文艺创作的影响在方式上是直接的，在性质上是否定性的，在思想渊源上则是"文化大革命"前十七年政治上的"左"的思想和文化上的激进主义思想和审美上的所谓革命浪漫主义的奇特结合及其恶性发展。"文化大革命"时期的文艺创作则突出表现为三种情况。

第一种可以称作"文化大革命"中的"阴谋文艺"。这主要指直接受"四人帮"控制、直接为"四人帮"阴谋政治服务的文艺创作。张永枚的诗报告《西沙之战》、天津《小靳庄诗歌选》、电影《反击》、话剧《盛大的节日》等，是其典型代表。张永枚是"文化大革命"前就有影响的军旅诗人，曾以《骑马挎枪走天下》闻名诗坛。1974年，中国与南越政权因西沙群岛主权争议在南海打了一仗。时任广州军区创作员的张永枚和小说家浩然，经江青授意，在中央军委的安排下，到西沙采访，回来后写出长篇"诗报告"《西沙之战》，发表在1974年3月15日的《光明日报》上，产生较大反响。本来，用诗歌表现西沙自卫反击战、讴歌西沙军民的英雄事迹无可厚非，受"样板戏"经验和"三突出"原则影响使作品充满空洞和喧嚣的抒情也是可以理解的。但张永枚此诗从创作到发表均得到江青的直接授意，致使作品中引人注目地以江青拍摄的《庐山仙人洞》的照片作为军民制胜的力量源泉，从而使该诗沦为美化江青个人的帮派写作和阴谋文艺作品。"小靳庄诗歌"源自天津市宝坻县小靳庄。"文化大革命"后期，江青集团出于阴谋政治的需要，选中了小靳庄作为典型。江青本人多次到过小靳庄，有关方面也对小靳庄农民的所谓诗歌创作给予了特别的帮助。据当时的材料记载："小靳庄的诗歌活动，是真正的群众活动。全大队一百零一户人家，从干部到社员，从大人到小孩，几乎人人写诗，个个上阵……有的社员全家写诗，并编出了《全家诗集》的抄本。许多社员经常在灯下写诗，在饭桌旁改诗，在田头地边赛诗，在上工下工时评诗。写诗、讲诗、赛诗、评诗蔚然成风；特别是赛诗会，是他们政治生活中不可分割的一部分，有全队赛诗会，青年赛诗会，红大嫂赛诗会，还有专题赛诗会。赛诗会的形式丰富多彩，有人还把诗谱之以曲，伴之以舞。通过这些活动，真是'把心唱红了，把骨头唱硬了，把继续革命的觉悟唱得更高了'。"① 这里提到的两本小靳庄诗歌选，是指天津人民出版社 1974 年 12 月出版的《小靳庄诗歌选》和天津人民出版社 1976 年 4 月出版的《小靳庄诗歌选》第二集。《小靳庄诗歌选》在当时虽然名噪一时，但实际上则"完全被绑上了'四人帮'一伙政治需要的战车，射出'杀声震天响，怒气冲霄汉'之类充塞着迷狂激情、政治喧嚣的炮弹，并奉江青为党代表，夸她的恩情'比天大'，赞她的关怀'比娘亲'。由于它几乎全部采用民歌体的顺口溜的形式，在'文革'中常被称为'小靳庄民歌'。这是打着民间创作旗号为'四人帮'效力的一种闹剧"。② "文化大革命"后期出现的大型话剧《盛大的节日》也是"四人帮"阴谋文艺的代表作之一。该剧描写了某大城市红旗机车总厂造反派在"文化大革命"期间造反夺权的故事，并塑造了一位工人造反派代表人物铁根的形象，是一部典型的政治闹剧。剧中还描写了一位"满腔热情"支持铁根造反并为他出谋划策的"革命干部"井峰的形象。"铁根和井峰的形象显然是王洪文和张春桥的化身。所以这部剧作一经演出立即得到'四人帮'一伙的喝彩，并指令搬上银幕，以期造成更大的政治影响。"③ 电影《决裂》、《欢腾的小凉河》、《反击》等，均属这类与"四人帮"的阴谋政治直接关联的作品。

第二种是"文化大革命"中的"主流文艺"。这类创作比较有代表性的既有"样板戏"中的某些作品，也包括文化大革命中许多公开发表和出版的文艺作品，如前面提到的电影、戏剧作品《创业》、《海霞》、晋剧《三上桃峰》、湘剧《园丁之歌》、话剧《万水千山》等；长篇小说有浩然的《艳阳天》（1972 年）、《金光大道》（1972 年），集体创作的《虹南作战史》（1972 年），南哨的《牛田洋》（1972 年），李云德的《沸腾的群

---

① 艾克恩：《一团诗歌一团火——喜读两本新出版的小靳庄诗歌选》，《人民文学》1976 年第 4 期。
② 张炯等主编：《中华文学通史》第八卷，北京华艺出版社 1997 年版，第 274 页。
③ 同上书，第 626 页。

山》（1972 年），黎汝清的《海岛女民兵》（1972 年）、《万山红遍》
（1976 年），周良思的《飞雪迎春》（1972 年），李心田的《闪闪的红星》
（1972 年），郭先红的《征途》（1973 年），克非的《吞潮急》（1974 年），
毕方、钟涛的《千重浪》（1974 年），谌容的《万年青》（1975 年），张
抗抗的《分界线》（1975 年），郭澄清的《大刀记》（1975 年）等；诗歌
有李瑛的《枣林村集》（1972 年）、《红花满山》（1973 年），李学鳌的
《放歌长城岭》（1972 年），仇学宝的《金训华之歌》（1972 年），张永枚
的《螺号》（1972 年），贺敬之的《放歌集》（1972 年），时永福的《我
爱高原》（1973 年），北京大学中文系 1972 级工农兵学员集体创作的《理
想之歌》（1974 年），梅绍静的《南珍子》（1975 年），梁上泉的《歌飞
大凉山》（1976 年），臧克家的《忆向阳》（1976 年）等。这类文艺创作
一方面受"文化大革命"时期流行的"左"的思想观念和所谓"三突
出"创作模式影响，在作品的主题、题材和艺术表现等方面都不同程度
地存在一些问题。如浩然的长篇小说《金光大道》，初稿完成于"文化大
革命"前夕，"文化大革命"中按照路线斗争和"三突出"原则进行修
改。一方面用阶级斗争扩大化的观念去看待和表现当代农村生活，另一
方面又着力于塑造所谓"高、大、全"式的人物形象，成为典型的"文化
大革命"时期主流文学的代表。长诗《理想之歌》也是"文化大革命"
时期主流文学的典型代表之一。该诗在思想内容方面属于典型的"战歌"
作品，所表达的完全是"文革"中流行的思想口号：

> 曾记否？/《炮打司令部》/挟雷携电的/宣言；/曾记否？/
> 毛主席的红卫兵/摧枯拉朽的笔锋。/把横扫四旧的倡议/贴遍全
> 城，/让大串联的脚步/播撒北京的火种。/围攻吧！/革命后代/
> 真理在胸旗在手；/收买吗？/名利地位/视如鸿毛轻。/红卫兵保
> 卫毛主席/天坍也敢顶！/难忘的"八·一八"呵，/鲜红的袖章
> /染上了/红太阳的光辉，/"我们支持你们！"/——伟大的声音
> /激起红浪千层！/支持我们呵/对反动派造反有理，/支持我们呵

/把"解放全人类"/牢记心中。

该诗不仅在思想内容方面深深打上"文化大革命"的烙印,而且在情感的表达方式上也是典型的"文革"腔,喧嚣而空洞,更谈不上从诗的美学上有所发现和有所创造。

但另一方面,这些作品也在某些方面多少反映出那个时代生活的一些方面,有的在艺术上也取得了不同程度的成绩,需要与前一类创作区别对待。如克非的长篇小说《春潮急》,是作者计划创作的反映中国当代农村社会主义革命的长篇小说《必由之路》的第一部。该作品在 1956 年至 1959 年写出初稿,1974 年由上海人民出版社出版。作品以四川农村生活为背景,比较细腻地展示了 20 世纪 50 年代初期我国农业合作化时期广阔的农村和农民的生活,突出地描写了解放后贫苦农民在天灾、疾病和私有制的桎梏下,重新回到受富农剥削的痛苦情景和土改后农村愈演愈烈的两极分化现象,从而揭示了中国农村社会主义道路的必然性。小说还塑造了敏感正直的复员军人李克、青年农民张久洪、贫苦农民金毛牛、青年寡妇徐元菊以及暴发户李春山、富农徐锅巴胡、乡村无赖加钢黄鳝、蚱蜢老汉等一系列生动丰满的人物形象,成为那个时代少有的充满生活气息的难得之作。尽管该作品在对当代生活的总体把握上存在某些偏差,存在对农村的阶级斗争和路线斗争的不适当的扩大化倾向,甚至在作品中望文生义地引述和批判"文化大革命"中受到错误批判的党和国家领导人的讲话,但该作品仍然是那个时代不可多得的取得了重要成就的长篇小说,成为在某些方面可以与《创业史》、《山乡巨变》等作品相媲美的优秀农村题材小说。同样,像李云德的《沸腾的群山》、黎汝清的《万山红遍》、张抗抗的《分界线》、谌容的《万年青》、李瑛的《枣林村集》、梅绍静的《南珍子》、梁上泉的《歌飞大凉山》等,也不可简单当作"文化大革命"中的主流文艺作品看待。这些作品不可能不受到当时流行的创作观念和文艺政策的影响,但又多少能够尊重创作规律和坚持现实主义的艺术传统。这些作品在某种意义上可以看做是在十七年文学和新时期文学之间形成的一个独特的历史性桥梁。①

　　"文化大革命"中第三种有代表性的文艺创作可以称作"文化大革命"中的"非主流文学"（这里主要以文学为例）。这种"非主流文学"的产生，归根结底是"文化大革命"中的主流文学培养了自己的对立面，包括美学趣味和传播方式。当然，更重要的原因还在于"文化大革命"中推行的"左"的专制的文艺政策，在个人打印尚未普及、公开出版和印刷受到严格禁止的时代，其表现形式主要有手抄本、油印本、少量打印本（包括诗和小说），以及大字报形式。文艺作品的类型则主要有个人性很强的案头写作和阅读的作品，特别是诗歌和小说。

　　"文化大革命"中的"地下诗歌"是一个极具研究价值的文学样本。所谓"文革地下诗歌"，是指在"文化大革命"（1966—1976 年）中未公开发表（出版）的，与公开发表的主流诗歌相对峙的、共时性存在、非共时性地进入文学史，并产生文学影响的"另类"文学创作。这些诗歌是因为其诗歌创作者迫于某种政治原因而被迫转入"地下"、"潜在"写作，并在诗歌的创作观念、创作特征、审美旨趣、审美接受等方面表现出了与当时的主流诗歌迥异的艺术特色。"文化大革命"中的"地下诗歌"，总体上是作为当时流行的主流文学的对立面出现的，因而总体上都表现出对于主流文学的反叛的姿态，但因为当时文网甚严，许多人动辄因为说话不慎被打成"反革命"，所以许多属于非主流诗歌的写作和阅读都以隐秘的方式进行。这也是"地下诗歌"的地下性的原因所在。因此，"文化大革命"中的"地下诗歌"实际上涉及几代人的诗歌写作。老一辈的有解放前就已成名的"九叶诗人"和"七月诗人"。他们或者因为政治的原因，或者因为艺术的原因在新中国成立后不久就被逐出诗坛，后来又在"文化大革命"中进一步受到迫害。他们本来是在用诗来帮助自己减轻痛苦和坚定信念，不料却成就了一种逆时代潮流而动的另类诗歌。胡风、绿原、牛汉、曾卓、穆旦、唐湜等是他们的代表。他们在新时期复出后成为

---

① 郭志刚等：《中国当代文学史初稿》下册，人民文学出版社 1986 年版，第 311 页。

"归来的歌"的创作者。另一批诗人在新中国成立后登上诗坛,以后又在新中国成立后政治运动中迅速消失。他们的情况并非整齐划一,但在"文化大革命"中对于专制文网的反叛和对于真诚歌唱的执著,是他们的共同特征,郭小川、流沙河、白桦、周良沛等是其中的主要代表。然而相比较而言,新中国诞生以后出生的、在"文化大革命"中还是青年的新一代叛逆的诗者,是"文化大革命"中"地下诗歌"更有影响的一批诗人,包括以黄翔为代表的"贵州诗人群",以及当时在河北农村插队的知识青年根子(岳重)、芒克(姜世伟)、多多(栗世征)、林莽、方含、宋海泉等为代表,后来又有北京城里的青年如食指、北岛、江河、杨炼、顾城、严力、田晓青、依群、甘铁生等加入的"白洋淀诗人群",此外还有大量全国各地的无名诗人在默默地独自歌唱。① 这批当时的青年诗人,后来成为新时期"朦胧诗"的主体诗人。

"文化大革命"中有影响的手抄本小说有靳凡的《公开的情书》、赵振开的《波动》和张扬的《第二次握手》等。其中尤以张扬的《第二次握手》所受到的政治和政策干预更为直接,也更为典型。《第二次握手》是一部不断重写和改写的作品。1963 年,作者在北京偶然了解到小说中原型苏冠兰的故事,回到长沙后,根据所得素材写出短篇小说《浪花》,以后又改写为中篇小说《香山叶正红》和《归来》。小说以深情的笔墨和曲折的情节,描写了中国现代老一辈科学家的事业和爱情。作品中的丁洁琼和苏冠兰曾在国外留学,学有所成,试图以科学救国,但在内忧外患的旧中国却报国无门。他们两人本是倾心相爱,苏冠兰却因为家庭的干预而与另一位女性成婚,丁洁琼只好把自己的一切都寄托在事业之中。新中国成立后,在周恩来总理的直接帮助下,丁洁琼毅然抛弃个人恩怨,回国参加祖国的建设。作品不仅多有真人真事的背景,而且出现了周恩来的形象描写。"文化大革命"中,由于该作品所写的内容以及所表现出的审美趣味的独特,加上特殊的政治文化背景的原因,该作品开始以手抄本的方式

---

① 参见杨健《文化大革命中的地下文学》第三章,北京朝华出版社 1993 年版。

在全国流传，并被一位热心的北京读者改名为《第二次握手》。《第二次握手》在"文化大革命"中的广泛流传引起了"四人帮"的高度注意。1974 年 10 月 12 日，姚文元从一份"内参"上看到《第二次握手》传抄的反映，指名要了一本去看，并于 10 月 14 日批示："这是很坏的东西，实际上是搞修正主义，反对毛主席的革命路线。它写了一个科学家集团……如果不熟悉情况，不可能写出来，还写了和外国的关系……不是一般的坏书，也决不是工人能搞出来的，要查一查作者是谁？必要时可请公安部门帮助查。"① 张扬此前已在 1970 年因对"文化大革命"的不满蹲过一次监狱，这次则成为全国要犯，于 1975 年再次被捕入狱。为了显示对此案处理的"公正性"，有关方面特意邀请了湖南某大学中文系的几十名教师和"工农兵学员"对该作品进行"鉴定"。一位在当地颇有名气的教授凭借着他的古典文学功底，以专家的姿态推断出了小说《第二次握手》这个爱情故事中所潜藏的重大政治含义。最终，《第二次握手》被定下四大罪状：一、利用小说反党；二、吹捧臭老九；三、鼓吹科学救国；四、明明不准写爱情了，还非写不可。根据这份鉴定，公安机关提出了"起诉书"，其中写道："这本反动小说的要害是要资本主义'归来'，为反革命复辟制造舆论。为刘少奇、林彪翻案，反对文化大革命，捧出地主、资产阶级和一切牛鬼蛇神的亡灵，在意识形态领域搞和平演变，为刘少奇、周扬文艺黑线招魂，美化资本主义制度，攻击无产阶级专政的社会主义制度。"② 为此，张扬被内定为"死罪"，后因好心人的帮助，此案被搁置下来。粉碎"四人帮"后，张扬在胡耀邦等中央领导人的关心下，于 1979 年 1 月平反出狱，《第二次握手》也于 1979 年 7 月正式出版。此书出版后曾引起社会关注，两三年内发行量达 430 万册，居新时期以来长篇小说印数之首，以后又被拍成电影，产生更为广泛的社会反响，1999 年入选"感动共和国的五十本书"。③ 张扬的《第二次握手》以手抄本的方式在

① 《1949—1999 文学争鸣档案》，南开大学出版社 2002 年版，第 316 页。
② 同上。
③ 参见张扬《第二次握手·重写本代自序》，人民文学出版社 2006 年版。

"文化大革命"中流传的经历表明，当主流意识形态及其文艺政策和管理体制僵化到无法包容更为丰富的内容和形式时，文艺的发展就将以自己的方式开辟新的道路。这既是文艺发展的悲哀，也是文艺政策的悲哀。"受到人民欢迎的作品不能公开出版，就以手抄本形式秘密流传，这是人民同'四人帮'法西斯文化专制主义斗争的一种手段，也是在我国当代文学史上出现的特殊文学现象。这种现象有力地说明了：凡属被人民承认了的东西都是不可战胜的。"①

"文化大革命"中的非主流文学还有一种特殊的大字报形式。这首先是因为大字报曾经是毛泽东提倡的一种表达群众意见的方式，具有明显的反潮流的特点以及所谓无政府主义倾向。"文化大革命"本身就是一场典型的无政府主义运动，因此，大字报成为"文化大革命"中最普遍也最典型的表达方式。值得注意的是那些无法以正常的和正当的表达作者思想情感的大字报写作。它们往往带有强烈的反叛色彩，其最有代表者，莫过于 1976 年清明节产生的"天安门诗抄"。1976 年 1 月 8 日周恩来逝世。同年 4 月 5 日清明节前后，北京数百万群众连续几日汇集于天安门广场，敬献花圈和挽联，张贴、朗诵诗词与祭文，史称"天安门事件"。这些诗词和祭文，大多以大字报的方式张贴出来，以表示对周恩来的悼念和对"四人帮"的愤懑。反叛和斗争的色彩极为鲜明。如那首著名的《扬眉剑出鞘》："欲悲闻鬼叫，我哭豺狼笑。洒泪祭雄杰，扬眉剑出鞘。"又如那首《要真正的马列主义》中写道："中国已不是过去的中国，/人民也不是愚不可及，/秦皇的封建社会一去不返了，/我们信仰马列主义。/让那些阉割马列主义的秀才们见鬼去吧！/我们要的是真正的马列主义。/为了真正的马列主义，/我们不怕抛头洒血，/我们不惜重上井冈举义旗。/总理的遗志我们继承，/四个现代化实现日，/我们一定要设酒重祭。"人们冒着政治上获罪的危险，进行写作、张贴、记录和传抄。这在共和国文学史上是绝无仅有的。此后，由于"天安门事件"被定性为反革命事件，

① 全国十院校编：《中国当代文学史初稿》下册，人民文学出版社 1986 年版，第 289 页。

"天安门诗抄"被追查和销毁。粉碎"四人帮"后，1978年11月15日，中共北京市委宣布，"天安门事件"完全是革命行动。对于1976年清明节因悼念敬爱的周总理、反对"四人帮"而受到迫害的同志要一律平反，恢复名誉。由北京外国语学院汉语教研室16名教师化名"童怀周"收集和编辑的《天安门诗抄》于1978年12月由人民文学出版社正式出版。"天安门诗抄"中的作品无论在思想情感内涵还是艺术表现方式上都不尽一致，但它的特殊经历，颇有代表性地说明了"文化大革命"中的非主流文学的一段特殊遭遇。这种遭遇既反映了"四人帮"控制的"文化大革命"文学的全面崩溃，也显示了人民文学的胜利。这也正如周扬在第四次全国文代会的报告中所说："历史是无情的，也是富于戏剧性的。'四人帮'篡党夺权首先从文艺战线开刀，人民则用文艺敲响了他们覆灭的丧钟。"

（三）改革开放以来的文艺政策与文艺创作

新时期文艺政策的调整和转型，在中国当代文艺政策的发展演变史上，具有承前启后、继往开来的重要意义，并且对新时期文艺的发展，起到重要的引导和推进作用。和整个新时期文学艺术事业的发展一样，新时期文艺政策既是一个整体，也表现出不同的阶段性特征。从叙述的方便出发，把一般所说的"新时期"分为20世纪80年代和20世纪90年代以来两个大的时段。20世纪80年代文艺政策的基本特征是调整，20世纪90年代以来文艺政策的特征则可以说是转型。

20世纪80年代文艺政策调整的原因一般认为是"四人帮"被粉碎，"四人帮"所代表的极"左"的政治路线和激进的文化革命思潮得到遏止，代之以邓小平的注重经济建设和讲求实际效果的政治路线与思想作风，从而使整个社会形成所谓"拨乱反正"的共识，继而开始了包括文艺政策在内的各项政策的调整。但从更深层的文化逻辑看，新时期文艺政策的调整，实际上是原来所实行的极"左"的和激进的文艺政策本身走到极端而走向它的反面，也是新时期对于过去错误的、不合适的文艺政策的必然反拨。这一调整过程在"文化大革命"后期就已经开始，在新时期的社会历史文化土壤里得到进一步展开。

20 世纪 80 年代党的文艺政策的调整，与新时期整个社会发展一样，是从几个层次依次逐渐展开的。

新时期文艺政策的调整，首先是从 20 世纪 70 年代末和 80 年代初的拨乱反正开始的。拨乱反正的内容，主要是对于"文化大革命"中极"左"的和激进主义的文艺政策的反拨，目标则是对于中国当代文学艺术传统的恢复。这一过程包括了几个方面：一是结合新时期政治、经济、文化等方面拨乱反正，对"文化大革命"作了彻底否定，对党的若干重大历史问题作出了新的历史评价，使新时期文艺政策方面的拨乱反正有了一个新的、坚实的社会政治基础。这之中，最重要的内容便是 1981 年 6 月中共十一届六中全会通过的《中国共产党中央委员会关于建国以来若干历史问题的决议》。《决议》对新中国成立以来有关重大问题作了明确的阐述和界定，成为在文艺问题上拨乱反正的重要政策依据。二是对过去执行错误的文艺政策所带来的后果也进行了重新甄别，平反了一大批文艺界的冤、假、错案，为大批文艺工作者恢复了名誉。三是从文艺政策方面对"文化大革命"中的文艺政策进行了逐渐深入的清算，其中最重要的内容就是 1979 年 5 月 3 日，中共中央发布通知，批转解放军总政治部的请示，正式撤销《部队文艺工作座谈会纪要》。1979 年 10 月第四次全国文代会召开，邓小平代表党中央发表了《祝词》，并在此基础上形成了一系列新的文艺政策。上述这些文艺政策调整，用今天的眼光看，显然还是不够的，但它们在当时的历史条件下成为 20 世纪 80 年代文艺政策调整的指导方针。尽管新时期文艺政策的调整有一个反反复复的过程，但其总的方向，仍然是沿着第四次全国文代会制定的政策，特别是邓小平的《祝词》所指出的方向前进的。

其次，到了 20 世纪 80 年代中期，随着中国当代文学传统的逐步恢复和新的文学秩序的逐步建立，新时期文艺政策的调整又表现出新的特点，即在已经基本上得到恢复的中国当代文艺发展轨道和中国当代文艺政策体系的基础上，面对新的形势和新的需要，作出新的适应性调整，包括对过去认为正确的文艺政策在新的历史水平上进行反思，以及对社会主义市场经济体制下的文艺政策问题作出初步探索。例如，新时期以来，随着我国社会阶层结构的发展变化，特别是随着对于我国当代社会发展基本矛盾的认识的深化，原来立足于阶级斗争基础上的文艺为工农兵服务的方针显然不适应新的形势发展的需要，因此，邓小平1980年1月16日在《目前的形势和任务》的讲话中明确指出："我们坚持'双百'方针和'三不主义'，不继续提文艺从属于政治这样的口号，因为这个口号容易成为对文艺横加干涉的理论根据，长期的实践证明它对文艺的发展利少害多。"①在此基础上，《人民日报》1980年7月26日发表《文艺为人民服务、为社会主义服务》的社论，并对这一新的文艺政策思想作了全面阐述，使之成为指导新时期文艺发展的重要政策依据。又如，社会主义现实主义，自1953年第二次全国文代会召开以来，就被确立为新中国文学艺术的最高准则，直至20世纪80年代初，有关非现实主义的文艺思想仍然被当作"异端"来看待。但到了20世纪80年代中期，随着改革开放的深入发展，特别是西方现代主义文学艺术潮流大量涌入，文学观念开始逐渐发生改变。从诗歌中的象征主义、意象主义，小说中的意识流、魔幻现实主义，一直到戏剧创作中的荒诞戏剧等，西方现代主义和后现代主义各种思潮流派几乎都在中国当代文坛上走了一遍。到20世纪80年代后期，现代主义文学艺术的观念及其作品已基本上为国内读者所接受，原来定于一尊的现实主义文学艺术被新的多样化局面所取代。有关现实主义定于一尊的文艺政策，也逐渐得到改变。

再次，20世纪80年代文艺政策的调整还有一个重要现象值得注意。本来，政策就是一种政治措施，再加上受到历史条件的限制，过去文艺政策的制定基本上只是用来解决文艺发展中的一些方向路线的大问题，对文艺规律较少涉及，甚至有的文艺政策与文艺发展规律相违背，既影响到文

---

① 《邓小平文选》第二卷，人民出版社1997年版，第255页。

艺政策的质量，也对中国当代文艺事业的发展带来负面效应。20 世纪 80
年代文艺政策的调整，开始关注到这一问题。文艺政策的制定，更加重视
与社会主义文艺发展规律相适应。对于胡风案的平反也是一个较为典型的
事件。胡风自 1955 年被打成"胡风反革命集团"头子，投入监狱劳动改
造。1980 年 9 月，中央在政治上为所谓"胡风反革命集团"冤案彻底平
反，但有关方面仍然坚持 20 世纪 50 年代对胡风文艺思想的否定性结论，
认为胡风的文艺思想是属于资产阶级和小资产阶级的文艺思想。1988 年 6
月，随着思想解放的深入，也随着对于文艺规律认识的深化，中央有关部
门对胡风文艺思想等方面的几个问题进行了复查，发出通知撤销和纠正过
去不准确和不正确的提法，对于胡风的文艺思想主张，应该按照宪法关于
学术自由、批评自由的规定和党的"百花齐放，百家争鸣"的方针，由
文艺界和广大读者通过正常的、科学的文艺批评和讨论求得正确的认识。
这无疑也反映了政策制定者对文艺政策的界限和范围有了进一步的深入认
识。此外，到了 20 世纪 80 年代后期，随着社会主义市场经济的逐渐展
开，文艺政策原先没有涉及的文艺经济问题开始受到关注，并被逐渐作为
政策问题提出和给予解决。1988 年 9 月，《国务院批转文化部〈关于加快
和深化艺术表演团体体制改革意见〉的通知》正式出台，从一个侧面反
映出政策主体对于文艺发展规律认识的深化和对于文艺规律的尊重。这就
为新时期文学艺术的进一步健康发展提供了良好的政策环境。

　　如前所述，20 世纪 80 年代中国当代文艺政策发展的基本特点是调
整。80 年代前期的调整主要是拨乱反正，把被"四人帮"颠倒的是非颠
倒过来，努力回到"文化大革命"前的所谓正确的文艺路线和文艺政策
基点。80 年代中后期，在改革开放深入发展的社会历史背景下，开始对
原有的文艺政策进行反思，试图在保持原有文艺政策基本框架的前提下，
面对新的形势和新的需要，作出新的适应性调整，包括对过去认为正确的
文艺政策在新的历史水平上进行反思，以及对社会主义市场经济体制下的
文艺政策问题作出初步探索。上述 80 年代文艺政策的调整对 80 年代文艺
创作的发展，产生了巨大的刺激和推动作用。80 年代文艺创作的快速发

展，又对文艺政策提出了更新和更高的要求。两者相互影响，共同促进80年代文艺政策和文艺创作的发展。在整个80年代，文艺政策与文艺创作相互促进的发展态势主要表现在以下几个方面。

第一，新时期初期文艺界的拨乱反正，是对新时期文艺发展影响深远的一系列政策活动，包括重新确立实事求是的思想路线，重新确立"双百"方针作为指导当代文艺事业发展的正确方针，以及彻底推倒"文艺黑线专政"论，为在"文化大革命"中受到错误批判的作家作品恢复了名誉等。这一切文艺政策事件不仅极大地解放了文艺生产力，为新时期文艺创作的繁荣准备了条件，而且也为新时期文艺政策自身的进一步发展奠定了基础。

新时期重新确立党的实事求是的思想路线，并在此基础上对建国以来一系列重大问题进行重新评价，涉及党和国家的全面工作，并不限于文艺工作和文艺政策。从文艺政策方面看，80年代前期涉及拨乱反正的文艺政策和文艺政策事件很多，最为突出的是对于"文艺黑线专政"论的否定和重新确立"双百"方针作为指导当代文艺事业发展的正确方针。

对于"文艺黑线专政论"的否定，乃是新时期文艺界拨乱反正的必然要求，而且对新时期文艺冲破"四人帮"设下的禁锢至关重要。但在20世纪70年代末和80年代初期，这一破旧立新的工作却进行得非常艰难。据当时文化部理论组长顾骧回忆："当时，我们对'文艺黑线专政'论的批判，也只能是在不触动毛泽东的情况下，小心翼翼地进行。就在这个月（按指1977年10月——引者注），我们在东四礼士胡同北院会议室，以文化部理论组名义，召开了批判'文艺黑线专政'论的文艺界人士座谈会。《人民日报》文艺部派记者郑荣来同志参加。根据现有资料，这是文艺界最早的批判'文艺黑线专政'论的行动，拉开了战斗的序幕。年底，《人民日报》召开了更大规模的、文艺界具有影响的人士参加的批判'文艺黑线专政'论座谈会，同时发了消息，这场战斗算是正式打响。"①

---

① 转引自徐庆全《文坛拨乱反正实录》，浙江人民出版社2004年版，第67—68页。

这里提到的"更大规模的，文艺界具有影响的人士参加的座谈会"是指
1977 年 11 月 20 日《人民日报》在北京召开的坚决推倒"文艺黑线专政"
论座谈会。关于这次座谈会，据刘锡诚记载："1977 年 11 月 20 日，《人
民日报》编辑部邀请文艺界人士举行座谈会，坚决推倒'文艺黑线专政'
论。参加座谈会的首都文艺界人士有：茅盾、刘白羽、贺敬之、冰心、吕
骥、蔡若虹、李季、冯牧、李春光等。到会人员中，除了李春光是当年的
造反派外，其他人，全部是文革前文艺界的老同志和名流。到会者指出：
所谓'文艺黑线专政'论，是'四人帮'强加在文艺工作者和广大人民
身上的精神枷锁和政治镣铐。它全盘否定毛主席革命路线在文艺战线上的
主导地位，篡改文艺战线斗争史，否定'十七年'革命文艺的成就，摧
残'文化大革命'前所有优秀的文学家、艺术家和一切优秀的文艺作品。
'文艺黑线专政'论是林彪、'四人帮'反对毛主席的革命文艺路线、推
行其反革命修正主义文艺路线的重要理论支柱。只有砸碎'文艺黑线专
政'论这个沉重的精神枷锁，肃清它的流毒，才能真正贯彻'双百'方
针，繁荣社会主义文艺事业。"[1] 问题的复杂性在于，由于毛主席曾经亲
自审阅过《部队文艺工作座谈会纪要》，在当时的背景下，中央分管意识
形态工作的领导对批判《纪要》提出的"文艺黑线专政"论提出了质疑。
于是，《人民日报》在报道此次会议时加了一条颇为奇怪的"编者按"，
其中讲到："无产阶级文化大革命以前的十七年中，毛主席革命路线在文
艺战线同样是占主导地位的。尽管受到过刘少奇的反革命修正主义路线的
严重干扰和影响，但毛主席的红线一直照耀着社会主义文艺事业的进
程。"[2] 稍后《光明日报》在刊发这次会议的"编者按"中说得更明白：
"十七年的文艺战线，黑线是有的，这就是刘少奇的反革命修正主义文艺
路线。这条黑线，对我国文艺事业确实有过相当严重的干扰破坏。但是，
总的说来占主导地位的是毛主席的革命文艺路线。"[3] 显然，这样的批判

---

[1] 刘锡诚：《在文坛边缘上——编辑手记》，河南大学出版社 2004 年版，第 37—38 页。
[2] 徐庆全：《文坛拨乱反正实录》，浙江人民出版社 2004 年版，第 71 页。
[3] 同上书，第 72 页。

不仅没有否定"文艺黑线专政"论，反而对它是一个肯定。

因此，一直要到 1978 年关于真理标准的大讨论、重新确立实事求是的思想路线之后，才真正开始彻底否定《纪要》和解除"文艺黑线专政"论的枷锁。1978 年 10 月 20 日，《人民文学》、《诗刊》和《文艺报》三家刊物举行编委联席会，张光年在会上作了 45 分钟的发言，后来以《驳"文艺黑线"论》为题发表在 1978 年 12 月 19 日的《人民日报》上，被认为是对"文艺黑线专政"论发动公开批判的第一篇檄文。[①] 张光年在发言中讲到："'文艺黑线专政'论是被推翻了，至少没有人公开为它辩护了。但还有一种说法：文艺黑线的帽子却不能摘掉。黑线是有的，那就是刘少奇的文艺黑线。这是改组以前的《光明日报》提出的，现在已经是光明的《光明日报》了。那时许多同志感到惶惑。当时我们在会议上反驳了这种说法。我不赞成这种说法。现在也不赞成。"[②] 又说："最近一年来，报刊上集中批判'文艺黑线专政'论的同时，也批判了'文艺黑线'论。'文艺黑线'论也是颠倒是非、混淆黑白的。一个是理论黑、作品黑、队伍黑。理论黑，一是三结合，一是黑八论。说'十七年'有一条刘少奇的反革命修正主义文艺路线，完全与事实不符。大量事实证明，他们把毛主席革命文艺路线当成刘少奇文艺路线来批。他们明明知道'十七年'是周总理领导的。越是总理领导的，越是当成毒草批。我认为，给文艺界加上的刘少奇文艺黑线是个阴谋，矛头首先是针对着总理的。把不是刘少奇的人，都推到刘少奇那里去。揭发出这个阴谋，本身就是捍卫毛主席文艺路线。"[③] 张光年在发言中还特别提到："彻底纠正林彪、'四人帮'制造的冤案，不仅是拨乱反正的是非问题，而且是从政策上予以平反昭雪的问题。文艺界有那么多有生力量含冤而死，许多人至今背着黑锅。这不利于调动积极性，不利于促进文艺的繁荣。有些业余作者受到株

① 徐庆全：《文坛拨乱反正实录》，浙江人民出版社 2004 年版，第 83 页。
② 刘锡诚：《在文坛边缘上——编辑手记》，河南大学出版社 2004 年版，第 131 页。
③ 同上书，第 131—132 页。

连，至今没有解决，据说黑线是有的，还要观望一下。"① 张光年此文既批判了"文艺黑线专政"论，又批判了"文艺黑线"论，产生了很大的影响。但当时还没有给刘少奇正式平反，对所谓"文艺黑线"论的批判也就始终无法说透。

1979年1月2日，刚刚就任中共中央宣传部部长的胡耀邦，在中国文联举行的迎新茶话会上，正式与300多名文艺界人士会面。在胡耀邦的主持下，时任中宣部副部长兼文化部部长的黄镇向与会的文艺界人士郑重宣布：文化部和文学艺术界在"文化大革命"前17年工作中，虽然在贯彻执行毛主席革命文艺路线的过程中，犯过这样和那样"左"的和右的错误，但根本不存在"文艺黑线专政"，也没有形成一条什么修正主义"文艺黑线"。② 这是最早来自权威方面的否定"文艺黑线专政"论的声音。在此基础上，才有了1979年《中共中央批转〈总政治部关于建议撤销一九六六年二月部队文艺工作座谈会纪要的请示〉的通知》（1979年5月3日），"文艺黑线专政"论问题才得到彻底解决。可见，对"文艺黑线专政"论的批判逐步深入的过程，也正是文艺界进一步解放思想，重新确立"双百"方针作为指导当代文艺事业发展的正确方针，促进文艺创作不断发展的过程。

在对所谓"文艺黑线专政"论进行清算的同时，为一大批过去受到错误批判的作家作品恢复名誉的工作，作为拨乱反正的一个重要组成部分，也被提上了议事日程。早在1978年10月《人民文学》、《诗刊》和《文艺报》三家刊物举行编委联席会上，著名文艺评论家冯牧就提出大批作家作品亟待平反的问题。他具体提到的作家有李建彤、赵树理、周立波、马烽、丁玲、艾青、公刘、刘宾雁、王蒙、秦兆阳、孔厥等。③ 1978年12月，《文艺报》和《文学评论》召开了声势浩大的"文艺作品落实政策座谈会"，出席会议的文艺界著名人士有上百人之多。会议提出要为

---

① 刘锡诚：《在文坛边缘上——编辑手记》，河南大学出版社2004年版，第132页。
② 徐庆全：《文坛拨乱反正实录》，浙江人民出版社2004年版，第89页。
③ 刘锡诚：《在文坛边缘上——编辑手记》，河南大学出版社2004年版，第150—151页。

过去受到错误处理的作家作品平反和恢复名誉，其中提到的文学作品有《保卫延安》、《刘志丹》、《三里湾》、《山乡巨变》、《赖大嫂》、《"锻炼锻炼"》、《在桥梁工地上》、《组织部新来的青年人》等，电影作品有《红日》、《怒潮》、《暴风骤雨》、《红河激浪》、《不夜城》、《林家铺子》、《五朵金花》、《早春二月》、《逆风千里》、《北国江南》等。对戏剧作品《海瑞罢官》、《谢瑶环》、《李慧娘》等，也提出要从作品所反映的现实或历史的生活是否真实出发，实事求是地考察作品的思想倾向，重新作出科学的评价，推倒过去强加给他们的一切污蔑不实之词。上述这一切新时期之初的文艺事件，力图恢复历史的本来面目，创造了开放活泼的文学氛围，极大地调动了广大文艺工作者的积极性，解放了文艺生产力，促使20世纪80年代初期的文艺发展开始出现活跃和繁荣的景象。其中，持续的诗歌创作热潮，以"伤痕文学"为代表的短篇小说创作热，以"反思文学"为标志的中篇小说的异军突起，共同构成了20世纪80年代前期文艺解放的潮流。

第二，20世纪80年代文艺政策的调整，还突出表现为在坚持党对文艺事业的领导、文艺为人民服务的大前提下，文艺与政治的关系得到明显调整，文艺的本体地位得到增强，文艺与人民大众的关系得到改善，适应了文艺观念更新的需要，促进了文艺创作的发展和繁荣。这之中，最重要的文艺政策及文艺政策事件，是1980年邓小平代表党中央宣布不再提文艺从属于政治，胡启立1985年代表党中央提出要把"创作自由"的旗帜鲜明地写在社会主义文艺的旗帜上，1983年10月31日《人民日报》发表评论员文章《高举社会主义文艺旗帜坚决防止和清除精神污染》，1989年2月中共中央发布《中共中央关于进一步繁荣文艺的若干意见》等。

文艺与政治的关系，关键是执政党如何加强和改善对文艺工作的领导。早在1979年4月，《上海文学》就发表评论员文章《为文艺正名——驳"文艺是阶级斗争工具"论》，对建国以来主流意识形态对于文艺的定位以及文艺与政治的关系的习惯看法提出了尖锐批评，在文艺界和理论界引起热烈反响。尽管当时仍有不同意见，但在拨乱反正的背景下，逐

渐形成抛弃过去对于文艺与政治关系的简单理解。在此基础上，1979 年
10 月，邓小平在第四次全国文代会上的《祝词》中提出："党对文艺工作
的领导，不是发号施令，不是要求文学艺术从属于临时的、具体的、直接
的政治任务，而是根据文学艺术的特征和发展规律，帮助文艺工作者获得
条件来不断繁荣文学艺术事业，提高文学艺术水平，创作出无愧于我们伟
大人民、伟大时代的优秀的文学艺术作品和表演艺术成果。"① 1980 年 7
月 26 日，《人民日报》发表社论《文艺为人民服务、为社会主义服务》，
进一步阐明了党在这一问题上的方针立场。1984 年 12 月，在改革开放深
入发展的背景下召开的中国作家协会第四次全国会员代表大会上，胡启立
代表党中央发表了祝词，对党领导文艺工作的经验教训作了进一步总结，
明确要求我们的党、政府、文艺团体以至全社会，都应该坚定地保证作家
的创作自由。② 1989 年 2 月，中共中央出台了《关于进一步繁荣文艺的若
干意见》，在社会主义市场经济逐渐展开的背景下比较系统地提出了文艺
体制改革、文化经济政策和坚持社会主义文艺主旋律等问题，要求进一步
理顺党、政府和群众文艺团体之间的关系，明确各自的工作职能，更好地
发展文艺生产力，繁荣社会主义文艺。上述一系列文艺政策及文艺政策事
件，有力地促进了文艺界思想解放，突出了作家的主体地位和文艺本体的
价值，激发了文学艺术家的创作热情和创作欲望，对 20 世纪 80 年代文艺
创作发展产生积极影响。其间，除前面提到的"伤痕文学"对"文化大
革命"给人们生活带来的悲剧提出强烈控诉外，稍后异军突起的中篇小
说在反思建国以来极"左"路线的痼疾和对人性的丰富性和复杂性的揭
示方面也取得了突出成就。其中，鲁彦周的《天云山传奇》（《清明》
1979 年第 10 期）、刘心武的《如意》（《十月》1980 年第 3 期）、王蒙的
《蝴蝶》（《十月》1980 年第 4 期）、谌容的《人到中年》（《收获》1980
年第 1 期）、张一弓的《犯人李铜钟的故事》（《收获》1980 年第 1 期）、

---

① 《邓小平文选》第二卷，人民出版社 1997 年版，第 213 页。
② 胡启立：《在中国作家协会第四次会员代表大会上的祝词》，载 1984 年 12 月 30 日《人民日
报》。

路遥的《人生》（《收获》1982 年第 3 期）、张承志的《黑骏马》（《十月》1982 年第 6 期）、李存葆的《高山下的花环》（《十月》1982 年第 6 期）、王安忆的《流逝》（《钟山》1982 年第 6 期）、陆文夫的《美食家》（《收获》1983 年第 1 期）、梁晓声的《今夜有暴风雪》（《青春丛刊》1983 年第 1 期）、张洁的《方舟》（《收获》1983 年第 2 期）、张贤亮的《绿化树》（《十月》1984 年第 2 期）、孔捷生的《大林莽》（《十月》1984 年第 6 期）、朱晓平的《桑树坪纪事》（《钟山》1985 年第 3 期）、从维熙的《风泪眼》（《十月》1986 年第 2 期）、乔良的《灵旗》（《解放军文艺》1986 年第 4 期）等，在当时产生了异乎寻常的反响。长篇小说方面，戴厚英的《人啊，人!》（花城出版社 1980 年）、张洁的《沉重的翅膀》（《十月》1981 年第 4、5 期）、李国文的《冬天里的春天》（人民文学出版社 1981 年）、古华的《芙蓉镇》（《当代》1981 年第 1 期）、柯云路的《新星》（《当代》1984 年增刊第 3 期）、蒋子龙的《蛇神》（《当代》1986 年第 2 期）、张炜的《古船》（《当代》1986 年第 5 期）、王蒙的《活动变人形》（人民文学出版社《当代长篇小说》1986 年 3 月号）、路遥的《平凡的世界》（中国文联出版公司 1986 年）、贾平凹的《浮躁》（《收获》1987 年第 1 期）等，也是当时产生了广泛影响的作品。这些作品内容厚重，手法新颖，展示了新时期党的文艺政策调整后文艺创作所取得的成就。

第三，20 世纪 80 年代文艺政策对于文艺创作的影响还表现为文艺政策体系本身为适应形势发展的需要而开始对自身进行反思和调整，为文艺政策的更大发展准备了基础，也为文艺创作的繁荣创造了条件。这中间，政策主体对于文艺规律的深入把握和对于文艺体制改革的深入推进格外引人注目，从而对文艺在社会主义市场经济条件下的发展繁荣注入了新的活力。

20 世纪 80 年代中国当代文艺政策主体对于文艺发展规律的把握，有一个逐渐深入的过程。一般来说，政策作为政策主体的政治措施，其出发点和归宿主要都是政治，都是政策主体的政治利益在文艺领域里的体现，文艺政策的制定主要是用来解决文艺发展中的一些政治方向路线的大问题。然而，文艺政策毕竟不是经济政策，也不是干部政策或农村政策，而是党和国家的大政方针政策在文艺领域的体现，同时也是文艺领域政策问题在党和国家的政治路线方针中的反映，也必须深刻反映文艺发展的规律和特殊性。"双百"方针并没有、也不可能完全解决文艺政策所涉及的所有文艺发展规律问题，而且"双百"方针本身也有一个进一步完善、进一步阐释和进一步落实的问题。因此，新中国文艺政策在对文艺发展规律的深入把握上还有很多工作要做。新时期以来，特别是党的十一届三中全会以来，随着实事求是思想路线的进一步落实和对于文艺发展规律认识的不断深化，文艺政策对于文艺发展规律的把握也不断向纵深推进，并且进而推动文艺体制改革发展到一个新的阶段。

1988 年 12 月 15 日，《中共中央关于进一步繁荣文艺的若干意见》经中央政治局常委第二次会议研究正式通过，1989 年 2 月 17 日作为中央文件下达，1989 年 3 月 10 日公开发表。此前，胡耀邦在《关于当前文艺工作一些问题的讲话》中讲到文艺部门也必须改革，而且提出改革的方向是要讲究效益，要搞责任制，要搞按劳付酬，奖勤罚懒，高质量高报酬。1989 年公布的《中共中央关于进一步繁荣文艺的若干意见》，是一个指导和保障我国社会主义文艺事业在市场经济条件下健康发展、走向繁荣的里程碑式的文件，在 20 世纪 80 年代后期文艺政策调整中具有极为重要的意义。该文件除了强调要坚持"二为"方向和"双百"方针外，最突出的特点，是提出了加快和深化文艺体制改革的命题。该文件提出："文艺体制改革的根本目的是进一步发展文艺生产力，繁荣社会主义文艺，满足我国人民日益增长的文化生活需求。"该文件还明确提出要"建立和完善社会主义文化市场，正确引导群众的文化消费。当前，一个以商品形式向人们提供精神产品和文化娱乐服务的文化市场正在我国形成。政府对文化市场实行宏观调控和间接领导，运用市场机制来组织和引导群众的文化消费，是提高精神产品质量和服务质量的方式之一"。这些提法在过去有的是受批判的，有的则闻所未闻，今天则成为文艺市场现象的某种总结以及文艺发展倾向的某种倡导。因此，该文件在当时所产生的震动是必然的。但文艺事业的发展和文艺政策的完善并不以任何个人的感受为转移，而是坚定地朝着自身的规律向前发展。在这样一种过程中，王朔成了20世纪80年代后期为数不多的商品经济语境下文学领域中的成功人士。"第三代诗"和"新写实"小说中的某些作品进一步加快了文艺与市场的结合。还有一大批纪实文学的作品（其中不乏影视明星和文化名人的所谓回忆录）因为满足了大众的阅读胃口而取得了骄人战绩。此外，伴随着台湾香港的流行音乐，琼瑶的言情小说和金庸的武侠小说风靡大陆，商品经济对文学艺术的"冲击"，开始引起了一些作家艺术家的忧虑和担心。1988年6月和9月，中国作家协会两次召开"商品经济与文学"研讨会，企图就市场经济的发展对文学带来的冲击以及通俗文学的发展等问题展开讨论和引导。但实际上这些现象在20世纪80年代还远没有成为真正问题。由于整个20世纪80年代的文化激进思潮和文学艺术受意识形态话语影响，文艺创作及其消费的市场化形态，要到90年代才得以真正展开。因此，20世纪80年代文艺政策的发展，事实上表现出多种因素交织的复杂局面，文艺创作也同样表现出多种因素交织的复杂局面。很明显，20世纪80年代的文学艺术主流仍然是意识形态化的。但随着社会主义市场经济的逐渐展开，整个文艺政策和文艺创作已开始显示转型的趋势。

经济体制改革同时也是一场革命，因此它带来的不仅仅是经济的增长，而是还包括更深层次的内涵，如文化的转型以及社会价值观念的变革等。这一切构成了文艺生产新的现实制约因素和理解氛围，也可以在某种意义上将其看做是一种新的广义的意识形态空间。整个20世纪90年代以来文艺创作，就是在这种新的意识形态框架内进行的。因此，我们对20世纪90年代以来文艺政策与文艺发展趋势的考察，也必须放在这种市场经济语境下才可能得到更为准确的理解和把握。

相比较而言，如果说20世纪80年代的文艺政策调整主要是在原有的计划经济框架内进行的，那么，20世纪90年代以后的文艺政策的发展，则有一种更为明确的新的方向感，那就是沿着社会主义市场经济开辟的方向前进。这显然是两种不同范型的文艺政策体系。不仅市场经济以及市场经济体制下的文艺政策需要进行充分的合法性研究，而且从计划经济背景下的文艺政策到市场经济背景下的文艺政策还需要一个不可忽略的转型过程。这一过程从 20 世纪 80 年代后期逐渐开始，在 20 世纪 90 年代初期一度陷入停顿，1992 年在邓小平南巡讲话后重新启动。

20 世纪 90 年代以后文艺政策的转型要解决的基本政策问题，主要有三个方面：一是要处理好坚持发展社会主义市场经济与协调文艺发展和社会经济发展之间的合理关系，以促进文艺事业健康发展，实际上也就是进一步解决好文艺在市场经济体制下的定位问题；二是要处理好在对社会实施有效控制的同时，进一步按照文艺自身发展规律促进文艺事业健康发展的问题，即文艺在合理定位前提下进一步按照自身规律发展繁荣的问题；三是要处理好坚持依法管理和进一步完善当代文艺政策体系的问题，也就是进一步完善文艺管理的问题。为此，20 世纪 90 年代以后文艺政策的建设，一方面调整了原来的计划经济体制下的文艺发展定位，另一方面迅速补充完善市场经济体制下文艺管理所急需的文艺政策依据。其间，新颁布的有代表性的文艺政策有：1991 年的《中共中央宣传部、文化部、广播电影电视部关于当前繁荣文艺创作的意见》（1991 年 5 月）、《中华人民共和国著作权法》（1991 年 6 月）、《国务院批转文化部关于文化事业若干经济政策意见的报告》（1991 年 7 月）、1994 年的《中共中央宣传部、新闻出版署、总政治部关于加强军事题材出版物出版管理的规定》（1994 年 3 月）、《国家民族事务委员会中共中央宣传部中共中央统战部文化部广播电影电视部新闻出版署国务院宗教事务管理局关于严禁在新闻出版和文艺作品中出现损害民族团结内容的通知》（1994 年 6 月），1996 年的《国务院关于进一步完善文化经济政策的若干规定》（1996 年 11 月）、1997 年的《中共中央关于进一步做好文艺工作的若干意见》（1997 年 1 月）、国务院发布的《出版管理条例》（1997 年 1 月），等等。上述一系列新的文化和文艺政策，开始逐步形成具有中国特色的新的文艺政策调控体系和文艺发展格局。这一新的文艺政策调控体系和文艺发展格局的基本特点是，文艺活动的意识形态功能得到弱化，文艺服务市场的功能得到强化；文艺创作的个性特点得到张扬，文艺活动的法律责任得到加强；文艺创作的艺术规律受到重视，文艺活动的经济效益也成为追求目标。虽然这一系列新的文化和文艺政策本身还有一个进一步理解和完善的过程，但它们对20世纪90年代文艺创作已经产生深刻影响。

20世纪90年代以后文艺创作受一系列新的文艺政策的影响，表现出一些新的历史特征。

首先是文艺功能的边缘化。早在20世纪90年代初，一些作家、学者和文化人已经敏锐地意识到这一转型的意义，并开始力图自觉地追求和把握。著名作家刘心武的"转型"也是颇有代表性的。刘心武在20世纪80年代初期是典型的问题小说作家。90年代，随着市场经济的深入发展和文学功能的变化，刘心武转而开始为文学的商品化辩护。在一篇题为《话说"严雅纯"》①的文章中，刘心武写道："在我看来，作家不过是一种社会职业，跟其他的社会职业并无本质区别。不错，有严肃追求的作家，品位趋雅的作家，热爱写作因而功利心不那么强烈也就是说比较'纯粹'的作家，他写作时，要体现特立独行的人格、充溢创造性发挥的'文本'、新奇诡异的个人风格，可是他不能不考虑安全问题、温饱问题、出版问题，当然他应在可达性与可行性之间求得一个最大也最优的生存系数，他如向社会规范和市井俗尚过分尊媚，当然有碍他的突破创新，但是他完全不顾所在的环境而放肆地'伤时骂世'、心无读者地'严雅纯'到底以至全不考虑出版面世，那么，他不是傻子必是疯子。"在这样的语境下，80年代的所谓严肃文学普遍让位于20世纪90年代的商业文学或消遣文学。这实际上反映了20世纪90年代以后的作家（包括从80年代一路走来的作家）在对文学与生活的关系的理解上以及在对自身的文化立场定位上，开始发生自新中国成立以来、甚至是"五四"新文学以来的重大转型。这一转型的真实内涵也许就是一句话：文学就是文学！意思是

---

① 《光明日报》1994年3月30日。

说文学并不是过去所理解的国家与革命，作家也不是过去所想象的圣人或伟人。这既是文艺政策引导的结果，也是市场经济深入发展的必然产物。如果要说市场经济体制改革是一场革命的话，发生在文学艺术中的这一转型的意义也不亚于一场不流血的"革命"。如果说过去的文学艺术一直处于社会意识形态话语中心的话，也不妨说现在的文学艺术的地位的确边缘化了。

其次，文艺机制的市场化，也是 20 世纪 90 年代以来文学艺术发展的重要特点。所谓文艺发展的机制，是指文艺发展的内在的合法依据，并且已经成为可以遵循的惯例和可操作模式，其中最重要的内涵就是文艺发展的动力因。在此前的新中国文艺发展史上，文艺是依附于政治和政策的。文艺创作的动力可能来自于艺术家的创作激情，也可能来自于某位领导的指示或行政安排，其极端的做法是按照长官意志进行创作，更有特色的典型的方式则是所谓"三结合"创作方法，即：领导出思想、作家出技巧，群众出生活。20 世纪 80 年代的文艺政策调整从理论上否定了这种方法的合法性，但并没有从机制上解决这种方法的可能性。一个重要的原因，就是原有的行政化的文艺机制仍然在起作用。作家、艺术家作为国家固定工作人员，其创作任务（特别是那些需要由组织安排的大型文艺创作和演出任务）与方式，主要仍由国家提供并加以规范。文学艺术出版发表演出的平台——出版社、刊物和剧场等，仍然需要由国家财政拨款来支撑。所以说，20 世纪 80 年代文艺政策的调整主要是在原有的计划经济体制的框架内进行的。随着 20 世纪 90 年代以后市场经济的深入发展，逐步取消文艺工作者的特权，开始引入市场机制来为文艺创作注入活力，其意义是不同寻常的。因为这样一来，文艺作品开始具有了作为特殊商品进入市场的可能性与合法性。文艺作品就相应地具有了商品价值与艺术价值的双重性构成，从而不可避免地导致文艺机制的市场化。作家艺术家现在不仅可以说为了某些崇高的理由而创作，而且也可以堂而皇之地为了金钱而创作。其实，理论和政策都是后来的总结和归纳。早在 20 世纪 80 至 90 年代之交，就有作家艺术家跃入商海之中，开始按照市场机制进行文艺创作和演出制作。1989 年 1 月，王朔、魏人、刘毅然、莫言、苏雷、朱晓平、刘恒等 12 位作家成立了中国大陆第一个民间作家组织——海马影视创作中心（但该中心正式登记是在 1992 年，挂靠单位是中国战略与管理研究会）。其宗旨是保护作家权益，同时引进商品经济规律，按质论价，争取合理稿酬，类似于作家工会。受此影响，作家也开始自觉为自己的作品寻找买方市场。1993 年，作家李準以 3 万元人民币价格将其作品卖给了谢晋的亨通公司。也是 1993 年，在深圳文稿竞价会上，刘晓庆的《从电影明星到亿万富姐》仅一个标题就卖了 17 万元人民币。更令人不可思议的是，成交仅仅一个月，她的这部名为《从电影明星到亿万富姐》的选题，再度以 108 万元的天价被人买走。此次深圳文稿竞价会上正式成交的 11 部作品，价格大都在几万、几十万元人民币。从此以后，中国文坛便进入了一个稿酬无标准的新时代。

与之同时，象征意义上的中国出版商开始出现，出版界也由文化市场对作家作品的选择，转向出版商参与作家的创作设计和包装，然后推向市场。贾平凹的《废都》脱稿后，近十家出版社先后上门以高价索稿，最后由北京出版社夺魁。此书一版再版加上盗版，印数超过了一千万册。一段时间里，一些作家甚至被出版社所"承包"，如梁凤仪与人民文学出版社，王朔与北京华艺出版社的定向合作等。

与之同时，消费者对于文艺作品的"购买"具有至关重要的地位。这又从另一个角度引发文艺大众化浪潮以及作家艺术家是否应该从众的问题。如果说这种转型最初还只是仓促应对的话，随着人们取得的共识的进一步增多，文艺的市场化逐渐变成自觉的回应和选择。总之，尽管文艺机制的市场化对于文艺创作的影响是多方面的，人们对此也有不同的看法，但其总体趋向，仍然是以不可逆转之势，在不断发展并对文艺产生越来越深刻的影响。

再次，与上述特点相关联，20 世纪 90 年代以后文艺创作另一个重要特点，是文艺价值取向的多样化。这既是市场经济背景下文艺发展的逻辑结果，也跟文艺政策的转型有着重要的联系。文艺的价值取向是文艺发展的关键问题之一，同时也是最为复杂的文艺理论命题之一。大体说来，在整个计划经济时代，中国当代文艺创作虽然千差万别，但基本的价值取向却是一元的，那就是政治化的文艺，进一步说，是为革命服务的政治化的文艺，也可以简称为社会主义文艺。过去主流意识形态曾经用列宁的《党的组织与党的出版物》来规范整个文艺事业，实际上就是把整个文艺都当作是党的文艺。在中国特色的社会主义文艺体制下，这也就是国家的文艺。这一切都与意识形态中心话语的历史背景有关，在根本上都是计划经济体制的产物。20世纪80年代的文学艺术有着特别丰富而复杂的内容和形式，同时又孕育着新的变化。一方面，20世纪80年代文学艺术仍然坚持了原有的一元化文艺价值取向，革命现实主义仍然是文学艺术的最高准则；但另一方面，20世纪80年代文艺随着改革的深入和持续的对外开放而出现一些裂缝，这些裂缝在适当的条件下逐渐生长为隆起的山脉而有了自己的走向。

正是在这样的背景下，20世纪90年代以后文学的多样化价值取向成为可能。从这个意义上讲，20世纪90年代以来的文艺发展既不再是传统的革命现实主义一统天下，也不是现代主义独领风骚；社会主义主旋律的文艺始终被坚持和弘扬，满足人民群众多样化需求的文艺也得到蓬勃发展。多样化的文艺才是20世纪90年代以来文学发展的主要特征。党和政府作为文艺政策主体，敏锐地意识到这一文艺发展的时代特征，及时作出政策性反映。1991年3月1日，中共中央宣传部、文化部和广播电影电视部联合发布《关于当前繁荣文艺创作的意见》，正式以文件的方式提出"坚持发展多样化和突出主旋律的统一"的主张，要求"在创作内容的多样化中，要突出时代和生活的主旋律"。① 1994年1月24日，时任中共中央总书记的江泽民在全国宣传思想工作会议上的讲话中，从中国共产党的文化政策的高度，提出并阐释了"弘扬主旋律，提倡多样化"的政策思想："弘扬主旋律，就是要在建设有中国特色社会主义的理论和党的基本

———————————

① 《人民日报》1991年5月10日。

路线指导下，大力倡导一切有利于发扬爱国主义、集体主义、社会主义的思想和感情，倡导一切有利于民族团结、社会进步、人民幸福的思想和感情，大力倡导一切用诚实劳动争取美好生活的思想和感情……使我们的精神产品符合人民的利益，促进社会的进步，不断满足人民群众日益增长的精神文化需求。"但同时，"社会生活是丰富多彩的，人民群众的精神文化需求也是多方面、多层次的。只要是能够使人民得到教育和启发、得到娱乐和美的享受的精神产品，都应该受到欢迎和鼓励"。江泽民在讲话中还强调指出："弘扬主旋律，提倡多样化，是坚持'二为'方向和'双百'方针的具体体现。"① 2006 年 11 月，胡锦涛在中国文联第八次全国代表大会、中国作协第七次全国代表大会的重要讲话中，又把"弘扬主旋律，提倡多样化"和构建社会主义和谐社会联系起来，指出："建设和谐文化，是构建社会主义和谐社会的主要任务，也是构建社会主义和谐社会的重要条件"，"要坚持为人民服务、为社会主义服务的方向和百花齐放、百家争鸣的方针，弘扬主旋律，提倡多样化，大力发展促进文化，支持健康有益文化，努力改进落后文化，坚决抵制腐朽文化，促进全社会形成积极向上的共同精神追求"② 这样，弘扬主旋律，提倡多样化，发展先进文化，建设和谐文化，就成为当今具有中国特色社会主义价值取向的文艺政策建构和文化工作的主导思想。

　　20 世纪 90 年代以来文学的多样化发展，带来了文艺价值取向的多样化趋势。这种多样化现象，有的时候也被称为"多元化"。浙江大学教授吴秀明还专门对此作了解释，认为："所谓文学的多元，并不是一个具有政治含义的概念，虽然多元文学格局的形成有赖于一定的社会政治条件；而完全是一个美学或学术文化范畴的概念，其内涵类似于化学学科之'元素'，是指基本的构成因子的意思。它的完整含义，即指在一定哲学观念支配下，对文学基本问题的多种主张和多种解释，并由此形成的多种

---

① 《人民日报》1994 年 3 月 7 日。
② 《人民日报》2006 年 11 月 11 日。

流派、多种形态，是与文学观念、文学结构的单一化、极端化和绝对化相对而言的。"① 为此，吴秀明提出采用"三元一体"的分析范式来描述和概括转型期文学的总体构成。所谓"三元"，是指精英文学、大众文学、主导意识形态文学；所谓"一体"，则是指具有民族特色的、能适应现代政治经济需要并满足人们多方面审美需求的当代新型的精神思想文化体系。② 但这与"主旋律"和"多样化"之间并不能构成对应关系。主旋律的作品，既是主流意识形态所要求的，如那些表现社会主义革命和建设重大题材，讴歌爱国主义、集体主义和革命英雄主义精神，塑造叱咤风云的时代英雄的作品，但它们既可以表现为精英文学样态——如陈忠实的《白鹿原》，又可以表现为大众文学样态——如二月河的历史小说。

总之，20世纪90年代以来的文学已进入社会主义市场经济的大背景之下，开始发生许多重要的变化。文学的多样化，是必然的和不可逆转的建构。坚持社会主义先进文化的引领作用，弘扬民族优秀文化传统，发掘民族和谐文化资源，借鉴人类有益文明成果，进一步形成全社会的理想观念和道德规范，也是社会主义、和谐社会对文化艺术家的必然要求。对于政策的导引，对于不可拒绝的历史与文学的承担，今天，广大的文学工作者，已有了充分的理由和自信，表现了自己的感知与责任。

---

① 吴秀明：《三元结构的文学》，春风文艺出版社1998年版，第12—13页。
② 同上书，第10页。

第三章

文学的门类（上）

现在，让我们首先依文学的不同门类，来观察与考量共和国文学的发展里程及积累的经验。

一、长篇小说：历史与人生的风雨卷舒

长篇小说创作在60年的文学发展过程中，拥有十分重要和显赫的地位，被称为"时代的第一文本"。作为一种并不古老的文学体式，长篇小说从来都是关于一个民族文化和历史的具有象征性的表达方式。60年来的长篇小说创作，不仅忠实地记录了自1949年到2009年中国大地上发生的悲喜剧，也承续了自五四新文化运动以来的基本思想主题。理论批评界有一种倾向认为，共和国文学60年发展的一个令人喜忧参半的现象是：由于前三十年狂热的全民政治情感透支，使得后三十年的文学表达的思想能力和作品的历史文化内涵受到某种程度的消极影响。上述观点的是非姑且不论，仅就长篇小说创作领域而言，所谓"消极影响"显然是不能成立的。与前三十年相比，无论是在创作的数量、所涉及的题材范围上，还是在对历史、现实与人生的深入开掘方面，改革开放以来的长篇小说创作

都取得了令人瞩目和振奋的成就。

"多元化"既是历史转型的标志,也是历史转型的结果。表现在长篇小说创作上,以往那种单一的革命历史题材、既定的风格规范、名曰"典型"实则概念化的人物性格以及被奉为金科玉律的现实主义创作方法,都在新的历史语境下得到清理和生发。没有人会愚蠢到视以往的一切为糟粕而弃之如履,但是也同样不会再有人把以往的一切奉为圭臬、奉若神明——即使是曾经被舆论嘉许的 90 年代"现实主义冲击波"也没有这种可能了。长篇小说创作不仅享用着历史转折、思想解放所提供的社会条件,而且也以自己多姿多彩、丰富千面的写作为新的历史构型、文化观念提供了新的"增长点"。作为一种革命的、解放的力量,长篇小说正在缓慢而自信地参与着业已来临、尚未澄明的文化建设。同时,在风俗史、民族文化心态史和个体心灵史的意义上,长篇小说都及时而深入地拓展了自己的领地——这个本应属于长篇小说的天然领地曾经由于众所周知的原因而未能被有效地涉足。像张承志的《心灵史》、韩少功的《马桥词典》、余华的《呼喊与细雨》、格非的《欲望的旗帜》、史铁生的《务虚笔记》、徐小斌的《羽蛇》、王小波的《黄金时代》等等这样一批相当"另类"的长篇力作,也只能诞生在它们自己的时代。

对于共和国 60 年的长篇小说创作和发展而言,最大的困扰与疑惑可能仍然是在人物形象的理解、创作方面。针对长篇小说这一必须面对的根本课题,米哈依尔·巴赫金曾经指出:"长篇小说的基本内在主题之一,恰恰是人物和他的命运及他的地位不对等。人或大于自己的命运或小于自己的人性。他不可能整个彻底成为官员、地主、商人、未婚夫、嫉妒者、父亲等等","使人物完全彻底体现呈现有的社会历史的化身是不可能的。没有可以把人的全部可能性和要求完全彻底体现出来的形式……使他塞满形式的四周边沿同时又不至于出边沿。"① 尽管所谓"典型人物"在中国的小说王国里面有些声誉不佳,但这并不是说人物形象以及对之描绘、刻

---

① 巴赫金:《小说的艺术》,社会科学文献出版社 1999 版,第 141 页。

画从此就可以在小说国度里消失。至少在人类现有的认知结构和关于小说的观念中，还不可能用其他别的什么因素来取代人物。巴赫金上述一段话的深刻恰切之处在于，他使我们更好地理解了，一个人物形象的成功塑造对于长篇小说来说是何等重要、何等性命攸关的事！60 年的长篇小说创作实践与发展在这样的问题上仍然显得有些幼稚和自说自话。前三十年恰恰就是巴赫金所针砭的那样：试图把关于历史的概念拆分成人物性格因素，进而取得历史阐释的垄断权。这样的信念与方法，除了说明虚假理想主义背后的历史决定论根基以外，还使得几乎所有的人物形象被迫套进意识形态的紧身衣。而后三十年，在合理摆脱了上述枷锁时，也有一些作品把这种合理性推向极端，程度不同地屈服于自己虚构出来的人物性格与命运的绝对自主性，似乎历史对于长篇小说是可有可无的东西。人物形象成了"七宝楼台"：在有限的范围内局部精彩，而一旦拆开置放于相当的语境中，则"破碎不成片段"，迷失在自以为是的天地中。对此，巴赫金接着说："从来都总会留下人性的未被体现的剩余部分，总会有通过未来加以表现的需求并给这个未来的必要位置。……但这种人性剩余部分的实现，不能通过人物而是通过作者的观点。"这种对"未来的必要位置"的强调，其实是在说，完全屈从于现实，对人物性格的理解、刻画采取一种放任的、犬儒主义的态度，对于长篇小说所需要表达的历史深度和完整性而言是有巨大伤害的。今后的长篇小说创作仍将面对这个严峻的课题。

（一）岁月与河山

1949 年 10 月新中国开国，最早构成当代文学骨架并且赢得盛誉的，是一批被称为"红色经典"的长篇小说。这些作品大致有《铜墙铁壁》（柳青）、《新儿女英雄传》（袁静、孔厥）、《红日》（吴强）、《林海雪原》（曲波）、《保卫延安》（杜鹏程）、《三千里江山》（杨朔）、《敌后武工队》（冯志）、《烈火金刚》（刘流）、《铁道游击队》（刘知侠）、《红岩》（罗广斌、杨益言）……1978 年以后还有获"茅盾文学奖"的《东方》（魏巍）、《历史的天空》（徐贵祥）等。其中绝大部分作品是通常意义上的"革命战争历史题材"作品，比较多地描写了大规模的战争、冲突场面。唯一例外的是《红岩》。

尽管上述作品的开列与传统的分类有所不同（传统的分类法一般倾向于比较方便地按作者作品年代顺序、题材范围进行排列，而对这些作者及其作品在整个中国当代文学发展当中发生、存在的更一致的特性和更内在的动因考虑不足），但是有一些显而易见的理由，使我们更愿意把它们视为彼此区别不大，或者说同质因素远远大于区别的一类小说。作为共和国文学前三十年经久不衰、极获赞誉的"红色经典"，就题材的描写范围而言，"革命战争历史"大致分为：抗日战争时期，解放战争时期，抗美援朝时期。它们最大的、最本质的共同之处在于：力图在"史诗"的意义和境界上为一个崭新的历史形态确立记忆的合法性。"岁月"作为时间记忆的内容，在"林海雪原"和"铜墙铁壁"的无尽"河山"中，上演着一系列可歌可泣的动人故事。

在共和国诞生初期涌现出一大批表现革命历史题材的长篇小说是必然的：中国的民主革命经历了太长久的武装斗争。漫长的艰苦岁月为长篇小说的写作提供了相当丰富的生活源泉，在"历史写作"的意义上，这一点保证了长篇小说在时段、内容方面相对的一致性。这些作品的写作者们，不仅大都是战争生活的亲历者、目睹者，而且是有着坚定的政治立场和感情倾向的战斗者。炮火连天、血肉横飞的战争场面，义无反顾、舍生忘死的万丈豪情，以及在战争中人民群众的支援投入和巨大牺牲……所有这些，都已经成为作家们心中难以磨灭的永恒的记忆。更重要的是，他们不仅是战争的胜利者，同时也是一种崭新的形态的承担者。对于"岁月与河山"的回顾与表现，就不止是面向过去的写作，而且还洋溢着把握未来的乐观精神。

柳青的《铜墙铁壁》发表于 1951 年，是当代文学奉献给新中国的第一部"红色经典"。小说以解放战争时期的西北战场为背景，围绕沙家店战役当中沙家店粮站护粮、支前的故事展开描写，形象地揭示出在中国大地上决定着战争胜负的，决不仅仅是单纯的军事力量对比。毛泽东说：

"真正的铜墙铁壁是什么？是群众，是千百万真心实意地拥护革命的群众。这是真正的铜墙铁壁，什么力量也打不破的，完全打不破的。反革命打不破我们，我们却要打破反革命。"由此看来，柳青使用"铜墙铁壁"作为自己小说的名字，并非偶然。这一点似乎也提示着人们注意，要理解中国革命的历史进程、理解整个战争的走向，任何单纯军事的、技术的观点都是极其幼稚和肤浅的。归根结底，发生在中国大地上的这场战争的本质，仍然是阶级的、利益的对抗！当人民群众在为自己的利益而奋不顾身、浴血沙场的时候，战争的最终结果早已经不可更改、不可动摇了。在这部小说中，直接的大规模战争场面描写并不多，生动、活泼的生活细节和人物性格也刻画不足。也许从一开始，柳青就是一位在理论修养方面过于用力，从而略显刻板的作家。当一种理论的严肃性直接等同于证明和诠释某种权威思想时，受到损害的就不仅仅是作品的艺术表达了。这一点到他后来的《创业史》的写作时，仍然可以看出种种痕迹。

标志着"红色经典"取得决定性、代表性成就的，是杜鹏程发表于1954 年的呕心沥血之作《保卫延安》。这部素材丰厚、历经五载、"九易其稿，反复增删何止数百次"① 的著名作品，自问世之日起便好评如潮，被誉为"真正可以称得上英雄史诗"（冯雪峰）。然而这部小说的命运也委实坎坷困顿。由于众所周知的原因，1959 年小说被禁止印行，1963 年又被进一步下令销毁。

《保卫延安》，由于作品的场面宏阔、人物阶层跨度大、通篇洋溢的革命英雄主义和理想主义的激情，使之具有一种撼人心魄的艺术力量。小说以一种恢弘的气势，在较大规模上成功地反映了解放战争时期著名的延安保卫战，描绘了一幅真实、感人的人民战争的壮丽画卷。与《铜墙铁壁》这样的作品相比，《保卫延安》在"红色经典"的意义上首次着力进行了人物形象的刻画，塑造了中国当代文学史上的革命英雄典型。小说中的彭德怀将军作为一个有血有肉、性格丰满的高级指挥官，不仅叱咤风

---

① 《保卫延安》重印后记，人民文学出版社 1979 年版。

云、刚毅勇猛、虎虎有生气，而且作者还突出描写了他作为人民的儿子的那种质朴、淳厚、平凡的性格气质，使之亲切感人，真实可信。《保卫延安》中的彭德怀的形象塑造，对于中国当代文学史描写领袖人物来说，至今仍然是一个可资借鉴的成功经验。小说着墨最多、最为成功的人物当属作品主人公周大勇。作者对这个基层指挥员满怀敬意和深厚的感情，对他从稚嫩到成熟的思想性格发展做了全面的细致入微的刻画。小说通过许多感人的情节，描绘和渲染了周大勇身上的革命英雄主义情怀，并且深刻地揭示了这个英雄人物之所以顶天立地的阶级根源和思想基础。在刻画周大勇的形象时，作者没有把他孤立起来，而是围绕这个人物，塑造了一系列英勇无畏、感天动地的英雄群像，如平时沉默寡言、腼腆憨厚、打起仗来却一往无前的王老虎，在艰苦行军中把仅有的干粮和水留给战友、自己却渴死大漠的老炊事员孙全厚，性烈如火、于困境中纵身跳崖的马全有，危急时刻拉响手榴弹与敌人同归于尽的赵万胜……等等。面对这样一支军队，面对这样一群英雄，试问什么样的敌人不望风披靡？

充盈着小说的浓厚的革命英雄主义精神，使《保卫延安》在思想格调上明显地高于同类题材的作品。作者在刻画人物形象时，充分展示了他们的内心世界。作品昂扬的激情与深刻的理性把握有机地结合在一起，处处引人深思，极大地增强了作品的艺术感染力。

如果把《保卫延安》这部小说放在中国当代文学 60 年的历史长河中考察，我们当然可以发现它的瑕疵。就人物形象的塑造而言，虽然作者在丰富性上倾尽全力，但是由于时代精神的局限，人物性格仍然是在一个"英雄"的框架内平面铺叙，其实质仍然是单维的。如果苛求作者的话，我们可以说，现代意义上的人物性格丰富性在《保卫延安》中是并不存在的。当然，这一点不单是《保卫延安》的缺陷，其实正是中国当代文学前三十年的通病。要彻底治愈它，需要未来的历史为它准备条件。

在另一部描写解放战争的优秀长篇小说里，上述不足有了局部的、但是异常重要的改善。吴强的《红日》出版于 1957 年，作品正面描写了山东战场的孟良崮战役。引人注目的是，《红日》在人物形象塑造上取得了具有突破意义的成就，非但没有受到应有的重视与恰当的评价，还被认为是某种缺陷。甚至在1978年，作者吴强仍然需要为他的这种人物塑造作出辩护和解释，认为石东根的缺陷"乃是他的水平、他的性格在当时的环境条件之下的自然表现"。① 足见当时压力之大。三十年后，我们能够以这样的观点看待理解《红日》的人物形象塑造，仅仅是因为历史的条件成熟而已。

如果仅就阅读影响的广泛和人物形象的家喻户晓而言，最成功的中国当代文学"红色经典"既不是《红日》也不是《保卫延安》，而是由一位"业余"作者曲波创作的《林海雪原》。解放战争初期的1946年，曲波曾亲自率领一支小分队深入茫茫林海雪原追剿国民党残余以及地方土匪，这段经历成了他日后创作《林海雪原》的重要生活素材。四十万字的小说于1957年正式出版，在不到一年的时间里，竟然销售了五十万册！作为一部长篇小说的发售量，五十万册这个数额，即使是在媒体发达、盗版横行的今天，也是一个了不起的畅销书业绩。

细究一下这样的销售量是很有意味的。《林海雪原》是一部引人入胜、读来手不释卷的精彩小说，扑面而来的浓郁的民间气息，惊险诡谲、奇峰迭起的故事情节，鲜明生动、各具擅长的人物形象，以及活泼灵动、与读者平等的叙述语言等等，都是这部小说获得成功的原因。然而最重要的还在于，曲波和他的《林海雪原》不是带着满嘴的大道理和强人观听的说教面对读者，也没有为了演绎什么独立于作品之外的理念而牺牲作品的艺术血肉。像杨子荣、少剑波、白茹、小炉匠、座山雕、蝴蝶迷这些人物，可能有着在艰深理论苛求下的种种缺陷，但是他们仍然光彩夺目，为广大读者所深深喜爱。仅仅把这些成功归结为老百姓有限的审美水准和简陋的阅读习惯，显然是不够科学、不够公平、也不够严肃的。曲波在《林海雪原》之后，还有《山呼海啸》、《桥隆飙》等长篇小说问世，但在成就与影响上都远不及《林海雪原》。

① 《文学评论》，1978年第3期。

　　与《林海雪原》同类的"革命传奇"，还有刘知侠的《铁道游击队》、冯志的《敌后武工队》、刘流的《烈火金刚》等等。这些作品在写作观念上比较多地师法中国传统小说，以故事情节的曲折跌宕、惊险生动见长，戏剧化的因素往往大于对人物性格的深入开掘。在生活场景的朴素自然与细节的凌乱杂芜之间，这类小说的作者们一般是拙于选择和辨析的。这一点也的确暴露了他们在理论修养和艺术积累方面的准备不足。

　　作为对另一种岁月的追忆，《红岩》以血与火的悲烈而有特殊的意义。诚然，《红岩》除了在题材表象的范围方面不是描写正面战场的血肉相搏之外，在创作意图、人物关系、敌对的情节结构、根本的革命英雄主义和革命乐观主义情怀等等本质上，与《保卫延安》、《红日》、《林海雪原》没有任何区别；但《红岩》对另一种岁月的记忆，对另一个战场的开辟，对另一种战斗形式的自觉，都极大地丰富了"红色经典"的意义内涵，拓宽了其表现范围，是对共和国长篇小说的又一贡献。

　　《红岩》是在革命回忆录《在烈火中永生》的基础上创作的。两位作者罗广斌、杨益言亲身经历过小说中所描写的监狱斗争生活，他们曾经被关押在"中美特种技术合作所"，是特殊战线和残酷生活的见证人、幸存者。小说描写了民主革命斗争的最后一幕。在这场没有炮火硝烟、却格外惊心动魄残酷异常的斗争中，在局部力量对比失衡的特殊较量中，革命者最锐利的武器，是他们坚不可摧的钢铁意志和对党、对人民、对革命事业的无比忠诚与必胜信念。那些残忍的对手可以消灭革命者的肉体，剥夺革命者的生命，但是，历史注定了他们是失败者。在革命者用信念与意志构筑起来的钢铁长城面前，残暴的敌人最终输掉的不仅是山河，更包括他们那反动虚弱、困兽犹斗的"精神意志"。对于历史的反动派来说，岁月是不堪回首的。《红岩》的创作表明，拥有回首岁月这份光荣的，只能是共产党人和革命者。

　　《红岩》对共和国长篇小说的贡献是，塑造了一大批栩栩如生、神形俱备、令人难以忘怀的革命者形象，如许云峰、江姐、成岗、刘思扬、齐晓轩等等。同是共产党人，又身处极为有限的活动空间，这对人物形象的塑造是很不利的——由于行动与空间的局限，人物个性的展示缺乏必要的条件。但是《红岩》却能够"戴着镣铐跳舞"，刻画人物性格并不雷同：许云峰锐利、机警、干练；江姐沉着、坚贞、优雅；齐晓轩老到、隐忍、不动声色；成岗坚定顽强；刘思扬激情如火……即使着墨不多的小萝卜头、龙光华、华子良，也能够点染恰切，脱颖而出，显示了小说作者精湛的艺术感受能力和表达能力。

（二）乌托邦的命运

列宁曾说：托尔斯泰是俄国革命的一面镜子。无论理论家们怎样挑剔列宁的话带有机械反映论的味道，但是在一个民族的文学史意义上看，列宁其实说出了朴素的真理。中国当代文学的 60 年，是动荡不安、命途多舛的历史见证。

中国民主革命的根本课题是农民和土地的问题。这不仅是由生产力水平和生产方式决定，也有着来自于几千年历史深处的民族情感和习俗传统的持久影响。小私有者、自耕农和土地的关系，几千年来始终是任何政权下面的头等政治生活，也是中国文学必须直面的问题。

共和国的文学，尤其是建国初期的长篇小说创作表明，人们对这个复杂、艰难、性命攸关的大问题，从一开始就显得似乎过于单纯、乐观、急切、盲目。也因为如此，新中国开初的政治生活和表现这种生活的文学创作，充满了不切实际的乌托邦色彩。中国农村的社会主义改造——"农业合作化"，作为一个解决中国几千年的土地私有制问题的"一揽子计划"，它的雄心壮志在文学创作上激发出灿烂炫目的道德理想光辉；同时，在这种光辉照耀下，很多极为真实和严峻的问题变得面目全非。由此构成了当代文学史上著名的"乌托邦赞歌"。而 1978 年以后，历史借文学之手报复了当初人们对它的轻慢，尽管这种报复显得过于情感化和表面化，远远不及"乌托邦赞歌"那种与生俱来的理论深度和对问题思考的严肃程度。同时，"反乌托邦"的小说创作，更多的是以一种实用主义的态度面对中国大地上的沧桑巨变，生活本身带给作者的那份真切的感动与紧张大大地缩减了。

在对待农民和土地问题上，赵树理的《三里湾》、周立波的《山乡巨变》、柳青的《创业史》和周克芹的《许茂和他的女儿们》，具有"史传"性的意义，也留下了时代的印痕。

赵树理（1906—1970），早年的贫困生活和深厚的民间文化修养，使得他成为最早在小说创作领域实践毛泽东文艺思想，并且取得显赫成就的作家。1942 年，当毛泽东《在延安文艺座谈会上的讲话》发表以后，赵树理就写出了《小二黑结婚》和《李有才板话》这样的名篇。新中国成立后，赵树理一如既往，在小说创作如何深刻地表现农村生活、如何真实地传达来自民间的情感变迁等等方面，他都做出了自己力所能及的贡献。虽然在今天看来，赵树理仍然不可能摆脱时代加给他的局限，但是在真实地揭示农业合作化期间农村生活中种种难解的矛盾和疑惑上，还没有哪位作家能够像他那样的本色、实在。换句话说，在所有的"乌托邦赞歌"当中，赵树理的小说无疑是现实主义含量最高的。在他的作品表现（源于生活的真切感受与思考）与理论表态（囿于意识形态规范的政治自觉）之间，存在着相当程度的疑虑和歧异。他的短篇小说《锻炼锻炼》曾经引发了理论批评界关于"中间人物"的争论，给当初凝固、枷锁重重的文坛增添了一点点活跃的因素。

《三里湾》作为第一部反映农业合作化运动的长篇小说，发表于 1955年。小说通过对三里湾这个村庄的秋收、扩社、整社、开渠等事件的描写，真实生动地反映了整个农村在社会主义改造运动中的基本态势。与其他作家相比，赵树理不是一位理论修养深厚、任何时候都拿理论标尺丈量日常经验的人。或者说，当很多作者在复杂的生活面前无法把持，从而乐于用理论把生活简单化的时候，赵树理则宁愿信赖自己的生活积累和艺术经验。因此，《三里湾》这部作品尽管在时代精神的督促下必然要写"两条道路"的斗争，但不是生硬机械地图解，而是把笔触深入到历史运动给农民思想、感情、价值观念以及家庭关系带来的种种变化中去。小说围绕王、范、马、袁四个家庭展开故事，重点描写了王金生、马多寿两个完全不同的家庭。以社长王金生为中心的王宝全一家，是个和睦融洽、共同前进的新式农民家庭，他们相互尊重、淳朴善良，积极热心地走集体化道路。作者通过对这样一家人的描写，揭示出经济关系变革对新型的人际关系的巨大影响——在作者的意图中，这种影响显然是代表时代潮流和历史进步方向的。而绰号"糊涂涂"马多寿统治下的马家大院，则是一个保守、落后的旧时代的营垒。马多寿苦苦支撑、处心积虑地维持他的生活方式，也抵抗着挟历史之威的合作化运动。然而在时代大潮的冲击下，马家大院开始分崩离析，终致瓦解，显示了农业合作化不可抗拒的历史力量。

《三里湾》最为突出的艺术成就，是在人物形象塑造方面恪守现实主义原则，不在人物身上简单地贴阶级标签。村长范登高是作为"党内自发势力"的代表而被刻画的。这个抗战时期入党的老党员、老干部，在其精神面貌上仍然是个不折不扣的农民，追求个人发家致富始终是他的信仰。别有意味的是，他时时使用手中的权力谋取、维护个人的私利，成为土改时期最初的既得利益者，因此在思想上与农业合作化运动格格不入。这个人物无疑是非常真实的，作为某种历史的征候，他是后来的文学刻画当中此类人物形象的先驱。然而小说中刻画的最为成功的人物还是几个落后的农民的典型："糊涂涂"马多寿和他的老婆"常有理"，袁天成的老婆"能不够"……赵树理长期生活在农村，对小生产者的心理习惯、思想方法和他们对土地与私有财产的深厚情感有着天然的透彻了解，因此写来处处得心应手。"糊涂涂"表面糊涂，内里精明，时时打着自己的小算盘。作为说一不二的一家之主，却故意在外背着怕老婆的名声，遇到为难的时候，就把"常有理"推到前台胡搅蛮缠。"能不够"是一个中国农村落后妇女的典型，自私、凶蛮、逞能又愚昧无知、鼠目寸光。"骂死公公缠死婆，拉着男人跳大河"是中国民间对这一类农村妇女生动的概括。通过这些人物的细致描绘，赵树理深刻揭示了中国几千年来的封建传统遗留给农民的沉重的、难以卸掉的精神负担，从而使我们意识到，在今后相当长的时期里，警惕、反对和批判封建思想传统及其在当代条件下的诸多变种，仍将是中国现代化建设进程中非常重要的思想任务。

　　如果说，赵树理的《三里湾》主要是通过对落后农民形象的刻画来展示"两条道路"（即要不要走合作化道路）的分歧，那么，周立波的《山乡巨变》比较多地透露出农业合作化过程中的"两条路线"斗争的端倪。这个区别表明，新中国的"乌托邦赞歌"开始变得激越、尖锐和缺乏现实依据了。小说中的县里干部邓秀梅与清溪乡党支部书记李月辉之间的差异和作者对他们的不同评价，敌对分子龚子元这个人物的出现，以及作品时常表露的关于"右倾"的批判态度，都说明着当时的政治空气是如何影响了这场"巨变"。

　　由《山乡巨变》透露出来的高调、虚空和渐成气候的阶级斗争色彩，到了柳青的《创业史》，便得到了高度凝练、高度理性化的表达。

　　柳青于 1952 年离开北京，举家落户到陕西省长安县皇甫村，直至"文革"爆发。"长安十四年"对于柳青和中国当代文学都有着十分重要和难以估量的影响。他在那里创作了被认为是标志新中国农村题材长篇小说最高成就的《创业史》，从而把关于农业合作化的"乌托邦赞歌"推向了令人炫目的高峰。柳青和他的《创业史》，直到现在都是提起来仍然令人心潮难平，仍然必须以历史和客观的眼光去面对的。在作为时代与历史局限一个牺牲品的意义上，《创业史》无疑有着令人尴尬的重大缺陷：首先，小说作者对农业合作化毫无保留的乌托邦信仰，使得作品当初所谓的"史诗性"不幸成为对于历史的讽刺；其次，由《山乡巨变》透露出来的意识形态高调和指令性阶级斗争，在《创业史》中发展成为自觉的、愈加理性化的情节结构，表明愈演愈烈的政治风潮在很大程度上控制了《创业史》的写作；再次，据材料载，柳青和小说主人公梁生宝的原型王家斌相知甚深，王家斌在合作化运动初期曾经萌生过发家致富的正当念头。同时，1958 年"大跃进"以后，特别是"文革"以后，王家斌及其生产集体已经彻底破产，贫困不堪。所有这些问题非但未能在《创业史》中有所体现，相反，"文革"结束后出版的《创业史》第二部还增添了有关阶级斗争和极"左"思想的分量，这使作家引为自豪的现实主义创作方法大打折扣。然而最重要的是尽管有着上述种种问题，《创业史》仍然不失为一部立意高远，有着同类作品所不及的历史深度的、闪耀着理想主义光辉的优秀长篇小说。特别是柳青那种深入基层生活十几年、真切体察、身体力行的严肃的创作精神，对于今天的作家创作仍有着不容忽视的启示意义。在谈到小说的思想主题时，柳青说："《创业史》这部小说要向读者回答的是：中国农村为什么会发生社会主义革命和这次革命是怎样进行的。回答要通过一个村庄的各阶级人物在合作化运动中的行动、思想和心理的变化过程表现出来。"[①] 应该说，这样的创作动机在柳青那里带有一定的意识形态意图，但是这个主题所涉及、以及作品自身所展示出来的历史深度，并非用意识形态的方式能够涵盖的。作品的"题叙"展示了一条中国农民所走过的苦难历程，通过对梁三老汉一家在旧中国辛勤创业屡遭失败的描写，小说极为简要又令人信服地说明，中国农民在过往历史中收获的只有饥饿史、辛酸史、劳苦史和屈辱史！旧中国农民的这种历史命运以及为改变这命运所做的不懈努力，是新中国的社会变革的历史基础。千百年来，农民与土地的关系是中国社会的根本问题。历代封建王朝的"让步政策"和各次农民起义所蕴涵的"平均地权"的思想其实都是对"农民与土地"的不断调整。农业合作化运动显然是一次试图超越历史、对问题予以根本解决的操作，虽然历史实践已经证明了这场乌托邦行动非现实、非历史的失败性质，但是作为"乌托邦赞歌"的《创业史》还不是简单地图解政策，它刻画了一系列血肉丰满的人物形象，构筑了相当真实的人物关系，从而留下了一幅50年代中国农村生活的真实图景。小说作者关于这场历史运动的主观评价是一回事，作品自身所展示和体现出来的历史的蛛丝马迹却不可抹杀。如果以实用主义的态度对待《创业史》这样一些作品，而无视中国农民命运和中国历史的沉重包袱，我们就不会比曾经被我们唾弃的庸俗社会学高明多少。直到今天，中国的现代化进程仍然承受着《创业史》提出并遗留下来的沉重历史课题。

周克芹获第一届"茅盾文学奖"的《许茂和他的女儿们》，是他的成

---

① 柳青：《提出几个问题来讨论》，《延河》，1963 年第 8 期。

名作、代表作，也是粉碎"四人帮"、十年"文革"结束以后较早出现的反映农村生活的优秀长篇小说。

作品以"文化大革命"为背景，真实地再现了70年代那动荡、凋敝、沉闷又孕育希望的中国农村生活。虽然限于历史认知和政治禁忌，周克芹的笔触所向是"文化大革命"极"左"思潮及其祸害，但是在某种意义上说，《许茂和他的女儿们》所展示和描绘的生活，其实正是农业合作化的后遗症。小说其实是对"乌托邦赞歌"的一个不自觉的反讽。许茂和他的女儿们所承受的日子，也正是乌托邦破产后的无可逃避的贫困之路。小说主人公许茂在农业合作化时期当过作业组长，曾经是一个一心为公、爱社如家的社会主义集体经济的积极分子。他很可能就是当年的梁生宝（《创业史》）、王金生（《三里湾》）、刘雨生（《山乡巨变》）……但是在十年"文化大革命"期间，这个人物几乎完全丧失了对计划化的集体经济的信心。表面看是十年浩劫破坏了他的家庭与生活，然而今天我们可以说，对一个普普通通的农民而言，真正对他的感情构成摧残、对他的灵魂构成伤害的，远远不是甚嚣尘上的政治运动，而是作为他的真实的生命内容的日常经济生活。他开始变得消沉、暴躁、孤独，忍受着经济与精神的双重破产。他开始把关注个人利益放在首位，在个人道德方面，他不再自信，所以还必须忍受"自私"对他的侵蚀。许茂的形象刻画，成功地揭示出中国农民自合作化以来的并不复杂的精神历程，使他成为一个不可或缺的历史见证人。在此意义上，《许茂和他的女儿们》的现实主义达到了相当的深度。

（三）历史的再现与重构

描写中国民主革命历史进程，表现各种阶级、阶层力量在历史活动中的角逐、影响和转化，歌颂中国共产党在民主革命中的领导作用，从而揭示出历史运动发展的规律与方向，是中国当代文学的重要内容和传统。如果对"红色经典"做一个宽泛的理解，那么，在"革命战争历史题材"的作品之外，另一类描写民主革命斗争历史的作品也可以归入其中。共和国长篇小说创作领域历来有"三红一创打天下"的说法，除了《红日》、《红岩》、《创业史》之外，还包括在中国当代文学史上享有盛誉的梁斌的《红旗谱》。在这个题材领域里广有影响的作品，还有孙犁的《风云初记》、冯德英的《苦菜花》等。粉碎"四人帮"后的三十年里，描写、回溯民主革命历史的作品非但没有中断，反而呈现出愈加丰富、冷静和深邃的态势，其中影响较大的有莫言的《红高粱家族》、陈忠实的《白鹿原》、刘震云的《故乡天下黄花》等等。

梁斌的《红旗谱》第一部出版于1957年，第二部定名为《播火记》，于1963年出版，第三部《烽烟图》于1983年出版，构成以《红旗谱》为总题的系列长篇小说。

《红旗谱》是一部厚重之作，展现了在中国共产党领导下中国农民革命运动波澜壮阔的历史画卷。小说以大革命前后十年为历史背景，通过冀中平原锁井镇朱、严两家农民三代人与恶霸地主冯老兰一家人的长期尖锐的矛盾斗争，形象生动地勾勒出中国农民在民主革命时期寻找解放道路的复杂过程：从自发反抗到有组织斗争的历史转变，并且揭示了中国共产党在民主革命中的领导地位和重要作用。小说"楔子"描写的第一代农民朱老巩和严老祥"大闹柳树林"的故事，是老一代农民自发反抗终于失败的缩影；第二代朱老忠、严志和，继承了父辈的斗争精神，但在找到中国共产党之前，他们仍然重复着父辈们的失败命运。直到江涛、运涛、大贵、二贵等第三代人成长起来，才使这种命运发生了本质上的变化：他们继承了父辈的反抗精神，又有先进的革命思想和正确的组织领导，历史在他们手中终于翻开了新的一页。

《红旗谱》对民主革命时期中国农民历史命运的揭示，主要是通过对一系列农民艺术形象的精心刻画而展现的。像作品中的朱老巩、朱老忠、严志和、大贵、二贵、老驴头等等人物都别具个性、鲜明生动，构成了革命的农民英雄群像。在这一批人中，朱老忠是刻画得最具艺术光彩、最为成功的艺术典型。作为一个跨越新旧两个历史时代的农民英雄，朱老忠身上凝聚了极为深广的历史内容。他的强烈的阶级爱憎、坚韧顽强的斗争精神和谋勇兼备、老练沉着的品质，完全是在艰苦的斗争实践中逐渐形成的。父亲朱老巩斗争失败、吐血身亡，姐姐受辱自尽，年少的朱老忠铭记着这血海深仇，只身远走他乡。当他重返故乡时，他不再像当年的父辈们那样逞匹夫之勇了。他深知与冯老兰们的斗争决非一朝一夕可以完结，也不能靠意气用事。他的口头禅是："出水才看两腿泥"，而且相信只有"拉长线儿"，培养自己的"一文一武"的后代……所有这些都表明，尽管这时朱老忠还没有意识到他的血海深仇的实质是阶级压迫，但是他在实践中觉悟到的"缺少念书人"、"要持枪杆子"这些道理，为他接受党的领导，走上革命道路奠定了基础。

朱老忠的性格中另一个突出的特点是豪爽、仗义。在他身上可以说汇聚着中国农民千百年来形成的英雄品质和反抗性格。他刚正不阿、嫉恶如仇，性烈如火、不畏强暴，"为朋友两肋插刀"，这样的传统生活信条是朱老忠得自民间、身体力行的。小说通过许多情节、细节去展示他的优秀品质。如贫苦农民朱老明眼疾严重，他慷慨解囊；卖掉自家的小牛，资助江涛上学；运涛投身革命被捕后，他冒着风险去济南探监，同时义不容辞担负起严家的生活重担等等，表现出他对阶级弟兄情深似海、义重如山。

《红旗谱》对朱老忠形象塑造的成功，表现在十分注重描写他的性格发展。他有投身革命的天然的思想基础，有着中国传统农民英雄的所有品质，但是他的局限也是明显的，在没有找到正确的斗争道路之前，他是无所作为的。随着斗争形势的不断严峻、残酷，朱老忠的阶级意识逐渐觉醒。特别是大革命失败后，运涛被捕入狱，严志和痛失"宝地"之后，朱老忠终于意识到，他与冯老兰之间的血海深仇不是单纯的个人恩怨，而是阶级间的对抗，从而发出了"没有共产党的领导，要想打倒冯老兰，是万万不能"的由衷之言。这时，他身上原有的英雄品格，"为朋友两肋插刀"的侠肝义胆、"出水才看两腿泥"的坚韧不拔都有了崭新的涵义。朱老忠的形象，真实地概括了中国农民革命运动从自发反抗到有组织的斗争这样一条必由之路。

《红旗谱》在创作小说民族化的艺术风格方面也取得了突出的成就。

首先表现在作品的基本格调与其描写的中国北方农村生活达到了相当程度的和谐统一，小说笔力酣畅、大气磅礴地描绘了"多慷慨悲歌之士"的燕赵大地，从人物的性格、行为方式、地方习俗等多方面入手，渲染并凸现了波澜壮阔的革命斗争与这场斗争中的主角——中国农民英雄之间的内在联系。另外，小说的叙事风格是非常中国化的，作者比较多地学习了中国古典小说的艺术手法，借助众多生动、富有感染力的生活事件来结构小说。正如作者自己所坦言的："比西洋小说写法略粗一些，但比中国的一般小说要细一些。"① 在语言的民族化方面，《红旗谱》无论是人物对话，还是作为小说的一般叙事语言，都有鲜明的地方色彩，朴素、简洁、生动而有力。

《红旗谱》对于历史生活的再现尽管并非无懈可击，但在它自己所处的时代及同类作品中仍是最为引人注目的。或许我们可以指出，由于受到时代和政治意识形态的制约，作品在塑造人物时较多地考虑人物的政治涵义，以至在一定程度上损害了人物性格的连续性。比如朱老忠加入共产党以后的有组织斗争的描写，远远不如对他以前的性格刻画那样丰满、那样光彩照人。给人留下的印象是，朱老忠一旦入了党，他作为个性化的人物性格发展就终止了。尽管如此，《红旗谱》对中国北方农村生活的生动描写，对中国农民投身民主革命大潮的英雄壮举的展示，都是相当真实可信的。

把感受到的历史之重用艺术方式表现出来，长篇小说无疑是重要的载体。新时期以来获第三届茅盾文学奖的陈忠实的《白鹿原》，可以说是承继《红旗谱》而在历史的再现与重构上的可喜成就。

应当说，在人物关系设置、情节结构和史诗规模构想等方面，《白鹿原》与《红旗谱》有诸多相似之处。然而陈忠实和他的《白鹿原》显然还有着更大的"野心"，试图在当代文化条件下，借助新的历史元素的分析，在深层文化的展示中表现中国民主革命时期的重大历史变迁。更准确

---

① 梁斌：《漫谈红旗谱的创作》，见《作家谈创作经验》，中国青年出版社1959年版。

地说，是试图通过对新的历史元素的挖掘，使那些事件、历史变迁变得重大起来。这种不俗的立意及深厚的生活积累，使《白鹿原》独树一帜。

《白鹿原》以渭河平原上白鹿村的白、鹿两家长久的矛盾纠葛、恩怨情仇为线索，在广阔的文化背景上展示了对历史的重构与建设，并且由此生发出对于中国传统文化的深入思考与认同。小说倾尽全力描绘了白鹿村的"仁义"以及这种仁义的兴衰，生动展现了关中大地上的风俗民情嬗变与历史变迁同步的结构关系。小说对历史元素进行了重新梳理，因此，作品中那些丰富又略嫌枝蔓的日常生活场景就被赋予不同以往的意义。白嘉轩作为一个旧式农民，是小说着力刻画的主要人物，他笃信以"仁义"为本的传统农业文化和道德观念，他和鹿子霖的矛盾不仅是个体价值的差异，还被表现为具有历史意味的对抗。值得注意的是，《白鹿原》对历史元素的重新梳理不仅与中国历史相关，更有 90 年代以来的文化建设的巨大影响。在小说中，作者以心仪和赞美的笔触塑造了一个理想化的人物：关中大儒朱先生。这个人物被赋予了太多的美德和神奇的能力，似乎承担起了历史所有的分量。但这对于一部思考中国民主革命历史的长篇而言，无疑有些失当。另外，李佩甫的《羊的门》（1999），也是一部反映当代农村社会变迁史、反思生活和人性的优秀作品。

（四）青春的吊诡

在中国民主革命和社会主义建设时期，青春是一个充满诱惑、充满荣誉、充满吊诡的词汇，它总是与革命、理想这类词汇相关。同时在吸引你为之付出后，很可能它要反过来宣布你的幼稚。多少人为它痴迷，受它鼓舞，做出了惊天动地的事业也接受着历史的检验。作为一种时代精神生活征候的主要词汇，青春的美丽与虚幻，曾经同时击中了中国的青年，他们抛家舍业、背井离乡，只为重视青春托付给他们的理想。迄今的中国当代文学对青春的表达与分析其实是远远不够的。

在题材范围与人物性质方面，校园生活和学生——知识分子身份可能是最适宜于书写青春的。这方面最早出现的作品是建国初期汉水的《勇往直前》。王蒙写于 20 世纪 50 年代的《青春万岁》因为反右政治运动的原因未能及时出版，直到 1979 年才由人民文学出版社出版。高云览的《小城春秋》是一部描写青年知识分子颇具特色的好作品，小说刻画了四敏、剑平、秀苇等人的鲜明形象。在共和国文学头十七年里，表现知识分子心路历程的长篇小说数量不多，究其原因与当时对知识分子的阶级属性在理论界定上含混不清、在政治实践中贬抑打击是直接相关的。由此形成了知识分子天然的自卑与谨慎。体现在小说创作上，描写青春和知识分子生活的第一定义就是所谓的"思想改造"，极大地束缚了作家们对这一题材领域的表现与思考。不过，杨沫和她的《青春三部曲》，依然是有代表性的重要收获。

《青春三部曲》是由《青春之歌》（1958 年）、《芳菲之歌》（1986年）、《英华之歌》（1990 年）三部情节连贯的长篇构成。后两部作品与《青春之歌》的时间跨度长达二三十年，虽然小说中的人物仍然是林道静，但因了环境、心境的不同，与《青春之歌》在文气、氛围与格调上差距较大，其成就与影响却不及《青春之歌》。杨沫自己在谈到后续的创作时尽管说："《英华之歌》是在《青春之歌》之后二十多年写的，比起《青春之歌》来，思想更成熟、思考更深入了一些。"[1] 但这种"成熟"毕竟不是作品的艺术感染力，无法同《青春之歌》相比。

《青春之歌》是当代文学史第一部描写学生运动、塑造青年知识分子形象的优秀长篇，在五六十年代的青年读者中有着巨大的影响。小说以"九·一八"事变到"一二·九"运动这一历史时期为背景，以共产党领导下的学生爱国运动为主线，艺术地再现了这一历史时期中国社会的政治风貌，展示了在动荡的历史年代中不断觉悟与分化的知识分子的精神状况。作为一个成长中的人物形象，林道静的单纯、正直和坚定、勇敢，与五四时期青年为争取婚姻自由而反抗家庭与社会颇多相似之处，但林道静的时代已经不是五四时代，个性解放的社会条件在缓慢改善的同时，又被

---

[1] 《文学报》1990 年 7 月 12 日。

其他的社会问题压迫下去。面对黑暗的社会，林道静不可能在"个性解放"的路上走多远，很快她就跌进了余永泽为她安排好的温暖小巢。

林道静与余永泽的相爱、同居到分手决裂的过程，是林道静思想情感发生重要变化的过程。这个过程直到今天看来都是相当精彩和富有艺术感染力的。如果说这个变化与卢嘉川的出现有关，也不会是个人之间的情感因素占主导。虽然杨沫把这一点处理成"余永泽——胡适"这种具有政治暗示的结果过于牵强，但是毕竟是可信的。林道静逃婚出走的性格根源是追求理想中的自由，而余永泽的道义所体现出来的是专家知识分子的对政治参与的极度冷漠与不信任。这样的分歧在 30 年代国破家亡、动荡不已的社会环境中，具有原则性的意义，林道静那颗追求自由、反抗的、不安分的心灵，是不可能忍受余永泽那种琐屑、灰色、无声无息的日子的。而由中国共产党人所代表、所象征的充满朝气、正义和生命活力的革命事业，成为青春与理想的最后栖居地。这个伟大事业指向未来的远景更是具有无比强劲的吸引力。在这个意义上，有没有卢嘉川并不重要，小说中在写到卢嘉川牺牲后，不是还有江华吗？林道静走出个人反抗离家抗婚的第一步，又走出了放弃个人小家庭冲进时代洪流的第二步，她的这个思想变化，成熟与坚定的选择，在 30 年代追求进步与理想的青年知识分子当中，是有着相当的代表性与典型意义的。

围绕着林道静而出现的其他人物，作者也以自己的理解，把他们描写得十分真切、生动、可信，如胡适信徒余永泽，沦为社会牺牲品的白莉萍，叛徒戴瑜，林道静在政治上的领路人卢嘉川、江华、林红等等，都各具色彩、鲜明生动，构成了一幅 30 年代青年知识分子群像图。

对青春的礼赞和对革命理想的信任，曾经是当代文学引为自豪的一大特色。《青春之歌》自问世起就在青年学生和读书界掀起巨大反响，五六十年代革命传统教育和文学批评，使《青春之歌》进入了与《牛虻》、《钢铁是怎样炼成的》平起平坐的阅读视野，其影响持续了几十年。但是历史毕竟不会因为人们的主观意志而改变它的进程，高调的、激越的情感生活，动荡紧张的政治生活与贫困潦倒的经济生活在 1976 年结束了，理想未竟的事业也随着历史的转型而回落到坚实、现实、平实的具体事物上边。在思想感情和政治参与的意义上，林道静的时代几乎是一去不复返了。而被尘封、诟病的余永泽的日子焕然一新悄然降临。当代小说创作以一种最为激进也最为犬儒主义的姿态，迎接了这个精神破产的时代。当代文学和它的长篇小说创作抵抗过吗？抵抗过的。张承志创作于1987年的《金牧场》，正是愤怒于这种历史转型所带来的精神后果而提出的强烈抗议。小说表达了对青春时代的眷恋、对理想事业的执著，对"世俗"和"背叛"的决不妥协的强悍立场。然而一个时代有一个时代自己的任务，张承志令人尊敬的青春守护神姿态，在回答这个时代的问题时显然是力不从心的。

从《青春之歌》到《金牧场》，历史转型的脚步已经启程，而当它抵达贾平凹的《废都》时，青春的吊诡终于露出了它严厉的令人绝望的一面。把贾平凹的《废都》放在这里来讨论，可能是非常不合时宜、容易造成误解的。单就小说的名字看，《废都》与"青春"毫无瓜葛。我们之所以从特定的视角把《废都》纳入"青春"来谈，是因为《废都》在一个特殊的意义上来说，实在是青春退场后精神破产的一次绝妙的写照。就历史转型后时代精神的变迁而言，《废都》无疑是这种精神后果的一个承担者。

《废都》以90年代市场经济条件下的日常生活为背景，围绕着西京"四大文化闲人"忙碌、颓唐、消沉、毫无指望的日子展开描写，极其敏锐而真实地勾画了青春退场后杯盘狼藉的精神残局。"四大闲人"都是西京文化界的成名人物，然而在他们身上充斥着无可奈何的沉沦与无精打采的欲望，庄之蝶作为"四大闲人"之首，是这场糊涂梦中的觉醒者，但是他走不出去，推不开四周浓重的压抑与悲凉。"都"已"废"，象征性地表达了庄之蝶对当下文化境遇的极度失望，除了不靠谱的欲望外，他找不到任何一种建设性的精神因素来修补自己千疮百孔的灵魂。这是一个关于欲望、绝望与拯救的话题，在中国当代60年发展的意义上，同样也是一个关于"青春"的话题。迄今为止，还没有哪一部长篇小说像《废都》

这样，把"青春"破产的悲凉、凄惨，演绎得如此令人心悸。

（五）并不遥远的地平线

中国拥有漫长的历史，拥有发达的史官文化，中华民族可能是世界上最熟稔自己历史的民族。因此，历史题材的长篇小说创作自然有着得天独厚的选材优势和读者优势。但是，历史题材的小说创作真正引人注目起来，只是 20 世纪 90 年代以来的事。这也许说明，历史小说只有不再借古讽今，不听命于来自文学之外的指令，才有可能寻找到自己恰当的位置。历史题材小说的写作与阅读需要一定的环境条件。在一个混乱紧张的社会环境中，历史题材的小说创作绝不可能被提上日程。同理，在一个文化统治严密的社会环境中，历史题材的小说创作也会被窒息住。从根本上说，历史题材的小说创作是一种从容放松的写作，绷起脸来去附会"深刻"的道理，或是油腔滑调声东击西，都不会使历史题材的小说创作获得什么益处。

长篇是历史题材小说最恰当的体式。那种短篇急就章往往难以摆脱寓言风格，最终丧失掉严谨的历史意味。除了鲁迅的《故事新编》外，迄今还没有以中短体式获取成功的历史小说创作。可以说，历史题材是属于长篇体式的。若是论及历史小说，我们不能不谈到姚雪垠。这是一位把生命最后的烛光都放在《李自成》长卷上的老作家。长达五卷的《李自成》的创作，对于五四以来的长篇历史题材小说而言，有着开创性功绩。小说通过对明朝末年李自成的农民起义的描写，反映了明清之际中国封建社会的广阔生活图景和当时各种社会矛盾冲突，被誉为明末社会的"百科全书"。小说第一卷描写崇祯十一年清军不断骚扰、威胁京城，明王朝两面作战，一面与李自成起义军激战于潼关，一面紧张万分地应付外族进逼，可谓捉襟见肘、穷于应付。而朝廷大员百官贪生怕死、醉生梦死，另一面是百姓困苦、民不聊生。崇祯皇帝虽然宵衣旰食、事必躬亲，无奈明王朝气数已尽、大厦将倾。第二卷描写李自成潼关南原战全军覆灭后，残部遁入商洛山中，休养生息。终于崇祯十四年东山再起，攻入洛阳，杀福王，兵势锐利。第三卷则描写了李自成起义盛极而衰的趋势，揭示了农民起义军领袖身上无法克服的性格弱点与历史局限。《李自成》作为中国当代文学史上第一部长篇历史小说，篇幅浩繁，构思独特，规模宏大。加之作者深湛的明史修养和丰富的艺术表现力，使小说成为一部气势恢弘的农民革命的史诗。

《李自成》最突出的艺术成就在于它以精湛的艺术笔墨塑造了一系列栩栩如生、光彩照人的人物形象。无论是起义英雄李自成、张献忠、刘宗敏、红娘子……还是明朝君臣崇祯帝、卢象升、袁崇焕、杨嗣昌、洪承畴，都不是概念化和脸谱化的，每一个形象都各自有他的鲜明个性，血肉丰满。全书写到有名有姓的人物就有二百多名，在浩繁的篇幅中各司其职、起承转合、丝丝入扣，显示了作者驾驭人物、结构情节的高超能力。

《李自成》作为有开创意义的长篇历史小说，也存在着潜在的缺陷。有的人物把握分寸失当，有脱离历史环境之嫌。《李自成》另一个潜在的问题是对农民起义根本性质及其在中国历史上的作用缺乏必要的反思，因此在深厚的史学修养与清醒的判断之间难以取得平衡，影响了作品应有的历史思考深度。坦率地说，《李自成》在当代文学史上有较高的地位，与当时关于农民起义的政治定性不无关系，在这种非文学的意识形态的簇拥之下，作为历史小说的《李自成》却以非历史的方式受到嘉奖，不能不说是一种遗憾。其实，就作者塑造人物、结构情节、统辖全篇的高超艺术功力来看，小说理应取得属于自己的艺术成就和荣誉。无论如何，《李自成》在当代历史题材长篇小说创作中，其成就仍然是有目共睹、位列前茅的，而且对此后的创作，也产生了深远而持久的影响。

被著名学者郭绍虞称赞为可"与姚氏相媲美"的历史学家兼作家徐兴业，他的《金瓯缺》，是经过长期的艺术准备而创作的四卷本长篇小说。小说描写了12世纪我国北宋末年宋、金、辽之间的民族战争，刻画了在这场民族冲突中开封陷落，徽、钦二帝被虏，北宋终于灭亡的历史悲剧。在这场历史上著名的民族冲突中，北宋始终处于被动挨打、外交战场双重失利的局面。统治者昏庸无能，娱闲误国，有民心而不敢用，小说以严谨的史学观点揭示了北宋朝廷无可挽救的历史趋势。值得一提的是，《金瓯缺》开创性地抛弃了传统的民族主义和正统的大汉族主义立场，站在整个中华民族的高度，以一种相对平等的历史态度看待宋、金、辽之间的民族冲突，在歌颂北宋爱国将领马扩等人的同时，也塑造了辽、金各族的英雄，如契丹英雄耶律大石、雄才大略的金主完颜阿骨打。

凌力是在长篇历史小说创作领域取得突出成就的唯一一位女作家，著有反映太平天国崩溃后捻军起义的长篇小说《星星草》。但是真正标志其成就，显示她创作实力的，还是描写清初帝王生涯的系列长篇《百年辉煌》（包括《倾城倾国》、《少年天子》、《暮鼓晨钟》）。三部中尤以《少年天子》成就最高。小说描写了满清入主中原后第一位皇帝顺治，表现了他从亲政到病故这八年间奠定国策、力倡改革的历史功绩。与其他历史小说家有所不同，凌力在艺术表现和审美观念上对小说的历史真实性的关注不及她对主观意识的看重，故此小说在细节刻画、场面描写方面，常能惊心动魄、引人入胜。《少年天子》获第三届茅盾文学奖。

从总体上看，长篇历史小说在题材的选取上可分两大类：以《李自成》为代表的描写农民起义的作品，复如凌力的《星星草》、蒋和森的《风萧萧》、杨书案的《九月菊》等；以二月河为代表的《雍正皇帝》等表现帝王生涯的作品，如吴因易写唐玄宗李隆基的《明皇系列》，颜廷瑞写清庄妃的《庄妃系列》等，后者以二月河的"清三帝"系列小说成就最高，影响最大。

二月河本名凌解放。1985年开始文学创作，所著《康熙大帝》（四部分别为《夺宫》、《惊风密雨》、《玉宇呈祥》、《乱起萧墙》）、《雍正皇帝》（三部分别为《九王夺嫡》、《雕弓天狼》、《恨水东逝》）、《乾隆皇帝》（三部分别为《风华初露》、《夕照空山》、《日落长河》）三个系列长篇，以其高度概括、凝练的笔力和情节的生动与丰富，在90年代文坛刮起了一股强劲的"二月河旋风"。他的小说具有较高的审美价值，在可读性与严肃性之间处置得当，人物形象的刻画传神、生动，语言优美流畅，真正做到了雅俗共赏。

在并非遥远的地平线上，我们倾听着历史的回声，这历史的回声与现实的呼喊相汇，合成长篇小说的既吟哦于风波中，又涌动于激流里的交响，留下了世人那份焦灼，那份悲壮，那份沉重，那份思索。有沉重感的文字终将不会被遗忘。

（六）留下沧桑记忆

当时间的脚步迈入新世纪的大门之后，长篇小说的创作在质量与数量两个方面，依然延续着上世纪 90 年代突飞猛进的态势。新世纪以来的长篇小说的出版数量虽然没有上一个十年速度迅猛，但依然保持在年产千部左右的稳定数目。由于市场经济的环境已逐渐为人们所适应，与文学相关的管理体制和市场运作日趋健全、规范，作家的创作心态因而也渐趋平稳。长篇小说以稳中有升的姿态持续向前发展，在我们面前呈现出一个广袤而丰饶的艺术世界，并在一定程度上代表着我们的文学在这个时代所能达到的艺术水准。

从 2000 年以来的茅盾文学奖参选作品来看，作家们在创作中常常显示出对历史做出自我阐释的浓厚兴趣，显示出构建一种新的精神大厦的气度。在历史的叙述过程中，作家们普遍走出了过去那种集体性的和趋同化的写作，以个人化的眼光和个性化的表现，给长篇小说创作打上了越来越多的作家个人创造性的印记。"从哲学观点考虑，真正的记忆只在于极敏锐而易受感动的想象中，因为想象依靠每种感受能够展现过去的情景，并将之表现为生活的奇观。"① 在作品的"想象"叙事中，想象空间呈现出的巨大包容性超越了记忆与想象的界限。这种超越不是要将记忆再次拉入现实，而是借助作家主体精神和想象力的作用，将历史记忆与想象合流，重塑并回归历史核心，表达作家自身的思想和历史观。作家们在生活积累和文学积累的深厚土壤中，在创作中特别注重自己刻骨铭心的个体经验，以及与这种个体经验相联系的刻骨铭心的历史记忆。历史记忆把人们拉近

---

① ［法］加斯东·巴什拉，刘自强译：《梦想的诗学》，北京三联书店 1996 年版，第 152 页。

生活，体味人世的苍凉，文学书写历史，也永远寄托了一份对历史的期待与向往。正是出于对一代人的记忆不可挽回地锁闭在他们这一代人的身心之中的忧虑，历史记忆成为近年来作家们思考的一个焦点，并让新世纪以来长篇小说的创作，在总体上呈现出一种历史的沧桑感。

历史题材在长篇小说创作中依然占有较重位置，是长篇小说中成果甚丰的一个领域。与以往历史题材多于描写"宏大叙事"的作品不同的是，自 90 年代末以来的历史题材作品在写历史生活时，作家普遍瞄准的是历史中的个人，关注的是一定的历史与一定的个人的连带关系，在历史场景的艺术复现中，凸显人之命运，拷问人之性情，给冰冷的历史赋予以温热的人性。应该说，沧桑的记忆与叙事是长篇小说进入新世纪以来的主要线索，如刘醒龙的《圣天门口》、迟子建的《额尔古纳河右岸》、党益民的《石羊里的西夏》、凌力的《北方佳人》和邓一光的《我是我的神》等作品，都是这一时期的力作。

刘醒龙的三卷本长篇小说《圣天门口》，可以说是新世纪以来长篇历史小说的代表作。这部依托大别山的天门口小镇将笔锋从现实指向历史的小说，虽然延续着刘醒龙小说中惯有的故乡的土、故乡的人、故乡的事，但其文其质已完全不同。作者用他一贯的现实主义目光审视 20 世纪的中国大历史，审视小人物的历史命运，写出他心目中的历史真实。《圣天门口》是一部历史长篇小说，但它又不同于"十七年"的"革命历史小说"和上世纪八九十年代的"新历史小说"，作者在我们所熟知的 20 世纪中国的重大历史事件的背景中，讲述了上世纪初到 60 年代发生在天门口镇雪家和杭家两个家族以及他们周遭人物命运的故事，极力演绎了中国半个多世纪的种种生活。小说中的人物命运都没有离开他们生活的时代背景，他们的生活和命运都与历史上发生的那些重大事件息息相关。可以说，刘醒龙是在社会动荡的大背景中，客观真实地描写历史的人民生活，反映历史真实的发展。作者以诗的形式表现一个民族的朴素的意识，是继《白鹿原》之后又一部优秀的史诗性长篇小说。

迟子建的《额尔古纳河右岸》，以鄂温克民族最后一位酋长的妻子的视角，讲述了一个民族近百年所经历的悠长而伤感的发展变化史，概括了几代人甚至一个民族的成长过程，使这部以迁徙漫游为主要情节的小说，具有了民族成长的意义。党益民的《石羊里的西夏》，在内战与外战、兵战与心战的立体画卷之中，向人们诉说着西夏民族的历史劫难及其背后的诸多隐秘，作品特别由一些有志向又有血性的铁血男女，歌赞了悲情历史中的悲壮英雄和闪光人性。小说通过对统军德仁这个英才的个人不幸经历，映照出西夏民族的不幸历史，让人们为造化与人、时世与人的命运关联而慨叹、而唏嘘。凌力的《北方佳人》，以两位女性人物为主角，如泣如诉地向人们诉说几被湮没的北元汉廷的历史。小说在"夺天下"易、"治天下"难的慨叹中，书写了优秀女性被战乱裹挟的悲剧人生以及系连着的民族的苦难命运。邓一光的《我是我的神》，以一种力透纸背的英雄之气和悲慨情怀，表现了蒙古族老军人乌力图古拉与其几个儿子的人生坎坷与内心冲突，讲述了人们在命运的起承转合中自我主体意识的觉醒，以及由受他人种种影响到自我追寻精神依托的艰难过程。伴随着这种个人的、家族的精神寻找，小说别具一格地描绘出与共和国息息相关的两代人的命运与心路，记录下了他们半个多世纪经历的风风雨雨，勾勒出了一个鲜活的时代。

姜戎的长篇小说《狼图腾》一经问世，便成为当年最畅销的图书，成为与小说中"狼"这一符号意义同构的"文化现象"。《狼图腾》写的是作者在与游牧民族的亲近中，在"与狼为伍"的日子里，感受到"狼"对这些民族的图腾意义，向人们叙说了一个充满传奇色彩的狼族的历史，以它们在与人类共处的过程中相互展开生存竞争的惨烈图景。在《狼图腾》中，狼是以文化英雄和生态英雄的身份出场的。作者在与农耕民族的比照中，发现了游牧民族的强悍竞争、强悍进取的民族个性。出于强烈的忧患意识和责任感，作者在挖掘蒙古人和草原狼之间包含的文化心理信息的同时，尽管不无偏执，却是力图在新的历史语境中建构起草原游牧文化，从而将作品的主旨上升到振兴中华民族精神品格的宏大叙事中。

如果说《狼图腾》所写的是一种自然生态，那么范稳的《水乳大地》

表现的则是一种文化生态。这部作品以澜沧江大峡谷的百年沧桑为背景，表现了不同民族、不同宗教水乳交融、和谐共处的主题，在艺术上虽对魔幻现实主义有所借鉴，但却是植根于西南边地的生活现实和历史文化经验，具有鲜明的地方特色和民族特性。与《水乳大地》的魔幻不同，雪漠的《大漠祭》如同他的书名，以对西部农民的一腔虔诚，用质朴的叙事，在贫瘠而奇幻的西部大沙漠上，描画了西部农民的一幅原生态的生活图景。同样是写西部，红柯的《西去的骑手》写的是一段亦虚亦实的历史故事。这部作品以一个颇带传奇色彩的"尕司令"的人生历程，张扬了西部人的生命和血性、人格和精神。莫言的《生死疲劳》写 1950 年到 2000 年的 50 年乡村史。西门闹们的故事，六道轮回的大胆处理，向中国传统小说的大幅回归，表达了作者对中国农民与土地关系的深刻复杂的理解。在毕飞宇的《平原》里，围绕着端方的故事，生动地再现了 1976 年江苏农村的真实生存，有一种风俗史和地方史的意义。熊召政的《张居正》，以清醒的历史理性，热烈而灵动的现实主义笔触，有声有色地再现了与"万历新政"相联系的一段广阔繁复的历史场景，塑造了张居正这一"起衰振隳"的"救时宰相"的复杂形象，并展示出其悲剧命运的必然性。这部书尤其在细节刻画上最见功力，可谓细节决定历史，同时也决定了它不凡的品位。近百万言的《白银谷》，是作家成一以小说家的眼光和手段，对一种伟大金融传统的复活与惋叹。小说虽然也细致地描绘了处于庚子之乱前后的天成元票号的动荡、危难、化险为夷、殚精竭虑、几起几落，但笔墨的核心，始终对准了人、人性、人的精神价值、传统背景以及文化人格。其他如《张之洞》、《银城故事》、《伪满洲国》、《蒙古往事》、《沉重的房子》等长篇小说，也各有自己的独特风格和成就。

应该说，在历史长篇小说的沧桑记忆中，作家们大都并非是为了历史而写历史。他们从自身的经验出发，出于人类的精神需要，去向历史的精神记忆寻找认同。在创作内容方面，视角更为切实，视野普遍下沉，更多关注的是"过去时"的历史演进和"现在时"的日常现实。在人物塑造上，作家们不约而同地把目光投向社会下层的普通平民和蓬门荜户的市井百姓，使得许多"小人物"不仅纷纷进入作品，而且成为挑梁唱大戏的主角。作家通过每一个个体的"小人物"，证明了鲜活的、流动的、富有感情的历史。这种创作追求，给许多作品增添了丰富的意蕴和思想魅力。

在共和国改革开放的近三十年中，乡村作为中国叙事的大背景，被作家们各自从不同的角度一遍一遍地书写着。近些年，作家们对乡土的关怀从表面的叙述进入到更深层次的人的文化、精神领域，在表现乡村的作品中，我们感受到了在城市化挤压下的乡村文化的危机、乡村人的焦虑精神状态。孙惠芬的长篇小说《上塘书》，以"外来者"的视角描绘了一个被称为上塘的地方的社会生活和变化。张炜的长篇小说《丑行或浪漫》，是一部重新解读乡村历史的小说：一个乡村美丽丰饶的女子刘蜜蜡，经历重重磨难，浪迹天涯，最终与青年时代的情人不期而遇。在这部小说中，作者没有执意赞美或背离过去的乡村乌托邦，而是着意于文学本体，使文学在最大的可能性上展示与人相关的性与情。张学东的《妙音鸟》是一部正面写"文革"的小说。小说叙述的是西北地区一个被命名为羊角村的地方所发生的人与事。在二十世纪五十至七十年代特殊的历史时期，这个穷困闭塞的乡村经历了天灾人祸和无尽的劫难，在绝望和极端的生存与精神环境里，也最能够彰显人性的善与恶。忽培元的长篇小说《雪祭》以1991 年的农村社会主义教育运动为背景，巧妙地将一个县的全面工作嵌入历史发展的链条中，创作了当下文坛中少有的致力于描写基层干部和农村生活的代表性作品，体现了作家的使命感和强烈的忧国忧民意识。

如果说有些长篇小说用残败、苦难、隐忍、悲痛等乡村记忆，反映了那些依靠土地为生的鲜活个体如何在两种文化或文明的冲突中挣扎、自我调适甚至是毁灭，表现了作者面对现实（土地丧失、文化消失）的一种无奈的心态，那么，孙惠芬的《歇马山庄》、关仁山的《天高地厚》、王建林的《风骚的唐白河》、周大新的《湖光山色》、冯积岐的《村子》等作品，则在展示乡村的深刻变化和世道人心的恶化的同时，更加着力于对这种恶化的救治和对未来的美好想象。它们试图恢复和重建某些新质因素，包括向城市化争夺土地，拒绝经济的过速发展对乡土文化的侵蚀和对乡村的诱惑，重建民间道德和乡村文化秩序。《风骚的唐白河》虽然起笔于 1990 年的春天，但叙述过程中的笔触一直延伸到改革开放之初，作者在文本中检讨和评估了二三十年来农村发展的得失，以及在这种得与失的过程中对农民和土地所造成的伤害。冯积岐的《村子》写了关中西部一个叫松陵村的地方在改革后二十年的历史境况。被摘了地主帽子的农村青年祝永达经历了翻身、奋斗、失败，并悟得了这场改革的内涵之后，最终回到乡村承担起历史重任。在《风骚的唐白河》中，通过宋长河联系起了土改运动，通过铁金凤联系起了唐妈祁贞渝，通过唐妈联系起了过去的历史革命和省市的高层领导，通过一个村子联系到一个镇子，然后再通过这个镇子联系到县、市，于是一个立体的中国历史和现实存在，就矗立在读者的面前。

俯瞰新世纪以来的长篇小说创作，固然会感到它取得了令人瞩目的成就，但同时感到，不少作家对于我们的时代、社会及其精神存在方式，尚缺乏一种整体性的把握和体察，因而也缺乏雄健的艺术概括力和重构力，这已经影响到了大作品的产生。长篇小说作为"大河"般的重型文体，从重铸民族灵魂的高度来看，从表现人性的深度和人性含量的丰富程度来看，从世界文学所展现的人文内涵来看，还显得不够成熟和深湛。我们寄希望于对中华民族的生存和发展作出强有力表达的文学，长篇小说应是重要的承担者。

二、中篇小说：河道上云烟万态

（一）在和平的日子里

战争的硝烟退去了，枪声也已沉寂，中国人民以血与火换来了祖国的新生。

在和平的日子里，人民重建着自己的家园，昔日叱咤风云的英雄人物从战争的硝烟走向建设工地，显出了军人的硬性与刚强；在麦芽绿丛的田野上，翻身的农民耕耘着，展示出新时代农民的朝气与活力；在朝鲜战场上，援朝队伍，在枪林弹雨中不辱使命，以生命、热血谱写了动人的乐章，在平凡中显示出了伟大，呈现出博大的生命力与生命朝气。但不可否认，在和平的日子里，一些人的思想已开始松弛了，革命胜利后功居在位，在建设家园的日子里，有了种种疲软。当杜鹏程的《在和平的日子里》出现的时候，便是这种生活现实的展示，它以清新而深沉的样式出现，预示中篇小说样式在中国本土的逐步发展。

中篇小说作为一种文化载体，在新中国的土地上履行着自己的使命。而《在和平的日子里》、《桥》、《开不败的花朵》、《铁木前传》、《风雪东线》、《火光在前》等优秀中篇的出现，体现出中篇审美呈现的可能性、可行性、必然性。随着时间的推移，我们不可忽视中篇小说在新中国文学中存在的价值。

杜鹏程以雄健挥洒的笔墨、磅礴的生命激情、理性的力度，写出了在战争年代生死与共，在"和平日子里"却产生了激烈矛盾的两个主人公的精神世界，展现了阎兴与梁建的心路历程。阎兴是一个忘我的建筑工地的带头人，他将战争中的热情带到了和平的建设中。他说："思想从没有抽象而枯燥的思想。它总是跳跃的，饱和着感情的；一钻到心里，会使你发热、发光；使你蓬勃成长。"他时刻意识到"是历史把我们这帮人造出来"，"把繁难的担子搁在我们的身上"，不辱使命，否则就寝食不安。他是一个具有革命献身精神的光辉形象。而梁建这个在战争中果敢、勇猛、坚强的有不同寻常经历的英雄，把"青春交给了战争"，在和平的日子里，却在内心深处扯起了风暴，"好像变成了三锥子都扎不出血的人了"，内心的压抑、翻腾使他无视周围的存在。他对年轻人韦珍说："要注意。像你这样的人我见得太多了，很容易受挫折！说不定在你碰上几次钉子以后，会变得软溜溜的连豆腐也咬不动。"一副倚老卖老的姿态、"翘尾巴"，昔日的果断精神和英勇气概也不见了。"他极力使自己往满不在乎的心情中沉浸！""那颗心由激动渐渐变成无所谓的漠然了，好像有一种突如其来而又可怕的力量把梁建抛在旁观的地位上。"在遇到洪水的时候，他避开调度员的眼光。头一摆，从牙缝蹦出几个字："往上传达！"十万火急的"大便桥"就要被洪水冲垮了，梁建麻痹大意，让常飞去加固，结果险些造成重大损失。而对阎兴，则认为他是抢功劳，对其冷嘲、嫉恨。但梁建也并不是一个彻底在和平年代里丧失战争年代曾有的忘我精神和坚强斗志的人。当韦珍责问他："……生活环境安逸了，能活下去了，有一官半职了，就感觉不到劳动人民迫切需要了？……这样的人能算真正的革命者？他在历史上扮演的是啥角色？"他打了一个冷颤，从此以后他对韦珍从心底里有一种赞赏，表明梁建对昔日自己的风范的追怀。而在紧急情况下指挥人战斗的那种劲头和魄力，又使人肃然起敬，这是一个血肉丰满的人物。梁建内心存在的冲突，是思想斗争，情感意志的斗争，战争已消退了硝烟，是和平年代的战争。他与阎兴、韦珍等人的冲突，其实是从战争走向和平，在历史境遇中的冲撞在梁建身上的历史投射，是时代在发展中的必然印记。杜鹏程提出了一个尖锐的社会人生大问题：人怎样在历史中充当角色？在和平的日子里将以怎样的姿态出现？

梁建与阎兴是老一代的冲突，而常飞与韦珍的冲突，则是年轻人在和平建设中，内心追求与外在环境的冲突，个人追求与为社会创造的冲突，展示了年轻人在成长过程中的心路历程。《在和平的日子里》揭示了社会生活的尖锐矛盾，真实地记录了时代发展中的历史、现实，具有现实主义精神。"谁是一帆风顺的，谁不是用辛勤的劳动和艰苦的经历，换取那一点一滴的长进呢？"生命在追求中奋进，《在和平的日子里》充满了生命的哲理和理性的追求，显出了生命的气度与磅礴。

马加《开不败的花朵》是充满牧歌情调的作品。马加笔下的草原，缤纷斑斓的花朵，湛蓝的天空，令人心向往之，而美丽如画的后面却潜隐着深沉的故事，蕴含隐喻。缭绕飘荡在草原上的不是"风吹草低见牛羊"，而是《五月的鲜花》，只因为这里"掩盖着志士的鲜血"，正是志士们的血与汗滋养了草原的美丽，故事中飘逸的歌声，余音袅袅，意味深长，而那善良的蒙古老人申乌吉的热诚与开明，杨得青的单纯、倔强、调皮，逼真的形象跃然纸上。

路翎的《洼地上的"战役"》，描写了主人公新战士王应洪在老班长的带领下，在严酷的战争环境中曲折成长的心灵历程，凸现中国人民志愿军的忍耐、坚韧、勇敢、克制、忘我，一个硬性的人物形象令人难以忘怀。王应洪纯朴得可爱、倔强得可爱，当他朦胧地意识到竟然也爱那个朝鲜姑娘金圣姬的时候，他仍在压抑着自己，而是将这种情感转换成对朝鲜人民的护卫上，这是一种宽广、深沉的情感。由于路翎不回避战争中血与火的背后情感真实的大胆描摹，《洼地上的"战役"》充满战争浪漫情怀，对人性大胆抒写，写出了两个年轻人的心灵冲撞、感情融合。金圣姬是一位美丽、热情，热爱和平生活的朝鲜纯情少女。她"从小女孩长成大人了，她简直就是在炮火下成长起来了，她特别珍爱她的青春，她爱上了纯洁的中国青年，她的一举一动都流露着，自自然然地，她渴望建立她的生活，和平的、劳动的生活。"她见到王应洪就"显得激动"，"呆呆地看着他"。在联欢会上，金圣姬在舞蹈中扮演"人民军之妻"时的神情，都表现出内心微妙情感的变化，这种爱，渗透着对中国战士、中国人民的深情厚意。王应洪则是一个坦诚实在的战士。他对侵略者满腔仇恨，而对朝鲜人民充满热爱，是一个爱憎分明的人物。这一切都表现在行动上，一加入侦察班就"俘虏了"侦察英雄王顺，尽管显得缺少经验，但他刻苦训练，进步很快，受到团首长的一致好评。兢兢业业，忠心耿耿，做着自己能够做到的一切。他对金圣姬母女的爱，像对待祖国的亲人那样，纯洁、崇高。当王应洪受到金圣姬母亲的爱抚的时候，"他激动得很厉害，想着现在他是一个志愿军的侦察员，是在为他的受苦的、慈爱的母亲和这个受苦的、慈爱的老娘而战斗了"。金圣姬的情感，尽管"这件事虽然多少也扰动了他，但却并不曾在他的心里占多大的位置。"这是一种超越世俗性爱和情爱的情感，圣洁而美好。在洼地上的"战役"中，他勇敢、坚定、出色地完成任务，身负重伤后，仍坚定不移，把对朝鲜人民的热爱转化成一种壮烈的激情，为赢得战斗献出了自己年轻的生命。

《洼地上的"战役"》并不仅仅是战争与爱情的故事的简单书写，是对人性内容的重视，主体意识的强化，展现出人类圣洁的美好情感，被残酷的战争所摧残，一段历史的澄明具有震撼力，体现出深远的审美意蕴与追求。

康濯的《滴水穿石》，反映了农村由互助组向农业合作化过渡的生活。作品没有大展笔墨浓写整个运动的起伏过程，而是着力通过女主人公申玉枝的个人生活遭遇，来凸现整个农村在历史更迭、新旧交替过程中的生活矛盾。申玉枝是一个普通农民，她性格活泼、爽朗，她能够把生产组搞得有声有色，她向人朗声笑说着远近的新闻事件，是一个对生活积极、充满热情的女性，然而由于个人生活问题，在村里引起了非议、歧视，遭遇迫害。申玉枝是一个有理想追求，有个人情感苦恼，有血有肉的人物。作品并不是单纯图解政策，描写整个运动过程，没有把生活简单化，将人物概念化，因此至今看来仍是一篇力作。其成功还在于作品如诗如画的描绘，石岩围绕，绿树丛林，流泉纵横，山路崎岖，东望是茫茫平原，西去是连绵丘陵，穿越太行山，连贯晋察冀的长蛇大道，把山林与外界联系起来，传递着新生活的信息，乡村并不寂寞，僻静的山村中，充满着时代的交响。

如果说杜鹏程《在和平的日子里》是和平年代工业题材的力作，展现出新中国在和平建设中的冲突，那么，孙犁的《铁木前传》，以铁匠傅老刚和木匠黎老东两家的两代人，在抗日战争到解放战争的历史跨度中的思想、情感的复杂变化，展现了农民重建家园，改造社会，改造自我的艰难。《铁木前传》反映农民合作社初期的社会动态不是在激越动荡的生产过程中凸现人物的性格，而是以人物内心的事件来折射出社会、历史的动荡与变革，探索人性的底蕴，在历史和现实的维度上寻求、呼唤着人性的复归。

《铁木前传》写出了新社会人们思想观念的转变。在新的形势下面，人们不再注意黎老东的木匠手艺，只在关心他的发家致富的前途。社会的变化，投射在生命的个体上，无论是黎老东，还是小满，都存在新旧意识的冲撞，黎老东说："时代是不断前进的，可是我们过日子，还得按照老理才行"，而所谓的老理，便是狭隘的小农意识，自私、偏狭，当四儿拿一点油去团支部开会，拿一把破铁锹去打井，都会引起他的愤怒与不满。这种旧的意识、生活方式，注定将昔日同傅老刚患难与共中建立起来的友情冲淡、葬送。而小满是一个自我冲突、自我分裂的人，她在同坚持带她一起去参加青年团员学习会的调查研究的高级干部一起去的路上，先是晃动小手电，以使干部知难而退，后来，又搞恶作剧，用过去死去的尼姑的故事来吓人，目的是逃避开会。尼姑的恋爱故事表达了自己对美好情爱的心声。她聪明、开朗、热情，渴求有幸福的生活，而自身又存在有致命的弱点和精神创伤。她美丽而放荡，追求幸福而玩世不恭，向往新生活而又难以摆脱旧时代的积习。但小满不失为一个具有新质的年轻人。

此外，方之的《浪花与石头》、柳青的《恨透铁》、管桦的《辛俊地》、鄂华的《女皇王冠上的钻石》、胡万春的《内部问题》、陈登科的《活人塘》、陶承的《我的一家》等中篇，构建了50年代的中篇集成，形成了一种可观的文学景观。尽管文学创作在50年代数量最大的是短篇，代表其最高水平的是长篇，但不能忽视中篇的存在及其价值。

从以上作品不难看出，20世纪50年代的中篇创作存在两大主题：讴歌与干预。中篇小说反映出50年代从战争走向和平的社会动态，以及社会心理结构嬗变，即对中国当代社会主义建设的光辉历程予以展现，对中国人民在历史变更时期的社会情态、心态的描摹，涉及题材广泛，有农村、工业、军事等题材，记录了整体社会心态的变化。但不可忽视50年代中篇的外倾性、社会外在环境的重笔书写，而缺少对社会心理结构的嬗变的深刻剖析，揭示矛盾深层原因浅尝辄止。忽视人性真正的自然展示，主体情感消弭在对社会的颂扬中，人被提升到神性的英雄模式上去。

单一模式、单一话语、单一结构使中篇小说在反映生活时，呈现出一种图解与单一描摹。但是50年代也出现了一个独特的文学景观，存在着一种潜在的话语转换，那就是政治话语向民间语言的嬗变。这一文学现象引人深思，究其原因，是反映新人物、新事物与通俗性、民间性的提倡，而更重要的原因却是真正的生活在民间，尽管农村转入合作化、大跃进历史大潮流中，但历史的空间中存在巨大的外延性，这些并不能因为人为的原因而取消，相反，它具有民间的潜力。

赵树理的作品《卖烟叶》别具一格。他曾在《也是经验》中，说他的小说主题来自农村工作的"问题"。的确，赵树理深入农村生活，以生命的激情，客观真实地反映了农村错综复杂的矛盾生活，倾向鲜明。《卖烟叶》用力刻画人物性格，逼真地塑造了鲜活的人物形象，真实地呈现出农村的生活动态图。他采用了俚语、民间语言，地方色彩浓重，具有鲜活的生命力。方之的《浪花与石头》，是苏北农村富有地方色彩的描绘。刘澍德的《桥》，展示云南边疆地区的自然风光、社会风情。管桦的《辛俊地》，写出了冀东田野风光，诗情画意，真实呈现了敌占区的民间生活。

但走到 60 年代，遭遇历史罕见的"文化大革命"，居然出现了一个"没有小说，没有诗歌，没有文艺评论"的荒芜年代。十年中，中篇小说约有七十多部，1966 年下半年到 1971 年中篇小说是空白，七十多部中篇大多出现在 1972 年至 1976 年这段时间里。文学主调是瞒与骗、阴谋的文艺。惟有值得一提的是李心田的《闪闪的红星》，它多少带来一丝活气。而夹缝中生成的靳凡的《公开的情书》，"献出一颗不说谎的心"（作家语），则是一篇在政治权力挤压下坚挺的奇葩，是生命、意志、良知的大胆书写，反映出对生活的真正热爱，对美好事物的期待，在人性的基点上审视生命存在，关切社会现实的现状与发展。

（二）穿越历史与现实

1979 年是历史转折的一年，也是共和国文学的一个转捩点。"忽如一夜春风来，千树万树梨花开"。文学向自我日渐回归，中篇以此为契机而崛起，名篇联袂而至。《天云山传奇》、《人到中年》、《大墙下的红玉兰》、《布礼》、《啊》等扛鼎之作，揭开了新时期中篇的气势，形成了独特的文化景观。作为一种文学载体，感悟时代、社会、历史，展示了时代和情绪的历史，使中篇小说显示了不羁的生命力。

历史只能在追溯中清晰，同样，中篇小说也只能在追溯中获得缘由。

其一，历史与现实使中篇获得发展契机。在历史与现实的境遇中，中篇悄然孕育着。1979 年获得契机，中篇如风斯卷，如涛斯涌，是对整个历史、现实积蕴而成的社会心理结构的审美物化，历史、现实的种种遭遇使从狂热年代走过来的中国人有了深刻的体悟、理解、感触，需要寻找适合的审美方式表达，而中篇小说崛起于新时期文学的主题由"伤痕"向"反思"的转折，从思想形态说，不仅仅是政治性，它已升华为哲学的高度，是以思辨的目光和整体的角度，反思极"左"思潮的渊源和根蒂。而关注生命本身及其对生存境遇的深沉探究，势必要发生文学容量与结构方式的变换。"时运交移，质文代变"。中篇小说作为具体普遍社会意识、集体社会心理的恰当艺术形式，作为社会对文学体裁的选择，于是应运而起，应时而兴，转瞬蔚为大观。

其二，在小说三维结构中的自身优势。"小说是时间的艺术。在时间的呈现上，长篇、短篇和中篇各具形态。长篇像一泻千里的江河整体呈现，短篇撷取生活之流中的浪花在某一点上呈现，中篇小说则截取历史长河中的某一段河道段落式地呈现。在截取方式上，中篇拥有兼具长篇、短篇二者之长的优势。它可以像短篇那样灵活地截取生活过程中的精彩段落，同时又可取长篇之长而保留生活的整体性状态；同时，它又可以避开长篇的滞重和短篇的局促。它可以在一定的艺术框架中抒写丰沛的心灵感受和情感体验，而又不像长篇那样要求长河式的整体的哲学把握贯穿文本；它可以展开历史在某一阶段上开阔的背景，而又不像长篇那样顾全历史的全过程和事件的来龙去脉；它可以截取人物性格和命运具有丰富内涵的阶段，而又不必像长篇那样交代人物命运的历程和性格的历史。"[1]

雷波伊兹在谈到长篇、中篇和短篇的不同时曾指出："长篇小说的选材和短篇小说不同，因为长篇小说的叙述任务应详尽细致，而短篇小说的

---

[1] 王万森、张达：《中国中篇小说史》，百花文艺出版社 1995 年版，第 3 页。

叙述则要受到局限，至于中篇小说的选择技巧，则又与其他两种形式不同，因为它的叙述目的是对素材进行浓缩。"① 因此，可以说中篇对素材的浓缩、叙述容量，是把现实中的大千世界和历史内容浓缩其中，具有较高审美内涵容量，体现了作家对生活的感悟与理解。历史、现实中积淀而成的社会心理结构，在中篇的框架里方能适得其所，风云三十年，纵横八千里，人生命运的悲情离合，大彻大悟，起伏跌宕予以展示，河道上可观云烟万态。

其三，审美接受主体的客观要求。人们在走向开放的社会环境之中，读者要求风格多样化的作品的出现，在审美趣味上要求更高，试图通过解读作品文本而获得对历史、现实的更为清醒的认识、理解，更关注个体生存命运的发展，对历史经验教训的吸取以及对其生存境遇的思考与判断。长篇容量太大，时间上受到限制；短篇又容量太小，不够解读，造成缺憾，因此中篇正好弥补这种缺憾，而顺应社会发展趋势。在叙述方式、截取方式等方面有更多的选择余地，更便于发挥叙事体文学的特长，为作家施展其艺术独创性提供相对广阔的天地。

其四，中篇小说自我发展的必然结果。中篇在新时期崛起，某种程度上可以说中篇是在中西交汇的大背景上的延伸与拓展。中篇最早为世人提及，追溯历史可以明晰。1835 年，俄罗斯大批评家别林斯基在《望远镜》上发表了《论俄国中篇小说和果戈里的中篇小说》，从那时起，中篇作为一个文学体裁的概念，方从小说的母胎中分娩出来。但中、短篇界定仍较为模糊，直到别林斯基的《一八四七年俄国文学一瞥》问世之后，中篇小说才有了明确的界定。对我国中篇影响最大的是苏联文学和拉丁美洲文学。最为明显的则是在五六十年代苏联文学进入"创作的春天"的时候。1954 年的中篇《解冻》的问世，使中篇小说恢复了自我尊严，把握历史的真谛，更自由地去发掘人生的价值，恢复高尔基提出的文学创作"一切在于人本身，一切为了人"，同时展现小人物内心世界和悲欢离合的命

---

① 转引自里德《短篇小说》。

运，代表作是肖洛霍夫的《一个人的遭遇》。除此之外，拉丁美洲的小说，它以品种、风格和流派的纷繁多样吸引着改革开放新时期中篇小说的探索。因此，新时期中篇小说的崛起乃是东方与西方、中国与世界的撞击而发生的现象，也是中国文学发展的必然趋向。中篇小说是在五四新文学运动中从西方移植而来，尽管如此，事实上中国文学在不自觉地形成中篇小说规模的写作。学术界认为，中篇小说历史的奠基之作是鲁迅的《阿Q正传》，中篇小说承接了东方文化优秀传统，吸纳了古典诗词、散文的简洁、含蓄、意境营造的传统特色，如巴金的《春天里的秋天》、丁玲的《母亲》、柔石的《二月》、叶紫的《丰收》等。如果说1917年—1927年间的文学，中篇还是寥若晨星的话，那么到1927年—1937年，中篇创作已初具规模，日渐成熟，可以说不仅在中篇史上而且在现代小说史上也镌刻光辉。新时期中篇小说是对现代中篇小说的一个承接与继续、回复与超越。

突破旧的思维定势和题材模式，以勇敢开拓的精神，表现前所未有的历史意识、悲剧意识、文化意识和哲学意识，而且彼此交叉渗透，并使其主题指向和形象旨意提到一个新的层次，乃是新时期中篇小说怀荆山之玉的追求。如果说从维熙的《大墙下的红玉兰》、张一弓《犯人李铜钟的故事》等一些作品，揭开了中篇大书写的序幕的话，那么，后来的作家则是进一步地拓展与继续。郑义的《远村》表现了作家对中国农民问题的"反思"。陆文夫的《井》渗透着对固有传统文化心理结构的强烈批判色彩。张贤亮的《绿化树》、《男人的一半是女人》是对生命的体验，以及对人生形而上的思索。张承志的《北方的河》以饱满的激情对生命追索，是精神强度在大自然的怀抱中的物化与伸张，具有形而上的哲理性。邓刚的《迷人的海》写出了海上人的刚健，是对生命强悍力的弘扬。贾平凹的《鸡窝洼人家》是反映农村生活变革的力作。阿城的《棋王》基于现实对历史传统的寻度，而在历史寻度中获得现实生存的力量。而刘索拉以全新的样式呈现了《你别无选择》，显示出了现代冲击下年轻一代的生命困惑与追求的人生大冲撞。马原的《拉萨河女神》、《冈底斯的诱惑》的叙述，呈现出一个神奇、迷幻的境地，创造了颠覆传统观念的艺术力量。1987 年方方作为新写实小说的中坚代表献上的中篇《风景》，可以说是对马原等的反拨，又是对生命现状、社会现实的冷静观照。池莉的《烦恼人生》、刘震云的《一地鸡毛》将这种冷静发挥到极致，是平凡人生的写真、实录。当中篇小说一任倾泻地书写生存现状持零度情感的时候，刘醒龙、何申等用力拯救，以期获得现实主义精神的弘扬，在经济大冲撞中，分享艰难世事，显出了中篇小说作为捍卫文学尊严及使命意识精神的再度高扬。

中篇小说在自我嬗变中寻求着发展，并显出了卓尔不群的艺术姿态。

王蒙的中篇《蝴蝶》，最早尝试吸取西方小说技巧、表现手法，以后被刘索拉、马原等演绎，而至韩东、李冯新生代继续操练，中篇在日新月异地发生着审美方式的变化。这其间却有一种不可忽视的文学现象：无论其形式追求有多远，中篇作为对现实主义精神的弘扬，承担着、履行着自己的使命。

这里有一个数据：1979 年中篇小说发表八十多部，比十年动乱时期的总和还要多。1980 年骤增至一百九十多部，创下了历史上的最高记录，1981 年至 1982 年的两年间，竟达到一千五百多部，超过了前三十年中篇小说创作全部数量的总和。另据统计，改革开放三十年以来中篇小说数量，是前三十年的二十多倍，这在整个文学作品创作数量的发展进度上，比起其他的样式是高踞首位的。

纵观 60 年来中篇小说的发展轨迹，可以看出：1. 题材走向多样化，涵盖生活面宽广、深厚；2. 艺术手法灵活，审美追求多元化；3. 塑造人物形象具有多样性、丰富性，走向立体化；4. 在历史现实的维度上洞悉人类的生命状态、精神状态。中篇小说以自己鲜活不羁的生命力、穿越并承担着历史不同时段的不平凡的角色。

（三）生命体验千堆雪

人群在历史中穿行，也在历史中留驻，而小说便是其生命意识、生存体验的审美物化，它承载着历史，也承载着现实，承载着人类文化绵延的生生不息。

当中篇小说在历史性的 1979 年崛起的时候，它以自己的坚挺宣告了中篇小说叙述历史，呈现现实的可能性、必然性、可行性，新时期中篇小说将人从僵硬的政治话语中疏离出来，开始了自己有尊严的书写，以酣畅的笔调，哲理的情思，冷静的叙述，艰难的忧患，在历史、现实的维度上追求着。

中篇小说倾心书写了文化生命与生存体验。

1985 年是一个界石。中篇小说在历史的纵深处挖掘着中国优秀文化的底蕴所在，很快形成一种声势，阿城的《棋王》，郑义的《老井》，王安忆的《小鲍庄》……在文坛掀起一阵"文化热"。而究其质，中篇小说的这次寻根文化热，是受西方文学的刺激在中国本土弘扬中国民族文化精神。

当阿城率先以《棋王》用力寻度的时候，我们看出阿城并不轻松，尽管王一生优雅、沉着，呈现出一种生命的优雅姿态，但这内敛着作家的饱满激情与凝冻着自己对传统文化的心醉神迷。于是阿城笔下便出现了一个浸染中国传统文化的典型形象，"棋王"形象的魅力与价值，就在于他闪烁着儒、道互济的传统文化哲学的光辉。小说中的老者说，下棋要"造势"，"这势要你造，需无为而无不为。无为即是道，也就是棋运之大不可变。"这里不仅是下棋之道，更是为人之道与人生信仰之道。王一生在上山下乡的列车上对另一个知青说："下棋最好，何以解不痛快？唯有下象棋。"王一生的下棋乃是寻求解忧以至获得挣脱的"道"。王一生以"衣食为本"，但并不囿于衣食之中的"真人生"，却包蕴了"天行健，君子以自强不息"的儒家实践进取意识。对那种为吃而活着的蝇营狗苟有一种超越意识，对棋文化的痴迷，体现出了传统文人执著的精神。

《老子》曾说"虚其心，实其腹，弱其志，强其骨。"而王一生不顾一切地狠吃，只要下棋就可消解任何外围的一切，遁入棋的世界并忘情其中，乃是老庄人生理想模式的体验。王一生身上既有儒家的"穷则独善其身，达则兼济天下"的精神体现，又有道家的"无为无不为"，更有庄生梦蝶、老庄气韵。棋王沉迷棋中，但当他知道脚卵为了让他参赛，送给书记一副家传的名贵象棋，便不参赛了，说"这种赛，被人戳脊梁骨"。小说中老者对王一生的棋才的评语："汇道禅于一炉。"王一生是中国"儒释道"文化的集中象征与承载体，这一切是在自然的性灵中获得了精神的升华。如果没有王一生在知青荒寞的村落，如果没有在饥饿艰难中的挣扎与洗礼，很难设想王一生能否担当这一历史角色。王一生最后获胜的场景令人震慑，棋王的精神生活达到峰巅，是一种悲壮的境界，"大家都有些酸"。

道家的仙境，静寂蕴有生命的博大与雄厚，而又轻灵如风轻拂。阿城的高明在于他隐去了王一生知青生活的艰辛与孤寂，而将王一生置入棋海的静默对弈中，棋出神入化，游走如风，瞬息万变，玄理其中，虚境的实写，而实境的隐遁，愈加反衬出王一生的中国智慧所在，只随意地展现几个"王一生食"的场面，其精神强度，生命的坚韧与硬性，与其孱弱的外表形成了一个截然的对比。也正因如此，王一生的精神飘逸、淡泊、沉着，令人既感叹中国民族有这样坚挺者而欣慰，又感慨王一生的遭遇具有悲剧性，生命的悲凉中由此获得了崇高感。

中国文化在历史遮蔽的几十年后，再度释放出鲜艳夺目的光彩，为世人震憾，有谁敢说中国不是一个拥有深厚东方文化底蕴的国家？它悠荡、灿烂，经久不衰，源远流长。如果说阿城的《棋王》是静态中的文化展示的话，那么张承志《北方的河》、《黑骏马》，是在"天人合一"中让精神得到了升华。

张承志的中篇小说《北方的河》、《黑骏马》，以奔腾不羁之势渲染出中国文化如那奔流不息的河。"北方的河"是一种象征，生命的激流，一个孤寂的年轻人穿越它，寻找北方的河，就是寻找生命的力，获得了精神与身体的双重依托。"寻找"意味着契合、承纳、融入，更是一种生命的昭示，这是奔腾、喧嚣、不羁的生命力的原始性写照。"北方的河"，命名本身就是强悍，激越，富有生命的激情，具有人的灵性，"那条流往北冰洋的河看重诺言和情义，也看重人的品质"，"那条河只认识意志、热情和诺言"，"北方的河"赋予了张承志的生命理想与追求，这是几千年中华民族的精神质的体现，它在荡涤中保存着自己，以自己的气势、气度，绵延不断，亘古常流。一个民族是如此，一个民族中的人群也是如此。个体生命力的存在，应以坦诚、率直的方式存在，在激越奔腾的生活中坚韧地搏击着。倘若说第一次的横渡黄河是生命的一次即兴尝试的话，那么还不如说是生命的偶然选择，他必须游过去，而若干年后的再一次穿越，是情感驱使的寻觅。"我觉得——这黄河是我的父亲"，他对北方的河有一种本能的生命的亲和力，他为之激荡，欣喜、忘情，但当再一次穿越的时候，有着黑头发、黑眼睛的女子注视着，他在搏击中咀嚼着十二岁女孩的故事，它已成为历史片断，沉潜在他搏击的河流中，也沉潜在他的记忆中。他知道，再一次的穿越既是沉重的，也是壮烈的，充满着人生的一次神圣与高洁，这无疑是精神的畅扬与舒张。

《北方的河》是这一代人的思索、选择，是其生命轨迹的一个真实的抒写。激越如诗、如歌的"北方的河"，酣畅淋漓地写出了年轻一代人的心路历程与其生命追求，他们执著、激情、冷静，而又成熟，也唯有这一代代的如此生命力的人，才共同汇成真正的奔腾、激越的、生命力旺盛的北方的河，它既具情性，又具魅力，承载着生命、时代和历史。

《黑骏马》是一个情爱故事，但它又不仅仅是一个爱情的传说。一个蒙古族女孩索米娅与她倾心的男人的相爱，因一个无赖的奸污而失去爱情而被迫远走他乡。她带着孤寂，带着悲凉，在一个夜色沉沉的晚上悄然而走，她坚韧地生息着、繁衍着，在另一个地方开始了她人生的另一境地。当索米娅日后见到白音宝力格，她显出极度的平静，然而已是一种压抑克制后的平静，终于在一个夜晚她放声大哭，坚韧中透着生命的悲凉。当他要走时，她跑上前来真诚地说："让我抚养你的孩子……"显出了灵魂的高贵与美丽。她以青春、美貌、爱情为代价，获得精神人格的升华。而老奶奶面对要复仇的白音宝力格说："——给我，好孩子，让我收起你吓人的玩艺儿来吧……，有什么呢？女人——世世代代还不是这样吗？嗯，知道索米娅能生养，也是件让人放心的事呀。"这就是被白音宝力格最终接受的老奶奶的人生哲学。中国文化具有一种生命的韧性与博大，这是一个民族绵延的重要基石。

中国文化如一把双刃剑，它一方面给人以滋养，另一方面又以其历史沉积的文化心理结构桎梏着国民性，中国文化只有在与世界接轨、在传统与现代的撞击中，吸纳东西方文化精髓，才能卓尔不群，流芳千古，傲然独立于世。而中篇小说作为一种历史载体、文化载体，也面临着如何承载的挑战。显然，当中篇在文化的纵深处寻度的时候，无疑承担着弘扬、重塑文化精神。但却疏离了时代，在现代化的刺激下，也似乎趋于喧嚣后的宁静之中，一方面这是呼喊以后的成熟，而另一方面可以说为国为民的忧患意识转为关注生命个体的生存处境。于是，又有了另一批小说家登场，以别样姿态出现，展现人生的景观。

张贤亮的著名中篇《绿化树》，写出了生存困境中的个人的悲苦命运。但作家并不单纯以生活的原生状态去描摹，而是在艰难的生物性的境遇中，有对自我人性的向往、思索与召唤。这种呼喊带着亮色的期待，也充满苍茫与悲凉。也正是这种艰难世事，使得生命个体的另一面得到有力的张扬，他们坚韧地生活，坚韧地劳作，坚韧地承受，感喟、感叹无济于事，而唯有用力去做才是真实的。章永璘是一个备受欺辱的没有任何生存尊严的"劳改犯"，在政治厄运下，在饥饿袭击下，"食"将人的欲望的阈限的框定，他被沦为生物性的人。章永璘在马缨花家蹭饭，除了马缨花的吸引外，是一种生存本能的驱使，他谄媚、讨好、嫉妒别人，耍各种小聪明。麻木而清醒、自尊与自卑使他痛感失落，他发出了"我究竟应该遵循哪种道德规范来生活"的疑问。马缨花是一个具有鲜活生命力的女性。她的喜怒哀乐都十分酣畅淋漓，具有女人的生存智慧，"美国饭店"只是别人送的雅号。但马缨花又是一个生活严肃的女人，当章永璘与她忘情的拥抱时，她对情欲的遏制是理性的选择，但她同时又调情周旋于几个男人之间，她懂得女性的生存优势，利用男人不仅为了自己，更为了章永璘。她爱得浓烈，也爱得执著，她说："就是钢刀把我的头砍断，我的身子还陪着哩!"这是她对爱的忠贞不渝，对情爱的严肃，泼辣大胆。

路遥的《人生》则是在改革中人与环境、人与人的撞击的真实呈现。当高加林试图走出农村的蒙昧走向城市的光亮时，人性良知遭遇生存现实的诱惑，而后走向悲剧。高加林的悲剧是个人的悲剧，也是社会时代的悲剧。高加林的个人奋斗走不出现实的宿命，个体精神奋斗被无情的现实消解。究竟谁是生存的策划者？这固然重要，但更重要的是一个对生命持有激情的人如何冲出生活重围，而寻找突破点，如何切入生活，影响社会环境而不被生存现实再度淹没。

当作家用力追问人生时，池莉、方方、刘恒、刘震云放弃了这种单刀直入，他们只是将现实的图景呈现给读者。池莉的《烦恼人生》，方方的《风景》，刘震云的《一地鸡毛》，更执著于以零度情感介入，冷静叙述生存体验，展示古人曰之"食，色，性也。"但谁又能说，他们又何尝不是在执著于生存体验？

池莉的《烦恼人生》写出生括的琐碎，生活正是这样将富有才华、爱好广泛的印家厚变得身心疲惫，吞噬了他对生活的激情，而去应付生活中的一切。他已经成为一个孤独、平庸、缺少活力的人，面对现实，逆来顺受，在世俗的生活中，消磨时光，也消失着自己。

刘震云的《一地鸡毛》展示一对夫妇世俗的生活，"大家都奋斗过，发愤过，挑灯夜读过，有过一番宏伟的理想，单位的处长、局长，社会上大大小小的机关，都不在眼里。哪里会想到几年之后，他们也跟大家一样，很快淹没在黑压压千篇一律、千人一面的人群之中呢？"小林是普通科员，在单位夹着尾巴做人，八面玲珑地讨好每一个人，为了改善自己的生活条件，他不得不在周旋中获得一个生存环境，而家庭杂事繁多，物质生活条件和空间的要求压抑着自己。小李是一个曾经有理想追求的文静的姑娘，生活已使她变成一个庸俗的家庭妇女。夜里偷水，为一斤馊豆腐大动肝火，这一切对她来说习以为常。生活对她们进行了强制性的改造，连他们自己都感到活得窝囊，谁在制造这一切呢？

方方的《风景》以一个家庭的横截面反映了三代人的命运及其生存

追求。祖辈、父辈都是小人物，他们的不同命运与追求是社会现实的选择，也是生存的自然选择，艰辛而又无奈，然而又挣扎着。七哥是一个内心坚韧而又冷酷的有追求的年轻人，他渴望摆脱自己的生存现状，认定生活必须要自己创造，为了实现自己的梦，可以放弃爱情和一个大龄的女性结婚。他直言不讳地说，大多是为了她的父亲。七哥是冷静地看待着人生，也冷静地实现着自己的生存理想。他凭借自己的方式生存，到底是谁对谁错，内心有无苍凉已不重要了。生命中的获得有不可抹去的种种缺憾。方方说："我什么都不说"，而其实方方说了很多，《风景》冷静而客观的叙述，将人生世态写得酣畅淋漓而又小心谨慎，就如生活一般，自然而平实，突兀而变幻。《风景》看似平淡，却激起人们对生活本身的思考与判断。

刘恒的《狗日的粮食》，触目惊心地呈现了发生在乡村的生命悲剧。它叙述了一个为二百斤的粮食而来，又为丢失购粮证而去的"瘿袋"女人的故事。民以食为天，人之生死依赖粮食的生存状态，原生态的生息中透着悲凉，素朴民生的爱与欲，贪与奢，在这里，显然人的价值低于粮食的价值。他的另一个中篇《伏羲伏羲》写主人公杨天青与菊豆的乱伦故事，似乎是"始于乱伦，终于乱伦"，但并不仅仅如此，而展示了自然生存层次的性生活的一种躁动状态。王菊豆与杨天青因为处在一个无法摆脱的别无选择的生存"伦理"境遇中，他们自然、合理欢畅的生命过程，变成了淫乱的罪孽——"乱伦"心理的重负使他们惶惶不可终日，欢娱成为罪恶，当合理沦为不合理时，生命已落入了泥沼，最终酿成悲剧。天白对父母的憎恨，反衬出社会生活固有的桎梏使人丧失了作为主体人的权利，而导致了生命的创造精神的退化与精神的萎缩。

引人注目的是莫言在 1986 年展开了宏大的历史叙事，构筑了"红高粱"的神话。莫言在虚构的历史语境中，虚构时间、虚构历史，将历史的时间延伸在历史的深度中。莫言并不是在营造假想氛围与历史场景，而是要在历史深度空间中，展现人性的深度及生命的张力。

"生命的秘密经由'时间'这一词，而获得自我的完成，所以时间形成了生命的基础；而生命既已完成之后，则由'空间'这一个词而被人了解，或者说：透过'空间'这一词，而洞达到我们内在的感受之中去。每种广延，事实上，首先都是要经过一种深度的经验，才能发展完成。而'时间'这个词，主要指示的便正是这展延的过程；这一过程，起先是感觉性的（主要是可见的），只有到了后来，才成为理性的，即深度与距离。"① 在克罗齐看来，历史自上而下地覆盖了今天，历史的逻辑延伸到了现实的每一个角落："说历史是历史的创造还不够，必须补充说每个判断都是历史的判断，或简言之，就是历史。"② 海德格尔也在《存在与时间》中说："历史意识是一种贯穿'过去'、'现在'与'将来'的事件联系和作用联系。"在《红高粱家族》中，"莫言将历史与现实的源流关系，浓缩到一种特殊作用之中——'我奶奶'、'我爷爷'。这种人称将子孙与祖先的血缘意识最大面积地播种于叙事之间，不难想象，'寻根文学'的重要企图即是为当下的生存查找历史证据。"③

《红高粱》悲壮、雄伟、苍凉，如一首悠远的歌，回荡在高密东北乡。红色的高粱地，神秘、深邃。多少英魂曾飘荡在这块燃烧般的土地上，他们以坚韧、畅达、顽强、不羁支撑了这片土地；他们以野性、风情、浪漫、洒脱将这块土地点缀，将同样久远而又清晰的历史呈现在我们眼前。我们为之倾倒的，是他们不羁的生命力，是他们灿烂鲜活的生命释放出的光彩，而引我们为之唏嘘的，则是他们悲壮、豪迈的生命谱写的动人心曲。

余占鳌是一个具有生物性、兽性、人性、神性、奴性、匪性的复杂的血肉之躯，在历史的空间中，展示得淋漓尽致。他的反抗是生命的本能，在红高粱地与戴凤莲的媾合，与冷麻子的对抗，杀死单家父子，抗击日本鬼子等行为是理性与非理性的结果，是生命的直接反映，显示出生命的单

---

① 刘小枫主编：《人类困境中的审美精神——哲人、诗人论美文选》，东方出版中心1994年版，第409页—410页。
② 参见南帆：《文学的维度》，上海三联书店1998年版，第226—227、227—228页。
③ 南帆：《文学的维度》，上海三联书店1998年版，第226—227、227—228页。

向度。正是这种素朴性显示出余占鳌生命的崇高与卑微、透亮与模糊、果敢与莽撞，具有不羁的原始生命力。然而，余占鳌却是一个血性男儿，敢想、敢做，无所畏惧，战场上的他，沉着、勇敢、冷静，显出一个血性汉子，如高粱地一般坚韧不拔。而面对爱着的女子，极度温柔、缠绵。行侠仗义，是他良好的禀性，处死了养育过他的叔父，叔父死后，他悲哀地朝天上鸣枪，悲凉之心无以名状，是一个血肉丰满的汉子。

作品中的戴凤莲，桃花灿烂一样的面孔，桃花灿烂一样的个性，桃花灿烂般的生与死，是她生命辉煌的一生写照。她十六岁妙龄时，风情万种，渴望与一个识字解文、眉清目秀、知冷知热的白面书生共度人生，然而狠心贪财的父亲却将她嫁给了单廷秀患麻风病的儿子单扁郎，使她充满了生活的恐惧与失望。而穿越高粱地，唢呐声中的她似乎有过一丝的欣喜，很快被调皮捣蛋的轿夫们的话击碎了，在颠簸中她嚎啕大哭，万念俱灰。高粱地是燃起她生命中的欲望、也是终止生命的场所。是高粱地赋予她情爱，也是高粱地使她生命走向了另一种飞翔，"奶奶跑着，沐浴着高粱地里清丽的温暖，她感到自己轻健如燕，贴着高粱穗子潇洒地滑行"。她对生命依恋，但更多的是无怨无悔的坦然，对爱的执著、大胆，生的坦荡、侠义，而死亡也同样使她呈现出生命的美丽。她发出生命的呓语："天……天赐我情人，天赐我儿子，天赐我有罪吗？……什么叫贞节？什么叫正道？什么是善良？什么是邪恶？你一直没有告诉过我，我只有按着我自己的想法去办，我爱幸福，我爱力量，我爱美，我的身体是我的，我为自己做主，我不怕罪，不怕罚，我不怕进你的十八层地狱。我该做的都做了，该干的都干了，我什么都不怕。但我不想死，我要活，我要多看几眼这个世界，我的天哪……"

生命的飞翔，带着她永远的憧憬与期待，一个不羁的生命的飞翔是不会中断的，穿越高粱地，穿越黑土地，穿越历史，依然桃花灿烂。红高粱地赋予她生命，在那个土地上，她坚强地生、坚强地死，不羁的生命完成了人生最辉煌、也最灿烂的穿越与飞渡。《红高粱》展示了历史的挣脱与自我的拯救，展示了生命体验的千堆雪。

　　苏童、余华也将历史纳入中篇叙事。"在这里，历史不再是可以从事实和哲理上加以分析的东西，而是一场梦魇，善和恶的寓言，玄学的连环漫画。"①《世事如烟》、《难逃劫数》将充塞在日常生活中的暴力、阴谋、罪孽等描写得淋漓尽致，充满荒诞的故事有发人深省的历史宿命论意味。小说中出现的算命先生、老中医都预示着余华将个人化经验融合到历史意识中去，但余华放弃了对历史意识的纵深处挖掘，叙述专注于情境状态，以突出、强化其荒诞、怪异、诗性为目的，显然历史之于余华只是叙事策略。

　　历史的体验发生演变的逻辑，在于中国土壤已发生了根本的变革。中国处于转型期，价值观念在改变。中篇"有意味的形式"在现代化经济大潮中遭遇着生存的挑战，除小说三维结构彼此起伏消长外，也面临着外部的挑战，包括多种文化传播媒介，电影、电视等。市场经济在逐渐消解着权力话语，个人增加了相当多的自主选择的可能性，众语喧哗。与80年代相比，人道主义精神弘扬，关注生存生命本身，中篇小说作为承载历史的方式，是神圣的，也是高洁的。当90年代"欲望的旗帜"升起的时候，生存价值在发展变化，人的思维方式，情感方式，也在微妙地发生着变化。当文学从"阳春白雪"到下里巴人在经济大潮中发生变动时，出现了一种不可忽视的文学现象：个人神话。如果说50年代是制造意识形态的神话年代，90年代以来是商业话语、工业化、大众媒介对个体的挤压，人被物化、工具理性化，人的价值观念在经济大潮中倾斜，关注生命，关注人类的理性精神冲淡，人抽离成个体单一的人。不再有一个宏大的、能够支配大家一切思想的逻辑和规范，所有的写作都恪守着一个小圈子，写着自己的东西。中篇小说曾在历史的维度上进行文化的追寻，曾用力书写着人的生命体验，然而当最终中篇走向个人化书写的时候，中篇作为承载历史、现实的审美传达的方式，已走入一个狭谷。小说家不可掉入自己设置的陷阱。

---

① 丹尼尔·霍夫曼主编：《美国当代文学》，中国文联出版公司1984年版，第158页。

（四）艰难的分享与倾诉

在中篇小说追求多元化的过程中，余华、苏童们走向了自我形式的构筑，池莉们以零度情感、原生态的描摹，显出了作家关注生命本身。而当苏童、池莉们以日趋精湛的艺术手法来构筑原始生命的叙事的时候，另一批作家们寻找别样的表达生命方式，他们的作品显示出了自我叛离，向现实主义回归，但最终陷入两难境地，无力挣脱，陈陈相因。

中篇审美呈现已没有 70 年代末到 80 年代雄伟、壮阔的干预生活的姿势。到 90 年代以后，中篇承载社会现实趋于一种平缓，虽不时有浪花出现，但并不湍流，而与此同时，拯救意识悄然兴起，现实的感召力已迫使作家不能走得太远，以分享艰难的姿态出现，便是要寻找中篇曾有过的生命参与、社会参与的辉煌。

谈歌、何申、关仁山以乡村、工厂生活为题材，直逼现实人生，体现了计划经济向市场经济转型时期人们所面临的生存困境与复杂心态。而后刘醒龙以《分享艰难》将这种拯救推向高潮，但也显出了无奈。《分享艰难》中的孔太平不得不与劣迹极多的洪塔山之间达成妥协。李佩甫的《学习微笑》写最底层的小人物的自强自立，但没有写出他们对自身的清醒认识以及对工人阶级历史使命的觉悟。在一定程度上，他们自强自立找到了个人的出路，而其实就是逃避。谈歌的《大厂》中，吕建国厂长为了全厂工人利益而不得不请求公安局局长放出因嫖妓而被拘留的客户。关仁山《破产》中的田北镇镇长马英杰与副镇长高德安之间的纠葛，似乎对玩弄权术，跑官要官，贪污贿赂的行径，持宽容倾向，而一些农民企业家，无恶不作，恶贯满盈，却受到保护，道德已沦丧。人物塑造粗鄙、功利、盲目，唯利是图，消减了人物的光辉，显得庸俗粗鄙。李书记应付不了上级要拓片，干脆借机"脱逃"，东窗事发后高部长难脱干系，李书记帮他蒙混过关。吕建国千方百计营救嫖娼的郑老板，不择手段去弄回丢失的小轿车；而孔太平竟用手段要了黄所长，玩了赵镇长，尽管揭示了金钱与道德，物质与精神，善与恶的矛盾，但陷入了实用主义的困境。

　　文学已进入一个没有英雄的时代。马克思说："每一个社会时代都需要有自己的伟大人物，如果没有这样的人物，它就要创造出这样的人物来。"与80年代的改革文学相比，现代化情结逐渐消解，笔触直指平民生存状态，分享艰难，有一种平民情感的冲动。对社会矛盾的根源不能作纵深处的挖掘，陷入了困境和迷谷。一厢情愿的恪守已被时代的脚步驱赶。但并不能因此说，捍卫者便放弃，他们坚持的同时已在寻找另一种出路，那就是在兼容并蓄中超越自己，超越现实。许多作家开始寻找救赎方式，重塑理性精神，重新回到人生的主题上。

　　钟道新的中篇《单身贵族》，写了在商海中有些老练的西林公司高级职员许前飞特殊的商业活动和个人的感情生活。在改革的契机中，他顺利地弄到做纺织品出口生意的批文，为建立自己的公司打下了良好的基础。然而情人关莉的离去所带来的感情失落虽然困扰着这位"单身贵族"，但家庭的实际利益和对金钱的追求，在生活上占支配的地位。因此，便很快恢复了对利益的追逐，成为中国当代生活中一种特殊景观。张欣的《首席》、《伴你到黎明》以现代城市女性为主人公，写她们在事业、爱情、友谊上的追求和失落，笔触深入到城市经济生活、商业的领域中，揭示其生活误区，展示出新潮生活风貌中的女性的心灵世界，以反观社会在经济冲撞下的复杂变化。余华由暴力死亡的主题的梦幻、虚妄趋向于现实生存的探究与思索，他的中篇《活着》，将生活眼光投向现实而惊心一瞥，显出了生命悲凉、悲壮与无奈，但又蕴含有坚韧与承受。毕淑敏的《原始股》，何继青的《军营股民》，反映了经济改革中股票发行在国家某些机关工作人员中引起振荡。刘震云的《新闻》，铁凝的《对面》，刘醒龙的《黄昏放牛》、《农民作家》，方方的《生生不已》，叶兆言的《人类的起源》，陈建功的《耍叉》，蒋子龙的《开拓者》等等，则反映出社会主义市场经济过程中新的矛盾、动荡和心理变迁。

　　无疑，这是一个英雄在现实中缺少而内心却极度渴盼、呼唤的时代。"呼唤英雄"是弘扬理性精神，重塑精神品格，分享艰难世事，关切生命、忧患生存意识的一种"召唤"策略。尽管50年代神性的"英雄儿女"时代的社会基底已不复存在，90 年代以来社会已发生了翻天覆地的变化，呼唤精神只是理想与生命境界的构想，但如今已不再是一个因循守旧的年代，中篇小说也是在拯救中获得超越，超越中再度拯救。

（五）"蝴蝶效应"

还值得一提的是中篇小说的艺术创造。

今天在北京有一只蝴蝶扇动空气，可能改变下个月在纽约的风暴——气象学中人们把"对初始条件的敏感依赖性"称作"蝴蝶效应"。那么，在中篇小说艺术创造中，有没有扇动空气的蝴蝶呢？

王蒙有一个著名的中篇就叫《蝴蝶》，形成热点。艺术上，就是吸收西方意识流后在中国本土进行了大胆的尝试，形成了"蝴蝶"效应。许多作家竞相应用意识流的表现技巧，借鉴中寻求民族传统文化心理积淀的现代表现，张贤亮的《绿化树》、《男人的一半是女人》，张承志的《北方的河》、《黑骏马》，张辛欣的《在同一地平线上》、冯骥才的《啊》等等，均以现代意识观照和鞭笞传统社会文化的心理结构，力求透析真实心灵以反映历史空间的深度。韩少功的《爸爸爸》，郑义的《老井》，阿城的《棋王》，也将现代意识手法揉入现实生活，折射生命生存本色及人的生存境遇。刘索拉的《你别无选择》则充满黑色幽默，反映青年人内在的苦闷与追求。莫言的《透明的红萝卜》借用魔幻气息烘托人群的生存状态，《红高粱》为生命意向赋予浓烈色彩。马原的《冈底斯的诱惑》、《虚构》营造一个与现实抗争、对立的超验的世界。

"一方面，历史反思的痛苦经验和文化的失落感需要传统观念之外的文化补充。另一方面，对社会历史生活开掘得越是深入纷繁，对人的内心世界探索得越是细腻微妙，就越发感到传统的文学观念和文学技巧的力所不逮，需要外来文学的借鉴。"① "由于作家们在思想解放和艺术解放运动中，开始认识到文学主题不应再被动地从属于政治而须是作家在心智上对

① 王万森、张达：《中国中篇小说史》，百花文艺出版社 1995 年版，第 407 页。

生活的一种发现与顿悟，察觉到旧有的叙述方式已无力负载复杂生活所暗示、所赋予的繁富内容时，形成的革命——'文体的自觉'问题就突出地提到了作家们的创作日程上来。"①"叙事话语的规范来源于人们架构现实或者解释现实的模式。因此，一种叙事话语不仅在于陈述一个民族的特殊遭际，而且还在于将这种特殊遭际纳入人类所能共同通晓的话语体系。"② 叙事话语的确立是文本表述需要，更是作家主体心灵真实呈现必要的、必然的调度方式。叙事话语向内心世界的纵深处逼近，王蒙率先探索，他胸中涌动的是"故国八千里，风云三十年"的历史大跨度的生命体验和人生经验，显然传统的现实主义手法难以在有限的时空中尽情抒写，而"意识流"则成为表现这种情绪的最佳方式。中篇《布礼》描写了15岁便参加中国共产党的钟亦成在50年代末被打成"右派"的种种痛苦经历，二十多年来他遭遇了身心的痛苦，但对党忠贞不渝。小说打破时空结构，以人物的意识流动为线索，把新中国成立前后、反右、"文革"和粉碎"四人帮"历史时段交错叙述，将钟亦成在不同历史时期遭遇的痛苦、孤寂、希望与失望展现得淋漓尽致。《蝴蝶》是王蒙的另一中篇力作，令人耳目一新。他自己说："《蝴蝶》是用有限的形式来大跨度地思考我们的历史，思考我们的现实，思考我们的城市、乡村……不是按照生活自己的结构，而是按照生活在人们心灵中的投影，经过人的心灵的反复的消化，反复的咀嚼，经过记忆、沉淀、怀念、遗忘又重新记忆，经过这么一套心理过程之后的生活。"③《蝴蝶》写的是中央某部副部长张思远在重访自己曾经劳动过的山村的故事。在路上回顾自己60多年来所走过的曲折的道路，政治上的起伏，个人情感生活的遭遇。作者以"庄周梦蝶"的故事点明了主题，不管是小石头、张指导员、张书记、老张头，还是张副部长的称号，都是他张思远的代码，但不同的是随着官职的变迁，地位发生了极大的变化，三十多年来的升降沉浮在汽车上，在家里的沙发上，

① 朱寨、张炯主编：《当代文学新潮》，人民文学出版社1997年版，第245页。
② 南帆：《文学的维度》，上海三联书店1998年版，第251页。
③ 王蒙：《在探索的道路上》，《漫话小说创作》，上海文艺出版社1983年版，第47页。

自由地表现出来，逝去的历史画面蜂拥而至，交叉叠错在记忆中，不受时空所限，全由内心的主观意绪的自由流动而形成一个放射性结构，思想、情感、心绪、人际遭遇在精神的世界里自由地律动，是人生生命的放飞，艺术在这种自由境地中获得了鲜活的生命。然而并非随心所欲，是对"故国八千里，风云三十年"生命积淀而成的思维方式、思想方式、情感方式的酣畅表达。可见"意识流"的叙事话语为王蒙对现实解释提供了一个混沌的形式，使其获得了对生命体验的审美表达。

"《庄子·大宗师》中所谓'藏舟于壑，藏山于泽，夜半有力者负之而走'。这个'有力者'就是'变化'。只有'变化'是永恒的存在，它无形又有形，无力又有力。'变化'本身什么都不是，无所谓过去、现在和未来，但它能够创生一切。它存在于宇宙中，也存在于人们的心里。老子把它叫做'玄牝'，庄子把它叫做'混沌'，西方学者把它叫做'黑洞'。在庄子看来，人假如不愿意使自己的身心僵化而勇敢地与变化结为一体，他就彻底摆脱了祸福、寿夭的两端困惑，他的生命就会成为日新又新的不朽的存在。"[1]"价值在变化的情境中处于混沌状态，它的正常实现是'同异交得，放（仿）有无'。所谓'同异交得'，是指任何价值判断的实现都是同中有异，异中有同，只有同异双方各有所得，价值判断才能转化为现实。"[2] 由此混沌可以做如下理解：

1. 模糊而不确定事物的变动状态（浅层）。

2. 在永恒存在中寻求生命的创造（中层）。

3. 人与自然和谐的统一（深层）。

在就中篇小说的文体探索而言，混沌则是在中西交汇点上寻求适合本土的一种诗意表达，混沌意旨吸收精华，承纳本土，转化成审美呈现。

王蒙的"意识流"着力于对人的主观探幽入微的开掘，并不似西方

---

① 栾勋：《说"环中"——"中国古代混沌论"之一》，《淮阳师专学报》1994 年第 2 期，第 31 页—32 页。

② 栾勋：《说"环中"——"中国古代混沌论"之一》，《淮阳师专学报》1994 年第 2 期，第 31 页—32 页。

"意识流"切断内心世界同社会现实的联系，孤立地表现人的主观意识流动，而是有着强烈的社会现实感，是社会现实的心理折光。王蒙的《蝴蝶》产生的这种效应形成磁力场，影响和波及到马原、刘索拉以至余华、格非、韩东等。他们在中西交汇点上寻求中篇发展的策略，"'颠覆'以往熟悉的创作模式，谋求与变动不居的新生活相适应的现代思维方式和书写方式。"①

马原在《虚构》中曾这样说："读者朋友，在讲完这个悲惨的故事之前，我得说下面的结尾是杜撰的。我像许多讲故事的人一样，生怕你们中间一些人认起真来：……我是一个有名有姓的男性公民，就不定你们中间的好多人会从人群中认出我。……"不难看出马原的"叙事打破一个意识形态的神话：小说呈现了真实——主体的真实与社会历史的真实。"②叙事话语谈论叙事本身，使叙述者越出叙事的框架边缘，叙述者将小说本身当做随意谈论的对象，马原是对叙事和虚构进行颠覆。福斯特在《小说面面观》中曾说"小说就是讲故事。"英文中小说 novel 意在新奇，又写作 fiction，正是虚构，叙事和虚构是小说的两个根本特征。《冈底斯的诱惑》以冈底斯山为背景，描绘了西藏风情和景致，揭示出西藏是充满魅力和诱惑的生存之境，小说采用电影的"蒙太奇"结构，将几个单独成立相互毫无关联的故事串在同一篇小说中，作家以冷漠的态度叙述着诡异莫测的神话世界，人在充满新奇、迷蒙的状态中繁衍着生命。在他另一个中篇《拉萨河女神》中，叙述呈现的是几个跟现实世界毫无关联的孤立场景：裸浴的藏族孩童，丰盛的岛上午餐，优雅的艺术家水中弄波，叙述被打碎、中断，小说成为碎片。马原要说什么？神秘的语焉不详而又支离破碎。马原曾在一篇关于自己实验小说的艺术诠释中说："庄子中最出色的一篇我以为是混沌篇，说混沌的两个朋友为混沌发愁，以为混沌没眼没鼻没耳不能视听闻以至呼吸，就商量做做好事，为混沌凿出七窍，'日

---

① 朱寨、张炯主编：《当代文学新潮》，人民文学出版社 1997 年版，第 253 页。
② 南帆：《文学的维度》，上海三联书店 1998 年版，第 157 页。

凿一窍，七日而混沌死。'我称之为混沌方法，也是我的方法。"[1] 混沌是一种生命境界，马原的混沌是自然生命的真实呈现，也是审美追求的境界。马原的文体方式，将生活中片断性的、非因果性和非逻辑性的事件连缀起来，追求"局部逻辑、整体不逻辑"的哲学观念，体现了其揉动中西、立足本土的文体实验。

韩少功的中篇《爸爸爸》，展示了鸡头寨村落的生活。政治衍生的一套政治话语体系笼罩在生息的土地上，鸡头寨的人在政治惯性中不能适应表达生命存在的日常生活方式，只会讲一些官话，"保守"、"报告"、"你等着吧，可能就在明天。"政治话语体系使正常人失语，作品充满魔幻气息，真实的生活被掩藏在虚幻不定的政治氛围中。写出了生存环境的恶劣，导致人们的智力低下，人性缺失，历史文化积淀的负面，在现代人身上遗留下深深的痕迹。

莫言的中篇《透明的红萝卜》有意象的创造。庞德对意象的解释是："瞬间呈现出来的一个理智和情感的复合体"。[2] 庞德《地铁车站》一诗，"人群中这些脸庞的隐现/湿漉漉黑黝黝的树枝上的花瓣。"莫言侧重运用意象的象征意义。在《透明的红萝卜》中，摇曳的炉火映照下的红萝卜，成为作品的中心意象，美伦美奂，"泛着青蓝幽幽光的铁砧子上，有一个金色的红萝卜。红萝卜的形状和大小都像一个大个儿阳梨，还拖着一条长尾巴，尾巴上的根根须须像金色的羊毛。红萝卜晶莹透明，玲珑剔透。透明的金色的外壳里包孕着活泼的银色液体。红萝卜的线流畅优美，从美丽的弧线上泛出一圈金色的光芒……"在寒冷、丑陋、压抑的生活中，它是温暖、美丽、热望，呈现出生命的亮色，唤起人们去追求去寻度。作品在现实与非现实中展开，正如莫言所说："生活中是五光十色的，包含着许多虚幻的，难以捉摸的东西。生活中也充满了浪漫的情调，不论多么严酷的生活，都包含着浪漫情调。生活本身就具有神秘美，哲理美和含蓄

---

① 马原：《虚构·方法》，《中篇小说选刊》1997 年第 1 期。
② 艾兹拉·庞德：《回顾》，《二十世纪文学评论》，上海译文出版社。

美。"因此莫言将生活写得带点神秘、虚幻色彩。《透明的红萝卜》写生活在"大跃进"年代一群人的孤寂、苦闷、压抑的生息状态。沉默少语的黑孩聪慧、机灵、沉默是对这个世界的无言，而对红萝卜的热爱与痴迷，却激起了他的新奇与热望。同时也写出了小铁匠的情感压抑。小说没有政治的痕迹，只是重在透视人的心灵世界。《透明的红萝卜》并不透明，扑朔迷离，主题内向隐蔽，具有多层意义。

余华、格非、苏童也在进一步探索。一种富有意味的表述方式出现了：历史叙事。"历史不以人们的意志为转移"，按照巴特所言历史话语是："某事发生了"，但历史沦为叙事话语，"历史话语不过是一种叙事话语，这种话语可以在叙事规则的导演下不断上演新剧目。"① 巴特说："历史话语大概是针对着实际上永远不可能达到的自身'之外'的所指物唯一的一种话语。"② 如果说马原颠覆虚构，那么余华、格非、苏童沉迷于历史的虚构，真实的历史事实日渐远遁在时间的纵深处，历史被淡化、描摹、构筑成现实性所指涉的故事。苏童的《妻妾成群》消解深度模式，叙述结构被偶发性的感觉和分解了的意义所消解。"现实不过就是意义，于是亵渎这些圣骨就相当于摧毁现实本身……当历史要求颠覆文明的基础时，现实就可以被改变，以符合历史的需要。"③ 历史按照作家主观臆想而塑造，于是文学出现了一道奇景，趋近历史的小说，最终走向颠覆，无深度后现代主义风格对历史的虚构，也是对现实的虚构。故事时间与叙事时间分裂，从故事返回叙事，叙事在时间中穿梭往返，虚构从历史开始，最终现实性被彻底虚构从而将对自我的现实性虚构，引向对存在的确定性怀疑。

倘若说马原、余华、格非们以激越的姿态去演绎中篇样式的话，那么张一弓《犯人李铜钟的故事》则以平实的方式向审美高度挺进，其结构，在复杂中求凝练，在单纯中见丰富，采用的是传统叙事结构，叙事采用

---

① 南帆：《文学的维度》，上海三联书店1998年版，第243页。
② 罗兰·巴特：《历史的话语》，《符号学原理》，三联书店1988年版。
③ 同上。

"倒卷帘式"的方式以惊心动魄之势开头，叙述似流水起伏跌宕，绚丽多彩。鲁彦周的《天云山传奇》以罗群为中心，辐射性地穿插宋薇、冯晴岚、周瑜贞三个女性的情感历程、思想态度，凸现出罗群正直的品格和坎坷不平的命运。王安忆的《小鲍庄》是由多种形态的共存形式出现的，更能贴近生活，深入生活和人性的实质。张承志的《北方的河》是情感为主线的散文结构，酣畅淋漓，写出一个充满激情的血性男儿对生活、生命的拥抱。阿城的《棋王》用绚丽多样化的现代化手法，缔造自己的语言世界，其叙述语言自创规范，既有古典情韵而又具现代性，既有老练风骨，而又清新自然。迟子建的《岸上的美奴》则充满诗意，情与景交融，风景亮丽。邓一光的《父亲是个兵》，刘醒龙的《凤凰琴》，是现实主义、浪漫主义、现代主义的重新组合，在根植于现实的土壤中用力纵深开拓，显示出恢弘的历史气度。

求索者在中国本土继续营造故事，执著、专注，已超越个人精神、神话、幻想、沉迷的构筑，将笔触伸向现实的土壤，用力书写群体生命、精神状态，但也并不能因此便认为回到原点。在中国本土兼容并蓄，在融合中再度崛起，从混沌走向澄明的敞开，寻求生命的亮色，在太阳的朗照下，绚丽夺目。这使我们想起施莱格尔（F. Schlegel）在《关于神话的谈话》中说过的："为着光明与生命，我们不要再犹豫，每个人都要按照自己的理解加速这个伟大的进程，我们的使命就是促进这个进程。要无愧于时代的伟大，迷雾将从你们眼前消散；你们的面前将是一片光明的灿烂。一切思维都是预见，而人才刚开始意识到自己的预见力。而且正是现在，这个力量还要经历不可估量的大扩展。我觉得，谁如果理解时代，即那个普遍的青春化的伟大进程，及永恒革命的那些原则，他就必定能够抓住人性的两极，能够认识和理解人的行动，及那个还会到来的黄金时代的性格。于是空谈就会停止，人就会意识到他的本质，将能理解地球和太阳。"①

---

① 刘小枫主编：《人类困境中的审美精神——哲人、诗人论美文选》，东方出版中心 1994 年版，第 98 页。

中篇小说以自己的生命方式和艺术形式承载历史、现实、文化，穿越历史隧道，从模仿复制走向独立书写，并延伸到了新世纪。

（六）驻守一隅

进入新世纪，市场直接导致了消费性文学的出现，社会审美文化心理结构也随之应变，体验性的或经验的小说应运而生，官场小说、言情小说、青春小说、白领生活、武侠小说的风靡，使处于边缘状态的中篇小说面临着尴尬的处境。一是自身文体篇幅局限，叙事表达要求精练而集中；二是随着社会的发展，作品进入商业行业，没有获得读者广泛认同，甚至作家为了利益也放弃。即便如此，仍然有一些作家如刘庆邦、叶兆言、徐坤、迟子建、方方、陈应松、熊正良等，他们长期从事中篇小说的写作，还是一如既往地坚守阵地，在边缘处叙事，贴近生活，直面社会现实问题，执著地捍卫了现实主义精神与审美情怀。

新世纪以来的中篇小说，在内容上可谓包罗万象，鸟瞰了近十年的社会历史变迁，集中体现几个方面：

其一，将笔触伸到乡村，揭示普通人的人生命运。如北北的《寻找妻子古菜花》、刘庆邦的《到城里去》、李洱的《龙凤呈祥》、熊正良的《我们卑微的灵魂》、迟子建的《零作坊》、萨娜（达斡尔族）的《诺敏河》、陈应松的《望粮山》、吕新的《木蝴蝶》、杨争光的《符驮村的故事》、张继的《告状》、关仁山的《平原上的舞蹈》、鲁敏的《纸醉》、何玉茹的《胡家姐妹小乱子》、胡学文的《走西口》等一大批中篇小说，是中国社会现代化进程中生态缩影。

其二，延续90年代历史叙事。宗璞的《四季流光》、叶广芩的《广岛故事》、凡一平的《投降》、陈昌平的《汉奸》和《国家机密》、董立勃的《风吹草低》、朱秀海的《出征夜》、韩少功的《兄弟》、刘连枢的《半个月亮掉下来》、葛水平的《甩鞭》、麦家的《刀尖行走道》、王瑞芸的《姑父》、丁伯刚的《落同低悬》、魏微《家道》等等，在历史的纬度中誊写了从慈禧太后到抗日战争，从军垦兵团到"文化大革命"，从异国他乡到国家机密，从家族命运到国家命运，作家以现代的眼光对历史的重新审视与考量，从而揭示现实与历史中深度的人性与命运状况。

其三，都市日常生活写真，触及到人的灵魂深处，挖掘其欲望里容纳的社会质素。吴玄的《同居》、杨少衡的《秘书长》、张殿全的《青春散场》、周卉的《好好活着》、陈家桥的《人妖记》、程青的《十周岁》、李铁的《花朵一样的女人》、须一瓜的《在水仙花心起舞》等，写出了生命的光华与与无奈，甚至是变异。而毕飞宇的《青衣》，写人到中年的青衣名角筱燕秋，渴望艺术青春的永驻，甚至为艺术献身，但同时名利的刻意追逐，变得"异样"，只为自己打算，从不顾及别人，最后走向人生的悲剧。迟子建的《第三地晚餐》，则以冷峻悲凉的笔触，写出情感上的隔膜，让一对夫妻都有难言之隐，于是追求奇异的生活在他们之间萌生，结果在"第三地"不期而遇，那要求做一顿晚餐的人和愿意免费为人做一顿晚餐的人竟然是夫妻双方。当这一切释然的时候，丈夫却没有吃上这顿晚餐而撒手人寰。

其四，现代化进程中生活现实的无奈。方方的《中北路空无一人》、杨少衡的《该你的时候》、格非的《不过是垃圾》、孙春平的《怕羞的木头》、曹征路的《那儿》等，捕捉到社会变动过程中，人们在场与无奈中的逃避。方方《中北路空无一人》写出了时代的变迁，使得与工人连在一起的气派的厂房、壮观的场景逐渐从现实中消失，最后只能退隐到一些人的记忆中去。曹征路的《那儿》中，朱卫国是某矿机场的工会主席，为了维护工人的利益，阻止企业改制中国有资产的流失，他与徇私利己的腐败势力进行艰难而不屈的斗争，最后自杀身亡。小说没有固守在"阶级"的观念上一味地为传统工人辩护，而是通过工会主席为拯救工厂上访告状、集资受骗，最后无法向工人交代而用气锤砸碎自己的头颅，表达了一个时代的终结。

其五，以生态视角对自然生态的关注转向了对精神生态的关注。生态小说逐渐成为生态文学创作的生力军，陈应松、郭雪波、杜光辉等在生态小说创作上收获颇丰。陈应松的《松鸦为什么鸣叫》以湖北神农架生活为背景，表现了人与自然的复杂关系，触及人的精神状态问题。杜光辉的《浪滩的男人女人》通过宁静的河边小镇浪滩镇在经济开发大潮冲击下原有的生活被彻底改变，在自然资源的破坏中遭受毁灭的故事，把生态问题的揭示深入到社会文化层面，将人性的善恶美丑在欲望冲动中进行有条不紊的剖析和冷静的审视。萨娜的《达勒玛的神树》则是写一个与森林相依为命、和谐共存的达勒玛老太太，面对疯狂砍伐的无奈与绝望，最终只能选择一个人躲进大树的洞里，求得心灵的皈依和宁静。萨娜的小说是"达斡尔原乡叙事"，具有明确的原乡意识，有着对于传统民族文化在现代性冲击下的矛盾心境，以及对富有原始自然生态与精神文化生态生命力的坚守，具有挽歌意味。徐坤的中篇小说《通天河》，通过写一个国营大厂司机下岗开出租车，因病赋闲在家的老宋，在买房与卖房的过程中，把一个现代都市里投机的小市民的心理变化，入木三分地刻画出来。作家将笔触延伸到当下经济热点的房地产，以此来透析经济危机中的人们的焦虑与心态，而这似乎与我们生活的这个喧嚣多变、荒诞无稽的现实境遇有关。徐坤本人在《〈通天河〉小说选刊创作谈》里自述："这篇小说，从世俗的层面上看，是一个比较逗哏儿的故事，从精神的层面上说，它探究众生喧哗之中个体的特质和人的本质，探究人的欲望、贪婪、人在利益驱动过程中的迷失、从众和困惑。它期望找到一条精神自我救赎的道路。……"应该说，当经济大潮来临时，回到自然理性，为灵魂迷失方向的人们，从遥远的原乡记忆中获得回归精神家园的途径与方式，这种对现代化的理性警觉、抵抗，是具有生态文化意识的。

在众生喧哗的年代，中篇小说家们以自己的识见，揭开尘世里喧嚣背后的无奈、尴尬、幸福、平淡，还有传奇。中篇小说作为一种较成熟的文体，驻守一隅，以真诚、倾情对人性、人的心灵深处探幽，于彰显强调文学性的同时，在历史—现实想象中承载着生命叙事，艺术上日臻成熟，已经成为共和国文学一道景观。

三、立体交叉桥的剪影

（一）选择与改造小说资源

建国以后，比起其他体裁，短篇小说似乎更多地受到关注。这不但表现为有一批专门从事短篇小说创作的作家，如李准、马烽、西戎、王汶石、王愿坚、刘真、峻青、林斤澜、陆文夫等，而且，这种关注还来自主流意识形态和评论界，有的小说，如马烽的《结婚》、李准的《不能走那条路》甚至被《人民日报》转载推荐。在五六十年代，《文艺报》、《人民文学》等权威刊物也都曾专门组织过关于短篇小说的讨论，一些著名的评论家、作家如茅盾、林默涵、邵荃麟、侯金镜、魏金枝、蹇先艾、康濯、林斤澜等都著文参与，讨论的范围也相当广泛，既有对短篇小说"特质"的理论探讨，又有对创作现状和作家作品的评论。在 1962 年，还专门就"农村题材"的短篇小说创作召开座谈会。这种局面，至少在表面看来，是一片热闹繁荣的景象，但受关注的背后，却隐藏着许多问题。

直到今天，当人们说起短篇小说的时候，一个耳熟能详因而也习焉不察的看法仍然会挂在许多人的嘴边，那就是：短篇小说能够迅速反映当下的生活，是文艺的"轻骑兵"。这种似乎是自然而然的判断源自何处，已无可考，但在新中国文学 60 年中，它却是和主流意识形态紧密相连的，或者说它本身就是主流意识形态的一个组成部分。当初，文学被要求为政治服务，而短篇小说以其短——可以使读者在最短的阅读时间里受到教育、启迪和鼓舞；以其快——创作时间短，可以以最快的速度配合党的各项政策，受到主流意识形态的青睐和宠爱就不足为怪了。建国初期，就有所谓"赶任务"之说。举个例子，李准写于 1953 年底的《不能走那一条路》之所以在 1954 年 1 月被《人民日报》转载，与其说是因为写得好，不如说是小说表达的走社会主义道路的主题和当时中央所推行的农村合作化政策相契合。而此类主题的长篇小说如《三里湾》、《山乡巨变》等却要迟至 50 年代中后期才出版。

因而，在 50 年代前期，我们所看到的多是这种配合党的政策的短篇小说，比如宣传婚姻法，配合"三反五反"、抗美援朝等等。像李准，如果我们将他发表的小说按时间顺序排列，就大致可以从小说中看到五六十年代党在农村的各项政策和历史运动。不否认李准以及其他一些作家的作品，如赵树理的宣传婚姻法的《登记》和谷岩反映抗美援朝的《枫》等，具有一定的艺术价值，但总体上来说，这些演绎政策的作品，在艺术上并无更多可取之处。

但是，相对于主流意识形态对小说功能的要求，这种对具体政策的宣传和配合虽然必要但远不是全部，更为根本和重要的是主流意识形态要求小说应该承担起"叙事"的功能，亦即将意识形态合法化的功能。整体的、宏大的"叙事"功能由长篇小说承担，这是造成 50—70 年代长篇小说"史诗化"倾向的原因之一。而对于短篇小说来说，不管是茅盾所说的"横断面"还是魏金枝的"大纽节"、"小纽节"，一个共同的要求是必须能够"以小见大"，也就是要反映出"普遍性"的东西，要成为整体的宏大叙事的有机组成。五六十年代对于短篇小说"短篇不短"的讨论，一方面固然可以从维护短篇小说"特性"的文学角度获得解释，另一方面，亦可解释为因小说样式的混淆而引起意识形态功能削弱的焦虑。

这种意识形态的要求首先是依靠文体之外的粗暴介入来达到，它是普泛的，并非只指涉某一特殊文类的要求，比如题材的等级划分，能不能以小资产阶级作为小说的主要人物，对暴露"阴暗面"的禁止，对写"英雄人物"的提倡等。建国初期对萧也牧小说《我们夫妇之间》的批判是因为他把工农干部写成"乡巴佬"并且带有"玩弄"的态度，对 1957 年《组织部新来的青年人》（王蒙）、《本报内部消息》（刘宾雁）、《改选》（李国文）、《沉默》（秦兆阳）等"写真实""干预生活"的作品和《红豆》（宗璞）、《小巷深处》（陆文夫）、《美丽》（丰村）、《在悬崖上》（邓友梅）等"爱情生活"作品的批判，也都是诸如此类的原因。

另一方面，这种要求也渗透到短篇小说的形式中。寻找、选择并改造已有的小说资源，逐步规范短篇小说的艺术形态，这个过程从40年代开始，就一直贯穿整个50—70年代。中国现代短篇小说在本世纪一二十年代由鲁迅开创，"内容的深刻和形式的特别"，《呐喊》、《彷徨》、《故事新编》每一篇都有每一篇的形式，这显示了短篇小说形态在其开创期所具有的多种多样的可能性和活力。到40年代，这些可能性更在众多的作家身上获得实现。废名、沈从文、萧红、张天翼、沙汀、艾芜、孙犁、赵树理……这一大串名字背后显示的是令后人羡慕的多彩多姿的小说形态。进入新中国后，这些作家在生活上、创作上都遭遇到了各种各样的"问题"，或是政治上受到打击，或是放弃写作，或是自觉不自觉地改变已有的创作个性。50—70年代的短篇小说在形态上呈现为一个递减的过程，现代文学中短篇小说的遗产逐渐被遗忘和埋没。黄子平曾经将赵树理、孙犁、沙汀的短篇小说形态归纳为短篇小说的三种艺术功能，即叙事性、抒情性和讽喻性，并以他们在建国后的创作状况来说明这三种艺术功能的逐渐消亡。赵树理，这位在解放区曾被誉为"赵树理方向"的革命作家，很难想像在五六十年代他会不断地遭受批评，被指责为"退步"和"落后"。这说明他那更多地是来自于中国传统和民间的小说方式并不见容于主流意识形态的要求。孙犁是众多写"革命小说"的作家中难见的有才情的一位，他善于在激烈的战争生活中挖掘日常生活的平静和美好，能够巧妙地将革命的主题同单纯舒缓的艺术韵味缝制在一起。《山地的回忆》、《吴召儿》是50年代初承继《荷花淀》的抒情样式的名篇，但这种"边缘性"的日常生活的抒情同主流的革命生活激情相比，仍然有一道难以逾越的鸿沟。当孙犁转向中篇《铁木前传》和长篇《风云初记》的创作时，创作个性和题材、体裁的矛盾就暴露出来了。抒情短制和较"大"的表达内容的冲突是孙犁最终放弃短篇小说的一个原因，而中长篇的创作却又是以丧失他个人的审美情感方式为代价。沙汀将50年代的短篇创作结集为《过渡集》，这显然是一个意味深长的名字。到 60 年代当他写出《你追我赶》这样获得茅盾赞扬的表现"大跃进"的小说时，尽管我们还能在一些细节和语言上看到作家昔日的辉煌，但他原有的艺术个性则消失殆尽，"过渡"到了浮泛和空疏。

50—70 年代短篇小说的典型形态是"情节—人物"的戏剧冲突模式。从文学所承担的"叙事"功能来说，确立国家以及意识形态的"合法性"是对文学重要的要求。这也是将"当代文学"定义为"社会主义文学"的原因所在。而这其中，塑造和确立这个国家的"主体性"，亦即"人民"的"本质"，成为无论是长篇还是短篇小说创作的一项重要任务。事实上，对"英雄人物"塑造的重视一直就贯穿着整个 50—70 年代的小说创作中。

在短篇小说创作中，以人物形象，特别是以"英雄人物"塑造作为结构的中心，成为当时最为常见的小说形态。人物成为艺术构思的中心，故事情节的设置和环境的描写都是为人物塑造服务的。不是说这种结构小说的模式有问题，而是说当这种模式被强调到不适当的"唯我独尊"的程度时，它必然会影响和损害其他小说形态的生存和发展。茹志鹃写于1958 年的《百合花》所受到的批评，就是一个典型的例子。而且，就这种模式本身来说，由于在小说实践和批评中，它不断地被限制和改写，最终变成诸如"高、大、全"和"三突出"等几条僵硬的公式。事实上，这种模式在不断地被强调的同时，也同样遭遇着不断被毁灭的命运。

林斤澜在 1957 年曾以"主客问答"的形式写过一篇《闲话小说》的短文谈到小说模式的"定论"："文学是人学啦，文学的任务主要是创造人物啦，典型环境中的典型性格啦。这些都是定论。可我按照我读过的几种好小说，写一篇背后有哲学意味的故事，人物身上只是勾一个轮廓。或者着重描绘一种气氛，写一种诗意的情绪，……人家的退稿信里，准搬出那些定论，跟我计较人物性格。"在 50—70 年代为数不多的有特色的小说中，林斤澜的《新生》、《教学日记》、《赶摆》等都值得一读。它们显示了作家在将经验转化为小说时，善于营造意境氛围的敏锐的审美嗅觉和语言才能，但这些特色却常常令人沮丧地被纳入到毫无新意的主题模式中。局部的出色和整体结构的平庸，这种矛盾在一些老作家的创作中表现得尤为突出。除已经提到的沙汀、孙犁外，还有艾芜、骆宾基、周立波等作家。当艾芜决心"为我们这个伟大时代创造具有共产主义风格的人物而进行辛勤劳动"时，矛盾的出现就难以避免了。50 年代初的《夜归》和《雨》表现得还不明显，60 年代他的《野牛寨——南行记续篇之一》虽保持 30 年代《南行记》中所特有的传奇色彩和烂漫抒情风格，但它们和小说的意图——相同的性格在新旧两个社会的不同命运，却存在着极大的裂缝。骆宾基的《父女俩》和《山区收购站》也是如此：具有地方色彩的日常生活和人物的精细描写游离于有"意义"主题的结构模式之外。经常被人称道为明快悠徐、乡土气息浓郁、笔调幽默的周立波，但他的《山那面人家》关于爱情和劳动的情节安排却显得笨拙。

日见单一的小说形态在创作中呈现出来的往往是雷同和公式化。在几个元素中，过分地强调人物的首要作用，强调对"英雄人物"的塑造，小说成了人物的事迹展览，常常是一个短篇就是写一个人物。其至连题目的选择方式都出现雷同，大量小说的取名或者是来自人物的职业和职务，如《老长工》（束为）、《葛师傅》（陆文夫）、《我的第一个上级》（马烽）、《民兵营长》（张勤）……或者是人物的绰号，如《社娃》（葛洛）、《铁笔御史》（王杏元）、《老水牛爷爷》（峻青）……这种思路使得人物角色的设定成为功能性的配置。"对比"、"衬托"是作家最常用的方法。或者是先进和落后的对比，或者是人物过去和现在、外表特征和内心品质的对比。后者在叙述上往往采用第一人称的叙述者。茅盾在《谈最近的短篇小说》（1958）一文中曾指出当时"五六千字的短篇小说极大部分用的是第一人称的方式"。这种现象的普遍出现并不是偶然的，要在较短的篇幅内回溯人物的"历史"，表现其精神品质的一贯性以及在新环境（新社会）的升华，通过叙述者"我"的"回忆"，显然是一件便当的事情。这类小说比较典型的是张勤的《民兵营长》，要表现外表特征和内在本质的差异，最便捷的方法当然是有一个叙述者"我"在对人物的接触过程中，不断地达到"由表及里"的认识。马烽的《我的第一个上级》也是这类小说的一个标准模式。茅盾认为这是偷懒的办法，他的写作经验告诉他，在短篇小说中，用第三人称来结构要比第一人称来得困难。从短篇小说创作更需要强烈的技巧意识和精心构造这方面来说，茅盾的批评有道理，但并非第一人称的结构方式就一定比其他的方式容易和简单。问题在于，当第一人称叙述的目的仅仅是为了表现"英雄人物"而不能显示其他可能性时，这种方式就变得简单而流于程式化了。

表面上看来，50—70年代普遍重视情节和戏剧冲突，事实上并不如此。"情节的设置是为表现人物服务的"，"不要让人物淹没在情节中"，这是当时的一种定论。并不否认世界上一些短篇小说经典是这样处理情节和人物的关系的，但是，如果将它看成是普遍的创作规律，那么，所导致的就是非常复杂的充满无数可能性的艺术构思变得简单化。情节作为一个重要的元素，在当时的短篇小说中，并不具备独立的审美价值而完全依附于人物，这使情节的构思趋于狭窄、单一。当时典型的情节样式是"考验—冲突"模式：人物在不断地跨越障碍和迎接挑战中完成和显现内在的思想品质。"革命历史题材"的小说，多是表现严峻环境里的生与死的考验。峻青的《黎明的河边》是这方面的代表。在"农村题材"的小说中，则多为公与私、走哪条道路的考验和冲突。早在50年代初，马烽的《结婚》、李准的《不能走那条路》就已经显示出了这种思路。而围绕生产指标引发的革新与保守的冲突，是"工业题材"小说常用的情节模式。

如果我们从时间的角度来考察短篇小说的情节模式，那么，50—70年代这种典型的"考验—冲突"模式的形成就会看得更清楚。一般来说，我们将小说的情节结构分为两种。一种是按自然的时间顺序，以讲故事的方式来结构小说，一种是"截取"时间的"横断面"方式。前者以赵树理为代表，后者有王愿坚。在50—70年代的小说中，前者逐渐演化为"考验"模式，而后者则演化为"冲突"模式。当然，大量的小说是二者的混合体，即以不断升级的冲突来完成考验，其实这已经是中长篇小说的结构方式。这是五六十年代造成"短篇不短"的一个重要原因。

情节都没有独立的意义，就更不用说环境了。人物、情节和环境，作为小说的三个要素，在 50—70 年代其重要性逐渐递减。"在典型环境中表现典型性格"，环境的艺术功能仅是表现人物的手段，"烘托"、"渲染"是当时最为熟悉的对环境艺术功能的评价标准。在这样小说观念的规范下，那些追求"诗化"、"散文化"、"风俗化"的短篇小说样式被允许获得的生存空间就越来越小。以鲁迅的《故乡》为开创，经废名、沈从文、萧红、汪曾祺等人发扬拓展的"抒情"功能，在建国后这条道路被斩断了，抒情被激情所代替。在刘白羽的《一个温暖的雪夜》、杜鹏程《延安人》、《夜走灵官峡》和王汶石的一些小说中，环境描写成为表现热火朝天的工作场景和人物忘我劳动的烂漫激情的有效手段。

在"文化大革命"时期，短篇小说的形态趋于极端。一些小说如《刀尖》（林雨）、《钥匙》（柯蓝）、《初春的早晨》（清明）、《严峻的日子》（伍兵）等，对冲突的强调已类似于独幕剧的方式，显然这是受到当时主流的文艺样式"样板戏"的影响。大段的人物演讲和内心表白使冲突抽离具体的情境成为观念的论证和展开方式。短篇小说的"以小见大"被普遍地理解为在情节和环境描写中对主题思想的"抽象"和"提升"，而形成一种公共的政治象征。政治不经中介而直接和文学嫁接，可以说，这时小说已经政治符码化了。

尽管 1976 年常被人们作为一个政治上的分水岭来划分两个时期，但此时短篇小说的创作仍然延续着此前的修辞方式，如《望日莲》（徐光耀）、《评工会上》（王子硕）、《通红的煤》（王汶石）、《丹梅》（叶文玲）等在小说写法上并没有多少改变。在众多的关于当代小说的论述中，刘心武的《班主任》被认为是"新时期"文学的起点。受到评论界更多关注的是小说中谢惠敏的形象，作者借这个人物所要揭示的是在十年浩劫中人的心灵受到的伤害。有意思的是，作者塑造这个人物所采用的修辞方式和价值判断之间的关系却是含混的，暧昧不明的。小说中作家提到被打成毒草和禁止阅读的一些小说《青春之歌》、《牛虻》等，对它们的肯定从另一方面来说就是对"文革"时期文学观念和修辞方式的否定，但意味深长的是，作家在这篇小说中采用的仍然是主流的修辞方式，这就使我们对谢惠敏这个人物的价值判断产生困惑，因为修辞方式背后显示的就是价值判断，除非刘心武采用"戏仿"的方式，但显然不是如此。这种困惑当然也是关于小说观念、修辞方式以及短篇小说形态上的困惑。因此，与其说刘心武的《班主任》是"新时期"文学开端的标志，不如说这篇小说以其自身意义的含混，提示了当时短篇小说创作面临的尴尬。

1984、1985 年突然崛起的"寻根文学"对于短篇小说样式的影响是巨大的。现在看来，那些被称为"寻根"的作家所进行的是一场小说观念"自觉"的运动。其提倡的动机，来自当时小说创作困难的局面。在"伤痕"和"反思"小说对长久的压抑尽情宣泄之后，面对所谓的"改革文学"，一些作家发现，他们的文学观念、艺术方式，并没有多少"进步"。"改革文学"在主流意识形态的提倡下，迅速制造了新一轮的"公式化"。蒋子龙的《乔厂长上任记》是始作俑者，改革者战胜一系列的困难再加上爱情的纠葛成为新的情节模式，改革者则成为新的"当代英雄"。其实，比较一下蒋子龙写于 1975 年的《机电局长的一天》，就可以发现二者在结构模式和修辞方式上的相似之处。基于此，"寻根"作家提出这样的问题：文学的根是什么？怎样才能使文学具有永恒的价值？寻找属于文学自身的非政治学和社会学的"审美特性"，可以说是韩少功、郑万隆、阿城、李杭育等人对文学"自觉"的追求。尽管在理论上他们对"文学是什么"这样终极意义的命题孜孜以求，并最终"不约而同"像发现新大陆似的兴奋地将文学归依于文化的思路同样值得怀疑，但不可否认的是，反映在具体的小说创作的寻找中，他们在开始抛弃以往的小说观念的同时，也在拓宽小说的审美内容和样式，并成为一种群体的自觉。

其实，星星点点地，对 50—70 年代短篇小说样式的突破，70 年代末就已经在个别作家的创作中显示出来了。张洁《爱，是不能忘记的》和《从森林里来的孩子》所感动人的并不是人物的性格和情节，而是浓烈的抒情和明丽的色调。宗璞的《我是谁》、茹志鹃的《剪辑错了的故事》或者是以怪异的、非写实的想像方式，或者是以不同于"情节—性格"小说的"倒叙"、"插叙"的"时空拼接"而引人注意。林斤澜的《拳头》、《记录》显示了作者一直在寻找短篇小说"魂儿"的努力。在这里值得一提的是汪曾祺和王蒙。他们的创作提示了短篇小说向中国古典文学传统和西方现代小说汲取资源的两个基本向度。汪曾祺在40年代即师从沈从文开始短篇小说的艺术探索,《小学校的钟声》、《复仇》、《职业》、《异秉》等篇可见出他对多方面小说艺术资源的汲取。他写于40年代的《短篇小说的本质》更是这种艺术实践的理论阐释。在中断了数十年的艺术探索后,汪曾祺又为我们贡献了《受戒》和《大淖记事》,这可以看成是对现代文学中某些短篇小说传统的接续。在新时期之初,当"现实主义的生命是真实"这样的艺术宣言仍然激动人心的时候,人们有理由对50年代写出像《组织部新来的青年人》这样"干预生活"作品的王蒙,寄予更高的期望。可喜欢翻新的王蒙,却玩了一回有中国特色的"意识流"。一部分"忠贞"的读者大为不满,他们呼唤:原来的王蒙哪去了?一些批评者指责王蒙对西方"现代派"的搬用。王蒙的回答方式虽然温和,但还是提出了一些令当时小说理论难以回答的问题,如:是否可以有非以性格刻画为目标的小说,是否可以有不同形态的小说样式,小说是否一定要有一条完整的情节线索……有意思的是,尽管批评者总是将形式同意识形态的对立相联系,而王蒙却极力淡化形式的意识形态性质,仅在纯技巧的层面上为之辩护。这显然是出于一种求生存的策略考虑。这样,对50—70年代短篇小说"情节—人物"模式的突破,对新的艺术方式的追求,在当时虽然是个别的、零星的,是小心翼翼欲言又止,但逐渐地到80年代中期还是演化为一股潮流。

总体上这股潮流可以称为短篇小说的非情节化倾向。新时期初文学的"轰动效应",更多的是表现为"题材禁区"的突破,重大社会问题的揭示,摆脱政治压抑的"启蒙",而在小说形态上并没有多大的"革命"。除上面提及的《班主任》、《乔厂长上任记》外,其它一些反响甚大的小说如《伤痕》(卢新华)、《我应该怎么办》(陈国凯)、《记忆》(张弦)、《李顺大造屋》(高晓声)、《灵与肉》(张贤亮)等大都被认为是对"现实主义传统"的"恢复"。这个含混的提法当然有意识形态上"拨乱反正"的意思，而所谓"恢复"则又意味着存在着一种本质化的、没有被"污染"的"现实主义"，其间的矛盾并不都为当时的作家所认识。但不管怎样，比起极端空洞的"公式化"小说来，这种"恢复"的勇气还是值得钦佩的。80 年代初中期，小说样式的一个变化是中篇小说为作家所普遍喜欢。其中的原因比较复杂，而"情节—人物"的小说模式和短篇小说篇幅的矛盾则肯定是原因之一。比起短篇小说来，中篇小说对于情节的展开和"复杂立体"的人物性格的塑造更具有优势。当然这不是说短篇小说就不宜用"情节—人物"的方式，局限往往会转化为另一种优势，它表现在对故事和人物背后韵味的追求。只不过这要花费作家更多的心血和努力。但就总体而言，当"情节—人物"模式普遍地让位给中篇小说后，反而给短篇小说的艺术发展留下更多的可能性空间，也迫使作家更多地思考短篇小说的艺术特点。"小说可以这么写"，"重要的不是写什么而是怎么写"，这是作家发现新的天地后的恍然大悟。情节在某种程度上成为材料，在经验或事件和小说之间，作家们发现了一片空旷的可供想像力驰骋的空间。"寻根"作家将文学的根归于"文化"，在理论上自然值得商榷，但就其引申为短篇小说经验而言，则有其精辟之处。将"文化"介于经验和小说之间，和"文化"相对的是写实。在这里应该将"文化"理解为一种虚化的、超越经验的气韵的存在，那么在具体的短篇小说写作中，就容易和非情节化的倾向相契合。在韩少功的小说中，我们会发现情节和人物高度浓缩后的象征；在阿城的《遍地风流》里，对叙述语言的关注和锤炼更甚于情节，一篇小说可能只是一个场景几个片断，但并不因为没有情节而缺少意味；郑万隆的《异乡异闻》、李杭育的《葛川江系列》的情节和人物，构成的并不是可经验的现实性场景，而是自然原始的蛮荒气息和怅惘的挽歌情调。

当故事和人物不再成为作家写作时首要思考的元素时，叙述语言则被推崇为最能显示文学性的因素。语言不是故事的载体而是目的。对文学语言审美的独特性的追求成为检测一个作家才能的重要标尺。"有感觉"、

"感觉特棒"是当时作家、批评家褒扬作品的最流行语汇,尽管它们看上去似是而非并缺乏必要的客观标准。这种风气会鼓励作家在语言上剑走偏锋、矫枉过正,结果常常是暴得大名。阿城在写《棋王》时,叙述语言的干净及不动声色的节奏和小说似轻实重的氛围是一致的,到了《遍地风流》就有雕琢的痕迹了。这方面何立伟、莫言走得更远。《小城无故事》、《白色鸟》走的是"氛围小说"的路数,但比之汪曾祺的浑然无痕,作者对语言刻意推敲以求"语不惊人"反而有损小说的情境。莫言对叙述语言的"陌生化"改造在当时被称为"叙述的感觉化",1985 年他一口气推出《球状闪电》、《枯河》、《金发婴儿》、《爆炸》等小说,引人注目的是小说的叙述语言——经由一个过于敏感的感官过滤后呈现的感觉化的和非常态的语言世界。膨胀的感觉和密集的意象堆积如同语言的自我生长,迫使阅读从故事情节中脱离出来而转向对语言本身的注意。此外,还有残雪的"仿梦小说"的呓语般的叙述语言。今天看来,这些作品的意义可能并不在于其自身的美学高度,而更在于从中显示对艺术实验的勇气和多样的艺术选择。这样的评价也同样适用于马原的创作。一些研究者已经越来越重视马原在当代小说创作中的意义,马原在小说结构上的翻空出奇被批评家称为"叙述圈套"和"元小说",它强烈地阻碍了读者习惯于从情节的真实幻觉中发现固定"意义"的阅读期待,将"现实主义"的"真实性"还原为一种艺术成规,就像他的一篇小说《虚构》这个名字所揭示的小说观念,马原中断了"反映论"强调的日常现实经验和小说经验的直接联系。反映被虚构代替,虚构上升为小说最重要的元素,而题材不再是束缚作家构思和批评思维的定向标。这对于作家和批评家的思维是一种极大的解放。我们将马原的小说称为"西藏小说",但批评显然无法循着题材的思路来解读《虚构》,所以批评家吴亮放弃了对小说由题材到"意义"的追寻,转而依靠智力来破解他的"叙述圈套"。也只是在这时候,"情节—性格"模式的小说才在小说观念这个层面上遭到解构。

以形式实验为旗帜的"先锋小说"在 1987 年后醒目于文坛。这些作家是余华、苏童、格非、孙甘露、北村等人,很难说他们是否直接受惠于马原，但如果对"先锋"的含义持一种宽泛的理解，指以"标新立异"的面貌出现对主流的小说观念和小说规范进行挑战的形式实验，那么，从汪曾祺、王蒙到韩少功、莫言、残雪、马原、洪峰，再到1987年的"先锋小说"，我们可以大致看到整个80年代对主流的"情节—性格"小说挑战的"先锋"轨迹，它们从边缘逐渐向中心移动。对余华、苏童、格非他们来说，在某种意义上他们是幸运的，各种各样的形式实验在他们的小说中已趋于成熟，"最后的一击"将由他们来完成。80年代后期是他们最为辉煌的舞台，他们的表演不断获得阵阵的喝彩。几乎所有重要的刊物都在刊发他们的小说。这颇有点"功成名就"的意思。但这里也潜伏着危机，如果说"先锋"的使命就是意味着不断的反叛和挑战的话。当以"先锋"姿态出现的小说家终于成为主流的时候，是否也意味着"先锋"命运的终结呢？形式的实验和挑战在失去了对象之后，挑战成了自我表演，因而，对"先锋小说"的批评开始出现了。或是批评他们醉心于形式的实验而遗忘了"精神"向度，或是批评"先锋"的转型，批评他们沉迷于叙述"历史颓败"的故事和向读者和"新写实"的妥协。这样的批评给人造成"先锋小说""昙花一现"的感觉。对于群体的源于80年代初的短篇小说艺术上的"先锋"革命来说，这场运动在80年代末已经"终结"，但对于具体的个别的作家，如果总是保持着"先锋"的姿态进行写作，那倒未必是件健康的事。在"被创新的狗追得连撒尿的时间都没有"的状况下，很难想像会有沉潜的、放松的心境从事创作。可能只有从潮流中脱身而出，从群体到个体，从挑战主流成规到挑战自身，才能言说创作的自觉与成熟。特别是对于短篇小说这种对作家的智力与技巧都有高度要求的样式，应该更是如此。

　　这是90年代初评论界所概括的"个人化"写作的一个方面，尽管这个概括显得有些含混和空泛。"个人化"写作在90年代的出现从某个方面反映了这个时代和个人的关系。90年代是以"历史强行进入"的方式到来的，面对时代这个陌生的庞然大物，企图整体把握的努力是徒然的，人们体验到强烈的受挫感和分裂感。当对时代的把握成为不可能的时候，当共识破裂，统一的标准分崩离析，人们会更多地将目光转向个人。因而，如何在短篇小说中表达个人对时代的经验，并且在对时代的发现过程中同时也创造和发现新的小说艺术经验，这成为 90 年代短篇小说家的努力。批评家黄子平曾说短篇小说的艺术功能是"尖兵"和"后卫"，是创造新的艺术经验和表达方式，这也意味着对 90 年代某些局部的理解和把握。只有这样，作家才能够真正地进入和表达 90 年代。因此，这一阶段的短篇小说是值得重视的。

90 年代短篇小说一些重要特征的呈现是和一批作家浮出水面相关联的。他们是韩东、朱文、述平、张曼、鲁羊、毕飞宇、东西、刁斗、李冯等人，这些被批评界称为"新生代"或"晚生代"的作家，其中一些人的创作其实并非从 90 年代才开始，80 年代后期他们被"先锋"小说家的光环所遮蔽，几乎没有评论提及他们。他们在"先锋小说"的滋润之下成长起来，在 90 年代方才引人注目。"先锋小说"的叙述技巧早已自然而然地入他们的写作中，但这并不是他们在 90 年代受重视的原因。在某种意义上，是 90 年代社会经济文化的巨大变化造就了他们，是他们最先为我们提供了 90 年代的某些奇异景观。他们曾被批评界概括为"平面化"和"欲望化"。但这只是偷懒省事的内容描述，并没有进入小说的层面去发现新的小说经验的产生。当然这也由于作家缺乏艺术把握的能力。如果不能找到小说的方式来表达 90 年代，那么那些奇异景观就是没有生命力的。这就是我们在何顿和邱华栋那里看到的肤浅。这也是他们极少用短篇写作的原因，毕竟中篇小说对艺术浓缩的要求要低得多。

在 90 年代的短篇创作中，值得注意的是韩东和朱文，这倒不是因为他们搞了一个名为"断裂"的调查问卷而引人侧目，而是在已有的小说经验无法把握和表达这个时代时，他们寻找到了新的小说经验，能够将日常的经验转化为小说意识。而这样的工作并不是所有作家都能完成的。

（二）"故事"与"抒情"

在延安时期被誉为"赵树理方向"的赵树理，可能怎么也想像不到建国以后他的小说会遭遇到不断的批评。作为专门写作农村生活的小说家，五十年代他的写作是和农村政策息息相关的，而二者之间的分歧则是造成他的小说写作陷入困境的主要原因。这主要体现为他的小说观念和小说形式与主流意识形态的要求存在着差异。

称赵树理为"农民作家"不仅是题材意义上的指认，也不仅是指他对农民生活的熟悉和采用民间通俗的小说形式，更是指他思考和理解问题的方式。他称自己的小说为"问题小说"，意指在具体的工作中遇到问题而以小说的形式加以表达并试图在小说中解决问题。这是相当功利实用的小说观念，他自己就说他只是一个"文摊"的作家，而不想做一个"文坛"作家。当然这种观念并非无可指责，只不过较之"主流"的宏大叙事，倒是显得几分"质朴"和"实在"。建国初期胡乔木就告诫他写的东西太"小"，不够"大"和"深"，并让他加强理论学习和借鉴苏联小说，显然是想将他从"文摊"提升到"文坛"上来。

应该说正是这种实用的小说观念形成了赵树理不同于"当代文学""主流"的短篇小说的样式，这就是以故事作为小说的结构方式。尽管赵树理采用这种来源于民间的形式更多的是出于对农村读者接受程度的考虑，认为这是他们最熟悉也最容易接受的形式，但这对于当代短篇小说的样式来说，却无意中提供了另一种发展的可能性。一般都认为短篇小说是从短篇故事发展来的，故事只是小说的一个初级形态，因此故事就相对要显得低级一些。五六十年代的几次关于短篇小说的讨论，比较普遍的观点也是"以小见大"，必须在短小的篇幅中表达具有"普遍意义"的生活内容。这样，根据一种"普遍意义"对"生活"进行取舍、剪裁、抽象和提炼就成为短篇小说艺术的一个重要方面，而表现在短篇小说的形式上，则是故事的自然时序的消失和对时间的因果关系的强调。比如李准的《不能走那条路》，显然在故事的自然时序背后还有一个因果的时间关系，这就是从个人发家致富到走集体富裕这条道路在抽象的时间意义上表达了一种不可逆性和历史进步的方向。在50—70年代"普遍意义"逐渐窄化为"主题思想"，对于"农村题材"的小说，表现农村两条路线的矛盾和冲突，表现农民自觉自愿地走"合作化"和社会主义道路成为一个典型的主题思想。

赵树理采用的"故事"的方式是很难实现上述要求的。按照爱·摩·福斯特的说法，故事是一系列按照时间排列的事件，而情节则是事件的因果关系的揭示。当然不是说赵树理的小说的故事没有因果的关系，而是说他的"故事"不能显示出一种"更高"层面的因果关系，即在农村故事中体现出"主流"的"宏大叙事"。这一方面和赵树理的"问题小说"的观念有关，他的小说是要解决工作中具体问题的，《李有才板话》是针对一些"很热心的青年同志，不了解农村中的实际情况，为表面上的工作成绩所迷惑"，《登记》是为了配合婚姻法，表现其在农村遇到的一些阻力，《"锻炼锻炼"》是要批评中农干部中和事佬的思想问题。这里赵树理关注的是问题的解决，他将问题转化为故事的讲述方式，这样就很难要求具体的故事能够具有超乎其上的叙事意味。很多的研究者都指出赵树理大体上只是以一个"先进"农民的立场来观察生活，认为这使他不能站在一个更高的层面对农民的思想、文化和命运进行更为深入的审视、挖掘和剖析。这种批评是有道理的，特别是将赵树理的创作和鲁迅相比较的时候，尽管依循这一向度来分析，我们也还能发现他对农民身上封建因袭的温和的批判和对家庭伦理关系变化的揭示。不过，这种显然是精英的知识者的立场是否就是唯一的或是更高的判断标准仍是可以讨论的，而且"先进"的农民的立场反过来也避免了主流意识形态的农村叙事。另一方面则是由于"故事"的结构方式。赵树理自己说他的小说常常有"重事不重人"的不足，对故事的重视要超过对人物的重视。众多的小说理论也都强调在构思中人物塑造的重要性，强调不要让故事淹没了人物。其实这种说法值得进一步探究，就是故事的方式并非就不能表现和塑造人物，《登记》中的"小飞蛾"、《"锻炼锻炼"》中的王聚海和杨小四、《套不住的手》中的陈秉正等都能给人以深刻的印象，这些人物和故事并不构成冲突，人物的塑造同样可以在故事的叙述和展开中完成。问题的焦点在于小说的意义是由故事给出还是由人物给出。如果是由人物给出，那么这个人物就不是一般的人物，而是能够控制并且超越故事的人物，由于他的存在故事的"意义"才得到显现。这种人物就是 50—70 年代小说中强调的"英雄人物"，他们目光远大，能够超越具体的故事进程而体现出某种"象征"的意义，比如《创业史》中的梁生宝。显然赵树理的小说中是缺少这样的人物的。批评界普遍认为那些老一辈农民是他塑造得最成功的人物形象，尽管他在解放后也着力要表现先进人物，但人物的塑造是被限定在有头有尾的故事叙述中完成的。因而即使是先进人物也很少能脱离具体的情境而获得超越故事的意义。像《"锻炼锻炼"》中的杨小四，他的先进性并不表现在他有多么高的认识觉悟，能够从摘棉花的集体劳动中看出社会主义的意义，能够从公与私的矛盾中看到两条道路的斗争。所以一些批评就认为小说的矛盾解决只是表面的，"吃不饱"、"小腿疼"并没有真正认识到她们思想深处的"落后性"，故事并没有解决她们的思想问题。这样因为人物不能超越故事，所以人物就不能从具体的故事中抽象出小说的意义——主流意识形态要求的"主题思想"。同样《实干家潘永福》、《套不住的手》中的先进人物潘永福和陈秉正也都不具有对自身行动的"意义"的清醒的认识。这样的先进人物较之主流意识形态的要求当然会有不小的距离，这也是赵树理说的"重事不重人"的真正含义。也是在这个意义上，我们说赵树理以"故事"结构小说的方式不符合"主流"的短篇小说的要求。因为在这样的结构中的确很难塑造出能够超越故事而获得自身意义的"英雄人物"。但或许也正因为如此，赵树理笔下的"英雄人物"反而有着更为亲切、朴实的特点。

在这里比较一下同样以"农村题材"见长的王汶石的短篇小说，就可以发现二者的差异。与赵树理把主要的精力放在问题和矛盾的解决上不同，王汶石更多的是表现一种"理想化"形态人物，是要"以革命理想为主导"，在"貌似平凡的生活现象中，概括和复制无产阶级新人物的形象，展示他们崭新的思想感情"。这样，故事自身体现的意义在王汶石看来就不是重要的，或者说人物的内在精神面貌的展现超过了单一的具体的故事的承载力。因此，他极少采用故事线作为结构小说的方式，《风雪之夜》用的是"横断面"的方式，具体的事件、情节的发展并不对小说要表达的东西具有重要的意义，它们仅仅是背景的存在，而这之上的人物的精神状态的表达成为作家艺术构思的重心。《新结识的伙伴》、《沙滩上》同样也都没有完整的故事情节，吴淑兰、张腊月以及陈大年的先进思想性格因素也并不通过具体的故事情节的展开体现。所以他笔下的人物或多或少地都带有一种浪漫色彩和轻快的调子。一些批评也指出在 50—70 年代农村生活的短篇小说的写作中，赵树理和王汶石各自代表着一种创作倾向，赵树理代表的是务实的方向，而王汶石代表着一种理想化的写作。

对王汶石的"理想化"的批评并非没有，批评者主要认为他只是单方面地注意了生活中新的思想性格因素，而对其对立面因素的存在则较少考虑，这不仅仅是具体作品中人物形象塑造方式的问题，而是作家对生活的理解和把握上存在着局限。以绚丽的色彩来涂抹、装饰生活，有意无意忽略生活的严峻，这既可以看做是王汶石短篇小说的特点，也可以说是他的不足，至少在人物的可信性和性格的深度方面，都让人怀疑。

如果说赵树理小说的"故事"方式使他的人物不能从具体的事件中摆脱而成为具有新时代特点的"英雄人物"，那么王汶石处理人物的方式却由于没有具体事件情节的依托，而显得抽象和单薄。当然这不是说他的人物是某种概念的图解，恰恰相反，他对人物的塑造倒是通过非常形象的富于生活情趣的细节来表现的，比如《新结识的伙伴》中的吴淑兰和张腊月。不过，对于"英雄人物"来说，他们的思想特征只体现在一些日常生活和音容笑貌的细节上显然是不够的，是单薄的。因此，尽管人物具有强烈的理想色彩，但这种理想由于无法在能与它的重要性相匹配的故事情节中获得显现，人物的塑造就不能说是完整的、有"深度"的。理解了上述两位作家小说方式的"局限"——相对于主流意识形态的要求，我们也就理解了 50—70 年代"主流"的短篇小说的样式为什么会是"情节—性格"模式，一方面小说的意义由人物给出，人物要有超越故事的特性，另一方面，人物特性的展现又依赖于情节。

1962 年大连会议有两篇小说引起人们的争议，一是赵树理的《套不住的手》，一是峻青的《山鹰》。这两篇小说叙述方式的不同可以使我们认识到"故事"的方式与"情节—性格"模式之间的差异。陈秉正这个人物的意义并没有超出故事给出的范围——这是一个闲不住的喜欢劳动的老农民，人物对他的行为没有"理性"的"自觉"的意识，这一切只不过是打小养成的习惯而已。《山鹰》就不同了，无论是练习走"鬼愁崖"，还是工地排险救人，故事本身都不足以给小说提供意义，只有小说的人物徐志刚可以使这些事件获得逻辑联系和新的解释，这就是超越于事件之上的人物的内心品质赋予了事件以"意义"，人物就像一盏灯似的将整个故事给照亮了，而这同时也是小说的"意义"所在。

尽管赵树理在1962年获得了短暂的和非常有限度的赞扬，从总体上来看，他和他的小说并不太受到文艺界领导层的欣赏。50年代后期，他的小说数量降低了许多，一度他也尝试改变自己的想法写一些"流行"的小说，不过终究没有成功。今天看来，他的短篇小说仍有较高的价值，这种价值并不表现为他的实用的"问题小说"的小说观念，而在于讲故事的方式，它有效地避免了流行的农村小说的弊端，在某种程度上消解了主流意识形态的农村的叙事。"故事"的形式所具有的民间的性质也使他的小说在内容方面保留了许多让人感兴趣的东西，比如农民的日常生活和家庭、人际关系等等。如果说20世纪20年代开始的"乡土小说"在五六十年代被"农村题材"取代的话，那么赵树理的小说倒是多少让人阅读到了"乡土小说"的一些流风余韵。另外，短篇小说的发展历程往往被描述为从故事到人物，从对自然时序的遵循到横断面的截取这样的艺术进程，"故事"的方式常被认为是一种比较原始或低级的结构方式而被现代短篇小说冷落。其实，某些时候这种认识反而会减少短篇艺术发展的多种可能性，而赵树理的小说却恰恰在此实现了这样的一种可能。

当代短篇小说家中，如果说赵树理是代表着"故事"的方式，那么孙犁可以说代表着"抒情"的方式。在50—70年代"情节—性格"模式占据短篇小说创作主流地位的格局中，他们都属于边缘性的创作。在解放区的小说创作中，孙犁就是非常特别的小说家，这体现为作家以小说的方式对生活的独特的发现。40 年代残酷的战争生活和恶劣的环境并没有让作家的感觉变得粗糙和迟钝，相反，在非常态的生活中发现常态的、日常生活的朴素和美好成为孙犁最主要的对生活的理解和艺术上的审美方式。孙犁的作品建国后结集为《白洋淀纪事》和《村歌》两个集子，但大部分为 40 年代的创作，新创作的短篇小说数量并不多。他的短篇绝大部分取材于抗日战争时期的白洋淀地区和阜平山区抗日军民的生活，他的小说并不太注重人物的塑造、情节的安排，而着意要表达在艰苦的战争环境中普通群众、平凡的人物健康的生活态度，特别是他们对生活的信心和乐观的精神。孙犁善于捕捉和挖掘日常生活中人类的美好的情感，认为这是"最重要的部分，强调它，突出它，更多地提出它，用重笔调写它，使它鲜明起来，凸现出来，发射光亮，照人眼目。这样就能达到质朴、单纯和完整的统一，即使写的只是生活中的一个小小环节，但是读者也可以通过这样一个鲜亮的环节，抓住整个链条，看到全面的生活"。显然，作家追求的并不是对生活的全面理解，而是突出其中的美来理解生活。这样，在小说方式上，他也就不选择"客观、冷静"的现实主义而强调对于生活的提纯和净化处理，这是非写实的而是写意的、抒情的小说方式。

尽管男性是战争中的主角，但孙犁更愿意将他的注意力集中在妇女身上，特别是那些年轻的农村姑娘，她们天性健康活泼，不像男人那样感受到太多的战争的生与死的严峻压力，她们对日常生活的朴素的理解与要求在常态的生活中可能会显得平凡和"女人气"，不过在战争年代，这反而成为战胜艰苦沉重的难能可贵的乐观品质。孙犁说他以为女人比男人更乐观，而人生的悲欢离合，总是与她们有关，所以常常以崇拜的心情写到她们。《吴召儿》和《山地的回忆》都是这样的作品。《吴召儿》讲的是一个叫吴召儿的小姑娘在反扫荡中给队伍带路，不过孙犁舍不得将他心爱的人物放在严峻的冲突和激烈的战斗场面中去表现某种英雄的品格，也不愿意让她经受太多的生与死的考验，似乎这样做对小姑娘，对孙犁都是太残酷的事，他更愿意将这些转化为背景，将情节淡化，而着力捕捉人物不经意流露出来的单纯活泼的天性。孙犁相信，无论多么艰难困苦的环境，都不能泯灭人类这种美好的天性。在战争年月里，不仅仅是非凡的勇气、坚强的意志给我们以信心，持久地支撑我们信念的更是平凡的日常生活中所能体验到的对生活的热情。应该说这些正是孙犁小说中乐观精神得以产生的根源所在。因此，在《山地的回忆》中，我们就不会将"女孩子"和"我"的斗嘴仅仅理解为人物特别的性格的显现，而更将此理解为乐观精神的存在，这就是美好的东西是不会被毁灭的，它存在于日常生活的每时每刻中。

　　孙犁是地域色彩很强的小说家，这一点与赵树理相似。《山地的回忆》和《吴召儿》也因此都带有回忆的性质，这也使他的小说的结构近似于散文，既不以故事作为结构小说的方式，也不以"情节—性格"的模式构思小说，我们可以称之为抒情的方式。这是将"革命生活"和日常生活巧妙结合起来的一种方式，它被许多批评家称赞为是从侧面抒情性地截取现实生活的结构方式，它于平淡中见出浓烈，于轻柔处见出刚强，于儿女风情中见出时代风云，取得正面描绘所无法产生的艺术效果。其实就是在这样的评价中，也仍然暗含对"时代风云"的正确描绘要高于"儿女情长"侧面烘托的判断标准。在当代文学中，题材是有等级划分的，一些"家务事儿女情"较之正面的革命政治内容当然要低级许多，往往会被认为是用个人的、日常生活的、非政治的"私人性"来取代革命的"正面"的叙事。"百花时代"短篇小说短暂的"开放"，其中一个方面是题材的多样性，像宗璞的《红豆》、丰村的《美丽》、邓友梅的《在悬崖上》和陆文夫的《小巷深处》等后来所遭受的批评，就大多是因为这样的原因。因此，虽然孙犁的抒情性的小说并没有遭受到很多的批评，但抒情的方式在50—70年代短篇小说中不被提倡却是可以肯定的。

　　50年代末60年代初对茹志鹃小说风格的讨论可以看做是这个问题的延伸。茹志鹃的某些美学追求和小说方式都与孙犁十分接近，1958年《百合花》的发表，引起了评论界对她的小说风格的讨论。茅盾对《百合花》是赞赏的，认为这是他最近读过的几十个短篇中最使他满意和感动的一篇，是具有抒情诗的风味。批评界对茹志鹃创作特点的概括是相近的，一般认为其作品的取材，多是"时代激流中的一朵浪花"，"大合奏中的一支插曲"，人物也不是高大的英雄，而是一些普通的、平凡的人，在人物和小说的结构的处理方面，并不特意表现人物的英雄气质，而更着意于性格中日常的一面，她的小说很少有"曲折离奇的情节，也没有惊心动魄的冲突"，很少将人物置入复杂尖锐的矛盾冲突中加以展示，更多的是从一些细小的家庭生活和日常生活中对人物的内心情感的波动作"针脚绵密、细致入微的心理刻画"。

茹志鹃小说非"情节—性格"模式的"抒情"方式，尽管在当时受到许多批评家的赞扬，比如魏金枝、细言、侯金镜等人都对她的小说给予了充分的肯定，但仍有一些批评家指出了她的不足。欧阳文彬认为作家完全有权利按照自己的个性和特长选择写作对象并从不同的角度加以描写，但作家有责任通过作品反映生活中的矛盾，特别是当前现实中的主要矛盾。而茹志鹃对普通人物的兴趣远远超过对突出人物的兴趣，似乎"小人物"身上刚萌芽的新品质和英雄们光芒万丈的性格有同等的意义，欧阳文彬对此表示了疑虑：为什么不大胆追求这些最能代表时代精神的形象，而刻意雕刻所谓"小人物"呢？为什么把自己限制在这个圈子里作茧自缚？她认为在今天的时代，要求作家创造多种多样新型的与时代呼吸相适应的风格，以便更充分地反映当前宏伟的现实。塑造具有共产主义品质的英雄形象，已经被提升为文学的首要任务了。另一方面，人物的塑造，茹志鹃多采用侧面烘托，有含蓄、有余地的手法，欧阳文彬认为也可以把"小人物"放在矛盾冲突中来写，这矛盾同时也是时代的矛盾冲突的一部分，这样人物在重要关头或者经受考验的时候便能够放射出灿烂夺目的异彩。

应该说，这次对茹志鹃创作风格的讨论，是建国后少有的心平气和能够就具体的艺术问题在文学范围内互相切磋的一次，对艺术层面的探讨要远超过对"思想"层面的批评。这在当时的确是有些难以想像的。这次讨论并没有获得什么一致的意见，也没有上升到思想立场的高度来总结，不过，就整个时代的文学总体氛围来说，茹志鹃应该是可以从讨论本身嗅到某种主流的倾向意见。多年之后，茹志鹃在回顾《百合花》的创作经过时，庆幸在当时那种向左转、向左转、再向左转的形势下，她站在原地没有及时动，其原因并不是认识高明，而是出于年轻无知的一种麻木。如果说写作《百合花》时她还有些"麻木"，在讨论之后，她就受到"启蒙"了，她说："当时我觉得我是一个党员，我怎么可以不上劲呢，怎么光去写那些浪花呢。人家评我是一朵浪花，我心里很难受。我也要去写大海，你们说要我避我所短，那我就拼命去学粗犷的，应该去写党所需要的东西。党所需要的不去写，怎么行呢？"（《漫谈我的创作经历》）

"抒情"方式在当代短篇小说中的式微，意味着"戏剧"方式的被提倡。英雄人物只有在正面的对立冲突中才能凸现出自身的伟大，同时"抒情"方式中显现的"诗情画意"也被激烈的革命激情所取代。在这方面峻青和王愿坚的短篇小说是一个典型的代表。

峻青的短篇小说集主要有《黎明的河边》、《胶东纪事》、《海燕》、《怒涛》等，50年代中期相继发表《黎明的河边》、《老水牛爷爷》、《交通站的故事》、《党员登记表》等小说，很受推重。他写得最好的小说还是表现战争时期胶东半岛军民艰苦卓绝的斗争生活。与孙犁将战争的残酷推向背景而着力挖掘日常生活的诗意和美好不同，峻青似乎有着更为坚强的意志，他敢于直面血淋淋的残酷现实，让人物随时都在经历着生与死的考验，战争、暴力和屠杀是他的小说常见的场景。他认为没有亲自经历过战争的人，是永远也不知道战争的艰难的，因而也就永远不会了解到胜利的可贵，他要表达的是我们今天的幸福生活的来之不易，是无数的鲜血和生命换来的。他将战争的残酷同朴素的道德判断联系起来，这样就有效地消除了暴力和死亡带给读者的恐惧心理，"悲壮"成为最主要的审美体验。愈是残酷，就愈能体现英雄主义和献身精神。《黎明的河边》是峻青小说中颇具代表性的一篇，讲小陈一家掩护"我"通过敌人封锁区的故事，故事的外形和孙犁的《吴召儿》相似，但处理方式却截然不同。峻青不断地将人物置于非常困难的处境和尖锐的矛盾冲突中加以表现，先是整个斗争环境的严峻，敌人在疯狂地反扑，然后是自然环境的恶劣，暴雨、河水上涨，冲掉了渡船，接着又是叛徒出卖，敌人前来搜捕，最后达到高潮：面临亲人的死亡和牺牲自己的生命。正是在这样一系列的考验中，人物的英雄品格也一步步地凸现出来。这就是 50—70 年代以戏剧冲突为主要结构方式的"情节—性格"的小说模式。

《老水牛爷爷》是峻青小说中有意味的一篇，在小说的写法上它与作家的其他小说并无什么不同，"有意味"是指它将"历史"和"现实"联系起来的处理方式，正如峻青所说的，他写战争的残酷，写英雄主义和献身精神是要表现今天的幸福生活是来之不易的，而同样对于未来来说，今天我们仍然要继承和具有英雄主义的精神。这正是峻青的写作目的。所以《老水牛爷爷》也把精神的联系从现实生活伸入到过去的战争年代。这样就能构筑一个巨大的历史和现实的叙事。这当然是主流意识形态的要求。所以上面提及的小说《山鹰》也采用同样的结构方式就不令人奇怪了。而"故事"和"抒情"方式的小说写作显然不能达到这样的要求，那么它们被批评和冷落就是自然而然的了。

王愿坚的小说在某些方面和峻青相近，这不是指题材上的相近——他们的小说很大部分都是表现战争生活，而是指他同样也是将人物置于重大的事件、尖锐的冲突、生与死的考验中加以表现。不过峻青更多的是靠情节的波澜曲折、正面的重彩渲染的写实手法，这方面不是王愿坚的强项，他把它们看成人物的优秀品质得以展现的外在的条件，他的长处在于能够发现具有闪光点的细节，比如《七根火柴》中战士临终前的掏火柴的动作，《草》中周恩来亲自尝毒草的场面，《党费》中以咸菜代替党费的细节。可以说王愿坚对细节的重视是要远远地超过对情节的重视。对这些有意味的细节加以渲染放大，使他的小说也具有一种"浪漫主义的激情"和革命的诗意。由孙犁、茹志鹃的"抒情"的方式到王愿坚的革命的激情，从中也可以看到当代小说叙述方式的有意思的变化。

（三）非情节化与颠覆成规

50—70 年代短篇小说的主流样式——"情节—性格"模式，在 80 年代开始受到一些作家"秘而不宣"的挑战，汪曾祺是其中突出的一位。尽管他对于短篇小说这种文体的造诣，在当代很少有人能出其右，但他在80年代并不算是走红的小说家。这一方面是因为短篇小说在80年代由于中篇小说的崛起，其文体的重要性已经降低许多，另一方面是因为汪曾祺不属于"潮流"的作家，批评家很难将他归之于"伤痕"或"反思"这样的旗号之下，而习惯于从思潮的变更、主题的演化等方面来归纳、描述当代小说进程的批评家的论述，对汪曾祺小说的阐释和评价，就显得有些捉襟见肘。直到今天，当我们很少再用"伤痕"、"反思"这样的词汇作为文学阐释的重点时，汪曾祺的意义才越来越多地浮现出来。

80年代初汪曾祺的《受戒》、《异秉》、《大淖记事》、《晚饭花》等小说的发表，对于许多年轻的小说家来说，仿佛是打开了一扇窗户。他们恍然大悟，除了安排情节冲突、塑造典型环境中的典型人物，寻求一种明确必然的意义外，原来小说还可以这么写。而对于批评家来说，却是碰上了一个难题，知道这些小说好，但无法下嘴言说。用习惯了的主题思想、人物塑造、情节发展等等套路来评价汪曾祺的小说，难免会有隔靴搔痒的感觉。《受戒》想要表达的是什么呢？《异秉》中王二的"异秉"会有什么特别的意思吗？批评话语的无能为力表明了汪曾祺的小说的"异端"性质。批评家在一阵踌躇之后，终于给他的小说贴上了"散文化"的标签。大体上的描述则是：这些小说不同于"情节—性格"模式的小说，因果关系、人物的性格、戏剧性冲突这些重要特征在小说中的地位大大降低，成为背景性的因素，而氛围、意境、情绪等则成为小说的最重要的美学因素。"散文"在这里是和"戏剧冲突"相对应的一个词。不管如何阐释，汪曾祺80年代的小说创作至少显示了一种信息，这就是非情节结构的小说样式开始打破"情节—性格"模式一统天下的文坛格局。

事实上，早在40年代，汪曾祺就开始了短篇小说文体的探索，他想要打破小说、散文和诗的界限，这种探索是在两个向度上进行的。一是对西方现代小说的汲取，在《复仇》、《鸡鸭名家》和《小学校的钟声》中，我们可以看到一种象征的或意识流的手法；一是散文的写法，如《异秉》

和《职业》。表面上看，这是很不相同的写作路数，其实这两种样式都能够有效地消除短篇小说中"戏剧化"的成分。汪曾祺说他不喜欢太像小说的小说，即故事性很强的小说。故事性太强了，就显得不真实。这当然有"京派小说"的影响，同时也可以看出作家的人生态度。在某种意义上，汪曾祺并不是一个对未来充满信心和具有明确信念的人，这可能也是40年代末众多的知识分子共有的一种心态，因此，对"故事性很强"的小说，确切地说应该是情节性强，因果关系的必然，未来指向明确的小说持怀疑态度就不难理解了。而认为故事性太强就显得不真实，这与其说是一种事实陈述，不如说是主观心态的表露。他并不愿意选择一些重大的事件、具有决定性的时刻以及激烈的冲突和轰轰烈烈的生活作为表现的对象，他不是属于那种具有雄心可以把握世界的人，这和左翼作家的距离是明显的。他要打破小说、诗和散文的界限在某种程度上也是这种心态的显现。在他的笔下，很少看到时间的流逝，时间仿佛是停滞不动的，《异秉》中的时间标识是日复一日的每天晚上八点到十点。这同样是在喻示一种生存的状态。他所关注的一些民间风俗、日常生活更多的也是从中发现一种恒久不变的生活状态并以此和激烈多变的生活相抗衡。对民间风俗的关注并不是一种猎奇，他引用高尔基的话，认为从中发现的是一个民族集体创造的抒情诗。

20 世纪 80 年代汪曾祺复出，他的小说更多地从中国散文的传统中获取资源，他自己就说过小说与散文只隔着一层薄薄的篱笆，是可以经常串门的，而"所谓散文即不是直接写人物的部分。不直接写人物的性格、心理、活动。有时只是一点气氛。但我以为气氛即人物。一篇小说要在字里行间都浸透了人物。作品的风格，就是人物的性格"（《汪曾祺短篇小说选·自序》）。"散文化"小说所具有的抒情风格很容易让我们将汪曾祺同鲁迅、废名、沈从文、萧红这样的抒情小说传统联系起来。在一定程度上，这种抒情风格来自于"回忆"的写作方式，它不但影响了作家对于对象的选择，比如《受戒》讲的就是四十多年前的一个梦，而且还影响了叙述语言所具有的特殊的美学效果。鲁迅的《故乡》所含有的抒情风格显然很大程度上来自于叙述者对故乡的情感记忆，沈从文的湘西小说与都市小说不同的美学风格在很大程度上也由于此，他的都市小说就很难见出抒情的品格，萧红的小说如《后花园》等同样也充满了童年记忆。在80年代，或多或少地具有"散文化"小说的抒情倾向的还有如张承志的《绿夜》、《旗手为什么歌唱母亲》和史铁生的《我的遥远的清平湾》等，它们无一例外地也都具有"回忆"的特征。

汪曾祺对传统的散文的继承，很大程度上也表现为对古典美学的审美趣味的延伸。他推崇苏东坡的文论，追求随物赋形，行于所当行，止于所不可不止的自然天成的小说结构和艺术境界，他自称他的小说的特点是"散"，这方面他是有意为之。他不喜欢布局严谨的小说，主张信马由缰，文无定法。显然，在汪曾祺的小说中，自然天成除了是一种具体的结构的艺术追求外，还是一种人生的态度。在他不疾不徐、从容自得的叙述中，我们发现的是作家阅历了人生世相后随意淡然的心态，是经过岁月的淘洗后的超脱和温厚。《大淖记事》是有一些情节的，讲小锡匠的爱情故事，不过在作家似乎是散漫随意、不着边际的叙述中，故事与背景之间界限不知不觉地消弭了，故事消融于背景中。这非但不减低故事的韵味，反而使故事因这背景的融合而获得了抒情的品格。

对于汪曾祺来说，选择"散文化"的小说样式，这更多的是和他的艺术追求、人生经历与个人性情有关。不过，从40年代到80年代，几十年创作的中断，然后又重新接续，在某种意义上倒是可以说他的小说是接续了五四新文学中"抒情小说"的传统，这似乎也揭示了新时期文学跨越了"断裂"对五四新文学的接续。许多年轻的小说家在汪曾祺的小说中看到了对"情节—性格"小说模式突破的希望，他们或自觉或不自觉地纷纷成为"散文化"小说的后继者。因此，认为汪曾祺的小说在某种程度上打破了"情节—性格"模式一统天下的文坛格局，这样的判断并不为过。这是他的贡献，也是他在当代短篇小说艺术发展中的意义所在。不过，"散文化"的小说对古典美学观念的继承，对自然天成的美学效果的追求，也表明了这样的小说样式并不仅仅是技艺层面的把握就可以获得成功，自然天成毕竟是很难由经验或学习可以达到的境界。在阿城、何立伟的《遍地风流》和《小城无故事》中，无论是结构、立意，还是语言的锻造上，都可以发现某些力所不逮的痕迹。

与汪曾祺差不多同时，王蒙的一些稍后被称为"意识流"的短篇小说在文坛引起很大的反响，它们是《夜的眼》、《春之声》、《海的梦》、《风筝飘带》和《深的湖》等篇。与汪曾祺从中国古典传统中获得资源不同，王蒙更多地从西方现代主义艺术中汲取养分。他的艺术探索主要体现为外部的事件、人物间的矛盾冲突关系不再成为小说表达的内容，相反，人物的内心情绪，一些不着边际的联想、思绪，意识的流动成为作家构思小说的重心。今天看来，这种探索还远说不上成熟，并且王蒙也未必就对这种探索对于当代短篇小说的意义有着深刻的认识。毋宁说它更多的是作家基于自身的经历、多方面的艺术兴趣而进行的饶有趣味的艺术实验。不过王蒙可能怎么也想不到，这种探索会遭致一场大范围的关于西方非现实主义创作方法的讨论。毕竟当时处于小说艺术变化的当口，对外的开放，西方的文学艺术无疑地会再次成为中国文学变革的一个催化剂和参照系。其实，王蒙对现代主义技巧的借鉴是极为有限的，它们只是一个触发点，更多的是王蒙自己对艺术的领悟。不管怎样，他的异乎寻常的叙述方式还是被批评界冠之以"意识流"，而在某种意义上成为西方"现代派"的代表，成为现实主义的对立面。这一方面使王蒙蒙受许多批评，另一方面也使他的艺术创新成为划开"情节—性格"小说模式重重帷幕的一柄利刃，成为激进的"先锋"的旗帜。这也是所谓的时势造英雄。

王蒙的短篇小说很大程度上打破了读者的阅读期待，长久以来人们习惯于从情节的发展、人物间的关系等方面来获取小说确定的意义，显然王蒙的小说并不能提供这样明确的信息。故事情节和意义之间联系的路径被作家有意中断了。《夜的眼》中陈杲从偏僻的小城来到北京参加小说创作的讨论会，唯一有些情节意味的是他在这座城市的一次受挫的经历，不过这个情节并不导向通常容易从中读取到的意义，比如对社会风气的批判——这是"干预生活"的"现实主义深化"的作品常见的叙述常规。弥散于小说中人物的不确定的思绪、联想使这个情节的确定意味消失了，小说以散乱的思绪之流打乱、代替了客观、确定的外在叙述。显示在小说中的是破碎的场景和感觉，先是眨着鬼眼的怪异的街灯，然后是高跟鞋、无袖的套头裙裳、公共汽车里谈论民主和奖金的乘客、让人辨不清方向的楼群、窗户里传出的足球迷的呐喊……所有这些，都很难连缀成有某种外在因果逻辑关系的序列。从这些场景中寻找不到确切意义的读者感到困惑是不难理解的。这种困惑在《春之声》和《风筝飘带》中表现得更甚。岳之峰出国考察之后，从宽大舒适的"三叉戟"下来，挤上嘈杂的闷罐车，返乡探望老父亲。不过情节并没有随着火车一同前进，故事被作家有意延宕了。当时间停滞，小说的空间就得到展开。在火车铿锵的节奏中，闷罐车里各种各样的视觉片断、声音和气味都混杂于主人公的记忆、联想和散漫的思绪中，小说也就在这种不着边际的意识流程中结束了。读者无法确切地知道诸如《春之声圆舞曲》、标准的北京音、德语广播等等一些引发人物联想的细节隐藏着什么样的含义，不知道它们和小说所要表达的意义间是否有着某种隐秘联系。而当他们被告知这些细节的背后并没有什么特别的象征含义后，显然许多按照"情节—性格"小说模式的规范来解读王蒙小说的读者不明白作家为什么要写这些细节，既然它们不能被组织进一个确定的意义系统。他们发现王蒙的小说情节的确定指向不见了，人物性格和刻画也没有了，而这无异于是对现实主义金科玉律的背叛。这时候王蒙就不得不出来为他的小说做阐释和辩护。他称他的小说为"放射性"结构，认为《春之声》是"打破常规，通过主人公的联想，突破时间的限制，把笔触伸向过去和现在，外国和中国，城市和乡村。满天开花，放射性线条，一方面是尽情联想，闪电般的变化，互相切入，无边无际，一方面却是万变不离其宗，放出去又都能收回来，所有的射线都有一个共同的端点，那就是坐在 1980 年春节前夕的闷罐车里我们的主人公的心灵"（《关于〈春之声〉的通讯》）。而《夜的眼》刻意抒写的则是人物因由陌生的环境而激活了的特异的感受。总之，它们的重心都不在于外部的人物行动以及由此形成的人物的性格，而在于人物流动的意识过程。它们的意图不在于搭建因果关系明确的情节线索，而在于人物的感受、心绪、印象、联想等等揭示的人物的复杂的内心图景。

正是这些特征使得批评家用"意识流"这样的称呼来概括王蒙的小说创新，很快地，"意识流"这个术语在文学圈内风靡起来。很多批评家也指出作为西方现代主义一个重要流派的"意识流"和王蒙的小说有着许多不同，王蒙自己也认为他的创作方法仍是现实主义的，而借鉴的仅仅是一种"创作手法"，是现实主义对某些表现手法的吸收。这种辩护当然有意识形态的考虑，不过在一定程度上也是符合王蒙的创作实际的。一些不那么激进的批评家则称王蒙的小说为中国的"意识流"。更有一些细心的学者在做着严谨的辨析工作。今天看来，王蒙的小说和"意识流"之间有什么关系倒不是重要的，重要的是因由王蒙的创作而引发的对西方现代小说艺术的探讨，这二者在当时成为热门的话题。尽管后来王蒙并没有执著地将"意识流"的艺术探索进行到底，而且"意识流"小说随着它的理论最初的神秘性的解除，关心它的人似乎也越来越少，但这丝毫也不能降低王蒙的小说和"意识流"的理论对当代中国小说打破"情节—性格"小说模式的意义。如果没有对王蒙小说的讨论，没有众多作家、批评家对"意识流"的言说，我们可能就会缺少一种必要的参照来审视"情节—性格"小说，也正是在这个向度上，王蒙的小说显示了它的意义。

余华的《十八岁出门远行》和《西北风呼啸的中午》是他成为"先锋"小说家的开始。他称他的小说为"虚伪的作品"。"虚伪"是相对于人们被日常生活围困的经验而言。这种经验使人们沦陷在缺乏想像的环境里，使人们对事物的判断总是实事求是地进行着。这种日常生活围困的经验当然也是指传统的小说经验。因此当他说生活是不真实的时候，他同时也是在说传统的小说是不真实的，或者至少是不能有效地抵达真实的。这使他必须放弃传统小说的叙事成规而寻找自己的小说经验。

因此余华对旧有的小说经验的颠覆同时也显现为对这种经验所构造的世界的颠覆。短篇《十八岁出门远行》是以一个未经经验构造的少年的眼光来看待这个世界的。日常经验的世界在少年的眼光中呈现为荒诞和怪异。我们无法将小说的情节整合成可以理解的日常经验的世界。少年的视角同时也是余华看待世界的小说方式。现实正是在这样的观照下显示出它被遮蔽了的叙事，所谓的现实或者说真实只是一套叙事成规，习以为常的因果关联而已。余华的小说正是打破了这样的因果关联，于是世界就呈现出了它的不可理解性。而这就是余华的小说所要表达的。《十八岁出门远行》中突然而至的抢劫和暴力、抢劫者和受害者的同流合污在传统的小说叙事方式中由于缺少可以理解的因果关系的解释而往往被作家遗漏和忽视，而它们在余华的叙述中却显得那么的突兀和醒目。《西北风呼啸的中午》是由"强迫接受"开始的。这篇小说同样也有一个少年的叙述者，这个世界的秩序对于少年来说是在无法反抗和难以理喻的强迫中被迫接受的。但它对于众人来说却是不言自明的，因而它的叙事的特征就被掩盖了。这两篇小说都可以看成是对话语暴力的揭示和反抗。在对以往叙事成规和阅读经验的颠覆中，余华将被它们所遮蔽的"现实"暴露出来，这种"现实"在他看来是充满暴力、荒诞和混乱的。显然他在对传统小说叙事话语的颠覆中也颠覆了这个世界。

较之余华，苏童对短篇小说投入更大的兴趣。在八九十年代，很少有作家像苏童那样醉心于短篇的写作。从叙述技巧上来说，短篇小说的意韵不是靠故事呈现，而是靠讲述故事的方法来呈现。这方面马原解放了小说家的想像力。当然这不是说马原对苏童有什么直接的影响。苏童更多地受惠于有着深厚短篇小说传统的现代美国短篇小说，当然还有博尔赫斯。上海译文出版社80年代初出版的《美国当代短篇小说集》形成了他对短篇小说最早的形式感。他所喜欢的短篇小说家是塞林格、辛格、海明威、福克纳、卡森麦勒等人，正是这些优秀的小说家的魅力及影响使苏童孜孜不倦于短篇小说的叙述艺术的探索。当代中国短篇小说艺术大致上有两个发展的方向，一是从中国的散文传统中汲取资源，走散文化的路子，大多是在平实的叙述中追求一种意境，这方面有汪曾祺为代表；一是欧美短篇小说的影响，这典型地显示为海明威的"冰山风格"。在尽量短的篇幅里包含尽量多的内容，这是关于短篇小说的老生常谈。像茅盾那一代的作家，他们在处理小说的时候更多的是注意表达的内容的包容性，因而他们强调的是如何从生活中截取富有典型意味的片段。但苏童短篇小说的着力处显然不在于此，他追求的是故事的讲述方法，是各种各样的叙述技巧的控制，是短篇小说丰富的底蕴和内涵。他的小说是精致的，具有很强的形式感，当然它来自欧美小说的传统。苏童的短篇小说中，写得最好的是从"少年视角"写"香椿树街"少年的系列小说，像《回力牌球鞋》、《乘滑轮车远行》、《伤心的舞蹈》、《刺青时代》等，写一条狭窄的南方老街，一群青春期的南方少年、不安定的情感因素、突然降临的血腥气味。这些小说受塞林格的影响极大，这种影响并不表现在《麦田里的守望者》中的叛逆，而在于小说中令人感伤的抒情。当然还有同样抒情的"九故事"。苏童说他很长时间都陷在这种柔弱的水一样的风格和语言中。从《烧伤》、《棚车》这两个短篇可以看出苏童极为强烈的短篇小说的形式感。一个人被一首赞颂火的诗歌烧伤了。这是一个只存在于语言的事实，尽管后来真相大白，但这个美丽的语言事实却使年轻人成为这个城市的最后一个诗人。这篇小说显然可以看成是关于诗歌或小说存在的探讨，它们只存在于语言的事实中，来自于对尴尬现实的一种美丽的解释。苏童巧妙地将语言事实同现实交织在一起，他的态度含混不明，不知道是一种深深的忧伤还是嘲讽。因为他同小说中的人物一样，同样无法回答烧伤同诗歌之间有没有联系这样的问题。苏童经常说小说是一个迷宫，那么小说家就是一个搭建迷宫的艺人，控制、折叠和隐藏是重要的技巧，也是形式感的具体呈现。《棚车》就是这样的一篇小说。讲孙女陪祖母坐火车上坟老太太苍凉的心境，而这些都被作家包裹得严严实实。苏童说他阅读卡森麦勒的《伤心咖啡馆之歌》，最初不知其中三昧，后来才感叹说，什么叫人物，什么叫氛围，什么叫底蕴和内涵，去读一读《伤心咖啡馆之歌》就明白了。这样的评价同样也适用于《棚车》和苏童另外的一些短篇小说。

90 年代出色的短篇小说家是韩东和朱文。

1993 年，韩东提出了"虚构小说"的概念。他说，"虚构小说"的写作面对"生活的可能性"，它对生活的现实性不感兴趣，对脱离现实的程度不感兴趣，对现实的必然结果——向另一种现实的转化不感兴趣。因此它反对唯一、没有根据和必然。同马原的"虚构"小说对叙述的破坏不同，韩东的目的是要通过虚构的方式，并且以洁净节制的叙述，发现生活中那些"被湮灭和潜在的可能"。这种可能就隐藏在"日常生活"中，这里的"日常生活"不是素材或主题，甚至也不是纯粹的表现对象，而更多是作为一种叙事的空间存在。就像卡西尔所说的"隐约的意象和深藏的意义之间的'中间地带'"一样，其中隐藏了无尽丰富的可能性。而"关系"，则作为发现"可能性"的线索和指向"深藏的意义"的桥梁，成为小说叙事的兴奋点所在。

《房间与风景》，叙述的焦点对准怀着身孕被关在房里的莉莉与窥视者之间的"窥视与反窥视"的较量关系，韩东在小说中很好地展示了众多的可能性而同时又能不让它们实现。《反标》中的"关系"体现在游移与错位上。革命口号与反革命标语，在正常逻辑下界限分明，但因为标点的置换，改变了正常的逻辑与编码，从而使湮灭的和潜在的那种值得深思的可能性诞生了出来。这些小说很可见出韩东的天分，他能够将一种"关系"内在的紧张和意味深长设计得相当有韵致，把握也极有分寸感。这些小说外表平实，甚至流于通俗，小说的技巧主要在现象呈现的层面，也就是说，作者对关系链所演示的多种可能性往往不下论断，只让它们或明或暗地隐现，并期待读者自己对之进行猜测，作出选择。这种使小说获得类似于"日常生活"的活的网络关系形态：每个具体的人物与他相应的关系，都在一个无限交叉的网络之中，任何因素都可能导致网络状态发生丰富多样的变化。

韩东对"关系"所含有的众多可能性的洞察和表现，无疑是深刻的，更重要的是他丰富了90年代小说写作对复杂生活的复杂表述——这意味着当代小说已不再需要通过氛围渲染和诗意化来掩饰对丰富纷呈的现代生活的隔膜与疏远。当然，他的写作也以其所达到的精神和心理的深度反叛了今天所谓"后现代""平面写作"的论调，同时显示出一种"智性的写作”所能达到的程度。

同韩东一样，朱文也用他的小说方式表达了这个时代的某些经验。

朱文很多小说都涉及“旅行”，或者“游荡”。他笔下的“小丁”和“我”就像本雅明笔下的“游手好闲者”，喜欢目的不明的旅行，喜欢无所事事的闲逛。他们穿行于城市的街角片隅，四处张望，期待发现一些有意思的人和事。朱文所理解的“个人”，用他自己的话说，是一个“短暂的时刻”，好像“距离”里的一个点，那么屑小，微不足道，但朱文同时让这样的卑微的“个人”保有了一种“张望”的姿态和“发现”的兴趣，从而使他在“每一此刻”的琐屑存在中获取他的“意义”。“有点意思了”、“像那么回事了”、“有点情绪了”，这是朱文小说经常用到的句子，它表明一种发现，既是人物的，也是小说的。它好像伸进画面的摄影机镜头，对准弥散、暧昧的日常生活，摄取那些被遮蔽、被压抑的东西——有时，是某一时刻真实的心境，有时只是稍纵即逝的情绪，更多的时候，是一些荒诞、尴尬的处境，它们使身陷其中的个人在体会到虚无、厌烦时，也发现事物因拼接、错位闪现的戏剧性和游戏色彩——这既是个人触摸真实的时候，也是最见朱文的敏感和想像力的时候。

“轻”是朱文的一种小说方式，这与他对“荒诞”的意识有关——这种意识与其说来自加缪、卡夫卡，不如说与卡尔维诺、米兰·昆德拉和哈维尔更接近。正像卡尔维诺说的，“一个小说家如果不把日常生活俗务变作为某种无限探索的不可企及的对象，就难以用实例表现他关于轻的观念”。朱文小说叙述的一个基本动力也是对一些简单的凡庸的生活琐事进行无限探索，并使它们呈现为怪异的、难以企及的对象。这种近乎“陌生化”的转化，一方面使朱文可以超越日常经验而逼近生活中沉重的东西，另一方面，由于场景和日常经验的距离而呈现出的怪异则又使沉重转换为“幽默”和“轻”，或者说，这是一种将沉重感和喜剧感杂糅在一起的“轻”。《像爱情那么大的鸽子》的荒诞来自于对“爱情”一个限度的追问和想像。想像力以喜剧的方式不断逼近使“爱情”成为一只不断逃离的惊恐不安的鸽子，最后导致的极端是以杀死鸽子的方式来维系爱情。

《我们还是回家吧》写浪迹街头的大学生小丁被一疯女人错当做离家的儿子而强迫他回家，开始小丁当然不愿意，要逃跑，最后愿意了，疯女人却不见了。这篇小说从标题到故事都像是对现代主义的呼唤和戏仿，但现代主义式的沉重感被小丁最后游戏般的角色变化所带来的喜剧因素冲淡了，于是产生了"轻"。它源自人和现实的紧张关系的暂时解脱，而这种紧张关系的暂时解脱又是由于人转换了自己的角色——他既是扮演者又是被扮演者，他可以自由地穿行于戏内与戏外。这一点在另一篇涉及尴尬的偷情故事的《吃了一只苍蝇》中表现得尤为出色，"吃了一只苍蝇"同样让人联想起萨特的"恶心"。的确，纯粹肉欲的关系由于已婚女人王晴丑陋的肉体让人感到恶心。但是，朱文换了一种角度和逻辑来处理这个故事，并以令人惊奇的怪异来呈现，整个故事具有了反讽的色调。偷情关系被一种令人惊异的方式嫁接到莎士比亚的《哈姆莱特》的对白中，这是这篇小说最为出色的地方。正像上面所说的，主人公可以自由出入现实的让人厌恶的情欲关系与经典的《哈姆莱特》戏剧之间，其间的距离使朱文能够抽身而出，飞翔于故事之上。在《我爱美元》父子俩一天中寻觅女人的故事里，朱文将"轻"的经验发挥到了人们所能接受的极限，叙述的幽默和快感，化解了肤浅的道德训诫，使他的小说成为米兰·昆德拉所说"道德审判被延期的领地"。

（四）斑驳的民间浮世绘

在现当代短篇小说史上有这么一条"史的线索"，这便是由鲁迅的《故乡》、《社戏》，废名的《竹林的故事》，汪曾祺的《羊舍的夜晚》等等作品延续下来的，以"回忆往事"的过去时态为叙事基点，着力开掘平民世界中的"含泪的微笑"和真挚善良的人情美，将"劣根性批判"和"重塑国民性"的宏大主题潜藏在对民风民俗民生民情的艺术表现之中，借色彩斑驳的民间浮世绘寄托深沉厚重的生命况味和世态人心。在共和国文学的发展中，被称为"短篇双璧"的汪曾祺和林斤澜，后者还以自觉的文体实验和文化再创造，进一步丰富了短篇小说的表现形态。

2008 年谢世的林斤澜专攻短篇小说,有"短篇圣手"的美誉。他长期担任《北京文学》主编,主要作品有短篇小说集《春雷》《山里红》《林斤澜小说选》《石火》《矮凳桥风情》《草台竹地》和文艺评论集《小说说小》等。

1962 年老舍曾经主持召开"林斤澜创作座谈会",并说:"在北京的作家中,今后有两个人也许会写出一点东西,一个是汪曾祺,一个是林斤澜。""文革"结束后,作为一个在时代变幻中饱经沧桑、"写东西写老了"的人,他的小说开始将对历史和现实的感知、对世道变迁与人事浮沉的思考、对生命的彻悟和对未来的信念予以交织地呈现。这以后,他的短篇小说主要有两大主题。一是以"十年十癔系列"为代表,通过塑造出一批"很不正常的生活里,活出来很正常的人",将美与丑、善与恶、真与假的灵魂放在溅血的时代天幕上曝光。他不写"四人帮"横行的年代里血淋淋的专横残暴行径和肝肠寸断的悲欢离合,却注重通过一些疯狂的生活场景和病态的生活细节勾勒出一个疯狂年代对人性,对民族正常文化心理的戕害,开掘冷漠的心灵背后所潜藏的尊严、自由与责任。"十年十癔"系列从各个不同的角度写出了人生的种种病态,控诉了一个畸形的年代给人们带来的苦难。《神经病》里的几个正常人只不过做了一些"不合时宜"的事,却都被当做"神经病"者。作者由此发出了究竟是他们疯了还是时代疯了的诘问。《阳台》里的那位历史教授似乎始终摆脱不了旧的思维模式,竟然在"牛棚"里打入党报告,令人啼笑皆非。透过这苦涩的笑,可以发现一种宝贵的人格力量和一种强烈的精神力量超越了客观环境的束缚和桎梏。《哆嗦》中的麻局长是经历无数枪林弹雨的英雄,然而在"文革"过去多年后,一见"万寿无疆"就哆嗦,甚至最后真的发疯。这让人更深刻地联想到十年劫难给人们留下了难以愈合的的心理"癔病"。《催眠》打破了时空限制,塑造了一个荒诞变形、扑朔迷离的心理世界。它深刻地剖析"文革"这场闹剧的本质——它让许多人丧失了人的尊严和良知,丧失了人的独立性和主体性,任凭自己盲目地沉浮于"人造的海"。这类小说以冷峻、深沉、嘲讽、诡奇的"怪味"笔调,写出那个疯狂的年代里可悲、可怕、可笑、可叹的疯狂气息，揭露畸形社会残害健康人性、泯灭美好人性的本质，寄寓了作者歌颂自由、尊严、人性、知识、真理的高尚理想。

另一个主题就是他的"矮凳桥系列"小说。这些短篇小说主要描写了故乡温州的小镇生活和人物，把对现实生活的赞美与对历史的追忆交织在一起，探索真实、健康、美好的人性，在阳光明朗的画面上打下了浓郁的民间文化的印记。这些小说不仅是作者对改革开放后家乡新人新事新气象的实写，还将"似散非散的旧梦和将信将疑的新梦纠合在一起"，给作品营造了一个奇异的迷幻境界。它们包含着作者对现实与历史双重变奏的文化思考，勘探了中国人文化心理的深层结构。"矮凳桥"世界是一个寓言的世界，讲述着一个关于历史的过去与明天、关于认识过去与明天、关于拯救过去和走向明天的寓言。

林斤澜的短篇小说善于用写意的白描和变形夸张等手法表现人物与情节，并常常将生活的逻辑与情感的逻辑加以象征式的暗合。在裁剪小说的原料时，他十分注意主次详略、疏密隐露和具体细节的处理，通常能赋予小说以精致、奇巧、多变的结构。他喜欢尝试语言探索，让不同风格的语言交融渗透于笔下，从而锻造出简约凝练的语言风格。在"十年十癔"里，小说的"京味"较浓，语言老练圆融；《矮凳桥风情》则有意以温州话入文，活泼闹腾。林斤澜的小说情节简约明晰，叙事含蓄蕴藉，善于在平淡之中灌注奇峰突起、虚实相生的艺术匠心，富有强烈的审美张力。当然，他的小说在冷峻的叙事中也渗透着浓烈的抒情色彩。如"十年十癔之五"的《白儿》中连续三次反复出现的看山老人的呼唤，"他唤：'白儿！'/他静听唤声在太阳里溶化。"到第四次变成了"他唤：'白儿！'/他静听唤声在黑洞共鸣。"这不仅细腻地写出了人物心理变化的层次，还强化了小说的悲剧性效果。短篇小说陪伴到林斤澜生命的最后时刻。

因截取生活的横断面，借一豹而视人间世象的短篇小说，进入新世纪以来，日益受到社会各界的重视。标志之一，"蒲松龄短篇小说奖"由中国作家协会机关刊物《文艺报》社和山东淄博市人民政府于2004年共同设立，属全国性文学奖项，每两年评选一次，旨在繁荣我国当代短篇小说创作。入选作品要求关注当代现实，体现社会审美理想，故事性、想像力俱佳，富有民族气质、民族风格、民族情感和大众阅读价值。

第一届"蒲松龄短篇小说奖"于 2007 年从 343 篇参评作品中评选出 8 篇获奖小说，它们分别是卢金地的《斗地主》、林斤澜的《去不回门》、陈忠实的《日子》、晓苏的《侯己的汇款单》、莫言的《月光斩》、叶弥的《天鹅绒》、苏童的《人民的鱼》、贾平凹的《饺子馆》。《斗地主》以儿童的独特个性心理和稚拙的目光透视纷乱复杂的荒诞世界，揭示人性的荒漠化，希望唤醒、刺激人们钝化、麻木的神经。《去不回门》则以"去门"、"不门"、"回门"的情节设计，营造了一个空灵玄妙的富有禅意与道法的世界，洋溢着浓厚的中国古典小说的韵味。《日子》记录着河滩上一对在石头里讨生活的夫妻的小日子，折射出复杂而沉重的社会生活环境。《侯己的汇款单》表达了一个卑微的小人物希望通过自己的劳动改变生活境况，提升生活品质的梦想，用一场逼真的闹剧表明没有现代精神文明的支撑，现代物质文明依然是虚幻的。《月光斩》以"志异"的笔法，其指向依然是人世间的人心向背、世事伦常，以及千百年来规范着民族的文化传统和道德准则。《天鹅绒》表达了作者对贫困、磨难、生死、情感、梦想和人生的思考，以悲悯之心探索了人的情感世界、内心世界的无限阔广的可能性，富有一定的哲理意味。《人民的鱼》则以恰到好处的讽刺、调侃和幽默，把目光投向了人生的恒常和不确定，刻画出人在现实生活中的有力和无力。《饺子馆》则以作者擅长的文化人心理刻画，生动描绘出当代儒林的种种样貌，具有丰富的文化意义。

第二届"蒲松龄短篇小说奖"于 2009 年从 541 篇参评作品中评选出 8 篇获奖作品，它们分别是欧阳黔森的《敲狗》、陈麦启的《回答》、张抗抗的《干涸》、阿成的《白狼镇》、徐坤的《午夜广场最后的探戈》、杨少衡的《恭请牢记》、鲍尔吉·原野的《巴甘的蝴蝶》和红柯的《额尔齐斯河波浪》。《敲狗》通过写狗对主人的依恋、厨子对情感的冷漠及徒弟的被感动，把人性解剖这一宏大文学主题用"敲狗"这个生活断面展现得淋漓尽致。《回答》通过"路边即景"鞭挞丑恶，显得诙谐轻松。《干涸》通过讲述知青祝排长与"我"捞一只落水的可以被象征为生命与青春的水桶，最后祝排长的生命与青春永远掉进井中的故事，表达了一代人的纯粹而真实的爱情理想和人生愿景。《白狼镇》以一对蒙古族夫妇开的餐馆为场景，通过前来食宿的一个日本小老头展开奇特的叙述，表现出日军的残暴，讽刺人性之恶。《午夜广场最后的探戈》将目光投向晚饭后小区自由广场上跳舞的人群，通过一对特立独行的中年舞伴的行为艺术，表现出生活的目的不在于狂野，而在于暧昧；不在于寒酸悲微，而在于笑傲众生。《恭请牢记》选取副省长即将赴高速公路施工现场视察这样一个瞬间，写一个基层干部为了在副省长面前留下深刻印象而精心谋划的故事，表达了一种荒诞而虚伪的生存哲学。《巴甘的蝴蝶》中小男孩对蝴蝶的无比热爱，反映出美好的事物永远不会消失。《额尔齐斯河波浪》零碎地讲述了主人公王老师的成长和爱恋，表达了宁静而饱满的激情都与爱相关。

共和国文学中的短篇小说，的确为我们留下了立体交叉桥上的剪影。尤其是近十年来，许多短篇小说尽管和社会（世俗）现代性的价值指向保持一定距离，题材基本取自历史和现实双重视野下的民间世界和底层人事，但由于作品善于汲取传统文化的滋养，摄入现代西方小说技巧，大胆地进行小说话语形态的革故鼎新，从而表现了强烈的审美现代性诉求，以及丰沛的文化自信和文化自觉意识。

第四章

文学的门类（中）

一、诗歌：从早春情调到混声合唱

（一）诗歌的"欢乐王国"

如果将新诗比作一条不断涌动奔流的大河，而它又是与历史长河同步的，那么时间的风雨、现实的土地，就会在很大程度上影响它的流量和流向。

曾经为新诗发展奠基的一批老诗人，从"现代"跨入"当代"，他们从自己的经历中，更能切身体会到两个时代、两种社会的不同。于是，他们从揭露和抨击旧社会的黑暗，同情民众的苦难生活，转向歌颂新社会的光明，热情赞美欣欣向荣的新生活；从抒写个人命运、一己悲欢，转向对时代精神、工农兵生活和大规模经济建设的尽情讴歌。应该说，这是新诗内容的一次历史性的转变。从此，这种洋溢着早春情调的"欢乐颂"一直高歌了十七年。

五四时期以《凤凰涅槃》一诗震撼当时诗坛的郭沫若（1892—1978），终于看到了战火中新生的凤凰——新中国的风采。诗人向新中国献上的第一支颂歌是《新华颂》。诗人把新中国比作"新生的太阳"，"光芒万丈，辐射寰空"。他在另一首诗《赞〈东方红〉》中，把新中国直接比喻为"火中再生的五彩斑斓的凤凰"：

> 雄伟的人民大会堂就是全中国的征象，
> 它仿佛是火中再生的五彩斑斓的凤凰：张开着两千多人构成
> 的左右两个翅膀，
> 在群星中翱翔翱翔翱翔，欢唱欢唱欢唱。

此诗再现火中再生的凤凰这一意象，从"翱翔"和"欢唱"的叠句中，人们重又感受到诗人在当年《凤凰涅槃》中的激情，短促的节奏似乎应和着遥远的历史的回声。

当年以《夜歌》享誉诗坛的何其芳，面对新社会的光明，满怀喜悦地唱出了"白天的歌"。他的那首著名的《我们最伟大的节日》一诗，感情充沛真挚，写出了从黑夜里走出，迎接白天的人们的共同心声，因而具有较强的感染力：

> 是如此巨大的国家的诞生，
> 是经过了如此长期的苦痛
> 而又如此欢乐的诞生，
> 就不能不像暴风雨一样打击着敌人，
> 像雷一样发出震动着世界的声音……

同样，受里尔克影响极深、擅长写十四行诗、被鲁迅誉为"杰出的抒情诗人"的冯至，也真诚地唱起了颂歌。这位在十四行诗中所表现的里尔克式的"孤独感"，以感受敏锐、情感细密著称的诗人，写下了直抒胸臆、宣泄无遗的诗句，简直与他以前的作品如出两人之手：

> 你让祖国的山川，
>
> 又有了良心。
>
> ——《我的感谢》

作为知识分子的诗人，一面真诚地唱颂歌，一面真诚地接受思想改造。一方面歌颂的对象——党、领袖、祖国是如此伟大；一方面不断地自我反省，越来越感到自己的渺小，越来越自卑。诗人并非矫情做作，他的表白是发自肺腑的。冯至在不断地改造自己思想的同时，也对自己过去的诗作进行反省，对那些曾备受推崇的如"十四行诗"加以粗率的自我否定。他在 1955 年 1 月 1 日写的《冯至诗文选集·序》中说："诗里抒写的是狭窄的情感、个人的哀愁……自己的认识不够，有时流于主观，反映现实，也就受了很大的限制。尤其是 1941 年写的二十七首'十四行诗'，受西方资产阶级文艺影响很深，内容和形式都矫揉造作，所以这里一首也没有选。"这正反映了当时老一代诗人所共有的惶遽心态。在当时的政治氛围中，冯至有意识地摒弃了以前他所擅长的体验生命的跃动，发掘并思索世间万物所蕴含的精微哲理，并化为鲜活意象的艺术创作的方法，而走上了当时诗人共同走向的内容上宣传方针政策、直奔主题，形式上平易如话、浅白直露的书写之路。

在艺术上陷于困境的老诗人不止冯至一人。在思想改造运动的背景下，诗歌从歌颂新中国到歌颂新生活已成为对诗人的不成文的规范，用同一种声音高歌同一曲"欢乐颂"。同是"合唱队员"，身兼政府官员、社会活动家的诗人郭沫若，其歌声自然分外响亮。他从歌颂新中国、领袖开始，直到歌颂具体的方针政策，乃至对国内外时事的表态。建国以后的历次政治运动、重要会议、国内外重大事件，几乎都可以从郭沫若的诗中得到反映，从诸如《工业学大庆》、《贺五届人大、五届政协胜利召开》等等诗题中，我们可以想见诗中所表现的社会政治内容。在这些应时之作中，作于 1958 年的诗集《百花齐放》影响较大。当时正值"大跃进"年代，为了宣传，郭沫若以惊人的速度，仅仅用了十天时间，选了一百种花为题，共写了一百零一首诗结集出版，名为《百花齐放》。这些诗几乎毫无例外地都是按照一种单一的模式创作出来：抓住某一种花的特点，发挥想像，联想到某种政治命题和思想、道德的内涵、最后"卒章显其志"，道出诗的主旨。以简单比附的手法托物寓意，而后来的效尤者更是等而下之。

建国初新诗诗人所面临的艺术困境，对作为"大堰河的儿子"、杰出的诗人艾青来说，一度成为他的创作危机。当时的评论界对艾青进行了尖锐的批评，甚至提出了艾青"能不能为社会主义歌唱"的问题。事实上，当时艾青的作品的质量也确实明显地不如他以前的作品。当时的文艺界领导和评论家以此归咎于艾青的政治思想、深入生活等方面存在着问题。其实，这种批评对艾青并不公平。自抗战以来，艾青的政治热情一直高涨，在他的诗中，关注民生疾苦，反映现实斗争，表现时代精神，传达人民心声始终是贯穿艾青诗歌创作的一条主线。建国以后，艾青以更大的热情投身于火热的斗争中，积极参加各项政治运动。问题在于：在做了这一切之后，艾青的作品仍不尽如人意。那么问题究竟出在哪里呢？时隔数十年，现在可以看得很清楚了：问题就在于政治规范和艺术自由的冲突，当时的时代诗风与艾青的艺术个性的冲突。艾青作为一位在国内外享有盛誉的诗人，在长期的诗歌创作中，早已形成了自己独特的风格和艺术个性，那就是带着由灾难深重的国家和民族的悲剧命运所产生的悲郁与渴求相交织的情感，选择最富含历史意蕴的象征、生动的细节和意象，进行深刻的情绪体验和哲理思考，使读者在情感上受到震撼，并通过象征和意象，渗透诗的主旨，引起理性的思索。这样的艺术个性自然不能适应当时的诗风。尽管像当时其他诗人一样，艾青在改造自己思想的同时，也尽力改变自己的创作个性，按照时尚，写出了如《好!》、《早晨三点钟》以及叙事诗《藏枪记》等作品，试图适应当时的诗风；但是，这些诗在艺术上却并不成功。这正证明了诗人放弃自己的创作个性，就必然导致艺术上的失败。

曾被闻一多称为"擂鼓的诗人"的田间，在战争年代，曾以《给战斗者》、《赶车传》配合当时的宣传任务，发挥了诗歌的"团结人民、教育人民，打击敌人，消灭敌人"的战斗作用。因为田间有参加革命斗争和以诗歌创作进行革命斗争的经历，所以，在建国后，根据地所实行的文艺方针政策被延伸扩大为全国的文艺方针政策，对田间来说，适应是顺理成章的事。

按照田间的诗歌观，他在创作中，规避了个体对生活的观察和体验，以现成的概念和流行的政治观点入诗。因此，他的作品往往成为特定政治概念的号筒。在诗歌艺术形式上，田间片面地、过分强调无条件地学习民歌，并以此提到"革命化"的高度，认为这是诗人改造思想和新诗出路的唯一途径。由于他摒弃了自己以前鼓点式自由体的艺术风格，而以固定僵化的句式束缚诗的内容，这就使他的诗歌创作的路子越走越窄，越来越趋于抽象和艰涩。在创作手法上，由于不能处理好象征和写实的矛盾，使有些作品，如《赶车传》的续篇《石不烂赶车》充满了浮夸虚幻、荒诞虚假的图景。而臧克家在摆脱说教中写成的《海滨杂诗》则获得了成功。

虽然建国初期的思想改造运动和左倾的文艺方针政策束缚了诗人的创作个性，改变了诗人的艺术风格，使相当一部分老诗人陷于创作的困境之中，但是，这毕竟是人民共和国的开创初期，严峻的历史时刻尚未到来。那时中国大陆的天空阳光灿烂，大地是一片锦绣，到处生机盎然，欣欣向荣。这是一个美丽的百花时代，一个唱颂歌、赞歌的时代。唱颂歌、赞歌不仅是时代的要求，而且也是诗人们对新中国的礼赞。

分别以"牧歌诗人"和"石油诗人"著称于诗坛的闻捷和李季都来自解放区，和田间一样，不像国统区诗人那样经历内心的彷徨和痛苦；但是，与田间抛弃自己的艺术风格，规避个体对生活的体验，一味贴近时事，把诗歌作为政治的号筒不同，闻捷和李季虽然在"大跃进"时期也曾写过如"报头诗"之类的应景之作，但这些应景之作在他们的诗歌创作中只占很小部分，他们的诗歌创作的主流是生气灌注、富有生活气息的作品。他们与田间另一点不同是，在艺术形式上，不像田间那样片面地、不适当地强调学习民歌，以致显得非常呆板、僵化，而是得心应手地采用了大体整齐的半格律体。李季自 20 世纪 50 年代以后，长期生活在玉门油矿，致力于表现石油工人的生活，写下了著名的《玉门诗抄》等作品，因此被称为"石油诗人"。也就是从那时候起，李季突破了模仿民族形式的局限，和闻捷一起共同开创了内容是生活抒情，形式是半格律体的新诗格局。他还著有长诗《杨高传》，由《五月端阳》、《当红军的哥哥回来了》和《玉门儿女出征记》组成。这部长诗除采用半格律体的形式外，在语言形式上，还吸收了民间说唱体的成分，增强了叙事性，叙事和抒情结合得较好。闻捷则以诗集《天山牧歌》蜚声诗坛。他作为记者长期生活在西北少数民族地区。他的充满牧歌情调的诗多取材于维吾尔、哈萨克、蒙古等民族的丰富多彩的生活。对新生活的热爱、对崇高理想的追求、劳动的热情、爱情的真挚是他作品的主旋律。在他的诗中，边疆雄浑、瑰丽、奇幻的自然风光，和浓郁多彩的少数民族殊风异俗交融成一幅幅引人入胜的图画。他写的虽是抒情诗，却有较强的叙事性。他的每一首抒情诗都有一个完整的故事情节或生活场景。抒情和叙事的有机融合，让人分不清是抒情诗还是叙事诗。他的诗的形式是四行一节，大体整齐而押韵的体式。他的短诗的艺术风格是清丽、优美而富有浪漫情调。他唯一的一部长篇叙事诗《复仇的火焰》，取材于西北平叛战事，可视为一部英雄史诗。与短诗的艺术风格不同，此部长篇叙事诗气势雄浑，描写精细，人物性格鲜明。

李瑛是当代诗人中最为勤奋而多产的。身兼战士和诗人的他，虽然学会了用战士的眼光观察生活，也拥有了战士的豪迈的情怀，可是，当和平军旅诗取代战时军旅诗时，他的个人的文化艺术修养、个性和气质被唤醒了，在完成由战时军旅诗向和平军旅诗的转变时，他的诗风由急风暴雨转变为清丽柔婉。因为李瑛的这种诗风在当时很少见，深受读者喜爱。他早期的诗集有：《战场上的节日》、《天安门上的红灯》、《早晨》、《红柳集》等。李瑛作品的艺术风格是构思奇巧、想像丰富、语言优雅。他的诗的形式是四节至六节不等，每节四行，大致整齐押韵。李瑛前期的军旅诗为当代军旅诗做出了贡献，也影响了同代的军旅诗人。

除李瑛外，西南边疆也集中了一批军旅诗人，其中最为著名的是公刘和白桦。公刘的抒情个性比较突出，早期作品有：《边地短歌》、《佤佤山组诗》、《西双版纳组诗》等，其特点是寓美好的社会理想、丰富的真挚情感于风光旖旎的自然景观之中。艾青称赞他的诗就像他在《西盟的早晨》那首著名的诗中所描写的那样，是"带着深谷底层的寒气，带着难以捉摸的旭日的光彩"而迎面扑来的"一朵奇异的云"。[①] 白桦是才华横溢、充满激情的诗人。建国后出版了诗集《金沙江的怀念》、《鹰群》、《热芭人的歌》、《孔雀》等。他善于在抒情中叙事，善于将两者较好地结合起来。《孔雀》取材于傣族民间传说召树屯和喃穆鲁娜的爱情故事。由于写的是民间传说，本身有深厚的文化背景和完整的故事，避免了如写《鹰群》那样。因表现了现实革命斗争而受到种种的掣肘，可以最大限度地张开想像的翅膀，同时还借鉴了傣族说唱艺术的某些表现手法，所以把一个优美的爱情故事写得委婉动人，既有大胆瑰丽的想像，又有浓郁的民族风情，抒情和叙事相得益彰，《孔雀》因此成为具有长久艺术生命的佳作。二十多年后，《孔雀》由诗人自己改编成电影。

建国初，有两位分别以写工业和农村题材著称的诗人。他们就是邵燕祥和严阵。

邵燕祥前期的作品表达了对首都北京的热爱。他的处女诗集就是《歌唱北京城》。之后，他的诗中的抒情主人公就是年轻的生产建设者的形象。在《到远方去》、《我们架设了这条超高压送电线》、《中国的道路呼唤着汽车》等名篇中，诗人以热烈纯真的情感，以粗犷豪放的笔触，较为真实地表现了建国初期在全国洋溢的蓬勃向上、乐观自信、富于天真幻想的浪漫主义的时代精神。这种浪漫情调到了 50 年代中期发生了转折变化。诗人的社会使命感使他关注社会现实矛盾，并写了一些讽刺诗和小叙事诗。由于他在叙事诗《贾桂香》中表现了强烈的正义感，批判了造成这一现实中真实的悲剧的封建观念和官僚主义作风，因此而获咎，被打成右派。新时期开始，他获平反，"复出"后，他除在创作中仍关注社会

---

① 艾青：《公刘的诗》，《文艺报》1955 年第 13 期。

现实的矛盾外，还进一步对历史和现实的内涵进行反思和剖析，如《我是谁》、《不要废墟》、《长城》、《走遍大地》等十三首抒情长诗，就是诗人对历史和现实思考的产物。

严阵是一位歌唱农村美丽风光的抒情歌手，主要表现淮河流域一带农村风物和农家生活，有诗集《淮河边上的姑娘》、《乡村之歌》、《春啊，春啊，播种的时候》，以及《江南曲》等。他的诗风既有像《江南曲》那样的清丽优美，又有像《竹矛》那样的高亢激昂。另一位表现农村生活的诗人就是张志民。与严阵以描绘农村风物为主不同，张志民主要写农村的新人新事，如其代表作《小姑的新事》、《人人笑脸上都有他》等都是此类作品。此类作品的特点是都有简单的情节和生活的场景。细节饶有风趣，人物鲜明生动。他的诗堪称北方农村的风俗画。

20世纪50年代中期以后，随着政治运动的接连不断，政治形势逐渐紧张，诗人创作必然受其影响，不少诗人不得不一再改变诗风。但是就有这么一位诗人，不随流俗，独标孤愫，始终坚守自己的艺术个性。他就是著名诗人蔡其矫。当"反右斗争"、"大跃进"的政治运动的风暴铺天盖地袭来时，蔡其矫没有以自己的诗歌火上加油，擂鼓助威，相反，他却置身在斗争旋涡之外，写出了与当时时代大异其趣的山水诗和爱情诗。尤其可贵的是，他写下了《雾中汉水》和《川江号子》这两首优秀的诗。在这两首诗中，诗人锐利的目光透过那颂歌时代虚假而美丽的乐观、欢乐、狂热的虹彩，投注在严峻而真实的社会底层。诗人对舟子纤夫这样的下层人民的痛苦感同身受，诗人悲悯地听着他们"碎裂人心的呼号"和"悲歌的回声"，看着他们"痛苦的跋涉"，借着"艰难上升的早晨的红日"，"洒下斑斑红泪"。在这里，诗人不仅表现了难能可贵的人道精神，而且也是对粉饰现实的颂歌时代的无声而有力的抗议。由于蔡其矫"不合时宜"地写下这些当时被视为异端的作品，他一直受到各种各样的非议和尖锐的批判也就不足为奇了。他的主要作品有《回声集》、《回声续集》、《涛声集》以及《生活的歌》等。

在20世纪五六十年代，政治运动频仍，阶级斗争不断，不仅影响诗歌内容，而且还影响诗歌的形式。政治运动和阶级斗争需要诗歌为其服务，为其宣传。原有的诗歌形式已不足以完成这样的使命，于是一种战斗性强、节奏明快，更具鼓动性的诗体——政治抒情诗应运而生了。政治抒情诗的抒情对象为重大的政治事件和政治主题。政治抒情诗的形式一般为错落有致的长短句，有时用排比句，体现锐不可当的气势；语言恣肆夸张，慷慨激昂，选取的形象多具有壮阔、宏伟、崇高、雄浑的特点，如蓝天、红日、东风、大海、红旗等等；情感强烈奔放，具有很大的鼓动性；还要有强大的理性力量，以达到宣传教育的效果。相对于正面歌颂的颂歌，战斗性更强的政治抒情诗则可称为战歌。集中写政治抒情诗，并且成就较大的，是两位来自解放区的诗人贺敬之和郭小川。

贺敬之诗歌创作的主要成就是长篇政治抒情诗，其代表作有《放声歌唱》、《东风万里》、《十年颂歌》、《雷锋之歌》等。他所选择的题材都是重大的政治事件、英雄人物。他以雄健的笔触、豪放的气势、开阔的视野、高昂的激情，对历史和现实进行纵横交错的审视和追问，以体现自己对当时的时代精神和政治理想的充满哲理性的思考，以及对未来的执著信念。在诗歌形式上，贺敬之将马雅可夫斯基式的"楼梯式"诗体作了改造，注入了我国诗歌传统中韵律、对仗、节奏等成分，创造出富有表现力，更易为中国读者喜闻乐见的"中国特色的楼梯式"。

郭小川的主要作品有《致青年公民》、《投入火热的斗争》，《望星空》等。除政治抒情诗外，尚有《林区三唱》、《甘蔗林——青纱帐》、《厦门风姿》这样的风物诗，以及《白雪的赞歌》、《将军三部曲》、《一个与八个》等长篇叙事诗。郭小川的创作数量之丰，质量之高，以及多方面的艺术才能，在同代诗人中是不多见的。同样师法马雅可夫斯基的"楼梯式"自由体，郭小川不同于贺敬之，不像贺敬之那样注重骈句、韵律和节奏，而显得更加洒脱自由，当然不是一味地松散，还是有其内在的节奏的规范的。事实上，郭小川从来没有停止过对诗体的创造性的探索。人们从其不少的优秀作品中，看到他成功探索的足迹，有新辞赋体、新民歌体、散曲式、楼梯式等多种形式。郭小川的政治抒情诗在内容上也与贺敬之不同。他笔下的抒情主人公是一位有过丰富革命经历的、可信赖的兄长。在作品中，以自己的经历得失，谆谆告诫青年们，在革命和建设时期，如何对待困难、青春、革命传统，以树立坚定的、正确的人生理想。他的《一个和八个》曾遭批判，但是实践证明其以独特的方式表达了历史反思和人文价值。

在建国后的社会思潮中，由于革命斗争、阶级对立、爱憎分明的观念深入人心，在诗坛上，颂歌和战歌一直并行不悖，颂歌起到"团结人民，教育人民"，战歌起到"打击敌人，消灭敌人"的作用。从"反右"斗争到"大跃进"，从"反右倾"到十年浩劫的"文革"，颂歌和战歌各自发挥着社会作用。特别是发展到"文革"中，颂歌鼓吹现代迷信的个人崇拜已达到宗教般狂热的程度；而战歌则成为打击迫害大批革命干部和善良人们的凶残的武器。这倒是正应了马雅可夫斯基的名句："无论是歌，无论是诗，都是炸弹和旗帜。"此时，颂歌和战歌结合在一起，成为一柄利剑的双刃，刺向诗歌，刺向中国文化，诗，走向非诗，"文革"，革了文化！当然这柄双刃利剑也刺向社会，造成了社会的混乱和苦难。

改革开放不久，有一本名为《重放的鲜花》的作品集流传很广。这本厚厚的作品集收录了从建国到"文革"二十七年中遭受批判的作品，如流沙河的《草木篇》曾被打成反党毒草。事实上，此一散文诗恰恰体现了诗人的创作个性，只因为没有随波逐流，没有跟着唱颂歌和战歌，才落得诗被打成"毒草"，人被打成"右派"。即使是唱颂歌和战歌的郭小川，只因他写出了独具个性，却与当时时代和社会的政治形势不相适应，或者用批判者的语言说是"格格不入"的抒情诗《望星空》，也照样要受到严厉的指责，而不稍加宽贷。

诗歌只能歌颂光明，不能暴露黑暗；诗歌被当做宣传工具和战斗号角，当做致敌死命的武器；诗歌只能表现"大我"，不能表现"小我"；诗歌只能走古典诗词和民歌的民族化道路，不能横向借鉴西方现代主义的艺术手法；只要解放区诗歌的传统，不要五四新诗传统。这种种的"只能"和"不能"，"只要"和"不要"，无疑是为诗和诗人设置一体化的规范。尽管诗歌营造了一个"欢乐王国",但生性自由的缪斯女神,恰恰在这一体化的规范和"欢乐王国"中迷失了自身。

(二) 冲破严冬阴霾的春燕

在"文革"中濒临绝境的诗歌,等待复建的时机。1976 年"天安门诗歌运动"开始了诗歌的转机,这场针对"四人帮"的政治运动,也是针对伪诗的诗歌运动。而当"四人帮"覆灭,新时期开始之时,也是诗歌的新生之日。

长期处于严冬阴霾包围下的诗歌,终于迎来了姹紫嫣红的春天。此时的诗歌俨然是冲破严冬阴霾的春燕,在广阔自由的天空中上下翻飞回旋,声声燕语,歌唱着祖国第二个春天。

新时期的诗坛有三方面的诗人队伍,各自以不同的声音,演出了新时期诗歌大合唱。

这三方面的诗人队伍是:一、"复出"的诗人,或称"归来"的诗人;二、关注社会现实,奔走呼号的诗人;三、朦胧诗人。

具有"归来"情结的"复出"的诗人,还包括三部分诗人。其一是被打成"右派"的诗人;其二是被打成所谓"胡风反革命集团"分子以及受到牵连的诗人;其三,因其诗风受西方现代派影响而受到排斥,并因此在五六十年代从诗坛上消失的诗人。

前两部分诗人因为受到残酷的政治迫害,一别诗坛,二十余年,一旦"复出",回到诗坛,真有"归来"之感,所以不约而同地都把"归来"作为诗歌创作的主题。艾青把他复出后出版的收入新作的第一本诗集命名为《归来的歌》,而流沙河则写了一首《归来》,梁南也有一首诗,题为《归来的时刻》。在这"归来的时刻",劫后余生的诗人,"惊定还拭泪,犹恐是梦中"。他们从自身经磨历劫的苦难遭遇中,引发了对人生和历史的巨大的沧桑感。他们不仅仅停留在抚摸个人心灵上的累累伤痕,不仅仅咀嚼一己的恩怨悲欢,而是将视野拓阔,认识到这是社会和历史的悲剧使然。以个人被扭曲的生命,映射那个被扭曲的历史。艾青的《鱼化石》

和曾卓的《悬崖边的树》，分别以"鱼化石"和"悬崖边的树"自况，是个人命运的象征，也是一代受迫害的知识分子命运的象征，更是对造成这悲剧的外部力量"火山爆发"，或者"地震"，或者"不知道是什么奇异的风"的控诉和思考。"鱼化石"的虽死犹生，"悬崖边的树"的"寂寞而又倔强"，表现了诗人在逆境中不甘屈服的抗争和挣扎。但是，不得不令人感到遗憾的是，无论是"鱼化石"，还是"悬崖边的树"，都无法复原为有生命的鱼和正常的树了。心灵所受的创伤、破损、扭曲是无法复原的。

除艾青和曾卓外，牛汉也是非常善于表现残损、破碎、甚至受残害的形象，以营造惊心动魄的悲壮的艺术氛围。如《半棵树》，诗人写"它是被二月的一次雷电"，"齐楂楂劈掉了半边"，而当"春天来到的时候/半棵树仍然直直地挺立着/长满了青青的枝叶"。这"直直地挺立着"的"半棵树"的形象，虽然残缺，却何等壮美！分明是一种伟大的人格力量的象征。而在《华南虎》一诗中，诗人想像虎在困兽犹斗时的壮烈，着重表现虎的"破碎的牙齿"，以及"巨大而破碎的/滴血的趾爪"。此外，如《悼念一棵枫树》和《我是一颗早熟的枣子》，前者写被"伐倒了"的"一棵枫树"，"看上去比它站立的时候/还要雄伟和美丽，泪珠/也发着芬芳"，"一个与大地相连的生命"，虽然倒下了，可是"比它站立的时候/还要雄伟和美丽"；后者，"一颗早熟的枣子/很红很红"，应该是很美的吧，可是却"红得刺眼/红得伤心"，因为"一条小虫/钻进我的胸腔/一口一口/噬咬着我的心灵"，"我很快就要死去/在枯凋之前/一夜之间由青变红"。原来这美丽的红色，是垂死的回光返照，是"凝结的一滴/受伤的血"。这永不复原的残缺破碎的美，正是那个刚从残缺破碎的历史中走过来的时代所特有的诗意发现。

"归来"的诗人除了上面提到的几位外，还有公木、吕剑、苏金伞、公刘、邵燕祥、白桦、胡昭、周良沛、孙静轩、梁南、昌耀、林希、赵恺、王辽生等。他们的作品大多超过了自己的旧作。

80 年代初，有两本诗人合集相继出版。一本是由绿原、牛汉编选的

《白色花》，另一本是《九叶集》，收集了辛笛、陈敬容、杜运燮、杭约赫、郑敏、唐祈、唐湜、袁可嘉、穆旦九人的代表作。

《白色花》所收的是被打成"胡风分子"，或受胡风事件牵连，与《七月》有关的一批诗人共 20 人的合集。在该诗集的扉页上，引用了诗人阿垅的诗《无题》中的诗句："要开作一支白色花——/因为我要这样宣告：我们无罪，然后我们凋谢"。"白色花"象征清白，虽然清白无罪，但在那时"风刀霜剑严相逼"的政治气候中，"凋谢"势所难免。读着这样的诗句，人们被深深地感动了：一身清白无辜，却蒙上三十年不白之冤！然而却表现得如此镇定自若，沉着平静。这是静穆的美，悲壮的美。诗集中的诗人大多积极投入现实生活，反映人民的疾苦，关注国家与民族的命运，与时代保持紧密的联系。因其与《七月》关系密切，所以这一派诗人被称为"七月派"。

与"七月派"不同，以 40 年代上海的诗歌刊物《诗创造》、《中国新诗》等为阵地的九位诗人出了《九叶集》。他们这一派被称为"中国新诗派"或"九叶派"。这一派因受西方诗歌影响而更具有现代倾向。如果说"七月派"的作品，因其思想内容切近现实生活和时代获咎，被剥夺了生存的权利；那么"九叶派"则因其艺术形式更多地接受了西方现代诗歌的影响而遭到排斥压制，同样被剥夺了生存的权利。建国后，这一派诗人在诗坛上的消失，意味着借鉴西方诗歌艺术形式的五四新诗传统的最后断裂。

当然，"九叶"诗人也并非全是因艺术因素而被放逐，政治仍是不容忽视的因素。九人中差不多有近半数被打成"右派"，如唐祈、唐湜、杭约赫、穆旦等。特别是穆旦（查良铮）这位学者型诗人兼翻译家，早年曾师承闻一多、冯至、卞之琳，深受西方现代诗人如里尔克、叶芝、艾略特、奥登的影响，是"九叶"诗群中最具现代诗风的诗人。正是这样一位天才的诗人，残酷的政治迫害和精神压制使他不得不从诗坛上消失，沉默了二十多年！然而，就在他行将走完他苦难的人生之旅的前一年，这也就是那令亿万人民大悲大喜、令世界震惊的、多事的 1976 年，他那郁积了二十多年的强烈爱憎的情感、思考了二十多年的冷峻理性的思辨，压抑了二十多年的艺术个性的才情，突然像潜藏的能量一下子释放出来。写于1976年3月的《智慧之歌》，那智慧可以看做是穆旦对人生彻悟后的结果。人生最美好、最富于诗意的莫过于幻想、爱情、友谊和理想，但在那个史无前例的动乱年代，幻想成为"一片落叶飘零的树林"，这些"落叶""现在都枯黄地堆积在内心"。青春的爱情则变成"遥远天边的灿烂的流星，/有的不知去向，永远消逝了，/有的落在脚前，冰冷而僵硬。"在那个年代，连"那绚烂的天空都受到谴责，/还有什么彩色留在这片荒原?"而正是"这片荒原"生长出诗人的"智慧之树"，也正是诗人"以我的苦汁为营养"，才使"智慧之树不凋"。正因为"以我的苦汁的营养"养育的"智慧之树"，是诗人对人生彻悟的结果，所以他才能以智慧的、敏锐的目光，冷峻地看破现实种种虚伪和丑恶的众生相。

《白色花》和《九叶集》的出版，不仅宣告了20世纪三四十年代，中国两大诗歌流派的新生，而且意味着断裂了数十年的五四新诗传统的接续。建国以后，长期统治中国诗坛的一体化的诗歌传统，终于被打破；多元化格局的新诗坛，终于宣告诞生。

如果说，"归来"的诗人只是引起诗坛的瞩目，那么，那些关注现实，奔走呼号的诗人的作品，则引起了整个社会的轰动效应。叶文福的《将军，你不能这样做》、雷抒雁的《小草在歌唱》、曲有源的《关于入党动机》和《打呼噜会议》、刘祖慈的《为高举和不举的手臂歌唱》等等，以共同的社会性命题，介入生活和为民众代言的倾向，不仅唤起诗人的热情，为诗歌赢得了声誉，而且得到社会积极的回应。

几乎与此同时，以"朦胧诗"为标志的新诗潮的兴起，宣告了诗歌的轰动效应由社会过渡到诗歌界。"朦胧诗"虽然仍未摆脱社会性命题，如其蕴含的对于十年动乱的严峻反思和批判精神；但是人们更为关注的是它作为一种新诗艺术潮流的标志，是它对于中国新诗自50年代以来逐渐形成的艺术统一规范的冲破。

"朦胧诗"出现的时间当在70年代末到80年代初。当时给人们的印象似乎是突然从地下冒出来的。它从"地下"到公开，经历了一个漫长的酝酿期。其开始时间最早可追溯到"文革"中"上山下乡"高潮时期。

"上山下乡"运动使"革命动力"的"红卫兵小将"，变成为"再教育"对象的"知识青年"。知识青年由心理失衡，经过痛苦的反思，终于觉悟到自己受了愚弄和欺骗，开始怀疑这场"革命"的天经地义的合理性。相当一部分的知识青年普遍都经历了从困惑、迷茫到失望、思考，从反思到觉醒的心路历程。于是，记录这段人生经历和心路历程，抒写内心的苦恼、愤懑和抗争，成了这些知识青年最初诗歌创作的动机和内容。"地下诗歌"写作也就应运而生。

被称为"新诗潮诗歌第一人"的食指（郭路生）写于 1968 年底赴山西农村插队的列车上的《四点零八分的北京》一诗，写到在站台上一片告别声中，列车启动时，诗人瞬间的心理反应："北京车站高大的建筑，/突然一阵剧烈地晃动"，于是"我的心骤然一阵疼痛，一定是/妈妈缀扣子的针线穿透了心胸。/这时，我的心变成了一只风筝，/风筝的线绳就在妈妈的手中。"当列车慢慢驶离北京站时，"我再次向北京挥动手臂，/想一把抓住她的衣领，/然后向她大声地叫喊：/'听见吗，记着我，妈妈，北京！'"用视觉和触觉的错觉，以及象征等手法，深层次地表现这一代青年的心理失衡和倾斜。而在艺术表现方式上，在那个时代，食指表现了难能可贵的超前倾向。

一代知识青年生活的动荡，社会地位的大反差，引起精神的大震荡，思想的深刻的大裂变，从而对原先坚信不疑的信仰，对现存的秩序，包括当时的政治和意识形态，产生了普遍、深刻的怀疑，以致要重新加以审视和评判。这就是朦胧诗产生的时代和社会的深刻原因。所以十年动乱的"文革"时代是催化剂，知识青年所生活的广大农村是"温床"，一代知青诗人，也即后来的朦胧诗人正是在这样的时代氛围中，在农村这样的"温床"上诞生的。

除了时代和社会的客观因素，以及诗人的主观因素外，朦胧诗的诞生还有其诗歌自身发展的重要因素。建国以后，新诗基本上走的是直白浅露、直抒胸臆、平铺直叙的道路。五四以来的现代诗，如徐志摩、戴望舒等诗人的作品，乃至"中国新诗派"（"九叶派"）等受西方诗歌较多影响的诗，都一概受到排斥，被斥之为"宣扬资产阶级和小资产阶级情调的作品"。到了"文革"中，诗歌更沦为狂热的政治号筒，沦为浮夸的、标语口号式的宣传品。至此，新诗已濒临僵化的绝境，诗歌走向它的反面：非诗。在这生死存亡之际，新诗要生存发展，就必须向建国以来几十年的诗歌传统挑战，对新诗加以变革和创新，即使矫枉过正也在所不惜。所以，新诗要求突破传统限制的趋势，在"文革"后期犹如地火潜行，一旦得到思想解放运动的风气之先，就如明火蔓延，势不可挡。朦胧诗的出现，乃是顺应诗歌发展的规律和趋势。

朦胧诗的出现势出必然，而"朦胧诗"这一名称的由来却纯属偶然。"朦胧诗"人们没有文学团体的自觉意识，因此，当其初时，朦胧诗派很难说是严格意义上的文学团体。那么，"朦胧诗"这一名称又何由得之？原来出自一篇文章。事情的原委是：1980 年，《诗刊》从第 8 期起开辟专栏，就新诗的繁荣发展问题展开讨论。第一篇文章便是章明的《令人气闷的"朦胧"》。他说："少数作者大概是受了'矫枉必须过正'和某些外国诗歌的影响，有意无意把诗写得十分晦涩、怪僻，叫人读了几遍也得不到一个明确的印象，似懂非懂，半懂不懂，甚至完全不懂，百思不得其解。……我对上述一类的诗不用别的形容词，只有'朦胧'两字；这种诗也就姑且名之为'朦胧诗'吧。"这就是"朦胧诗"这个命名的来历。开始，"朦胧诗"一词在批评者那里确含贬义，而朦胧诗人则不无自嘲之意；后来，知者抑或罪者都接受了这一名称，不含褒贬，而成为一个新的诗歌流派的约定俗成的名称了。

章明在这篇文章中，所举的"朦胧诗"的例子是老诗人杜运燮的《秋》和青年诗人李小雨的《夜》。其实，他们都不是朦胧诗派的代表诗人。朦胧诗派的真正主将是北岛、舒婷、顾城、杨炼、芒克、严力、江河等人。他们从 70 年代开始从事诗歌创作。在"文革"期间严酷的政治环境中，他们的作品只能以手抄本的形式在朋友中间流传。70 年代末，在新时期改革开放的温煦春风的吹拂下，他们终于从地下隐秘状态转向公开，创办了自编自印的油印诗报和诗刊。《今天》是其中影响最大的民间诗刊。《今天》创刊号发表的《致读者》宣称，他们将直接接续五四精神，促进"文明古国的现代更新"，"不再仅仅用一种纵的眼光停留在几千年的文化遗产上，而开始用一种横的眼光来环视周围的地平线"，既"植根于过去古老的沃土里"，又紧紧把握今天的现实。他们决计抛弃原有的直白浅露、平铺直叙、单调平庸的表现手法，而运用隐喻、通感、意象化等手段，营造诗的意蕴的多义性和情绪的多层面显示，从而加强新诗的艺术表现力和内涵意蕴的丰富性。

北岛、舒婷、顾城、江河、杨炼曾出版了一部合集《五人诗选》。诗歌界公认他们五人为朦胧诗的代表诗人。

北岛，70年代初开始写诗。主要作品有《太阳城札记》、《北岛诗选》、《旧雪》等。他敢于直面惨淡人生，在诗中表现现实矛盾在他内心引起剧烈冲突的激情。在《回答》一诗中，诗人对十年动乱的荒谬现实进行尖锐有力而又形象的批判。诗中表现了一个叛逆者的形象。那一连串的"我不相信"正显示了一代青年的觉醒，以及与丑恶的现实决裂、抗争的决心。北岛的诗表现了一代青年在历史转折阶段的悲愤痛苦的心情，以及对于新的时代与新的现实的焦灼热切的期待。他又是一位受西方现代诗影响较深的青年诗人。他的诗常采用象征的艺术手法，打破固有的时空秩序，使时间和空间错位，并且动用蒙太奇、跳跃、通感等技巧，以意象叠加表现多层的复合意蕴。如《红帆船》、《古寺》等诗，就运用了这些艺术手法和技巧，收到奇妙的艺术效果。

舒婷自1979年开始发表作品。主要作品有诗集《双桅船》、《会唱歌的鸢尾花》、《始祖鸟》。舒婷是一位内向的、情感型诗人。同样表现一代青年迷惘、失落到觉醒的思想和情感变化的过程，她的诗不像北岛的诗那样富有理性的批判力度和强烈的思辨色彩，而是充分发挥了女性诗人所特有的曲折幽微的心理和细腻委婉的情感的长处，以体贴入微、感同身受的人生体验，传达出对自身、对别人、甚至对整个人类的挚爱和关怀。所以她的诗对受伤的心灵不啻为温馨的抚慰。从她的《致橡树》、《船》、《惠安女子》、《风暴过去之后》、《祖国啊，我亲爱的祖国》可以清晰地看到她的爱的心灵轨迹。《致橡树》即是她爱情理想的宣言，也是她对独立人格的向往与追求。《风暴过去之后》把诗人的爱心更加扩大，闪耀着人道主义的温柔光辉。在诗中，她愤怒地谴责漠视人的生命的不负责任的可恶行径，呼唤人性，呼唤尊重人的价值。《祖国啊，我亲爱的祖国》是舒婷将爱心献给伟大的祖国的深情的力作。尽管将祖国比作母亲已并不新鲜，但女诗人温柔、深情的创作个性，以及真诚的内心剖白和美丽的忧伤，使此诗具有巨大的感染力。

在朦胧诗人中，江河和杨炼最具史诗意识。江河的代表作为《太阳和他的反光》。这组诗取材于古代神话，包括《开天》、《补天》、《结缘》、《追日》、《填海》、《射日》、《刑天》、《斫木》、《移山》、《燧木》、《息壤》、《水祭》共十二首。江河用了四年时间完成了这部精湛之作。诗人追本溯源，通过对远古人类文明的深层开掘，引发对民族文化传统的深思，以发现民族精神的"反光"。江河力图将古老的民族文化传统与现代意识相结合，写出全新的现代史诗。杨炼则把探索的目光投向古文化的历史空间，试图从历史、民族、哲学的层面上探索人生的真谛。为此，他特别留意民间传说、古风遗址，并形诸诗中。较之江河，杨炼的现代史诗结构更为宏伟，更有历史的纵深感，特别是富有纵横恣肆的艺术风格，深邃沉雄的理性思辨，雄浑豪放的情感流程，使他逐渐形成繁富雄奇的艺术个性。他的代表作是一度引起争议的《诺日朗》。"诺日朗"是藏语"男神"的意思，四川九寨沟的一座雪山和瀑布以此命名。此组诗在西南少数民族流传的神话的框架上，以九寨沟美丽的自然风光作为神话的外在的形象依据，融会进复杂的人生体验，表现了诗人对历史和现实的沉思。整部作品恢弘神奇、瑰丽多彩，标志着诗人创作个性的成熟。

顾城又是一个异数。他被称为"童话诗人"。"文革"中，十二岁的顾城随全家下放到山东荒原的河滩。剧烈动荡的社会使顾城成为一个早熟的孩子。他早期的代表作《生命幻想曲》，把大自然的童话世界搬进自己诗中，变为一个没有被污染的童话天国的一次尝试。这是少年顾城自己营造的桃花源："睡吧！合上双眼/世界就与我无关。"他的审美理想是追求和表现"纯净的美"，表现在他的诗中就是以一个天真未凿的孩子的童心，去体验自然界的声音、气味、色彩的无限新鲜美妙，以体现他"返归自然"的强烈愿望，永远生活在"浆果一样的梦"中。在《黑眼睛·诗话录（代后记）》中，顾城承认："我是个偏激的人，喜欢绝对。朋友在给我做过心理测验后警告我：要小心发疯。朋友说我有种堂·吉诃德式的意念，老向着一个莫名其妙的地方高喊前进，我想是有道理的。我一直在走各种极端。"此话不幸而言中，顾城终于发了疯，走了极端，于1993年10月8日在新西兰的激流岛上杀妻自尽。一个追求"纯净的美"的"童话诗人"，一个宣称"爱自己、爱成为'自我'、成为人的自己，因而也就爱上了所有的人"的诗人，居然用最残忍的手段杀死爱妻，结束自己富于天真幻想的一生。

朦胧诗除了对五六十年代新诗模式的突围外，还进行了两个对接：即对中国二三十年代发端，并开始生长的现代主义诗歌的对接，以及对世界现代主义诗歌的对接。

朦胧诗在现代主义的新的层面上，弥合了新诗史上的最大断裂，使五四新诗传统得到接续和延伸，使一度中断的新诗现代化进程得以修复和推进。而外国现代主义诗歌对朦胧诗的影响可以说是与生俱来的。甚至20世纪50年代的美国，包括凯鲁亚克、塞林格、金斯堡等在内的"垮掉的一代"的文学流派，也引起这些青年诗人的共鸣。所以，他们一开始就努力将自己的作品汇入今天的世界诗中，力图成为世界诗中的一部分。朦胧诗人是以这种方式与世界现代主义诗歌对接的：以一个世纪的十分之一的时间，几乎同时走完包括象征、意象、表现主义、未来主义、超现实主义诸多表现方法在内的西方现代主义诗歌发展的全部道路，从而将中国自由体白话体诗提高到广义现代诗的层次。这就是朦胧诗的历史功绩。正是朦胧诗以其追求多元性的艺术实践，打破了长期以来窒息新诗发展的一元化的陈旧戒律，以其多姿多彩的诗歌，迎来新时期诗歌的绚丽的霞光。

（三）美丽和不美丽的混乱

正如"月盈则亏"是自然规律一样，当朦胧诗像圆月一样达到完满辉煌时，正是它走向亏缺的开始。潮流总是后浪推前浪，更年轻的"新生代"以叛逆者的姿态扬弃和批判朦胧诗引为自豪的成就，且以超越者自居。"后新诗潮"之所以取代朦胧诗潮，并非偶然，而是有多种因素促成的。

首先是新诗潮的渐趋式微。"朦胧诗"的黄金时代是在 1981 年，之后，就渐渐走下坡路。其实，朦胧诗从它诞生时起，像一柄双刃剑一样，成就和历史功绩就与局限和不足同时并存。只是随着时间的推移，这些局限和不足越来越明显地暴露出来了。从思想内容上看，朦胧诗人们把自己的诗歌观念建立在"人的价值"的基础上，但这个概念又往往含糊不清，表现为哲学内涵的不稳定性和不明确性。而他们诗中所体现的人道主义、人本主义思想和感情，则并不"先锋"、"前卫"，而显得陈旧，甚至是历史的倒退。从艺术形式上看，朦胧诗人们的初衷是要突破传统的、陈旧的诗歌艺术模式；但是，随着朦胧诗声誉日隆，不少诗人一味追求新奇，有的甚至故弄玄虚，使诗晦涩难解，更有甚者，将周易、符箓引进诗中，使诗笼罩在一片宗教的神秘主义的氛围中。这些弊端影响了青年作者的创作。一时间，效颦者趋之若鹜，并且都是在外部技巧手法上花样翻新，于是造成劣作泛滥。这种状况使更年轻的诗人十分不满。他们希望有一种既不同于传统诗又不同于朦胧诗的第三种诗。

第二是"更年轻一代"的诗人，他们所处的时代、社会、所受的教育均与"朦胧诗人"不同。商品经济大潮的涌动，使他们的价值观念与是非标准和他们的前人截然有别。在"更年轻一代"诗人的身上，褪尽了源于意识形态神话的英雄主义激情。为了反对"贵族的倾向"，他们举起了"平民化"的旗帜。他们写诗，"仅仅因为活着，像其他人一样活着，仅仅因为敏感，甚至不比其他人更敏感，仅仅因为偶然，我们写诗"。

  "后新诗潮"拒绝诗歌的社会使命感，消解诗的群体代言性质，以更为个人化的姿态，仅仅以个体的方式面对世界。正因为如此，他们认为他们的诗不代表社会，甚至也不代表"一代人"，而只代表个人自己。由此，他们反对诗负载更多的社会历史，以及社会意义之类的、带有社会使命感的内容，而宁可回到诗的平常状态。他们主张以平常心、平常话语来写平常状态的诗。不仅如此，他们还提出"非文化"的主张，还对既有文化表示怀疑和反叛。最具典型意义，而且对比鲜明的例子是杨炼和韩东同样以大雁塔为题材的诗。杨炼的《大雁塔》被赋予了古老光辉文化的象征意义，表现了浓重的历史感，是民族历史的见证。诗人以拟人化的自白口吻写道："我被固定在这里/山峰似的一动不动/记录下民族的痛苦和生命。"而韩东的《有关大雁塔》则完全是淡化文化，淡化历史："有关大雁塔/我们又能知道些什么/我们爬上去/看看四周的风景/然后再下来"。此诗仿佛是为了针对杨炼的《大雁塔》而作的。此诗消解了大雁塔的文化积淀、历史见证、象征意义，一句话，几乎消解了杨炼所赋予大雁塔的一切意义。大雁塔就是大雁塔，它不负载任何意义和价值判断。

  "后新诗潮"由消解一切意义而导致"非崇高"、"非意象"。"后新诗潮"的诗人认为，人就是人，无所谓崇高与低下。他们以平常人、小人物、凡人，甚至平庸的人自居，以大量的、世俗的凡人细事入诗，以平凡琐屑取代新诗潮的崇高精致。不仅如此，为了彻底地"非崇高"，他们甚至将不登大雅之堂的丑陋的事物，和不堪入目的不洁的词句，搬进诗歌殿堂；而在表现手法上，更是大量运用反讽、调侃、黑色幽默等手法，嬉笑怒骂，皆成文章，亵渎神圣，肆意把玩。他们因此被讥为中国式的"嬉皮士"、"垮掉的一代"。他们放弃一切意象的营构，更愿意以日常口语入诗。如韩东又一首有名的诗《你见过大海》写道："你见过大海/你想像过/大海/你想像过大海/然后见到它/就是这样/你见到了大海/并想像过它/可你不是/一个水手/就是这样/你想像过大海/你见过大海/也许你还喜欢大海/顶多是这样/你见过大海/你也想像过大海/你不情愿/让海水给淹死/就是这样/人人都这样。"这样的诗满篇白话、饶舌话，甚至废话，但它确实没有意象、意义，只是显现了单纯、表象的大海。

1986年10月，由安徽的《诗歌报》和《深圳青年报》策划，联合用七个整版的篇幅，推出了"中国诗坛1986现代诗群体大展"。两年后，经过补充，由同济大学出版社正式出版了《中国现代主义诗群大观1986—1988》。此书介绍了一百多名新生代诗人各自组成的60余家自称的"诗派"，并据说"荟萃了1986年中国诗坛上的全部主要实验诗派的代表性作品"。展出的诗派有："他们"、"海上"、"非非主义"、"整体主义"、"新传统主义"、"莽汉主义"、"新感觉派"、"阐释主义"、"莫名其妙派"、"新口语派"、"日常主义"、"撒娇派"、"超感觉诗派"、"主观意象"、"生命形式"、"极端主义"、"病房意识"、"情绪流"、"四川五君"、"自由魂"、"野牛诗派"、"东方人"、"呼吸派"、"色彩派"、"男性独自"、"迷宗诗派"、"八点钟诗派"、"特种兵"、"超越派"、"体验诗"、"裂变诗派"、"生活方式派"、"三脚猫"、"黄昏主义"等等。这些五花八门的诗派虽然不乏虚夸广告的色彩，但也呈现了后新诗潮的林林总总，可谓蔚为奇观，也达到了新生代诗人们渴望造出大声势的目的。

如此众多的诗群在诗坛上异彩纷呈，如此光怪陆离的美丽和不美丽的混乱，这种局面维持不了多久，一旦喧嚣的尘埃散落之后，大多数诗群都将自生自灭，从此销声匿迹；但总有个别经过时间筛选后沉淀下来，存留至今。例如"他们"和"非非主义"。

"他们"和"非非主义"是"后新诗潮"中影响最大的两个诗群。

"他们"是指围绕着刊物《他们》周围的一批才气横溢，追求又大致相近的青年作家。《他们》创刊于1985年3月7日。在《他们》发表小说的作者是后来名噪一时的青年作家马原、阿童（苏童）等；而诗歌作者后来也名扬诗坛，如韩东、于坚、丁当、小海、王寅、小君、吕德安、陈东东、陆忆敏等。

在《中国现代主义诗群大观1986—1988》中，"他们"发表的"艺术自述"可以被看做为"他们"诗歌的理论基础："我们关心的是诗歌本身，是诗歌成其为诗歌，是这种由语言和语言的运动所产生美感的生命形式。我们关心的是作为个人深入到这个世界中去的感受、体会和经验，是流淌在他（诗人）血液中的命运的力量。"这说明"他们"诗群追求诗歌本体，认为诗歌只有切近生命的本体，才具有最高的价值。"他们"还认为诗必须从个人出发，最重要的莫过于个人对世界的感受与体验，以及流淌在诗人血液中的命运的力量。"他们"对语言非常重视，"他们"有句名言就是："诗到语言为止。"

在"新生代"诗群中，"非非主义"也引人注目。周伦佑解释说"非非"即隐含"非崇高"、"非理性"中的两个"非"字。①

在"后新诗潮"中，"非非主义"的出版物是最多的。与"他们"诗派正好相反，"非非主义"非常重视诗歌理论，是有理性自觉的诗歌群体。"非非主义"的成员动辄写洋洋洒洒的长文来阐述自己的诗歌理论主张。尤其与众不同的是，他们还杜撰了许多晦涩难解的新的概念名词，为了诠释这些概念名词，又专门编辑印行了《非非主义小辞典》。《非非主义宣言》是这样来解释"非非"的：所谓"非非"，"乃前文化思维之对象、形式、内容、方法、过程、途径、结果的总的原则性的称谓。也是对宇宙的本来面目的'本质性描述'。非非，不是'不是'的"。按照周伦佑的说法，"'非非'理论主要由'前文化'理论、'艺术变构'论、'反价值'理论以及诗歌语言四个部分构成。"所谓"前文化"论，是"基于'思维先于语言'这样一个有争议的命题，并试图通过对'前文化域'的揭示与拓展，进而探讨人类创造的本源。"所谓"艺术变构"论，则是"对被结构主义理论所强化的艺术秩序的本能的质疑和否定"，认为"所有的结构秩序都是不稳定的，每一种结构都包含着自我变构的因素，变构才是艺术的本质和生命。"由"艺术变构"又衍化出"反价值"论，认为"任何新艺术都是在对旧的艺术价值及其结构形式的质疑与瓦解中实现自己的，变构就是反价值。"而"对诗歌语言的重视和专注是'非非'理论的又一个重点"，主张语言的"非确定"、"非抽象"，主张"语感先于语

---

① 周伦佑：《异端之美的呈现——"非非"七年忆事》，《诗探索》1994 年第 2 期。

义，语感高于语义"。

诗歌评论界普遍认为，"非非主义"的理论只是停留在理论的层面上，未能指导创作实践，他们的理论并不科学，严格地说，"非非主义"的理论不能算是诗歌理论，而只是一种以诗歌和理论包裹起来的对现实的情绪和态度的宣泄，是一种反文化的、压抑情感和心理的反映。

对于后新诗潮此一景观，评论家谢冕曾作了如下评价："这一场'美丽的混乱'，是自有新诗历史以来最散漫、也最放纵的一次充满游戏精神的诗性智慧的大展示。新诗线性发展的历史中断了，多向度和多层面的开展成为当代新诗的常态：走向历史和走向文化，走向个人和走向内心，走向麦地和走向生命，显现出从来未有的驳杂和繁富。①"

散漫、放纵、充满游戏精神的、人为的"美丽和不美丽的混乱"的后新诗潮，其势汹汹，波翻浪涌，几乎浸漫淹没诗坛。人们惊喜地发现：潮水中有一中流砥柱，坚如磐石，任凭潮水冲击不为所动。这"中流砥柱"就是校园诗人。这里所说的校园诗人主要是指北京高校，特别是北京大学的校园诗人。他们是西川、海子、骆一禾、戈麦等。

为了反对后新诗潮散漫无序、随意放纵的、充满游戏精神和黑色幽默的诗歌主张和形态，为了有一个自己的诗歌阵地，这些学院诗人们自办刊物《倾向》。《倾向》于1988年创刊。编者在发刊词《〈倾向〉的倾向》中，鲜明地表达了自己的观点，文章说："写作并不是语言之下的动作、纯感官的行为、宣泄或作为'生活方式'的无聊之举，从情绪感受直抵语言并且'到语言为止'的倒退，写作也不是从语言到语言的实验。"可见他们是针对后新诗潮的。他们还进一步宣告："写作是在语言之上的，是对语言的升华，是关于灵魂的历险。……诗人通过写作，所要寻找和发现的是最高虚构之上的真实、光明朗照的无限之境，是绝对的善，而这正是《倾向》的乌托邦，精神的乌托邦。"

学院诗人强调诗人必须具有理想主义信念和知识分子精神。面对

---

① 谢冕：《20世纪中国新诗：1978—1989》，《诗探索》1995年第2期。

"美丽和不美丽的混乱"，他们坚持"秩序的原则。"在他们看来，"秩序"是对于"艺术自觉"的归纳，是对于"自由"的节制。显然，这是混声合唱中一种追求高贵的诗歌精神的声音。

（四）走向边缘的诗神

刘勰在《文心雕龙·时序》中说："歌谣文理，与世推移"，"文变染乎世情，兴废系乎时序。"时代和现实必然要对诗歌产生影响，一个时代有一个时代的诗风。90 年代的诗歌与 80 年代的最大不同之处，就在于：诗歌从中心走向边缘，诗人从群体化到个人化，诗人先锋意识淡化，不同程度地向传统和现实回归，诗歌话语也由晦涩趋向澄明。

90 年代的诗歌不再处于社会公众关注的中心地位，而是逐渐走向边缘。造成这种局面有内外两部分的原因。

外部原因主要是时代和现实的因素。70 年代末 80 年代初诗歌产生的轰动效应，主要不是源自诗歌本身，而是时代和社会因素起了决定性的作用。进入 90 年代以后，由于政治环境相对宽松，诗歌的社会使命和意识形态载体的功能逐渐减弱，诗歌逐渐向其自身回归。因此，因为一首诗的发表而引起全社会热烈反响的现象已不复存在。

内部原因主要来自诗人，尤其是先锋诗人自身的因素。一方面商品经济大潮的冲击，使诗人们深感困惑和迷惘；另一方面，社会大环境和创作环境相对宽松，使诗歌得以从容地向诗的本体和艺术回归。平心而论，这一切为诗歌的进一进发展创造了有利的条件；但是始料未及的是，这些有利条件却恰恰变成诗歌，主要是新潮诗歌创作的阻力。如果说，以前新潮诗歌面对政治和意识形态的压力，会因对抗而平添蓬勃的生机和生命力，不利的逆境往往是诗歌诞生的温床；那么，当下先锋诗人所面对的则是商品经济大潮，浮躁与喧哗成风，减弱了生机和生命力，失去了锐气和才气。不断重复的意象，艺术上缺乏创新，成为诗歌的主要弊病。对主题和思想不再讲究，思想越来越贫乏，情绪越来越琐屑，语言越来越怪诞，内容越来越苍白，形式越来越离奇。有人说："不是读者远离诗歌，而是诗歌远离了读者。"

诗歌在社会上的中心地位的丧失，源于时代和现实的因素。黑格尔在《美学》一书中就曾预言："就它的最高的职能来说，艺术对于我们现代人已是过去的事了。因此，它也已丧失了真正的真实和生命，已不复能维持它从前的在现实中的必需和崇高地位。"今天中国新诗的现状居然被19世纪的德国哲学家不幸而言中。在以经济建设为中心的社会中，意识形态由在社会生活中的中心位置，逊位于经济这个"中心"，原有的社会心理和价值取向也随之发生变化。商品经济大潮的涌动，造就了商业文化的迅猛发展。因此严肃高雅艺术的不景气，文化艺术作品的世俗化等等，都是在这一重大历史环节上、特殊的时代氛围中发生的。这样，诗歌从中心走向边缘也就是十分自然的现象了。

诗人不再充当先驱和思想启蒙者的角色，改变了诗歌社会抒情的传统性质，个体生命的歌唱成为诗歌的主调。告别了社会抒情和集体精神认同，青年诗人开始了个人化写作姿态。诗人王家新甚至将"个人写作"作为诗歌发展的一个时代标志。他说："80年代末尤其是90年代以来，中国当代诗歌就其最具实力与探索意识的那部分而言，其实已进入到一个个人写作的时代。"他认为"个人写作是在特定的历史语境中提出来的"，"其意义在于自觉地摆脱、消解多少年来规范性意识形态对中国作家、诗人的支配和制约，最终达到能以个人的方式来承担人类的命运和文学本身的要求。"[1] 个人化写作消解了社会抒情和集体精神聚合力，同时也消解了诗坛上的喧哗与骚动。

在90年代，诗人的先锋意识淡化，又不同程度地向传统和现实回归。在1997年，更出现了对青年诗界的"先锋情结"的反思。一些青年诗人开始对80年代盲目求新的先锋情结进行反思。最有代表性的是"非非主义"的评论家周伦佑。周伦佑在其《红色写作》一文中，描述现代诗由"白色写作"向"红色写作"的转变：从书本转向现实，从摹仿转向创

[1]　王家新：《夜莺在它自己的时代》，《诗探索》1996年第1期。

造,从逃避转向介入,从水转向血,从阅读大师的作品,转向阅读自己的生命,不是摹仿移植西方现代主义、后现代主义。他希望从这种转变中,创造摆脱西方文化影响的真正的中国现代诗。

对先锋情结的反思,先锋意识的淡化,必然导致现代诗、现代诗学向传统和现实的某种回归。新潮诗人于坚就曾对普遍地存在于中国先锋诗人中的殖民地文化心理进行了尖锐的批评。一些诗人开始自觉地重新认同传统,并从富有深厚文化意蕴的传统中发现、发掘诗意,将富有悠久传统的东方文化与现代意识熔铸在诗中。回归传统不仅不会使诗歌显得陈旧、僵化,反而使一味摹仿西方现代诗而陷入困境的一些新潮诗,充实了文化意蕴。现代诗、现代诗学向现实的回归,表现在对以前先锋诗人所不屑一顾的把现实生活、社会理想和社会意识形态等等作为诗歌内容的重新认同。在创作实践上,向现实回归的倾向也较明显。在内容上,一些以前曾竭力回避现实的青年诗人,一反常态,开始直面现实,关注芸芸众生的欢乐与痛苦,诗中饱含生命的体验。在形式上,新潮诗人曾经最为鄙夷的叙事方式、叙事话语,竟然又悄悄地出现在诗歌文本中。正如诗评家吴思敬所说:“叙事性话语成分重新回到 90 年代青年人的笔下,不能仅仅看做是一种诗歌手段的流行,更重要的是显示了青年诗人们由过去对现实的漠视、回避,转入对现实存在状况的敞开与关怀。”与对现实生活、叙事方式、叙事话语的重新认同相联系,诗歌话语很自然地由晦涩变为澄明。

正当诗歌走向边缘,诗人的神话破灭,不少诗人纷纷外流、改行,诗歌这块人类美好的精神家园越来越缩小之际,偏偏有一些诗人不为各种物欲的诱惑所动,甘愿寂寞,甘受清贫,恪守着自己的审美理想,坚韧而悲壮地守望在这块美好的精神家园里,在心灵中永远保留这神圣的净土。

令人敬佩的是那些德高望重的老诗人。几十年来,他们笔耕不辍,坚持耕耘在诗苑里。在老诗人中,郑敏和牛汉是较为突出的。他们都已年届耄耋,却始终怀着诗人的赤子之心,诗思奔涌。

晚年的郑敏,她的诗歌创作除继续保持她的“风格典雅而洗练”、“爱好冥想”、“有极丰富的想像力”的特点外,在思想内涵上具有更深邃、睿智的哲思，境界更为开阔；在艺术上更为圆熟。她在创作和理论上都能做到深入浅出，寓深奥于平易之中。她为悼念另一位"九叶诗人"唐祈而写的组诗十九首《诗人与死》，保留了她那"深远的幽思"的诗风，为诗坛瞩目，是广受好评的成功之作。

与风格典雅的冥想型诗人郑敏大异其趣，牛汉是一位燃烧着生命之火的诗人。对于这位有着蒙古族血统的老诗人来说，诗是生命的一部分，而且是不可或缺的一部分。生命是诗的骨骼，诗是生命的花朵。无论是强悍的生命、荏弱的生命，甚至无生命的东西，都被老诗人赋予了灌注生气的鲜活的生命。他的长诗《梦游》、《发生在胸腔内的奇迹》、《空旷在远方》以及《三危山下一片梦境》等作品，标志着晚年牛汉对自己的超越，对既有诗艺的突破。

和牛汉一样，绿原也是"七月"诗群的重要成员。因为他对外国文学有很深造诣，知识面很广，所以他的诗，特别是出访记游的诗，如《西德拾穗录》等作品，熔知识、诗情、智慧于一炉，出语隽永、幽默。《过罗雷莱》、《日耳曼古森林的怪石群》和《仰望瀑布》都是他晚年的成功之作。

新时期开始后不久，政治上的解放焕发了老诗人苏金伞的创作青春。他当时年近八十岁，却以罕见的创作热情，写下了大量诗文，一时蔚为奇观，受到文坛瞩目，被人们称为"苏金伞现象"。他在八十六岁高龄时，写了一首回忆青春期爱情的诗《埋葬了的爱情》，写得坦诚、真挚、朴素、纯真，赢得诗界的赞赏和好评。苏金伞写于1996年的四首近作《落花流水》、《四月的黄昏》、《郁金香》和《病中寄克家、艾青老友》也相当出色，表现了老诗人对生命、对美好事物的执著的爱，使人们感受到有一股与老诗人年龄不相称的强大的生命力在诗行间有力地搏动。

"九叶诗人"杜运燮是又一位坚持创作的老诗人。他在90年代出版了诗集《你是我爱的第一个》、《杜运燮诗精选100首》、诗文集《海城路上的求索》。他的诗歌创作，早年受英国现代诗人奥登的影响。复出后，他沿袭了40年代就谙熟的现代主义表现手法，比较注重心理分析，大量运用象征和隐喻手法。另外，他在晚年的诗歌创作中，体现了深层的知性、冷静的沉思，具有生动而耐人寻味的理趣。《车站》、《里尔克的豹》、《读罗丹的〈思想者〉》等诗俱是不可多得的佳作。晚年的杜运燮还创作了关注时代、关切现实的诗，如《圆明园漫步》、《为长城唱支歌》、《香港回归颂——一个七九老人庆九七》等诗。

　　勤奋笔耕的老诗人还有蔡其矫、曾卓、唐湜、李瑛、孔孚、沙鸥、晏明等等，他们各自营构了黄昏时刻美丽的晚霞。

　　如果说，老诗人由于终身从事诗歌创作，因而对诗痴情不改，心甘情愿地充当寂寞诗坛的守望者，还在情理之中；那么，一些青年诗人不为物欲所动，宁受清贫，也要忠于缪斯女神，就非常难得了。在他们眼花缭乱、千姿百态的写作风格和话语方式中，可以大致分析归纳出以下几种写作姿态。

　　其一是坚持理想主义写作。持这种写作姿态的青年诗人们所取的人生态度是积极向上的、严肃的，他们追求精神的纯粹、灵魂的纯净，志向高迈，热情奔放，接近浪漫主义；但他们又耽于沉思，具有自我反省意识，叩问人生的终极意义与最高价值，趋向超验和神性。这些青年诗人是耿占春、梁晓明、黄灿然、大解、惟夫、叶舟等。

　　其二是采取解构主义写作。当理想主义写作的青年诗人"趋近神性"，虔诚地进行"神话写作"时，而解构主义写作的青年诗人，却"破除神话化"，进行"反神话写作"。解构主义的特点是将任何本体或本质的观念"问题化"、"分裂化"、"反稳定化"。解构主义有关意义本质的观点是怀疑论的。他们对"真理中心主义"的颠覆过程，也正是"破除神话化"的过程。由于其"反稳定化"，故解构又是"反沉淀"的过程。所谓"文化沉淀"就不复存在。以解构主义作为写作策略的青年诗人们，强调创作意识的绝对自由。无论创作题材、表现形式、写作技巧以及诗歌语言都要绝对自由，以致自由到消解所有的神圣，以形而下、粗鄙的东西和语言，来解构一切庄重、严肃、神圣的事物和观念，并加以无情的揶揄和嘲弄。他们以口语入诗，大量充斥俗话、粗话、下流话，语调调侃反讽，常有充满智性的黑色幽默的神来之笔。解构主义的写作属于后现代主义的写作倾向，持此种写作姿态的青年诗人有：廖亦武、伊沙、阿坚、余怒等。

其三是追求高贵经典性的精神境界。持此种写作姿态的青年诗人勇敢地面对远不完美的现实，极度关注人类的生存状态。他们对远不完美的现实有着敏锐而清醒的认识，却又不甘、不愿与之认同。他们在诗歌创作中，以真挚深沉的情感，真切地表现历史沧桑的命运，通过展现个人的命运，折射出时代的风貌。在他们诗中，也表现了对现实的不满，不乏揶揄嘲弄，但更重要的是，他们更重视内省，通过对自我心灵的审视、感悟、升华而达到精神的超越。他们追求一种超越现实、超越自我、高贵而富有经典意味的精神境界。这种写作姿态曾被一些评论称为"后乌托邦"和"新古典主义"。又因他们多为高校教师，所以又被称为"学院诗人"，他们的写作姿态又被称为"知识分子写作"。他们是西川、王家新、欧阳江河、陈东东、柏桦、臧棣、哑石等。

其四是切入日常现实生活的写作。持这种写作姿态的青年诗人主要沿袭了"他们"诗派的诗歌主张和原则。在写作与现实的关系上，他们摈弃了新诗潮诗人常用的富含历史文化意蕴的意识形态权力话语，而将笔触转向普通的日常生活。他们对生活场景、生活经验、生活真实状态的浓厚兴趣，以及直接揭示事物的本质的穿透力，使他们的诗歌传达出生活质感的张力。而这种张力体现在直截了当的陈述句中，从而排除了一切常见的艺术技巧。他们一反传统的、惯常的诗歌思维和表达方式，以口语入诗，使诗歌保持一种生机盎然的原创性、直接的感受性，以及独创性。由于他们主张以口语入诗，所以，他们这种写作姿态又被称为"口语写作"。主要诗人有韩东、于坚、丁当等。

如果说，上述的老诗人和青年诗人都是诗歌坚韧而悲壮的守望者，那么来自另一半世界的激荡的诗情，更为诗坛带来亮色、带来赞赏、带来责难、带来无数惊异的目光。女性诗歌是90年代诗坛的天空上耀眼的星辰，一度也曾被目为不祥的异端。

　　新一代女性诗人翟永明、海男、唐亚平、伊蕾等的女性意识无疑是深层次的，内向型的。这意味着她们不再仅仅满足于以女性的眼光向外观察世界，然后写出在表面上与女性特点相符的诗；恰恰相反，她们不约而同地都把注意力转向内心，也就是向内看，把自己的内宇宙、灵魂当做审视对象。此外，她们不像舒婷那样，具有"悲剧英雄"情结，关注整体人、整个人类的命运；她们只关注个体，只关注个体的生命体验。同时，西方女权主义运动、美国自白派诗歌都曾给予她们深刻的影响。她们的诗也被称为"女性自白派"诗歌。

　　"女性自白派"诗歌，首先表现为对女性意识的自觉，也就是说这些女性诗人，先意识到自己是女性，然后再意识到自己是诗人；其次表现为自我抚摸，也即自恋主义情结。注重内心体验，大胆地倾诉由女性生理和心理特点所带来的隐秘的生命体验和内心活动；其三，表现为以自虐的方式向世界抗议，特别是以推向极端的扭曲变态的行为和语言向男性世界挑战；第四，表现为自审，也即自我审视，把内心灵魂当做审视对象。这四点涵盖了女性诗人们的创作路子。

　　女性诗人还有两种主体意识："黑夜意识"和"死亡意识"。

　　"黑夜意识"最早是由翟永明提出来的。她的组诗《女人》的序言就是以《黑夜的意识》为题的。她认为黑夜与女人与生俱来，是"一种从身体到精神都贯穿着的包容在感觉之内和感觉之外的隐形语言"，并且随着她们的成长而成长。认为黑暗"也是无声地燃烧着的欲念，它是人类最初也是最后的本性。就是它，周身体现出整个世界的女性美"。"黑夜意识"虽为翟永明首先提出，但因其符合女性的心理需求，故而为所有女性诗人所接受。在翟永明等女性诗人看来，黑夜不仅是自然界的时序，而且成为一种只属于女性世界的心灵深渊。

　　女性诗人的"死亡意识"主要来自西方文化意识的影响。爱与死一直是西方作家、诗人歌咏不绝的主题，被称为"永恒的主题"。作为女性和诗人双重身份的女性诗人，本身又分外多疑、敏感、警觉。人生无常，旦夕祸福，使敏感的女性诗人常处于一种宿命的危机感的笼罩之中。女性诗人常预感到死神在悄悄地向她们逼近。正因如此，在她们的作品中出现了大量描写死亡的诗。但是值得注意的是，却几乎找不到悲观厌世的诗。这说明女性诗人的"死亡意识"的本意是要用冷酷的"死"来警示沉沦于浑浑噩噩之中的"生"，使人们意识到只有对自身有限的生命作真正的创造，生命才获得真正的价值。

90 年代以后的诗歌尽管走向边缘，然而，唐山在，诗魂不朽！新中国的诗歌至今已呈现了现实主义、现代主义、浪漫主义、新古典主义诗歌的多元并存的格局。诗坛并未如某些人所妄断的那样"荒漠化"，人们完全有理由对走进新世纪的诗歌充满乐观与信心。

（五）现实的回归与反思

闻一多在新诗发展初期曾说："什么是诗呢？我们谁能大胆地说出什么是诗呢？我们谁能大胆地决定什么是诗呢？有多少人士曾经对于诗发表过意见，但那意见不一定合理的，不一定是真理，那是一种个人的偏见。"[①] 的确，新诗在自身发展的路途中充满了坎坷与质疑，到了二十一世纪依然显现对自身身份的不安与焦虑。

然而，不同于上世纪 80、90 年代的诗坛，新世纪的诗人与研究者们不满于新诗逐渐走入边缘化，尽管诗坛格局似乎并未出现多么重要的更新，但通过外部的刺激，让诗歌一次次地发出声音。

1999 年 11 月中旬，《诗探索》编辑部与《中国新诗年鉴》编委会联合主办了"'99 中国龙脉诗会"。这是继 1998 和 1999 两个春季诗会之后在北京召开的又一次诗界高端论坛，40 余位重要诗人、诗歌评论家就当前诗学论争及相关的创作、理论问题进行了研讨与对话。这次诗会是针对所谓"民间立场"和"知识分子写作"两种不同立场、观点的诗学论争而召开的。从某种意义上说，不同立场、观点的论争与对话，是一个时代开放自由、充满活力的象征与标志，在一个多元的时代尤为如此。孙绍振

---

① 闻一多：《诗与批评》，《闻一多全集》第三卷，三联书店 1982 年版，第 571 页。

认为争论是一件好事，大家都用诗人的胸怀互相争论甚至发火，以一颗博大、悲天悯人的心，在坚持个人诗学原则的前提下，又能接纳别人，与别人相交融，使灵魂升华到一种境界，这既无负于时代，也无负于诗歌。徐敬亚对此也很有感慨，想起以前朦胧诗时代，那时一百零八将，既有"追兵"又有"围剿"，内部即使有矛盾，也不能浮出地表。现在外部环境宽松了，矛盾自然从内部发生，这也是很正常的。不少发言者认为，这次"民间立场"与"知识分子写作"的论争，是在相对自由、宽松的环境氛围里展开的，是纯正诗歌内部不同美学观念和写作倾向的论争。

进入新世纪以来，当代汉语诗人在写作中，时常会讨论写作的"及物"问题，批评诗歌写作沉溺在幻象或意象的抽象滑动，远离纷纭而复杂的现实生活。我们同时看到，当代诗歌正在发生全面的现实转型，新诗从圣坛上走下来，自觉实现着向现实的拓展。广大诗人跟上时代的步伐，积极投身于社会变革的洪流之中，努力反映人民群众的精神风貌，创作出一批描绘时代巨变、反映民族精神、呼应人民心声的诗歌作品。新诗创作主题之丰富、题材之广泛、形式之多样、数量之众多，都令人欣喜。更令人难忘的是，在 2008 年"5·12"汶川特大地震发生后，在报刊、电视广播、网络等各种媒体上，抗震救灾题材的诗歌如火山喷发，在中国当代诗歌史上写下极为罕见的一页。汶川地震震动了全中国乃至全世界，同时，也震动了所有诗人的灵魂。"诗歌与人诗刊"和"诗生活网"立即联名在互联网上发表《致全国诗人倡议书》，提出"此时诗歌何为？"并认为"在大灾大难面前，诗人不能仅满足于用笔书写心中哀思，表达悲伤。诗人必须行动起来！诗歌必须有力地介入社会生活！生活必须有重生的力量！诗歌必须发出她大爱的声音！"接着，"诗生活"网站向全国诗人征集大地震题材的诗稿，稍后在广东的广州、深圳、佛山、东莞等城市，组织诗歌朗诵会，向社会各界募捐。

"草根诗人"的一首《孩子，快抓紧妈妈的手》在百度"地震吧"里出现，迅速得到传播。很快，人们便从手机短信、电视上看到或听到这首和这类诗歌。从诗人到普通民众都拿起笔，每天都涌现出成千上万的诗歌。《诗刊》地震后一周之内推出两期 8 个版的《诗刊抗震救灾诗传单》，《星星》诗刊把已经编好的 6 月号部分内容撤下，改成"抗震救灾特别专辑"。不少出版社迅速地编选地震诗歌，群众出版社的《汶川诗抄》和人民文学出版社的《有爱相伴——致 2008 汶川》，第一时间在全国新华书店发行，并将部分诗集捐献给了灾区，从北京到成都等地的群众还自印大量的诗传单散发。地震诗潮洋溢着血泪和大爱的深情，在亿万民众心中涌起层层波澜。

地震诗潮的出现，也再一次让批评与创作二者站在了一起，对地震诗歌写作热潮的反思紧随着兴起，无论是从写作的伦理还是从诗歌的艺术性以及文学的历史意识的角度看，都体现了批评的高度自觉。批评家耿占春呼吁，将灾难中激发出来的同情心、对生命的尊重等扩展并提升为一种"人道主义社会伦理"，"苦难不应该再次被劫持，救助也不应该变成感恩戴德。苦难应该成就一种政治智慧。苦难激发的是爱、同情与怜悯。它体现了人与人之间的非利害关系的伦理必要性，无偿付出和支持他人的生命意志。自然灾难激发的社会伦理热情应该能够转化为遏制或减少人对人、制度对人的伤害、对他人尊严的维护的持久力量。"[1] 谢有顺则认为，地震诗潮带给我们两点启示："一是它向我们重申了诗歌和情感之间的永恒关系；二是诗歌并未退出公共生活，只是，诗人要重新寻找诗歌介入公共生活、向公共领域说话的有效方式。国难过后，未必就会出现诗歌繁荣的景象，但这一次的诗歌勃兴，为诗歌重返现实敞开了新的可能性。"[2]

当从政府到民众都尊重诗歌、热爱诗歌的时候，"盛世"才可能有真实的意义。出于这样的理解，新世纪近几年来，以"中国诗歌节"、"国际诗歌节"为标识的诗歌活动，成了政府大力支持的行为。在 2005 年和 2009 年，由国家文化部和地方政府出面，已分别在马鞍山市和西安市举

---

[1] 耿占春：《短暂的灾难，持久的苦难》，收入黄礼孩主编《5·12 汶川地震诗歌写作反思与研究》（2008 年 8 月，广州，民间诗刊），第 8 页。

[2] 谢有顺："就大地震后的诗歌写作答蒲荔子问"《写作不仅要与人肝胆相照，还要与时代肝胆相照》，载《当代文坛》（双月刊）2008 年第 4 期。

办了第一、第二届"中国诗歌节"。在2007年和2009年，由青海省政府和中国诗歌学会主办了第一、第二届"青海湖国际诗歌节"，诞生了庄严的"青海湖诗歌宣言"，以诗的名义，作出了"把敬畏还给自然，把自由还给生命，把尊严还给文明，把爱与美还给世界，让诗歌重返人类生活"的承诺。2009年的"中国诗歌节"设在生长诗歌的古都西安，既把当代诗歌和长安遗韵对接了起来，又因有60余项、上万群众参与的诗歌活动，而成为气象空前的诗歌艺术的盛会、人民大众的节日。但即便是如此狂欢的诗歌节，其重头戏依然是诗歌论坛上多种思维的理性碰撞：面对多元的时代，诗歌如何更好地表达时代精神？面对广泛的民众，诗歌如何走进他们的心灵？面对诗歌的困境，再生与复兴的路又在何方？诗人和批评家并不满足当下"铺天盖地"的诗歌，而期待与大国地位匹配的真正厚重的作品。北京大学教授、诗歌批评家谢冕就做了这样的现实反思："自我抚摩和无病呻吟的作品太多，生在和平年月，我们当然不会排斥快乐和消闲，但不论何时，这些都不会是时代的主潮。有位经常在电视屏幕上出现的学者警告我们：'谁有权力对几亿人的快乐说不呢？'当然谁也没有这个权力。同样，谁也没有权力把文艺的功能仅仅锁在"快乐"上。我们认定，除了快乐，也许还有悲哀，还有忧患。如同唐代，写《秋兴八首》的诗人，也写'三吏三别'……李白尚且感叹：'王风委蔓草，战国多荆榛'，'正声何微茫，哀怨起骚人'，何况我们？李白说，'自从建安来，绮丽不足珍'，他所期待于当世的，是有着建安风骨的'正声'。现在轮到我们发出感叹了：大雅久不作，吾衰竟谁陈！"[①]

在21世纪的第一个十年中，诗歌的喧嚣已经较之上世纪80、90年代平静了许多，其间虽也时有炒作之风和争辩之雨，但从总体上看，以往无谓的争论和话语权力的争夺已经让诗人们精疲力竭，更多的诗人回到沉稳，致力于在更深层次的心灵家园中拓展和反思。应该说，这样一种流脉动向，将会使诗坛更加理性地面对未来。

---

① 谢冕：《大雅久不作，吾衰竟谁陈》，《陕西日报》2009年5月25日。

（六）另一个"诗坛"

在共和国文学的视野中，还有一个潜隐于主流诗歌表层之下的另一个"诗坛"——旧体诗词写作空间。所谓旧体诗，相对于"新体诗"，一般指的是"五四"新文化运动之后以中国传统格律诗词形式创作的诗歌。这一领域的创作群体，主要有新文学家，如郭沫若、茅盾、老舍等；学者，如聂绀弩、胡先骕、苏步青等；革命家，如毛泽东、朱德、陈毅、董必武、叶剑英等。尤为人们称道的是，毛泽东80余首诗词，展现了一代伟人的革命襟怀和磅礴的文化气象。朱德在戎马倥偬中写有旧体诗130多首。陈毅"将军本色是诗人"，一生创作了约170题、700余首诗词。董必武将抒情与哲理结合，作诗1000多首。叶剑英善七律，意境浩阔，语言精约。老一辈革命家参与诗词创作，构成了共和国文学史上重要的诗歌现象。

在"五四"新文化运动的狂飙突进时期，古典诗词成为新诗派的直接批判对象，在新与旧的争斗中，传统诗词逐渐进入一种边缘化、个人化的沉潜写作状态，失去了昔日独霸诗坛亦或独领风骚的主体地位。旧体诗虽然在诗坛上也有过勃兴时期，但终究被新文化运动主流所抑制，不能成为新诗坛的一部分，从而在主流诗坛之外又形成了另一个"诗坛"。

共和国建立初期到"文革"之前的十七年间，歌颂新中国成为诗歌创作的主要内容，旧体诗的创作也不例外。讴歌新中国、新社会成为所有诗人的共同目标，如"祖国前途无限好，千红百紫斗芬芳"；"红旗到处飘扬，广大人群里，歌声洋溢，男女老幼，真个是、人人兴高采烈"（《念奴娇》下阕）之类，这类诗歌大都流于政治化、口号化、公式化，内容多为歌功颂德、粉饰太平，空洞单调，艺术上罕有颖异之处，带有浓重时代特色。

1957年1月，刚刚创办不久的《诗刊》发表了毛泽东的18首旧体诗词，同时刊出的还有毛泽东致主编臧克家的一封信，其中有这样一段话："这些东西，我历来不愿意正式发表。因为是旧体，怕谬种流传，贻误青年。"又说:"诗当然以新诗为主体。旧诗可以写一些,但不宜在青年中提倡。因为这种体裁束缚思想,又不易学。"就是这封本来很正常的私人信件,却因为它的公开发表而产生了意想不到的作用,竟被当做是党的文艺政策加以贯彻执行。

在一次又一次政治运动中,一批老干部、学者被打成异己,或身陷囹圄,或放逐山野。在逆境之中,旧体诗词成为他们表达个人心志的一种形式。如被发配到北大荒的聂绀弩,在无可奈何的境况下,以旧体诗调侃自己,将鲁迅、周作人始创的杂文体诗发挥到新境界。其《散宜生诗》表现了诗人遭遇冤屈后二十年来的苦难历程,记录了被迫劳动改造的各个侧面,例如《搓草绳》、《锄草》、《削土豆种伤手》、《地里烧开水》诸诗都生动描写了特定历史条件下的劳动情景。他擅长以诙谐解嘲的笔调,化辛酸为一笑。如《推磨》一诗云:"百事输人我老牛,惟馀转磨稍风流。春雷隐隐全中国,玉雪霏霏一小楼。把坏心思磨粉碎,到新天地作环游。连朝齐步三千里,不在雷池更外头。"推磨本是极平凡单调的劳动,在他笔下,毫无沉闷枯燥之感,反而能联想翩翩,比喻新奇,看似嬉谑,实则沉痛。颈联用一三三句法,拗折崛健。其他妙句如:"这头高便那头低,片木能平桶面漪。一担乾坤肩上下,双悬日月臂东西"。以白描手法写挑水,真实地表现了知识分子的劳动体验。

从新中国成立到"文革"结束,旧体诗词能够公开发表的并不多,大部分诗词,以时事与游览之作为主,但此时期在思想内容上趋同,大多是赞颂建设成就与大好形势,有意追求风格、具抒情性之作不多。1961年老舍随作家艺术家访问团到内蒙参观访问,写了《内蒙之行》、《内蒙风光》、《内蒙即景》、《内蒙古东部纪游》等组诗。描写草原风光、民情风俗、劳动生活、建设成就和民族团结。其中不乏表态式的套话,但也有不少作品表现出老舍一贯的真诚、风趣和明丽的特点。茅盾在这一时期创作的旧体诗词大都属于"新台阁体",具有强烈的政治性,表现了诗人强烈的政治人格的艺术投射。主题或歌颂或批判,或雅正平和,或义正词严。如《观北昆剧院出演〈红霞〉》(二首)、《曲艺汇演片段》(四首)、

《歌雄心更雄》等带有浓重时代特色的政治诗。这些诗鼓吹和歌颂了大跃进的时代精神，具有明显的历史局限性。再如歌颂和弘扬中外民族和国家之间的政治友谊的诗《祝日本前进座建立三十周年》（二首）、《听波兰少女弹奏肖邦曲》（二首）、《访玛佐夫舍歌舞团》、《西江月·为日本蕨座歌舞团作》等"新台阁体"诗词，平正典雅、铺张扬厉，多骈偶，喜藻饰，呈现出一种世界大同的太平气象。其中有些诗也体现了茅盾精湛的古典诗艺功底，如作于1958年《观朝鲜艺术团表演偶成》二首（《扇舞》和《珍珠舞姬》）就是典范。这两首七律属对精工、诗语艳丽华美、诗风婉约动人。"素袖轻扬半折腰，连环细步脚微挑。低徊画扇百花绽，炫转长裾万柳飘。""回黄转绿幻霞光，宛约翩跹仪万方。凤管徐随皓腕转，鹍弦偏逐细腰忙。"其写实的功夫体现了茅盾创作中一贯重写实的艺术情趣。茅盾创作的另一类是批判的，主要是批判当时国际上的"修正主义"思潮，如《无题》、《壬寅仲冬感事》、《满江红·一九六三年新年献词》、《阅报偶赋二律》等等，这些批判性的政治诗词嬉笑怒骂、纵横捭阖，笔锋劲健犀利，有时难免显得夸张和漫画化。它们和歌颂型的政治诗词一道，红黑相间，构成了茅盾"新台阁体"诗词的一体两面。

专注于旧体诗词探索的，赵朴初堪称方家。他努力寻求在旧体诗词中延续传统诗歌的美质，又渴望自由灵动的表达方式。从50年代末至60年代前期，他在散曲创作的探索方面多有创获，《寿阳曲》、《金镂曲》、《雁儿曲带过得胜令》以及《不是谁》、《鬼三台》等曲牌，被他注入了新的景物与生气。《某公三哭》的讽刺效果和《反听曲》的戏谑笔法，更是脍炙人口而传诵一时。赵朴初的旧体诗、词、曲，结集有《滴水集》、《永怀之什》、《片石集》。

随着政治空气的缓和，有些知识分子又开始作旧诗。1961年春，在中国科学院工作的学者胡先骕作《水杉歌》，被誉为亘古未有之科学诗。诗之开篇云："记追白垩年一亿，莽莽坤维风景丽。特西斯海亘穷荒，赤道暖流布温煦。陆无山岳但坡陀，沧海横流沮洳多。密林丰薮蔽天日，冥云玄雾迷羲和。兽蹄鸟迹尚无朕，恐龙恶蜥横駓娑。水杉斯时乃特立，凌霄巨木环北极。虬枝铁干逾十围，肯与群株计寻尺……"缅想当时地质年代的景象，水杉屹立其间，雄伟无比。作者极尽描写之能事，继而描述水杉习性、地质变迁及今日之发现后，末云："如今科学益昌明，已见浃浃飘汉帜。化石龙骸夸禄丰，水杉并世争长雄。禄丰龙已成陈迹，水杉今日犹葱茏。如斯绩业岂易得，宁辞皓首经为穷。琅函宝笈正问世，东风伫看压西风。"胡先骕将诗寄给陈毅，陈毅推荐《人民日报》发表，并加《读后感》："胡老此诗介绍中国科学上的新发现，证明中国科学一定能够自立且有首创精神，并不需要俯仰随人。"

　　1966 年"文革"浩劫开始，大批诗集付之一炬，旧体诗倍交华盖运，只把毛泽东诗词作为教材，并且被谱曲演唱。在中国诗歌发展的链条上，毛泽东诗词充任了承继传统和连接现代的巨大桥梁，弥合了文学时空一度出现的间隙"断层"。对于毛泽东为推动旧体诗词的发展所作出的独特贡献，文学评论家张炯著文指出，"为旧体诗词在新中国诗坛争得一席之地并使之堂堂正正地拥有广大读者和作者的正是毛泽东。他以批判传统文化的猛士的身姿和伟大革命家的至高无上的权威，肯定了旧体诗词的历史地位和生命力，并且以自己辉煌壮丽的旧体诗词创作，实际地为走向僵化的旧的诗歌形式注入蓬勃而新鲜的活力，使文坛和诗坛耳目一新。"[①] 还有一些学者教授，即便在遭受打击、失去人性尊严时仍对党对国家抱有希望，他们有的诗即反映了这一心态。如复旦大学苏步青教授笔下的顽龙："铁爪锈多秋雨后，银鳞伤重暮风寒。"咏物寓意，透露了知识分子受摧残的心情。与聂绀弩为好友的高旅，此期间作《时事十七首》，对个人崇拜与专制主义作出愤怒的控诉："未举抗疏已逆鳞，判他永世不翻身"；"动辄人头千万颗，葫芦滚地不嫌多。"还有一批有思想头脑的中青年作者，偷偷学作诗，表达对这一场悲剧的思考，吐露人生遭遇的心声，既有直抒胸臆、豪放昂扬之作，也有曲折隐晦、含蓄深厚之作。诗词在此时逐步回归文学的自觉性，力争摆脱政教意识的束缚。

---

① 张炯：《毛泽东与新中国诗歌》，《当代作家评论》1993 年第 6 期。

钱理群在《论现代新诗与现代旧体诗的关系》一文中认为："本世纪旧诗词的写作，尽管从未中断，但在不同的历史时期发展是不平衡的。就我们现在的认识而言，似乎存在着三个创作的相对高潮：一是20世纪初的辛亥革命前后，一是1940年代抗战时期，一是接近世纪末的'文化大革命'及其以后的消化时期。"1976年的天安门诗歌运动，敲响了"四人帮"覆灭的丧钟，拉开了新时期文艺的序幕，同时也展开了旧体诗词的复兴时期。应该说，天安门诗歌运动在当代文学史中是具有重要地位的，文学史学家们认为"追溯新时期文学的潮头，1976年4月，震惊世界的天安门事件产生的天安门诗歌事实上已经吹响了新时期文学的前奏，拉开了它悲壮的序幕。"[1] 值得注意的是，天安门诗歌运动中创作旧体诗的大部分作者并非文学圈中人士，而是普通的干部群众。这足以说明，每当剧烈事件撞击人们心灵的时候，那种真情实感是可以通过传统的诗歌形式予以表达的。如："哀思念总理，誓言动天地。鬼喊欲出笼，九天有霹雳。"从"誓言动天地"的悲壮场景中，不难看出群众已是怒火满腔，震天撼地的霹雳要响了，这是对"四人帮"的讨伐，也是对这班鬼贼的严厉警告。"欲悲闻鬼叫，我哭豺狼笑。洒泪祭雄杰，扬眉剑出鞘。"人民悲伤而魔鬼嗥叫，人民哭泣而豺狼狞笑，此诗前两句已是愤火喷薄欲出，而后两句则已是阵前的宣誓、冲锋的怒号了。这一类诗，悲至深，愤更烈，并已由极度的悲愤转化为同"四人帮"战斗到底的决心和行动。"悲歌献一曲，万里化雷声"，就是这些诗的特点和效能的生动概括。虽然其中一些作品并不符合旧体诗的格律要求，但是情真语挚，语言凝练，既有直抒胸臆，也有婉曲含蓄，风格多样，达到了较高的艺术水准。

如果说当代旧体诗在天安门诗歌运动之前还处于零散的个人创作的话，那么，到了新时期，旧体诗词的创作势头就一直没有减弱。1978年1月，《诗刊》发表了毛泽东给陈毅谈诗的信，说到诗要用形象思维，要用比兴二法，标志着官方话语重视诗词艺术自身价值的回归。10月，北京

---

① 孔范今主编：《二十世纪中国文学史》，山东文艺出版社1997年版，第1247页。

成立了萧军为首的野草诗社。在无编制、无经费，甚至没有固定办公场所的情况下，各地诗社纷纷成立。1981年在广州由李汝纶主编的《当代诗词》创刊，以"公心、铁面、法眼"为用稿原则；1983年南京《江南诗词》创刊，面向群众，发行量一度达到两万份。1984年在长沙成立了以教授专家为主体的中国韵文学会，研究与创作并重。1987年5月31日，中华诗词学会在北京成立，是建国后第一个全国性的诗词团体。其后有27个省市在诗社的基础上成立了诗词学会，并创办报刊，出版书籍。1990年中华诗词学会编印了《中华诗词》第一辑，1994年7月出版了有正式刊号的双月刊，之后改为月刊，至今每期印行两万五千份，成为目前发行量最大的诗歌类刊物。其办刊宗旨是："切入生活，兼收并蓄。求新求美，雅俗共赏"。中华诗词学会拥有一万六千名会员，并每年举办一两次全国性的中华诗词研讨会（至2009年5月为止，共举办23届），为当代旧体诗词的创作及理论建设起到了推动作用。

二、散文：竖穷三际　横亘十方

（一）马鞍型的轨迹

人类总是以多种多样的方式去掌握外在的世界，使之成为其生存的家园。人通过生产实践把握自然的规律，使之为人类的生存提供更大的物质可能；人还通过想像、抒情、叙述的方式艺术地掌握世界，在艺术的王国里他自身得到了确证。获得了审美意义上的自由，这是艺术之于人的意义，是其他掌握方式不能替代的。由此，我们也可看到，如果历史是一条绵延的河流，那艺术便是淙淙流水下的河床，河流走过怎样的路径，河床是最好的见证。

散文不是小说，在一个虚构的想像的王国里达到对现实生活本质真实的更集中、更高、更强的反映；散文不是戏剧，以对白、独白、整一的情节在戏剧舞台上浓缩人生与社会……那么，散文该如何界定？她可以是犀利的投枪、银光闪闪的匕首，又可以是余音袅袅的洞箫，给人愉快休憩的小夜曲；可以是轻妙的世态风俗画，又可以是色彩鲜明的玛瑙。它可以欢呼、呐喊，可以漫谈、絮语，可以抨击、怒骂，可以浅唱、低吟……它是激越的风暴，又是月光下潺潺流动的小溪。散文是一种更自由的文体，它集真实性、抒情性、随意性、叙事性于一身，"宇宙之大，苍蝇之微，皆可取材"，尤其是真实性，是散文区别于其他文学样式的一个最大特点，也使得散文更易于受时代环境的制约和影响。时代环境是散文的情境，散文是历史的"晴雨表"，亦不过分。

喜剧大师莫里哀的一出著名喜剧《醉心贵族的小市民》中，有一位哲学教师对另一位叫茹尔丹的先生说道："凡不是散文的东西就是韵文，凡不是韵文的东西就是散文。"

茹尔丹听后诧异地发问道：

"那么我们说话的时候又算是什么文呢？"

"散文啊！"哲学教师这样告诉他。

"天哪！我原来说了四十多年的散文，自己还一点不知道呢！"

从这段话中我们可以看到在散文领域无论是中外都面临着一个共同的难题，即散文一直是作为类存在，而非"体"存在，这虽然显示了散文的包容性强和滋生力旺盛等特征；但同时也带有无可讳言的松散性、滞后性，"现代散文"虽无疑为散文向"文学"提升做了努力，使得散文呈现代真实性、向内性、个体性等"文学意义"上的转向，如 1917 年 5 月刘半农的《我之文学改良观》第一次提出了"文学散文"的概念，并把"文学的散文"（审美的）和"文字的散文"（实用的）作了明确的分野；1921 年 6 月周作人的"美文"说，更把那种记述的、艺术性的"美文"定位于"诗与散文中间的桥"（相当于散文诗）；1923 年 6 月王统照的《纯散文》一文又提出了"纯散文"的概念，并提出了它"能使人阅之自生美感"的明确审美尺度等，后又有郁达夫关于现代散文源于"个人"

的发现。这些都是对散文的"文学性"所作的清醒的认识，丰富的创作实践和理论都在显示现代散文向"文学"提升的努力，但其最终还是"流产"了。毕竟传统的重实用、讲功利的"载道"传统过于强大，"大散文"观念积淀为一般士人思维定势；毕竟"时代"大背景也为它返回自己的特质、清除迷障设置了重重障碍；1925 年"五卅惨案"后"个体主义"就显得苍白无力了；1928 年"革命文学"的勃起使得敏感的作家如朱自清先生已感到"无话可说"；"红色的 30 年代"更使散文化为匕首、投枪式的犀利"杂文"；1937 年全面抗战爆发后通讯、报告等成了散文的主流。时代对"文体"的取舍、盛衰是影响至重的。现代散文没有彻底完成文体的自觉，没有从根本上完成由"文章"而"文学"的主体规范，造成后世散文发展的一个重大"隐忧"。

历史的发展往往不以人的意志为转移，更何况与政治时代的要求息息相关的文学？从 20 世纪 40 年代到 70 年代，散文的发展偏离了"五四"现代散文的航标，甚至"五四"散文中可贵的对"个性"的发展，对文学性、审美性的重视，都渐次忽略了。在或者是红旗飘飘，或者是"斗私批修"，"灵魂深处闹革命"的反常年代里，一切都被异化了，散文陷入它的低谷。这从几个具有时代色彩的口号可清楚地看到。40 年代，提倡"大家都来写通讯"，五六十年代呼吁散文是"文艺战线的轻骑兵"，口号虽属于不同年代，但细究其本质，是文学为政治服务的表现。"通讯文学"过分追求真实，忽视了散文的"文学性"，艺术熔铸不够，多数篇什显得质野少文，缺乏艺术加工和提炼。真正的文学作品，即使是纪实性强的通讯文学，它依然会具有永恒的魅力，但此时此刻，又有几人能记起 40 年代的通讯文学呢？时间是无情的也是公正的，如同大浪淘沙，真正优秀的作品必能经得起时代考验的。这里并非否定通讯文学。优秀的通讯文学需要思想家的头脑（深刻的洞察力）、历史家的品格（秉笔直书的真实性）、新闻家的眼力（敏锐的发现力）、文学家的笔墨（形象性），四者缺一不可，只是我们遗憾地看到，散文在五六十年代的发展又一次给我们出示了散文的迷失。

由于通讯、报告的"正位"，艺术散文在相当长的一段时期内受到冷落，这似乎也有充足的理由，在新时代的集体主义情绪中，个体的情感自然失却了位置，否则便有小资产阶级之嫌，跟不上时代之疑。只是在1956 年和1961 年有过两次短暂的火花。1956 年时出现的魏巍的忆旧散文《我的老师》、老舍的《养花》、秦牧的《社稷坛抒情》、杨朔的《香山红叶》……这些作品活泼，很少顾忌，充满个性的色彩，但这种良好的势头被"反右派"冷雨、"大跃进"的热风扫荡无遗。直到1961 年才出现了一些"复兴"，冰心的《樱花赞》、杨朔的《茶花赋》、李健吾的《雨中登泰山》、刘白羽的《长江三日》、吴伯箫的《菜园小记》，似乎也争奇斗妍，百花齐放，但此类文中明显具有艺术的精雕细刻、匠心经营的色彩，匠气有余，文才不足。具有代表性的杨朔模式的形成，虽然作为一种个人的风格自无可厚非，但其"物"—"情"—"理"的推演方式成为众人竞相沿用的模式，这对散文的随意性、个人性的特征无疑是一个讽刺。"文革"期间的散文当然更是坠入"瞒"和"骗"的深渊，谁敢说真话？谁敢抒真情？有几个人能像张志新、能像顾准？政治的高压严重束缚了文学的发展，散文创作上进入严重的歉收。也许我们把这时期的散文创作称为戴着脚镣的舞者更为合适。

散文在哪里停滞，也将从哪里重新开始。十多年的瞒和骗的文学严重损害了人的情感。人们可以一时生活在假象中，但绝不可能长久。新时期散文便以"真情实感"为起点，开始了它的新的篇章。"散文创作的首要条件是作家要有真实感"，以巴金、孙犁等老作家为代表的"老生代"挺身而出，率先以"说真话"、取信于后世的勇气，一扫"伪散文"矫情做作、虚构拔高的悬浊习气，回归了散文真知灼见、真情实感、真诚无伪的可贵传统。巴金的42 万字的《随想录》坚持"说真话"，吐"真情"，把心完全地袒露，将自己以性命换来的经验和痛苦的心灵历程留给历史、留给后人，真诚可鉴，不无西方文学中的"忏悔录"的色彩，这是一个艺术家良心和勇气的表现。他的《随想录》给散文文坛树立了"真"的样板，另外他的《怀念萧珊》、《小狗包弟》等文章情真意切，为散文的抒情性功能的回归也奠定了一定的基础。孙犁也以其《亡人逸事》、《远的怀念》等文章尽扫"假大空"的余毒，体现出"不虚美、不掩恶"的可贵倾向，他认为"作文和做人的道理是一样的"，鄙薄"虚伪矫饰"，力主有"真情"，要写"真象"；赵丽宏主张"亮出人学的灵魂的色彩来"；唐敏主张"心灵的曝光"……一时间，"风乍起，吹皱一池春水"，随着思想的解放，人的解放，文学得到了解放，散文也从长期压抑中走出，勃发出其耀眼的光彩。个人化的生活空间的被尊重，在散文的世界里得到最充分的展示，散文作家的主体性也有了自由抒发的可能。女作家中，杨绛的散文绵里藏针，不无机智和幽默；张洁笔下充满童真的大雁；韦君宜的《饥饿之忆》坦然挖掘人性中"不光彩的部分"，为饥饿正名；王英琦率直泼辣，唐敏的散文奇美，更有曹明华的"青春独白"体式把青春人隐秘的内心世界展示得淋漓尽致。男作家笔下的世界也不无细腻，赵丽宏的散文富有诗意，书写清新明丽，贾平凹笔下的民情风俗散文自成一体，不无灵气……从这些作家的创作中，我们看到散文向人性深度的拓进，生活范围的拓宽，散文真正地走在"宇宙之大，苍蝇之微，无不入文"的路上，而且体现出"向内转"的可贵势头。新时期的散文改变了十七年间散文"我"的淡化，"情"的稀释，"真"的丧失，"美"的忽视的整体倾向，沿着写"我"、重"情"、讲"真"、求"美"的方向前进。

90 年代的散文无疑是 20 世纪中国散文史的第二个高峰。宽松的社会氛围为散文的繁荣提供了根本的可能。报纸副刊、周末版为散文的发表提供了阵地，在市场经济下个人生活经历的异彩纷呈，又为它提供了充足的素材，老中青作者三代同堂，以各自的风格征服着读者大众。老生代作家诸如张中行、金克木、萧乾、季羡林等，其散文将人生和学识的蕴积化为笔底波澜，虽老而思维不拘而洒脱；中生代散文如余秋雨、史铁生、张承志、周国平等为追求散文的品位而挣扎苦斗；60 年代出生的晚生代散文家，更倾向于自由自在，任意发挥的笔触，不无灵动地抒写着只属于自己的情绪和经验，并能从某个侧面写出这个时代的种种文化困境；学者不甘于只守候在自己的学术领域，"红杏出墙"，开始创作学者散文，如南帆、王晓明、刘小枫等以敏锐的社会文化领悟力表述着社会转型期的个人选择。诗人、小说家、画家、戏剧家也都纷纷坠入"散文"大河，开拓了散文在内容与表现手法方面的新异风格，而记者、主持人也纷纷一试锋芒，一时掀起"明星写作"的浪潮。散文，因其通俗性、随意性在90年代开辟了更广阔的市场。

一般而言，散文有三性：散文的文化本体性、作家人格的主体性、审美领域中的普及性和诗性。首先，文化是散文的本体，散文是文化的载体。这第一性回答了散文是什么的问题。文学家们有句口头禅："苍蝇之微，宇宙之大，尽收散文作家眼底笔下。"这里包括了三重世界，即世界Ⅰ（自然界），世界Ⅱ（人创造的物质文明、对自然的加工和再制作）、世界Ⅲ（意识和精神形态的总称），小至自然界的昆虫，大至对人类命运的关注，从历史到文学，从自然科学到人文科学，从个体的一己世界到山川湖泊，无不可入散文，不应有限制的，只有这样才会形成散文的自由，那些40年代通讯一统天下，50年代报告文学一领风骚的单一局面才不会重演。第二性即对创作主体的阐释，散文作家作为创作的主体，其人格是完整的、独立的，他既能入世，又可以淡出，正如道家们入世以后能遁世，遁世以后又不忘入世，他与现实的政治之间存在着一定的距离，这使他能持有独立的人格，不成为政治的单一传声筒。换种说法，臣民意识是散文作家文化人格建构中的大敌，不能自由地表达真知灼见，其精神天地是狭小的，过于现实的功利性色彩扼制了艺术思维，谈不上所谓"主体人格智慧的艺术体现"，而是一种被动人格。由于中国专制制度历史较长，中国知识分子的人格极易扭曲。所谓"自我阉割"型、"自我膨胀"型、"自我逃避"型等等，无不是作家人格不独立，而在文学领域所造成的畸形现象。因此，散文作家的角色定位是重要的。理想的散文创作主体，应是思、史、诗的三位一体。"思"便是他具有散文家的深度，勘破现实迷雾，对存在质询，对文化诠释；"史"使其具有从容的真实的品性，秉笔直书，不因外在的压力而改变真情实感的抒写；"诗"是散文家作为艺术者的重要气质，他是一个诗性的人，用文学的笔形象地为这个世界画像，"千人千面"，每个作家都有"个我"的特性，为散文的百花齐放提供了可能，但这里也潜伏着一个误区，即人们会把个体性极易理解为全然的内心化和非文化的"本我"，而产生对自我世界的无尽缠绵。散文的第三性是审美特性，也即诗性。散文不是历史篇章，不是纯纪实性的作品，不是简单的通讯，它具有形象的感染力，这正是审美特性所决定的。具体来说，应具有"情感的震撼性"。文学是以"情"动人的，"情感性"是文学的根本特征，"情"欲打动人、感染人必须醇厚、浓烈；"表现的优美性"，"表现"是指由生活经构思、行文到作品的完成的一个系统工程，其中立意谋篇、行文是三个重要环节。古人说"文质彬彬"，形式也不可或缺。审美特性必须高扬，否则"想怎么写就怎么写，想写成什么样就写成什么样"，会导致散文的泛化。

散文的成长与人的成长息息相关。经历了一个世纪的曲折，散文在90 年代终于完成了对"五四"散文的回归，在世纪末找回了它自身。

（二）模式的建立和盲点

在建国后一个相当长的时间里，由于"政治第一"成为绝对标准，由于知识分子唯恐自己身上的"小"未被洗净，由于个人是作为"社会集团"、"阶级"、"人民大众"而不是个体存在，以抒情性、真实性、随意性为特征的散文自然也会迷失在政治的浓雾中。散文家们在拿起笔进行创作时，不得不时时考虑多种多样的规范，散文的萎缩也自不可避免。

在这里，我们谨以杨朔、秦牧、刘白羽的散文作为文本，通过这几位有代表性的散文作家作品的分析，看一下散文家在散文的"自为性"和政治性的平衡木上所表演的高难度动作。

杨朔在 1961 年左右以充满诗情画意的《荔枝蜜》、《茶花赋》、《香山红叶》给文坛带来了新鲜气息，并被冠之以"杨朔模式"，一度成为写作者们竞相仿效的模本。他是一位海外归客，对祖国的山山水水自有亲切的感触，新中国的一切是那么新鲜、神奇，而海外的政治制度、生活方式迥异于国内的情况，他急于成为国内公民的一员，唯恐自己思想落后，自感身上有着太多小资产阶级情调需要清理，而无产阶级的劳苦大众便成为他改造自立思想的标准。在这两篇散文作品中其情可鉴："我"只是一个线索性人物，我的对面有一个我心悦诚服去仰望的人物，或者是普之仁，或者是老梁。普之仁是花匠，那双手满是茧子，沾着新鲜的泥土。他用自己的辛勤劳动为人们带来美景，他是在为社会添砖加瓦，"我"热切地敬佩他，他难道不是像茶花一样美吗？这是为劳动人民献上的一曲颂歌！在《荔枝蜜》里，同样"我"的地位、心灵世界无足轻重，而且明显和养蜂员老梁是一种不平等的地位。老梁像那蜜蜂一样，"为自己，为别人，也为后世子孙酿造着生活的蜜"，他是高尚的。在文中还写道："这天夜里，我做了个奇怪的梦，梦见自己变成了一只小蜜蜂"，"我"变成了像老梁那样勤劳而又高尚的劳动人民中的一分子。"我"作为一个海外知识分子，在梦里实现了成为劳动人民的深切愿望。其散文明写"我"，实写"普通劳动者"，"自我"巧妙地得到置换，其用心良苦可见一斑。他的作品能在当时受欢迎，这种置换是很重要的原因，把劳苦大众摆到一个较高的位置，成为知识分子顶礼膜拜的对象。而且杨朔运用其诗人的才情和笔墨，将劳动者置于诗意盎然的背景之中，这正是理想的主人公。但我们不无遗憾地看到，杨朔用"他我"取代真实的"自我"，其实禁锢了他的心灵，抑制了他的个性，知识分子丰富的内心感受并不是可简单地通过一个"梦"就可穷尽的。所以，我们看到杨朔对自我的隐匿恰恰是与散文文体描写自我的文体要求所背离的。杨朔散文模式的第二个特征是由情及景，由景及人，由人及理的内在逻辑线索，并且在结尾处巧妙地"转弯"艺术。一篇如此，两篇如此，乃至千千个"杨朔"也如此。这种现象恰恰说明在那个时代人们艺术想像、表达的空间是多么逼仄。其第三个特点是以"诗化"为主旋律，兼有"小说化"（如作品中注重写人，写对话）和"通讯化"（题材较"新"，不是沉淀的"记忆"，而是正在进行中的"现实"）。这是杨朔散文的特色，可以说他是成功的，但我们从中可看到散文文体在他这里，还是不自足、不自立的。

　　和杨朔以小说与通讯的方法来写散文，在某种程度上遮掩了散文的自身特征一样，秦牧的散文也反映出散文文体的不尽自足。"北杨南秦"，秦牧的散文以知识性、思想性见长，他的《土地》、《社稷坛抒情》无不打破了时空的界限，像"百科全书式"地满足了读者寻求知识、开阔视野的文化渴求，也让我们联想到当下以"文化"著称的余秋雨的散文创作，无论是其《文化苦旅》，还是《湮没的黄昏》等其他作品，余秋雨的散文都有丰富的知识内涵，但他对知识的传达是通过浓郁的"我"的心灵的感受和诗意的语言完成的。而秦牧这里，知识性有余，说理性有余，"我"则不足，他以"知识"替代了"自我"，形成了"秦牧式"的散文模式。

刘白羽的散文创作则显示出比较纯正的散文路子。他的《长江三日》、《日出》皆能以"我"为主体，以景写情并以情为线索，由哲理"感悟"为神魂，做到情、景、理三者的融合，体现出清醒的"文体意识"，在散文风格上也形成别具风格的"激流勇进之势"。但我们仍然看到政治性的原则在刘白羽的散文中投射下的巨大阴影，即虽然篇篇似在写"我"，具体的我，但这个"我"是净化了的，经过过滤的符号，是"阶级"之我，"人民"之我。比如，"我忘掉了为这一次我看到日出奇景而高兴，而喜悦，我却进入一种庄严的思索，我在体会着'我们是早上六点钟的太阳'这句诗那最优美、最深刻的含意"。"我"不知什么时候变成了"我们"。再如"曙光就在前面，我们应当努力"，体现出一种将"小我"膨胀为"大我"，这是当时政治背景在文学上的深刻反映，人们不想成为"小我"，只想成为"大我"中的一分子，"小我"在"大我"中得到充分的满足。这正如吴伯箫所描述的："愈是把自己服从于阶级的、民族的利益，愈是把自己卷入现实斗争的漩涡里，便愈能达到忘我的境界，而个人也就更伟大"。可见，并非刘白羽、杨朔如此，一代知识分子都在心甘情愿地隐匿自我。

通过对被称为"三足鼎立"的杨、秦、刘三位散文家的个案分析，我们不妨从以下几个方面谈谈其局限性及给我们的启示，从而深化对散文"自为性"的认识。

自我的隐匿。散文家——这些大部分为知识分子出身的人深恐自己改造得不好，一种潜在的对自我的怀疑、自卑、自惑成为多数知识分子作家的情绪，所以不可能在作品中反映自我、张扬个性，而只是或者像杨朔一样自我贬低；或者像刘白羽那样将"小我"膨胀为"大我"，为"阶级说话"。这些散文作品其实只是"无我"的泛意识，非自我意识的物化。但散文本应是"个性"的文学，"性灵"的文学，"我"是散文审视、表现的审美"对象"，散文对生存的质询和文化的阐释都是建立在"我"之上的。法国散文大师蒙田在他的《随笔集》的卷首就明确告诉读者："我本人就是这部书的材料。"巴金在总结散文创作时也说："我的任何一篇散文里面都有我自己。这个'我'是不出场的，然而他无处不在。"但是建国初期散文中看不到作家真实的自我，他们无法在作品中抒发自己内心的压抑、困惑、痛苦，而只能是一味地歌颂，"自我"被无情放逐了。

真实性的变异。对于散文来说，真实是它的生命，它与小说、戏剧的不同之处恰在于它不能虚构。散文要求真诚。余光中说散文是"文学的测谎器"，作假、矫情、夸饰等是它的大敌。在生活的层面，散文要求真实；在情感、性灵的层面，真人、真情、真心、真语，离开了"真"，散文就失去了生命。但文坛上对真实性的反映是有规定的，即要写社会主义建设的光明面、高尚面，主人公都是工农大众，他们应是歌颂、赞美的对象，甚至是高、大、全式的人物，尤其是在1957年反右斗争扩大化中，将坚持真实反映生活，出于对真实反映生活的责任感而暴露社会主义社会中一些阴暗面的作家被打成右派分子。所以，此时期的真实性后来沦落为浮夸性、对现实生活的粉饰、拔高，成为标准的"伪文学"，散文也不例外，也失去了它的生命力。

随意性被虐杀。"千人千面"，"千人千文"，散文是最有个性的文体，每个作家因为其表达方式、个人风格的不同而使散文形成不同的风格，不拘格套，主观"杂色"，在结构上尤其表现"自如之美"。但是流行的创作原则被演化为作家的世界观是工农兵的世界观，要表现出"思想改造"的倾向，这无疑否定了文学自身的丰富性和作家创作个性的丰富性，限制了作家进行多方面艺术探索的积极性，使得散文出现了杨朔模式、秦牧模式、刘白羽模式等单一的形态，这不能不说是一种缺憾。

审美性弱化。时代的美曾是单一的美，它崇尚劳动的繁重，人格的无疵，忘我的无私，艰苦的环境，朴素的穿着。然而"美是复杂的"，美常常在复杂性冲突性之中显示人性的挣扎，美常常在无数次的锻造后才透出一丝光亮。散文的美同样需要作家审美心理的审视，依据审美规律去不断地锻造作品，在意境、语言、结构、技巧上都仔细地琢磨，这样才能创作出真正的精品。但是由于过分提倡实在的美，大白话式的直露的语言，粗糙的结构，弥漫在散文中。对散文"美"的忽视，使得散文只停留在对生活浅层次的外表的反映上。

以上散文自为性的迷失，也给我们深刻的启示。第一，散文所需的"环境"。散文对客观环境有很大的依赖性，历史上的"百家争鸣"曾促使诸子散文成就辉煌，那是"礼崩乐坏"、思想解放的成果；"五四"思想革命与文学革命又曾促使散文小品实绩卓著，那同样是"王纲解纽"、思想解放的结果。所以从规律上看，"环境"的自由是散文活泼、繁荣的重要客观条件，具体来说政治清明、思想解放、艺术民主、个性活跃是散文繁荣的必不可少的客观条件。1961 年形成的短暂的散文勃兴也是与文艺政策的调整息息相关的。这一年不仅有杨朔、秦牧、刘白羽的创作，还有大家较为熟悉的《记一辆纺车》、《菜园小记》、《雨中登泰山》、《内蒙访古》等优秀的散文作品。这是因为文艺报《题材问题》的专论，破除了在"写什么"问题的上诸多"禁忌"、"清规戒律"，使作家的创作敢于放开手脚。然而好景不长，到阶级斗争"天天讲"之后，散文又一次逃亡。第二，散文创作主体人格的独立。作家的职业便决定其应是"咬定青山不放松"，无论"城头"怎样"变换大王旗"，作家独立的思考、对社会真实的洞察，其独立的人格应是一贯的，他不能成为某一处声音的机械的传声筒，也不能与实际生活的界限彻底消失。但不少散文家在身份上忘我，在心理上关闭属于自己的内在空间，心境围绕"中心"转换，争先恐后抢题材，意气纷纷争正统，时常怀疑自我，而很少怀疑别人和社会是否公道。在这种"自卑人格"之下，鲁迅所说的"产生大艺术"的那种"天马行空"的大精神丧失，教训是沉重的。我们只有希望散文家不再轻易失去自我，失去个性的目光。

（三）太阳对着散文笑

"九州生气恃风雷"，从十年"文革"中走出，中国人像从一个长长的噩梦中醒来，唯其压抑之深，其爆发也愈强。当代散文也在新时期找回了"自为性"，而且无论在表现内容和艺术形式上都取得卓越的成就。

曾有批评家这样描述新时期散文发展的姿态，即"三级跳远"式的回溯：起步是政治路线上的拨乱反正，散文创作上为政治上的平反冤假错案服务。在清除妖孽的最初几年，悲悼性、揭露性的散文同时弹奏爱与恨、悲与喜的和弦。随着对已故的老一辈革命家、革命干部、文艺工作者等人的缅怀悼念，随着对非常岁月的痛心回首，悲悼性的散文在短期内崛起并走向高潮，成为中外文学史上所罕见的文学现象。如巴金的《望着总理的遗像》、《怀念萧珊》，王西彦的《炼狱中的圣火》，袁鹰的《十月长安街》，丁玲的《"牛棚"小品》等等，或声声掩抑，或长歌当哭，或横眉冷对，或悲恸难平……数以千计、万计的至情文章血泪交汇，裸露着一颗颗伤痕累累、变形扭曲的心。虽然他们多限于直怒式的描写，展开的是内心的浅层图式，但其声音是挚诚的，是在心无政治负荷的情境下自由地表露个人的性灵，为新时期文学的进一步发展奠定了良好的基础；其次是回归50年代所谓散文三大家的杨、秦、刘的散文创作套路。杨朔的由情及景、由景及人、由人及理的单一思维模式，秦牧的知识性散文，刘白羽的游记式散文在新时期散文，尤其是80年代初的散文中影响仍为深远，但新时期的散文家不仅仅满足于此，他们要踩在前辈的肩膀上登上新的高地，事实上他们也做到了；最后是与"文化反思"的步伐大体上相一致，最终完成对"五四"现代散文奠基者们的回归超越。现代散文大师包括鲁迅、周作人、张爱玲、冰心、梁实秋、许地山等文化人的笔下，曾经创造了一个较纯粹的散文世界，尽管这个好的传统在世纪末才得以重新延续，但不幸中有大幸，无论怎样，散文终于风风火火地发展起来了。

漫步新时期散文的"大观园"，可以看到散文家们从生活海洋中开掘，或反思、或歌唱、或追溯、或恋情、或揽胜、或思辨，其主题之深邃、技巧之精美，无论是纵深还是横向，都有让人心安的开拓。这里，以如下几大板块描述新时期到当下散文的状况。

之一：老生代散文

所谓老生代散文是与"新生代"相比较而言的，一批老年作者多为知识界、文化界的耆宿，他们与中国的历史同步，是世纪的见证者，到晚年时笔耕不辍，从创作角度上可谓"资深者"；同时，由于年龄阅历修养的关系，其散文在风格上具有"老到"、"老成"的特点。他们在人生的黄昏时期才思喷涌而出，形成新时期散文领域中一道亮丽的风景。

这些作家包括创作《随想录》的巴金，创作《干校六记》、《将饮茶》的杨绛，创作《云梦断忆》的陈白尘，还有施蛰存、金克木、张中行、季羡林、贾植芳等。"庾信文章老更成"，他们深入追问历史情境，反思中西文化，而在创作上体现出冷静、睿智、冲淡的特色。他们的创作作为散文界的"重头戏"，体现出这样几种特点：首先是文化精神的丰富底蕴。老生代的作者本身就是"五四"精神的传播者和承载者，一旦进入创作，"五四"传统便得以焕发。在其作品中，我们可以感受到新文化运动中反封建、妇女解放、崇尚科学、坚持真理的思想。比如巴金在创作中表现出深刻的忏悔意识，就十年噩梦对中国人心灵的扭曲进行了赤裸裸的解剖，显现了人性的脆弱和痛苦；对封建主义、个人主义、"长官意识"和官僚主义深恶痛绝，这种忏悔意识一方面是鲁迅"自剖"意识的回响；另一方面远承托尔斯泰"灵魂自救"、"痛苦自省"的精神血脉。金克木延续的是"赛先生"的精神，将广博的传统文化内容投射到强大的科学理性思想背景上。他在《春秋数学：线性思维》中，把西方数理逻辑与认识论用于传统"五经"之一的《春秋》的解读；而在张中行那里，这种文化精神则表现为对生命意识的拓展，性，来于天命，我们抗不了，于是顺；顺之暇，我们迈出几步，返身张目。哲学还是文学？已浑化无痕。其次，老生代散文体现出智慧、达观的精神质素。杨绛是历次政治运动中饱受迫害的知识分子，她有理由站起来控诉，但她不想去扮演悲剧英雄的角色，而以她平和冷静的风格，通过小的悲欢折射大的劫难，通过小的际遇反思大的历史。萧乾甚至就自己"文革"自杀的经历从容谈笑，他们都有一个经历困难后坚强的心态。第三为本真性。老生代散文中回忆性、怀念性的散文比较多，贾植芳的《狱里狱外》以奇特的笔法，如闪回、倒叙记录作者坎坷的一生，在监狱中竟与曾在解放前审问过作为革命者的贾植芳的国民党中统特务共押一室，真实的经历把历史残酷无情的一面暴露无遗；季羡林在《留德十年》中回忆往昔"大轰炸"、"饥饿地狱"的痛苦；柯灵、杨绛对傅雷的怀念散文，不仅给我们展示了傅雷耿直、深沉、刚正的人格，更向我们昭示了历史内在的理路和历史中的人之为人要秉持的精神。第四，美学风格上的个性化。这里既有孙犁的朴实淳美、明净淡雅，又有杨绛的温和含蓄；既有柯灵的热情洋溢，又有金克木活泼、机智的文风，又有巴金真诚、强烈的道德色彩……老生代散文在日渐浮躁的时代，显示了强大的文化张力，并向我们显示了散文的文化本体性，它需要文化，拒绝肤浅；散文的真实性，它出于真情实感，而不是文字的游戏，这样才能感召心灵。这是一组智慧型、文化型的散文，但其也有局限，即现实的比重小，对往昔岁月的追忆多于对现实生活的反映与审视；在话语方式、审美取向上，与时下商业伦理和大众文化环境相疏离，他们的文本是深刻的，但不是大众的。它并不拒绝大众，但它所达到的境界便是与大众之间的鸿沟。

之二：女性散文

中国女性从世纪初就梦想着找到"属于自己的天空"。虽说新中国女性成为"半边天"，但我们在文坛上却很少听到女性的声音。她们细腻的情感、敏锐的眼光、丰富的内心……只有到了新时期，她们才真正找到了属于自己的那支"五色笔"，而散文世界也因为她们的存在变得更完整、更美丽。

首先，其最大的特色是女性意识的凸显。从叶梦的《羞女山》深入到女性意识的心灵深处反思社会、历史层面对女性的逼迫，到韩小慧《有话对你说》中她们"不怕走过遍布毒蝎的沼泽，不怕涉过鳄鱼成群的河流，不怕穿过毒蛇缠绕的树林，不怕越过虎狼出没的山岗。宁愿历尽九九八十一难，宁愿如夸父道渴而死，也要找到"；从王英琦的《我遗失了什么》中对"自我"、"真我"、"少女天性"迷失在社会、男性对其的规定中的抗议，到杜丽在《谁比谁活得更长……》中对高学历的知识女性被"歧视"被拒绝，尤其是 90 年代的女性散文更上升到反思自身命运的高度，反思"女性为谁而活"，"女性应该怎样活着"、"到底什么是好女人"等女性的生存问题。她们从反思中走向成熟。其次，关注社会、呼吁社会。人们对女性作家容易形成偏见，认为她们只会抒写"春闺"里小女子的情感，但新时期以来的女性作家走出传统的樊篱，像男性一样，印证着"知识分子是社会的良知"。世纪老人冰心，关注商品经济大潮下伦理道德与精神危机，惦念教育问题，呼吁加强全社会的文明程度，提高国民的文化素质。张洁在《人间正道是沧桑》中，对历史冤案提出质问：所造成的民族悲剧和生存重负，究竟谁该负责任？指出亡羊补牢固然是一种补救，可是一个不敢追究的民族，怎样能避免再犯错误？另外有张抗抗、铁凝、王英琦、蒋子丹等都比较自觉地承担起向社会发言的角色，表现出女性作家作为知识分子存在的意义。第三，"女性感觉"的全面开放和创立。女性比男性更具有天生的敏感，她更擅于"向内转"，发现一个细腻、别致的世界。1984 年底，唐敏的《怀念黄昏》、《女孩子的花》，苏叶的《总是难忘》等作品，以清新婉致、略带伤感、融抒情叙事为一体的体验性笔调，展现出一个清新纯美、充溢人性温情的女性心灵世界；曹明华的"青春独白体"，更注重个体情绪性的强化，在表现女性的内心世界方面开辟了更合理的途径，后又有刘烨园、赵玫、周佩红、黑孩等自觉地向着感觉、情绪、意识流领域全面开放，这是一条"感觉之河"，为散文的发展洞开了另一个天地，洞开了一个全新的感觉艺术的世界。比如赵玫的散文，女性之焦灼、痛楚的娓娓叙说，大量密集的细腻感觉，伴随着意识的流动奔涌而来，给人以触及生理的强劲的心灵冲突。而黑孩则通过对形容词"一对一"转换为"一对多"或"多对一"的复合型感觉转换之中，从而体现出人的感官的全面开放。比如"我看见有一股湿漉漉的情绪开始穿过极微弱的一线月光扑向我"，"熟悉的笑声有滋有味地穿过了我的肠子……"等，丰富了散文的表现领域。第四，从审美到审丑的转变也是女性散文一个很重要的转化。她们不仅能感觉美好、清纯、友善、爱、含情脉脉，不仅有浪漫的赞美和幻想，她们更有在严酷的现实面前的坚强心态，她们能面对初恋的本能、欲望，能在"倾斜的风景"前描写"期待着什么，又逃避着什么"的两难境地，更能强迫自己面对商场、仕途中那一幅幅"阴暗之景"。她们以受伤为代价，学会了从幻想中清醒过来，面对一个真实的世界。另外，女性散文中的文化观照色彩，如走向高原、揭示西藏神奇绝美的马丽华，描述城市生活中的"局外人的感觉"的王小妮，以诗的语言来写散文也自有其魅力。还有筱敏、李蔚红、徐坤……女性散文其胸襟视野变得广阔，感觉思维更敏锐，她们在世纪末的散文天地里开放成一片耀眼的红罂粟。

之三：学者散文

从80年代末以来，在散文天地里突起了一道奇特风景——学者散文。以余秋雨发端，后来又有周国平、朱学勤、刘小枫、孙绍振、钱理群、南帆、王晓明等加盟。这些作家如余秋雨本为艺术理论家和中国文化史家，周国平本为研究尼采的专家，刘小枫本来研究哲学和神学，钱理群、孙绍振、王晓明、南帆等为大学教授，但是他们都无一例外用散文、随笔走出书斋，抒写作为一个学者的感情世界和对历史、文化、社会、人生的认识，其作品体现出思想深邃、学识渊博而又形式活泼的特点。

首先，强健的理性精神的贯串。这些作者大多经历理论的训练，因此散文创作也带上了思辨的色彩，比如余秋雨以"20世纪人文科学和艺术哲学的最新成果为自己的观察工具"，以描写"人文山水"为突破口，足迹遍及中国大地，西到敦煌莫高窟，东至长江入海口的狼山，北达流放人犯的宁古塔，南抵天涯海角的海南岛……他都在思虑着"什么是蒙昧和野蛮，什么是它们的对手——文明？"他诘问中国知识分子的文化人格，

"……文化成为一种无目的的浪费，封闭式的道德完善导致了总体的不道德。文明的突进，也因此被取消……"并倡导"以更明确、更响亮的方式立身处世，在人格、人品上昭示着高贵和低贱的界限"这样一种民族性格与心理趋向于健全与强悍的发展之路。朱学勤直接深入现实之河，以思想家的犀利和学者的真诚，剖析转型中的中国磨合期的精神流向，毫不留情地对不同知识分子的灵魂进行拷问，指出"悲剧不能转化为悲剧意识，再多的悲剧中不能净化民族的灵魂"……这些学者的创作踏着"五四"文化巨人们的足迹，与"五四"散文的文化传统遥相呼应，是五四的理性踏着启蒙传统的回归。他们以人文知识分子的历史责任感和使命感楔入当下时代和社会的文化主题，参与当下的文化建设。第二，文化信息的密集。余秋雨的每篇散文都在给我们演绎一段历史。在《苏东坡突围》中，苏东坡贬谪黄州如何突破小人们的包围，如何突破以小人们为急先锋的封建文化及其运作机制的围困。《道士塔》揭示莫高窟辉煌的遗产如何愚蠢地被外人"带走"。在《一个王朝的背影》中，几百年的清朝历史在余秋雨笔下挥写。周国平以流畅、形象、诗一样的语言演绎西方艰涩的哲学原理。王晓明利用自己广阔的视野，把西方最新的人文成果用随笔的形式介绍给国内读者，起到了传播思想的作用。第三，思与诗的结合。学者并不是思的单面人，他们更有丰富的感性和诗性，诗性的融入，使得其作品富有感染力，使得每一次读者的阅读都成为"诗意的享受"。刘小枫的散文随笔，如《爱的碎片中的惊鸿一瞥》、《记恋冬妮亚》、《苦难记忆》等，多以选取个体对生活的敏锐感受为起点，从而进入到生活的隐喻层面，探讨正义、死亡、自由、平等、爱、信仰等与人的生命息息相关的问题，把读者带入生命的深层。

学者散文在新时期散文的领域中，以其巨大的含金量掀起热潮，启示我们，一切文学作品的核心都是思想，没有思想，美就无从附丽，充分印证了散文的自为性是文化本体性、作家人格的主体性和文学审美性三性的合一，在散文发展史上，留下耐人寻味的一笔。

之四：抵抗媚俗的散文

90 年代的散文领域还有一个特殊的群落，即抵抗媚俗的散文。包括张炜、张承志、史铁生、韩少功的创作，他们的创作有一个共同的背景，即社会转型期，伴随市场经济的确定，商业化、市俗化的浪潮空前高涨，冲击着供人类精神与灵魂驻足的文学领域，人们惊叹人文精神面临危机。张炜们都为小说家，在这种浪潮下，以散文的形式参与了这次"大讨论"，表现出如下的共同点：第一，对终极价值的寻求。在这个问题如此之多的时代，把什么当做生存的依据成为他们的"显命题"。史铁生直面"人为什么要写作"的问题、"如何活"的问题，他说："要求意义就是要求生命的重量。……得有一种重量，你愿意为之生也愿意为之死，愿意为之累，愿意在它的引力下耗尽性命。"并且指出："生命就是这样一个过程，一个不断超越自身局限的过程，这就是命运，任何人都是一样，在这过程中我们遭遇痛苦、超越局限，从而感受幸福。"在《我与地坛》、《答自己问》等作品中，史铁生都让我们感受到了艺术关注人类命运和精神境界时产生的震撼人心的力量。张承志更是以笔为旗，不断执著地走在"精神的自由长旅"中。他是一个尤其渴求终极依据的散文作家。他曾先后在母亲、草原、蒙古文化精神中得到暂时的满足，但他又总是"I am on the road again"，直至最后投身于哲合忍耶这个"穷人的宗教"。其宗教教义如何，我们姑且不谈，但这种宗教有它的真诚、它的臧否、它的勇气，与一方水土、一个民族的血肉联系，都为张承志输入"清洁的精神"，以对抗"泛滥的铜臭和人的异化大潮"下人文精神的萎缩。张炜则是"融入野地"，回归自然，在无尽的原野里找到自己信仰的意义。韩少功虽无一个具体的"精神意义上的岛"，但也执著于人文理想的坚守和人类精神家园的追寻，他的随笔将生命的恒态置于哲学的焦点之下，有一种高贵的人文精神。第二，强烈的批判意向。90 年代的中国，商业主义文化浸淫整个领域，快餐文化、大众文化、痞子文化……无不显示出公众素养的普遍下降，整个社会精神状态的疲软、人格萎缩，张炜对此"以金钱为中心的社会"的种种弊病极为不满，并做出积极的反应，说："艺术家应该是尘世上的提醒者，是一个守夜者。他应该大睁双目，负起道德上的责任。"韩少功警觉物欲对人的奴役和俘虏，告诉金钱也能生成一种专制主义，决不会比政治专制主义宽厚和温柔，警觉现代社会中喧嚣鼎沸的技术浪潮，"随着技术潮流的层层覆盖和层层渗透，人的面目在隐退和模糊……"。张承志更是热血沸腾地向"媚洋媚俗的后庭花合唱"宣战，显示出决绝的气质。

之五：世相散文

现实生活中真实的人、事、物、景是散文的基础层面，许多作家侧重于描写他所生活的土地上普通人的风俗、情感、琐碎事，构成一幅风景各异的"世态人情画"。其中比较突出的如汪曾祺、贾平凹。汪曾祺津津乐道于市民阶层的生活情趣，以一种回溯式的、恋恋于昔日经验的叙述角度描写往事如烟，着迷于尘封已久的昆明的茶馆，西南联大的学生生活，北京的国子监蛛丝网结的老照片，比如《昆仑食菌》、《故乡的食物》、《糖炒栗子》等，可以说在生活的精微与琐细处挖掘文化传承的内涵和历史积淀的事实背景；而贾平凹的散文沉湎于商州乡村世界的人性回顾，在《黄土高原》、《秦腔》、《商州初录》中，写山写水写人物，企慕汉唐雄风、秦代风流，透过黄土、秦腔、西凤白酒、长线辣子、羊肉泡馍这些地域文化、民间文化、饮食文化的表征，描写生长在八百里秦川上的勤劳、勇敢而又多情善良的"父老兄弟"。贾平凹还善于从一花一石一木上感悟自我生命的真谛，如《丑石》、《月迹》、《一棵小桃树》；勾勒社会众生、万千世相，描写了生的荒诞与尴尬，人性的病态与荒凉，如《名人》、《弈人》、《闲人》等。

新时期散文出现了多元呈现的立体风景，其原因在于新时期的空前开放给散文提供了放眼世界的时代契机，接受、借鉴西方现代思潮、手法、技巧，逐步确立人在散文中的主体性地位，将笔触伸向对人本深处之心态、精神、意识等。而应运而生的便是散文"文体革命"，比之于小说与诗歌，散文的形式勘探似乎姗姗来迟，直至上世纪 80 年代中期以后，趋势才愈益清晰。但也正因为长时间的蓄势，到 90 年代，探索更加趋于成熟，出现了开放多元、立体的发展趋势。

在新时期，不管是老生代散文、女性散文，也不管是学者散文，还是抵抗媚俗的散文、世相散文，作家在各自的领域纵深开掘，使散文审美内涵得以拓展、丰蕴，契合于历史、现实，传达着对生命的感悟和理解，并以自己的角度去切入生活，影响社会存在，使散文呈现出多维多向的态势。或清音独远，闲云野鹤，相忘于江湖；或刚劲有力，锋芒逼人，承魏晋风骨；或神清气爽，晶莹剔透，独守清洁精神；或幽远弥深，回味无穷，道人间世情；或一卷清风，几丝飘逸，尽显风流；或激情内敛，沉郁苍凉，展示生活深度；或行云流水，平中见奇，道出生命真谛……而在现代化的进程中，在中西方交汇点上寻找审美呈现的最佳方式，散文通过象征变形，重塑生命，以实现寓意的超越而建构新的世界；或采用意识流手法，深入开掘，表现心灵的丰富性，或用荒诞技巧，寓真于诞，"出于幻域，顿入人间"，折射人生世相；或以幽默，言近旨远，表现生命的复杂性；或以音乐、绘画，丰富散文的诗情与画意……这一切是新时期散文对传统模式的突破和走向更加开放的艺术体现，有利于探索人类生存外界环境的同时，更深层地表现人生体验的复调。

（四）繁华与贫困

散文既可散，也可不散，即可文也可不文。它既可以是高山流水，也可以是下里巴人，不无凡俗的情趣。既可以是一幅《清明上河图》，市井风情，无所不包，也可以是齐白石笔下的一只小虾，单调中别具风格。既可以走入烽火台古战场，也可以春闺一场梦，不知蝴蝶乎、自己乎。既可以是凌云壮志，勇士一去兮不复还，也可以是一种莫名的情绪，斩不断、理还乱……它是一种自由度较大的文体。也许正因此，所以才有中国当代散文在建国初十七年的种种盲点、十年的凋敝，以及80年代、90年代的相对繁荣，并在纵、横方向的双向开拓。其中不乏散文悖论与误区，只是我们仍然有理由相信：散文天地，大有作为！

共和国散文大致经历了如下几种变化：

其一，从"载道"的单一回归于精神主体的故都。"文以载道"是中国散文由来已久的使命，在建国初十七年文学中，散文同样承担着宣传斗争旋律，表现在社会主义的胜利、生活中所出现的新人新事等重任。文艺要为政治服务，这就限制了散文只能从社会政治层面去观照生活，在"政治标准第一，文学标准第二"的主调下，散文作家不得不施展出浑身解数，在现实的真实性、文学的真实性和政治的要求之间艰难地调停，终致种种盲点的出现。新时期散文则在思想解放主潮下，不断地返回精神主体的故都。它经历了这样几个层次：1. 新时期初，人们积压的悲愤和痛苦之情奔涌而出，借悲悼散文的形式倾吐真情，成千上万的至情文章歌哭俱备、血流交汇，裸露出一颗颗伤痕累累的心。这些作品大多为直感式的描写，显示的是心无政治负荷的情况下心灵的自由，是新时期散文迈向精神主体的第一步。2. 从情进入理，从热烈的追悼与揭露进入冷静的反思，反思自己，反思民族的性格，反思十年浩劫的悲剧原因，反思中华民族走过的历史道路，表现出主观意识从心理浅层结构深入到包括潜意识在内的心理深层结构，从先前的"表白性"上升到使主观世界成为审美对象。巴金就说："我挖别人的疮，也挖自己的疮。"3. 从反思走向哲理的寻求以及"感觉"的初潮。许多作家进一步隐入心无挂碍的哲理沉思。寻求社会人生，自然宇宙演化发展的永恒真谛，进一步远离豪言壮语和空泛的政治观念。如张洁的《拣麦穗》、王英琦的《有一个小镇》、陈慧瑛的《梅花魂》等，试图透视民情野俗风物中不灭的人性、人道主义、永恒的亲情。同时，有一种创作倾向越来越明显，即注重个性感觉的体味和表达，比如唐敏的《怀念黄昏》、苏叶的《总是难忘》，都有清新婉致、略带伤感、融抒情与叙事为一体的体验性笔调，具有浓烈的个体情绪化的特征，这些变化都显示了散文走向精神主体的趋势。4. 感觉之河。感觉是"第一性的存在"，而艺术感觉是否敏锐独特，更是区分作家才能、禀性高下的标准之一。别林斯基曾为感觉唱赞歌："他的本能、朦胧的、不自觉的感觉，那是常常构成天才本性的全部力量的。"散文创作作为一种感情的文体，感觉尤其显得重要。80 年代末、90 年代以来，感觉在散文里得到了充分的表现，成为个体的精神家园。比如女作家中的胡晓梦、赵玫、黑孩的创作，极富个性化的独特感觉，而男作家则在粗线条的整体感觉的表现别有味道，不过与女性倾向于内心世界的感觉不同，男性作家的感觉多指向外部理性世界。散文最终在90年代面向感觉的开放，向人本心理深处的掘进，是散文回归自主性的重要标志。

其二，从情的外溢转向情的内敛。情与事一样都是散文的重要质素，抒情本无可厚非，但抒情合情合理，须水到渠成。而建国以来到"文革"期间散文的萎缩的一个重要症结即太重抒情，甚至到了无抒情则非散文的地步。比如"我们创造的世界有多么灿烂吧！……""我们的战士怀着怎样的心情啊！"等等。久而久之，抒情变得更加空洞、虚假。人生真实、普通的生存状态被单向度地夸饰性抒情排斥了，尤其是在"文革"期间，感情单调、机械、张狂，成为毫无个性、真情实感的错误政治观念的传声筒。随着新时期的到来，原先单向度的"物—情—理"抒情模式向着以情绪为主调，感觉为基础的叙述与抒情成为一体的复合型抒情方式转化，抒情不再游离于物，虽然仍在抒情，但常以独白式的意识流动为结构框架，情绪的循环往复，自我追问的内在紧张，都形成一种全新的内省式的复调语态，代替了先前夸饰性的抒情语态。另外，许多散文家都更倾向于节制情感泛滥的冷抒情。他们或者如张承志、周涛以及学者散文那样高扬理性和思想，或者如贾平凹、汪曾祺不动声色地从容地讲述老百姓的故事，或者如"新生代散文"的作家让"大地上的事情"还原和自我呈现，剥除了主体强加于客体的种种臆想和一己之意，而让客观事物独立自足地物性自现，这种种表现，都显示了人们在表达自我世界时的成熟。

其三，从散文性转向诗性。这里涉及的是散文的文学性、审美性的问题。散文并非通讯报道，它在求真的同时，还力求以美的方式来表达真。当然，在建国初十七年散文中常常因政治消解艺术的原则，限制了作家去表现诗的情绪、诗的节奏、诗的结构，即如杨朔散文充满诗情画意，但一陷入套路，就缺乏变化。而新时期的散文则表现出诗美的流向。1. 诗的情绪与节奏。新时期散文的主观意识得到强化，作家自己可抒写自我精神世界，描写"内宇宙"复杂、微妙、隐秘的现象，从而表现诗的情绪。

王蒙在谈到自己创作时说："《好的故事》对于我是一种启示，一种吸引、一种创作心理学意味的暗示……当我在构思的过程中或者命题的过程中不由地微笑、低语、念念有词起来或者眼睛湿润、呼吸粗重起来的时候；当我努力去追踪、去记录、去模拟那稍纵即逝的形象的推移，情绪的流转，意念的更迭，去表现那'诸影诸物，无不解散，而且摇动，扩大。互相融和；刚一融和，却又退缩，复还为原形'的生命的五光十色的时候；我觉得，我的尝试、我的心情和我的追求，都可以从《好的故事》里得到鼓励和参照。"这段描述中可以看到王蒙捕捉诗的情绪与节奏的努力。许多散文家改变了过去那种习惯于表现一个预定的主题，或者图解某一个事先确定的理念，转向在生活经验的基础上，直接从个人情绪出发而进入创作状态，随着情绪的起伏变化去写人叙事，绘景状物，对印象、感觉、联想、想像加以缀合，以表现心理的张弛与节奏，让诗情在散文中间流动奔突。2. 诗的开放性结构。传统的散文多采用时间推移和空间的转换为叙述程度，或者采用起承转合的议论图式，如李健吾的《雨中登泰山》是典型的靠爬山的顺序来结构全篇的。这种艺术空间清晰但单一，是线性结构模式。新时期的散文家发现过去的结构模式不能表达更为细腻、丰富的感受，作家的心理世界是一个多维的立体空间，而非线性的平面世界，他们渴求的更是"观古今于须臾，抚四海于一瞬"的审美空间，这里遵循心理的逻辑、内在的整体性。比如史铁生曾写过一篇《好运设计》的文章，他充分放纵自己的想像力，诗心独出地让人生的种种理想的可能性涌现于笔下，健美的体魄、知识分子家庭的出身、聪明的头脑、完美的爱情……这些想像完全突破时间和空间的限制而组合成为浑然一体的诗的构架。这里我们可以清楚地看到以开放性替代闭锁性、以立体交叉的流动结构代替线性的平面时空结构，使散文取得了诗结构的自由。

其四，文化品位的回归。散文的底蕴是否丰厚往往取决于作家的文化修养，"五四"散文至今仍散发出迷人的魅力，与其浓郁的文化意蕴息息相关。新时期散文家则继承"五四"前辈的遗风，以复杂的文化心理感受审美对象，从社会学、人类学、历史学、心理学、伦理学、哲学等各个视角，多层面立体交叉地审察大千世界。老生代作家以他们丰富的阅历、敏锐的洞察力写出一篇篇智慧之作，而许多中生代作家，尤其是其中的学者群体，更将理性的精神、深厚的知识背景带到散文世界中来，使得散文成为诗性与思性的完美融合，有丰富的文化信息。

当代散文的种种转化，都表现散文向"自为性"的回归，向"这一个"的回归。时至今日，散文的艺术思维方式、表现能力、内容与形式之间的弹性张力，都大大丰富了散文作为一种文体对生活描摹、表现的独特能力。看来，理想的散文，该是复调散文。所谓复调，是散文艺术面对一个多元的文化世界所作的自我调整，是对世界、人及人的思维的多彩多姿的能力反映，是一种整体的主动把握。如晶体结构的本体象征类型，袭用的是"以小见大"，言此而达彼，有"一箭双雕"的味道；如散文的现代诗类型，充分运用隐喻的修辞手法，而且是整体的隐喻，它使得在一个意象里包含两个缩影，一个主题中包含两个母题，使得虚与实、动与静、远与近、大与小之间构成辩证的存在，使得整个作品就是一种对话；再如散文的悲喜剧型，生活中从来都不是崇高与渺小、美丑、善恶一清二楚，"丑就在美的旁边"，崇高与渺小交融，悲与喜同在，它们之间是互相渗透的关系而非对立不可兼容的关系。本来，散文就是"广场"文体，城市里的广场和乡村的打谷场，是收获与狂欢的中心，是浓缩的人生场景，每个人都可在广场上演绎属于自己的故事，大家并行不悖，那种散文书写上的专权、独断，再也不应该出现。

当代散文历经曲折，至90年代，借宽松的政治气氛，自身规律的成熟，获得了群星灿烂的景象。然而，我们若仔细辨认，在繁华的景象下依然躲闪着不可掩饰的贫困。首先表现在散文的商业化。作家频频触电，在电视、电台上亮相，各种媒体大"炒"文学，作品还没完成，关于它的介绍已沸沸扬扬，……这些本无可厚非，作家无须呆在"象牙塔"里，散文也不能再是官方式精英阶层的话语专利，文学完全可靠着现代化的媒介扩大其影响，只是，当一个"钱"字罩在作家的眼前时，其作品的质量便会让人频频摇头。比如许多一时炒红的散文作家，在他的书里随处可发现语病，连基本的文字功夫都没有过关。作家的艺术思维空间一旦被商业操作侵入，常会变成粗制滥造的"码字工"，不能给人带来灵魂深处的震颤，或者如本雅明所说的"灵的气息"（aura）消失了。散文的商业化还体现在人人都可以出书上，这大大降低了散文作品的整体质量。"明星出书热"，"主持人的话"，无不粉墨登场，装帧的精致自不必说，但其中鲜有真正的优秀的散文，这种现象给读者造成错觉：散文原来这样容易！其次，精英意识的匮乏。这个时代流行大众化，它塑造出一种幻象，现在的生活无比好，它的商业性、一次性、虚假性在社会上弥漫开来，掩饰了生活的本质真实，而许多作家也都在大众文化面前六神无主，忘记了真正的知识分子是"社会的良心"。作家代表人文精神，它以批判的眼光抵制着那些消解神圣性、崇高性的功利性，它给一个平面化的世界带去人得以升华、超越的力量。优秀的散文作家不能在市场操纵下，沦为文化传播的小摊贩的角色，不能忘怀文化创新与终极关怀。而且正如马尔库塞所说，文学靠其自身的自律性"摆脱了现实的无尽的过程"，"艺术的真理的基础虽然植根在社会现实，但艺术的真理却是这个社会现实的'异在者'"。散文作家的艺术完成自身对现实的超越，也应使读者完成超越。其三，隐私热的误区。散文强调"个体生命形态"，是个性化的声音，但这种个性是典型性基础上的个性，它从具体的现象出发，最后超越了现象的范围，揭示出普遍的心理。一旦散文沦为完全是个人的宣泄口，则变为隐私文学，一些读者对它的热情，实质是一种窥探他人隐私的热情。这种倾向对文学的消解力极大，一方面将散文创作引入误区，另一方面降低了读者的文化素质。

（五）新世纪散文

作为一种最能表达个人体验与思想的文体，新世纪以来吸引了更多中青年的加盟，形成了狂热的散文写作。传统散文与网络散文竞秀，"大散文"与"小散文"共荣，"智性散文"与"大众散文"争雄，数量惊人，似乎进入了一个散文新时代。

实力派散文家季羡林、林非、余秋雨、范曾、张承志、周涛、王充闾、史铁生、卞毓方、贾平凹、李国文、从维熙、冯骥才等，仍然笔锋遒劲，写出了诸多精品。季羡林（1911—2009）作为学术大师，一生奉行的座右铭是"纵浪大化中，不喜亦不惧。应尽便须尽，无复独多虑。"公众知晓他，主要通过他的散文随笔。他的《相期以茶》、《朗润思语》等散文新集充满朴厚和睿智，其中名篇《九十述怀》更让人看出了老一代知识分子的坦荡心胸和乐观向上的人生姿态。余秋雨的《行者无疆》作为一部学人游记，漂亮的文笔掩藏着多个层次的艺术张力：文明与蒙昧、野蛮裹卷其中，有着东西文化的互融、互斥与互信、互疑，理性地看待了欧洲文明自身的衰落兴替，哲理的思辨与感性的描绘可谓精妙。范曾的《范曾散文三十三篇》，内容涉及环保、家世、风、酒、诗人等，又将大量笔墨，付于了画史、画论、画家与画品，文中有诗，诗中有画，画中兼备情理。林非《说老年》看似平常的叙说，实则在表达作者善美的心质，让人叹服。张承志的散文新作《一册山河》，因其文化视野的拓宽和叙述方式的内敛，从内容到形式均增添了难能可贵的新质，凭借散文的体式优势，从容地在心灵的山河进行文化的散步；《荒芜英雄》续写着生命中高洁精神的寻觅与追索；《敬重与惜别》是他总结八十年代以来几次居留日本的经历，以良知与自省为武器，重新审视了中日关系，大声疾呼着历史的大义、国家的和平，以及民族精神的升华。贾平凹的《通渭人家》，写出甘肃县虽然贫困落后，对文化的认知和渴求却不落后，文字机敏、诙谐，颇有深味。冯骥才一组《巴黎的艺术家们》关于文化视角的作品，不仅揭示了艺术的特质，而且也写出了当前一些伪艺术家对真正艺术的亵渎。史铁生继《我与地坛》之后的《想念地坛》，自然沉静，透出些许超然中的失落。张炜在《秋天的大地》里，深情咏叹，透出了思想的深邃雄强、情感的深沉博大。此外，王充闾的《他这一辈子》、卞毓方的《独秀的另类"文存"》、韩少功的《草原长调》、李存葆的《东方之神》、刘心武的《拼贴北京》等等，都从不同角度抒怀了人生感喟，深藏着对生活敏感的感触与理性的思索。

　　如果说已成名家的散文，给我们的感动是情理中的，那么，一些新锐的散文呈现出新颖活力，带给我们的则是另外的芳香。如陈丹青随意练达的《退步集》和《退步集续编》，带给我们的不只四座惊异，还有对世相观察的另外的角度。冯秋子的《额嬷》，有额嬷艰辛而坚实的一生，也有额嬷和我一家非亲非故、却同处屋檐下的莫逆亲情。周晓枫的《斑纹》，通过对蛇、蟒、斑马、老虎等动物的描写，展现出作者细微而带有质感的心灵。筱敏的《捕蝶者》，细致地描写了一个专业捕蝶者内心悲伤的美丽和为了保存这美丽所必然承受的无奈的折磨；《圣火》不是单写圣火的明亮之美，而是呼唤圣火照耀处的奥林匹克精神。巴音博罗在《水墨民间》中所表现的民间风物，让我们触摸到民族文化的生命之根。熊育群《奢华的乡土》里的碉楼，凸显了中国人的文化家园和精神力量。杨献平的《莫高窟：从神灵到众生》，彰显了作者对平民艺术的敬畏和对民间文化延续的焦虑与希冀。韩小蕙的《岳茔享堂、三碗清水及其他》，是在民间的宗教文化里安放和祭奠岳飞的英魂。黄咏梅的《像麻将一样整齐》，把一家人父慈子孝的绵长亲情展现得温馨动人。冯小涓的《亲历大地震的人们》和陈亚军的《人性的光芒》，记述了地震中的惨烈、悲壮、哀伤、苦难和坚强。陈原在《我们来抚慰一次道德塌方的痛》中，叹息与悲愤道德和价值观的严重滑坡，呼吁严惩谋杀孩子生命的黑手，更要重塑中华民族的道德和价值体系，从而在相互凝望的信任里获取人类最基本的幸福感和安全感。徐晓的《半生为人》是命运的私语、人心的呢喃、灵魂的召唤，且深具理想主义的光泽。格致的《从容起舞》，是对个人心灵、生命欲望的坦诚揭露。夏榆的《白天遇见黑暗》记述了自己对煤矿生活的观察，那种在黑暗和死亡的重压下而独有的孤独和眼泪，可谓惊心动魄。

　　林非在《21世纪的散文前景》（《上海文学》2007年第7期）一文中指出："在文化修养逐步提高和个性精神不断觉醒的人们，是最乐于接受与运用这样的一种文本，去进行鉴赏、宣泄和交流的。当整个社会走向现代化的进程中间，散文确实是最适应于大家提升精神世界的载体。"散文已经走出传统单一模式，诸如目前日益发展的"网络散文"和"晚报散文"等。如2001年王义军策划、主编的《新媒体散文》，由东部卷《精致的耳朵》、西部卷《怀念的回音》、南部卷《致命的吸引》、北部卷《迷失的花园》和中部卷《城里的月光》五部组成，涉猎广泛。除了广播、电视散文，还有一部分非专业文学杂志、非文学副刊的报纸散文，以及互联网上的散文。网络散文呈现出的特质，有别于传统意义，其写作相当灵活，叙述真实，具有同常性、宽泛性、互动性、游戏性与多样化、生活化、个人化，但因为缺少艺术的锤炼与品格意识，多流于空泛之谈，但也不乏精约之作。

散文在新世纪以来，也由此进入了大众化的公共写作的时代，如同当年50年代民歌潮流一样。但其品味与艺术质量未能够得以普遍提升。创作中存在的一些问题有：其一，一些名家散文存在自我重复现象，尽管语言叙述上及创作手法上，娴熟成型，而少见个人的心性关照，缺失陆机于《文赋》里所说的，"观古今于须臾，抚四海于一瞬"，"笼天地于形内，挫万物于笔端"的兼济天下的气势与胸怀。其二，按说，散文应是自由的、真情的、人性的、精神的，是凝结着生活的智慧与生命活力的，但新世纪以来的散文，有的是打着"大散文"的旗号，却追求模式化的做秀。王尧《散文危机与对"散文"的偏离》（《中国社会科学院报》2009年5月5日）一文指出，"90年代以后，文化大散文的出现曾给散文写作带来新的可能和自信，也召唤了众多曾游离于散文的读者。除此而外，一些体现知识分子精神的思想文化随笔也在众声喧哗中发出独特的声音，这类写作可视为书写知识分子思想与情感的方式，而这些作者多数都是非职业散文家。一批类似文化大散文的文体和写作者也随之出现，媒体和出版界乘机而上，由此共造了散文写作繁荣的幻影。在文化大散文逐渐定于一尊并不可避免地式微时，散文写作的虚假影响也为人识破。这一危机的出现，不仅反映了散文的艺术问题，亦暴露了散文写作者的精神局限，而这两者都与散文写作无法传承现代散文精神、主动探索汉语写作新的可能、积极应对转型期的思想危机等密切相关。"其三，由于散文的门槛降低，鱼龙混杂，良莠不齐，有的甚至在散文中充满了物质欲望与身体欲望的沉迷，畸形的精神思绪里有着奢侈淫逸的享乐与放纵，沉闷里透着暴力的泛滥与颓丧，缺少内心的清洁精神。

其实，散文的危机并非因为它日益增强的边缘性和公共化，而是当下散文在精神上缺少与现实的对应关系，现实的生动、丰富、复杂也在散文中消失。散文可以回到历史、乡土、童年，但所有的往回走和往后看，都应是精神的重建而不是精神的消费。倘若人的思想、精神、胸襟、情怀、格调等逐渐从散文中退出，当然也就失去了散文的精神个性。一些有识之士也提出了重振散文的思路，如孙绍振在《当代智性散文的局限和南帆的突破》、《余秋雨：从审美到审智的"断桥"》（《当代作家评论》2000年第 3 期、第 5 期）中，提出了一个新颖的概念：智性散文，强调议论散文的美文性质。认为散文的艺术水准提高，必然需要强调智性的传达。"智性话语要成为艺术，而不是纯粹抽象的论说，最起码的工夫就是把智性话语转换为艺术话语"，智性不仅需要知识的累积，阅历的深广，更需要生活的敏锐与心性照亮，还应该有直面现实的良知与勇气。周闻道在《镜像的妖娆》一书序言中，提出了散文的"在场、思想、诗意、发现"观点，认为这就是"散文时代"的面貌和散文写作者的作为。散文应该在与现实的对接中持有自己的个性与本性，体现出足够的散文精神。

如今，理论界都在呼唤"大散文"，"散文精品意识"。要真正达到，需要多方面的因素，如作家"天马行空"的精神自由、博大的人格，复调式的艺术思维方式，丰富的生活阅历及文化洞察力。散文的每一次长进，都伴随着相应的不足，只是在这个漫漫的征途上，"大散文"永远会如同高悬的灯塔一样指引我们，也给予人们无限的希望。

三、报告文学：时代琴弦上的搏动

（一）在赞美和咏叹中收获

20 世纪 50 年代伊始，当中国人民欢欣鼓舞，准备以新的精神姿态和行动投入到建设新中国的伟大事业中去的时候，突然，从邻国朝鲜人民民主共和国传来了战争的消息。以美国为首的国际势力，悍然破坏和平，大举兴兵侵略朝鲜领土，并把战争的烈火烧到了中国的家门口。面对如此严峻的局面，中国政府坚决迅速地接受朝鲜人民民主共和国政府的请求，决定派遣中国人民志愿军入朝作战，帮助朝鲜人民坚决打败侵略者。抗美援朝，保家卫国。一场正义的、气壮山河的反侵略战争，在朝鲜三千里江山激烈地展开了。

中国人民志愿军雄赳赳，气昂昂，跨过鸭绿江入朝作战后，得到了全国人民的大力支持和真情关怀。国内各界先后派出许多慰问团深入前线，看望和关心志愿军官兵。巴金、老舍、刘白羽、华山、魏巍、黄钢、菡子、杨朔等许多作家，积极主动请战，深入到朝鲜前线，在战火硝烟的战场进行战地采访，用各种文学形式表现和反映志愿军英雄的伟大精神和感人事迹，报告文学是不少作家选择的文学形式。所以，在真实地表现和描绘朝鲜战场生活事件人物的文学作品中，报告文学发挥了突出的作用，取得了丰硕的成果。同时，也在共和国文学史上，出现了第一个报告文学创作的浪潮。

魏巍发表于 1951 年 4 月 8 日《人民日报》的《谁是最可爱的人》，是报告朝鲜前线志愿军生活的报告文学作品中影响最为强烈广泛的作品之一。1937 年参加革命工作之后，魏巍就一直在部队从事文化宣传工作，并不断地进行诗歌等文学形式的创作活动。志愿军入朝作战之后，他先后在 1950、1952、1958 年三次深入志愿军部队，以充沛的激情写出了十多篇反映前线官兵战斗生活的报告文学作品。《谁是最可爱的人》，从志愿军的许多战斗生活中选取了松鼓峰的激烈战斗情景，志愿军战士冒火抢救朝鲜儿童的事迹和作者自己同一位志愿军战士谈心的内容进行集中描写报告，生动具体地反映了志愿军战士那种伟大无私的革命英雄主义精神和国际主义精神，表现了他们勇敢坚强、勇于牺牲的性格行为和革命的乐观精神。作品用最典型的事例，最经济的文字，表现了一个深刻而丰富的主题，论证了"谁是最可爱的人"这个由作者自己提出和生动圆满回答了的问题，在叙事和抒情手段的交替运用中很好地完成了一次对重大题材的报告。作品对于激战场面的描写，曾经震撼了许多读者的心灵，使人在一种几近恐惧的厮杀搏斗中，产生了对志愿军英雄的钦佩和崇敬。这是怎样的厮杀和搏斗啊：

敌人为了逃命，用了三十二架飞机、十多辆坦克和集团冲锋，向这个连的阵地汹涌卷来，整个山顶的土都打翻了，汽油弹的火焰把这个阵地烧红了。但勇士们在这烟与火的山岗上，高喊着口号，一次又一次地把敌人打死在阵地前面。敌人的死尸像谷子似地在山前堆满了，血也把这山岗流红了。可是敌人还是要拼死争夺，好使自己的主力不致覆灭。这场激战整整持续了八个小时。最后勇士们的子弹打光了。蜂拥上来的敌人占领了山头，把他们压到山脚。飞机掷下的汽油弹把他们身上烧着了火。这时候，勇士们是仍然不会后退的呀，他们把枪一摔，身上帽子上呼呼地冒着火苗，向敌人扑去，把敌人抱住，让身上的火，也要把占领阵地的敌人烧死——据这个营的营长告诉我，战后，这个连的阵地上枪支完全摔碎了，机枪零件扔得满山都是。烈士们的尸体，保留着各种各样的姿势，有抱住敌人腰的，有抱住敌人头的，有掐住敌人脖子把敌人摁倒在地上的，和敌人倒在一起，烧在一起。还有一个战士，他手里还紧握着一个手榴弹，弹体上沾满脑浆；和他死在一起的美国鬼子，脑浆进裂，涂了一地。另有一个战士，嘴里还衔着敌人的半块耳朵。在掩埋烈士们遗体的时候，由于他们两手扣着，把敌人抱得那样紧，分都分不开，以致把有些人的手指都掰断了。

这种动静结合的文字，十分具有现场感和立体感。是表现志愿军战士英勇战斗场面最为激动人心的描写。把这样紧张激烈的战场生死搏斗描写和国内的和平日子景象进行对比，就自然在牺牲和幸福的对比中，形象生动地显示出了志愿军是和平的保卫者，是以自己的牺牲换取祖国人民幸福生活的人，他们就是今天社会生活中"最可爱的人"。作品的这个提问和形象回答，十分机智、有力，充满了深情的构思与表现，在很有限的篇幅内成功地表现了非常重大的主题。因为这篇作品的广泛影响，"最可爱的人"此后几乎成了人民解放军的代名词，被人们在许多时候不断地进行引用。

巴金是以小说创作名世的作家，他的许多小说在读者中具有很大的影响。在抗美援朝战争爆发之后，巴金也在1952年春和1953年秋两次奔赴朝鲜前线，进行战场采访，先后创作发表了《我们会见了彭德怀司令员》、《坚强战士》、《生活在英雄们中间》和《记栗学福同志》等不少报告文学作品，从而在他的文学创作活动中出现了一个报告文学创作的小高潮。

巴金在说到自己这一些反映志愿军生活的作品时说："倘使热心的读者想在这本集子里找寻一点可取之处，也许就是一个'真'字。"真实的人物，真实的事件，真实的感情，生活人物在本身的朴素表现中产生着动人的魅力。特别是《我们会见了彭德怀司令员》一篇，作者只简短地记述了会见彭德怀司令员时的直接感受，非常质朴、真实。可是，就是这些质朴的文字，把彭德怀司令员的形象性格和思想胸襟等表现得十分真切动人。"他进来了，我们注意的眼睫并没有看清楚他是怎样进来的。一身简单的军服，一张朴实的工人的脸，他站在我们面前显得很高大、很年轻。

他给我们行了一个军礼，用和善的眼光望着我们微笑着说：'你们都武装起来了！'就在这一瞬间，他跟我们中间的距离忽然缩短了，消失了。""我们亲切地跟他握了手，他端了一把椅子在桌子旁边坐下来，我们也在板凳上坐下了。他拿左手抓住椅背右手按住桌沿，像和睦家庭中的亲人谈话似地对我们从容地谈起来。"他谈自己对朝鲜人民的感情，谈对美帝国主义的憎恨，谈战争的局势，谈自己的短长，就像在和熟识的朋友"摆龙门阵"一样。作品在对人物的语言、行动作进行如实的记述之后，彭德怀那种谦逊、亲切、随和、坚毅、明断局势、严格律己等性格品德已经得到了非常简洁明了的表现。在很短的文字中，写活了彭德怀这样的统帅人物，为人们认识他的性格作风和情感世界提供了最为真实具体的事例。以质朴的文字表现了真实生动的崇高内容，是巴金这篇作品长久被人们肯定和珍爱的主要原因。

在《坚强战士》里，作者十分具体细腻地描写了志愿军英雄张渭良在左胸被炸伤，左腿被炸断的情况下，一个人经过十天九夜的艰难爬行，在克服了过小河、越雷区、穿铁丝网等等人们难以想像的困难情境之后，终于胜利返回部队的真实故事。在对主人公进行了深入细致的采访之后，作品很充分地展示了英雄在这漫长的十天九夜中的内心活动和艰难爬行的过程，用近乎白描的文字表现了人物的坚强意志和英雄品格，十分感人。在以后谈到自己在朝鲜前线的许多见闻和经历时，巴金曾经非常动情地说："我找不出适当的话来说明我的兴奋，来表达我的感情，生活在英雄们的中间，我忘了自己的软弱，我觉得我渐渐变得坚强，充满勇气和信心。我愿意用更多的文字来记录这些我所接触过的崇高的心灵。"是的，在巴金的笔下，从志愿军的司令员到普通的战士，他们虽然身份各不相同，但都是一些有着坚强意志和崇高心灵的人。巴金的作品，真实深情，朴素自然，时常在不事雕饰的描写中给人以很强的感染力。

上甘岭战斗，是志愿军在朝鲜战争中经历过的最为激烈的战斗。所幸的是，在上甘岭战斗打响的时候，女作家菡子恰好就在高山上的指挥所里采访，因此就有了最早反映这次战斗情形的报告文学《我从上甘岭来》。

作品真实地记述了自己在前线的见闻，描写了战斗的紧张激烈和残酷状况，表现了志愿军指挥员和战士们在前线的见闻，描写了战斗的紧张激烈和残酷状况，表现了志愿军指挥员和战士们英勇、豪迈、顽强的意志和忠诚、自信、乐观、幽默的性格作风。作者对于自己的这次经历感到非常的珍贵，以至在作品中也毫不掩饰地直言："我想谁在那里看到这次战斗的情形，谁也会觉得这是一生中难得的幸福。"是上甘岭战斗促成了菡子的这篇报告文学，也因为菡子的报告文学，上甘岭战斗也才会被更多的人们所了解。此外，菡子还写有表现志愿军集体战斗生活的作品《和黄继光班相处的日子》等。

在表现抗美援朝战争生活和志愿军战斗英雄风貌的报告文学作品中，除过以上这些作品外，刘白羽的《英雄城平壤》、华山的《歼灭性打击》、唐海的《钢铁运输线》等作品，也是人们不断提及和赞赏的好作品。

特别应当提到的是，1953 年 12 月，志愿军政治部发布了编撰以"志愿军一日"为题的报告文学征文决定，号召志愿军各级官兵以自己的亲身见闻和经历为基础，记述战斗生活事件和人物事迹。很快，就在广大的志愿军部队里掀起了一个报告文学创作的高潮。这次征文最后经过四个阶段的整理，在无数应征稿件中经过筛选，共编成四编，收入作品 426 篇。这是建国以来第一次大规模的报告文学创作活动，也是一次激动人心的文学节日。郭沫若在给《志愿军一日》所写的序文中说："如果从文学的观点来说，这也是一次伟大的集体创作。这里所写的都是真人真事，但这些真人的可歌可泣，真事的惊心动魄，比起世界上任何民族的伟大作家所能创造出来的英雄人物和传奇的故事，还要超越，出人意外。每篇作品都是一个故事，自成段落；有的更是集锦，显出了多样的统一。这多样的统一更适合于作为全书的评语，因为尽管是短篇的集合，而所写的是一个抗美援朝的整个运动，是一个表扬爱国主义和国际主义的整个主题。这就自然形成为一座大花园，园中有百花齐放。这就自然形成为一部大交响曲，曲中有万种乐器合奏。"他还形容读这些作品"就像吃生黄瓜、鲜海椒一样，实在是清新得很。够味！多么地生动！多么地活鲜鲜的！"这些作品，是最为真实直接的战场报告，因为它的原生状态，而在历史和文学中有特殊的作用。

抗美援朝战争，是中国人民志愿军接受了战争的洗礼和创造战争活剧的重大事件，是英雄交响乐，是伟大的国际主义的凯歌。我们的作家在战争中不惧危险和艰难，走到战争的前沿，走到英雄们中间，亲自发现和感受体验战争的生活，描写和歌颂反侵略的战斗英雄人物，为这些英雄进行文学的雕塑。从而为这场战争，为众多的志愿军英雄，留下了鲜活的战斗英雄群像。

我们再把文学视线转移回国内。

新中国建立之后，经过土地改革，广大农民分到了土地。这让他们真实地感到了翻身得解放的喜悦。但是，在分得土地，个体经营了很短的时间之后，全国的合作化、集体化、公社化运动就急速地开展起来了。因为获得解放和土地改革带来的直接利益，农民们对于这次告别几千年生产习惯和生产方式的又一次剧变虽然表现出了一些疑惑，但还是把它当成生长快活和美好日子的变化，深情地憧憬和激情地参与到其中。在农村发生这种巨大变革的过程中，出现了一些反映这种变革内容的报告文学，当时是很引起了人们的注意的。

柳青和沙汀在小说创作上都是取得了很多成绩的作家。可是，在面对合作化运动时的农村生活时，也都先后写出了反映合作化运动中农民真实生活心理和行为的报告文学作品。柳青的《王家斌》和《一九五五年秋在皇甫村》，沙汀的《卢家秀》，是当时和以后人们一直看重和给予好评的作品。王家斌是一位农业合作社的主任，被人们看成是"社会主义的引路人，全心全意为大伙办事"的人。作品通过王家斌为了合作社的利益，在寒冷的冬天无私地饲养老母猪的感人事迹，十分形象生动地表现了一部分农民对于集体化道路的珍视和热情，表现了农民渴望集体发展集体富裕的强烈愿望。《一九五五年秋在皇甫村》和《卢家秀》，主要描写的是，在一些已经步入了合作化道路的人们集体劳动生产、生活有所提高的影响下，那些一时对合作化、集体化还存在着疑虑的人，打消了疑虑而积极要求加入合作社的情形。作品写到，"去年秋冬在各村建社，总有人说这样的话：是崖，某某敢跳，我也敢跳！红了黑了，试它一年再说。而今年，人们密切注意着邻居们的动静，唯恐酝酿扩社和建社的时候，不把自己考虑在内。"农家女卢家秀，尽管年龄不大，在不幸丧母后，就成了家里的"小主妇"。1953 年建社时，因为父亲的犹豫，没有加入，到了 1954年时，事实使他们认识到，"单干不是出路"，所以，这一次，她表示，"哭都要把我们这一户哭进社"去。柳青、沙汀的作品，都写得十分真实、质朴、形象生动，因此，在表现合作化、集体化时的农民生活的作品中是比较突出和耐人咀嚼的。农业合作化运动，当年是一个由共和国的领袖毛泽东亲自参与领导的群众性大运动，在中国的农村产生了非常重要的影响。然而，多少年之后，农村又划地分田到户，实行生产责任承包制的方式。历史在转了一个圈子后又回到了原来的地方，这确实是 50 年代时人们不曾预料到的。这种进退的变化，尽管是一种明显的历史尴尬事实，中间有非常复杂的历史、政治、经济和文化传统原因。但是不能因为曾经有过的尴尬就轻易地否认过去和今天的真实性及探索进步的愿望。历史的曲折过程，使人们变得现实和冷静，使人们的憧憬和激情在不断的调整中得以实现与发挥。忠实于当时生活的作品，同样具有认识历史和现实的作用。正是在这样的意义上，柳青和沙汀等人的此类作品，就有一定的认识价值。

这个时期，还出现了另外一些表现农民真实生活状况的报告文学。例如，田流的《王运升》，就很真实形象地报告了一位热爱科学，潜心钻研农业科技，带领群众进行科学生产，改变生产面貌的农村人物。秦兆阳对于农村生活，也很有热情和感情，他写了《姚良成》、《王永淮》和《老羊工》等几篇反映农民农村生活的作品，曾经也是人们关注的作品。这些作品，有的写人物以坚毅的意志种树，表现不屈不挠的精神；有的写一个农村干部的农村情结；有的写一个牧羊老人的高超技能和个性作风，都很富有农村生活气息，人物形象也很突出。

在经历了农业合作化、公社化运动之后，中国就遇到了天灾人祸的

"大跃进"和三年自然灾害的岁月。广大的农村在一片凋敝的景象下呻吟着。怎样走向未来，怎样开拓新的生活，一个严峻的问题摆在了人们的面前。在内忧外患的时候，自力更生，发奋图强的号召再一次被提起，不久在农村就出现了沙石峪、大寨这样因地制宜，反对"浮夸风"、"瞎指挥"，脚踏实地改造自然、发展生产的先进集体。在人们需要鼓舞和启示的时候，东生发表于 1962 年的《看愚公怎样移山》和孙谦发表于 1964 年的《大寨英雄谱》给了人们很大的力量。大寨人的事迹，当初确实是激动人心的。但是，后来由于更多政治内容的介入，就使这个先进典型变了味道，成为一种政治的工具和手段而被运用着。以致后来人们再提到大寨时就有了某些想法和说法。但是，东生和孙谦的作品在当时和以后，仍然是一曲激人奋进的歌。

在反映"文化大革命"前十七年农村生活的报告文学作品中，黄宗英的《小丫扛大旗》、《特别的姑娘》（与张久荣合作）等作品不能忽略。和其他直接描写报告农村农民生活的作品不同，黄宗英报告的对象是一些返乡的知识青年在农村积极奋发的真实生活故事。作品把主动放弃学业回乡参加农村建设的邢燕子"铁姑娘队"人物和同样是回乡的知识青年侯隽等人的生活事迹描写得十分生动形象，在社会上产生了不小的影响。黄宗英是一位善于捕捉和表现人物性格特点和内心的作家，在她的笔下，同样是回乡的女青年，干着近似的农村活计，但各人的表现却十分不同，很有个性特点。

农民的憧憬和激情在田野，他们多少年来生活和耕耘在这田野上。兴奋、希望、追求、失落、成功的不断变化，使他们经历了许多曲折，但他们的憧憬不断，激情依然。这里表现着我国农民的纯朴善良、勤劳勇敢和可敬可爱。这些作品在表现我国农村生活时，现在看来，虽然有过这样那样的偏失，但其中是有不少温情的东西存在着。这里有多少美好的未来憧憬，这里有多少激情的投入和真诚追求。但是，社会生活的曲折复杂性，有力地影响了农民们的憧憬和激情，竟然使这些美好的感情和行为在不少时候变成了伤心的咏叹，变成了有声无声的怨恨，这实在是人们当初未曾想到的。然而，不管是喜是悲，还是深情的咏叹，这些曾经使许多人激动和投入的生活是不必回避，也不能完全忽略的。

努力推进国家的工业化进程，曾经是建国之后的一项重要工作任务。在 1953 年制定了第一个五年计划，明确了经济建设的方针任务。周恩来总理在 1954 年时就明确指出，"经济建设工作在整个国家生活中已经居于首要的地位"。但是，不幸的是，这样一个对于国家民族可能发生革命性意义的建国大政，未能得到坚决切实地贯彻落实。很快，应当居于首要地位的经济建设就被以抓阶级斗争为主要内容的政治活动所替代。中国人民的社会生活，从此成了一个阶级斗争的大舞台。然而，报告文学对于发展经济建设生活，还是给予了充分的热情和积极表现的。人民文学出版社在 1954 年和 1955 年出版的《经济建设通讯报告选》和《经济建设通讯报告选二集》所选录的 117 篇作品，以及工人出版社 1953 年出版的《伟大祖国的建设者》、中国青年出版社 1956 年出版的《枫》、作家出版社 1957 年出版的《一九五六年特写选》，基本上反映这个时期此类报告文学创作的面貌。在这些作品中，作家们对各条战线上的建设生活和人物，进行了热情的赞美，表现了不少的社会主义建设生活景象。

在报告经济建设的报告文学作品中，李若冰的《在勘探的道路上》和《柴达木手记》很为人们关注。"一九五三年的仲夏，在一个偶然的机遇里，我听到陕甘宁老根据地发现了油矿和其他矿藏，于是就和几个中国地质学家跑去看了。"这之后就有了他的第一篇报告文学《陕北札记》。但更重要的是，这次和地质工作者的接触，使得他和中国的地质工作者发生了长久的联系，终使他成为中国地质工作者最为热情和投入的歌手，为他们作了深情动人的歌唱。1954 年、1957 年，李若冰两次深入到柴达木，走到地质工作者中间，具体仔细地感受柴达木和地质工作者。他说：

> 我作为勘探大队的一个大队长，与各种地质、测量、钻井、地震、重磁力等地球物理勘探者一起的时候，几乎忘记自己是一个文学工作者，而想得最多的是勘探工作的进度、成果和发展。

> 我不可能把自己排除在勘探过程之外，而是他们中间的一
> 个。——我满怀感情，和他们一块跋涉、奔波，一块苦恼、忧
> 愁，又一块为获得新的工作成果欢呼，于是一块在沙窝里祝酒歌
> 唱，一块脚踩砾石，在戈壁月夜里围成圈跳友谊舞。往往在这种
> 时候，我的艺术灵魂仿佛被唤醒了，时常冲动得不得了。我压抑
> 不住自己，就在工作之余或冬训空隙里，抓住笔写将起来。

李若冰用自己最为直接和深切的感受，报告和描写地质、石油工作者
在野外，在荒漠戈壁中艰苦的工作和生活。他报告了人们现实的工作情
景，也报告了人们丰富的内心感情世界；他真实地描绘戈壁沙漠和柴达木
荒凉奇异、壮观美丽的自然风光；他为那些智慧勇敢和辛劳的人们歌唱，
也为那些遭受政治的、情感的打击的人们表示忧伤和不平。李若冰的这类
报告文学，在其形式上，都比较短小精悍，他时常把抒情和叙事很好地结
合在一起，在短小的篇章里蕴涵着丰富的人生内容，在一些看似平常的人
物经历和言语行动中感受到社会的变化与波动。《柴达木手记》是当时报
告国家经济建设生活的报告文学中受到人们肯定的作品。

华山曾经是一位有名的战地记者，他的不少报告当年战斗生活的作品
给读者留下了很好的印象。步入社会主义建设时期以后，华山对于自己的
采访领域和采访对象有所调整。表现祖国的工业建设生活，就是他的一个
主要选择对象。他先后深入三门峡水利建设工地，深入地质工作者中间，
在建设者的中间感受和报告建设者的精神和事迹。他报告三门峡水利建设
中黄河截流的作品《神河断流》和报告地质勘探工作者生活斗争的作品
《尖兵》、《远航》等，就是人们十分看重的报告文学成果，也是他建国后
的突出文学表现。

应该说，直接面对经济建设生活中重大事件和人物的报告文学作品还
是有不小的数量的。但是，因为这些作品大多是一些参观访问的札记，是
一些随意零散的感受，所以，真正构成有个性、有影响的作品不多。相对
于经济建设生活的内容来说，这个时期报告文学的收获明显微薄。

　　歌赞英雄模范人物的动人事迹，是中国报告文学的一个重要传统。新中国成立之后，报告文学的这个传统依然被作家们积极地运用着。在很多的时候，报告文学因为这种歌赞功能的充分表现和发挥，甚至使人完全地忽略和看轻了报告文学还有认识批评和打击邪恶的功能。对于英雄模范人物的歌赞，在1966年之前的报告文学创作中，是一个始终不变的主题。这个主题，最早是在抗美援朝的战场上展开和体现出来的，之后又在火热的农村变革和经济建设的过程中得到发挥。所以，这个主题的唱响，是多年来人们一直给予报告文学关注的重要原因之一。报告文学在这方面取得的成果也最为显著。

　　1960年2月3日，山西省平陆县张村公社的60一位民工，在公路建设工地上，不幸因为食品中毒，生命危在旦夕。在抢救过程中，急需特效药品"二巯基丙醇"。为了60一个阶级弟兄的生命，国家卫生部、北京特药商店、人民空军等有关领导、有关人员在得到呼救消息之后，立即行动，克服了许多困难，在最短的时间内将药品送到了抢救现场。60一个阶级弟兄的生命保住了。作品通过电影蒙太奇一般的组织结构，运用材料，使这场一方有难，八方支援，团结互助，战胜困难的革命人道主义颂歌得以唱响，很富现场感和艺术性，使许多人得到感染和教育。《中国青年报》的记者王石、房树民运用报告文学的形式对这场突发事件的紧张过程和这个过程中许多人的出色表现作了快速形象的报告，从而使他们的作品自发表时起，就一直受到人们的赞赏和肯定。

　　徐迟写于1956年而延至1962年才发表的《祁连山下》，因为其独特的题材，丰富的文化历史蕴涵和诗意的描写，曾经激动了很多读者的心。这是一篇描写著名美术家常书鸿毅然告别国外的舒适生活，带着妻子进入沙漠戈壁深处的敦煌，在经受着常人难以忍受的生活环境中，保护整理民族文化瑰宝的动人事迹的作品。作品在表现主人公的爱国精神和无私行为方面，淋漓尽致，生动具体；对于特殊的自然景观描写十分逼真传神。这是作者在其诗歌创作之外第一次充分表现自己报告文学才能的作品，也是作者热爱和从事报告文学创作的成功开始。这篇作品在当时那种文学作品只能把工、农、兵人物定为歌颂对象的格局是一个例外。在其艺术地表现人物性格方面，也是独树一帜。

魏钢焰是从诗歌创作开始进入文学创作活动的。但是，他在报告文学创作方面的成功似乎更加明显一些。1963 年 6 月 27 日，《陕西日报》发表了魏钢焰的报告文学《党的好女儿赵梦桃》之后，立即在社会上产生了强烈的反响。人们被赵梦桃的先进事迹深深地感动了，被作品成功地表现感染了。很快，《人民文学》将其更名为《红桃是怎么开的？——记党的忠实女儿赵梦桃》给予转载。此后，《延河》、《中国妇女》等报刊也相继转发，使这个作品的影响更加广泛和深入。赵梦桃是个贫苦人家的女儿，自小随娘从河南逃荒来到了陕西。建国后，在党和政府的关怀下上了学，进了纺织厂成了纺织女工。她对党、对社会主义怀有非常纯真的报恩感情。赵梦桃的先进事迹，大都是一些看似平凡的日常工作生活小事，如勤劳质朴，克己助人，意志坚强，心眼慈善等性格特点。但是，在这些看似平凡的言行背后，有着一个青年女子高尚纯洁，自立自强，燃烧着生命和丰富情感内容的美好心灵。作者魏钢焰用一个诗人的敏锐和卓识，洞察到了这一切，因此，他才能用诗一般的语言表现了这些平凡小事中体现的人物的性格和内心世界，使人们看到了一个贫苦人家的女儿成长为全国劳动模范的过程及感人事迹。作品时常巧妙地运用生活细节，更是时时表露出自己对人物的钦佩之情，所以，篇幅不大，包容甚丰，激情洋溢，感人心怀。

最早报告雷锋先进事迹的作品有两篇，一篇是甄为民、佟希文、雷润明合作的《毛主席的好战士——雷锋》；一篇是陈广生、崔家骏合作的《共产主义战士——雷锋》。这两篇作品，对于雷锋平凡崇高的精神，全心全意为人民服务的行为进行了及时的传扬。因为毛泽东等人对雷锋精神事迹的肯定和宣传，雷锋的事迹得到了最为广泛、长久和深入的宣传，学习雷锋，几乎已经成为一个对人们进行教育和倡导精神文明建设的重要工作内容。所以，这两篇最早宣传报告雷锋事迹的作品是有着特殊的历史和文学地位的。

在对先进模范人物的歌赞宣扬中，1966 年 2 月 7 日发表于《人民日报》的穆青、冯健、周原合作的报告文学《县委书记的好榜样——焦裕禄》是十分重要的作品。这篇作品对于河南省兰考县委书记焦裕禄在兰考工作时那种心怀远大理想，发挥无私奉献的精神和坚强超拔的意志，严格律己，努力奋斗，带领全县人民同贫穷，同风沙、水涝和盐碱进行坚决斗争的感人事迹的报告，达到了动人心魄、感人肺腑的程度。作品在人和自然与人和人的斗争中来表现焦裕禄的动人事迹，用一个个非常具体生动的生活故事来表现人物的思想和品质，使得人物形象丰富饱满，可敬可亲。焦裕禄是那种真正把人民群众的生活冷暖放在自己心头的共产党人，是那种为了人民的利益勇于牺牲个人所有的领导干部。所以，他的事迹在广大人民群众中发生的影响作用是空前的强烈。《县委书记的好榜样——焦裕禄》是人们什么时候读来都会有许多感受的优秀作品，它是"文化大革命"之前中国报告文学创作的高峰表现。

除以上这些作品之外，还有许多报告先进人物和模范事迹的报告文学作品。但是，也许是因为报告对象本身的局限或是作家表现的不力，或是因为以上这些作品强大的动人力量而使它们显得逊色，经过时间的淘汰，就渐渐地淡出了人们的印象和文学历史的记忆。到了"文化大革命"时期，因为极左思潮猖獗，不少描写人物的报告文学，有些被严重的政治运动所左右，有些已经变成了政治斗争的工具，还有的几乎就是"阴谋文艺"的代表作。对于文学，对于历史，这些东西已经不具备什么价值了。社会生活中的许多真正的先进模范人物，如同历史天空的一道道彩虹，曾经使历史的天空显出美丽的灿烂。而这些及时地报告了那些先进模范人物事迹的报告文学，也会如同对历史美丽和灿烂天空的生动描述而使人们长留心间。

（二）热血悲歌

在经过了民主改革和社会主义改造及抗美援朝战争以后，中国的社会主义制度基本得以确立。毛泽东提出在文化、学术问题上"百花齐放、百家争鸣"的方针。在这样的环境背景下。文学创作中关于"干预生活"的话题被提了出来。这个口号的提出，是因为原苏联特写作家奥维奇金的来访和主张而来。奥维奇金主张文学要"干预生活"，并且实际地创作了像《区里的日常生活》、《一个会议上——》等作品。这些作品也先后被翻译介绍给了我国的读者，并产生了一定的影响。此后，在我们的文学创作中也就出现了像李易的《办公厅主任》、荔青的《马端的堕落》、耿简的《爬在旗杆上的人》、白危的《被围困的农庄主席》、刘宾雁的《在桥梁工地上》、《本报内部消息》等一些揭露社会生活矛盾或具有思考性的作品。公正地说，写这些作品的作家并不是出于什么不可告人的目的来创作的。他们不过是出于直接的生活感受和强烈的社会责任感来反映和揭示某些矛盾及对一些不良现象进行批评的。然而，使人们未曾料到的是，这样的作品出现不久，就在 1957 年开展的反右派运动中遭受了没顶之灾。许多作家被打成"右派"，作品被视为"毒草"。从此，在此后的多少年内，中国的文学作品就很少反映执政党、执政府自己队伍、自己工作中的问题了，社会生活中事实上存在着的矛盾被人为地抹煞了。文学创作几乎成了简单地对于"敌人"的批判和自己的歌颂。社会生活被文学简单化到了非常滑稽可笑的程度。

　　李易的《办公厅主任》，写某部办公厅的赵主任。他每天都在做着十分雷同的工作。他有非常典型的为官哲学和机关作风。工作中，"不管大大小小事情，他都要三思五虑，生怕有个什么考虑不到，出个差错，自己落一点什么不是"。为此，他"宁可一个不做，也不办错一个"。可是，赵主任就多年这样工作着，虽然效率不高，但他却给人以谦虚有加，善于自我批评的印象。荔青的《马端的堕落》，揭示了一个只关心自己职位升降，唯上级意图是从，搞中庸哲学的人物的行为作风。但正是这种在什么事情上都没有自己意见，只同意领导或大家意见的人，却得到了县委书记乃至地委组织部长的赏识。耿简的《爬在旗杆上的人》和白危的《被围困的农庄主席》都是对于农村基层干部生活作风问题的反映，前者谴责了弄虚作假的作风；后者揭示了在农庄建设时期因为主观主义造成问题农庄主席遭到"围困"的情形。这些作品的作家，因为对生活抱有热情才来批评生活中的不良现象和不良作风，完全不存在重大的思想政治立场问题。把他们视为异己行为，实在是莫名其妙。

在同样命运的作家作品中，刘宾雁的《在桥梁工地上》和《本报内部消息》及其《续篇》的影响最大，引起的反响也最为强烈。《在桥梁工地上》写一个经历过战争生活的工程队长。战争期间，他冲锋陷阵，始终勇往直前。可是到了和平建设时期，他却没有了当年的锐气。他凡事都随时请示汇报，很少独立思考。即使因为自己不负责任而造成重大事故发生时，他也庆幸"不管怎样，我请示过了"，为自己可以逃脱责任而自鸣得意。他也积极地批评保守主义，可就是不同自己身上的严重保守主义进行坚决的斗争。《本报内部消息》中的马文元，曾经是一个有下层知识分子的那种浓重书生气的正直和敏感的人。但是，几年地下工作之后，他养成了凡事听命于"上级"指示的习惯。即使到了新的生活时期，他的这种习惯依然没有多少改变。所以，他缺少对新事物的敏感反映，以至变成了一个平庸的、机器般的人物存在于现实社会生活之中。刘宾雁的批评也是没有什么错的。但是，因为他的作品相对深刻和尖锐，所以，受到的打击就更加严厉。

其实，在这些作品受到无端批判之前，在"批判胡风反革命集团运动"中，就已经错误地对胡风怀着满腔热情报告新生活人物的作品《伟大的热情创造伟大的人》进行了严厉批判。在1950年召开的"全国战斗英雄代表大会"上，胡风热情地深入到参加大会的代表中间进行采访。会后，他根据采访，对三个有着不同经历和性格的英雄人物的事迹作了真实的报告，写了他们从一个平常的人成长为英雄的历程，表现了英雄的非神秘性和可仿效性。但是，就是这样的作品，后来竟然被认为是"在写新人物的幌子下的反革命阴谋"，是"歪曲人民英雄形象"，认为胡风在作品中强调"心灵力量"、"意志作用"，是"散布反革命思想毒素"。

对于这些本来是应当给予重视和肯定的作家作品的错误批判，对于报告文学全面深刻地观察认识现实社会生活造成了很大影响。尤其是，对那些希望能够反映社会生活矛盾和敏感问题的作家作品画上了句号，也为不顾真实，一味对生活进行歌颂，甚至是"假、大、空"地宣传的不正常现象，提供了滋生发展的可能和土壤。这一切，都严重地束缚了报告文学的题材领域和表现的自由，是中国文学创作历史灾难的一个部分。

（三）星光灿烂的时候

1976 年 10 月，随着"林彪、江青反革命集团"的被粉碎，延续了十年的"文化大革命"灾难终于结束。特别是中国共产党第十一届三中全会以后，中国的社会历史生活进入了一个新的历史发展时期。在全社会的实事求是、拨乱反正、解放思想、改革开放的时代背景下，共和国的报告文学创作也出现了空前的活跃。

在此前的多少年中，中国的报告文学虽然走过了不短的历史道路，在许多重要的历史时期有过很好的表现，出现了不少人们公认的优秀报告文学作家作品，但是，因为社会生活环境的限制，因为报告文学自己未能很好、很充分地表现出自己的个性品格，再加上人们文学观念的保守等主客观原因，报告文学一直是作为散文的一种附庸在文学大家族内的。但是，进入新的历史时期以后，现实社会生活为报告文学创作提供了很好的生长发展条件，所以，这个本来就有着很大潜在生命力和影响力的年轻文学品种，就迅速崛起繁荣，成为新时期文学创作领域的一道靓丽的风景。当以徐迟的《哥德巴赫猜想》等为先声的报告文学出现之后，报告文学创作立即成为不少作家、文学爱好者选择的写作体裁；报告文学也很快成为读者接触认识和感受理解文学的一个重要途径。作家、作品和读者的相互聚集，使报告文学在文学领域的地位和作用大大增强。伴随着报告文学创作这种迅速的崛起和繁荣，以真实性、现实性、文学性以及对于社会生活事件、人物进行理性关照为报告文学的文体特点明显得到强化，日益使报告文学同新闻和其他文学体裁作品创作表现出了区别，有了自己独特的创作运行系统（如：发现选择体裁，多种渠道，多种方式的采访活动，在不违背生活真实基础上的文学艺术性表现，在对生活事实进行报告过程中表现出敏锐深刻的理性精神等）。这种自我文体意识的自觉探索和用力追求，对于报告文学的历史跨越有着极大的变革意义，使得报告文学在理论和实践两个方面构筑起了完全属于自己的营垒，在社会生活中、在文学创作活动中，找到和建立起自己的天地空间、价值作用。因此，从1981年开始中国作家协会在组织全国评奖的时候，即把"报告文学"和"中篇小说"、"短篇小说"、"新诗"的评奖项目并列。从此，报告文学作为一种独立的文体地位得到确认。报告文学作为一种年轻的文学体裁品种，在经历了近百年的创作、探索和发展道路之后，终于走向独立，由"附庸"而为"大国"。

此前，报告文学之所以未能获得独立的地位，还因为报告文学在创作的题材选择，创作主体性作用，文学艺术的风格表现和创作队伍的组成方面，很少表现出属于自己的东西来。在此前的报告文学创作中，题材选择和思想表达，时常受到不同政治运动的左右；在表现方式方法上也时常和新闻的特写、通讯写作相互混淆雷同，在文学创作内部，也经常与散文的写作表现严重交叉；创作队伍更是呈现只有其声而不见其人的松散状态。这样，就很难拥有和体现自己独立创作个性的内容来了。

可是，进入新时期之后，因为社会环境的巨大变化，报告文学创作很快就跨越了历史的局限，以一个全新的面貌出现在人们面前了。其表现为：

1. 题材选择空前自由。过去报告文学创作题材的选择是严重受政治的左右和限制的。现在，作家可以自由地选择自己认为有现实社会生活意义的题材进行创作。所以，报告文学的题材面是非常宽阔的和多样的，几乎接触到社会生活的各个领域，接触到了许多重大的社会生活事件和不同身份、地位的人物，揭示和表现了很多复杂尖锐的社会生活矛盾及其斗争内容。报告文学的题材选择，对于社会历史生活的反思和渗透，也是空前和十分有价值的。

2. 独立的思想精神得到表现。报告文学是一种建立在真实社会生活基础上的文学创作活动。对于社会生活事件人物和矛盾斗争的选择与艺术表现，在很多时候是同作家对题材内容的认识评判紧密地结合在一起的。所以，报告文学创作中，作家是否拥有独立的思想精神，是否拥有自主表达这些独立思想精神的权利，是决定报告文学创作成败的非常重要的问题。过去，报告文学之所以不能独立，这个问题没有得到解决是一个主要的原因。新时期以来，社会的民主进程明显加快，思想民主的环境也有了基本的保障。所以，报告文学作家创作的主体性就得到了很大发挥和表现。作家们在把握真实生活事实的基础上，充分地调动了自己的理性精神，在许多社会事件、人物、矛盾斗争中表达了自己的独立评判，在对现实生活现象进行认识表现的过程中对生活的前途和未来作了预测和描绘，这使作品的思想内容和对社会生活的积极的参与性有了显著加强，更加具有独立的理性判断和主观精神的张扬特点。

3. 文学艺术风格有了多样的表现。因为有了题材选择的自由和独立思想精神的表现，过去报告文学创作那种题材雷同，表现单一，缺乏个性特点，缺乏主观意识和色彩，只是直露地宣传，只是现象的罗列等情形得到了极大的改变，出现了不同作家、不同作品分别具有显著文学艺术风格表现的创作局面。除了形式表现方面的故事、传记、新闻、政治、研究、电视等长、中、短篇多种多样表现之外，已经出现了诸如激情洋溢、理性深刻、敏锐及时、散淡多情、纷纭厚实等一些很富有风格意义的创作现象。这是报告文学走向独立和成熟的重要标志。

4. 创作队伍壮大和研究活动开展。报告文学这种形式虽然年轻，但也有近百年的历史了。新时期之前，在我国曾经从事过报告文学创作的作家，的确不少，但是，在这些作家中，真正在自己开始文学创作活动之初就选择了报告文学创作，以报告文学创作成名成家的人几乎没有。许多作家从事报告文学写作，近似一种业余的行为，遇到了适合的题材就写一篇，生活环境需要就写上几篇，很少有人的报告文学创作活动是在自觉的文学追求精神下开展起来的。有的人可能写得多些、好些。但他同时还在用更多的时间和力量从事着其他形式文学的创作。所以，在许多的时候，即使写过很好的报告文学的作家，他们也是以诗人、小说家、新闻记者闻名的。然而，在新时期到来之后，以上情况就有了明显的变化。首先，就有不少小说家、诗人加入到报告文学写作的队伍中来，很快，又有大量因为受到报告文学作家作品的感染和激动，在自己文学创作活动刚刚起步的时候，就明确地选择报告文学这种文学形式作为自己追求的对象，而且，很多人事实上获得了成功。现在，以报告文学为主要创作对象，以报告文学创作而成名成家的人很多。报告文学已经拥有一支十分威武雄壮的作家队伍了。而像徐迟、魏钢焰、黄宗英、柯岩、理由、陈祖芬、张锲、孟晓云、鲁光、李延国、乔迈、程树榛、肖复兴、刘亚洲、贾宏图、蒋巍、袁厚春、钱钢、赵瑜、麦天枢、贾鲁生、徐刚、胡平、张胜友、傅溪鹏、杨匡满、杨守松、张桦、曾凡华、徐志耕、王宗仁、陈冠柏、张建伟、卢跃刚、李鸣生、黄传会、马役军、邓贤、杨黎光、何建明、邢军纪、曹岩、徐剑、金辉、杨景民、李忠效、江宛柳、杜卫东、刘元举、李玲修、王家达、陈桂棣、一合、丰收、张建、夏真、郝在今、张雅文等等，就是这支队伍的中坚力量，多年来一直活跃在报告文学创作的活动中。对于报告文学的研究工作，过去是很薄弱的。新时期以来，伴随着报告文学创作活动的开展，在阵地、人员和实际研究工作方面也有了明显的加强。已经出版和发表的有关报告文学历史、理论及现实问题的专著、论文已有许多种。各种有关报告文学的评奖、研讨活动也在更多更经常地进行着。

报告文学在题材对象选择，思想精神独立，文学艺术风格表现和作家队伍发展壮大和成熟等许多方面的表现，已经分明地使人们看到，报告文学已经成为承担和表现重大社会题材，包容深刻丰富思想精神内容，体现多样艺术表现风格，容纳众多作家参加创作，为文学理论研究提供广阔空间和基础的一种重要的文学体裁，正在作为一个特殊明朗的文学系统，存在于我们的社会生活之中。

（四）从历史的沉思到改革的锣鼓

十年"文化大革命"，是一场全面的社会生活灾难。这种灾难，对于文学创作，对于报告文学创作，自然也是无法躲过的。江青一伙，为了其险恶的政治野心，在文学创作中"反对写真人真事"，打着"为工农兵服务"的旗号，极力排斥文学作品对于工农兵之外的其他社会人物的表现，知识分子的生活命运，几乎成为文学作品表现的禁区。在那样的环境中，真正的文学，真正的报告文学是没有任何地位和作为的。

1976 年 10 月 6 日，林彪、江青反革命集团覆灭。长期笼罩在人们心头的乌云逐渐开始消散。在人们经历了开初的喜庆日子以后，社会生活在历史的沉思中开始了新的启动和发展。《哥德巴赫猜想》是一篇怀着满腔热情，生动形象地报告数学家陈景润人生命运和科学研究活动的报告文学。作品描写了陈景润多少年来，不屈不挠，勇敢攀登科学高峰的精神，尤其是在"文化大革命"那样艰难的环境中，他顶着走"白专道路"的帽子，在遭受着许多打击和"非议"的情况下，不动摇，不气馁，忍受着人们难以想像的科学研究困难，终于在数学研究上取得了巨大成绩的事迹。把知识分子作为主要的赞颂对象，给陈景润这样的科学家以英雄般的礼赞，这是文学创作中多少年没有的现象。何况，徐迟在作品中还结合陈景润的真实科研遭遇情形，对尚未提出批判的"文化大革命"进行了可能的批判。这正如一声春雷在人们心头炸响，突然间使人们感受到了一些春天的气息。《哥德巴赫猜想》在这些方面的作为，一经发表，就立即在读者中产生了很大的反响，人们争相阅读，到处洛阳纸贵。

因为《哥德巴赫猜想》的成功，因为知识分子生活命运的长期被排斥或歪曲地表现，再加上 1978 年全国科学大会的隆重召开等原因，一时间，知识分子成为报告文学关注的热点，不少作家纷纷加入到赞美知识，颂扬科学，表现知识分子独立人格和科学家科学精神事迹的写作中来了。徐迟在《哥德巴赫猜想》之后，又陆续创作了表现著名地质学家李四光科学经历和性格精神的《地质之光》，表现著名植物学家蔡希陶远离繁华，在云南西双版纳开辟植物研究基地的事迹和他本人生命经历内容的《生命之树常绿》，以及表现物理科学家周培源、葛洲坝建设者等人物内容的《在湍流的涡漩中》、《刑天舞干戚》等作品，为报告文学出现创作盛况起到了很大的推动作用。

关注知识分子生活命运和科学精神、科学事迹的作家，除徐迟之外，黄宗英、柯岩、理由、陈祖芬的作品也有很大影响。

黄宗英的《大雁情》、《小木屋》、《桔》等作品是她近期的代表作。《大雁情》报告了西安植物园的中年女科学家秦官属在科学研究过程中的坎坷。作者细腻地深入到秦官属的生活环境和内心世界，描写了她对科学的不懈追求精神和正直、倔强的性格特点。作品巧妙地在他人对秦官属的非议和秦官属的实际表现对比中展开描写，在设问和解疑的过程中，显现了对象的精神和行为，在作者自己的现实观察和感受中获得结论，在艺术结构安排和细致精到的文学表现方面很有特点，是《哥德巴赫猜想》之后，表现知识分子生活影响最大的作品。《小木屋》发表稍晚一些，也是作者饱含深情和义愤，对自愿放弃南京的舒适生活，独身奔赴西藏，在苍茫的高原进行林学研究的女科学家徐凤翔艰难科研历程事迹的报告。徐凤翔为科学研究付出了那么多，可是，为了正常地开展野外研究，希望在林区建立一个观测点的要求却迟迟不能实现。黄宗英在知道了徐凤翔的经历和希望不能实现的焦急心情以后，被她的精神和行为深深地打动，为她合理的要求长时间不能实现而感到不平。于是，她跟随徐凤翔进行高原林区科学考察，直接感受生活的艰辛、风险和科学家无私的精神，之后，就有了为之大声呼吁的报告文学《小木屋》。

柯岩的《奇异的书简》、《美的追求者》，在表现知识分子生活的作品中也有一定的影响。《奇异的书简》报告"文革"期间，两个身处异地的青年长期利用书信往来进行科学研究的动人故事；《美的追求者》是对画家韩美林多年艺术生涯和艰苦人生内容的报告。柯岩是具有诗人气质的作家，她的报告文学，总是激情饱满，诗意浓郁，语言洗练，有较强的感染力。但在情感厚度和内涵深刻方面，柯岩的作品还嫌不足。

理由创作了许多表现知识分子的作品，其中《高山与平原》、《痴情》、《她有多少孩子》、《依傍田野的小屋》等，是优秀的代表作品。在这些作品中，理由非常深入生动地表现了著名数学家华罗庚、著名中国画家袁运生、著名妇科病专家林巧稚、著名小麦专家蔡旭等人的曲折人生和艰苦辉煌的科学研究经历，具体形象地描绘了他们高尚无私的科学品格和坚毅执著的性格特点及人格魅力。在理由的笔下，华罗庚、林巧稚等人除在事业上有非常辉煌的作为之外，他们在道德水准和精神的纯洁性方面，也是足以成为人生楷模的。理由的作品，构思精巧，叙述流畅，善于运用典型细节，语言明丽生动，富有很强的表现力。在表现知识分子的报告文学作品中，有明显的集团优势。

陈祖芬的报告文学，大部分也是以知识分子为其对象的。她的《祖国高于一切》、《中国牌的知识分子》、《理论狂人》、《挑战与机会》等，是人们比较看重和熟悉的作品。《祖国高于一切》中的内燃机专家王运丰，为了祖国的建设，毅然主动地放弃在德国的舒适生活，返回国内从事科学事业。可是，未曾想到的是，这样一位有强烈爱国热情的科学家，在"文革"中竟然被打成"特务"，遭受许多打击和折磨。令人敬佩的是，王运丰尽管有如此的遭际，但他矢志不改，把祖国的荣誉和利益看得高于一切，为祖国的强盛不断努力地进行着新的科学研究工作。《中国牌的知识分子》中的程渊如，也是长期地承受着各种的人生苦难，把自己拥有的知识无私地贡献给人民。在陈祖芬的作品中，不管有多少坎坷和苦难，始终存在着积极昂扬的激情和行为，显现出精神的高尚纯洁。尽管感觉敏锐，但由于陈祖芬在写作时较多采用生活流的手法，因此，导致某些作品在表现上显得随意零碎，缺乏深沉和凝重的思想力量。

伴随着思想解放运动的深入开展，伴随着全社会对"文化大革命"的反思，报告文学创作自觉和有力地加入到了这种反思的活动当中，并以报告文学的形式有效地发挥了积极的作用。

"文化大革命"给国家造成了深重的灾难，也给许多人造成悲剧和严重伤害。在那个阴云密布、冤狱遍地的时期，尽管也存在着各样的斗争，但正义的声音，正义的行为，时常被邪恶所击倒。终于到了云开日出的时候，终于到了伸张正义的时候，报告文学成了人民伸张正义，声讨罪恶的一个很好的工具。

杨匡满、郭宝臣的《命运》，采用一种全景扫描的视角，对于发生于

1976年4月的那场以悼念周恩来总理逝世为先声，继而演变成一场全国性反抗"四人帮"罪恶斗争的伟大事件进行了真实的报告。作品对这场关系到国家命运前途的重大事件发生、演进、高潮及悲剧性的结局情形所进行的描写，使当年的许多人物和许多斗争情形得以具体地再现与公开，在对英雄和罪恶的审视中，对事件作了历史性的认识和评判。《命运》敢于触及重大敏感题材，结合历史事件对生活进行了反思的做法，在报告文学介入思想解放、对历史进行反思的自觉行动中，是有很大影响和促进作用的，在报告文学创作的历史上占有重要地位。

辽宁省委宣传部的干部张志新，在"文化大革命"中，因为坚持反对对国家主席、老革命家刘少奇进行打击、迫害而被加上"反革命分子"的罪名，投入监牢。但她坚持真理、宁死不屈，在监狱里继续进行着顽强的反抗和斗争。最后，竟然被残酷地割断喉管枪杀了。1979年5月，张志新的事迹报道出来之后，立即在全国产生了极大的震动，很快就有作家对这个事件进行采访报告。在报告张志新事迹的报告文学中，张书绅的《正气歌》是较为出色的一篇。《正气歌》描写了张志新美满的家庭是如何因为她坚持真理而遭到毁坏；她又是如何从一个多才多艺的青年变成一个真理的斗士，百般折磨不改其志，直至英勇牺牲的情形，成功地表现了张志新在邪风凛冽的时候，心明眼亮，意志如钢的坚强性格和为真理勇于献身的高贵品德及人格独立的精神。

陶斯亮的《一封终于发出的信》，也是一篇声讨"文革"灾难的重要作品。作品采用作者自己给父亲陶铸写信的方式，从"我"的视角，非常义愤又非常动情地描绘了父亲陶铸——一个老一代无产阶级革命家是如何长期遭受无理迫害，最后冤死的情景。作品感情细腻，非常感人。

类似题材内容的作品，还有王晨、张天来报告因坚定地反对"血统论"而遭杀害的遇罗克事迹的《划破夜幕的陨星》；鄂华报告同"四人帮"作斗争而牺牲的史云峰烈士事迹的《又为吾民哭健儿》；理由报告一个青年因见解与极左环境冲突，竟在黎明到来时却身遭杀害情形的《倒在玫瑰色的晨光中》；遇罗锦报告因哥哥遇罗克遭难后自己一家苦难生活情景的《一个冬天的童话》，等等。这是一批带着血泪和极大的义愤控诉"文化大革命"灾难和自己或他人不幸的文字，是愤怒的呼号，是激情的声讨，是具体的反思，是文学式的呐喊。这些作品以自己特殊的内容和作用，去认识评判历史生活，对于解放思想、拨乱反正，起到了很好的道义声援作用。

在经历着解放思想、拨乱反正生活的同时，改革开放的锣鼓也在中华神州大地上敲响，一个空前深刻伟大而又艰巨复杂的改革浪潮出现了。以经济建设为中心，以改革开放为基本点的建国方略开始认真地贯彻执行，伟大的民族复兴的时代开始到来。报告文学对于社会生活出现的这种新变化，有着特殊的敏感和适应能力，从改革开放初始的时候，报告文学就开始努力敲响改革的锣鼓，积极表现火热的改革生活。为改革生活鸣锣开道，为改革人物立传，反映改革生活中的矛盾和斗争，报告改革所取得的伟大成果，一大批反映改革题材的作品的出现，使报告文学创作中长期存在着一条显示改革现实生活的激流。

程树榛的《励精图治》，是报告文学反映改革生活的先驱之作。在中国最大的重型企业富拉尔基第一重型机器厂在 20 世纪 70 年代末经历着建厂以来最艰难的时候——经济亏损，人心思散，濒临倒闭。在前几任领导面对这种局面均无力扭转的情况下，宫本言被上级领导派到了这里。他到任以后，在深入调查，锐意改革，关心职工生活利益，加强生产领导和管理等方面取得突破，在不很长的时间里，使该厂改变了面貌。宫本言的事迹，在当地和全国都有不小的影响。直接接触、认识理解和感受了这种改革过程的程树榛出于高兴，始于责任，很快就用报告文学的方式对其作了真实生动的报告。对于改革者的作为，对于改革取得的可喜成果给予了由衷的热情赞美。此后，随着改革生活的全面展开，理由写出了反映黄宗汉在北京东风电视机厂改革活动的《希望在人间》，反映广州南方大厦经理在商业改革中大有作为的《南方大厦》，雷铎报告深圳特区建设过程的《中国第 X 区》，李士非写出了开辟深圳蛇口工业区、独立走建设发展道路的袁庚的事迹的《热血男儿》，杨守松先后创作了反映昆山自办开发区和苏南乡镇企业迅速发展的《昆山之路》和《苏州"老乡"》，徐志耕、程童一发表了反映军队改革生活新气象的《"两用人才"的开发者们》，袁厚春写了报告中国进行百万大裁军事件的《百万大裁军》，贾鲁生写了沿海农村改革的《亚细亚怪圈》，王兆军写了表现中原农村变化的《原野的呼唤》，李存葆、王光明写了表现山东农村变化的《大王魂》、《沂蒙九章》，贾宏图的《解冻》，邢军纪、曹岩写郑州商战情景的《商战在郑州》，陈祖芬的《经济和人》，曹岩的《世纪之约》，中夙的《大势》、周钢的《西天一柱》，罗来勇、陈志斌的《前门外的新大亨》，倪振良的《深圳传奇》等许多很好的作品，令人耳目一新。

李延国的不少作品，在反映改革生活的作品中较为突出。他的《中国农村大趋势》，是较早表现农村发生重大改革变化的作品。作品以自己曾经对山东农村的亲身感受和现实的见闻为基础，在人们新旧生活精神的对比中揭示了农民的艰难跋涉，表现了他们终于告别了贫穷走向富裕的历程和他们在现实生活中焕发出的激情。这是最早出现的以全景视角报告生活现实的作品，在其内容和形式上对此后的报告文学创作都有很大的影响。李延国还写有表现其它多种改革生活人物和重大事件的作品，如表现引滦入津工程事件的《在这片国土上》，反映第二汽车制造厂改革景观的《走出神农架》和《废墟上站起来的年轻人》，《敢立军令状》等作品。李延国眼光敏锐，能够承担重大题材，创作富有激情和创造力，是对新时期报告文学的发展有贡献的作家之一。

乔迈的《三门李轶闻》，虽然短小，但曾经是引起人们很大关注的作品。在吉林农村三门李开始实行自愿组合承包生产的时候，因为本村党员干部长期思想工作作风与群众利益发生了矛盾，出现了几个党员无情地被群众排斥在各小组之外的现象。这种现象给党员干部以沉重打击和教育，他们重新认识自己，改变作风，来年又被群众接受和尊重。作家真实地报告了一段具体的事，但他使人们直接地看到了一部分党员干部的思想作风和他们在群众心目中的影响和地位，清楚地意识到，这个问题如不很好地认识和对待，将会产生多么严重的后果。小事情中隐含着大问题，局部的现象有着普遍的认识价值。作品精警生动，是一篇使人振聋发聩的优秀报告文学。乔迈后来还创作了如《失去了，不会再有》、《中国之约》等作品，但《三门李轶闻》是他成功的开始。王立新在 1988 年安徽凤阳县小岗村 18 位农民冒死决定开始"分田到户"，实行个体承包制生产方式之后多年，对这个在中国改革生活中发生了重大影响的事件进行了真实地文学再现的作品《毛泽东以后的岁月》，也在反映改革生活的报告文学中占有一定的地位。

改革开放的现实生活，为报告文学提供了丰富多样的题材，使报告文学有了参与现实生活的可能和机会。因此，此类作品大量出现，是一种可喜的正常现象。但是，因为中国的改革是有着非常沉重的历史背负和现实复杂性的行为，在对于改革还未能充分地显示它的结果，而大多数时候还处于一个过程的时候，作家对于改革的认识和反映也只能起一种道义支持和及时声援的作用，很难有深刻洞明的观察和表现。因此反映改革生活的报告文学，少有思想深厚，见识透彻，睿智明断的作品，而多为激情的呐喊和直接的感受激动文字。令人遗憾的是，随着生活的脚步，在这类报告文学创作中出现了明显的以功利宣传为目的的现象，有不少的作品，没有自己独立认识生活和文学化地表现生活的内容，仅剩下庸俗的吹捧和无聊的宣传，被人们不屑地称之为"广告文学"的，就是这些东西。这样的作品，往往打着反映改革的旗号，顶着报告文学的名声，其实是对改革和报告文学都没有什么有益作用的一种功利操作。

在任何社会里，那些杰出的人物，都会受到人们的关注。中国的报告文学，有关注和赞美杰出人才的传统。在"文化大革命"前的十七年中，报告文学在这方面就很有成绩。进入新时期以来，这样的关注依然不断。

理由的《中年颂》是最早关注中年人生活沉重负担和对社会做出突出贡献问题的作品。作家用满腔热情真实地报告了一个毛纺厂中年女工在多年人生奋进中的艰难经历，描写了她用最平凡（三年中家里养老送终，病人不断但是她却出满力，出全勤，干全活）的事迹而成为北京市劳动模范的情形，颂扬了她坚强的意志和高尚的精神。柯岩的《船长》，用诗一般的激情和语言，报告了中国远洋货轮"汉川号"船长贝汉廷的壮丽人生和创业事迹。他性格坚强，业务过硬，作风大气，在人们的眼里，他像"海里一块冲不动的礁石"。他被外国人称为"邓小平式的船长"。他在海外，用智慧和行动为中国建立了尊严，为国家创造了财富。他是一个精神高尚，作风果敢，英雄般的现代化船长。穆青、陆佛为、廖由滨的《为了周总理的嘱托》，报告了著名植棉能手吴吉昌肩负周总理的嘱托，精心培植优质棉花，却在"文化大革命"中遭受打击，但矢志不移的动人故事。鲁光的《中国姑娘》，深入到中国女排姑娘丰富的内心世界，深入到她们激烈艰苦的训练比赛现场进行细致采访，十分生动形象地表现了女排姑娘强烈的爱国热情，坚韧不拔的拼搏意志，无私高尚的进取精神，激动人心的辉煌战绩等丰富内容。这是一组英雄群体的雕像，是对一个先进集体的整体表彰。作品不是一般地描写女排夺金牌、"五连冠"的情景，而是深入地表现她们不同的心理性格，表现了她们内在的事业理想和感情内容，所以，人物形象突出，文学性强，在体育题材的文学作品中是一个成功的范例。钱钢的《核火》，是对几十年隐姓埋名，为了国家的强盛，默默地从事原子弹、氢弹研究的科学家邓稼先感人事迹的报告。邓稼先和杨振宁是同窗学友，本来也可以获得在海外进行科学活动的机会，但他为自己的祖国，为了一个伟大的理想，完全舍弃了自己的一切。经过多年的自力更生、艰苦奋斗，终于成了人们公认的"两弹元勋"。可是，在事业成功之后，他自己却因长期接触有害环境而身染疾病不治，过早地病逝了。在他的追悼会上，他的功劳和贡献才得以公开。钱钢在深深被感动的情况下，真实而简洁形象地报告了邓稼先的英雄事迹，从而使得许多的人对他才有所了解，才产生了对他极大的敬佩，并为他的早逝感到深深的惋惜。在报告社会杰出人物方面还有许多给人留下深刻印象的作品，如孟晓云的《胡杨泪》、贾宏图的《她在丛中笑》、袁厚春的《省委第一书记》、肖复兴的《生当做人杰》、李荃的《中华之门》、杨景民的《黎鳌》、长江的《走出古老的寓言》、邢军纪、曹岩的《锦州之恋》、张正隆的《血情》、王宗仁的《青藏高原之脊》、胡世宗的《最后十九小时》、郭宝林的《高原雪魂——孔繁森》、赖妙宽的《漳州 110》、谭谈的《大山的倾诉》、一合的《黑脸》、徐剑的《鸟瞰地球》、江宛柳的《没有掌声的征途》等等。这些作品报告了不同生活领域的杰出人物，他们的事迹像一道道彩虹，划过蓝天，为社会生活留下了美丽的景象，使身处改革潮流中的人们不断地受到感动和激励。

（五） 在理性审视中伸展触角

社会生活本身就是在一种矛盾统一的过程中运行的，所以，生活中必然存在着各种复杂的矛盾和问题以及这些矛盾和问题存在时的表现。此前多年，报告文学对于社会生活的反映，基本上局限在表彰英雄，赞美模范先进人物的范围内。其实，作为一种文学形式，报告文学也是应当肩负赞美文明进步和揭露愚昧丑陋两方面的责任的。可惜的是，当刘宾雁等人在50 年代揭露矛盾，批评愚昧落后和丑陋的人物和现象的时候，就立即遭受到了严厉的打击和批判。从此，揭露矛盾和问题的报告文学就基本在中国文坛上消失了。进入新时期以来。随着解放思想运动的深入开展，随着改革开放活动的深入进行，文艺界对于自身过去的历史道路也有了反省和再认识，作家创作的独立性和文艺规律开始得到尊重。社会生活环境的改变，为文学创作提供了比较宽松自由的环境，文学本身的功能开始得到全面的发挥。这样，就在随时赞美社会生活走向进步和光明，表彰英雄和先进人物的同时，出现了不少反映社会问题，揭露生活中丑陋人物和行为，并在事实的基础上对这些问题和人物行为进行审视评判的报告文学。后来，人们习惯于称这样的作品为"社会问题"报告文学。刘宾雁的《人妖之间》是这类作品的先声，但反映社会问题的报告文学集中出现，形成阵势，并且作为一种文学现象被人们给予充分关注，是在 1986 年时出现了赵瑜的《中国的要害》、涵逸的《中国的小"皇帝"》、沙青的《北京失去平衡》、苏晓康的《阴阳大裂变》、贾鲁生的《丐帮漂流记》、麦天枢的《爱河横流》、理由的《倾斜的足球场》、胡平、张胜友的《历史沉思录》等一批作品。这些作品的出现，主要是随着改革的不断深入，许多过去没有显现或还不会发生的矛盾和问题，如今被表现出来了。例如，赵瑜的《中国的要害》，报告的是太行山区交通严重拥挤堵塞问题，但作者却说这是"中国的要害"。为什么呢？原因就是，伴随着经济的发展，中国当时的许多基础设施和管理方式已经很不适应今天的现实需要了，必须从这样一个具体的现象意识到全国的问题。另外一种现象，如沙青的《北京失去平衡》、涵逸的《中国的"小皇帝"》等作品，也是审视在社会变革发展中出现的问题。北京人口增多了，工业发展了，水资源就出现了危机。因为计划生育政策规定，一对夫妇只能生一个孩子，人们都去溺爱、娇惯孩子，对独生子女的教育、管理就成了一个突出的问题。当然，还有许多因为法律不健全，管理不细致，观念陈旧，目光短浅，干部作风不正，贪污腐败，经济负担过重等等原因，而在环境保护、利益分配、基本建设、科技教育投入等等方面出现了许多问题。有些问题因为涉及到不同人的实际利益，就显得非常突出和尖锐。例如苏晓康、张敏的《神圣忧思录》对于中小学教育中因为资金太少，教师人心不稳，教育神圣的传统认识正在消退，危机四伏现象的反映。冰心老人在读了这个作品之后，深受感动，亲自在《人民日报》上撰文说："我请求我们中国每一个知书识字的公民都读一下《神圣忧思录》"。此后，徐刚在《伐木者，醒来!》、《守望家园》里对于滥肆砍伐林木现象的愤怒和对于保护生态平衡的呼喊，以及陈冠柏的《黑公的七月》、马役军的《黄土地、黑土地》、黄传会的《中国"希望工程"纪实》、何建明的《共和国告急》、《落泪是金》、卢跃刚的《以人民的名义》、邓贤的《中国知青梦》、李鸣生的《澳星风险发射》、白描的《一颗遗落在荒原的种子》、陈桂棣的《淮河的警告》、杨黎光的《没有家园的灵魂》、梅洁的《大血脉之忧思》等等，对许多问题的接触与审视，就自然地形成了一种突出的文学现象了。总之，报告文学反映社会问题，是文学适应社会生活发展的一种需要，是作家积极参与社会变革并具有责任感的表现。这种关注社会问题的报告文学作品的出现，分明地强化了文学的社会作用，也使文学在变革的社会生活中有了自己的独特的意见和声音。这样的作品，对于报告文学发展和成熟起了很大作用。

在社会问题报告文学的创作中，苏晓康、赵瑜、麦天枢、贾鲁生、胡平、张胜友等人的作品受到人们的特别关注。

赵瑜是在报告文学创作出现新的转机的时候加入到这支队伍中来的。他的《中国的要害》在得风气之先以后，时隔不久，他接连发表了《强国梦》、《兵败汉城》、《太行山的断裂》、《但悲不见九州同——李顺达在"文化大革命"中》等作品。这些作品，在发表之时，曾经引起了人们很大的兴趣，反响十分强烈。特别是两篇反映中国体育现状的《强国梦》和《兵败汉城》，可以说在有关的体育部门和广大的体育爱好者中间，掀起了一层层激浪。赵瑜在自己的作品中，严厉地批评了中国的体育从体制到运行方式都在违背或忽略群众强身健体的目的，而在全力推行有很强的政治色彩的金牌至上、名次至上的战略。结果，多少年来，体育事业发展了，但人民群众的健康素质和体育运动环境却没有多少改变。有不少人虽然可能是世界冠军，运动健将，但从文化素质，思想精神，社会生活能力等方面来看，似乎是一种"半残废"的人。作家强烈呼吁，中国体育的体制必须改革，中国体育的运作方式必须回到有利于全民健身这个正确的目的上来。作者认为，有人总是幼稚地以为，金牌得的多了，就可以证明国家强盛了。其实，这是一个认识上的误区，单是多拿金牌并不能强国，只有科学发展，经济繁荣，人民群众身体强健了，国家才可能真正地强盛起来。赵瑜的作品，在认识观念上对中国的体育现状构成了很大冲击。在1998年发表的《马家军调查》中，这些认识得到了进一步的强化。

麦天枢是由新闻写作转向报告文学创作的。在 80 年代中后期，他较为集中地发表了《土地与土皇帝》（与人合作）、《爱河横流》、《白夜》、《天荒》、《西部在移民》、《问苍茫大地》等不少有较大影响的作品。他的这些作品，有的报告山西一个村的党支部书记在当地四十年的强权"统治史"，有的报告人们的婚姻观念上觉醒和在性观念上还存在的茫然，有的报告西部移民过程中许多令人欣慰和不安的现象及其思考等。麦天枢的作品，带有很明显的理性色彩，许多社会生活现象，往往成为他认识审视生活的理性载体。他的眼光锐利，时常在一些并不很大的小事中，从一些看似合理的行为中发现矛盾和问题，进而给予历史文化的辨析。但是，过多地强调理性内容，对他作品在文学表现和审美艺术的过程中是有不小影响的。他的作品，有的思想犀利，但描写过于理性化。

贾鲁生是一位透着灵气和具有分明个性作风的报告文学作家。他时常在中国社会的上层和下层不断游动，对于社会的现实状态有一种特殊的敏感。他甚至还具有很大的冒险精神，并对此感到乐趣。他说："我尝到了向社会冒险的乐趣，报告文学要敢于向社会冒险。"他早期与人合作的《古老的东方有一条龙》、《花环与锁链》、《未能走出磨房的厂长》等，就使人感到了他的锐敏。后来，他只身混入丐帮多日之后写出的《丐帮漂流记》，更使他的名声大振。在这篇报告丐帮生活现象的作品中，作者没有简单地采取否定的态度对待丐帮，而是通过自己的直接观察和感受，报告了这个生活在社会暗角的群体是怎样形成，是怎样一个生存、运转、发展的状况，进而对其作了认真的分析与切实的评判。他冒险冲击台湾海峡之后写了旨在反映两岸民间往来贸易情况的《台湾海峡》，在投身个体书商的经营活动以后写出了这种经营是与非的《第二渠道》，在和丰收一起接触了西部的监狱管理和一些犯人之后，写了《中国西部大监狱》等。贾鲁生的作品有很明显的社会生活原生态特点，多带有个体体验的表现方式，生活气息十分浓厚。但这并不影响他作品有时表现出的独到发现和深刻见解。

胡平、张胜友是同窗学友，所以，在不短的时间内，他们合作进行报告文学创作。他们合作的最有代表性的作品是《历史沉思录》、《世界大串联》、《东方大爆炸》等。在《历史沉思录》里，作品真实地报告了1966 年，因为一个很不确切的消息，传说是毛泽东将在井冈山上接见"红卫兵"。于是，全国各地的许多青年学生，日夜兼程地向井冈山进发。结果，井冈山上人满为患，吃住艰难，生计不保，从而爆发了一次生命危机。怀着"革命的激情"到这里来，但结果却是一个悲惨的经历，有的人甚至把生命也丢在了那里。作品因为是一个历史事件的亲历者在二十年之后的反思，给人以不少的历史信息和理智的启发。《世界大串联》是面对国人不断掀起的出国潮现象进行的观察和思考，在分析了各种各样的出国原因之后，鲜明地指出，社会生活环境不稳定、教育科研设施不健全、劳动分配不合理等原因，是不少人离国出走的重要原因。但是，作者还特别指出，要正确地对待出国，并不是所有出国的人都对自己的祖国缺少感情，是不爱国的行动。从某种角度看，出国潮的兴起，正是国家改革开放之后的一个正常的现象。《东方大爆炸》报告中国的人口负累，既令人深思，也叫人无奈。胡平还单独创作了《中国的眸子》、《秋天的变奏》、《千年沉重》、《美丽与悲怆》等不少作品，在对社会历史现实的思考方面有相当的深度。在一些当年十分活跃的作家少有新作的时候，胡平创作势头不减，足见他的社会激情和对报告文学的钟爱。

反映社会问题报告文学作品的大量出现，是一个历史的必然，是社会发展进步中十分正常的事情。这些作品，带有分明的时代精神和忧患意识。进步了才要求更多，发展了才出现了新的不适应。报告文学作家关注各种各样的社会热点问题，和社会同步思考，这对于社会和报告文学自身是非常有益的工作。实事求是地说，今天社会生活中许多问题的改变和解决（教育投入，利益分配），都是同报告文学的积极反映和呼喊有一定关系的。报告文学也正是在这种同社会生活矛盾的紧密结合，在这种对社会生活问题毫不回避的反映过程中建立了自己的社会地位，使人们感受到了报告文学特殊的作用和力量。也正是在这种扩大了的文学视角下，报告文学有了由综合认识感受和审视更重要生活问题的机会和可能。所以，这种反映社会问题报告文学的出现，对于报告文学改变过去那种多是单一事件人物的表现方式也是一种很大的变革。特别是作家理性精神的进入和体现，大大地增强了这些作品的生活内容及思想深度，使过去那种更多地停留在现象描写层面的状况有了重要的改变。正是这些反映社会问题的报告文学的出现，使报告文学在社会生活中显示了自己的独立精神，显示了它足以承担重大社会主题的能力，表现了它可能拥有属于自己独立接触社会、反映社会的文学表现系统的存在。但是，应当指出的是，后来在不少反映社会问题的报告文学作品中，存在着认识把握问题的偏颇现象；有的作品一味追求全景视角，贪大求全，资料堆砌，弱化了文学性成分；更有不少作品，因为不下工夫采访，结果出现了严重的失实现象（这种失实现象在所谓的"纪实文学"出现之后，变得更加突出和严重）等。反映社会问题的报告文学，在大量出现之后，使报告文学创作有了深刻的整体性的超越与变化。但是，这种反映社会生活的方式不应当是长久不变的，应该有更加适应现实生活特点的报告文学方式，期望报告文学能够出现新的富有生机和作用的形态。

进入 90 年代以后，因为社会环境的变化和生活本身的复杂性，报告文学虽然依旧没有放弃对现实生活的关注，但在其及时和深刻性方面有所减弱。在报告文学创作和现实生活的矛盾、热点问题有所间隔的时候，却出现了不少把审视的目光投向历史社会生活的作品。有很多作品，或是深入到历史的重大事件，或是深入到某个行业、某个地区的历史变迁，用现实的观点反思感受历史，从而使人在认识历史的变革发展过程中对于现实的生活有了更加接近正确的把握和理解。这种被李炳银称之为"史志性报告文学"的出现，使 90 年代的报告文学创作得到了很大的丰富，有了更加宽阔的题材范围和表现对象，是在社会问题报告文学出现以后，报告文学创作出现的又一个新的重大变化。

在 90 年代中期，钱钢的《唐山大地震》，就是在二十年之后对于那场人类灾难的文学调查和再现。因为唐山大地震发生的时候，中国社会正处于一个很不正常的"政治游戏时候"，许多灾难的真相和有关内容（如那么大的灾难，竟然拒绝国际援助等）是人们无法了解的。二十年后作家重新走向历史，真实和充分地记录灾难发生时的情景以及前后有关灾难的许多现象，这是对历史的还原和负责精神。《唐山大地震》对于亲身经历和没有这样经历的人，都是一本值得阅读的书，作品在写实基础上流露出的感情成分和思考内容，对人有许多启发。《唐山大地震》之后，钱钢还著有《海葬》，这是对清朝甲午年前后，中国海军从建军到覆没历程的文学反思。作家利用今天的目光和掌握的背景材料对历史进行的辨析和总结，有了许多新发现和新认识。作家对于历史的思考，其实在不少的时候正是现实生活的触动所致，因此，在看似纯粹属于历史的内容中包含了对现实的观察和思考。钱钢的这两部作品，已经把报告文学的题材推向了历史生活的领域，并且得到了人们的一致好评。但是，这样的现象在当时并没有引起人们的注意和研究。因为，当时确实还有更多更紧迫的矛盾问题需要报告文学家去关心，这种在创作题材上的突破就暂时地被搁置起来了。

进入 90 年代之后，在作家密切地关注现实矛盾具有某种困难甚至风险的时候，这种结合历史生活事件认识和感受的做法就自然被报告文学作家们重视起来。开始发生重要影响的作品是麦天枢的《昨天——中国鸦片战争纪实》。这是今天的作家对历史重大事件的再现和认识。因为时间的迁移，因为观念的变更，作家在尽可能摆脱纯粹的政治判断的情况下，力求通过从文化视角，从国际发展历史的角度，从一些最为细小具体的事实来面对分析历史事件，结果，就有了许多新的发现和理解，有了更可能接近事件本质的认识。此后，张建伟的《大清王朝的最后变革》，对于戊戌事变以后清王朝的一次主动地变革事件进行了文学的报告，引起了很多读者的重视和兴趣。在面对慈禧、袁世凯等这些历史人物时，作品没有简单地从其立场和地位作极端的评价，而是结合着具体的历史事实对他的是非、功过作出自己的理解判断。一次本来代表了历史的发展潮流的变革活动，因为执政者内部个人恩怨、权力争夺、集团势力相互排斥等尖锐斗争，最后流于失败。作品用历史的事实启示人们，改革在某些时候的成败，并不一定因为是是非的斗争，而是权力和利益分配的较量，而后者经常是非常直接和残酷的，许多有益的事，就因为这种争夺最后未获得成功。对于社会的改革，在什么时候都是很艰难复杂的事情。作品描写人物形象逼真传神，表现相互的斗争惊心动魄，在认识和表现历史事件及人物性格形象方面，都堪称优秀。

李鸣生的《航天四部曲》（《飞向太空港》、《走出地球村》等），是对于我国的航天事业历史和现实的史志性报告。他的作品，用文学的表现手段描写和思考着我们民族航天的梦想和现实，但又是较为系统的、文学式的中国航天发展史。作品简洁地介绍了我国古人飞天的向往和坎坷追求，生动而具体地表现了新中国建立之后，许多国家领导人，许多科学家不顾艰难投身航天事业，终于使我国的航天事业有了很大发展的事迹。像《走出地球村》这样的作品，不但是一段奇异的航天历史，还是中国一段奇异的社会发展历史。在"文化大革命"那样混乱的环境下，竟然造出了中国自己的卫星，这其中的曲折、艰难和感人故事实在是太多太多了。类似这样用报告文学反映着一个行业历史，一个重大历史事件，一个地区历史沿革的作品出现了很多种，都曾经引起了人们的重视。这些作品有大鹰的《志愿军战俘纪事》、董汉河的《西路女战士蒙难记》、徐志耕的《南京大屠杀》、邓贤的《大国之魂》、卢跃刚的《长江三峡——中国的史诗》、张建伟的《温故戊戌年》、钱钢、于劲的《上海：1949》、曾凡华的《蓝色三环》、郭晓晔的《东方大审判》、金辉的《恸问苍冥》、徐建的《大国长剑》、黄尧的《世纪木鼓》、沈卫平的《炮击金门》等等。

　　"史志性报告文学"是一种在题材选择和表现方式上都形成了独特个性的报告文学形态，已经是一个存在和发展着的事实，拥有自己大量的读者。其实，在美国作家约翰·里德的《震撼世界的十天》（在十月革命事件十年之后才根据日记和资料写出，列宁亲自为之作序，认为是一本及时的书），原苏联作家阿·阿达莫维奇和达·拉格尼合作的，反映二战时法西斯长期围困列宁格勒（圣彼得堡）前后情状的《围困纪事》，英国作家科·瑞安报告二战时盟军在法国诺曼底伟大登陆事件的《最长的一天》，美国作家索尔·兹伯里报告中国红军二万五千里长征事件的《长征：闻所未闻的故事》等这样一些在国内外影响很大的作品已经有了这样的一些特点。有的人看不到这些作品在再现历史生活时对现实社会生活的特殊作用，即以未直接反映现实生活就否认它的报告文学地位，这是很肤浅和保守的见解。事实一再地证明，这样的见解是既不合于报告文学创作实际，又是不断干扰报告文学创作的嘈杂之声。

（六）走到社会生活的前沿

在经历过一次重大的社会历史震荡之后，报告文学创作伴随这种震荡开始了一段彷徨、调整和小心递进的过程之后，在不像此前（20 世纪 80 年代）那样强势震撼的平和状态下，进入了新的 21 世纪。

虽然说新世纪的社会生活和此前的日子没有什么绝然的改变，但时间和历史总是在不断的更新。在新的世纪，社会生活更加繁复多元，人们关注生活的热点也相应地分散和实际了许多。在报告文学作家出于谨慎而很少有此前那种强烈的社会政治和变革情怀的情况下，报告文学创作就明显地出现了一种真实平面的社会描述情形，更多地关注现实社会成果的显现报告。

在这样的报告文学作品中，何建明的《国家行动》、李春雷的《宝山》、徐剑的《东方哈达》、梅洁的《大江北去》等作品，都是对像长江三峡工程移民、上海宝山钢铁基地建设的历史、青藏铁路建设和南水北调等这样的宏伟工程建设情形的激情报告。这些作品题材重大，内容包含丰富，每一项工程的成功建设，都是一次对中国历史的填补与改变，具有很现实和重大的历史作用。报告文学在接近这些重大题材的时候，将报告文学作家积极参与国家建设的情怀，伟大的建设场面，以及许多动人的建设者的无私奉献、智慧勇敢、国家至上的精神和品格，表现得非常突出。其中，自然也会有与之相关的文化历史内容的进入，有对某些矛盾的困惑提问，但总的基调是雄浑激越和宏大的交响，是给历史留下的壮丽诗章，自然也多是"国家行动"的纪录。

对于很多在现实的社会矛盾生活及现实的生活环境中无私奋斗的人们的赞美，依然是报告文学作家们关注的对象。这样的表现，既是报告文学的优秀传统，也一直是注重真实和公正的报告文学作家的行动选择。像何建明的《根本利益》和《为了弱者的尊严》，就将山西一位纪检书记梁雨润坚持公正原则，敢于承担，勇于为民消灾解冤，给弱者以精神、道义和行动支持的感人故事，进行了非常成功的报告，在读者中影响强烈。像党益民的《用胸膛行走西藏》，就是用自己 37 次实际的西藏穿越为背景，深情地描述了常年奋战在青藏、川藏、新藏等公路沿线的武警交通部队官兵艰苦鏖战，常年保通，面对艰难痛苦和牺牲无怨无悔的动人故事，引起了很多读者的唏嘘慨叹。

　　在新的世纪里，出现的不少回述历史的报告文学，引起了人们的更多关注。这些作品，虽然与人们的当下生活有一定的距离，但不少作品所表达的认识和内容，对于人们仍然具有很强的新鲜与触动。例如王树增在中国工农红军长征 70 周年时出版的长篇报告文学《长征》，就是在超越传统认识上的一种带有个性的长征解读，因为有一种新的视角和理解，再加上大量新的真实材料的支持，这部作品就在历史的事件上新生了一种很有价值的生命力量。赵瑜、胡世全的《革命百里洲》，通过对长江中游的一个岛屿上历史、社会、民事、经济、文化等诸多方面的真实变化追问，具体而深刻地演绎了中国南方长江流域的社会演变脉络，很有历史参照价值。何建明的《部长与国家》则历史地回望了余秋里将军在国家遭遇艰难的 20 世纪 60 年代前后，统帅石油大军，艰苦奋战，闯关救难，为国家建设输入血液的悲壮故事，如今看来，依然惊心动魄。另外像邢军纪的《最后的大师》，对我国现代物理学奠基人，培养了许多"两弹一星"科学家如钱学森、王淦昌及李政道等这样的科学大师的叶企孙教授的科学理想和艰难曲折人生，做了真实记述；丰收对几十年屯垦成边在新疆，却遭受很多误解和压迫的将军张仲瀚的一生，进行了用心的描述《镇边将军张仲瀚》。此外，徐刚报告著名水利专家黄万里多年学识遭冷落，人生失意苦恼的《黄河万里独行客》，邓贤在个性关照下重述抗日战争时期黄河花园口炸坝事件的《黄河殇》，禹真认真解读历史冤案的《聂绀弩刑事档案》，王旭烽的《家国书》在通过宁波几个著名文化家族人物经历命运的叙述中，所感受的历史的无常和生命的高贵等涉及历史社会生活的作品，都没有因为和现实的距离同读者疏远，反倒产生了很强烈的社会反响。

　　报告文学这样的文体，在面对社会的现实矛盾和突发事件时，总是能够明显地表现出自己的个性和优势，走到社会生活的前沿。如果说陈桂棣、春桃的《中国农民调查》及时强烈地提出和描述了农村、农业和农民（已经被人们习惯于称为"三农"）问题的严重性，为人们极大地关注和解决三农问题发出了大声地呼喊的话，王宏甲的《中国新教育风暴》就是在对很多人的实践探索和前沿的理解等方面，对中国的传统教育观念和习惯方式进行着认真地审问。黄传会的《我的课桌在哪里？》是对于大量从农村流向城市的打工者孩子上学难问题的关注。而朱晓军的《天使在作战》，直接通过一个上海的女医生，不计自己个人的利害得失，多年坚持，艰难地同现实的医疗腐败行为进行斗争的描述，对正义的精神和行为给以有力声援，将报告文学的现实品格做了充分的展示。

在 2003 年"非典"瘟疫爆发之后，很多报告文学作家冒着风险奔赴抗击"非典"第一线，对于瘟疫的由来和人们积极无私的抗争情形给以迅速地报告。像广东作家合作的《守护生命》、何建明的《北京保卫战》、徐刚的《国难》、杨黎光的《瘟疫：人类的影子》等一些作品，就是这些作品中的突出者。2008 年初的南方冰雪灾害和 5·12 汶川特大地震发生之后，报告文学作家又是及时地"行走"于灾害的现场，和灾民苦难同当，为每一个生命的安全或丢失同喜同悲，对于很多的生命救援行为给以真诚的赞美。这期间产生的报告文学如陈启文的《南方冰雪报告》、徐剑的《冰冷血热》和何建明的《生命第一》、李鸣生的《震中在人心》、赵瑜的《晋人援蜀记》、关仁山的《感天动地——从唐山到汶川》等作品，都在灾难的过程中有一种痛彻的社会人文精神和情感关怀表现，表现了家国同一的行为联系。这些作品，对于巨大的灾害是一种形象深刻的文学记忆，是报告文学因灾难而成长的纪录。可是，在 2008 年北京成功举办 29 届世界奥林匹克运动会后，却没有留下像样的报告文学作品。这种现象使人想起不少因为人力催促的所谓重大事件都未有成功的文学纪录的经验，其中的奥秘有待研究。

2008 年，还是中国社会开始改革开放 30 年的重要纪念年份。在经历了 30 年的艰难曲折改革开放道路之后，中国的社会面貌有了深刻迅猛的巨大变化。在这纪念的过程中，李春雷的《木棉花开》和吕雷、赵洪的

《国运——南方纪事》分别对曾经勇立改革开放潮头前沿的任仲夷和广东的数届领导，更新思想政治观念，坚持改革开放不动摇，最终带动全国不断走改革开放道路，实现历史跨越，国家富强的情景，在历史的回顾中，使人进一步明确坚持改革开放的方向，增强继续推进改革不断走向深入的信心和力量。

新世纪以来，报告文学作家队伍中出现了像王树增、李春雷、党益民、朱晓军等这样虽然人数不多，但却表现出明显的实力和潜力的一些作家，这也是让人感到欣慰的事情。报告文学创作，对于作家文化素质，社会意识，性格表现、文学表达等方面的要求都十分严苛。并不是一个具有基本表达能力的人信口想几句词，编几个故事即可进入创作的。它需要敏感的社会题材选择，需要艰难的采访过程，需要独立的思想感悟，需要勇气的表达，需要文学的结构再现能力，等等。所以，出现一个优秀的报告文学作家，就是一个大的收获。

在进入新世纪的这个短暂的日子里，报告文学虽然没有像20世纪晚期时那样激情的爆发和强烈的社会影响力，但报告文学并没有简单地丢弃自己独立思考和表达的传统，并没有在重大的社会事件面前躲闪自己的担当。在这些方面，报告文学无愧于自己的时代和读者。若将其置于左邻右舍的文学比较范围内，报告文学甚至是可以感到某些骄傲的。导致报告文学社会影响力不足的原因，主要是报告文学对于不少现实的社会思想矛盾和重大热点事件的独立个性关注还表现不够。在新的传媒手段不断革新和威逼之下，报告文学本应很好地发挥自己真实、全面、深入、充分、独立、理性的优势，可是，因为报告文学生长环境的欠缺和作家自身认识表达能力的不足，而导致目前整体的弱化。报告文学是一种紧密地联系着社会各个方面的文体，它的健康成长和辉煌再现，需要现实的社会有一个真正适宜其生长的环境。在扫描新世纪报告文学创作成果的时候，我们尽管有不满足的遗憾，但也不妄自菲薄。报告文学是这个敏感而多变的时代所需要的文体，相信它能够在伴随现实社会的变革中走的更远。

第五章
文学的门类（下）

一、话剧："圣殿"的营造与走出

现在，我们再把目光投向话剧文学。

建国 60 年话剧艺术走过的路，有两件事是令人颇感兴味的。

一件事是 1951 年 6 月，全国文工团会议召开，当时的文化部长茅盾作报告，发出指令：在中央、各大行政区、大城市设剧院或专业话剧团，以话剧艺术为主，逐步建立剧场艺术。

另一件事，则是近四十年后的一个民间活动。1989 年 4 月，在南京举办了"小剧场戏剧节"，参展的大多数剧目都放弃了被称为圣殿式的正规剧场和舞台。演出开始走向清空的仓库、喧闹的酒吧、简陋的"黑匣子"。

这两件事看来似乎并无联系，不过连接这两个点，可以得到一条线，这条线可以从一个方面勾勒出建国后话剧走过的历程，艺术从走上圣坛到走下圣坛的历程。与此相应，话剧文学的创作也经历了一个从神化、英雄化，到非神化、平民化的变化过程。

（一）使命的神圣使自身神圣起来

要认识建国后话剧创作发生的变化，对过去几十年话剧创作的特点作一个简略的把握会更清晰。近代中国，清末的学生演剧、民初的文明戏、20年代的爱美（业余）剧、30年代的左翼剧运、40年代的国防戏剧等构成了中国话剧发展的粗略轮廓。多数的演出，处于非职业化状态，演出场所和设备也是因地制宜，因陋就简。相当一部分演出很不规范，常常是边写边排，甚至是边说边排，剧本创作也相应较为简单。三四十年代，职业戏剧发展起来，拥有了"中国旅行剧社"、"业余剧人剧社"、"苦干剧社"等有名气、有成就的职业剧团，对演出的质量渐渐有了更高的要求，剧本创作越来越受到重视。在当时的中国，文艺承担着宣传革命和救国救亡的任务，而在所有的艺术门类中，话剧是最便捷、最具战斗力的形式，为此受到各种政治力量的高度重视，它也果然不负众望，当起重任。因此，在内容上，这一时期的话剧创作是以锐利的批判性为特点的。像《屈原》、《北京人》、《上海屋檐下》等优秀作品，或是对封建势力、传统恶习和旧道德伦理的批判，或是对帝国主义压迫和侵略行径的斗争。可以用批判现实主义的概念来归结这一时期的创作倾向，是较为准确的。

新中国成立后，中国的社会、经济、政治、文化生活发生了巨大变化，这些变化影响到戏剧艺术的生存方式、生态环境、运作体制、演出方式、创作思想、观众心理定势等各个方面。这当然使得话剧创作的面貌随之发生了异乎寻常的变化，呈现出完全不同的艺术特性。人们常说：从此，中国的文学艺术揭开了崭新的一页。

首先，文艺的任务发生了变化。建国前夕，在北京召开了第一届文艺工作者代表大会。在这次会议上，戏剧艺术很受重视。在17人组成的常务主席中，戏剧家田汉、欧阳予倩、洪深、阳翰笙、李伯钊、阿英、沙可夫占据7席。来自农村、城市、部队的文艺工作者胜利会师。人民翻身得解放，形成了全社会普遍的主人翁感；艺术家受到政府重视，社会地位提高，极大地激发了创作热情。开国伊始，话剧创作呈现出一派热火朝天的景象。这种创作，无论在内容上，还是形式上，都呈现出与以往很大的不同，具有新的色彩和特质。

反映新生活题材的作品中，有《龙须沟》、《四十年的愿望》、《春风吹到诺敏河》、《种橘的人们》等，其中尤以刚刚由国外回来的老舍创作的《龙须沟》最为著名。这出戏通过北京杂院中的四户贫民翻身的经历，展现了解放前后北京的一片生活，反映了新旧社会两重天。引人瞩目的是，以幽默讽刺见长的老舍完全改变了以往的写作风格，而以极大的热情，由衷地唱出新社会的赞歌。和他以往的作品一以贯之的是，人物真实的性格，生动丰富的细节和鲜活的口语化台词。刚直不阿的泥瓦匠赵大爷，刀子嘴豆腐心的丁四嫂，勤苦耐劳的程娘子和善良懦弱、忍气吞声的说唱艺人程疯子，都在话剧创作的人物画廊中占据了自己的位置。这出戏所反映出来的作家创作风格的延续和变化，显然已经超出了它自身的意义而具有代表性、典型性。话剧在过去逐渐形成的批判现实主义的批判意义开始削弱，代之以对新人新事的褒扬唱颂；而无论在人物形象的塑造还是戏剧事件的组织上，写实的创作方式则得以延续和发展。

如果说，老舍的作品是在歌颂新社会新气象，那塑造社会主义新人的作品就更引人注目。尽管历史才刚刚迈上社会主义的门坎，什么是社会主义？什么是社会主义新人？不少作者们并不十分清楚，但他们虔诚地搜寻着、琢磨着、想像着、创造着。他们把崇高的政治品格，诸如立场坚定、勇于斗争，和人类一般的伦理美德，诸如抛弃自利、助人为乐等因素结合起来，组合成为新人的特征。像《妇女代表》中的张桂蓉、《刘莲英》中的刘莲英等。同期的这类歌颂新人之作如春笋遍地，如《不是蝉》、《四十年的愿望》、《人往高处走》、《姐妹俩》、《赵小兰》、《夫妻之间》、《黄花岭》等等。

牛刀小试，在建国不长的日子里，话剧就创作出了数目纷繁的新作，有效地宣传了新的社会观、价值观、英雄观和世界观。在文盲比例高，文学作品传播受到限制，电影发行业落后，广大地区还与电影无缘的时候，话剧无疑是一种最理想化的普及宣传的文艺工具。显然，它适合于中国的国情。加之朝鲜战争爆发，抗美援朝运动如火如荼，话剧迅速创作了一大批活报剧和舞台剧。建国伊始，话剧又一次表现了其他艺术难以企及的宣传火力壮、短平快的特点，尽管在战争年代里，这一特质已被无数次地证实了。戏剧，尤其是话剧得到政府和大众的青睐，是理所当然的。话剧所担负的使命是神圣的，而这些短短的时日已经证明了它不辱使命。

使命的神圣，使话剧自身也神圣起来。一方面，话剧艺术家们充满了自豪感，积极投入到新的创作热潮中去；另一方面，政府采取了一系列方针、政策和措施，一系列组织建设和业务建设，促进话剧事业的发展。其中最重要的就是学习苏联的演剧体系，建设剧场艺术。

中国话剧生成时间短，先天不足，五十年代初整体的生存格局还是较为简陋的。这显然已经不能适应它现在所担负的重要任务了。很久以来，话剧在部队、农村、工厂、学校作临时演出，即便是职业剧团也绝无拥有自己固定的剧场的奢华。落后的演出条件，限制着话剧的发展。与近在咫尺的苏联相比，他们那里发达的戏剧文化，优良的物质条件，更使人们产生了相形见绌之感。自从话剧在中国诞生以来，能进专门的剧场演戏，成为所有话剧人的最大梦想。

现在，人民政府实现了这个梦。由政府倡导发展剧场艺术，中央政府对全国各地文工团进行整编，在大城市都建立了专业话剧院团。地方政府投巨资营建设施先进的大剧场，全国戏剧工作者为之雀跃，戏剧进入了神圣殿堂。这是数十年饱经战火飘零之苦的艺术家们梦寐以求的一天。在建设剧场艺术的过程中，政府提倡学习苏联的演出制度和先进经验，实行总导演制，在中国青年艺术剧院、北京人民艺术剧院和上海人民艺术剧院试行。这些政策，无论是坚持下来的，还是为条件所限而中途夭折的，都对后来的话剧艺术产生了长远深刻的影响。戏剧应当步入神圣殿堂，它的使命是神圣的，这一观念深入人心。这种以职业的剧场艺术为主的话剧与过去年代的群众戏剧运动为主的话剧，在基本生存形态上具有质的不同。话剧迈出的这一步，使它离开了自己习惯多年生存环境的第一步，这对中国话剧所发生的影响在今后几十年的历史中逐渐显现出来。

神圣的艺术当然要创造神圣的形象。这时，社会主义现实主义的理论开始进入中国主流文化。尽管作为一种文艺理论，这一概念的内涵几十年来一直未得到统一的诠释，而不了了之，但是其政治意义是明白无误的。戏剧家们在寻找和创作社会主义新人的过程中，展开了想像的翅膀，开始把迷人的神圣光环奉献给心目中的英雄。在主要英雄形象身上，过去那种有着较为复杂性格与心理的因素明显消退了，代之而起的是优秀品质十分鲜亮的形象。从《红旗歌》到《妇女代表》的形象创造中，可以寻觅到这种衍化的最初痕迹。

《红旗歌》（鲁煤执笔，1949 年）写的是某纱厂劳动竞赛的故事，女工马芬祖在旧社会饱受苦难，翻身后在生产竞赛中转变态度，由落后变为先进。周扬称之为"第一个描写工人生产的剧本"。剧中塑造了不同的工人形象，有落后的、先进的、转变的，这些形象都非常逼真生动。随之出现了一批类似题材的作品，这批作品的突出特点，就在于质朴的真实性，人物性格的生动感人，生活气息的浓郁芬芳。这一特点，是和话剧编导人员熟悉生活，熟悉人物分不开的，有的作品就出自业余作者之手。显然，这种创作方式与部队文工团长期形成的传统有着直接的渊源关系。尽管这些作品都较为简单，但它们与生活血脉相联的关系还是使观众感到亲切，牢牢地吸引了人们。

但《红旗歌》在当时也遭到了一些人的批评，原因就在于主人翁马芬祖是一个从后进到先进的转变人物，认为这种写法有损于工人阶级的形象，引起了广泛的讨论。1952 年，在《文艺报》就展开了"关于塑造新英雄人物形象问题的讨论"。这场讨论不可能有划一的结论，但它的影响却可以在《妇女代表》的创作中看出来。《妇女代表》（崔德志，1953年）的主要人物张桂蓉的形象较之马芬祖就有了很大的不同，和马芬祖的经历相似，张桂蓉也是从旧社会过来的，没文化、没地位。但她关心集体，关心群众，大公无私，坚持原则，敢于斗争。爱憎分明的斗争性格成为人物的主要特征。作者赋予人物的优秀品质越来越突出了。评论将她作为一个"具有社会主义思想的新中国劳动妇女的'代表'"进行肯定。张桂蓉的特征成为许多作品中新人的共性。才临解放，社会主义初级阶段的理论尚未诞生，许多作者对何谓社会主义知之甚少，也无从想像，除此之外，社会主义新人还能是什么样的。但赋予人物党性和美德的光环是绝不会错的。

于是就出现了问题，大家都按这种方式创造英雄形象，把美好的品格组合在一起，英雄的性格就显得相似单一，英雄的形象就变得单薄，势必影响了作品的质量和感染力，由此遭到了公式化、概念化的批评。这种批评一经出现，几十年来，不绝于耳。一些作家一时也难于习惯这类基于想像和揣测的人物塑造，尤其是那些熟悉生活，又往往以生活原型为模特进行写作的作家。老舍写《春华秋实》（1953年），通过一家铁工厂反映"五反"运动的全过程。作者十易其稿，刻苦创作，苦不堪言，但仍难逃公式化、概念化之灾，老舍不由叹道："我也吃过写运动的亏。"但老舍是个勤奋的作家，他并未罢手，他充满热情，又老老实实地摸索着，一部又一部，《红大院》、《青年突击队》、《女店员》等。然而艺术上的失败也接踵而至，老作家对自己的状态直犯疑惑，很不满意。相似的情况也出现在李健吾身上，这是在三四十年代很有影响的剧作家，50年代写了三个宣传反帝斗争的独幕剧《战争贩子》、《伪君子》和《死亡路上》，发现只凭高昂的政治热情创作，笔下所写多是公式化、概念化的漫画人物。

（二）理想光环与真实细节的组合

新中国的话剧人为克服公式化、概念化这一创作顽症，数十年来做着不懈的努力，付出了昂贵的代价。为了使新人的形象具有说服力，就必须加强他们的真实性，必须使观众相信，这些新人和英雄就生活在他们中间。如何加强形象的真实性呢？恩格斯关于细节真实性的理论发挥了巨大的指导作用。现实主义重要的特征在于"细节"的真实。理想的光环与真实的细节相加，不就可以创造出真实感人的形象了吗？这一理论，一旦与中国话剧的文工团传统相遇，立刻牢牢地结合在一起。文工团的演剧传统具有原生态的真实性。他们的表演天然地具有最朴素的自然形态。在部队和解放区群众演剧活动中有一些干脆就是自己演自己，像阜平地区群众演出的《穷人乐》，反映贫苦农民翻身解放的事迹，其突出特点就是农民自己演自己。对出身于文工团的传统的戏剧工作者来说，创作中所需要的真实的细节俯拾皆是。在 1949 年 7 月召开的第一届全国文代会上，来自部队和解放区的戏剧工作者，在演出中所展示出来的自然真切的风格，令来自国统区的许多大明星惊叹不已，对比自己模仿洋人演技，拿腔作调积习难除，他们惭愧不已。看着那一个个与生活原型真假莫辨的角色，这些明星自惭形秽，不无悲凉地说："以后，我们还演个什么劲呀！"

一方面是经典的马克思主义，享有最高的理论权威；一方面是革命的光荣传统，是最鲜活的中国气派，两种因素一拍即合，是门当户对的绝配。

所以，理想的光环与真实的细节相加的创作模式，在中国这块土地上有着广泛坚实的基础。这一模式一经形成，就迅速形成巨大影响，产生了大批此类的剧目。众所周知，共和国半个世纪的政治风云此起彼伏，文艺创作更是公认的重"灾区"，但是在历次风云变幻中，这一创作模式却始终发挥着越来越重要的作用，只是在运动的波峰浪谷之间适当地调整理想光环与真实细节之间的比重，或加强形象的神性，或强化形象的真实性。这种创作模式逐渐发育，日臻成熟，成为 60 年来话剧创作的一条主线。这种创作方式，或可称之为"理想现实主义"，是理想主义与现实主义的叠加。这和新民主主义时期的批判现实主义的区别是显而易见的。当然，进入社会主义历史阶段之后，批判现实主义的话剧传统也并未在一夜之间就销声匿迹，它也还是在延续着。不过，它不再占据创作的主导地位，而是时隐时现地闪现着，偶尔在刹那间放射出光芒，令全社会吃一惊。

话剧的神圣化是大得民心的，它以雷霆万钧的态势改造着中国话剧的落后面貌。"斯坦尼斯拉夫斯基演剧体系"全面系统地搬进中国来了，它在表演上强化了真实性的训练，通过演员的心理技巧，创造出形象逼真、感情真挚、富有生活气息的舞台人物来。在二度创作中，加强了作品的真实性。短短几年间，在中国上演的苏联剧目多达五十多部，另外许多世界名剧也在各地剧团排练，尽可能正规、精致地演出。苏联专家来了。中国的话剧院团的总导演制推行开来了。中国的青年话剧家到苏联学习去了。所有这些，使人们无比向往莫斯科大剧院辉煌的殿堂。中国的话剧也大踏步地向着艺术圣殿走去。

雨露滋润禾苗壮，功夫不负有心人。对话剧的精心呵护，很快有了丰硕的回报，人们迎来了中国话剧的丰收。那是 1956 年的全国话剧汇演和 1959 年建国十周年的献礼演出。丰收的景象是怎样的呢？1990 年出版的《中国话剧通史》，对第一次话剧汇演作了如下描述："这次会演剧目，大都是反映当代生活的新剧作，舞台上展现出我国进入社会主义时期的火热斗争。强烈的时代精神，昂扬的革命激情，动人的生活气息，给观众以巨大的力量。反映社会主义工业建设题材的剧目有十六个作品，这是话剧舞台上开拓的新天地。剧目把人们带进了沸腾的工厂、矿山、工地，展示了工业建设的宏伟图景，歌颂了工人阶级的忘我劳动和创造精神，使人们看到了钢铁工人、煤矿工人、铁路工人、纺织工人、建筑工人、橡胶工人、化工工人、手工业工人和军工们的平凡而英雄的形象。农村伟大变革剧目有十五个，表现了农民当家做主的生产热情，反映了轰轰烈烈的农业合作化运动，描写了农村社会主义改造的洪流中产生的新一代农民。在反映人民军队题材的剧目中，人们看到了工农长征的雄伟业绩，看到了八路军浴血奋战的英雄气概，看到了人民解放战争的斗争生活，看到了抗美援朝战争中爱国主义和国际主义的思想光辉。反映少数民族生活题材的剧目有七个，表现了边疆的复杂斗争和党的民族政策的胜利。其他还有描写革命干部、高级知识分子、少年儿童、家庭妇女题材的剧目、童话剧、历史剧等。多样题材的剧目表现出人民群众丰富多彩的斗争生活。"

在国庆十周年京沪两地举办的献演活动中，汇集了 37 个剧目。《通史》这样归结它们的特点："他们热情歌颂新的世界，新的人物，而又纵览古今，开扩创作题材，从而丰富多彩地表现了我伟大祖国的现实生活和历史生活。"

具有理想色彩的新人和各行各业的生活相结合，组成了数目庞大的形象画廊。理想的光环决定了"新"的特点——新思想、新人物、新英雄、新世界；细节的真实性原则大大拓展了题材领域，使创作丰富起来，形成了一派欣欣向荣的气象。在这些剧目中，常为人们称道的有：《万水千山》、《枯木逢春》、《槐树庄》、《降龙伏虎》、《红色风暴》、《南海战歌》、《东进序曲》、《烈火红心》等。

这时的演出，都已十分气派。独幕剧已经难觅踪影，讲究起承转合、高潮突变、张弛有致、章法规范的多幕剧占据了绝对主导地位。镜框式舞台营建得十分辉煌精致，丝绒帷幔富丽华贵，换景机械代替了人力，灯光器械设备大大增加，突破性的幻灯技术，能在天幕上快速更迭着风景，给观众带来了意想不到的惊喜，使剧场变得越来越神奇。演员接受了斯坦尼斯拉夫斯基表演体系的训练，完全脱离了文工团表演的业余性质，同时他们也从心理上把自己从观众中摘了出来。演员作为一种职业，其社会地位迅速提高，当然他们也丧失了文工团时代与观众那种水乳交融的天然关系。在剧院体制中，导演建立起艺术上的权威地位。话剧，已经在艺术的殿堂里，穿上制服，唱起圣歌，笼罩在越来越耀眼的光环中。

当然，光环与细节的组合并不万能。虽说它适应了新形势，完成了新任务，但总不尽善尽美，总有叫人遗憾的地方。话剧运动的先驱、艺术家田汉在 1956 年《话剧艺术健康发展万岁》的文章中指出了话剧创作在这两方面存在的问题。关于理想人物，他说：在人物塑造，特别是英雄人物的塑造上，存在着公式化和概念化的缺点，写工业题材，写农村斗争都有一种"套子"，有一种大同小异的模式。关于真实性方面，他说：对生活中的不很需要的事实作冗长而繁琐的描写，舞台形象强调生活的真实，而游离自然形态；表演上片面强调内心体验过程，出现了舞台节奏温、慢、拖的现象。周扬将这两方面的缺点归结为：前者——公式主义，后者——自然主义。

这些批评给创作带来了两难：要避免公式主义，就需要加强真实性，而遵从了真实性，往往会使主人公的理想光环减色。这将会导致作品发生倾向性错误；要不犯自然主义错误，就要更多地注入理想化色彩，然而一味地理想化，又会使作品空洞苍白，跌进公式主义的泥潭。作者们实际可做的，只能是根据当时的政治环境的宽松程度，适度地调整理想化与真实性两种成分的比例。1956 年，农业丰收，工业发展，国泰民安，是建国以来少见的安定景象。此时，中央提出了"百花齐放，百家争鸣"的文艺方针，创作环境较为宽松。于是，在创作上就出现了一些调整，强调了作品的真实性，人物性格的丰富性，作品面貌发生一些变化。这时出现了一批被称为"第四种剧本"的作品，它们与那些"写工人，就是先进思想和保守思想的斗争；写农民，就是入社不入社的斗争；写部队，就是我军与敌人斗争"的三类剧本有明显的不同，突破了这些概念套子，力图将现实生活中的问题真实地加以描写和反映，并将笔触转向个人生活和感情世界。这几部为数不多的作品是《同甘共苦》、《布谷鸟又叫了》、《洞箫横吹》等。

岳野在《同甘共苦》（1956 年）中，明显收敛了英雄人物头上的光环，而赋予他更多现实生活中真实的人物特征。省委农村工作部副部长孟莳荆与农村的妻子离婚，在城里另婚，但生活并不十分美满。这种婚姻状况在生活中并不鲜见。前妻刘芳纹反对解散生产合作社，为坚持办社，她来省城找上级。这样，她突然出现在前夫孟莳荆的家庭中。孟莳荆曾猜疑过她的来意，当知道是为了坚持办生产合作社的事时，他支持了她，并和她一起到农村去。由此，引发和展开了家庭的矛盾。每个人的思想观念和伦理道德都在这场风波中经受了考验，从而更加完善。今天来评价这部戏，如果因为作品在政治态度上支持了办生产合作社而加以否定，就未免太简单化了。反之，如果能在此中发现创作的焦点，将之放在建国后创作的坐标中确定它的位置，找到创作倾向的变化，还是件有意味的工作。事实上，作者在剧中并没有着力论证办生产合作社的重要性和必要性，甚至在某种程度上淡化了合作社运动的背景，他的兴趣集中在婚姻道德内容上。作者在赋予孟莳荆以高级干部的基本品质的同时，着力发掘他的喜怒哀乐和内心思想。可以说，在人物塑造上，作者没有竭力拔高对象，而将注意力集中在人物的真实性。作者大胆地将孟莳荆置身于复杂的婚姻状况中，在他与前后两个妻子的关系中展开戏剧冲突，从这种人物基本生存状态和人物相互关系的设计方面，就可以清楚地洞悉作者力图突破既成创作模式的努力，那就是收缩环绕在人物身上的神圣光环，恢复人物的真实性，包括他的生存环境、家庭关系、思想情感和生活态度等各个方面的真实性。创作上的这种努力收到了明显的艺术效果，同时也付出了很大的代价，担负了重大的政治风险。

海默的《洞箫横吹》和杨履方的《布谷鸟又叫了》也是在同一时期出现的加强作品真实性的剧目。与《同甘共苦》略有不同，这两部戏更注重于真实环境的营建，而主要人物身上仍具有很强的理想主义色彩，作者也十分理想地希望以他们笔下的英雄来改造落后的社会环境，纠正不正之风。《洞箫横吹》通过复员军人刘杰返乡触及了农村现实。作品真实地反映了农村合作化的情况，揭露农村工作中存在的一系列问题，如树立假典型，基层干部弄虚作假，展现了这些问题造成的危害，大胆指出这些被作为"灯塔"式的农业合作社的假典型，掩盖不了"灯塔"下的黑暗，揭示了生活中存在的亟待消除的阴暗面。《布谷鸟又叫了》将一个纯真热情、情感丰富的进步女青年童亚男放到一个封建主义思想和官僚主义习气较为严重的农村中去，以喜剧的方式向虚伪的情感、"虚假的社会主义"、以权谋私的不正之风和农村干部中的官僚主义开战，组织了戏剧冲突。农村工作和干部中存在着不少问题，这应是很正常的，但将它们真实地反映到文艺作品中，就不是一件容易的事。《布谷鸟又叫了》剧中，将这种十分严肃的社会问题以喜剧来处理，并且将矛盾理想地予以解决。但这种取巧的做法并不能使它避免横遭批判的结局。

话剧创作中的这种调整，立刻受到风暴式的批判，作者们遭受灭顶之灾。1957 年的"反右"、1958 年的"大跃进"和农村"人民公社化"运动，使得以高指标、瞎指挥、浮夸风和共产风为主要标志的'左'倾错误严重地泛滥。话剧创作受冲击是不足为怪的。政治上的冲击对创作的影响，不仅是思想上的，而且关系到创作人员及其家庭的生存。许多作家、艺术家被送往僻远的地区去劳动改造，艺术生命夭折。但是，正是在这种恶劣的气候中，话剧创作却呈现了"繁华"的景象：山东组织了话剧家百日会战，写出剧本 500 个；湖南的跃进指标订出拿出新剧 3000 个的目标。国家级剧院同样卷入这股狂潮，半年间，北京人艺突击完成创作 93 部，青艺则完成 95 部。文化部指令艺术创作要大放"卫星"。在今天看来是可笑的事，在当年却关系着话剧人的生死命运，每个人都积极投身到创作中去。

既然作品担负着重要的政治任务，承担着神圣的使命，那么，尽量强化"理想"光环的光芒就是十分必要的；既然在生活中到处盛行假、大、空的"浮夸风"，那么，坚持"细节的真实"还有多少意义？创作上强化作品真实性的调整的尝试，遭受了自剧种诞生以来前所未有的猛烈冲击，其中的教训刻骨铭心。所以，这种加强真实性的尝试立刻就被"矫枉过正"了。于是，人物的理想光环更加明亮。这成为一种规律，即在每一次为加强作品的可信性，而对于真实性稍作强化之后，必然会导致一次纠偏运动，使作品的"理想性"地位进一步强化，创作在神圣化的金色大道上就又上了一个台阶。经过几次拉锯战，真实性一步一步被蚕食，用主观唯心论塑造的理想光环越来越空洞，越来越观念化、口号化，离开常人越来越远。话剧就这样摇摇摆摆地，向着神坛走去。这时出现了一批作品，如《降龙伏虎》、《丰收之后》、《槐树庄》、《青松岭》、《山村姐妹》、《战洪图》、《箭杆河边》、《夺印》、《龙马精神》、《红石钟声》等，都套上了或大或小的光环。

《降龙伏虎》（段承滨等集体创作，1959 年）是造神过程中的一部重要作品。在很长一段时间里，它受到社会广泛的赞颂。作者以积极歌颂的姿态投身到"大跃进"的狂潮中去，英雄是神，它必然超越凡俗，作者让英雄的所作所为超越了常人的能力界限，超越了常人的行为规范，超越客观实际的可能。农民在农村大炼钢铁，大小高炉遍地开花，各路英雄进山探宝；开"赛桥会"，评"状元桥"。英雄们为常人所不为，为将李玉桃塑造成一个楷模化的农村妇女形象，作者特地设计了玉桃当众责夫的情节，人为地"硬化"人物性格，使其具有神性。荒谬的生活需要荒谬的作品，作品的荒谬引导了生活的荒谬；作品的狂热与生活的狂热相互推波助澜，红极一时。这出戏广受赞誉，如："它使我们听到了洪亮的时代声音，看到了气势磅礴的画面；它洋溢着歌颂大跃进的激情和人与人之间的革命感情，塑造了好些鲜明的英雄人物形象。"这是一出群像化的英雄戏。

《丰收之后》（兰澄）也是一出产生很大影响的戏，它反映了"当前农村斗争生活"。作者的创作目的很明确，他发表的创作体会的文章题目就叫《为党的英雄儿女唱赞歌》。其实，作品描写的是一个生产队在丰收之后处理余粮的事件，涉及到如何处理国家、集体和个人三者间的关系。应当说这个题材是出自于现实生活的，也很有意义。然而，在当时的历史环境下，作者是很难把握三者之间的关系的。当时全国刚刮完共产风，又遭受三年自然灾害的天灾人祸，有些地方饿殍遍野，农村生产力亟待休养生息。在这样一个大背景下，剧作却过于强调将余粮卖给国家，显然不能兼顾国家、集体、个人的利益。为了突出赵五婶为代表的卖粮派的崇高品质，将一味倡导卖粮作为一种英雄行为来歌颂，从而人为地将国家利益和农民权益对立起来，只要是为了国家的，农民的正当权益就可以不考虑或少考虑。英雄人物开始走向普通人民的对立面，神离开人越来越远了。为了塑造这样一个光芒四射的人物，作品将赵五婶置于核心位置，因人设事。一切人物和事件都围绕她而设计，绿叶只为红花而存在，所有的笔墨都用在她身上，决不平分秋色、分散笔墨。这里，日后的"三突出"的造神原则，已见端倪。

英雄人物的性格大致由如下几个方面构成：

①自觉或本能地具有共产主义的社会思想，并由衷地愿意为之献身。无论是在推翻反动统治的战斗岁月中，还是在社会主义建设年代里，主人翁动作的最高任务总是指向这一远大的目标的。在长征路上的篝火旁，共产主义理想给了人们继续革命的无穷力量；在农村合作化、人民公社化道路上，在工业超产夺标或大闹技术革新的竞赛中，也是人类大同的最终目标，使男女主人翁冲破重重人情网和落后势力的阻力，粉碎了阶级敌人的

阴谋诡计，获得了最终的成功。

②具有鲜明的无产阶级立场的党性原则。事关大是大非，英雄们都是毫不含糊，绝不心慈手软。反之与之形成对比的是，那些中间人物总是在是非问题上黏黏糊糊，态度暧昧。英雄会做细致的思想工作，通过事实教育群众。

③具有人类普遍珍重的美德。牺牲自我，奉献他人，勤俭克己，吃苦耐劳，清心寡欲，造福一方。吃下去的是草，挤出来的是奶。

④具有人类非凡的能力。大智大勇，在任何困难面前，总能春风化雨，柳暗花明，为众人指明方向。先知先觉，善于从蛛丝马迹中发现敌人的阴谋，洞若观火，从而力挫敌人诡计。

⑤具有良好的生理和心理状态。男性，健壮魁梧或偶有粗心小疵；女性，端庄姣好而绝无妖艳之嫌。

将上述要素迭加起来并不困难，但是要使之成为一个生动可感的艺术形象却是件难上加难的事。生硬的概念和原则是制造不出活生生的人物形象的。作家们为创造完美的新人形象殚思竭虑，此事并非人人可为，不少人知其难为而为之，最终不得不作罢。剧坛先辈曹禺在解放后，作过几次尝试，从50年代的《明朗的天》，到60年代的《胆剑篇》，到80年代的《王昭君》，怀有非常良好的创作愿望，或欲塑造新知识分子的形象，或欲借古论今，在古人身上展现今人之美德，不料人物品格的塑造越来越完美，但人物形象却一次比一次概念、一次比一次苍白，终于封笔。

（三）旧创作模式的惯性

在上述创作中，为了强调英雄人物的神性，刻意编造的痕迹已经越来越重，往往不顾及生活现实，真实性原则遭受到了很大的挫折，从而大大损伤了作品的艺术性。为了弥补这一重大缺陷，剧目编导者动用了大量技术手段，尤其依靠舞台二度创作营造真实的视觉细节和一些新鲜的形式。这一时期的写实化大型布景道具制作和人物化妆技术有了充分的施展余地，风格化的舞台处理吸引了人们的注意。《降龙伏虎》就用了戏曲化的舞台处理，颇有新意。以形式翻新去弥补内容苍白的缺憾，也成为一种定式。这种现象一直延续到新时期的话剧创作。在剧本创作中，鲜活的语言成为加强真实性的最重要手段，剧作者普遍具有丰富的语言素材和语言的驾驭能力。《青松岭》的台词充满泥土气息，生动形象，至今读起来，语言的韵味也绕梁三日。曹禺在《胆剑篇》和日后《王昭君》的创作中，也将大量的精力投放在语言的运用上，甚至写成了诗剧，力图强化其艺术性，以求补救形象塑造方面的不足。此外，作者在编剧技巧方面下了许多功夫，使剧作结构干净顺畅，情节设置起伏跌宕。这些外部包装在增加视觉和听觉的美感上，确有效果。《激流勇进》、《南海长城》、《霓虹灯下的哨兵》都是这一时期的编剧技巧和舞台技术上表现得十分突出的创作。

"左"倾路线愈演愈烈，文艺创作加速向造神的深渊滑落下去，直至"文化大革命"十年浩劫，造神运动登峰造极。话剧《盛大的节日》、《战船台》、《宣战》、《一月的汽笛》、《风华正茂》、《柳下跖》等已经成为赤裸裸的政治斗争工具。真实性的面纱已经被彻底撕去，理想化的人物光环被无限放大，集中了权势者所要求赋予的一切德行，某些表层貌似真实的细节下，掩饰着完全虚假的形象。而在二度创作上则不计成本地投入资金设备，营建尽可能辉煌的舞台效果。造神运动，进入了最后的疯狂。"理想光环＋真实细节"创作模式的所有弊端暴露无遗，终于变成了"虚假主题＋真实细节"的模式，用真实的细节去构筑虚假的主题。

"文革"十年的政治风暴，随着"四人帮"下台结束了。但是在"左"的思想路线下形成的文化形态，却不会在一夜之间戛然而止。三十年来形成的创作模式已经塑造了一代剧作家和观众，有些人不知道除了这种模式之外，戏剧还能是什么样。因此，"文革"结束，虽然"四人帮"已垮台，但旧的创作模式一时并没有发生根本变化。英雄依然是作品的主角，只不过英雄不再是阴谋反革命夺权的造反派，不再是反潮流勇士，而是备受造反派迫害的革命老干部或坚持正义的热血青年。这些老干部和热血青年，依然尽可能地堆积着各种优秀品质，依然笼罩着炫目的光晕。为了歌颂英雄形象，可以调动一切技巧手段，常常不惜露出雕凿的斧痕。从

1976 年末始，反"四人帮"的英雄形象最早出现在舞台上，《战斗的篇章》、《十月的风云》、《悲喜之秋》、《决战》、《峥嵘岁月》等等。在这些作品中，英雄人物与"四人帮"的斗争依然是非常人所及的。在反"四人帮"戏剧最重要的作品《于无声处》（宗福先，1978 年）中，清晰地反映出旧的创作模式的影响，与力图跳出这种创作模式的愿望。在人物塑造上，作者一方面竭力歌颂热血青年欧阳平及其母老干部梅林身上超凡的英雄品格，一方面又力图进入人物的内心世界，写出常人的喜怒哀乐和复杂心理。在创作技巧上，作者则竭力向《雷雨》这样的典型的三一律结构学习，使作品紧凑、严谨，产生了较强的艺术效果。

但是，这种旧的创作模式的惯性延伸，令人吃惊。1980 年，上海工人文化宫创作演出的《屋外有热流》，被誉为在新时期吹响了探索戏剧的号角。然而，就在这样一出戏中，人物的理想化光环依然在熠熠闪光。作为青年楷模的大哥赵长康的形象，是一个集美德于一身的简单符号，依然是一尊神。为了保护一口袋集体的麦种，他可以牺牲生命，对于金钱采取鄙视的态度。有评论认为，这一人物的自我表白，有自吹自擂之嫌。在迎接社会向市场经济转型的时期，在重视人的生命价值的时期，以全然保守的态度简单化地对待生命和财富，说明作者缺乏对新的时代、新思想、新主题的敏感，缺乏对新的价值观念的探究和认识。然而，由于演出中，在舞台处理上吸取了较自由的时空调度手法，颇具新意，多年来一直被认为是中国探索话剧的开山之作。假如人们认可这一提法的话，那么可以说80 年代以来，中国的探索话剧是从外在的手法形式入手，其话剧内容、创作视角和价值取向依然如故，只不过它舍弃了累赘的"细节的真实"，而开始用一种远为便捷的随心所欲的幻象方式取而代之。作者营造的英雄，更具有神的特性，获得了超越时空的非凡能力，造神运动并没有随着政治风暴的消失而消失，它的幽灵依然在舞台上徘徊。甚至在《一个死者对生者的访问》（刘树纲，1984 年）中，观众依然可以看到舞台上游动着一个神的影子。这就是探索话剧的最初状态。然而，此时国门洞开，人们已经嗅到新鲜的话剧的空气了。

（四）"神"与"人"的拉拔

如果说共和国话剧的新面貌，主要是以展示新人新事为特征的话，那么话剧的创新活动，则是由舞台表现手段的探索为肇始的。

70 年代末 80 年代初，话剧舞台上依然在为各式各样的英雄唱颂歌，他们或是反"四人帮"的英雄，或是在中共党史上各次路线斗争中向错误路线斗争的英雄，如《曙光》、《针锋相对》，或是历史上的善于粉碎阴谋的帝王将相，如《大风歌》、《秦王李世民》。但在这时大量国外的现代戏剧理论开始涌入国门，毕竟文字印刷品的输入要比剧团演出或录像资料的输入便捷得多。这时，在中国最出风头的话剧理论家是已经去世多年的德国人布莱希特。他强调形式的具有表现主义色彩的话剧思想，深得中国话剧界的赏识，深埋在电影资料馆中的布氏话剧的资料片被找了出来，当做排戏的样本。一时间，布氏取代了统治中国舞台数十年的体验派大师斯坦尼斯拉夫斯基的位置，显赫一时。荒诞派话剧的译介更令中国剧人吃惊，这种荒唐东西也能成气候，并且勇夺诺贝尔奖？导演、舞美们更是暗中窃喜，这些玩意儿比起钉是钉铆是铆的写实主义技巧来不是小菜儿一碟吗？说干就干，我们的艺术家哪点儿也不比别人差。于是，在话剧界形成一次拥"布"倒"斯"的"政变"。这次运动的结果，使全国话剧舞台的面貌在很短的时间内就发生了巨大的变化。那种实打实的写实布景道具已像古董那样，难觅踪迹。与这种舞台实践相呼应，在话剧理论界掀起了全国性的话剧观念大讨论。讨论的焦点集中在舞台假定性、话剧时空特性、话剧动作的本质等话剧艺术媒介的基本美学特性。于是，有理论家宣布，中国话剧（乃至艺术）在短短几年间走过了西方艺术上百年的路程。

虽然布莱希特受到如此厚待，但是他在九泉之下恐怕不会满意。因为，他马上就会发现，在这里受到欢迎的是他在话剧形式上的革新，而他的平民化戏剧思想却无人理会。布莱希特的平民话剧思想无论在他的理论还是创作中都表现得十分充分，他认为自己话剧服务的主要对象是平民，希望诉诸他们的理性起到教育作用。从他的《三分钱歌剧》到《大胆妈妈和她的儿女们》和《第二次世界大战中的好兵帅克》，他剧中的主要人物都是普通平民。他的创作从来不去拔高人物，从普通中找出不平凡来加以歌颂，而是发掘普通人的内心世界，展现他们的人生，和对世界的看法。这与我们将普通工人、农民、士兵变成英雄，再戴上光环，大唱颂歌的方法是大相径庭的。新时期话剧的最初变革，不是发生在作品精神内涵层面上，而是促进形式手法的变幻。对英雄、对神的赞颂依然在唱，只是运用了新的配器对位手法。所以，出现了话剧创新是"新瓶装旧酒"、"形式大于内容"的批评。这种批评是切中要害的。

对于中国观众来说，接受新的演剧形式并不困难。有着深厚戏曲文化传统的中国人从骨子里就承认一切自由的舞台处理形式，还有什么表演方式能比靠人物上下场来处理时空的戏曲更自由的吗？今天的话剧艺术家从现代戏剧形式的多样化中得到的最大的启示就是，原来话剧并非光是我们五六十年代搞的那一套，它的样式丰富得很。那么，除了手法上可以是多样的，话剧的其他方面是否也应该是无限丰富的呢？话剧的主要人物是否并非都要头顶光环不可呢？话剧除了配合当前的形势任务之外，是否可以探讨反映一些其他问题呢，比如人的内心，人的情感？形式的变革，会逐渐地带动了艺术内涵的发掘和探索。

如果说话剧形式的变化具有突发的特点，像《屋外有热流》舍弃了家景，以灯光分割演区，人物采用大量虚拟表演，一出戏就令观众耳目一新，那么话剧形象的变化就经历了一个渐进的过程，需要解决的问题复杂得多。人物的英雄性格不会在一夜之间无影无踪，架在人物头顶的光环也不会骤然消失。人们总习惯地认为，舞台上的人物在本质上应该是某些方面的楷模，给他们增加一些无伤大雅的"缺点"，为的只是让观众觉得亲切些，更容易接受。为了拉近英雄与普通观众的心理距离，作者开始为英雄人物注入"感情"。

"四人帮"打倒后，出于人们对领袖的怀念，在话剧舞台上率先推出了一批"领袖戏"。从写贺龙（《曙光》）起，渐渐扩展到写陈毅（《陈毅出山》、《陈毅市长》），写诸老帅（《朱德将军》、《彭大将军》、《北上》），写总理（《西安事变》、《报童》），最终发展到写毛主席（《秋收霹雳》、《杨开慧》）。要说英雄，领袖是最大的英雄；要说神，毛主席早已被神化。但是，"文革"中老帅领袖们的不幸遭遇，使人们希望了解自己尊敬的伟人的真实感情。正是在这种社会期望下，话剧舞台推出了一批写领袖感情的戏。其中，《杨开慧》可以看做是它们的代表，它集中了这批戏的创作特点。从剧名来看，人们就知道它涉及了毛主席的爱情婚姻生活，这一题材的魅力是不言而喻的。创作者也十分了解观众期望，设计专门场次，用来表现毛、杨神奇的爱情。然而，作者力图赋予毛泽东丰富的情感，描写他普通人的一面，但是无论如何也无法让他放下伟人的架子。作者为表现毛泽东的亲情，精心设计了毛泽东逗儿子的戏，但是又不能失去革命导师的身份，于是毛泽东用干柴点着火，当做火炬，对躺在摇篮中的儿子说星星之火可以燎原的道理。虽然，这一场面的处理成为一种笑谈，但这种创作思想的影响却十分深远，即在不损英雄神圣光环的前提下，添加一些无伤大雅的"缺点"。那个"理想光环 + 真实细节"的公式，稍加改动，成为"理想光环 + 有限缺点"的模式。

这一模式不仅用在领袖人物塑造上，甚至也用在"小人物"的塑造中。崔德志在 80 年代初创作的《报春花》，是描写普通小人物最具影响的作品。作者对主要人物的创作心态是很有意思的，一方面力图使人物平凡化，一方面又忍不住要为之描上心中最美的色彩。青年女工白洁，在反动血统论肆虐的日子里，心灵受到严重的创伤。虽然"四人帮"打倒了，但她心灵上的阴影没有消失，精神包袱未曾卸下，她怯懦软弱，性情压抑，不敢争取应当属于自己的权利。对这样一个很少感受到爱的少女，作者却赋予她无限的施爱的美德。她默默地帮助着遭受迫害的干部，为了让别人能当劳模，能获得爱情，她故意在自己纺的布匹上织出疵点，让出原应属于她的荣誉。她尽心竭力，一丝不苟地工作，她勇敢地参加悼念周总理的活动，却在"四人帮"打倒后从不炫耀。美丽善良，外表柔弱，内心刚强，克扣自己，奉献他人，所有这一些中国人欣赏的传统美德都集中到了这个形象的身上。作者在一笔一笔涂抹这爱的色彩的时候，却未能带观众一起走进白洁的内心，让人们一起去发现这无尽的爱来自何方。但是，这个备受欺凌，又清纯善良的少女令人无限怜爱，煽动了人们的情感，赢得了人们的眼泪。

但这样一个创作模式，毕竟也是一种进步，它使人们认识到。英雄不是完人，他们存在着缺点（尽管这些缺点十分微小），英雄不是神。于是，作者们领悟到，观众更关心的不是神和英雄的高贵，而是普通人的感情，人们欢迎的是人，不是神；于是，观众们知晓了，舞台并非只是神的奥林帕斯山，它也是普通人的家园。这样，带着羞答答的神情，英雄迈出了走下神坛的第一步。

（五）平民化倾向

一旦走入人的心灵世界，人们突然发现，在那里还有一个无限广大的空间，在普通人的世界里，有那么多的神秘和未知需要去探索，去发现。1985 年 10 月，王培公编剧的《WM（我们）》公演。这个戏告别了英雄，以一群当代现实生活中最普通、最平凡的年轻人为主角，写他们的生存状态，写他们的所哀所乐，说他们的所思所想。他们中没有《年轻的一代》中的英雄榜样和后进青年之分，他们都是由不同生存环境造成的不同的人生。剧中写了一个知青小组在"文革"中及"文革"后各自的遭遇。他们尚未成年，就承受了超负荷的高压。在童年的梦与严酷现实的碰撞中，他们的性格和心理被不同程度地扭曲了。他们曾在一个屋顶下睡觉，一个锅里碰勺，一起度过了插队的艰难日子。但是，"文革"过后，由于各自不同的家庭背景，他们各奔东西，进入了不同的社会阶层。虽然境遇不同，然而所有的人又都感到若有所失，心灵无所归依。在新的历史时期，又有新的茫然失落感抓住了这些永不宁静的灵魂。普通人性在不同的社会环境中发生了变异，出现了差异。这出戏已经没有了宣传、说教和唱颂的意义，它让一代青年和全体社会一起思索：他们是什么样的年轻人？他们怎么会形成今天的性格？他们是怎样感受世界的？他们将怎样生存？他们会不会幸福？这群普普通通的青年人的形象和命运，牢牢地抓住了人们的心。观众感受到艺术的力量，领悟了戏剧的启迪。这出戏帮助观众去理解生活，思索生活。由业余作者陶骏编剧，上海师大话剧队演出的《魔方》，也是一出反映当代青年人生存状态的作品。

普通人的形象在话剧创作中迅速扩散开去，进入各个阶层。魏敏、孟冰等编剧的《红白喜事》中的郑奶奶是一个独具特色的人物。她是一个老革命，有着光荣历史，她是一家之长，言出如山。作者并没有因为她是老革命，就顺手拿过一个光环来给她套上。相反，作者着意渲染了她性格中常人的一面，想通过这一形象说出这样一个道理：革命的经历并不能等同于消除了封建文化传统观念的影响，郑奶奶为革命曾经出生入死，但她毕竟是在观念落后的穷乡僻壤长大的，她的思想也没有得到自觉的改造。因此，在她身上存在着许多落后的封建观念，重男轻女，包办婚姻，相信占卜算卦，办事专断独行，阻止了年轻一代去追求幸福。在她身上进步与落后、善良与专横、聪慧与无知奇特地结合在一起，构成了一个富于悲剧的喜剧形象。无论在个性塑造上，还是在内涵的开掘上都很有新意，具有时代反思的高度。

军事题材的话剧创作由于担负着教育广大官兵的特殊使命，在人物形象的塑造上更注意英雄性。但是，写普通人，平凡化的创作潮流也悄悄涌入了这一领域。郑振环编剧的《天边有一簇盛火》中的边防哨所所长蓝禾儿是一个活生生的现代军人形象，他具有传统军人的优秀品质和素质，但由于难于适应时代前进迅猛的步伐，使他的心中充满了矛盾。他老实憨厚，忠于职守，勇于奉献，令人尊敬；但由于出身农村，缺少文化，具有较重的农民意识，思想较为狭隘，容易产生偏激情绪，工作作风也比较简单，与现代军事管理的差距日渐扩大。在选拔新的军队干部的工作中，最终落选。他复员离开了他深爱的部队，这是他为军队的现代化建设做出的又一次默默的奉献。这是一个真实的军人，正是这种巨大的真实性，感动了无数的战士和人民。

领袖人物的创作上也对"神化"倾向进行反拨，领袖的某些小缺点和特殊嗜好被当做塑造人物的素材加以利用。《毛泽东的故事》着意于刻画领袖的常人的一面。晚年毛泽东在游泳时表现出来的老年人的固执，泳后孩童般的欢乐，以及他吃茶叶、吃肥肉等的嗜好都得到刻意的强化和利用。总政的大型剧目《中国，1949》中，还写了毛泽东向任弼时道歉的特殊方式。毛泽东为给新中国起国名的事与任弼时意见不一，赌气离去。后来，他接受了朱德的批评，亲自登门向任弼时赔礼道歉。然而，"道歉"两个字他又决不出口，只让对方意会。这一细节处理，把毛泽东性格中的急躁、任性、好胜天真的特点都集中地表现出来了。同一出戏中，也以同样的思路去塑造蒋介石的形象。剧中没有把蒋介石当做一个流氓来写，相反，作者竭力去发掘他常人的感情。当江山即倾，他感到空虚、孤独、沮丧和恐惧，人去楼空时，蒋介石见到唯有儿子对他忠诚不变而感喟万千。这些描写都意在削弱人物身上的光环，表现一个真实复杂的人的感情世界。写完中国的领袖，写外国的；写罢毛泽东，就轮到马克思了。沙叶新的《马克思秘史》也是不写丰功伟绩，专找儿女情长的地方下笔。关于他的创作意图，他在戏的序幕部分直接告诉观众：

剧作家：那就请您谈谈您的秘史吧！

马克思：不过，所谓秘史，都是一个人生活、家庭琐事，或者是些重大斗争中的一些微不足道的插曲。

剧作家：我正想知道这些。因为在您的广阔的社会、经济和政治活动中，您是一个革命家的马克思；而作为人的马克思，往往在这些重大活动的背后消失了，至少是模糊不清了。也许，在您所要讲的秘史、琐事、插曲和私生活里，您的特有性格、内心世界、个人情感反而会更清晰，因而也更会使人感到亲近。

在革命导师身上发掘普通人的特性，造神运动已经走向了它的反面。

走向平凡的创作潮流，在《狗儿爷涅槃》和《桑树坪纪事》两出戏中达到了新时期话剧创作的新高度。这两部作品从文化视角出发，从中国最普通的农民形象中去发掘和认识民族文化之根，使这两部描写普通小人物的作品获得了极其深厚的人文内涵。没有闪光的英雄，照样可以有伟大的作品。

锦云的《狗儿爷涅槃》完全摒弃了"阶级论"的思维惯性，不像五六十年代的文艺作品中，以阶级划线，或以歌颂，或以斗争，而将一个最普通的农民当做三棱镜，通过他的折射，来分析中国文化的光谱。贫农狗儿爷是吮吸着中国农业文化奶水长大的，他的一举一动都和这种特殊文化的根紧密相关。作者有意将他和处于对立阶级的地主放在一起写，从他们阶级对立的表象下找寻他们同一的文化心理——对土地天然的挚爱，与对土地无尽的欲望；同一的道德伦理观念，崇尚辛勤劳作、节俭朴素的美德。狗儿爷庆幸自己因丢失土地而在解放后成为一个贫农，然而在他内心深处却渴望着自己能像地主那样拥有土地，拥有农家大院，能拥有自己的财富而在乡里面前光宗耀祖。从一个普通人身上展现了古老农业文化和封建文化在中国现代社会的积淀，主题之宏大，令人震惊。贫农陈贺祥的形象和以往话剧舞台上的英雄化的贫下中农形象有着质的不同。性格的复杂性得到十分完满的成熟的处理，代表着人物形象所达到的新的高度。

由同名小说改编的《桑树坪纪事》，则从一个农村群体身上，探讨了中国传统小农经济文化在当代中国社会中的一种生存形态、生命意识和文化心理。桑树坪是西北高原上一个小山村，它几乎与现代文明隔绝，成为一块封闭的土地。封建主义的蒙昧、极左思潮的毒害和贫困生活的摧残，使这里正常的人性发生了可怕的畸变，人性中的恶得到极度膨胀，人性中的善则被扼制，甚至集体进行围歼。从生产队长到会计、社员、麦客、孩子，每个人都具有鲜明的个性，是独特的"这一个"，是现实生活中的一员。这一类写中国农业文化的作品，相继面世有《榆树屯纪事》、《扎龙屯》、《田野又是青纱帐》、《古塔街》等等。这是一个普通农民的世界。在这里，没有神，没有奥林帕斯山。

上述剧目在时空处理上，大多运用了舞台假定性原则，穿插自由，调度灵活，借鉴吸收了许多外来戏剧的新的表演手法。但是在情节设置和细节的运用上都严格遵循了真实性原则。以人物和事件的真实性赢得观众认同，发生共鸣，产生启悟，获得情感和理性上的满足。正因为这样，像《狗儿爷涅槃》明显地借用了幻象再现等外来表现手法，人们仍然将它称做现实主义戏剧。显然，通过近十年对外来舞台形式的潜心探索，人们对现实主义有了更深层次的认识。那种"理想光环＋真实细节"的创作模式虽然在目前还具有生命力，还在不少创作中发挥着很实际的效应，但是对于上述这批剧目来说，它显然不那么适应了，被冷落了。一个新的创作模式产生了，那就是"普通凡人＋真实细节＋现代手法"。尽管，这种概括难逃机械之嫌，但它却简单明了，说明问题。

在此，我们还要简单追述一下共和国话剧发展的另一线索，那就是建国前的主要创作潮流——批判现实主义的线索。这条线索虽然时隐时现，但它还是不绝如缕，如果忘记这条线索，会使我们遗漏一些重要的作品。老舍的《茶馆》批判了旧中国，沙叶新的《假如我是真的》批判了现实生活的歪风邪气。这一类作品在人物塑造上天然地具有非神的倾向，不仅《茶馆》描写的是京城里一批芸芸众生，就是在《假如我是真的》里，作者竭力撕碎的就是蒙在特权身上的虚伪外套。批判现实主义传统还在一定程度上影响了《狗儿爷涅槃》、《桑树坪纪事》等剧目的创作，使它们具有文化反思和文化批判的性质。

话剧创作的平民化倾向，有时会导致一种平民化情绪，对任何神化倾向抱有逆反心理。首先，平民的形象需要有与之相适应的平民化空间，在这种相应的空间中，话剧可以发挥最佳的艺术效应，这在延安的秧歌剧运动中早已有过证实。而现在，平民话剧却是在宫殿式的剧场中演出的，狗儿爷蓬乱的须发和打满补丁的衣衫，和首都剧场华贵的天鹅绒大幕形成了巨大的反差。当平民成为舞台的主人之后，对这种贵族化的场所有一种天然的反感。过去，你们把神请进来，把平民赶出去，现在颠覆的时候到了。一些作家和导演带着极其强烈的情绪，公开调侃作践神圣的殿堂。杨利民在《黑色的石头》中，让石油工人在舞台上解开裤子，狠狠撒了一泡长尿；王贵在《WM（我们）》中唆使演员猛放几个大屁，在舞台上公开换下月经带，将它高高抛撒出去。这一通宣泄，够狠的了。

事已至此，平民与神公开决裂。于是就发生了本文开头所提及的第二件事：一批较为激进的艺术家，带着他们的"平民游击队"走下了圣坛，离开了宫殿。他们钻进了各式各样的"黑匣子"、"灰匣子"、仓库、课堂……以此作为他们的话剧天地。一天，年过八旬，搞了一辈子"三一律"话剧的曹禺也随年轻人钻进了这样一所匣子，他惶然四顾讷讷地说："今天来到这间黑咕溜秋的房子里，这也是个路子。"

这样，一部分话剧人开始营建话剧新的生存方式和环境。当然，这决不是说话剧走了那么多年的路，结果画了一个圈，一切又从头开始。这里没有这么一个完美的否定之否定的螺旋，现实远比哲学原理复杂得多。事实上，共和国的话剧已经形成传统，且有土有根，何言重生？只是，有一部分艺术家对话剧的历史作了思考，重新认识，希望今天的话剧与中国话剧更为久远的群众演剧的传统接轨，为了话剧之树今后的生存和发展探索一条新路。于是，在共和国的话剧之树上，又多了一条枝杈。

（六）忧虑与出路

自 1907 年"春柳社"在日本的演剧活动作为起点，行进了一百余年的中国话剧曾多次展示过自己的辉煌。不论是早期文明戏的"甲寅中兴"、40 年代重庆"雾际公演"和 70 年代末"反思话剧"，还是作为文学经典的《雷雨》、《茶馆》等文本存在，不可否认地证明了中国话剧都创造过一些好作品，然而，进入 21 世纪的中国话剧，从剧本创作到剧场演出，弥漫着一种"普遍的忧虑"。

2007 年，对于戏剧界来说，"话剧百年"是个特别重要的话题。适逢这样一个难得的盛事，由一系列的剧场演出与戏剧活动，为疲软的话剧场域增添了不少热点和不小声势。近年来与大众颇为疏离的话剧，再度成为中国文学艺术界无可争议的重要角色，围绕话剧引发的话题和事件一再触动着人们的神经。2007 年 1 月，率先上演的《和空姐同居的日子》给自己贴上了"纪念中国话剧诞辰百年"的标签——也不管自己和"话剧百年"之间有无对话关系。4 月，主流戏剧界纪念"话剧百年"的特别活动正式拉开了帷幕。4 月 6 日，一百多位中国戏剧界专家出席了文化部和中国文联主办的学术研讨会，总结中国话剧百年的理论问题。同时，自 4 月

6日开始，由中宣部、文化部、广电总局、中国文联、北京市人民政府几家单位联合主办的"纪念中国话剧诞辰100周年暨第五届全国话剧优秀剧目展演"正式拉开帷幕，来自全国23个省份、29个院团、31部新创剧目参加了此次展演，分别在北京11个剧场连续演出62场。这次活动以北京人民艺术剧院的话剧《全家福》拉开序幕。随后演出的话剧还有：上海话剧艺术中心的《红星照耀中国》、《秀才与刽子手》，国家话剧院的《荒原与人》、《红尘》，解放军总政治部话剧团的《黄土谣》，解放军艺术学院的《我在天堂等你》，南京军区前线话剧团的《马蹄声碎》，西安话剧院的《郭双印连他乡党》，天津人民艺术剧院的《望大吼》，承德话剧团的《棋盘岭传》，武汉人民艺术剧院的《张之洞》，等等。这是一次全国话剧力量的汇合凝聚，是近年来话剧艺术成就的总体展示，也是一次话剧队伍再出发、再奋进的豪迈誓师。

在"纪念中国话剧诞辰百年暨第五届全国优秀剧目展演"的31部剧作中，由黄维若编剧，上海话剧艺术中心——青话制作体排演的话剧《秀才与刽子手》，以其丰富深刻的思想内涵、新颖独特的表现形式、夸张怪诞的喜剧风格，赢得了专家和观众的一致赞誉，成为近几年来涌现的一部佳作。该剧虽然将视角触及晚清社会的世态人生，但却是一出充满当代气息的社会醒世寓言。它试图与转型期的社会文化语境进行深层次的对话，并将民间传统资源的利用与戏剧艺术前瞻性探索相结合，强化话剧演出的空间感与现场性。这些特色赋予了剧作较高的艺术审美品位，也充分反映出新世纪以来中国话剧发展的某些态势。《秀才与刽子手》体现了新世纪以来中国话剧参与现实、融入当下的一种新的趋向。创作不再像90年代那样盲目追求社会的热点，不再远离现实，以犬儒主义者的姿态，追求一种虚空的价值意义，而是通过与当下建构一种对话关系，实现与当代资源的共享。过士行新世纪以来的《厕所》和《活着还是死去》，直指文明社会的隐秘之处，反思文明进步背后的悖谬与代价，在日常性、破坏式的戏剧话语中，寻找重建当下精神心态的可能。而这一时期，主流话剧也在尝试着拓展自身的生存空间。《我在天堂等你》对当代人精神信仰的召唤，《郭双印连他乡党》对党员形象的人性化呈现和奉献精神的讴歌，等等，都反映出剧作者在价值观念、审美趋向上，与社会语境、欣赏者的接受过程实现对话的努力。

近十年来，虽然批评声依然不断，如戏剧评论家钟艺兵认为虽然表、导演有了很大进步，但剧本滞后，原因很多，一是薄积多发，缺乏对生活、生命的体验；二是不求创新；三是远离现实；四是以炒作代替批评。张先认为大部分的创作只注重讲故事，剧中人物往往只是故事的附庸。这种重故事不重人物、重道理不重感觉的创作，实际上就是从概念出发。在纪念"话剧百年"的过程中，人们在回忆中国话剧"战斗岁月"的光环之下，就眼下并不景气的演出现实，也有许多人表达了自己的焦虑。《瞭望》周刊在一篇题为《话剧百年的焦虑：今天谁在看话剧，未来出路何在》的报道中，其简略的新闻导语的确是道出了话剧的困境——"话剧艺术继续在艰难中徘徊：多年不见优秀原创剧本、表演人才大量流失、观众反映冷淡、话剧批评失语"。[①] 主流话剧创作，确实面临着巨大的难题。但是，从文学整体视野来看，应该说，话剧与其他文类一样正处在一个从低谷中走出的调整阶段。在整体状况持续下滑或者持续不景气的状态下，其实每年都会有几部话剧异军突起，为暗淡的话剧注入一丝灵光。

2004年上演的《立秋》创下了近年来中国话剧界演出的奇迹，被专家学者赞誉为"新世纪中国话剧的里程碑"，被列入2005—2006年度国家舞台艺术精品工程的十大精品剧目中。《立秋》取材于中国近代商业金融业的发源地山西平遥票号。山西票号曾经富甲辉煌、汇通天下几百年，而到民国初期由于时局动荡、国运衰微，传统的金融业"票号"遭遇到外国现代银行业的严重威胁，"票号派"和"银行派"展开了一场较量……其中传统与革新、理智与情感，相矛盾、相交织、相冲突，高潮迭起，动人心魄，意味深长。故事以两条线交叉并进展开，一条是发展事业与家族该如何应对时代的变革；另一条是几代人不同的生活与命运之间错综复杂

---

① 参见2007年4月17日《瞭望》周刊。

的感情。《立秋》揭示了中国最早的商业经营理念——"勤奋、敬业、谨慎、诚信"，而剧中丰德票号祖祖辈辈传承的祖训"天地生人，有一人应有一人之业；人生在世，生一日当尽一日之勤"，在当代的中国同样具有深刻的现实意义。

另外，北京人艺的《屠夫》（2005）、《骆驼祥子》（2007）和国家话剧院的《失明的城市》（2007）等，亦可谓优秀的话剧作品。《屠夫》表现了父与子对信仰选择的冲突、犹太人遭受的迫害，通过伯克勒一家的凡人琐事反映出战争带给全人类的灾难。《骆驼祥子》是北京人艺复排的作品，充分显示了现实主义戏剧的艺术魅力。《失明的城市》取材于1998年诺贝尔文学奖获得者、葡萄牙作家萨拉马戈的代表作《失明症漫记》，故事描述一位司机突然染上了失明症而无法动弹，一位好心人开车送他回家，却成了第二个牺牲品。眼科医生闻讯赶来，成了第三个……失明症蔓延开来，城市一片混乱。政府下令将所有的失明症患者赶进集中营，以控制病情。由于失明症的扩散，使失明集中营、甚至整座城市都陷入无政府的状态，所有人都被卷入失明的恐慌。唯一对失明症具免疫力的妇女，带领最早的一批失明症患者逃离集中营，躲回家中。最后，失明症突然消失，只留下一座破败、凌乱的城市。该剧以其深厚的思想内蕴取得了好评，当演员们被孤零零地抛弃在以铁为主要元素的空间内，当为了生存的挣扎在煎熬着每一个个体，当人的脆弱、无能、欺骗等丑恶的行径在极端的处境下暴露殆尽之时，人，或者说人们，终于在崩溃的边缘开始了极端残酷的自救——"我死了，可我们活了"。无疑，这是极富哲理性的戏剧表白。

由历史的选择看，中国话剧从诞生到成长一直是关注社会、关怀人生的艺术，它的身躯也从来是深入民众之中的，而未曾局限于小众的象牙之塔。综观各个历史时期的话剧代表作，表达民意、宣泄民情、哀民生之多艰、引领时代思潮的作品历来成为排头兵。新世纪话剧创作依然延续着这样的传统。《土地无边》是对农民进城悲剧命运的刻画，结尾时主人公胡生富被汽车撞死，但他的魂魄却对老爹说自己被撞死了很开心，因为10

万元赔偿可以给家里办很多事。《文明城市》、《北京的金山上》、《零号病区》、《平头百姓》等剧作，都为社会的弱势群体发出了他们在主流社会往往被淹没的声音，体现了作者的社会现实关怀。《洁白的花》讲述了退休医生到农村组织合作医疗的事，是对当前极度匮乏的农村医疗的一种启示。

近几年也涌现了不少具有思想内涵的新剧作，如《老屋》、《婚姻大事》、《红膏白草》、《帽子丢了》、《我爱抬杠》、《万历皇帝》、《霸王别姬》《红水衣》等，拥有多层次主题和思维空间，令人深省。也有不少剧作重视心理的开掘，挖掘戏剧美感与诗意的《谎言背后》、《镜子里的女大学生》、《非常麻将》、《可卡因》、《天籁》、《我在天堂等你》、《黄土谣》等剧作，给人的阅读感觉仿佛在心理历险，并让人们常常停下来省视自己的灵魂深处。还有一些剧目一改多年来话剧创作苍白、说教的积弊，表达出理性、深邃，强调还原生活的诉求，出现了不少可圈可点的作品。比如，选材大胆，用崭新视角诠释革命与人性的《马蹄声碎》；关注下层，直面现实困境的《矸子山上的男人女人》、《郭双印连他乡党》、《全家福》等。

作为继《厕所》之后尊严三部曲推出的第二部，过士行创作的《活着还是死去》更好看也更智慧，选取的创作视角与社会大众的日常生活联系紧密，因而也更容易产生共鸣。它的全部场景就是一家火葬场的遗体告别室，一个生活没着落的魔术师和一个有点儿神经病的侦探构成独特的戏剧对抗，于是所有现实生活中不可能发生的事，就在舞台上发生了。因输血而感染艾滋病的青年，因没有通过英语考试而评不上职称的教授，因误入自家球门而自杀的足球运动员，还有因生活所迫而出卖自己的小姐等，这些人虽然就生活在我们身边，却很少被关注。他们第一次成为舞台的主角，而通过他们的视角则反映出医疗、教育、体育等社会生活的方方面面。导演林兆华将该剧誉为"当代的《醒世恒言》"，因为剧中每一段悼词都让人在笑声中思索，甚至是含泪微笑，全剧充满了黑色幽默的味道。

自新世纪初始，中国话剧明显地分野成两条道路，一个是国家主流阵营，一个是民间戏剧阵营。虽然主流话剧一直显现出疲软的趋势，而在民间话剧的创作和演出方面却呈现出繁荣的景致。话剧的民间市场经过几年的培育初步走向收获，很多民间剧社已经不再赔钱赚吆喝，过上了自给自足的"小康生活"，其具有明确针对性的创作，得到了艺术和市场的双重认可。如陈佩斯主演的《托儿》、《亲戚朋友好算账》、《阳台》、《阿斗》等话剧在上演之后都取得了可喜的收获。另据统计，仅 2007 年在上海登台的民间话剧就超过 60 部，演出超过 2000 场，以上海话剧艺术中心为龙头的民间话剧，已形成民营剧团、小剧场创意园区、边缘话剧和校园话剧等多股力量共同发展的局面。

《思凡》、《琥珀》和《恋爱的犀牛》是近年来备受瞩目的戏剧作品，由先锋戏剧导演孟京辉执导搬上舞台。《思凡》是孟京辉先锋戏剧风格的开山之作，从 1992 年排演至今已经有三个版本。《琥珀》2005 年 3 月在香港艺术节首演，后在各地巡迴，被称为亚洲剧坛的旗帜性作品。《恋爱的犀牛》（廖一梅编剧，导演孟京辉）以嘲笑世俗观念、赞颂美之执著，以既前卫又现实的诗性激情，自 1999 年首演即长演不衰，被视为小剧场史上的奇迹。

自改革开放以来，社会急剧变革，人们的心灵不仅需要艺术的抚慰，更需要敲打和震撼。话剧暂时还没有出现与曹禺、老舍等比肩的新的话剧大师，然而，话剧在共和国文学中并没有缺席，话剧疲软现象也不会永远如此。话剧仍在"衰弱"中奋斗，读者与观众对于它，需要一些时间和容忍。

二、儿童文学：洒向人间的爱心

（一） 塑造民族灵魂的雕刻刀

中国儿童文学的历史不足百年。但是，共和国儿童文学的天空像闪耀群星一样闪耀着这样一些名字：叶圣陶、冰心、张天翼、陈伯吹、金近、严文井、包蕾、贺宜、苏苏、黄庆云、刘真、任大星、任大霖、呆向真、葛翠琳、洪汛涛、郭风、柯岩、金波、孙幼军、鲁兵、圣野、秦文君、陈丹燕、郑渊洁、曹文轩、杨红缨……儿童文学也在不断的论争与磨合中跌跌撞撞地走向前进。

建国以来少儿小说创作的思潮可以说非常典型地反映出了儿童文学观念的历史演变、发展和更替。大凡观念的东西总是要受到特定时代社会生活、文化氛围等诸多因素影响和制约，中国的少儿小说在半个多世纪的风风雨雨里也经历了"儿童本位"、"阶段本位"、"教育本位"、"审美本位"……等若干个发展阶段。每一个阶段，都呈现出不同特色的美学形态。从年代上看，60 年中国少儿小说的发展经历了三个阶段：十七年时期，"文革"十年，新时期。

十七年的儿童小说强调的是儿童文学对儿童的教育功能，许多成就在很大程度上是依靠政治这一杠杆来得以实现的，因此，作家们的创作或多或少地带有图解概念和说教气息。但是，一些有着健全的童年意识和游戏精神的作家凭借他们的才气，凭借他们对儿童熟悉和理解的深刻程度，凭借他们天然永存的童心，仍然创作出了一些政治演绎和伦理图解所无法束缚和掩饰的优秀作品。中国的儿童小说也进入了"第一个黄金时代"。

张天翼，一位有着无法规范的艺术才华的儿童文学家，在新中国成立以后，把主要精力放了儿童文学事业上，并在儿童小说和童话领域同时取得了出色的成就。《罗文应的故事》是他最具有代表性的儿童小说。这篇小说采用书信体的形式，模拟少年先锋队队员给解放军叔叔写信的口吻，叙述了贪玩的儿童罗文应进步、入队的过程。小说的主人公罗文应是一个六年级的小学生，他有理想，有自尊心，要求上进，但天性好奇、爱动，常常被生活中各种有趣的事情所吸引，诸如参观市场、看乌龟、看别人打克郎球、看画报、踢足球，甚至看到地上一颗脆枣，也要研究一下究竟是买枣人掉下的，还是吃枣人掉下的。他的好动、好奇的天性也造成了他与既定的做一个好孩子规范的冲突，这便使他处于一种极为矛盾的状态之中。最后，他终于克制了自己，实现了"转变和进步"。诚然，后来有不少人批评该作品在肯定集体规范对儿童成长的意义侧面的同时，有意无意地忽视甚至否定了另一个侧面：如何肯定儿童的个性，如何看到儿童天性中积极的东西。如罗文应在看康乐棋、研究小乌龟会不会感冒等幼稚行为中表现出来的游戏天性、向往自由的天性和创造精神的萌芽等等，对其不加选择地进行轻易的忽视甚至否定。但是，如果我们把这篇小说放在十七年儿童文学的整体中进行观照就会发现其与众不同之处：这篇作品不同于一般图解式的、简单化的小说，它以较多的篇幅描写了罗文应转变、进步的过程。对于罗文应过分贪玩而又缺乏意志的弱点，作家循循善诱，在引导小读者注意自己缺点的同时。唤醒潜藏在儿童内心的同自己的缺点作斗争的勇气，启发和鼓励儿童培养坚强的意志力。经过多次反复，罗文应终于在解放军叔叔的期待和同学们的集体帮助下，逐渐学会了管束自己，学习成绩提高了，也加入了中国少年先锋队。作品是自圆其说的，具有较强的说服力。小说的细节描写也很传神和到位，体现出作者对儿童心理、儿童口语的惊人准确的把握和灼灼迸射的才气。

五六十年代的儿童小说，最震撼人心的作品当属任大霖、任大星、萧平等创作的乡土味十足的乡土题材儿童小说。这些作品与鲁迅的《故乡》一脉相承，作家们被乡愁冲动和童年记忆所困扰，不约而同地用尊敬和平等的态度回忆着童年时代留下深刻印象的山野村夫。他们把目光投注到熟悉的故乡的农村和小市镇，真切地表现这一地区的特殊生活风貌。它们有的反映农村小市镇生活的衰败；有的点缀冷酷的野蛮风俗；有的在悲壮的背景下加上美丽，有的时时在故乡风中隐现着乡愁，与自中国现代文学以来一直自发地、默默地生长着的乡土写实派文学遥相呼应。其中，任大霖是这一流派的佼佼者。他的小说散文集《童年时代的朋友》在新时期以后仍被不断地重印，受到不同时代少年儿童读者的喜爱。该书大致可以分两类：一类是动物的"寓言体"小说，一类是写人生的乡情小说。任大霖天真而纯情。《芦鸡》、《阿蓝的喜悦和烦恼》、《多难的小鸭》、《水胡鹭在叫》描写对象是水乡农村最常见的小动物：芦鸡、山狗、小鸭、水胡鹭，而每一篇都是"童心"与动物的真情"对话"。作者借用动物而寓哲理，如《芦鸡》，通过野生芦鸡对人工饲养的抗拒，说明动物的天性是自由的。"多难的"小鸭虽经种种磨难仍顽强地活下来，赞美生命力之伟大。《阿蓝的喜悦和烦恼》把孩子与狗的感情写得真挚动人。《水胡鹭在叫》借水胡鹭的凄凉叫声与阿芦姑娘的悲惨命运相映衬，获得了一种如梦如怨、如诉如泣的美学效果。任大霖在天性上极富童心；在气质上，他是一个抒情诗人型作家。他把童年与故乡的记忆与苦难连在一起，在心灵深处就震颤着抹不去的悲哀与愁苦，伤感的情调混合着故乡的泥土气息汩汩地流于笔端，于是主观的抒情与客观的写实就融合一体了。他的另一类写人生的乡情小说努力学习鲁迅《故乡》、《社戏》的风格与意境。《风雨草舍》、《风筝》、《戏迷四太婆》等作品中塑造的虎根、小哥哥、长水、杏枝等人物充满了刚健清新的泥土气息，他们是《故乡》、《社戏》中家族的精灵，而贵松哥哥的变化又可看出闰土式的悲哀。这些小说的主题是明显的：歌颂儿童的开朗、活泼、纯真和勇敢，反对压抑和损害儿童游戏本能的教育。在这个集子中《两个小渔夫》、《虾作》两篇反映水乡儿童特色的小说给人留下深刻印象：前者写小哥俩钓鱼和捕鱼的场景富有乡土特色，后者少年大力士金耿"点肉灯"的场面惊心动魄。金耿从力与美的化身变为骨瘦如柴的废人，在点缀冷酷的野蛮习俗中，流露出作者心灵深处的哀愁与忧愤。在乡土写实类的作品中，任大星的《小小男子汉》、《双筒猎枪》、《鱼》、《三个铜板豆腐》，萧平的《海滨的孩子》、《三月雪》等，都是当代儿童文学史上的名篇。

徐光耀的《小兵张嘎》是"文革"前影响较大的儿童小说。作者13岁参加八路军，没有受过多少文化教育（这或许也是他的创作没有太多的条条框框的原因），但却有丰富的生活体验，其小说模式属于中国传统说书艺术一路，"土味"十足。从整体上看，这是一部教育意义非常突出的作品。作品描写了一位名叫嘎子的少年如何在共产党和游击队的帮助教育下一步步走向成熟，最后出色完成了游击队交给的任务，成为一名抗日小英雄。但是这部作品在主人公嘎子性格塑造过程中所显露出来的游戏性却不容忽视。嘎子可以说是个"嘎"气十足、顽皮透顶的孩子。在他身上绝少当时儿童文学作品中常见的那种"温文尔雅"、"老气横秋"、"循规蹈矩"的品性。嘎子的言行举止充分显示了孩子们身上潜在的那种强烈的游戏心理。他顽皮，很野，但是，他身上的"皮"和"野"是人们很乐意接受的，是一个男孩子特有的精神写照。从某种意义上说，《小兵张嘎》的成功，得益于主人公嘎子的形象塑造的成功。在当时的"革命战争题材"的作品中，在一位作者着意歌颂的主人公身上，显示出某种游戏性，是一件难能可贵的事情。或许正因为如此，其作品没有被强大的教育性所制约和涵盖，成为那个时代的优秀之作。反映革命战争的作品中较好的还有：刘真的《我和小荣》、《好大娘》、《英雄的乐章》、《长长的流水》，胡奇的《小马枪》、《琴声响叮咚》、《神火》、《五彩路》等。

袁静于50年代创作的中篇儿童小说《小黑马的故事》是中国较早的"流浪儿文学"作品。该作品涉及的是当时的作家较少触及的题材：少年流浪儿生活。小说叙写了一群无家可归的流浪儿，在冷酷生活之鞭的抽打下，天真无邪的心灵被肮脏的社会污垢所沾染，在踏上人生征程之初便养成好逸恶劳、无赖滑头性格。这些流浪儿通常被社会所坑害，反过来又危害社会。小说多用地方性的俗语、口语，充满了生活气息和地方风味，并塑造了一位聪明、机灵、穷困潦倒、油嘴滑舌的流浪儿"小黑马"的形象。该作与诞生于16世纪中期的西班牙流浪汉小说《小癞子》、詹姆斯·格林伍德的《流浪儿》、艾克托尔·马洛的《苦儿流浪记》等作品在主题与精神气质上一脉相承。作品充满了一种"摄人心魄"的力量，体现了作家的良知和爱心。

儿童文学是文学创作中的特殊领域，而反映低幼儿童生活的文学又是儿童文学中的特殊园地。正因为它的特点，一般作家对此都望而却步，但一些有着这方面才能的作家却迎难而上，创作了一些质量较好的低幼儿童小说。代表作家作品有呆向真的《小胖和小松》、《节日的礼物》、《向日葵是怎样变成大蘑菇的》、《在灰色的日子里》，张有德的《小刚的红领巾》、《土坯》、《五分》、《月光下》、《愿望》等等。《小胖和小松》叙写了一件平凡的生活小事：七岁的姐姐小胖领着四岁的小松，假日里逛公园，弟弟走丢了，人民警察帮助姐姐找到了弟弟，将他们一起送回家。这个普通的事件在呆向真笔下却显得气韵生动、美妙感人。这篇小说不仅从50 年代创作水平看是优秀作品，即使现在读来都洋溢着清新、淡朴的生活气息，是幼童题材中难得的佳作。

五六十年代一直被儿童文学界认为是中国当代儿童文学发展史上一个取得了特殊成就的时代。在相当长的一个时期里，人们都把那个年代看成是中国儿童文学发展的"黄金时代"。这样的艺术认定有一定的偏颇，但显然有它的道理。不管今后的儿童文学史家们会怎样论述和评说那一段历史，我们从文学发展的本身来看，尤其是当我们联系当时读者的热情接受和反应情况来看时，应该承认，那个时期的儿童文学的确取得了可以令今天的人们羡慕的成功。历史地看，这些作品的确以一种真诚、朴素的艺术态度，展现了五六十年代的社会生活和精神风貌，表达了那个时代的审美理想和艺术趣味。尤其是它们所塑造和提供的文学形象，更是蕴含、浓缩了整整一个时代的精神核心和生活理想。这些形象以其充实的历史内涵和饱满的时代情绪，教育、感动了可能不止一代的少年儿童读者。当然，用今天变化了的社会生活、审美趣味及某些价值观念去看当时的小说，在价值判断和审美评价上必然会发生或多或少的变化和调整，但它至少对于新时期的儿童小说和少年小说起到了必要的铺垫作用。

"文革"十年中，儿童小说创作的发展处于一个停滞时期。如果说有什么作品值得一提的话，那就是出版于 70 年代的《闪闪的红星》。从总体上讲，整个中国儿童小说的创作乃至整个中国儿童文学的创作都呈现一片荒芜的状态。

长期以来，在儿童文学界，少年小说与儿童小说是混为一谈的，人们将少年小说与儿童小说统称为"儿童小说"。其中的原因，一方面与理论界对少年小说与儿童小说的界限划分模糊有关；另一方面，也是因为从严格意义上讲，五六十年代的儿童文学只有儿童小说没有少年小说，取得儿童文学界认可的"成功"的小说基本都是儿童小说。进入新时期以后，儿童文学领域里小说方面取得成功的更多地属于少年小说。新时期的少年小说写作呈现出多元化的特征。

刘心武的《班主任》既是最早的伤痕文学作品，也是新时期少年小说的发轫之作。这是一篇写十年动乱中的青少年生活，写那场浩劫在一代青少年身上造成巨大创伤的作品。作品以一位中学教师、班主任张俊石的视角，展现十年动乱那一特定历史条件下三个不同学生的精神世界，表现作家对那场浩劫对人的心灵造成的严重创伤的独特发现和富有理性的思考。该作塑造了谢惠敏这样一个受到极左思潮毒害的"好学生"的艺术形象，深刻揭示了一代青少年在表面上积极、进步、觉悟下所受的内伤。《班主任》有一种振聋发聩的警示力量。

在刘心武的《班主任》之后，儿童文学界出现了一批少儿伤痕文学作品，其中较有代表性的有任大霖的《喀戎在挣扎》、柯岩的《寻找回来的世界》及刘厚明的《黑箭》、《绿色钱包》等等。这些作品都以人道、爱为中心旨归，以呼唤爱、奉献爱作为主要方式去疗治亿万儿童心灵上的伤痕，充满着人性的和人道主义的力量。

一个社会的文学主潮不可能长时间地沉浸在对历史的回忆和控诉里，它迟早要面对现实。随着成人文学中伤痕文学思潮的减退和现实生活、文学自身发展的一系列变化，儿童文学界的作家们的创作也开始转向，批判现实主义少儿文学便作为一个有巨大影响力的文学思潮，逐渐地形成并表现出来了。

伤痕文学之后，少儿小说领域提出了另一个受到人们关注的口号，即所谓的"塑造 80 年代新型的少儿形象"。这一口号是周晓、陈子君等人在评论庄之明的《新星女队一号》和刘健屏的《我要我的雕刻刀》等作品时提出来的。这一口号受到成人文学《乔厂长上任记》的影响。评论家们所以认定《新星女队一号》中敢想敢冲敢为的少儿形象汪盈和《我要我的雕刻刀》中不随流俗，有自己个性的追求的章杰是"80 年代新型的少儿形象"，很大程度也反映了人们对当时社会发展趋向的一种认识：即通过拨乱反正以后，思想、路线上的问题已经解决，剩下的就是需要像乔光朴、汪盈那样敢做敢为的"干才"，一种能够快刀斩乱麻，使积重难返的社会迅速腾飞的英雄。这一思潮从创作思维模式上讲与五六十年代那种塑造力挽狂澜的小英雄的创作思维模式是一样的。所以，这一口号很快成为一个有名无实的空壳，虽然在这个口号的旗帜下也出现了像《蓝军越过防线》等艺术倾向相近的作品，但总体上，却没有得到预想的回应。随着文学多元化的到来，这一口号也被众多的喧闹声淹没了。

但是，人们在"塑造 80 年代新型少儿形象"的讨论中，也从汪盈、章杰们身上发现了 80 年代少儿形象的一些基本特征：敢于独立思考的品格，某种对现成秩序提出疑问的怀疑精神和对个性的崇尚。这在以前的少儿小说中几乎是没有的。如《我要我的雕刻刀》中的章杰，他是一个认准了自己觉得正确的东西就会大胆地坚持，即使受到打击也不动摇的孩子。因此，当老师毫无道理没收了他的雕刻刀并要他放弃自己的爱好去融入所谓的集体时，他不仅不检讨、不认错，而且坚韧不拔地追着老师要回他的雕刻刀。这个形象与五六十年代摒弃自己的个性，融入集体当中的罗文应的形象形成了巨大的反差。他的敢于和普遍认同的秩序抗争的精神，体现了新一代作家在创作上的高度的个人主体性与文学自觉性。可以说，随着《我要我的雕刻刀》等张扬个性的少儿小说的出现，一个崭新的儿童文学时代到来了。这些作品在当时虽然不是成批出现，不能像前一时期的伤痕文学一样，一下子形成一个显性的文学思潮，但却代表了一种有发展潜力的创作倾向。至 80 年代中期，罗辰生的《没有歌声的春天》，夏有志的《彩霞》，曹文轩的《暮色笼罩的祠堂》，陈丹燕的《上锁的抽屉》、《黑发》、《女中学生之死》，丁阿虎的《祭蛇》，顾乡的《远古》、《往事》，程玮的《贝壳，那白色的贝壳》，常新港的《独船》等一大批作品的相继出现，一个来势虽不猛烈但却极具持久力的批判现实主义文学思潮，终于在中国少儿文学中出现了。

80 年代批判现实主义少儿小说最早出现的一种类型，可以说是政治批判。如王安忆的《谁是未来的中队长》，以一个少先队中队的孩子选中队长时出现的分歧，表现"文革"后儿童最初显现的价值观的差异。作家显然不赞成那种以"听话"为主要尺度的价值取向，但为什么这种价值取向会在孩子中形成影响并在选他们的中队长时产生作用呢？也就是说为什么这样一个值得怀疑的价值标准会成为社会普遍意义的取向呢？作者提出了一个令人深思的问题。这一问题也是对儿童文学界历来以教育性为第一，游戏性为第二的传统创作观念的发难。程玮的《来自异国的孩子》，以一个外国专家的孩子在中国的一所小学插班就读为中心，写这件事在天真的孩子和世故的学校领导那儿激起的不同反应，对学校领导在一个孩子面前如临大敌、层层设防的可笑表现，作了幽默的漫画般刻画和嘲弄。这篇小说表面上批判某种社会现象，但深层指向却是政治性的，作者试图要刨根问底地挖出这一现象的社会根源：这种闭关锁国，视外国人为仇敌的不正常心态究竟是如何形成的？丁阿虎的《祭蛇》写的是一群孩子通过"祭蛇"这一闹剧形式，宣泄他们对干部以权谋私这一社会现象的不满。该文的发表在当时引起了极火的反响与争论。罗辰生的《吃拖拉机的故事》，汪黔初的《在县委食堂打饭的孩子》，刘滢的《被扭曲的树秧》等等，都是一些揭露社会生活中的不平的作品。这类作品虽然在艺术上没有特别创新的突破，在当时整个儿童文学中也不占主要位置，但它们从一个侧面反映了儿童生活与社会政治的联系，其意义不容忽视。

随着社会的发展，政治意识形态逐渐淡化，一些传统意义上的社会批判性便凸显出来。儿童文学界也出现了一些深沉浑厚的作品。这类作品的主要作家有常新港、程玮、曹文轩、丁阿虎、刘健屏、陈丹燕、范锡林等等。常新港的《独船》写的是渔夫张木头因妻子落水而死，村里人见死不救，而变得异常孤僻、冷漠和自私，他远离人群，死守着"三独"（独船、独屋、独生子）。他仇视村人的变态心理和行为反过来又造成村人的反感，并迁怒于其子张石牙。石牙在同学的冷眼与侮辱中倍感理解与爱的珍贵。一次他的同学不慎落水，他以德报怨，救了同学却献出了自己年轻的生命。他用死展示了心灵深处对友谊和爱的渴望，他的死也使张木头顽固、冷漠的心灵得以解冻，回到了人群中。这是一部对现代道德问题进行探索的作品，深刻触及现代人心灵最常见的孤独感，在人生的大悲大恸中表现作家的趋善和求同的价值取向，使读者在心灵震撼中得到道德和情操的升华。

有着自觉的文体意识和良好理论素养的学者型作家曹文轩，在1984年提出了"重塑未来民族性格"的口号，对整个儿童文学界产生了极大的震动。他的一系列作品也体现了他极富民族责任感和道义感的追求。曹文轩的儿童文学创作贯穿了整个新时期，并且不断地引起反响。其较早的小说《弓》接近社会问题小说，而《古堡》则透露出他对哲理探索的兴趣。后来的《第十一根红布条》讲述的是孤独丑陋的麻子爷爷和他的那头独角老牛拯救溺水孩子的可歌可泣的故事。《再见了，我的星星》写的是文雅圣洁的女知青雅姐发现乡村顽童星星的美术天赋，并使他从野性的孩子变为文明少年的历程。这些小说在感情上于轻灵之中渗进了凝重，但大都哀而不伤，忧怨动人，在古老苍凉的背景中传达令人陶醉的意境。进入90年代以后，他的长篇小说《山羊不吃天堂草》、《草房子》再次引起了读者和理论界的关注，引起读书界的兴趣。其作品体现了作者真诚而执著的艺术追求："是千古不变的道义的力量、情感的力量、智慧的力量和美的力量。这些力量会冲决时代的、阶层的、集团的、城市与乡村的樊篱。我们的文字只有交给这些力量，才有存在的理由，也才能熠熠生辉，光彩照人。"

探索青少年内心情感世界的作品是新时期少年小说的一大主流。丁阿虎的《今夜月儿明》和龙新华的《柳眉儿落了》涉及一个现实存在但历来被视为"禁区"的少男少女"朦胧爱"问题。在艺术上，它们可能不是上乘之作，但它们打破了传统的框框，为后来的写作者开拓了一片迟迟没有开垦的处女地，其在儿童文学史上的意义不亚于刘心武的《班主任》。随后陈丹燕发表了《上锁的抽屉》，展示了一个少女的私生活，使这一领域得到大的拓宽并使之在艺术上更加完美与成熟。"禁区"被突破之后，一大批优秀作品涌现出来：韦玲的《出门》、秦文君的《少女罗微》、刘健屏的《孤独的时候》、程玮的《倾斜的星座》、范锡林的《这一双眼睛》、朱效文的《傍晚的天池山》、李建树的《走向审判庭》、程玮的《今年流行黄裙子》等，在反映当代少年内心世界方面显得更加复杂、深刻和多样。进入90年代以后，秦文君的《男生贾里》、《女生贾梅》，郁秀的《花季，雨季》等在新一代的中学生中引起了极大反响，为这一类题材的少年小说新添了一道风景。

当代少儿小说审美心理的变化，必然会引起少儿小说审美形态的变化和发展。当成人小说界在掀起先锋小说写作热潮的时候，儿童文学界的作家们也开始尝试创作少儿小说中的"现代派"作品。曹文轩的《古堡》、程玮的《白色的塔》、刘霆燕的《老人的黑帽子》等以抒情、象征的手法，表达了当代少年儿童的意绪和思索；梅子涵的《走在路上》尝试用蒙太奇的闪回方式，把往事的追忆与现实生活的描绘交织在一起；鱼在洋的《迷人的声音》借用电影剧本写法，以"声音"和"少年"在九个场景中的对话织成篇章。在这方面走得最远的是班马。他的《鱼幻》、《野蛮的风》、《大船》、《迷失在深夏古镇中》等作品，操练着各种现代主义小说的写法：感觉的、印象的、变形的、荒诞的、魔幻的、象征的……等等，令形成了封闭式思维定势的整个儿童文学界耳目一新。在儿童文学领域进行着现代主义小说探索的作品，还有金逸铭的《月光下的荒野》、陈丽的《飞》、董宏猷的《渴望》、张之路的《橡皮膏大王》等。

或许因为人与动物有着天然的亲和力，所以动物便成了儿童文学这个百花园里不可缺少的角色。在新时期的少儿小说创作中，动物小说的创作可谓引人注目，其数目之多，涉及的主题之广，简直可以单独被划分出来成为一个儿童文学类别。一批主要从事动物题材小说创作的作家也开始出现，如沈石溪、李子玉、乌热尔图、乔传藻、蔺瑾、姜利图、张征、梁泊、刘厚明、任大霖等等。这些动物小说如果按角色分配划分，可分为纯动物小说和有人参与的动物小说；从主题上分可分为传统主题、社会道德主题、自然保护主题等；从接受意义上分，有知识性、寓言性、讽喻性、教育性、惊险性、探索性等。

纯动物小说一般是对动物世界作直接的、外在的观察和描绘，或者使动物"人性化"，着意刻画动物的内心世界。这类作品一般不涉及人，即使涉及人，人也是处于较次要的地位。纯动物小说一般有两种类型：趣味型和寓言型。趣味型的纯动物小说，如李子玉的《狐狸"渔夫"》叙述的是聪明的狐狸如何叼着树枝横在小瀑布下面捉鱼的故事，小说没有什么特定的内涵，以表现动物生活的情趣为主，通篇弥漫着母爱的温情和觅食的紧张感，读来妙趣横生。这类作品较好的还有：乌热尔图的《兔褐马》、《银鬃马》，乔传藻的《哨猴》，马天宝的《山乌龟的遭遇》，梁泊的《聪明的狐狸》等等。寓言型的纯动物小说则是通过动物的生活折射人类生活、人类观念的影子。作家们将自己从喧嚣的人世间离析出来，走向动物世界，却在动物世界里重演人类社会的永恒冲突：善与恶、美与丑、生与死、个体与群体的矛盾冲突，是表现人间主题，是人间生活的延伸。如蔺瑾的《冰河上的激战》，小说描写高原盆地的一块亘古荒漠上发生的一场惊心动魄的动物之战。小说歌颂了世世代代在这块土地上生活和栖息的野驴群为了自身的生存，与饥饿的狼群展开浴血奋战时表现出来的舍身抗敌、顽强拼搏的精神。全篇洋溢着荒漠的苍凉、悲壮的气氛。其寓意是一目了然的。这类作品较出色的还有：沈石溪的《双角犀鸟复仇记》、《蠢熊吉帕》，梁泊的《小鹤黑羽》，李子玉的《小仓鼠花斑豹》等等。

动物小说另一个类型是人与动物相互依存、相互斗争的主题。这类小说按主题倾向可归纳为如下几种：童心主题，社会道德主题，人与动物的相互对立或依存主题，自然保护主题等等。童心主题类的动物小说往往用儿童天真无邪的眼睛来表现诗意盎然、童趣横生的动物生活。如邱勋的

《雀儿妈妈和它的孩子》，杨植材的《我和花猫》，任大霖的《猫的悲喜剧》，范锡林的《养小老鼠的孩子》，龚泽华的《狱鼠》，张凤岭的《黄鼬趣事》等等。社会道德主题类的作品往往通过人和动物的遭遇反映社会问题，或透过动物的眼睛来描绘或评价社会生活，以表达作者的政治或社会道德倾向。通过动物与人的遭遇来反映政治运动和社会问题的，如刘厚明的《小熊杜杜和它的主人》，以动物的不幸来揭露动乱给人们带来的灾难，动物对人的真挚感情。还有一些道德寓意小说，如李建树的《黄牯、黑拖和老豹》，姜利国的《奸猫的下场》，王红舒的《失去尾巴的猫》，张征的《草滩奇事》等，都是带有讽刺意味的道德寓意的小说。人与动物相互对立或依存主题类的作品，或者写人与野兽的搏斗，显示人的智慧或动物的灵气，或者写动物对人的善意，人与动物的友好相处。前者如杨骥昌的《我和"草原霸王"》，蔡振兴的《独眼鳄》，宿聚生的《鄂伦春小猎手》等；后者如乔传藻的《扎山和他的猎狗》，曾宪晃的《耍把戏的老猴》，孙中旦的《雪狼》，张征的《哈利》，沈石溪的《第七条猎狗》等。这类作品约占动物小说的一半。自然保护主题类的动物小说以乌热尔图的动物小说为代表，他的《老人和孩子》、《猎犬》、《七叉犄角的公鹿》等作品是名篇。其他作家的作品还有很多，如龚泽华的《少年和鹰》，蔡振兴的《北极熊王》，刘厚明的《阿诚的龟》等。

在诸多的动物题材小说作者中，沈石溪是有代表性的作家。他的作品以西双版纳为背景，写的是丛林中形形色色的动物的故事。他的作品大部分写的是人和动物关系的故事，较有代表性的有：《第七条猎狗》、《白雪公主》、《野牛传奇》、《双角犀鸟复仇记》、《戴银铃的长臂猿》、《象冢》、《在捕象的陷阱里》、《蠢熊吉帕》、《猎狐》、《牝狼》、《退役军犬黄狐》等。沈石溪前期的作品多是单纯的传奇故事，如《第七条猎狗》中的忠心耿耿的猎狗赤利，因与毒蛇搏斗而遭到主人的误解并被主人放逐，它在变成野狗的首领之后，仍然念念不忘主人的旧日之恩，在老主人遇到危险时不惜以血肉之躯挺身而出救主人的生命。近年来，他的作品有了新的开拓，开始向自然主题靠近，体现出多方位的人道主义的哲理性探索，如

《在捕象的陷阱里》和《猎狐》等作品。沈石溪的作品不仅受到了少年读者的欢迎，也受到了成人读者的青睐，他的动物小说是新时期文学创作一道引人注目的风景。

（二） 诗性之光与游戏精神

在儿童文学中，童话是长着金色翅膀的天使，是顽皮不拘的精灵。它自童年时代起就栖息在我们心灵深处，它的诗性之光时时在我们心中闪烁，它的游戏精神使我们的人格得以健全，它在生命中播种着真善美的永恒力量，每每让我们激动不已，浮想联翩。童话是最接近于诗的一种文体，正如赵景深所说："小说是由个人创造的，童话是由民族创造的。"一个国家童话创作发展的水平，代表了一个国家儿童文学发展的水平。那么，在过去的岁月里，共和国的童话，到底具有什么样的品格，取得了哪些成就，达到了多高的水准呢？

诗性之光与游戏精神是中国童话创作的两种迥异的美学风格。它们分别是当代"抒情派"童话和"热闹派"童话的美学特征。现代儿童文学史上的两位童话大家——叶圣陶与张天翼分别开创了两种童话的先河：叶圣陶的童话继承了安徒生、格林、王尔德诗性童话的衣钵，创作了《稻草人》、《古代英雄的石像》、《小白船》等足以传世的童话名篇。这些童话多用散文的句法，诗意的语言，通过作者自我感情的投入，表达人与自然的统一和谐，颂扬人性美好的一面，控诉社会的不公，行文中弥漫着淡淡的感伤，质朴美丽，温文尔雅，从心灵深处给予读者震撼；张天翼的童话师承科洛狄、罗大里等现代童话大师的创作手法，创作了《大林和小林》、《秃秃大王》、《金鸭帝国》等充满现代意识和游戏精神的童话。这些童话迎合孩子喜欢热闹、游戏的天性，用孩子的视角及儿童式的思维进行天马行空、无拘无束的想像，打破通常的逻辑，进行随心所欲的游戏，他的童话在语言上充分体现出了对传统汉语语言的叛逆和极致的游戏精神。叶圣陶在开创中国自己的童话方面起到了开拓、先驱的作用，张天翼的童话则使中国自己的童话更加的成熟和完善。他们的童话创作代表了中国现代童话创作的两座高峰。可以说，建国后中国童话创作从一开始，就站在了一个非常高的起跑线上。

作为杰出的儿童文学家，在建国以后，张天翼不仅在儿童小说领域取得了较大成就，在童话领域，同样起到了先锋作用。他于1956年创作的长篇童话《宝葫芦的秘密》是60年共和国童话创作的又一丰碑。童话写的是一位平凡、爱幻想、挺想学好却又不能自勉的小学生王葆和一件神通广大，想要什么就能变出什么来的宝贝——宝葫芦之间的故事。王葆的形象具有虚幻与现实的两面。虚幻的王葆即是他的内心思想——不劳而获的化身——宝葫芦；现实的王葆是位小学生，他周围的世界，一切的人和事都是真实的，王葆与宝葫芦的纠葛，其实是他心灵中两个"自我"的矛盾冲突。作者将主人公王葆置于真实世界和虚幻世界的交叉点上，通过王葆的活动将现实的具体时空和抽象的超现实时空联系在一起，使作品的艺术空间有较强的主体性，既有写实艺术的亲切感，又有抽象艺术的较大容量。虽然由于时代的限制，张天翼的作品出发点还是重在教育，但是，张天翼把作品的游戏直接转化为作品的内容。加上他艺术的天分和娴熟的写作技巧，游戏性与教育性非常完美地结合在一起，这部作品仍然是一部摆脱了强大的教育性制约的成功之作，其游戏精神在教育性的框框里也达到了某种极限。遗憾的是当时的人们并不强调其童话的游戏功能，其作品的游戏性在那个时代只是一种空谷足音。直到80年代，张天翼作品中的游戏精神才被重新发现并被当做旗帜一样得以倡导。

新中国成立以后成长起来的童话作家严文井的童话，在以教育压倒一切的观念为权威的时代具有别具一格的特色。他创作的童话《"下次开船"港》是五十年儿童文学创作的硕果。童话写的是贪玩而不爱学习的唐小西由于不珍惜时间，气跑了时间老人，导致整个世界时间停止，他误入虚幻世界"下次开船"港，通过游历知道了时间的可贵的故事。童话虽然强调的仍然是教育目的——"教育孩子要珍惜时间"，但是，严文井在创作童话时，有很强的文体自觉性，严格地按照童话创作的自身规律进行写作，使游戏精神充分得以张扬，也体现了严文井童话的独特风格：深刻的哲理意味，浓郁的抒情风格和儿童式的幻想情境。

在诗性童话方面，葛翠玲的作品可谓一枝独秀。她的代表作《野葡萄》是在民间传说基础上改写和创作的童话。这篇童话讲的是盲姑娘白鹅女通过野葡萄治好了自己的瞎眼又为别人造福的动人故事。童话歌颂了追求光明的美好理想以及善良、勇敢、乐于助人的优秀品质。作品体现了儿童文学作品三大母题中爱的母题（另两大母题是顽童的母题、自然的母题）。

五六十年代童话创作较优秀的作家作品还有：陈伯吹的《一只想飞的猫》，金近的《狐狸打猎人》，包蕾的《猪八戒新传》，洪汛涛的《神笔马良》，孙幼军的《小布头奇遇记》，任溶溶的《"没头脑"和"不高兴"》，贺宜的《小公鸡历险记》等等。这些童话既成为一代又一代少年儿童永久的精神食粮，又为后来的童话创作者提供了可资借鉴的创作经验和成功文本。

中国文学有"文以载道"的传统，中国的儿童文学创作在文学大气候的影响下，从五四时代开始，也形成了"伦理至上"的定势。不管是童话创作还是儿童小说、儿童诗、儿童散文等儿童文学其他文体的创作，都强调其教育功能而忽视其娱乐功能。几乎所有的儿童文学作品，都在絮絮叨叨地对孩子们叮咛：要热爱集体、乐于助人、尊老爱幼、先人后己、宽厚礼让、谦虚谨慎、戒骄戒躁、刻苦读书、不要贪玩……虽然由于一些作家们的才气及较强的文体自觉性，创作了不少"教育性"与"游戏性"结合得较好的佳作，但这种模式却不可避免地造成了儿童文学创作的单调和偏狭。

70 年代末、80 年代初，成人文学不断地掀起"伤痕文学"、"反思文学"、"改革文学"、"寻根文学"、"现代主义小说"……的思潮，传统的文学观受到冲击。儿童文学，也在求新求变。

童话界"抒情派"童话与"热闹派"童话之争，正是在这一背景下拉开了帷幕。其发端可以从老童话作家、儿童文学翻译家任溶溶对瑞典作家阿·林格伦的现代童话名著《长袜子皮皮》翻译开始。《长袜子皮皮》

是一部在欧洲一直有争议的童话。林格伦塑造的童话形象皮皮是一个顽皮、爱恶作剧、喜欢拿正统观念开玩笑的捣蛋鬼形象。其内涵在成人文学中与王朔笔下玩世不恭的"顽主"相似。"皮皮"与安徒生童话中卖火柴的小女孩、海的女儿等形象相比，显得非常的现代和叛逆。这一童话形象的引进，对习惯于塑造积极向上的"好孩子"、集多种美德于一身的"小英雄"形象的中国童话界本身是一个冲击。任溶溶当时在阐述这一译作背景的文章中又第一次提到了使用"狂野的想像"这一对国内有冲击力的艺术观念，并在后来的一次儿童文学创作讨论会上提出了创作"热闹派"童话的艺术主张。这一主张很快受到了一批青年童话作家的拥护，并受到了另一批儿童文学评论家的驳难。于是，"抒情派"童话和"热闹派"童话之争就首先在上海青年童话作家群与中年评论家刘崇善之间展开，这一争论几乎贯穿了整个80年代，至今余波尚存。

"抒情派"童话的倡导者们认为童话创作应当注重童话的诗性，即在尊重童话的逻辑性、幻想成分同一性等基本创作规律的同时，更注重童话的诗意美、哲理性，或二者在相辅相成中的有机融合。他们认为童话写作的思想要深刻，意蕴要含蓄，画面和意象要或深沉、幽远，或轻柔、鲜亮，使之富于抒情韵味和浪漫主义气息，并寄寓作家的深情与人生体验，富于美感和艺术魅力，耐人咀嚼与回味。

"热闹派"童话的支持者们主张童话创作要不受逻辑性与时空关系的限制，叙述层次也不必与现实的生活经验相符。他们着意强调的是结构的喜剧性，情节展开的迅速性，故事的怪诞滑稽、曲折欢乐，以及现代意识、科幻因素、儿童情趣等，与奇幻而又寓庄于谐的童话意境的浑然化合。其人物、环境多通过极度夸张而变形，那些超自然的童话形象或带有职业化的特点，或幻化于现代科技，都奇妙非凡而有新意。目的是让小读者在热闹、戏谑、有趣有味的阅读中获得精神上的愉悦。

不管是"抒情派"童话还是"热闹派"童话，其风格、语言、主旨、写作技法等都与传统教育型的童话有了很大区别。它们打破了长期以来形成的教育至上的创作思维定势。一大批有着强烈的创新精神和自觉的文体意识的童话作家走上儿童文学文坛，并创作出了不少童话佳作。其中备受瞩目的有郑渊洁的《皮皮鲁外传》，彭懿的《五百个试管喜剧名星》，冰波的《毒蜘蛛之死》，嵇鸿的《雪孩子》，葛冰的《大鼻头和红眼圈》，朱奎的《约克先生全传》，王业伦的《有劳先生的乡下之行》，朱效文的《"菲菲九"魔幻剂》，任哥舒的《"太集"活动兴衰记》，班马的《野蛮的风》，周锐的《PP事件》，张秋生的《小巴掌童话》，金逸铭的《宇宙鲸鱼》，方圆的《圣诞小人历险记》，武玉桂的《外星人收破烂儿》等。

经过这场争论及作家们的创作实践，人们逐渐获得了一些共识：提出童话观念的更新，并不意味着提倡一种风格，而否定另一种风格；不是"热闹派"挤掉"抒情派"，也不是"抒情派"吃掉"热闹派"。相反，应当提倡不同风格或流派可以在各自独特的艺术道路上探索、前进，攀登不同的艺术高峰，而不必强求遵循某种模式。也就是说，应提倡多元的童话。

80年代"抒情派"童话和"热闹派"童话的出现标志着指望所有作品都遵循同一艺术规范的时代已经过去，童话创作的多元化时代到来。它们对于80年代中期童话创作多元格局的形成都起到功不可没的作用。

班马认为"热闹派"童话的美学特征是在大变革的时代背景下，率先冲毁了曾在中国儿童文学之中衍生的道学气，带来了久违的游戏精神。"释放"，正是"热闹派"童话最好的美学内容。我国儿童文学很少有关于补偿的观念，即让孩子们通过文学将压抑的、受到局限的欲望痛快地得以释放，达到一种精神补偿。崇尚游戏精神并不是说儿童文学作家在写作上采取一种游戏的、不认真、不负责任的态度，而是指在不受理性思辨和道学气的束缚下，让心灵参加游戏，升起本能的、狂野的、玩耍的情绪，创作出真正的富于童心和儿童情趣的作品。

转型期童话创作的一个高峰，是孙幼军的长篇系列童话《怪老头儿》。60年代，刚从北大毕业的孙幼军以他的处女作《小布头奇遇记》一举成名。进入80年代以后，他文思畅达，一篇篇新作接连出版，引起了读者的关注。他的《小贝流浪记》、《小狗的小房子》、《蓝色的舌头》、

《老皮克和小皮克》、《铁头飞侠传》等等，在新一代的少年儿童读者中产生了极大反响。而《怪老头儿》是他在转型期童话创作的重要作品，它既保留了作者创作初期的某些艺术特色，又有了许多新的发展。

《怪老头儿》里的主人公"怪老头儿"既不是救世主，也不是超人，更谈不上是儿童学习的楷模。然而，他是孩子们的朋友，是一个让人着迷的人物。他有着种种的缺点，比如说虚荣心强、喜欢恶作剧、争强好胜、爱贪小便宜、不讲卫生……几乎孩子们身上常有的缺点他都有。然而他又有一点点的魔法，是个见多识广、阅历丰富、助人为乐、爱讲俏皮话和笑话、在性格上与孩子们一拍即合的老头儿。他总能在孩子们需要他的时候满足孩子们的渴望，填补现代儿童心中最贫乏最寂寞的那个角落：当小主人公赵新新受小流氓威胁时，他用手指在赵新新手心里点了一下，赵新新就有了魔法，只要用手一碰小流氓的鼻子，那鼻子就会像熟透的杏儿似的掉下来；他还能把自己的一只耳朵放在家里，监听小偷是不是去撬锁，把另一只耳朵给赵新新，让他放在书桌里听老师讲课，而赵新新去钓鱼，钓鱼学习两不误；他还送赵新新一个和赵新新一模一样的替身，替身在屋里替赵新新做作业，而赵新新却出去玩儿……"怪老头儿"的许多做法，是不符合某种教育准则的，但它却满足了儿童的心理愿望，激发了儿童的幻想，使他们获得了情感上的启迪和审美上的愉悦。

这部童话和孙幼军的其他童话一样，情节荒诞离奇，幻想怪异狂野，语言通俗浅易。多用俚语，行文不事雕琢，京味十足。孙幼军童话中的叙述语言、人物形象、作品情节、童话构思都带有很强的游戏性，充满了狂野的游戏精神。同时，他的其他许多童话，在体现浓烈的现代意识和游戏品格的时候，也折射出令人伤感与回味的诗性之光，如《冰小鸭的春天》、《小雪人的信》等作品。

郑渊洁的童话崛起于 80 年代初期。他创造的童话形象如皮皮鲁、鲁西西、舒克、贝塔、大灰狼罗克早已深入人心，成为当代中国少年儿童生活里的一部分。郑渊洁的童话，无疑是转型期一个重要的新童话创作现象。回顾近二十年来的童话创作，不能不观照他那至今还吸引着孩子注意力的系列童话。

郑渊洁在 1982 年以前发表的童话作品，如《黑黑在诚实岛》、《哭鼻子比赛》、《脏话收购站》、《外号专家逃命记》等，没有表现出强烈的创新意识，在内涵上与传统的教育型童话一脉相承，仍属于"寓教于乐"的中国传统儿童文学美学范畴。但这些童话已经显示出了他天性素质里的游戏精神，体现出一种真正的童话思维，并为他后来的童话写作积累了丰富的写作经验。1982 年，当他的"皮皮鲁"系列、"魔方大厦"系列在各少儿刊物上连载的时候，他的作品开始摆脱传统童话框架的束缚，体现出他日后写作的基本风格：无羁的想像力，童话逻辑的无法之法，惊人的写作速度，以及初露的商业头脑。从此以后，郑渊洁实现了他在童话写作上的飞翔。他在少年儿童当中的影响，也迅速扩大，一直到他成为《童话大王》的唯一撰稿人，达到了鼎盛时期。

郑渊洁的系列童话主要有"皮皮鲁系列"、"鲁西西系列"、"舒克与贝塔系列"、"魔方大厦系列"、"乔麦皮大侦探系列"、"十二生肖系列"等等。他的创作思想以反对"思辨"为基础。他以他那热闹活泼、令人耳目一新的系列童话向世人表白："我的目的是丰富孩子的想像力；让他们解除一天学习的疲劳，让他们笑，让他们高兴。"他的创作可以用一个字——"玩"来概括。例如最受孩子欢迎的童话形象皮皮鲁，是一个天性好动，不爱学习，有着丰富的想像力，侠肝义胆，富于同情心，虽然调皮捣蛋却喜欢打抱不平的都市男孩。他在童话中的种种举动，如乘着"二踢脚"到天上大闹天空恶作剧，用一种带电脑的活汽车替小学生做家庭作业，不服从学校把小学生驯服成兔子式的乖孩子规定等等，体现了作家反叛传统教育方式，为时代孩子谋呼声，张扬儿童的游戏心理的创作指向。这种创作指向极具穿透力，它直穿过了几千年中国社会的儿童观和儿童境遇。"玩"的游戏精神，指向儿童和少年的天性，指向中国孩子正在萎缩的心灵，指向一种自由和健全人性生长的鼓动。它具有极大的社会基础，因此郑渊洁的作品问世后，受到了中国孩子的普遍欢迎。

90 年代以后，郑渊洁又走了一条文学和商业相结合的道路。由他唯一撰稿的童话杂志《童话大王》每月发行量达一百万册，在大陆和台湾同时发行。他的童话还与影视结合，如《舒克与贝塔》被制作成动画片，受到了广大少年儿童的喜爱。郑渊洁无愧于"童话大王"的称号。他以其大胆的幻想、奇特的夸张、怪诞的幽默、缤纷的色彩、蹦迪式的节奏，表达了"文革"后一代青年童话作家对儿童文学功能的某种理解。他那数量惊人、创造了巨大经济价值并仍在源源不断创造利润的童话，可谓转型期儿童文学的一大景观。

自80年代中期，原来以单一的教育功能为主要功能的童话格局被打破，童话写作的多元格局开始形成。幻想被提到童话创作应有的位置上，即幻想不只被看成童话创作中的一种思维方式，一种艺术手段，它本身就是童话的血肉和灵魂。各种风格的童话开始点缀中国童话的星空，童话界不断地掀起一个又一个热点，关于童话的讨论和构想接连不断，中国童话界显得风风火火，热闹非凡。

周锐和郑渊洁一样，被认为是"热闹派"童话的主要作家。他的作品和郑渊洁的童话相比，多了一些文化内涵和中国古典文学的底蕴，在评论界一直被看好，并有自己的读者群。他的童话，如《勇敢理发店》、《PP事件》、《九重天》、《拿苍蝇拍的红桃王子》、《爸爸妈妈吵架俱乐部》、《千年梦》、《烟头儿星》等，采用了大幅度的夸张、变形以创造一种怪诞的、闹剧性的艺术形象的手法，表达了他对生活、道德、人生的一些思考。周锐的童话大多短小精悍，对生活的感悟较为深刻，有一定的艺术深度，在文化品味上显得雅致和谐。"热闹派"童话因他的作品跃上了一个新的艺术台阶。

冰波，则是一个典型诗人气质的童话作家，被誉为童话界的白马王子。他的童话，如《窗下的树皮小屋》、《毒蜘蛛之死》、《如血的红斑》、《蓝鲸的眼睛》等等，都体现了作者童话创作的诗学立场。难能可贵的是他在进行浪漫主义的诗学叙事的同时，还尝试着将诗和故事相结合：养在鱼缸里的螃蟹向往自由的小溪，不惜以戕害自己的肉体为抗争；失去嘴喙上如血的红斑的海鸥企盼生命的色彩，啄吻着太阳，使美容师在事业成功之时颤栗着良心的忏悔；为了失明的少女重获光明，年轻的渔民以生命的代价换取蓝鲸的眼睛……所有这些动人的艺术形象，无不透出一种淡淡的、温柔的、纤细的、美丽的忧伤。

彭懿是当时童话界创作手法最为多变，思路最为活跃，游戏性最为彻底的童话作家。他的童话，如《太阳系警察》、《四十大盗新传》、《古堡里的小飞人》、《可口可乐鼠》、《橡皮泥大盗》、《矮星人核潜艇》、《爸爸的秘密摄像机》、《女孩子城来了大盗贼》等等，运用了夸张怪异的闹剧形式，情节性很强，节奏极快，带有浓厚的科幻色彩，始终突出热闹、有趣、引人入胜的轻松特点。他的一系列太空童话，充满了悠远博大的太空情调。80 年代的孩子，和熟悉郑渊洁童话一样熟悉他的童话。

葛冰也是一个童话写作感觉很好，想像力非常丰富的作家。他的童话情节生动，人物鲜活，故事引人入胜，并有很强的幽默感。他的童话创作一直贯穿了整个 80 年代。进入 90 年代以来，他写的《蓝皮鼠和大脸猫》、《小糊涂神儿》等作品热闹中带有严肃的内容，活泼中又显出他的认真思考，被制作成动画片，在孩子中产生极大反响。

班马，一个致力于在童话中进行先锋试验的儿童文学作家，他有较强的文学理论功底和良好的文学感觉。他将童话当小说来写，在小说里融入童话。他对大海、冰川、广原、星空、湖底大鱼、破海而出的怪兽等一切庞然大物都充满了迷恋。在《鱼幻》、《迷失在深夏古镇中》、《星球的第一丝晨风》等作品里，他模糊了小说与童话的界限，语言也令人感到突兀陌生，充满了前卫色彩，与成人文学里余华、格非等先锋小说作家的作品遥相呼应。班马的文体创造给儿童文学带来了清新的空气，在他之后，一大批陌生化的、反传统的作品脱颖而出，构成了转型期童话的另一景观。

80 年代末、90 年代初，在商品经济大潮的冲击下，曾经在 80 年代独领风骚的童话作家们下海的下海，出国的出国，从政的从政。童话界的很多中坚力量撤出创作队伍。中国的童话创作和当时的成人文学一样，一度消沉。90 年代童话界的新生力量，在这一历史时刻呼之欲出了。

"新生代"的崛起，大致分为两个时期：即 90 年代初期和 90 年代中后期。

第一个时期崛起的"新生代"童话作家以女作者居多。她们的作品和80年代精力充沛、想像狂野的童话相比，变得更加的深沉和沉稳，并且在质地上显得细腻、温婉、柔和，语言如江南细雨一样绵软，透出一种女性特有的爱心与维纳斯一样唯美的诗性之光。她们不张狂、不火爆、不结成团体、不发表宣言、不自我标榜，虽置身在经济大潮的大背景下，却心态平和，不温不火，只是在夜深人静的时候埋着头用笔默默讲述她们梦想中的故事。她们的童话，像都市精品屋里的小礼品，悄然进入那些喜欢歌星、影星、卡通画册的新一代少年儿童的世界。然而她们彼此又不相同：杨红樱的童话（如《度假村的猫儿狗儿》）天生丽质，童话感觉极佳，充满了生活气息；肖定丽的童话（如《滴丽和魔力兔》）构思精巧，妙语连珠，活泼中带着对人性异化的感伤，是心灵的一种完全的呈现，属于那种不多见的纯粹的童话；黄一辉的童话（如《小儿狼、小儿郎》）充满了对美好事物的憧憬，对生命和生活的礼赞，以及没有任何现代文明污染的纯真，折射出摄人心魄的诗性之光；汤素兰的童话（如《小朵朵和大魔法师》）俏皮机智，将古典童话的优美和现代童话的怪诞自然而然地结合在一起，有较强的游戏性。

90年代中后期崛起的第二批童话作者大多出生在70年代，年龄在儿童文学创作队伍中虽然是最小的一族。然而他们的创作时间都不短，如张弘和葛竞在上小学的时候就开始尝试童话写作，征士在上大学时就以稿费为他生活的全部经济来源，已有多年的写作历史。与他们童话写作的老师和前辈们相比，他们是没有历史背景（如"文化大革命"时他们尚年幼，几乎没有什么记忆和体验）的一代。因此，他们没有老作家的框框，也没有中年作家惨痛的"文革"体验，并且从少年时代过来不久，深谙90年代在电视机前长大的一代少年儿童的心理，写作时没有任何定势，童话思维开放而自由，贴近时代。他们的童年和少年时代正是"热闹派"和"抒情派"争得不可开交的年代，80年代的童话作家们的作品是他们生活中宝贵的经验。他们博览群书，大多从名牌大学毕业或正在大学里就读，学历较高，知识结构良好。他们深知如何通过各种媒体来扩大自己的影响力，写作上有着较强的商业意识（他们中有的人以写稿为生），并有意识地使自己的写作与影视、卡通相结合。张弘的童话（如《傩舞》）想像力丰富，语言明快、幽默，富有探索性；葛竞的童话带有儿童本色的天真稚拙，想像轻松幽默，充满了浓厚的校园气息；征士的童话（如《装在口袋里的爸爸》）多以现代都市生活为背景，童话中的主人公所进行的活动是一场又一场依照某种游戏规则所进行的游戏，强调了童话的现代意识和游戏精神；李志伟的童话（如《童话作家的一天》）伸入了现代人孤寂的生存深处，有一种荒诞、迷离、沉郁的现代情绪。

童话诗性的追求和游戏精神，是转型期中国童话创作最基本的特征。80 年代成长起来的童话作家们已经完成了他们打破固定的模式和框架的历史任务，"新生代"的童话作家们正在走向成熟。童话王国的领域，还有许多处女地等待人们去开拓和摸索。当新世纪的女神降临的时候，我们将奉献给未来的孩子什么呢？

（三）飞翔的天堂鸟

中国的儿童诗创作一直是儿童文学领域里一块寂寞的芳草地，中国写儿童诗的诗人们从五六十年代就开始吟唱，一直唱到 90 年代，诗人们从黑头发唱成了白头发，这片芳草地上行走的仍是这些孤独的诗人，飘荡的仍是他们孤独的声音。中国儿童诗创作缺乏新人，这不能说不是未来儿童诗发展的一大隐忧。

但是，诗人们的心灵是坚强的，他们以独具个性的方式靠近儿童，靠近这个他们视为生命中最神圣的存在。他们的诗歌孤单、天真、冰清玉洁，像一只飞翔的天堂鸟，接近于透明。60 年中国儿童诗创作在这些身影孤单的诗人们的努力下达到了一个高度，这一高度，并不亚于其他儿童文学家们在童话和小说领域里所取得的成就。

金波，一个对自己的童年有着深刻印象的诗人，数十年来一直选择一种最美丽的方式——诗歌去和孩子们谈心。他的诗歌是从心灵里流出来的甘泉，浸满了对童年挥之不去的缅想，远离尘嚣和浮躁。翻开他的一本本诗集（《林中的鸟声》、《会飞的花朵》、《我的雪人》、《绿色的太阳》、《红苹果》、《雨铃铛》、《林中月夜》等），你会看见诗人一路走来，从生机盎然的自然中采撷着美，从平凡的日常生活中挖掘着美，从孩子灵动的双眸中感受着美——"雁阵/春天的第一行诗"、"那是我们童年的幸福/灌满了海边的每只贝壳"、"鸟儿踏响树枝/滴下歌曲"，这些纯净纯美的诗句源于诗人对代表人类纯真时代的童年的深切怀恋和对现实中永远在成长的儿童的由衷的关爱。他渴望通过他的诗的语言去唤起和启示孩子们爱一切美好事物的欲望。他说："人需要学会感受诗意。感受诗意，不仅温暖着我们的感情世界，还会让心灵闪烁着光洁，用它关爱生活，让生活阳光灿烂。"于是，就有了《倾心》一类的诗："让我们从小/就对这一切倾心/冬天有阳光/夏天有绿荫/鸟儿在春风里筑巢/溪流穿过树林/蜜蜂飞到窗前/落满茑萝的花心……"金波的诗气质纯净，风格细腻，充满了对孩子，对自然，对儿童诗一往情深的爱，使他在创作中不断寻找所有可能突破的契机。而因着这种努力，也使诗人在进入90年代的写作中逐渐达到炉火纯青的境地，诗之美和思之美和谐统一，拓展了儿童诗的可能发展疆域。如《泪与笑》："我曾因为恶作剧，/用一条毛毛虫，/吓哭了你。/从此，你花一般的微笑。/再也看不到，/而那次郊游，/我又因为你/捉到一只花蝴蝶，/赢得了你的微笑。/其实，你也知道，/这只花蝴蝶的昨天，/正是毛毛虫；/然而一个带给你眼泪，/另一个却带给你笑容。"依旧纯美的语言，和谐的韵律；依旧是可爱的孩子，大自然中的小生灵，却给我们一种别样的情怀，一种跃上心头的思索。金波以不同时期的儿童诗创作记录了自己的心路历程，并达到了他长久以来的诗歌美学追求："诗不是属于现代现实部分的事实，而是属于那比现实更高的事实，那比现实更高的仍是现实。只是一个较光明的现实罢了。"（宗白华语）

如果说金波的诗洋溢着诗性之光，任溶溶的诗则充满了一种难能可贵的游戏精神。有论者认为他的诗歌是儿童口语游戏精神的文体实验。纵观他的全部诗作，那俏皮、花样层出不穷的话语表述方式无时无刻不闪烁其间，给阅读者平添意外的乐趣。如"九百九十九/九千九百九十九/九万九千九百九十九/九十九万九千九百九十九……"，"大家讨论什么东西/最最最最可怕/最最最最最可怕的/应该是我的侄女……"，"请你用我请你猜的东西猜一件东西"等等。加登纳曾说：幼儿真迷人，也最显露的行为，是他们戏耍语言的倾向。任溶溶凭着他的敏锐，触摸到了这迷人的所在，以一种最接近幼童、又高于他们的姿态，书写下一行行带劲的句子，虽然将它们放在成人诗中，这些句子并不能算诗，但在儿童诗中，这些句子却起到了它们独有的功能：能让孩子不由自主地去模仿，能让孩子在愉悦的游戏中发出快活的笑声。任溶溶的高明之处，在于以一种近乎天成的方式建构起属于他自己的诗歌话语系统，简单至极，生动有趣。为了达到"好玩"的标准，任溶溶还动用了他一切的想像，如《从庐山带回的一张照相》采用图像，以显示孩子那不同于成人的思维；《一个怪物和一个小学生或者写作一个怪物和一个小学生》利用字体的大小变化以造成视觉上的冲击力；他甚至可以使用拼音字母、英文、数学公式等等。所有这一切，诗人都在实践着他的文体风度的追求，将文字净化为审美感情而脱离文字外壳，使文字仅仅成为他表述快活无比的心境的手段和符号。任溶溶的诗没有伪饰，他从无忌的童言直奔诗的本质，拓展了儿童诗的诗美特质，延伸了儿童诗的审美疆界。

在为数不多的儿童诗写作者中，圣野的童话诗可谓独树一帜。他的诗质朴隽永、绚丽清新，充满了童话色彩，试看他的《欢迎小雨点》："来一点/不要太少。/来一点，不要太多。/来一点，/小蘑菇们撑着小伞等。/来一点，/荷叶站出水面等。/小水塘笑了，/一点一个笑涡。/小野菊笑了，/一点一个敬礼。"这首取材于大自然的童话诗，通过小蘑菇、荷叶、小水塘、小野菊的拟人形象，勾画了一幅幅恬静而又富于动态的童话境界，小生命对"小雨点"的切盼与喜悦之情，各具情态，呼之欲出，给人一种在田野漫步的感觉。进入新时期后，圣野的诗风向深沉转变，如他的《神奇的窗子》，便体现出一种平中见奇，活泼中求深沉，寓丰富纷繁于简朴清新的艺术风格。

中国的儿童诗创作虽然寂寞，但并不荒芜；虽然没有大树，却繁花满园；它不是一条大河滚滚东流，但它是一条清澈的小溪，永无休止地歌唱向前。在这块寂寞得近乎美丽的园地里耕耘着并取得成就的诗人还有：樊发稼、尹世霖、张秋生、聪聪、高洪波、金逸铭、柯岩等。

科幻小说，这个科学与文学联姻的宁馨儿，在中国曾因提倡科学精神而盛极一时，也曾因为反对"精神污染"而几乎销声匿迹。在儿童文学所有文体中，这是一个命运最多舛的文体，也是一个始终处于边缘状态的文体。它因人们对科学的憧憬而存在，也因中国文化的"子不语怪力乱神"的传统而始终发育不良。纵观五十年中国科幻小说的创作，虽然涌现出一些像郑文光、童恩正、叶永烈、金涛这样较优秀的写作者，但从全局上看，还是不尽人意的。

50 年代初，由于"向科学进军"的口号被提出，在青少年中提倡科学的精神被倡导，凡尔纳、威尔斯等人的科幻作品及大量苏联科幻小说被译介，中国的科幻小说因此被刺激而得以发展，一些年轻人投入到了科幻小说的写作中，他们是：郑文光、于止、萧建亨、刘兴诗、王国忠、童恩正、郭以实、嵇鸿、迟叔昌等等。到了 60 年代初，中国出现了评论者们所说的"第一个黄金时代"，一些具有一定的文学性和科学前瞻性的科幻小说涌现出来。如郑文光介绍宇航、火星科学知识的《从地球到火星》（也是新中国第一篇科幻小说），于止写冷冻技术的《失踪的哥哥》，萧建亨写器官移植的《布克的奇遇》，王国忠写通过细菌高速繁殖造桥的《神桥》，鲁克写激光技术的《神奇的刀》等等。这些科幻小说有一个共同特点，是将科幻小说等同于科普小品，展现的多是科学创造的神奇，在人性层面、社会层面及技术与人的层面上开掘较浅甚至根本没有触及。这一时期科幻小说的繁荣仅仅是数量上的繁荣，在质量上还差强人意。但是，其意义却不可低估：它毕竟实现了中国科幻小说零的突破，将产生于西方工业革命时代的科幻文学大量地引入了中国，另外，它也为新时期的科幻小说写作提供了可资借鉴的文本。

"文革"十年，科幻小说和其他文艺作品一样，被称做"毒草"，一片荒芜。

1978 年全国科学大会召开，提出了"要提高整个中华民族的科学文化水平"的口号，各种科普杂志应运而生，刊物和出版社对科幻小说的大量需求使中国的科幻小说再一次勃兴，作家们的创作热情也空前喷发，从 1978 年到 1981 年发表的科幻小说数量，相当于在此之前的所有科幻小说篇数与在此之后十年发表的科幻小说篇数的总和。一些质量较高的科幻小说大量涌现，中国的科幻小说出现了"第二个黄金时代"。

郑文光在辍笔十年之后，以"夸父逐日"自励，在这一时期取得了引人注目的成就。他在这一时期创作的科幻小说，如《飞向人马座》、《仙鹤和人》、《太平洋人》、《古庙奇人》、《神翼》、《鲨鱼侦察兵》等，成为中国当代科幻小说史上的名篇。他的作品真正走出了科普式的科幻小说的框架，使中国的科幻小说走出了幼稚，向成熟迈进。他认为科幻小说首先是小说，也是生活的镜子，优秀的科幻小说往往具有相当深刻的哲理，给人们以完美的艺术享受。这种"为人生"的科幻小说为后来的科幻小说写作者们开拓了道路。

童恩正，既有良好的科学素养又有深厚的文学功底的科幻小说作者，在这一时期也取得了斐然的实绩。他创作于 1978 年的《珊瑚岛上的死光》在《人民文学》上发表后，先后被改编成电视剧、话剧、电影、连环画等多种形式，影响广泛。这一作品对我国科幻小说创作的繁荣，起到了不可低估的作用。随后，他又发表了《雪山魔笛》、《追踪恐龙的人》、《遥远的爱》、《在时间的铅幕后面》等优秀作品，受到了读者的喜爱。他的作品充满了一种神秘感，更接近于真正意义上的幻想文学。

叶永烈在大学时代就写过不少科普作品的科幻小说，到了新时期，也以更大的热情投入到科幻小说的创作中。他主张用科幻小说普及科学知识。他在这一主张引导下写出的科幻小说《小灵通漫游未来》引起极大反响，总发行量多达 800 万册，创造了出版界的奇迹。（90 年代科利华集团用一亿元包装和宣传的《学习的革命》总发行量也不过 500 万册，从这一点上也可以看出当时科幻小说的繁荣。）随后，叶永烈又尝试着把科学幻想与惊险推理结合起来，写作了一批通俗科幻小说，最具代表性的是"科学福尔摩斯系列"，在当时也影响广泛。

这一时期在科幻小说领域里取得较大影响的作家作品还有：金涛的"马小哈系列故事"、《月光岛》，刘兴诗的《海眼》、《美洲来的哥伦布》，萧建亨的《"金星人"之谜》、《万能服务公司的最佳方案》，尤异的《古峡幽灵》等等。人们在科幻小说理论上的热情也非常高，在科幻小说界，掀起了著名的科幻小说姓"科"还是姓"文"的争论。

但是，中国科幻小说这一妩媚动人的时光来也匆匆，去也匆匆。1982年，由于种种原因，科幻小说被当做"精神污染"受到打击和抑制，一些科幻小说写作主力由于种种原因放弃了科幻写作，（如郑文光瘫痪，叶永烈改写报告文学，童恩正出国等等），中国科幻小说出现了长达10年的很不正常的空寂。从前许多专门刊登科幻小说的杂志也大多自动消失，唯一幸存的科幻杂志四川的《科学文艺》也举步维艰。

90年代以后，一些更为年轻的写作者投入到科幻小说领域的创作之中，他们的加入，为中国科幻小说增添了活力。这些写作者大多从大专院校毕业，知识结构和写作意识与老作者迥异，他们的作品也体现出了从前的科幻小说中所没有的气质。另外，他们的作品紧扣时代的脉搏，写作触角探向了一些更为前缘的科技领域，如电脑网络领域，在写作时也不受什么既定框框的约束，自由舒展，充满了现代青年的自我意识。虽然他们的作品和过去的科幻作品一样，在文学性上先天不足，但他们无疑把中国的科幻小说向前推进了一大步，未来中国科幻小说的希望，也被寄托在他们的身上。90年代较好的科幻小说作家和作品有：吴岩的《生死第六天》，星河的《决斗在网络》，征士的《北京玩偶》，王晋康的《亚当回归》，韩松的《宇宙墓碑》等等。

90年代中国儿童文学的另一件大事是幻想文学被当做一面旗帜得以大力倡导和推介。其始作俑者是从日本专攻幻想文学归来的童话作家彭懿。1996年，在儿童文学界销声匿迹达八年之久的彭懿，创作了一部极为怪异的幻想小说——《与幽灵擦肩而过》，该作品由作家出版社推出，从这部作品开始，彭懿将一股森冷的"幽灵"气息吹进成人文学界，并影响了儿童文学界。随后，他又出版了一系列的幻想小说：《疯狂绿刺猬》、《妖湖传说》等及多部幻想文学方面的论著：《西方现代幻想文学论》、《西方幻想儿童文学导读》等，使国内的儿童文学作家和理论家们开始关注这一长期以来被人们关在国门之外被遗忘的儿童文学门类。虽然目前中国的纯幻想文学刚刚起步，但是，它很可能是下个世纪儿童文学发展的一个非常开阔的文学新空间。

和童话、小说等体裁相比，儿童散文作为一种"高雅的艺术"，在儿童文学中也是一个不受人们重视的"灰姑娘"。其原因，一方面是因为优秀的儿童散文难写，另一方面，也是因为童话、小说这样的故事性强的读物相对于儿童散文更易吸引孩子的注意力。但是，因为有冰心、郭风这样的一流散文作家的带头示范，儿童散文这一小小的园地也呈现出一派热闹景象。此外，陈伯吹、秦牧、袁鹰、任大霖、叶圣陶、周立波、高洪波、韩少华、乔传藻、刘先平、吴继路、吴然、陈丹燕等一大批作家都为儿童奉献了优秀的散文作品。

冰心的儿童散文充满了童心与母爱，代表了60年中国儿童散文创作的最高成就。她的儿童散文创作主要包含两方面的内容：一是似乎是"随手写来"的述事抒怀之作，如《小橘灯》，没有惊天动地的故事，也没有什么曲折离奇的情节，却寄深沉于浅淡，寄精奇于平朴，细针密线，从心灵中涓涓流出，既畅达明朗又含蓄蕴藉，清新、质朴、深沉。另一类作品是作家在国外参观访问时所写的旅途见闻，多是对各国自然风光的描绘，对各国风土人情的介绍，也有对社会不平、种族歧视现象的愤慨。如《再寄小读者》，以充满和平、友谊的呼声，饱含深情的话语，把孩子引向一个绮丽多姿、充满爱也不乏恨的大千世界。冰心的作品受到一代又一代少年儿童的喜爱，它们将成为中国孩子永久的精神食粮。

郭风试图把散文、散文诗和童话融合在一起，探索一种适应他个人性格气质的儿童文学的某种文体，取得了较高的成就。如他的代表作《红菰们的旅行》，采用几乎是诗的分行形式，使散文颇具诗的情韵。它虽然十分接近于诗，但它和诗又有区别，在他精致的叙述中，不时采用散文细节，显得质朴、简洁，像童话一样美丽。他的散文取材于他童年生活中的所见所闻所感，并糅入了童年时代的幻想，用他自己的话说，是"自己的传说"，呈现出浓郁的乡土民情的色彩，给人以风俗画的美感。

吴然和乔传藻是两位来自云南的儿童散文作家。他们的散文就题材而言，多采自云南边疆与少数民族的儿童生活和民族风情，像香醇的美酒，更像热带雨林中的果实，甜美而有余味，颇具特色。

60 年儿童散文的创作涉及的范围很广，从人物到风物，从鸟兽到花草，从城市到乡村，从高山到大海，从草地到森林，从江南到漠地，从长白山到西双版纳，无所不及；在格调上也风格不一，有的高昂，有的低婉，有的娓娓道来，有的频繁跳荡，有的精雕细刻，有的潇洒不羁；从作者队伍来讲，有年届古稀的散文宿将，有颇见功力和造诣的中年作家，也有喷薄才情的散文新秀，他们都以各自的方式默默地诉说着自己的故事和情感，为孩子创造着美的世界与精神家园。

少儿报告文学的创作成就主要集中在"文革"后的新时期。从艺术生命力来看，由于受其体裁的亚文学性限制，自然不能与少儿小说、少儿散文相比，但就其篇幅总量而论，则远远地超过了少儿散文和少儿小说，某些作品产生的轰动效应，也在少儿小说与少儿散文之上。从事少儿报告文学写作的作家数量也不少，代表性的作家作品有：理由的《访"神童"》、李楚城的《生活的斗士》、谷应的《他们都是小英雄》、黄祖培的《高个子姑娘》、韩静霆的《摔倒了自己的冠军》、陈祖芬的《只不过是一刹那》、黄修纪的《帮帮我们的小队长》、王安忆的《小松树，轻轻地响》、孟晓云的《春城的一场暴风雪》、刘保法的《星期日的苦恼》、孙云晓的《较量》等等。作家们以饱满的热情进行少儿报告文学的创作，他们的作品如一排排海潮，饱蕴着作家的憧憬和瞩望，激起清新明快的浪花，发出响亮的潮声，涌向中国少年的心怀，召唤着一代新人向上登攀，向前奋进。

孙云晓，一位长期从事少儿刊物的记者与编辑工作及少儿心理研究的写作者，始终将写作的着眼点放在八九十年代少年儿童的新观念、新气质和新素质上，放在新的国民性格的构建上，并以非凡的勇气面对中国文化传统的负面及中国国民的劣根性，从各个角度来发现、鼓励、强化我们民族需要大力倡导和培育的理想性格，倾心于从他们身上发现值得肯定的素质和品格。在对儿童的认识上，孙云晓曾经表白："当代少年儿童将是一代巨人。"他以"巨人"的观点来认识当代中国的孩子，以为他们将远远地超过他们的父辈，可以对他们付以重托。但是，他的作品决不从"榜样"这个概念出发，把他的小主人公写成完美无缺、通体光明的人物。他从不回避或掩盖"小新星"们身上的短处和弱点，烦恼和悲哀。他认为"孩子毕竟是孩子"。他的作品在中国最早提出了要对孩子进行素质教育，他赞扬的素质和品格主要有：自主意识（如《漩涡里的自由》中的女中学生电影明星）、竞争意识（如《相信自己的眼睛》中的小学生蔚然敢于向比自己强得多的"对手"进行挑战）、创新意识（如《天趣》中只有九岁的小画家王昕敢于"打破常规的道路指向智慧之宫"）、奋斗意识（如《美的追求》中的王瑶的奋斗史）和忧患意识（如《较量》中提出的"在未来社会里，成长起来的中国孩子和日本孩子谁更强"这样一个尖锐的社会问题，引起了长达数年的争论及社会各界的反响）。

除了孙云晓之外，以报告文学立身儿童文学的作家还有刘保法、李楚城、肖复兴、胡景芳、陈模、邱勋、康文信、韩静霆、宗介华、许金华、思羽等。他们的作品涉及面非常广，有的从国家前途和民族命运考虑，揭示教师、家长的传统观念、陈旧意识给孩子精神上造成的束缚、扼制和烦恼，为培养能够与世界优秀文化认同的下一代而呼号呐喊，如许金华的《"小爱迪生"的失落》、胡景芳的《作家与少年犯》、刘保法的《穷街的孩子》等；有的直接揭示社会生活的阴暗面给孩子心灵中投下的阴影，透露出作家清醒的良知和深邃的悟性，如张成新的《父与子》、许金华的《沉默的世界》；有的含藏着警戒意味，旨在启发人思考，如赵丽宏的《胜者与败者》、陈粤秀的《初涉人世的选择》；还有的取材于国外生活的报告文学，如陈祖芬的《我的世界语》、张沪的《跨海运兽记》、由岑的

《熊猫"大使"的小客人》等等。另外，一些在小说、散文、童话创作上较有成绩的作家，也为孩子们写了不少报告文学作品，奉献自己的激情，如董天柚的《逐日的女孩》、董宏猷的《王江旋风》、陈丹燕的《请你牵着我的手》、郑渊洁的《她才是"佐罗"》、程乃珊的《从台湾归来的孩子》等。

（四）乱花渐欲迷人眼

新世纪近十年来，由于市场经济魔棒的作用，阅读推广活动的普及化，中国国力增长以及国家对中小学教育的重视和投入，中国原创儿童文学创作明显呈现上升的态势，儿童文学在文学中的地位、童书产业在图书产业中的位置、童书作家受媒体的关注度明显提升，和日益边缘化、弱势化的成人文学及成人阅读相比，日渐呈现独领风骚的姿态。

新世纪之初，首先对中国原创儿童文学创作产生刺激和推动作用的是来自域外的类型化儿童文学作品，比如《鸡皮疙瘩》、《冒险小虎队》以及大红大紫的《哈利·波特》。这部航空母舰级的作品刚刚登陆中国的时候，不管是儿童文学界，还是出版界，都用怀疑的眼光打量这部完全是以欧洲魔幻文化为题材的幻想文学作品，许多作家、评论家在接受媒体采访时，其言论都小心翼翼，甚至颇有微词、冷嘲热讽，称之为"通俗文学"、"缺乏文学性"、"畅销不等于常销"、"未必适合中国孩子阅读"、"是否是经典尚需时间检验"、"难登儿童文学经典的大雅之堂"，等等。但是，随着时间的推移，《哈利·波特》一部比一部地畅销，不管是作家，还是评论家，或者出版家，都不敢再小觑这部创造旷世奇迹的超级童书：该书被翻译成70多种语言，在全世界200多个国家累计销量超过三亿五千万多册。在中国，该书前4本每部总发行数都超过了150万册，到第5、第6本时，出版社开机就是80万册，而大结局首印就是100万册，创造中国童书出版史史无先例的纪录——在中国，面向少年儿童的出版物，除了教材、教辅书和《新华字典》外，还从来没有哪一部书的发行量能与英国作家J．K．罗琳创作的《哈利·波特》相比肩。

《哈利·波特》的市场奇迹直接刺激了中国儿童文学作家、评论家和出版家的神经，创作界、评论界和出版界都意识到了"原创"对于童书产业的重要性。在新世纪前五年，关于"中国作家为何写不出《哈利·波特》"的媒体探讨和大小学术会议数不胜数，大部分童书作家的作品（包括未成年人创作的童书），都会被贴上"某某挑战《哈利·波特》"的标签——甚至连跟《哈利·波特》不怎么搭界的网络武侠《诛仙》，在出版时也打上了"PK《哈利·波特》"的字样。中国儿童文学作家们以前所未有的热情，开始了追逐 J．K．罗琳《哈利·波特》的写作之旅。

不过，《哈利·波特》并没有直接催生出中国的魔幻小说或者幻想文学作品——事实上，新世纪之初的许多被列入"大幻想"、"魔幻"、"幻想文学"的原创儿童文学作品，都比较失败，或者没有产生过太大的影响。中国原创儿童文学因之结出的硕果，竟然是在审美上与《哈利·波特》相去甚远的"校园文学"。

最先在新世纪中国原创儿童文学开创破冰之旅的人是成都作家杨红樱。杨红樱在 20 世纪 80 年代就开始了儿童文学创作，做过 7 年小学老师，当过 7 年儿童读物编辑。2000 年，杨红樱在作家出版社出版《女生日记》，拉开了"杨红樱校园小说系列"序幕，杨红樱的作品尊重孩子的天性，构筑了孩子理想的天国，不仅得到孩子的喜爱，很多家长、老师也是激情阅读，以期能从中寻找通往孩子心里的密径。之后，杨红樱又出版了《男生日记》、《五三班的坏小子》、《漂亮老师与坏小子》等其他校园小说。其中影响最大的是"淘气包马小跳系列"，该系列共 20 多本，总发行量超过 200 多万册，并被拍成电影、电视连续剧和动画片。作品诙谐幽默、十分有趣，通过描写一群调皮孩子的快乐生活以及他们和家长、老师、同学的好玩的故事，映射当代儿童的生活现实与心理现实，深情呼唤张扬孩子的天性，舒展童心、童趣，探析成人世界与儿童世界之间的隔膜、误区，倡导理解、沟通，让孩子拥有健康、和谐、完美的童年。"马小跳"成为新世纪中小学生最知名的儿童文学形象，杨红樱也被人们赞誉为"童书女皇"。虽然杨红樱作品的价值在儿童文学界存在着诸多争议，但是，有一点是毋庸置疑的：杨红樱用她的作品以及其作品的出版奇迹向世人表明——中国作家同样能创作出和《哈利·波特》、《冒险小虎队》一样受读者和市场青睐的畅销童书。

受杨红樱作品"旋风般"的影响，儿童文学作家们纷纷涌入"校园小说"的创作领域。其中的佼佼者和受孩子们欢迎的作品有：伍美珍的"阳光姐姐小书房系列"、周志勇的"臭小子一大帮"系列、赵静的"捣蛋头唐达奇系列"、李志伟的"开心学校系列"、商晓娜的"捣蛋大王王小天系列"、郑春华的"非常小子马鸣加系列"等等。这些作品的风格，如王泉根教授所说："基调明朗、向上，作品风格追求幽默的、快乐的、轻松的，在好读好看的故事情节中向孩子们传达一些浅近的立身、处事、为学的人生道理，倡导正面的精神价值，因而广受小学生年龄段孩子们的欢迎。"但是，物极必反，中国儿童文学在新世纪的后五年里，它令中国儿童文学渐渐显示出"单极化"的态势——这类被学界称为"浅阅读"的校园小说，几乎占据了儿童文学原创图书比例的一半以上，并呈现出"雷同化、脸谱化、甚至庸俗化倾向"，一些作品，作者们从创意到内容，从人物到情节，相互抄袭、相互拷贝、相互山寨的现象非常严重。有些作品，甚至从中外儿童文学经典名著里明目张胆地抄袭、仿写。这一态势如果放任自流，势必产生"劣币驱除良币"、"创作单一化"等恶劣后果，对中国儿童文学产生极大的创伤。

新世纪近十年，童书出版也呈现"乱花渐欲迷人眼"的态势。截至2009 年，全国（不含台港澳地区）的专业少儿出版社有34 家，另有130多家出版社（特别是各地的教育出版社）设有专门的少儿图书编辑室。北京开卷信息技术有限公司发布的《2007 年中国少儿图书零售市场分析》显示，在2007 年全国图书零售市场中，少儿图书所占比重达11% 以上，为之前5 年之最。其中，少儿文学比重超过少儿图书市场的1/3。这一可喜的现象，反映了我们社会的进步、教育的进步。不过，据我们观察，中国的童书出版还远未达到理想状态，存在多种两极分化现象：首先，童书品种繁多，品质未成正比。与20 世纪八九十年代相比，中国现在的童书品种齐全，既有国外的经典童书，如《窗边的小豆豆》、《森林里的小木屋》、《小王子》之类在 20 世纪八九十年代不被关注的童书，也有国外获得安徒生儿童文学奖、纽伯瑞儿童文学奖等奖项的图书，以及品种繁多的国内原创的童书——从经典童书《宝葫芦的秘密》、《小布头奇遇记》到杨红樱、郑渊洁的系列畅销童书再到如火如荼的图画书，可谓应有尽有。但是，其品质，不管是国外的翻译作品，还是原创作品，都不如 20 世纪八九十年代，有些作品错别字百出，插图粗糙，甚至出现插图和原文字毫不相关的情况。第二种分化是大城市与中小城市的童书资源形成巨大反差。大城市的书店，童书品种也非常齐全。家长们选购图书往往都有一种品种太多，不知道应该买什么的感觉。而在中小城市，尤其是一些县城，图书资源严重不足，中小学生存在着非常明显的购书难的问题。第三种分化是畅销书作家走红，出版社把目光都集中在了当红的作家身上，但二三线作家被忽视，并面临着出书越来越难的问题。这一现象将导致当红作家可能因为约稿太多而影响创作的质量；而二三线的作家当中，不乏很有潜力的作家，他们失去发展与展示自己的机会，原创的能力会受到打击。长此以往，中国的原创作品品质将越来越弱，而出版社也会陷入恶性循环当中。第四种分化是中国的童书当中，包括校园小说、幽默童话、热闹派童话、唯美类作品、图画书等，主要集中在纯文学领域。但非纯文学领域的空白处却很多，比如：类型化的儿童文学作品像少年科幻小说、少年侦探小说、少年冒险小说、少年惊世小说、少年武侠等等，都创作者少，总体质量也不高。由于创作界在这些方面的空白与贫弱，国外的同类作品，如《鸡皮疙瘩》、《冒险小虎队》等才能长期占据中国的童书市场。分化之五是，畅销童书对影视作品的依赖程度越来越大，但国内能开发成影视作品的童书却非常少。分化之六是，童书作家图书签售活动众多，但学校社会却不胜其扰——自从杨红樱图书签售带动图书大量销售以后，出版社意识到图书活动对于图书销售的巨大作用，因此纷纷与学校以及书店合作，进行图书签售。作家走近读者，与读者面对面地接触，这原本无论是对于读者，还是对于出版社、作者来说都是一件好事，但目前的图书活动往往功利性太强，引起学校及有关部门的反感。为了图书的销售，作家往往去的地方都是江苏浙江这一类经济发达，图书购买能力强的地区。这些地区的学校经常受到连番的轰炸，学校的领导们叫苦不已："又是来卖书的。"无论对出版社还是对作家本人，这都会产生负面的影响。

在儿童文学评论方面，虽然由于评论刊物的减少、纯文学评论刊物对儿童文学的歧视现象仍然存在、出版社理论书出书难等原因，儿童文学理论专著在品种和数量上都不如20世纪80、90年代，但是，仍然有一批高质量的理论作品问世。浦曼汀、樊发稼、金波、张锦贻等老作家，王泉根、朱自强、梅子涵、方卫平、周晓波、彭懿等学院派理论家，以及在90年代末和新世纪毕业的儿童文学硕士、博士等，如王林、谭旭东、李学斌、唐池子、余雷、杨鹏等，均有儿童文学理论专著推出，纷纷发出了各自的声音。新世纪近十年，儿童文学作家和理论家们，对"商业化"、"类型化"的话题一直争论不断。"商业化"、"类型化写作"的概念最早由作家雪孩提出，他在《类型化：中国儿童文学的强大之路》中认为，儿童文学自诞生以来就可分为"纯文学系"与"娱乐系"两种类型，两类文学应当有不同的评价标准，"娱乐系"儿童文学也即通俗化、大众化、类型化的作品。因而雪孩呼吁：强化新世纪中国儿童文学，应"重点扶持与发展'娱乐系'的类型化儿童文学"，而"以'文学性'为唯一标准在90年代误导了中国类型化儿童文学的发展，抑制了一些有相关特长的作家的文学探索。从这一点上讲，这种写作理念是有害的。"雪孩此论引起了其他作家的批评。薛涛在《握紧"纯文学系"的手心》中，强调儿童文学应坚持"纯文学系"的意义，现在需要的应是握紧"纯文学系"，然后再考虑"类型化"。李学斌的《质疑"类型化儿童文学"的商业化选择》肯定雪孩对中国儿童文学结构失衡所作的诊断，但无法认同他所开的"药方"。认为"类型儿童文学不管如何'类型化'，它总归还是'儿童文学'，还必须戴着儿童文学的绣花鞋、小红帽跳舞，还必须具有一些个性的文学的要素。而那种完全模式化的，可以流水线生产的'格式化'的作品已经完全背离了'文学创作'的本质规定性"，因而也就不再是文学了。这一争论体现了作家和理论家们对新世纪中国儿童文学之路的忧患意识与寻求出路的焦虑感，同时也说明"第五代"作家在有关儿童文学的一些基本价值理念、人文关怀与审美尺度上的复杂状况。

如果把 20 世纪后半期的儿童文学比作星星之火的话，那么，新世纪的儿童文学已呈现出燎原的态势。有人作过统计，在中国作家协会 8900 多名会员中，专门从事儿童文学创作的就有 500 多人，连同省级作协会员中的儿童文学作家，全国以儿童文学创作为主的作家有上千人，其中在全国有影响并出版系列作品的达 100 多人。儿童文学的"作家群"也不断涌现，并形成了几个"作家群"对儿童文学创作与图书出版产生的规模效应。其中北京青年作家群有保冬妮、杨鹏、葛竞、孙卫卫等；上海青年作家群有殷健灵、张洁、郁雨君、谢倩霓、周晴等；重庆青年作家群有钟代华、刘泽安、简梅梅、李姗姗、曾维惠和戚万凯等；湖南青年作家群有汤素兰、邓湘子、谢乐军、王树槐、皮朝晖、尹慧文等；辽宁作家群有肖显志、常星儿、老臣、车培晶、薛涛、王立春、于立极等；江苏作家群有高巧林、祁智、章红、王巨成、饶雪漫、李志伟、韩青辰、王一梅等；安徽青年作家群有伍美珍、王蜀、李秀英、杨老黑、王玲、邢思洁等；湖北青年作家群有林彦、萧袤、黄春华、童喜喜（金容）、伍剑和黄美华等。

丹麦著名文学史家 G. 勃兰兑斯曾说："我认为，我们大多数人都是由于怯懦，由于缺乏艺术的勇气，才获得那种和谐的。我们没有跌倒过，因为我们没有攀登过有跌倒之虞的高度。我们把攀登勃朗峰的任务让给了别人。我们小心翼翼地防止折断脖子，但我们摘不到只在山巅和悬崖旁边开放的阿尔卑斯山的花朵。"文学的每一个微小的进步，都需要无数的勇者和勤奋者为之付出汗水。中国儿童文学经过风风雨雨的 60 年，取得了令世人瞩目的光荣与辉煌。我们的儿童文学还有许多领域需要开拓，还有许多禁区需要突破，还有许多思想需要更新。只要我们永葆爱心与童心，用生命与激情去迎接明天的朝阳，去追寻理想与永恒，一定会拥有一个美丽的新世界。

第六章
文学的向度

文学的向度自然是一种扇面形的展开。写什么,怎么写,不必听命于他人的指令,而是"独行其是"的想象和创造。不过,共和国文学 60 年的丰赡,我们还是可以看到作家的着力处和文学的闪亮点,凸显了三个有中国自己特色的文学的向度,即乡土、城市和女性。

一、乡土文本

中国作为一个农业国度,有八亿人口居住在农村地区。中国的传统文化是农业经济和生存状态所支撑起来的文化,直到目前为止,这种文化还在很大的程度上支配着中国社会的大多数观念与经验的形成和流行。农业社会这笔庞大的遗产和现实积存,使得中国在二十世纪这个全世界都在走向工业化、城市化和现代化的历史进程中,带来了一次"农村包围城市"的伟大社会变革。这次变革不仅打倒了羽翼未丰的民族资产阶级,而且打破了都市在近代以来的自然成长进程,一时间,中国的城市变成了半军事化的、人口密集的生产基地。

在这个被费孝通先生称为"乡土中国"的国度里,每一个人都与乡土有着千丝万缕的联系。即使生活在城市中的人，也许三代以上就是农民，这种乡土血缘注定了中国作家文本中的乡土性。而且，"乡土中国"所特有的文化传统、人文精神、想象力、乡土情怀和审美理想等形成一种独特的"乡土文本"，它自身所具有的宏大、深厚、稳定的叙述规约和限制着作家的叙述。从现在从事写作的几代作家来看，由城市提供叙述与诗情的作家是很少的，大部分作家仍是从乡土中获取写作资源与写作经验。尽管社会形态（城市与乡村）与文学叙述的关系并不表现为直接单纯，把社会形态与文学形态置于单一的影响模式之下并不可取，但是，中国城市及与城市相关联的一系列品性的薄弱确实影响了文学的叙述经验与方式。正如李欧梵在谈到中国现代小说时所说："城市从来没有为中国现代作家提供像陀斯妥耶夫斯基在彼得堡或乔依斯在都柏林所找到的哲学体系，从来没有像支配西方现代派文学那样支配中国文学的想象力。"①

中国乡土社会里更多地包蕴着传统的因素。其实，整个中国传统文化和古典诗歌传统，都是乡土中国这个大文本所支撑和产生的。冯友兰在《中国哲学简史》里认为，儒道"都表达了农民的渴望和灵感，在方式上各有不同而已"。②他还认为道家思想里把自然有意识地理想化是与中国的农业根基和小农思想有关的。当然，今天的乡村不仅与鲁迅笔下不同，也与费孝通三十年代所写《乡土中国》的乡土形态发生了变化。但是，乡土作为一个潜在的文本对作家的想象、叙述、诗情来源有着深刻影响。所以，作为文本的乡土基本上是稳定的、沉静的，由它所滋生的审美经验、人文理想、道德理想已经内在地化为一种结构性传统，影响和支配着作家。尽管在中国历史的发展变迁中，土地被意识形态不停地修整和改写，但土地还是土地，它庞大的同化力、内潜力、稳定性、永恒性，仍然把它叙述为具有独特形态的文本，也成为共和国文学的一个重要向度。

---

① 李欧梵：《论中国现代小说》，载《中国现代文学研究丛刊》1985 年第 3 期。
② 冯友兰：《中国哲学简史》，北京大学出版社 1994 年版，第 22 页。

（一）　与黄土地亲近的文化血缘

"五四"新文化运动作为与乡土中国具有异质性的话语方式，尽管在乡土中国所形成的整体叙事面前显得有点单薄，可这种新的话语形式毕竟成了大多数知识分子的思维模式，并最终意欲以这种新的话语形式去重新解读乡土中国。"五四"新文学运动所形成的两大题材：乡村题材和知识分子题材，未尝不是这种异质于乡土中国的叙事模式所生发而来的。在启蒙话语的悲壮性的洞烛之下，乡土作为一个被重新赋予阐释的所在，呈现在知识者面前。在启蒙意识、平民意识、劳工神圣等诸多意识的规约之下，农民和乡土既成为认同的对象又成为启蒙的客体。在第一批新文学成果白话新诗里，就有着对普通劳动者人力车夫的赞美。在这种总体思维模式之下形成了鲁迅"改造国民灵魂的文学"，国民灵魂里的所有丑陋未尝不是建构在整个乡土中国的传统文化之上，所以鲁迅把"未庄"扩大到整个乡土经验中去，在他看来，"未庄"就是整个乡土中国。启蒙就是要对所有处于传统文化和村落文化的人进行审视和开启。鲁迅的许多小说以乡村为叙述空间，如《离婚》、《祝福》、《肥皂》、《故乡》等等，除在《故乡》里用童年的眼光来追忆往事时流露出极大的情感外，在别的乡村小说中，鲁迅与他笔下的人物缺乏共鸣，倒不如他描写知识分子的《伤逝》《在酒楼上》等小说浸润着个人的感情。渗透到"五四"那一代作家精神世界里有一种属于现代性的城市因素，促使作家个人意识的觉醒，内心世界里产生强烈的焦虑，从而化为一种独特的叙述。鲁迅的诸多改造国民灵魂的小说如《故乡》、《离婚》、《阿Q正传》等，都建立在审视和剥析乡村的生存现状之上。当然，扩而大之，这种乡村经验和性格蔓延开来，便是乡土中国的生存经验。

"地之子"成为那一代知识者的情感表达形式。被鲁迅称为"乡土文学"的作家如蹇先艾、许钦文、王鲁彦、黎锦明等人，在远离家乡的城市里带着些许乡愁叙述着故乡的苦难和愚昧，他们的叙述风格提示着某些来自地域的风土人情，"蹇先艾叙述过贵州，裴文中关心着榆关，凡在北京用笔写出他的胸臆来的人们，无论他自称为用主观或客观，其实往往是乡土文学，从北京这方面说，则是侨寓文学的作者。"① 如果这个时期的乡村小说把乡土叙述成为一块沉寂而封闭、贫困而苦难的地域，那么，三十年代左翼文学中的乡土则充满浮躁凌厉之气，在革命的热情下，这块乡土由沉寂变得躁动，由封闭走向开放，《田野的风》（蒋光慈），"农村三部曲"（茅盾），《山雨》（王统照），《野火》（王鲁彦），乡土在这些作家的叙述中呈现出破产和革命的性格基调。四十年代毛泽东的《在延安文艺座谈会上的讲话》以法典化的形式确立了"为工农兵服务"的方向，赵树理的乡村题材小说获得了典范性的意义。

当然，当时那批知识分子大都是从农村走入城市的，他们身居城市中却深深眷恋故乡，尤其是他们对当时社会的不满，以及启蒙思想的影响，使许多身居城市的作家总带着点乡愁来审视故乡，许钦文、王鲁彦、骞先艾等作家写出了后来被鲁迅称为"乡土文学"的小说。在"五四"那一代作家那里，仍存在着理念与经验的某些分离。从理念层面上说，他们是认同于西方现代文化的，也就是认同城市文明，因为在许多时候，城市化、现代化、西方化，在价值倾向上是一致的。但是，在经验层面上，乡土中国所培养的情感，仍游荡在他们的内心世界里。鲁迅、胡适等新文化人物的个人情感模式的矛盾里，未尝不意味着城市文化与乡村文化的冲突，他们身居城市中，却不得不接受母亲送的"礼物"，而且，这些"礼物"（朱安和江冬秀）是由传统文化培养出来的并不识字的女人。当鲁迅带着淡淡的同情书写他的城市知识分子时，我们感到的是他文本中的孤独和忧郁，甚至呈现出一种尖锐而紧张的异于乡土情感和经验的东西。可是，当他的笔触写到故乡的沙地、月亮和瓜田时，却变得轻松而抒情，如同他的《野草》和《朝花夕拾》。《野草》向自我灵魂的深处解剖，显得苍凉沉郁；而《朝花夕拾》则回忆童年往事，平和优美。一般来说，童年与故乡是一体的，思乡是人类的一种精神需要。"童年—乡土"所支撑

---

① 鲁迅：《中国新文学大系·小说二集序》，《鲁迅全集》第 6 卷，第 247 页。

的文本大多是有着浓郁情感的乡土文本，如萧红的《呼兰河传》和沈从文的诸多作品即是如此。现代作家理念层次与经验层次的分离，意味着都市经验进入生活于乡土世界的人的游离状态，意味着都市经验在庞大的乡土中国的异质性存在。

20世纪四十年代末的两部叙述土地改革的长篇小说《暴风骤雨》（周立波）和《太阳照在桑干河上》（丁玲），以当时流行的思想观念来把握乡土，从此农村题材的小说变成一种固定的叙述模式，乡土越来越隐退掉自身的丰富与意义，越来越失去其地域风姿而变成革命的土地。建国初十七年的农村题材的小说，都没有脱离掉这种叙事模式。茅盾早在1936年所写的《关于乡土文学》里说："关于乡土文学，我们以为单有了特殊的风土人情的描写，只不过像看一幅异城的图画，虽然引起我们的惊异，然而给我们的，只是好奇心的餍足。因此，在特殊的风土人情而外，应当还有普遍性的与我们共同的对于命运的挣扎。"可是，以后的乡土小说在与社会的亲密关系上，集中于所谓的普遍性，而失去其个人性的风俗叙述，仅仅变成农村题材的小说。从乡土到农村的转换不仅仅是一种叙述方式的不同，也是意识形态话语对乡土的改写。

毛泽东在"农村包围城市"中领导了革命的胜利，并把这个方针从军事移入到文化、生活等各个层面。"对毛泽东来说，城市不是马克思所认为的那样是现代革命的舞台，而是由外国势力占据的场所。这就培养了一种对城市的强烈的偏见情绪以及与之相对应的强烈的农民意识：城市意味着异己势力，而农村则意味着家乡。这种观念导致了一种普遍的疑虑，即城市是外国资产阶级思想道德以及社会腐化现象的来源和泛滥场所，即使外国人从这座城市里移居出去了，这种疑虑也还长期存在。"①《霓虹灯下的哨兵》（话剧）展开一个军队驻进城市的主题，既意味着这些来自农村初入城市的士兵如何拒绝资产阶级思想，又意味着以革命的意识形态去

① 莫利斯·迈斯纳：《毛主义中的乌托邦社会主义主题》，斯坦福大学出版社1974年版，第240页；转引自［美］托马斯·伯恩斯坦的《上山下乡》，警官教育出版社1996年版。

改造城市这样一个根本性的问题。五十年代初期对萧也牧的小说《我们夫妇之间》① 的批判，也是一个乡村文化对城市文化的批判和改造的主题。小说写了一对来自不同的文化空间，革命胜利后一同进入北京的夫妇，丈夫李克是从城市参加革命的知识分子，妻子却是 15 岁参加革命的山村女儿。面对城市的一切，丈夫感到既熟悉又亲切，但妻子却什么也看不惯，"我是来改造城市的，还是让城市来改造我们?"丈夫与妻子的冲突意味城市与乡村的冲突。在后来对《红豆》、《在悬崖上》里的资产阶级情调的批判中，也包含着对城市性的批判。1962 年获得好评的剧本《千万不要忘记》里对日常生活私人空间和欲望的抵制，从一个层面上传达了乡村改造城市的乌托邦冲动和焦虑。除在观念层次"农村包围城市"外，毛泽东还发动各种运动把城市知识分子送到乡村。1958 年前后，几乎所有的城市"右派分子"都下了乡村。60 年代到七十年代又把城市中的约占总人口数 10% 的高中生、初中生送到农村"接受贫下中农再教育"，高等教育的停办，中断了城市文化的绵延和传播，文学中的城市性在这场"农村包围城市"的运动中受到空前抑制。正如李欧梵所说："共产党革命的成功，剔除了中国现代文学的城市因素。而随着城市'精神状态'的消失，中国现代文学也丧失了它的活力、独特的洞察力、创造性的焦虑和批判精神，尽管它以农村题材为主流而获得了更广泛的活动场地和更大的'积极性'。'感时忧国精神'被那种对祖国和人民的吹捧所取代。"②

（二）乡村记忆的诗情

在建国之初的十七年的小说创作中，无论在小说数量还是作家数量上，农村题材都占了相当大的数量。这部分是由于"五四"文学传统和中国社会革命的现实所影响，一种更直接的原因是由于当时的文学观念和

---

① 《我们夫妇之间》，原载《人民文学》第 1 卷第 3 期，后收入《萧也牧作品选》，天津百花文艺出版社 1979 年版。

② 费正清主编：《剑桥中华民国史》，上海人民出版社 1992 年版，第 538—539 页。

文学潮流所致。"在当代，作家选材甚么题材、在作品中表现哪些方面的生活内容，写哪一类型的人物，被认为是体现作家世界观、政治立场和艺术思想的重要问题。"① 在这一观念指导下，题材的优势几乎先验性地决定了作品的重要性，从而使农村题材的小说获得丰厚的发展。我们可以列出一大批专注于书写农村题材的小说家——赵树理、周立波、马烽、王汶石、李准、刘澍德、康濯、刘绍棠、浩然、谷峪等等。而这时农村题材的小说更是举不胜枚举，著名的长篇小说有《三里湾》、《山乡巨变》、《创业史》等。那时较有影响的短篇有《不能走那条路》、《李双双小传》、《新结识的伙伴》、《太阳刚刚出山》、《赖大嫂》、《登记》、《"锻炼锻炼"》、《新事新办》等等。

一大批作家非常真挚地、身体力行地到农村去深入生活、体验生活，这就是所谓的"扎根农村"。柳青于1952年5月全家迁到陕西省长安县皇甫村安家落户，周立波1955年返回他的故乡湖南农村，安家落户深入生活。而那些直接来自农村的作家，更以其对农村生活的熟悉获得写作上的优势，这从另外一个层面上鼓励了一大批对写作抱有热情、虽然文学修养有所欠缺、但农村生活经验丰富的人。在赵树理影响下的山西作家群马烽、西戎、束为、孙谦、胡正等，都是土生土长的农民，他们对太行山区和晋中汾水一带的风土人情、生活习俗和社会风情都比较了解。可是，过分地强调生活的决定作用，使绝大多数作家陷入对生活和经验的表层书写中，而没有获得自主的个人意识超越于他所置身的事物之外。在绝大多数情况下，农村的生活又与党的政策、方针紧密联系在一起，所以，在十七年的书写农村生活的小说中，我们可以找到党在各个时期在农村推行的政策，如合作化、合作社、大跃进等等。十七年的农村题材的小说从一个侧面成为我们了解那个时期农村生活状态的参照。但是，由于当时的作家过分地配合政策和形势的需要，他们的作品因此而受到损害，正如洪子诚在《中国当代文学概说》里所说的那样："在他们最好的作品里，也存在着

---

① 洪子诚：《中国当代文学概说》，香港青文书屋1997年版，第67页。

这样的矛盾：一方面是某些真实的、有生活气息和深度的描写，另一方面是某一时期规定的农村政策作为框架构造。这两者的冲突，在作品中产生了无法弥合的裂痕。"①

当然，作家们扎根农村的热情是真挚的，他们对书写新中国新农村怀有激情和冲动。在这批作家中，山西的赵树理被称为书写"农村生活的圣手"。四十年代，赵树理以《小二黑结婚》、《李有才板话》、《李家庄的变迁》等作品，在解放区获得很高声誉，而被树立为"赵树理方向"。1951 年赵树理回到山西长治地区太行山区，以更直接的方式融入到农村生活中去，写出了一大批生动的描写农村生活的作品。五十年代以后的主要作品有：短篇小说《登记》、《求雨》、《"锻炼锻炼"》、《老定额》、《套不住的手》、《杨老太爷》、《张来兴》、《互作鉴定》、《卖烟叶》，长篇《三里湾》，电影故事《表明态度》，长篇评书《灵泉洞》（上部）、特写（或传记）《实干家潘永福》。另外，还写有鼓词《石不烂赶车》，小调《王家坡》，上党梆子《十里店》以及改编的上党梆子《三关排宴》。赵树理非常熟悉山西农村的风土人情和生活习性，他用地地道道的农民语言来写农民，小说结构大多采用传统小说和民间艺术的结构形式，他在小说中喜欢讲故事，语言平白朴素，他的农村题材的小说，非常关注农民的日常生活和新的生活状态所带来的伦理道德的变化与冲突，所以在他的作品中，我们可以看到乡里乡亲的喜怒哀乐。他试图打通"新文学"与"农村读者"之间的隔阂，其作品对那些多少认识几个汉字的人都没有多大的阻碍。他坚持小说对实际生活的指导意义，写小说要对生活有所行动，他的"问题小说"的意识便是诞生在这个信念之上，写的小说便是要改变那些"旧的文化、制度、风俗、习惯给人们头脑中造成的旧影响"。在《登记》中，他试图解决旧的婚姻观念和旧思想对人们的束缚，那些坚持旧观念的人物"三仙姑"和"二诸葛"在新的生活面前都受到教训，并因此转化了思想观念。在《"锻炼锻炼"》中，那些落后的农村妇女"吃

---

① 洪子诚：《中国当代文学概说》，香港青文书屋 1997 年版，第 68 页。

不饱"和"小腿疼"等也改掉自己身上的落后因素，而走到建设社会主义新生活中。赵树理非常关注变革时期农民的心理因素、家庭关系、公私关系，试图用小说的"劝诫"功能，去引导处于落后状态的农民。《三里湾》被认为是"我国第一部在较大规模上反映农业社会主义改造的长篇小说"，合作化初期两条路线、两种思想的冲突被设置在两个家庭中进行细致的描述，这里既有像王宝生、玉梅等思想面貌全然一新的新农民，也有像"糊涂涂"、"常有理"等带有浓厚的小生产者的自私性的农民，在许多评论者看来，后一种形象比前一种形象更丰满、更生动，这是赵树理对当代文学的出色贡献。

五十年代，柳青脚踏实地地深入农村生活，直接参与了当地农业合作化的过程，为他将要进行的《创业史》作生活和经验准备。对于《创业史》的创作动机，柳青说："这部小说要向读者回答的是：中国农村为什么会发生社会主义革命和这次革命是怎样进行的。回答要通过一个村庄的各个阶级人物在合作化运动中的行动、思想和心理的变化过程表现出来。这个主题思想和这个题材范围的统一，构成了这部小说的具体内容。"（《提出几个问题来讨论》）《创业史》的故事发生在渭河平原的下堡乡的蛤蟆滩。在这个刚刚进行了农业社会主义改造的蛤蟆滩，生活并不平静，各种力量或明或暗地进行着较量。一种新生的力量是梁生宝和他所领导的农业互助组，另一种力量是富农姚士杰、富裕中农郭世富和走个人"发家"道路的村长郭振山。当然，还有动摇在这两种力量中间的像梁三老汉这样老一代的农民。在新农民梁生宝身上，有一种革命者的理想主义气质，作为农业合作化的带头人，梁生宝总是吃苦在前，用具有说服力的结果证明了走合作化道路的正确性。在《创业史》中，有一段描写梁生宝买稻种的细节曾经被选进中学语文课本，在大雨之夜，梁生宝带着互助组的钱去买稻种，这一段确实很感人。可是，在整部作品中，却存在着明显的观念化的东西。作家按照当时的流行模式和要求来书写他笔下的人物，从而影响了整个作品的深度和真实性。

农民问题是社会革命的首要问题，中国社会现实要求小说家要在作品中完成对新中国农民的叙述，新的生活、新的面貌、新的状态，这是新中国对农民的总体描述。可是，在新之前的旧是怎样的？先进的反面状态落后在新形式下又将如何呢？这要看作犯某些东西。1959 年，《文艺报》就"如何反映人民内部矛盾"为题，组织了对赵树理的小说《"锻炼锻炼"》的讨论，并刊发了认为这个短篇是"歪曲了我国社会主义农村的现实"、"诬蔑农村劳动妇女和社干部"的否定性的文章，在以后的"反右倾机会主义"的运动中受到"内部"批判。而在 60 年代对柳青《创业史》中梁三老汉的评价，也从一个方面说明对"中间人物"不同的价值评价，虽然在对梁三老汉的评价中已经涉及十七年文学中很少谈到的美学问题，但是，由于当时对作家和人物的思想和意识的重视远远大于对作品本身的美学趣味，所以讨论并没有在文学本身的美学问题上停留太久。1960 年邵荃麟在《文艺报》编辑部的一次会议说："《创业史》中梁三老汉比梁生宝写得好，概括了中国几千年来个体农民的精神负担。但很少人去分析梁三老汉这个人物，因此，对这部作品分析不够深"；"我觉得梁生宝不是最成功的，作为典型人物，在很多作品中都可以找到。梁三老汉是不是典型人物呢？我看是很高的典型人物。"严家炎也认为，梁生宝这一形象在塑造上有"三多三不足"的缺陷：写理念活动多，性格刻画不足；外围烘托多，放在冲突中表现不足；抒情议论多，客观描绘不足。这些观点，受到包括作家在内的大多数批评家的反对。柳青在《提出几个问题来讨论》一文中表示对严家炎的观点，"却无论如何不能沉默"，因为其中"提出了一些重大的原则问题"；"我如果对这些重大的问题也保持沉默，那就是对革命文学事业不严肃的表现"。美学和文学本体问题与作家世界观和革命事业混淆在一起，是怎么也说不清楚的问题。而在十七年的农村题材的小说创作中，对作家世界观和正确立场的强调，在某种程度上甚至成为至关重要的，从而掩盖了对作家艺术修养和作品艺术性的基本问题，所以那个时期的小说普遍存在着观念化的形态也是难免的。

到了"文革"后的历史新时期，叙述农民和乡村的文学作品出现了新的面貌。

一个值得重视的现象是反思文学的文本大都是乡村文本，如《许茂和他的女儿们》、《芙蓉镇》、《李顺大造屋》、《笨人王老大》、《剪辑错了的故事》等等，故事的叙述空间是乡村，似乎只有农民承受了历史和社会的灾难，或者说写农民更容易写出整个中国的苦难。因此，反思文学中的乡村文本可以看作整个中国的经验。与十七年农村题材中社会主义建设中农民的新生活、新面貌相比，反思文学中的农民大都是一些受难者的形象。故事设置的结构在二元对立的模式中进行，一边是坚持错误和荒谬路线极端教条化的领导，一边是老老实实小心翼翼地生活却备受磨难的农民。《剪辑错了的故事》里的老甘，其他典型文本中的许茂、李顺大、张铁匠、李铜钟等人，都是些安分守己的人，他们的愿望无非是安居乐业，凭借勤奋的劳动能过上好日子，但他们的愿望却一次次落空。可以看出，作家是用农民的朴素意识来反思当时的政治。属于正面价值的农民意识来源于乡土中国农民的基本要求和愿望，他们老实得有点胆怯，轻信而保守，善良得近乎愚讷。他们信奉土地，而土地却成为政治的运动场，土地除了沉默得贫瘠还能作什么呢？在这些反思文学中，支撑着作家进行反思的是农民的合理要求以及这种要求不能满足之间的矛盾，是没有政治倾向的土地与政治和意识形态的冲突。在这种种较量中，农民是受难者，农民也是最后的胜利者。当历史的尘埃逐渐散尽之后，政治的荒谬性褪现出来，农民的固执和坚守使他们承受着苦难，作家们就是从农民的苦难中获取一份反省精神，来映衬那个错乱的时代。

对于知青作家来说，乡土不是他们的出生地，所以，他们不可能如来自农村的作家那样有强烈的乡土意识和乡土情感。他们又不同于那些一直生活在城市里的作家，这些作家对农村和土地是陌生的，如王朔、刘索拉等等。他们不能像这些作家那样把土地毫无顾忌轻轻松松地忽略掉，尤其是当他们刚刚回到城市时，城市反而成为需要重新认识和适应的场所。所以，在这批具有知青经历的作家开始文学写作时，农村和土地还是他们最先关注的对象。

整个"上山下乡"运动都是在革命理想主义的豪言壮语中展开的。

把一种新的革命理想和青春精神注入到整个社会的价值观念之中去，从而改变大众的价值观念，把这场运动合理化崇高化，成为一种社会时尚。革命理想主义点燃起知识青年的青春热情，"山"和"乡"成为他们实现理想的场所。从后来许多知青小说中，我们可以看出当时革命理想主义的影子，但是，这个影子并没有支撑他们走很远。他们浪漫的理想最终在现实的土地上一点点破碎，如王安忆《广阔天地的一角》里面的荆国庆，他曾经咬破手指写血书，立志到广阔的天地里去锻炼。可是，当他真正地到了农村之后，他发现现实并不是像他所想的那样，他开始变得有点玩世不恭，拼命想通过上大学来逃离农村。韩少功《远方的树》里那个吊儿郎当的知青田家驹终于离开美丽的茶园和可爱的姑娘小豆子，对他来说："刚下乡时，看到一花一草都觉得有诗意，决不会随意把茶苗踩倒。现在呢，茶场的一切显得这样冷漠疏远。自己也许真的变了，变坏了。"土地因失去革命理想主义的支持而变得毫无意义，他们又无法获得与土地的其他关联，最终只能逃离土地才能获得一种解脱。当然，梁晓声和张承志是两个例外，他们的文本构成了革命理想主义的范本。

在梁晓声两篇书写知青生活的著名小说《这是一片神奇的土地》和《今夜有暴风雪》里，土地成为革命信念的支撑地。土地的意义不是耕耘与收获，而是在耕耘与收获的过程中支撑起青春和热情。所以，土地失去它本身所具有的意义和功能，而获得了高于它自身身份的价值。这种身份的获得又与特定的时代精神紧密地关联着，年轻人只有把全部的青春与热血洒在土地上才有意义。构成梁晓声小说中叙事结构的便是这种理想情怀。

土地和理想构成了梁晓声知青小说的叙述，农村和土地是知青们实现理想的实实在在的场所，在这片土地上留下了他们的梦幻与追求，留下他们的青春与热情，青春无悔，理想万岁。梁晓声在宏大叙事中展开他的故事，书写他的知青理想。所以，他对知青的经验缺少反省与透视，对那种革命理想主义怀着极大的热情，因此，渗透在叙事中的知青生活无不洋溢着这种情绪。在梁晓声的这两部知青小说中，知青的日常生活并没有呈现出朴素而平常的意义。即使有时候个人诗情和生活细节逸出整个生活范围之外，最终也没有获得自足的意义，而是被那种包含一切的革命浪漫主义情绪所同化。

同梁晓声一样，张承志的作品中浸润着由浓厚的革命浪漫主义所滋生的青春激情，这种激情使他小说中的"我"或"他"无法固定在既定的规则之下，他们总是在日常生活之外寻找一种诗意的东西，好像来自一个遥远的地方满怀着激情向你倾诉，因此，他的作品具有浓郁的抒情性。《绿夜》中那个回到城市的青春的"他"，无法忍耐日常生活的凡庸，又回到那片洒满青春热情的大草原寻找诗意和美丽如梦的小奥云娜。《北方的河》里那个有着知青经历的大学生，也是带着青春热情寻找着力和美，"他"的梦和激情注入每一条涌动的河里。《金牧扬》中"M"的部分，"我"在内蒙古插队四年的生活，"我"和同伴们曾经怀着红卫兵崇高狂热的心情重走了当年红军长征的革命之路，他们又带着同样的激情来到粗粝而宽广的大草原上，尽管草原生活荒凉而充满苦难，"我"的激情却如草原上的风在呼啦啦地飞。"我"和额吉一家一起踏上去寻找黄金牧场的苦难历程。张承志的所有作品都跳动着青春的激情，浸润着诗性的倾诉，激扬着一种英雄情绪，萦绕着浪漫的梦幻色彩。

留在知青记忆中的"土地"，不是乡土作家们笔下近于"出生地"之地，而是童年记忆中的乐土。思乡缘于人类的一种基本情感，许多有着乡土记忆的作家都会把这种情感化成一种文学中的乡愁。思乡和乡愁一直是中国文学的一个基本母题，这是一种带着浓郁的温情与哀愁的美学情感，遥遥乡关，茫茫归途，游子的心如浮云苍海，在寂寞中隔着时空追忆故乡与童年，所有的苦难都化成一种美丽的情感，当代作家在传统与现代的碰接中，并没有粉碎留在心灵中的乡土记忆。史铁生在北京怀着无限的深情和眷恋写下《我的遥远的清平湾》，在这篇小说中，清平湾变成一种类似于乡土记忆与乡土诗情的地方。史铁生既没有像梁晓声和张承志在这片土地上激荡着革命理想与激情，也不同于王安忆笔下的人物只是土地上一个短暂的过客，知青身份成为与土地识别的标志，也不同于朱晓平对土地和农民怀有的审视姿态。在陕北的这片荒凉的土地上，"我"是知青，也是一个普通的农民。"我"和乡亲们一起播种收割，"我"病了，队长给"我"端了一碗白馍，并安排"我"和"破老汉"一起放牛。破老汉是绥德人，一肚子歌，"我"和他赶牛上山，便听到他一路走一路唱《走西口》、《信天游》，晚上"我"和老汉一起在饲养室呆到十一、十二点，听老汉在"我"耳边叨唠些日常琐事，"我"与老汉之间有一种默契而亲近的感情，老汉跟"我"讲他自己的事，"我"有时也拿老汉与后沟的一个寡妇要好开老汉的玩笑。破老汉因为舍不得给大夫送"十斤米或面"的礼，耽误了儿子的病，一直不能释怀。因而他虽然和后沟的一个寡妇相好，却不能结婚，怕对不起儿子留下的孙女留小儿。"我"后来回北京治病，乡亲们托同学捎来好多特产，还有破老汉特意用十斤好小米换的十斤陕西省通用粮票。《我的遥远的清平湾》里的知青"我"和破老汉之间有一种类似于亲情的东西，"我"虽然仅仅是这儿的一个过客，却享受到一种永恒性的感情。当史铁生在城市里追忆这段乡村的经历时，过去的一切都变得那么美好，破老汉和他的孙女，劳动和拦牛都变得那么温馨，连同那些岁月的苦难也在追忆中化成了些许的回味。

史铁生虽然不是从小生活在乡村，可是，乡村和土地已化成一种情感底色。《我的遥远的清平湾》里有一种田园牧歌式的调子，清新而忧伤，质朴而多情。史铁生和他生活的土地上农民的文化差异与生存距离，在他富有感情的追忆中消失了，他的回忆来自那片土地，他的诗情与叙事模式也来源于那片土地。土地在史铁生那里，不再是一个客观的呈现对象，而是和他自身情感混杂在一起的生存空间。

相比较于史铁生的《我的遥远的清平湾》里的乡土情感和乡土诗情，陈村早期的知青小说《蓝旗》的乡土性要薄弱一点，可是，由于作家的视角近于平视，里面的知青与生活的土地基本上获得一种认同。他在上海回忆他曾经生活的那片土地，那些质朴的乡人乡事。正如他自己所说："我和几乎所有的知青一样，身在田头，心在家乡。后来，果然回来了，却没有期待中的那种欣悦。……我是从农村开始认识人生的。回来后，我常会想起板桥的村庄、河流，想起村里善良的乡亲，甚至想念一条名叫'嘎利'的花狗子。"① 当陈村在城市里追忆乡村时，他经验中所得到的乡土情感并没有像史铁生那样成为一个完整的统一体，形成一种叙事结构完整的乡土诗情，他的追忆在某种程度上是破碎的，因此，他的小说《蓝旗》中的乡土世界在和谐中偶尔也有情感的冲突，作者的追忆呈现出片断式和速写式。可以这样说，陈村的知青小说所呈现的乡土情感并没有支撑起他叙事的完整结构。但是，《蓝旗》中所浸润的温情和诗意，也透露出知青作家陈村对土地的深情和怀恋。

当然，史铁生和陈村等人的乡土情感毕竟不同于那些土生土长的作家。史铁生和陈村是在十七八岁从城市里来到乡村的，乡村只是他们的"第二故乡"，或者与城市构成差异的追忆之地。在某个时候，尤其是当他们刚刚进入城市时，他们对城市还缺乏心理与文化上的认同，乡土情感与乡土意识建构起他们的叙述诗情与结构。可是，当他们越来越熟悉城市生活及其文化结构时，他们很快建立起另一种与乡土性完全不同的叙述样式。在这方面，陈村比史铁生要走得更远。或许原来陈村文本中的乡土意识就比史铁生薄弱得多，他很快进入对城市的直接书写中，并且运用与城市结构更相近的现代技巧。

知青与农民的关系里包括城市与乡村、现代与传统等诸多关系的多重冲突。"上山下乡"运动的目的便是"知识青年接受贫下中农再教育"，把这些城市青年培养成"有文化的新农民"。可是，对于农民来说，知识青年在他们眼里是有文化、来自城市的人，对文化和城市的信任和崇拜，他们对知识青年既同情又好奇，他们惊异于其生活习惯与生活方式的异质，但又对这些年纪轻轻离开父母到农村吃苦的孩子抱着极大的同情。如韩少功《远方的树》里小豆子的父亲对田家路的宽厚，陈村的《蓝旗》里村民对小陈的友好和关注。这是事情的一个方面。从另一个方面来说，作为一个从城市闯入农村的知识青年，农村的一切对他们来说都意味着陌

---

① 《知青小说选》，四川人民出版社1992年版，第145页。

生和重新开始，在他们进入现实实践层面时，他们十几年所受的教育和城市生活习惯，在某种程度上会与乡民和土地形成一种冲突。只有他们这些外来者才能发现土地上的生存状态，才能带着复杂的感情来审视这片土地。可是，在最初的知青小说中，知青们刚刚从乡土回到城市，由于时空的距离，土地还没有形成一种客观审视对象。知青作家大多带着浓郁的自我情绪书写知青们在农村的遭际，大多停留在表层的叙述和呈现上，许多还没有脱离流行的观念层次，停留在对当时普遍产生的事实进行呈现。农民和土地只在某种程度上成为他们的叙述对象，可是，由于作家的叙述角度的平视和对自身命运的关注，土地大多飘浮在叙述之外。而且，土地与作家之间也没有构成一种审视关系。土地的状态和农民的境况在知青作家的小说里并不多见。这似乎有点奇怪。在八十年代初的反思小说中，比这些知青作家大一点的作家大多叙述农民和土地的故事来进行苦难的反思，而这些具有乡土经验的知青作家更关注于自身的经验，或者说农民和乡土一直游离于其自身的经验之中。其实，没有比他们更有资格与优势来反思和审视这片沉默的土地。遗憾的是只有为数极少的作家具有了这种审视姿态，从而在叙述中浸润着一种对土地和现实的理性意识。

朱晓平的《桑树坪纪事》（1985 年）便是用审视眼光和反省精神来观照关中大地，以期来把握农村生活的本质及农民的心理和性格。小说中的"我"是一个从城里来到桑树坪的知青，桑树坪的一切人和事都是在"我"的眼睛和思考中呈现出来，桑树坪里发生的事是"我"发现和透视的事。在"我"的审视中，我们发现一种全新的对农村和农民的生活状态的观照。当代文学的空间格局中，农村题材的小说一直占有绝对优势，我们对农村和农民的感觉和认识主要建立在那些小说对农村的叙事上。《山乡巨变》、《创业史》、《三里湾》、《不能走那条路》里的农村充满着社会主义建设热情和农村新气象，尽管也有像中间人物亭面糊等，但这些后进人物最终改造掉自己身上的自私，而加入到社会主义建设中来。在十七的农村题材小说中，基本上没有脱离掉宏大叙事下对农村的解释，在集体话语中叙述的农村，无非是两条道路的斗争，最后皈依到一条道路上来。八十年代初反思文学中的乡村小说，开始出现农村的衰败和贫穷、荒凉和愚昧，可是，这种农村处境却有着一个政治性的目的，那便是反思"文革"。因此，这个时期的乡村小说无论从人物还是故事都具有简单化和模式化现象。而朱晓平的《桑树坪纪事》里的李金斗，超越出以前小说中对农民形象的叙述。这个桑树坪的生产队长，给"我"第一面的印象便是"面不善"、"贪小利"、"耍小心眼"，穿着破破烂烂打着五颜六色补丁的黑裤黑袄，"我"拿钱吃饭他抢着去开票，开一碗汤分到两个碗里，平白赚了"我"七毛钱和一斤粮。"我"以为李金斗是村里的二流子之类，可是到了桑树坪，才发现他在这里与城里截然不同的气势。他是桑树坪绝对的权威，他精明而务实，狡黠而功利。他在那个动乱的年代里，对政治并不太关心，只想多收获点粮食，庄稼人多一点口粮。在他意识里，"上山下乡"运动是来抢夺庄稼人的衣食的。

李金斗是一个非常复杂的农民形象，他既不是个好人也不是个坏人，而是一个真真实实的人。他为了桑树坪的庄稼人宁肯挨公社人的耳光，他又为桑树坪李姓的族人，合伙欺负外姓人王志科，直到把王送到监狱。他把生活算计得滴水不漏，大儿子死后，年轻的儿媳妇与一个麦客相好，他把儿媳妇痛打了一顿，让她嫁给侏儒相的二儿子，儿媳妇最终投井自杀。李金斗的精明和心计多源于在极端贫困状态下所养成的自私和求生本领，农民的善良和朴实隐退在生存苦难之外。善良并不能带来实际的利益，倒是精明以及为了达到目的所设计、表现的残忍，才能给现实带来切切实实的好处。

接下来在新时期文学中影响较大的"寻根文学"，更把关注点移到乡土中国。韩少功在《文学的根》里表述了向传统文化和民族意识内部寻找文学生长的基本点，"文学有根，文学之根应深植于民族传统文化的土壤里，根不深，则叶不茂。"① 李杭育则认为文学的根在中原文化规定之

---

① 韩少功：《文学的根》，《作家》1985 年第 4 期。

外，"分布在广阔的大地上，深植于民间的沃土"。① 在西方现代意识与中国传统文化之间，他们归依到中国传统与乡土中寻找文学的生长点。或者说他们用在现代社会里获取的视点与期待，去寻找散落在乡土大地上的生命之根。

承载寻根文学进行叙述与想象的"根"是乡土。"农民和乡村社会，是中国社会基础扎根最深的所在，也是中国文化赖以生存和延续的社会母体。自然的、文学表现的非常丰富非常深刻的内容来自于乡村社会。"② 寻根文学的绝大多数文本都是乡土文本，如《爸爸爸》、《棋王》、《小鲍庄》、《最后一个渔佬儿》、《老井》、《商州》系列、《厚土》、《异乡异闻》系列、《红高粱》系列等等，支撑着寻根作家进行叙述的是乡土，这片神秘而宽厚的土地上有着我们民族全部的沉滞力和生命力，剥开层层厚土才能发现民族精神的岩浆。正如韩少功在《文学的根》里所说的那样，作家们"去揭示一些决定民族发展和人类生存的谜，他们很容易首先注意到乡土。乡土是城市的过去，是民族历史的博物馆，哪怕是农舍的一梁一栋，一檐一桶，都可能有汉魏或唐宋的投影。"从这里可以看出，支撑寻根派作家对乡土叙述的冲动，是寻找属于本民族的精神和文化延伸下来的根系，而不是如"五四"时期鲁迅等人的乡土小说里的改造国民劣根性的启蒙意识。"揭露病痛，以引起疗救的注意"，在作家与乡土之间是一种审视与被审视的关系，作家站的比乡村高，城市给予了作家以审视的秩序与可能。寻根作家的视角与"五四"时期启蒙作家相比发生了根本性的转移，他们的情感要丰富得多。在他们那里，乡土是有着无限意义的所指，不同的作家对它进行阅读与阐释中所获得的意义是不同的，也就是说，寻根作家在乡土中所发现的"根"是有着多种层次的。

在寻根作家们向民族精神和文化层次纵深处挖掘的过程中，他们找到了深植在乡土社会里的文化生存之根——生存的自然性。与城市相比，乡

---

① 李杭育：《理一理我们的"根"》，《作家》1985 年第 9 期。
② 张钟：《当代中国大陆文学流变》，三联书店（香港）有限公司 1992 年版，第 9 页。

土是没有被人类文明改造过的纯净之地，在城市越来越按照人为的想象成为非自然的所在时，乡土仍以其日复一日的固守与坚韧保持着它本来的面目，在单调而重复的乡土里面恰恰蕴藏着整个民族的生存之根。贾平凹在商州里找到人与自然的和谐关系，在那片土地上充盈着静与美、质朴与纯洁、单纯与诚意。在《商州》系列里，支撑着贾平凹全部叙述与想象的，是由土地所获得的诗情，这里的山、日、月、水、人、物构成和谐的相依关系，人与自然达成一种完美的融合。由土地所唤起的审美意识和情感方式一直是中国传统美学的核心，"情景交融"、"物我两忘"、"境界说"这些审美范畴的确立，启示着中国传统文化中人与自然的和谐关系。整个中国古典诗歌传统与美学，也依傍于由土地所支撑起的人与自然的和谐关系，陶渊明的"采菊东篱下，悠然见南山"意味着生存自然的最高境界。从这个意义上说，贾平凹的《商州》系列，采用现代叙述方式承接着传统的古典诗情，喧嚣升腾后的沉寂，繁华洗尽后的质朴，清水芙蓉，浑然一体。

李杭育在书写生存的自然性时却抱着极大的留恋与同情，他的这种审美情感与状态和贾平凹相似。《最后一个渔佬儿》里的那个渔佬儿继承和延续着葛川江上的自然生存状态，打鱼、晒网、拉网，以江为家，以船为家，用身体所勃发的力量从江中获取生存的资源。可是，外界对江的侵蚀与污染使渔佬儿的生存状态受到威胁，渔民们纷纷放弃捕鱼为生的生存方式而上岸种地或到工厂做工，最后一个渔佬儿却以他的坚忍和高贵坚守着他的处于自然状态的生存方式。当然，这种坚守从某种意义上具有几许悲壮色彩，葛川江上的鱼越来越少，他深爱的女人最终也离开了他。他的坚守本身成为一个有意味的动作和象征。尽管李杭育对最后一个渔佬儿最后的自然生存状态给予了无限的留恋和同情，可是，他却无法改变其悲剧性的命运。在一个越来越工业化的生存处境下，渔佬儿的自然生存状态已经不可能了。正如同贾平凹的商州世界也出现了破裂的缝隙，尽管在这个浑然一体的商州里大多是日复一日不变更的日子："春天过去了，夏天就来，夏天过去了，秋天就来，秋天过去了，冬天就来，一年四季，四个季节完了，又是一年。"(《商州又录》)生存的自然性与时空的和谐对应成为商州生活的核心，可是，这种自然性在现代社会里也在发生着变异，在那个七十岁的老婆婆看来，孙子"越来越不像山里人了！"原先的自然生活状态被现代社会的技术和物质欲望一点点侵蚀掉和剥离掉。在自然的生存状态和现代技术生活中，作家们更多把他们的关注点投入到散发着宁静与和谐的自然状态里，这一方面预示着作家们对所生活的城市环境深怀质疑，另一方面也预示着这些作家用自然生存状态来对抗现实处境的企图。从作家的文本来看，这种自然生存状态也只有产生于封闭而凝固的大地与天空之下，无论是商州、小鲍庄，还是葛川江，都是被现代生活遗忘的近似于村落的地方。在这些宁静而僻远的区域，作家们寻找到的是生存的自然性。应该说，阿城的《棋王》也应算作寻根之作中所寻的生存的自然。只不过在《棋王》里这种生存的自然性被老庄的道家思想所构造，王一生的"吃"境和"棋"境，莫不是道家文化所熏染的自然境界。

寻根派作家所寻到的"根"，除了上述的生存的自然外，还寻找到了自然生存中的自然野性。与生存的自然性所承载的和谐、宁静相比，自然野性却跳动着冲动的活力和鲜活的生命力，如果前面的美学特征是静与美，那么这些作品的美则是动与力。莫言的《红高粱》和郑万隆的《异乡异闻》系列是这类寻根作品的代表。《老棒子酒馆》是《异乡异闻》系列小说中的一篇，郑万隆书写了远离现代文明和现代生活的僻远、蛮荒、神秘的山林世界里的自然强力和生命力。在这片冰天雪地的山林里，游走的是自由而豪壮的灵魂和强悍的生存意志。那里面的陈三脚既是个英雄也是个土匪，一个让人恨又让人"念想"的人，他敢爱敢恨敢说敢做，痛痛快快，无忧无虑。"他胆子特大，而且刀子使得特别好"，"三脚踢死一头狼"。这些都使他成为以力量和意志为行为准则的自然世界里的"硬汉"，他一辈子杀人放火，却又柔肠侠义，最后出现在老棒子酒馆里时，身上带了四十三处伤，最后的一处致命刀伤还在噗噗地冒着血水。他喝完了酒，处理完自己在这个世界上最后的几件事，带着他的伤消失在冰天雪地里。陈三脚的一生都是在英雄和野蛮中度过，连同他的消失都带有某种英雄豪气。郑万隆在这些异乡异闻异人身上发现一种不同于常人常态常事的生活与行为，在作家看来，这种异乡异闻异人异行里恰恰有着民族的生存活力和冲动，恰恰有着关于人的一些基本概念。正如他自己所说："我企图表现一种生与死、人性与非人性、欲望与机会、爱与性、痛苦与期待以及来自自然的神秘力量。更重要的是我企图利用神话、传说、梦幻以及风俗为小说框架，建立自己的一种理想观念、价值观念、伦理道德观念和文化观念；并在描述人类行为人类历史时，在我的小说中体现出一种普遍的关于人的本质的观念。"① 从郑万隆的《老棒子酒馆》来看，他关于人的本质的观念里不带有现代文明所赋予人的羁绊或自由，他把人类还原到人的自然性里去，他所肯定与赞美的又是人的自然生存中的自然野性。莫言更是以极度热情与想象书写着这种自然生存中的自然性，他的《红高粱》就是一曲关于强悍生命的自由赞歌，在莫言看来那片孕育着激情与活力的高密东北乡 "无疑是地球上最美丽最丑陋、最超脱最世俗，最圣洁最龌龊、最英雄好汉最王八蛋、最能喝酒最能爱的地方。" 在莫言笔下高密东北乡的红高粱地里，生机勃勃，激情浩荡，自由之风如爱情在鲜活的高粱上空飞扬。莫言把他的激情和想象投入到笔下的高粱地里，"奶奶和爷爷在生机勃勃的高粱地里相亲相爱，两颗蔑视人间法规的不羁心灵，比他们彼此愉快的肉体贴得还紧"。② 在这片飘荡着高粱清香的高密东北乡里，生命痛快鲜艳得如同浓烈的高粱酒，奶奶和爷爷的爱情豪放不羁，自由挥洒，他们的行为冲荡着束缚在生命上所有的礼教与枷锁。在这片高粱地里，中国传统和宗法制所有的法则在生命的自由与冲动里变得荡然无存。"奶奶"仿佛看到强悍的血液在 "爷爷" 黝黑的皮肤下川流不息，这种强悍的血液冲荡掉所有的束缚与限制，把生命还原到没有受到一切文明的本能状态。而支持着生命本能状态的不是孱弱和疲惫，而是强悍和生机，这才是真正的生命本能。

---

① 郑万隆：《我的根》，《上海文学》1985 年第 5 期。
② 莫言：《红高粱》，《人民文学》1986 年第 3 期。

当然，在莫言看来，只有故乡的高粱地里才滋生着这种鲜活泼辣的生命力，当他在追忆寻找和想象这种生命力时，它已仅仅成为一种追忆。文明和技术已把人类原初的生命状态压抑得失去力气，那片高粱地和那些敢爱敢恨的祖先们只是对现实世界的一种启示和蔑视。莫言在《红高粱》中再三陈述过这个意思："他们杀人越货，精忠报国，他们演出过一幕幕英勇悲壮的舞剧，使我们这些活着的不肖子孙相形见绌。在进步的同时，我真切感到种的退化。"他又说："我爷爷辈的好汉们，都有高密东北乡人高粱般鲜明的性格，非我们这些孱弱的后辈能比。"① 在过去与现在，乡土与城市之间，莫言用想象和激情构造成一片生动的艺术世界以对抗现实生存处境。郑万隆《老棒子酒馆》里的陈三脚和莫言《红高粱》里的余占鳌，都是些具有强悍生命意志的非常态的人物，他们逃离在现实的生存秩序之外，身上凝聚着与现存的规矩不合的全部可能性。莫言和郑万隆在正统的秩序之外，找到了处于民间状态的鲜活生命力与强度，用这种处于自然生存状态的自然野性支撑着叙述与虚构，支持起与现代城市生活的对抗与游离。

寻根文学的另一类作品则把目光投入到与土地相联系的农民的现实生存状态，这种写土地和农民的审视姿态在知青文学家朱晓平的《桑树坪纪事》里有所呈现。可是，寻根作家走得比朱晓平要远得多，他们关注生存本身，也关注支撑生存本身后面的更深邃的东西。在农民现实的生存状态后面是亘古不变的土地所凝结起的限制与束缚，人生活在这片土地上，人又最终无法逃离这片土地。郑义的《老井》、李锐的《厚土》、韩少功的《爸爸爸》等作品是试图在生活的生存状态之外，探求一些更本质的支配性的东西。老井（《老井》），厚土（《厚土》）和鸡头寨（《爸爸爸》）等地域已形成一种文化象征性形象，强大到足以限制、同化、束缚生存于这个地域中的人，在这种集体性的生存状态下个人的自主行动是无法抗衡整个文化的。《老井》中的孙旺泉好像生下来就注定了要接下父

---

① 莫言：《红高粱》，《人民文学》1986 年第 3 期。

辈的铲锹日复一日地打井，他别无选择，只能这样做，他最终"积历史、道德、家庭、个性的包袱于一身，渐渐，竟由人变成一口井，一块嵌死于井壁的石"。不是孙旺泉选择了打井的生活方式，而是打井的生活方式选择了他。在这块凝滞深厚的土地和同样滞重的文化传统面前，个人的情感和伤悲都变得无足轻重。作为男人的孙旺泉无法像巧英那样离开土地，"他又一次意识到自己的根太深了。他没有力量把它拔出来，而且拔出来他也就死了。"土地本身便是强大的文化象征符号，它以其无所不在的吸着力和同化力淹没了生活在土地上的人。李锐的《厚土》也以其同样的笔触指向那个山区那个土地上的生存景观，那山、石、树、水形成亘古不变的形象压迫着生存于其中的人。在《看山》中的那个老人："视线举着整座山峰朝上升，升，升……然后，停在半空里挣扎着，到底挣不过，沮丧地落下来；然后，再朝起升，升升；然后，更沮丧地落下来。"在山与人的较量中，山是永远的胜利者。《看山》中的老人最终也未曾在生命的短暂中走入否定生命的虚无境界，他像山脚下所有的人一样凭借生命本能自足地活着，活着本身便是一种意味深长的存在。韩少功的《爸爸爸》则把眼光放在一个封闭得近乎于原始部落的小村庄里，他不像郑义和李锐那样关注生存的现实性，而更注意近乎寓言和象征的意味。在《爸爸爸》里，时间背景被有意淡化，只有鸡头寨成了一个永恒的空间存在于大山与丛林之间，韩少功好像有意识地寻找到这个空间以展示其生存的原始性：愚昧凶蛮、巫卜迷信、禁忌邪说等等，从而呈现文化遗存和文化衰败。《爸爸爸》找到一个象征性的文化形象——小怪孩丙崽，他愚昧无知，天生长不大，却有顽强的生命力（当然他的生命力不是基于内心冲动和活力，而是顺应不变的生存状态，是一种以持久性来对抗生命迸发与激情的形象）。韩少功曾在《文学的根》里表述过要去寻找楚文化的遗存与瑰丽，而在《爸爸爸》里，我们看不到原初状态那奇丽而多姿的楚文化，却看到了一个文化濒临灭绝的病态与无奈。

如果说贾平凹们在生存的自然性里得到平静和自足，莫言们在自然生存的自然野性所寻到的是生命的激情与冲动，那么韩少功们在封闭的山寨和老井上寻到的则是压抑与凝滞。可是，面对着老井、厚土、鸡头寨等自成格局的文化系统，即使它单调、守成、愚昧、狭窄，我们也只能无可奈何。每一种生活方式和文化传统都有其形成的合理性，在那个时期对传统描述和质疑所称呼的"超稳定性结构"里，未尝不包蕴着对传统合理性的阐释。当然，对这些处于层层黄土中守常的生活方式的烛照与洞察是城市中知识分子审视传统与现实的一种企图，他们都试图超越表层的生存景观而把握住一种永恒性的东西。

寻根文学是一次大规模的文化还乡举动。这批城市知识分子在八十年代中期有意识地到乡土中寻找文学发展的根基。再一次说明了乡土在中国文学中强大的精神资源品格。但另一方面也说明部分作家"未明言的反城市情绪"，对于他们来说，中国都市不能给他们提供一个文本完整的叙述系统。

寻根文学的代言人韩少功曾为他们在乡土中寻到的"根"辩解道："这大概不是出于一种廉价的恋旧情绪和地方观念，不是对歇后语之类浅薄地爱好，而是一种对民族的重新认识，一种审美意识中潜在历史因素的苏醒，一种追求和把握人世无限感的对象化表现。"① 他的这种表白，只说明了问题的一个方面，这些作家对所生活的现实城市生活的真实处境无能为力，需要到乡土之中去寻找诗情，这本身或许意味着一种逃避。1985年以后，更年轻的作家开始直接叙述城市，中国当代文学开始呈现出新的美学趋向。

（三）家族故事与土地神话

关于土地与家族的小说在九十年代以"长篇巨制"的样式呈现出乡村的宏大叙述能力，乡土的结构形式与内在的叙述召唤着与乡土有着血肉相连的作家，家族与土地神话仍然制约着乡土作家的想象力。但是，从这些小说的结构形式与叙述方式来看，作家个人并没有跳跃到乡土之上，乡

---

① 韩少功：《文学的根》，《作家》1985 年第 4 期。

土与家族好像已成为一个固定而沉默的文本，借助着作家的笔呈现着自己。在这个不断被叙述的乡村文本里，历史时间与历史事件重组着家族的神话。所以，在这些厚重而典型的乡村小说里，个人性的东西是极其薄弱的，即使民间叙述、民间话语时而对顽固的历史叙述和意识形态有着些许的修改，但并没有颠覆原来的叙述模式与成见。所以，这些乡村小说从某种意义上说与周立波的《暴风骤雨》，丁玲的《太阳照在桑干河上》来源于同一叙述模式与规范。

《白鹿原》（陈忠实）和《缱绻与决绝》（赵德发）在结构模式上非常相像，再一次说明了在历史叙述下土地模式的相似性。《白鹿原》和《缱绻与决绝》在历史叙述之中夹杂着许多民间秩序的叙述。每一个家族都有本身的故事与传说，民间想象以谣言与传说的方式飘游在空中，这种种民间叙述和想象进入日常生活空间，参入日常生活的建构与运作，形成结构日常生活的民间秩序。这些民间传说往往是零碎的、谣传的、随意的，既依附于主流意识形态，又构成一种反叛性的力量冲击着主流权力话语。这些民间空间的叙述从细部修改了《暴风骤雨》的叙述模式。

九十年代的乡土由于其书写语境的不同而呈现出不同的意味，在陈忠实、李锐等作家那里，他们沿袭了文学传统中关于土地与家族的叙述，他们把家族故事以"诗史性"的期待带入九十年代的文学空间中，只是为了完成对乡土传统的一次重新书写。而在张炜那里，乡土则成为抵抗物化现实的精神来源，从而具有着形而上的意义。

九十年代的张炜更像一个乡村诗人。他用大地情怀建构起纯美的田园之梦，不知疲倦地倾诉着对大地的诗情与向往，这种细腻优美的倾诉与张炜个人气质和艺术个性有关。但张炜重复而纯粹的倾诉，更与他生存和写作的时代有关，这标示着张炜的文学宣言和文学主张，如果把八十年代的《古船》和他在九十年代一系列小说联系起来看，可以清楚地看出张炜的转变。

《古船》是八十年代重要的长篇小说，也是张炜八十年代最优秀的作品。这是一部深邃厚重的有关家族、争斗、苦难和变迁的小说。张炜站在一个高的叙述点上悲悯地洞烛着一个小镇几十年的历史，一个家族衰落了，另一个家族统治着小镇，赵四爷、赵多多等人借助于时代的力量获得权力，并把这种权力无限制地扩大化，非理性的报复和野蛮的争斗里寓示着人性的极度恶劣，当然，这种恶劣的人性是流氓农民赵多多的基本品格。而另一个衰落的家族隋家却背负着无限的苦难，隋抱朴如一沉重的老磨一样沉默地坐在老磨房里，他感到自己有罪，于是，每日都在反省自己的罪。妹妹隋含章长期被赵四爷侮辱，如一张飘零的白纸没有欢乐没有幸福。这些人蜗聚在这个狭小的区域内，谁也无法逃避自己的命运。当然，最有意味的是张炜在《古船》里也写了隋家两代人离开土地出走的故事，叔叔隋不召曾离开过这片土地，但最终穷困潦倒而回，只留下关于航海的传说和笑谈。弟弟隋见素试图离开土地到城市里闯荡天下，最终也重病而归，喜欢见素的大喜说："你不该去城里，我知道你是被城里害成了这个病。"隋抱朴刚开始对叔叔和弟弟的行为稍带鄙视，但最终走出了老磨房，遥望着河水说："老隋家还会出下老洋的人。"

《古船》里有张炜浓重的对现代性的向往和焦虑。八十年代启蒙思想与现代化观念，使张炜在书写小镇变迁史时给予了历史时间和观照，结尾处隋抱朴的觉醒、希冀、期待，都寓示着对将来进步与光明的希望。张炜对另一家族赵四爷、赵多多等人野蛮、残忍行为的叙述，也蕴积着张炜对这些"农民革命家"的质疑的同时，对象征着现代秩序的文明、进步、民主等现代观念的期盼。所以，《古船》里虽然也有对那些试图走出小镇的人的嘲讽与不满，但毕竟没有到排斥、对立的地步，而且最终小镇上的人还是接受、理解了这些流浪、破败而归的人。张炜在叙述隋不召死时带着无限的感情和感伤色彩："洼狸镇从今以后再没有一个天真烂漫的老人。他走了，带走了一些远航的故事、一些日子、一些色彩。"古船意象本身就有着关于现代性的象征性形象，《古船》最后一章第一句话好像在注释这个形象："一个个古堡似的老磨屋矗立在河滩上，与残破的镇城墙遥遥相对，似乎在期待什么，又似乎在诉说什么？"古船、古磨、老屋等纠结着沉重的传统，迈着艰难的步伐走向一个新时代。

可是，九十年代的张炜却从《古船》的立场策略性地退守到真正的"古船"时空中，从对现代性的期待与焦虑退守到对现代性的质疑，从对现代技术、思想的呼唤退守到宁静的大地和田园之上，从对外部事物的关注退守到对灵魂与内心的留守。对于张炜来说，这个时代并不缺乏向前的热情，缺乏的是留守的坚忍，所以，他呼唤真正的文化保守主义者，"能够坚定地、一贯地固守一种精神——这种精神的确是陈旧的或至少看上去是陈旧的——这样的人实在是太少了。"这是张炜在1988年写下的话，意味着写完《古船》的张炜重新面对了他的时代。1992年他的长篇《九月寓言》又一次震动了文坛，而《九月寓言》的代后记《融入野地》更以一气呵成的气魄表现了张炜的野地主张。在这篇近乎宣言性的文章里，张炜把他所有的思索、观念、主张用诗性的语言表达出来，融入野地里的"野地"，上升到近乎哲学的命题，它包蕴、指向所有的东西，它是自给自足的生存之地，它内在的精神足以拒绝所有外在的侵扰。张炜的融入野地，是基于对城市物化绝望后所寻找的精神归依与抚慰之地，是重新寻找一片和谐安静的家园。正如张炜所说："城市是一片被肆意修饰过的野地，我最终将告别它。我将寻找一个原来，一个真实。"离开"肆意修饰"的城市，返回到原初状态的野地，大地、田园、树木、丛林原来是如此相亲相爱、美丽和谐，"人实际上不过是一棵会移动的树。"所有的生命都来源于大地，又归依于大地，大地是人诗意的栖居地。但是，人却背离了其本源，让外在的俗事遮蔽了灵魂，张炜像一个劳作的农人一样贴近大地，"野地"在他的温情触抚中向我们敞开。融入野地是张炜不能忍受现实世界后的精神返依，"野地"宣言，也是张炜对这个时代拒绝与前行的宣言。

所以，从张炜九十年代最重要的小说《九月寓言》里，我们看到张炜的叙述策略和对现代性观念的态度变化。《九月寓言》虽然也流露出乡村人对象征城市文明的向往和羡慕，如村子里的姑娘对煤矿上工程师所使用器具的羡慕，但并没有改变整个村子自给自足的自在状态，外来的侵入与扰乱，最终消融在九月荡漾着收获与激情的田野上，那神秘的充满泥土气息与庄稼甜味的田野，那编织着想象和激情的田野，张炜退守到野地上，在绝望中守护乡村诗情。

九十年代贾平凹的写作状态却复杂得多。作为以乡村为主要叙述对象、在八九十年代很有影响的作家，贾平凹在都市与乡村之间徘徊，寻找新的表现形式和诗情。对于那些较少乡土经验的作者来说，当都市向他们提供诱惑、现代经验、恐惧、诗情的同时，他们也比较容易获得来自都市本身的话语，从而有效地把它们转化成一种文学经验。而对于像张炜等作家虽然受到都市诱惑，但他们自身对都市的抵抗使他们在坚守乡村写作中获得自信，他们的痛苦也成为一种坚守的资源和对都市宣战的优势。可是，对于那些试图把握直接生存的城市生活，却由于深厚的乡土经验的限制和束缚使他们游离于都市与乡村的分裂式夹缝里，他们被割断了与乡土的直接关联，却又无力与城市建立起亲密的关系，这也许是大多数出生于乡村的作家或在血缘上与乡村亲密的作家在现实与文学中的一个共同经验。从这个意义上说，贾平凹在九十年代的写作中具有象征意义。

贾平凹出生于陕西一个地地道道的农民家庭，从许多叙述中可以看出贾平凹的生活习惯、行为方式等至今仍保留着农民的习性，如他至今仍说陕西土话，不会说普通话。贾平凹文学起步时关涉的是乡村题材，在八十年代文学中他那些引起文坛注意的作品也是乡村题材，而且大多是与现实直接关联的乡村题材，如《腊月·正月》、《小月前本》、《鸡窝洼人家》、《浮躁》等等。他是一个现实感非常强的作家，八十年代的社会变化、改革开放所引起的农村变化是他关注的焦点。这是问题的一个方面。另一方面，从贾平凹的文字趣味和审美品味上看，贾平凹受中国古典笔记体小说影响至深，尤其是其部分拟笔记体小说里所传达的趣味和精神里，可以看出他获得了在乡土中国所培养的"士"（知识分子）的格调和玩味。所以，沉浸在古典情韵中的贾平凹比同是陕西人的路遥要逍遥得多，他既不像路遥沉浸在生活的苦难中，又不像路遥过分关注于青春的躁动与焦虑，他好像一开始就是成熟的，在"坐看云起时"之境中品尝文学之味，这味不辣、不咸，有一派平淡之气，间或流露出酸腐，像从古代坟墓中挖掘出来，极艳，却没有活力与生气。他的长篇《逛山》就是在同一命题下许多拟笔记小说的叠加。尽管这两个方面看起来差别很大，一个趋新，一个趋古，但在某种程度上具有精神趋向上的共同性，或者说这两种趋向来源于乡土文本所支撑的文学经验。

1987年贾平凹在《妊娠》后记里说："作品越来越加重了现实生活的成分，这使我也感到吃惊，想想来，这全是我的环境所致，地位所致，也是我的生命所致。但是，对于严峻的丰富的又特别新奇的现实生活，我几度的晕眩，迷惑，产生了几多消沉，几多自信……"① 作为一个把视角更多地投入外部现实而不是内心世界的作家，贾平凹不可能对他置身的城市无动于衷，我们即使看到他对个人内心世界的探索，也要从他与生存现实的密切而直接的关系中看到，正如他自己所说："一晃荡，我在城里已经住了二十年，但还未写出过一部关于城的小说。越是有一种内疚，越是不敢贸然下笔，甚至连商州的小说也懒得作了。"② 1992年在肉体上和精神上受到打击的贾平凹开始书写城市，"要在这本书里写这个城了，这个城却已没有了供我写这本书的一张桌子"。③ 根据贾平凹在《废都·后记》里的叙述，我们知道他是在远离所生活的城市的困扰下完成对城市的书写的，远离和书写行为本身既是他逃避的方式，也是他重新进入现实获得拯救的方式。

在《废都》中，贾平凹试图书写处于世纪之交的社会和文化转型期的中国城市文化状况，他把人物生活的城市空间称为"废都"，本身就意味着贾平凹对现代城市的态度。在《废都》里，贾平凹借着那头有着哲学家姿态的奶牛发表着对城市的看法，牛对现代城市不以为然，对城市的一切都看不惯，"她"站得比城市人要高得多，在"她"看来人从自然中脱离而进入到非自然的城市中本身就是愚蠢的。从现代人对城市的认识来看，牛的这些"高见"并不新鲜。从整个文本来看，牛的这些议论与整

---

① 贾平凹：《妊娠·后记》，见《妊娠·逛山》，作家出版社1993年版，第188页。
② 贾平凹：《废都·后记》，北京出版社1993年版，第519页。
③ 同上书，第520页。

个文本显得不伦不类，完全可以从文本中分离出来。从解读者的立场来看，与其说牛对城市的看法表明了贾平凹对城市的态度，不如从庄之蝶与女人的关系中看出贾平凹与城市的态度。

作为西京四大名人之一的庄之蝶在现实声名的虚妄中自慰和自我满足，他虽然生活在现代的城市里，他的许多想法和派头却有着中国古代名士的遗风。《废都》以庄之蝶与女人的关系以及与景雪荫的官司为线索，把中国当代文人的世纪末情绪淋漓尽致地书写出来。在现实生活中，知识分子已完全丧失了对现实的解释能力和主流地位，在庄之蝶与景雪荫的官司中，尽管庄之蝶不惜一切力量试图打赢官司，可是他最终以失败告终。庄之蝶只能在梦中以结婚、作爱、离婚的方式对景雪荫进行报复，这似乎是文人庄之蝶对女人、也是对现实最好也是唯一的报复方式。在庄之蝶的梦境里，"他学着中国古人的样子，也学着西方现代人的样子，邀请着她上床，他给她念《金瓶梅》里的片段，给她看录制的西方色情录像，他把她性欲调动起来……"① 这个梦境也许有着浓郁的象征意味，现实处境的无能为力上升为一种性能力与性权力。庄之蝶在与唐宛儿、柳月的性关系中，何尝不是用这种玩味的态度来书写？贾平凹在《废都》中对性能力无限夸张似的玩味与咀嚼，何尝不是一种世纪之交的文化与生存处境的替代性书写？只是这种书写仍借助于中国古代小说的话语方式和情感方式，贾平凹笔下的西京与现代城市相比，更像《金瓶梅》里的城市和市井生活。

贾平凹 2005 年出版的《秦腔》，是继《废都》之后又一部影响较大的作品。小说以秦腔这种古老剧种渐渐淡出乡村日常生活为背景，描绘了在市场经济大潮冲击下，乡村世界的真实面貌。早在 1983 年，贾平凹在一篇名为《秦腔》的散文中写到："农民是世上最劳苦的人，尤其是在这块平原上，生时落草在黄土炕上，死了被埋在黄土堆下；秦腔是他们大苦中的大乐，当老牛木犁疙瘩绳，在田野已经累得筋疲力尽，立在犁沟里大

---

① 贾平凹：《废都》，北京出版社 1993 年版，第 516 页。

喊大叫来一段秦腔，那心胸肺腑，关关节节的困乏便一尽儿涤荡净了。"①
在《秦腔》这部小说中，作者满怀一颗悲悯的心，用力透纸背的情感，
通过乡村文化的主体——人、乡村文化的载体——秦腔以及乡村文化的重
要构成——传统道德等三个方面，全景式地展现了乡土中国的凋敝现状和
乡村文明一步步衰落、崩溃的过程。"秦腔"在这里成为作者设定的一个
象征和隐喻，它是传统乡村中国的象征，证实着乡村中国曾经的历史和存
在。在小说中，这一古老的民间艺术正在渐渐流失，它片段地出现在小说
中，恰好印证了它艰难的残存。"乡土中国在整个现代性的历史中，它是
边缘的、被陌生化的、被反复篡改的、被颠覆的存在，它只有碎片，只有
片断和场景，只有它的无法被虚构的生活。乡土中国的生活现实已经无法
被虚构……"贾平凹借乌烟瘴气的清风街对乡村文明进行了彻底解构。
疯人引生是小说的叙述者，但他在小说中最大的作为就是痴心不改地爱着
白雪，不仅因为白雪漂亮，重要的还有白雪会唱秦腔。因此引生对白雪的
爱也不是简单的男女之爱，而是对某种文化或某种文化承传者的一往情
深。对于引生或贾平凹而言，白雪是清风街东方文化最后的女神：她漂
亮、贤惠、忍辱负重又善解人意。但白雪的命运却不能不是宿命性的，她
最终还是一个被抛弃的对象，而引生并没有能力拯救她。这个故事其实就
是清风街或传统的乡村中国文化的故事：白雪、秦腔以及"仁义礼智"
等乡村中国最后神话即将成为过去，清风街再也不是过去的清风街，世风
改变了一切。理想的精神家园已不复存在，夏天智与秦腔一起死亡，泥石
流埋葬夏天义的同时也埋葬了作者心目中的乡村文明，夏风抛弃白雪也宣
告了作者对乡村家园的抛弃，这一切使《秦腔》散发出浓重的沧桑气息。
《秦腔》的感伤是正对传统文化越来越遥远的凭吊，它是一曲关于传统文
化的挽歌，也是对"现代"的叩问和疑惑。

　　一个有意思的现象是，在共和国文学中由乡土经验所支撑起的小说叙
述里，间有诗化、散文化倾向。这是作家的个性使之然？还是乡土诗情参

---

① 贾平凹：《秦腔》（散文），《人民文学》1984 年第 5 期。

入了某种构造？在作家孙犁、汪曾祺、何立伟、刘绍棠等作家的乡土文本里，我们不难发现那种以期把握乡土诗情的内在结构。

孙犁的乡土小说里虽然有着当时流行意识形态的侵扰，但他的小说最动人之处不是战斗与炮火，而是能唤起美与童年记忆中的那部分。他与当时赵树理的乡土小说不同的是注重气氛的营造与意境的传达。意境，这个带着传统审美风范，曾占据了废名乡土小说结构核心的东西，走进了孙犁文本之中。《荷花淀》里坐在铺满月光的苇席上的女人，那一湖飘摇荷花和芦苇荡，男人与女人爽朗而健康的笑声，都焕发着和谐的诗情。《铁木前传》里最动人之处也是孩子对童年记忆里的铁匠和煤火的想象。孙犁曾说他创作《铁木前传》是出于现实所刺激的童年回忆。① 在乡土中的童年世界里是和平与宁静、充满诗意和幻想的。可见，进入城市之后人与人之间却好像隔着一层很厚的墙。于是，我们在《铁木前传》里便看到两种不同的调子。一种是乡土中的童年记忆所给予的：美丽和谐温馨质朴。另一种是现实生存的异己感所赋予的：冷淡而隔绝。在《铁木前传》中，孙犁把后一种调子化为两条路线的斗争。意识形态的有意识地介入乡村，打破了乡土原有的稳固性与和谐，孙犁文本中乡土风情的丧失，大多不是现代都市所导致的乡土整体性结构被破坏。在中国的乡土世界中，除了城市与乡村的冲突，也有意识形态的权力冲突，孙犁的文本中便保留着意识形态对乡土风情的破坏和强势。

后来的汪曾祺和何立伟试图接过新文学中的乡土传统和文人传统，构造出一片没有权力浸染的纯然而宁静的乡土，一片近乎童年记忆般和谐而温馨的所在。如果说四十年代的汪曾祺的文本中还有个人灵魂的探索与漂泊（如《复仇》），那么八十年代汪曾祺的文本，则摆脱掉分裂色彩的火气，而呈现出全然的宁静与和谐。汪曾祺把笔触投到自己的"故乡"江苏高邮的村镇上，《受戒》和《大淖记事》里的乡土呈现出一派自然与随和，洗净文化、历史、伦理等诸多符号，而呈现出与自然相亲相爱的感

---

① 孙犁：《关于〈铁木前传〉的通信》，收入《秀露集》，百花文艺出版社 1981 年版。

觉。《受戒》里的那个小和尚和那个明秀的小英子莫不洋溢着健康与活泼；《大淖记事》里的巧云和十一子的悲情虽然因为号长的介入而有点波折，但正义和善良很快驱逐去丑恶，于是美丽的更加美丽，和谐的更加和谐。在汪曾祺的乡土文本中，这些乡土之梦是不容许有任何丑陋的东西进入的，即使偶尔有，也只能成为暂时性的因素，而对整个的和谐与恬静并不能构成威胁性的力量。汪曾祺曾说他写小英子形象受过老师沈从文那些农村少女三三、夭夭、翠翠等的潜在影响，他小时候曾在庵赵庄的农家见过小英子的一家，"小英子眉眼的明秀，性格的开放爽朗，身体姿态的优美和健康，都使我留下难忘的印象，和我在城里所见的女孩子不一样。她的全身，都发散着一种青春的气息。"① 长期生活在城市中的汪曾祺，在60 多岁的时候追忆起自己童年记忆中的旧梦，他用极美的文字和冲淡的心绪，完成了对这些旧梦旧情的叙述。

汪曾祺乡土文本里的乡土经验大多来自童年记忆，他的文本比废名显得明朗些，比沈从文多了些儒雅气和文人境界。可以看出，汪曾祺的乡土是介乎二者之间的一种美学经验，既有着乡土本身所支撑的经验，也有文人传统所叙述的境界浸润。在汪曾祺的文本中，"乡土—童年"的替代方式介入作家的经验世界里。当然，对于汪曾祺来说，此童年也不是彼童年，而是隔了几十年的路向回看的。对此他自己是非常清醒的："四十多年前的事，我是用一个八十年代的人的感情来写的。《受戒》的产生，是我这样一个八十年代的中国人的各种感情的一个总和。"② 乡土中国所滋养的审美经验和古典情蕴，形成一种具有同化力和感召力的幽灵，时时滋润与温暖着异乡游子的心。生活在北京的汪曾祺也并不能从城市本身获得诗情与创作冲动，沉浸到记忆中的想象世界里再造一片和谐的乡土。

湖南作家何立伟的许多小说不注重写故事，而专注于境界与气氛的营造，他笔下的那个小城镇里的封闭生活和古朴人情与乡土中国的气质更加

---

① 汪曾祺：《关于〈受戒〉》，《汪曾祺文集》（文论卷），江苏文艺出版社 1993 年版，第 227 页。
② 同上。

接近。《白色鸟》专注于写美与美的被破坏。七月的河滩上，空空荡荡的，天空中没云，又没风，只有嘶嘶的蝉鸣。远远的，两个少年从河滩上走来，一个白皙，一个黝黑。他们自由自在地在开遍了或红或黄的野花的河堤上游戏，绿生生的水边有两只白色鸟，他们被这美景惊呆了。可是，村里的锣声响起，惊飞了水鸟。村里要开斗争会。如果说白色鸟的世界由人为的政治因素所破坏，那么那些封闭小镇子的古朴人情却被现代城市和生活方式所打破，被铃木摩托车，被邓丽君的歌曲所打破。现代生活中的何立伟已无法整合那片渐渐破裂的乡土。汪曾祺从何立伟的小说中看到近似于废名一样的"哀愁"，"这哀愁出于对自下而上于古朴世界的人的关心"。这些人类叙述中的田园诗情的和谐与质朴的东西，也只能存在于文人的叙述与想象里了。汪曾祺所写的那个美丽的大淖，在现实生活中已被造纸厂的浊水和种鸭场所污染。①

可是，作家的使命好像就是以想象和虚构的艺术世界来对抗生存现实的尖锐与平庸。在一个越来越技术化和非自然化的生存空间中，有一些作家因此获得一种异于乡土经验所支撑的现代感觉，直面生存现实的荒谬与奇崛，而另一些作家却绕过直面的可能，从人类文化记忆与童年经验中寻找诗情。上面论述到的这些作家大都有这个倾向。他们的这些乡土文本大都与童年记忆有关。对于那些在乡土和自然中游戏的人来说，乡土中那自由从容的一切，与孩子无忧无虑的心灵是相通的。属于人类童年的记忆大多是生动美丽的，一只蝴蝶，一只鸣蝉，一湾碧水都会汇入孩子的记忆世界。乡土中的大自然向孩子敞开所有的可能和自由，相比较于城市中生活的孩子来说，这种自由的可能性却要拘束得多。王朔许多城市小说是追忆少年经验和心理过程的，如《动物凶猛》，在这篇小说中我们看不到自然与孩子心灵之间的敞开和亲近，看到的是城市房屋、街道和人所形成的促狭环境对孩子的自由心灵的限制，从而启示与发展了另一种与城市相近的

---

① 汪曾祺在《〈大淖记事〉是怎样写出来的》一文中曾提到这件事。《汪曾祺文集》（文论卷）第 231 页。

想象力——窥视癖。王安忆的《纪实与虚构》里也追忆过一个城市孩子童年的寂寞与拘束，她每天坐在房子里咬着指头等着父母下班归来。乡土与城市给予孩子的童年经验是不同的，进入文学的经验方式也不相同，可以这样说，乡村与都市两种不同的结构与叙述支撑起两种不同诗学范畴。当然，人类总是面对着许多共同的东西，有一些东西是凌驾于城市与乡村之上的。但是，城市与乡村进入文学经验中会获得不尽相同的诗情却是无疑的了。

人与自然的和谐易导致优美和平，也会泯灭深刻与尖锐。现代城市经验进入文本中的挤压、异己、孤独、恶心、变形等在这些纯然的乡土文本中是找不到的。批评家赵园对此深有感触地说："古代田园诗（及田园诗风的散文作品）的和谐，也来自乡村生活固有的和谐。这和谐即使在革命时期也仍然存在，而且会长期存在下去。这里尚未及于人们关于这和谐的记忆，这种记忆将更是长久的。写乡村小景较易达于优美，已屡被证明了。这自然因依于文学传统，中国知识分子由'文化'陶养而成的近于本能的审美能力。"[1] 中国知识分子这种由'文化'陶养而成的近乎本品的审美能力，大多是由乡土中国的乡村诗情与审美理想所滋生和支撑的，庞大的古典诗歌传统所培养的审美能力，对中国人构成一种近似于民族性格和民族心理似的东西，山水诗传统和境界说化为一种文人品格，影响着中国人的文学经验和人生经验。在乡土文本中我们可以看到"童年——乡土"的移情模式，也可以看到建构在乡村文明之上的文人品格和审美理想的深刻影响。汪曾祺在给何立伟的《小城无故事》所写的序言里说："立伟的小说不重故事，有些篇简直无故事可言，他追求的是一种诗的境界，一种淡雅的，有些朦胧的可以意会的气氛，'烟笼寒水月笼沙'。与其说他用写诗的方法写小说，不如说他用小说的形式写诗。"[2] 这与其说是对何立伟的评论，不如说是针对整个乡土小说的。注重文字之美，重

---

[1] 赵园：《地之子——乡村小说与农民文化》，北京十月出版社1993年版，第114页。
[2] 汪曾祺：《从哀愁到浓郁——何立伟小说集〈小城无故事〉序》，《汪曾祺文集》（文论集）第131页。

气氛和境界，有意淡化和模糊社会背景，从而达到一种沉稳而永恒的生存状态，进入文本中的作者情感认同留恋甚至赞美这片和谐和静美，抒情的介入肢解淡化了小说的叙述。这些都使这些有着浓郁的田园风格的乡土文本呈现的诗化倾向。

尽管这类田园风格的乡土文本在共和国文学中获得了自足的发展，但这种发展在某种程度上是有限度的。在一个越来越走向城市化和追求现代性的社会里，乡土所给予作家们所呈现的整体性叙述结构完全被打破，试图从完整的乡土获得叙述与诗情的可能性遭到质疑，在一些苦心经营的乡土作家那里，可以看出乡土的虚拟性与空幻。这在刘绍棠的文本中表现得最明显。

刘绍棠一辈子致力于乡土文学创作，他的所有作品都是描写自己故乡——京津之间运河两岸的乡土小说。对此，他曾自豪地说："在中国作家中我有两个'独一无二'，一个是所有的作品都是写自己的乡土，一个是先后在一个小村（生身之地）生活了三十几年。"他又说："我是一个土著，一个土著作家，写出的是土气的作品。"① 1981 年刘绍棠鼓吹乡土文学，提出"一口井"的理论主张，要把自己生身之地弹丸之地儒林村作为乡土创作的资源，从而创作出"中国气派，民族风格，地方特色，乡土题材"的乡土作品。对其理论主张，孙犁当时就曾提出温和的建议与批评："绍棠不要把自己围于运河两岸。没有一成不变的乡土文学，就像人间并没有世外桃源一样。"② 从刘绍棠一生所创作的乡土文本来看，也可以看出乡土——他所创作的诗性资源所提供的不足与缺陷。

像所有把乡土的诗意化的作家一样，刘绍棠笔下的乡土里也有明显的抒情性田园风格。只是他文本中的田园风格不是直接来自于文人传统所培养的审美能力，而大多直接来自乡土本身。因此，他的田园风格里少了许多文人气与儒雅气，而多了些村气、野气。这种村气、野气既来自于乡土

---

① 刘绍棠：《温故知新（自序）》，《乡土文学四十年》，文化艺术出版社1990年版。
② 孙犁：《关于"乡土文学"》，载刘绍棠、宋志明主编《中国乡土文学大系》（当代卷），农村读物出版社1996年版，第2169页。

本身，也来自民间状态的叙事文本与民间话语。在刘绍棠的乡土文本里，局部细节上的乡土经验有效地转化为文学叙述，而在整体上却被处于民间状态的叙述话语所包蕴，整个乡土文本呈现出明显的传奇性。也可以这样说，在他的文本中，直接来自乡土经验和乡土诗情的田园风格，被一个更大更稳定的民间叙述结构所割裂开。也许，乡土的整体性叙述结构被打碎之后，必须借助于其他的叙述方式才能有效地整合起全部的乡土经验。废名等人借助于中国古代抒情诗传统，而刘绍棠却套用了传奇模式。抒情诗传统可能有效地把乡村诗意化，打通人类童年与乡土的全部经验，从而建构永恒的人类田园之梦，完成作家的精神性返乡。而传奇模式却把乡村置于偶然性的因素之中，似乎乡土的和谐都建构在种种偶然因素之上，况且，在刘绍棠的乡土小说中这种民间传奇叙述方式已经成为一种模式。在刘绍棠的许多乡土小说如《瓜棚柳巷》、《蒲柳人家》里，人物大多柔肠侠义，即使偶然有恶势力的介入，很快便被路见不平、拔刀相助的人所驱逐，结尾总是大团圆。刘绍棠的小说把旧的才子佳人式小说的套路移到他的瓜棚柳巷的小院里，才子多是农村"蒲柳人家出英才"的才子，佳人则是美丽、善良、豪爽的村姑。才子遇难，佳人相救，经过千辛万苦，皆大欢喜，地上花好，天上月圆。在刘绍棠的小说结构中，这种套路已形成一个自成体系的封闭性空间。刘绍棠完全认同这个封闭性空间里的情感模式，任何对这个模式的威胁和挑战都被这个空间所同化，如《芳年》、《二度梅》等中篇小说里，那个都市里的知识女性最终同归在乡村情感之下。于是，这个封闭性空间越来越封闭，仅仅成为自我欣赏和陶醉的空幻存在。当年鲁迅指出废名的作品里"就只见其有意低徊，顾影自怜之态了"，未尝不是在批评废名过于夸张化的自我情感。而在刘绍棠那些具有浓郁的民间传奇色彩的乡土文本里，笔下的村落在过分封闭化的过程中，把传统的情和义传奇化与夸张化，从而也失去了对复杂多变的当代现实的有效阐释。

二、城市文学

中国因为传统上是一个农业社会，城市文学发育既不充分，速度也颇迟缓。中晚明前后，可以视为城市文学前身的"市人文学"，曾因城镇商业和手工业的发达而一度兴盛，出现过"三言"和《金瓶梅》，势头却没有保持下去，况且与我们目下所谈之"城市文学"也并非一物。大致到20 世纪二三十年代，以近代资本主义的引入为背景，中国才迎来一次真正的城市文学浪潮，不过，几乎仅限于上海一地，主要的作家有丁玲、叶灵凤、张资平、曾今可、章克标、刘呐鸥、黑婴、禾金、穆时英、张爱玲、茅盾等。可是，它虽勉强可称为"浪潮"，究因中国城市近代化程度普遍低下而欠缺丰厚的城市文学土壤，加之战乱不断、内忧外患，在前半个世纪几乎谈不上什么经济建设，故此城市文学发展并无很好的时机和条件，最终只是借助十里洋场而昙花一现。

1949 年中华人民共和国成立，中国告别风雨飘摇的过去，进入一个相对来说社会尚算稳定的时期。也是从那时起，国家有可能正常地开展经济建设，完成其近代化使命。应该说，在共和国国策当中，现代化的认识不单存在，而且始终被置于核心。但是，直到八十年代以前，从上到下对于现代化问题的认识，是建立在反资本主义的意识形态基础之上，认为接受资本主义文明的技术成果与反对资本主义的经济制度、社会制度同样是必要的。这样，就形成了一种特殊的经济模式——计划经济模式。其特殊性在于，它既非资本主义前的自然经济，亦非开放的自由的市场经济；应该说，它引入了近代经济以工业化为核心的基本结构，但是在运用和管理上却以公有制和国家垄断取代了资本主义的私有制和自由竞争。这种特殊的经济模式，带来了特殊的社会现实：一方面，我们看到，五十年代后，为适应工业化需要，中国社会的重心确实从农村移至城市，新增城市数量颇多，城市规模也普遍扩大；另一方面，在精神上，这种城市却不具备一般近代城市的性质，反而有着类似于古典城市的很强的政治权力色彩。换言之，1949 年后的中国城市，基本上可以描述为充分政治化的大工厂——强大的政治权力坚决排斥货币的权威和商品的自由交换法则，用行政手段控制生产资料和生活资料的分配，从而也牢牢控制着作为主体的城市居民的存在意识和存在方式。

对于这种现实，1958 年出版的周而复的《上海的早晨》，的确具有不容忽视的象征意义。实际上，当小说描写到那些民族资本家不得不放弃抵抗、神色黯然地退出历史舞台的结局时，我们便知道，中国的城市文学也暂时随之划上了一个句号。他们的消失，所代表着的，是市场的消失，或者不如说，是政权对市场的拒绝和不承认。这一点，从根本上夺掉了城市文学的社会底蕴，谁都无法想象，在市场精神成为禁忌以后，城市叙事还有任何展开的可能性。

果然，直到八十年代晚期以前，我们从文学史上可以说看不到城市文学存在的一丝一毫迹象。当然，一直有一类作品，例如《百炼成钢》、《机电局长的一天》，它们讲述的故事，若就发生的地点而言，是在城市之中。但是显而易见，它们对城市本身没有兴趣，也缺乏意识，它们意识到的，只是符合计划经济模式概念的"工业部门"这个对象，它们所要表现的，也是计划经济模式这架机器上某个环节的运转情形；一言以蔽之，它们跟"城市文学"这一概念无关。

即便是《百炼成钢》、《机电局长的一天》那样一类的虽完全不能称为城市文学但至少算是在讲述城市中的故事的作品，也少得可怜。建国头三十年文坛的一个特别而又很少被觉察的奇观是，几乎所有作家都将户口和家庭安顿在城市，然而他们的创作热情却完全不属于其所厕身的环境，他们普遍认为乡村生活才真正有表现价值。在五六十年代的小说作品里，除开所谓"革命历史题材"的作品，乡村题材创作无疑是最广泛也最成功的创作。透过柳青、周立波、浩然等重要作家的例子，我们强烈感到，这个时期中国作家心理上普遍存在对乡村人文的亲和感，他们在乡村往往有自己的"根据地"，每隔一段时间就要奔赴那里补充精神和情感，似乎不如此心灵就会陷入空虚。直到七十年代末八十年代初，茹志鹃、王蒙等作家在小说中提出历史反思的主题时，仍旧把乡村记忆当作社会和个人精神的拯救者，把人的堕落和变质解释为与乡村人文的疏远。但更典型的例证却来自知青作家，张承志、史铁生、梁晓声、韩少功、阿城、张炜……等等。这些大多出生在五十年代的作家，其人生最重要的阶段——童年和少年——差不多都是在城市中度过的，但是我们几乎无法读到他们关于城市的描写，深刻触动了他们的，总是作为知青而在乡村度过的岁月……凡此种种，很容易求得政治的解释，如以长期以来官方文艺政策大力提倡表现农民为由，这或者是一个重要的原因，不过，更深层的原因恐怕却是社会的、文学的。

从社会角度看，当时的城市生活实际上非常制度化，正像后来刘震云的小说《单位》所描述的那样，大多数城市人心中实际上只有"单位"概念，人们隶属于一个个"单位"，终其一生为"单位"服务，生老病死也几乎全由"单位"包管。至于"城市"，人们除了从领工资、吃商品粮、生活条件较农村优越一些等方面感觉到它之外，并不能有更多的认识和体验——没有失业、没有竞争压力、没有巨大的机遇和风险、没有货币的饥饿症与恐慌症、没有物化力量对人性的考验和挤压、谈不上什么消费冲动和梦想……大家过的只是一种周而复始、几近简单重复的日子。对于作家来说，这种缺少变化的生活很难打动他们，而乡村生活由于其跟历史、文化、民俗的多向联系，丰富性远远超过了城市生活，于是他们的创作重乡而轻城，是非常易理解的。

次而从文学角度看，现实中的城市社会本身既缺乏丰富的表现潜能，而中国文学自身传统也不能提供成熟、深厚的城市文学资源。任何作家，他的写作都是在一定背景之下的，要么寻求相应的现实生活资源，要么寻求相应的文学文本资源，而在这两个方面，一个试图表现城市生活的中国作家恐怕都面临着匮乏的局面。除了我们已经谈过的社会情形，在文学资源方面，中国文学史上并没有多少可供当代作家参照、沿循的城市文学艺术经验；"三言""两拍"的传统距现实甚远，没有多少参照价值，二三十年代短暂的城市文学浪潮虽提供了一些经验，但范围非常狭窄，多为小资产阶级情调；而乡村文学，却堪称中国文学资源的一座浩大的宝库，从《诗经》到士大夫田园诗，积累了极厚重的主题资源、情感资源、形象资源、道德资源、语言资源——显然，处在这样一种文学资源构成中，当代作家很容易感到，乡村叙事是"有源之水"，城市叙事却是"无本之木"；他们对前者有说不完的话，对后者则深感无从下手。

这种情况的改变，当然有待于现实生活本身。八十年代，中国的现实生活在不事声张中开始了某些根本性的转化，其中最重要的一点，在于逐渐放松了过去曾经是不可动摇的意识形态标准，例如姓"资"姓"社"的问题；这种松动表明的是默认式的接纳，接纳现代经济的普通模式、接纳经济全球化、接纳市场的权威等等。由此我们看到，尽管现代化问题本身远非八十年代新提出的问题，但是，对它的评价和解释却有了实质性的不同；直到七十年代末，"四个现代化"的口号依然是从实用主义、手段主义的角度提出，体、用分明。然而随着实现现代化的实践过程本身的推进，体、用界限渐渐模糊了，从原先立足于对西方先进经济的技术层面引进，逐渐变作对西方经济模式甚至整个文明模式的趋近——至九十年代初，上述根本思路的调整，终以"社会主义市场经济"的表述确定下来。

显而易见，经济改革从八十年代初起步，大致经过头一个十年的积酝，至八十年代末九十年代初，素来平静而且乏味的中国城市终于如万花筒似地旋转起来了，从外观到内里蜕变着，令久居其中者也深感陌生：到处耸立起巨厦和长龙般钢筋水泥大桥、奢华的酒店、货架上堆满商品的超级市场、随处可见的巨型广告牌等等象征着繁华的城市文明的物体在刺激着人们的消费意识，几乎所有的人都变得敢于公开以金钱为目的而勤奋工作、不再以为那是不道德的事。而在另一面，出于同种原因，妓女、毒贩子、低级出版物制售者、银行抢劫犯、腐败的官员、利用计算机进行金融犯罪的高级罪犯等等也随之而来。成功者出现了，弱者出现了，不平等出现了，巨大的活力与普遍的堕落一齐出现了。这注定了将是一个被物欲驱使的疯狂而崭新的时代，它的疯狂如人们已看到的那样，丝毫不亚于三十年前那个被政治狂热所驱使的时代。

事实证明，"社会存在决定社会意识"这一论断对于文学发展并非没有意义。当我们眼下开始把"城市文学"当作一个新鲜话题、新鲜向度加以谈论时，我们无法否认，它首先来自于社会现实，而不是来自文学"内部"，是历史的变迁造就了这一文学事实，而不是从文学史当中衍生。

（一）城市化进程与文学的转折

城市文学浪潮虽然是在九十年代才真正铺开，但它究竟也并非一夜之间蔚然成观的。为了形成一个较完整的交待，有必要进一步回顾一些八十年代的往事，因为正是激变的八十年代，从社会和文学两个方面为九十年代城市文学的勃兴做了预备。

八十年代中国社会图景的最重要变化，应当说是乡镇企业的崛起。这图景在沿海地区表现尤为明显，例如江苏省——有报告说，此时"江苏80％的乡镇都在建立自己的工业区"，其余如广东、福建、浙江、山东等地区，乡镇企业的发展皆极迅猛。可以说，乡镇企业是中国在迈向城市化的进程中，独具特色的一种方式。与中国一部分农村通过发展乡镇企业而悄悄城市化的同时，另一部分欠发达的乡村地区的农民——他们的数量显然大得多——则采取了离开土地的方式，来参与城市化进程。这种方式之所以成立，显然也是由于国家改变了抑制城市发展的政策。以往，中国作为一个农业国家所实行的一项主要行政管理方式，便是通过户籍制来约束城市的发展和保证农村人口的稳定。1978 年，中共十一届三中全会赋予农民以下述新的权利：因"大包干"而获得的农副业生产经营自主权、因公社制的解体而获得对自身劳动力的自由支配权、因国家的城乡个体户政策而获得的从事非农业经营的自主权，以及在一定范围内进行物质交换的权利。此后，随着改革实践的发展和农民自我解放的进一步要求，农民又渐渐争得了其他一些权利，如到小城镇落户、在城市银行设独立户头。出于种种现实的行政操作上的困难，以控制城市规模为理由的户籍制至今仍然保留，但在相当程度上它其实已名存实亡。经济学家和生活中的每一个人，普遍注意到了这样一个事实，即，自改革开放以来，"由于大城市的发展，形成了一个规模非常庞大的边缘人员层——流民。根据不同的统计数字，中国成年人的十分之一处于边缘人的状态"。① 这一人群主要来自于背井离乡的农民。尽管中国庞大的流民层，不同于十六世纪欧洲资本主义原始积累时期"圈地运动"中被驱赶离开土地的农民，但他们的产生，仍是经济改革的必然结果。经济学家项飚在《传统与新社会空间的生成——一个中国人口流动聚居区的历史》一文中这样概括从脱离土地的农民中产生的流民这一社会新人群的特征：

> 它从原有的体制架构中游离了出来。而且流动人口脱离原体制的彻底性远大于我们已注意到的其他群体（如［城市原生的］个体户、私营企业主等）。流动人口脱离了社区、单位、户籍、身份以及与地域和原制度有紧密对应性的"关系"等几乎所有中国社会的基本要素。另一个必须注意到的、与一般发展中国家不同的事实是，中国的"乡城移民"（rural—urbanmigrant）虽然从原有的经济社会体系中脱离出来，却没有沦于赤贫，甚至是一个生机勃勃，给城市和农村都注入重要活力的群体。②

这份调查报告详细描述了著名的据称为中国目前最大的城市流民聚居区的"北京浙江村"（位于丰台区大红门街道和南苑乡的交叉地带）的情况："它覆及 26 个自然村，本地人口（北京人）1.4 万，外来人口 9.6 万。外来人口中工商业者约 5 万多，75% 的工商户来自浙江温州地区的乐清市（县），20% 来自同一地区的永嘉县，其余 5% 来自其他地区。剩下的 4 万多是来自湖北、安徽、河北各省的雇工。"其社区经济颇为发达，

① 孙立平：《现代化进程中中国各种社会关系的新变化》，《战略与管理》1994 年第 1 期。
② 项飚：《传统与新社会空间的生成——一个中国人口流动聚居区的历史》，《战略与管理》1996 年第 6 期。

"以服装生产和销售为主导产业，按 1995 年的官方数字，年经营额达 15亿。"作者并且借"浙江村"的历史，向我们展示了一份中国当代社会流民现象的演变曲线图，大致上，在 1980—1987 年间，是最初的公开的小群体流动阶段，1987 年以后则成为大规模的集体流动。一个叫卢毕泽的被调查者回顾道："人们总觉得北京是块肥肉，开始不愿意让太多的人知道。但到 1987 年，就再也瞒不住了，人们纷纷上来。"乐清虹桥镇钱家村颇为典型，该村共 200 余户人家，人口近千，其中 600 多即总数 2/3 的人在外经营，包括现任的村委会主任和村党支部书记。①

与大批农民涌入城市相映成趣的，是城市也在从相对的方向不断侵食乡村。1994 年，有作者在回顾改革开放十余年来的城市变化时指出："随着城市化的发展，城市规模的扩大，城市边界不断向周围郊县延伸扩展，逐渐蚕食乡镇，使城市行政区域范围逐步扩大。这种模式在特大城市和大中城市采用较多。②"

这种景象确为八十年代以来中国城市周边地带的典型景象。以北京为例，1982 年，北京二环路沿线仍可见大片农田，而到九十年代初，即使在四环路外沿也极少发现农田存在。照王建推算，"当我国在基本上达到工业发达国家的工业化和城市化水平的时候，占用平原耕地的最大值是 3亿亩左右，或者说耕地面积要从卫星测量资料的近 20 亿亩减少到近 17亿亩。"③

与吞食农田以扩大城市规模的同时，八十年代起，中国城市的内部社会结构也产生了重要的实质性的变化。最突出的现象，首先是城市个体工商户获得合法性存在，它在事实上导致了私有经济成分的承认，从而为九十年代私营企业逐渐能与国有企业分庭抗礼奠定基础；其次，城市个体工

---

① 项飚：《传统与新社会空间的生成——一个中国人口流动聚居区的历史》，《战略与管理》1996 年第 6 期。
② 刘君德、吴亚荣、舒庆：《海口地区市县利益冲突及行政区划体制探索》，《战略与管理》1994 年第 3 期。
③ 王建：《美日区域经济模式的启示与中国"都市圈"发展战略的构想》，《战略与管理》1997 年第 2 期。

商户作为一个新生的社会阶层，还极大地冲击了中国城市社会的生存意识、文化意识，培育起有别于以往以"单位意识"为典型内涵的新的城市人格。

以上的叙述尽管简单，但已足以让我们看到八十年代中国城市从内到外的蜕变。相比之下，文学上的变化来得略迟。直至1984年，当时在文坛唱主角的知青作家，仍把对旧有的乡村文明记忆，作为他们创作的内视角。但是，在1985年，终于有年轻的另类的作家表现出了极力捕捉当下时代脉搏的动向。

在这里，我们必须提到刘索拉。从1985年起，这位文学新手连续发表了《你别无选择》、《蓝天绿海》、《寻找歌王》等给文坛造成极大震动的小说。事隔多年，我们回顾这些作品所以造成巨大震动的原因，恐怕有了更清楚的认识。在当时，《你别无选择》被欢呼为"中国第一篇真正的现代派小说"。这种表述显然包含了自从七十年代末以来文学界梦寐以求的愿望终于获得释放的特定心情。因为就像我们知道的，长达三十年的一元化文化体制在七十年代末破裂后，重新投向世界文学怀抱的中国文学界，得到的最大的冲击就来自现代派。这种巨大的差距感、失落感足足折磨了中国作家十年之久，有关中国要不要现代派、能不能搞出现代派的讨论几乎伴随了整个八十年代，而《你别无选择》突然诞生，似乎提供了一种文化上的证明，即中国作家完全能够领会现代派的情绪、完全能够表达出这样的情绪。因此，它被从这个意义上欢呼着、接受着，并且也在实际上被从这个意义上效仿着，是非常合乎逻辑的。但是，退后若干年，我们才发现，《你别无选择》、《蓝天绿海》、《寻找歌王》等作品里的某一最真实的内涵被忽视了，那就是，它们与中国社会本身所酝酿的价值观变革之间的对应关系，这种对应关系比之于它同西方现代派文本之间的对应关系远为重要，也远为实在。换句话说，这些作品捕捉并传递了足以昭示未来的重要现实信息，而绝不仅仅是要从文学上圆一个"外国梦"。我们相信，身处九十年代城市，从它的一切文化情绪、文化表达之中，是不难嗅到最初由《你别无选择》透露出的气息的；我们甚至可以设想，今天以六七十年代出生的作家为主要阵容的城市文学创作，是不是回荡着《你别无选择》的回声（尽管它们相互之间那么不同）？如果做一番文学上的追究的话，当初若非产生了《你别无选择》等，若非有它们铺路和做先导，今天的城市文学从何而来？或者说，对于九十年代城市文学而言，我们不到《你别无选择》等作品处寻其源头，还能到何处寻其源头？当然，一定要谈刘索拉的作品跟西方现代派有何关系，亦非不可，但那种关系应该不是文学上的，而是社会的，比方说，两者都是工业—城市文明条件下的产物，是各自对这种文明的感应的结果。谈到这一点，很有意思的是，《你别无选择》问世后一两年里，曾有批评家正是以"脱离中国现实"或所谓"贵族化"为由，对它表现的情绪进行质疑——王蒙在给作家出版社为刘索拉出版的小说集《你别无选择》所写的《序》里，半反讽地转述了这些看法：

> 一开始就觉得刘索拉的作品有点不可思议，不太像。怎么这么"洋"呢？书里的人物好像生活在云端里，疯疯癫癫、忽冷忽热，追求着莫名其妙的音乐，不知道他们为什么高兴，为什么悲观。好像一群吃饱了撑出病来的年轻人，撑出来的病有时候比饿出来的病还难治，后一种病给窝头就行。唉，现在的年轻人，真是泡在蜜罐子里了。不知道吃饭的难，吃饭的重要，吃饱了好"洋"，充分反映了混乱与空虚。而且，有点或者干脆是"精神贵族"。和人民距离太远了！如果说在美国这样闹腾的是下层平民青年，在中国，能享受到这种苦闷和折腾的滋味的却只能是养尊处优的贵族！

如今，人们恐怕已看清，那种情绪非但不是"脱离中国现实"的舶来物，相反，恰恰是一种对中国现实的非常敏锐的提前了的感觉。所谓的"洋"，其实正是对中国纳入全球化的现实；所谓的"吃饱了撑出来的"，其实正是从物质匮乏转向物的挤压的生存状态，所谓的"混乱与空虚"，其实正是文化多元化趋势的前兆……这些，都只能以城市文明为注解，或者说，预示着中国开始了向城市文明轴心的过渡。李鸣、孟野、懵懂等人物形象，完全有别于当代文学以往时代出现的任何人物类型，不是《创业史》式的，不是《青春万岁》式的，不是《今夜有暴风雪》式的，不是《棋王》式的，也根本不可能出现在合作社、党政机关、农垦场、黄土高坡这类场景下，就是说，我们无法把他们拿去同旧有生活加以对位，无法用旧有的价值观念解释他们，反过来这意味着，他们必定代表了一种新的生活及其价值观念，而这种生活和观念经过一定时间的"显影"过程，应该说已经被证明乃是新兴的都市文明、都市人格的产物。尽管作者本人当时并未明确意识到是什么样的一种文明在支配着她的叙述和人物，并没有像九十年代新生作家一样明确站在城市文明的立场上写作。我们看到在《你别无选择》里，故事由于背景被置于封闭的不太具社会广泛性的音乐学院内，而略嫌不够"大众化"、"世俗化"，或者说易于引起"精英文化"的联想，而到了《蓝天绿海》和《寻找歌王》，世俗化的城市场景已经成为直接的表现对象。尽管后两篇小说似乎远不如《你别无选择》出名，但从今天角度看，在那里面，刘索拉给予我们许多更加令人兴奋的描写，其中堆砌和集中了更加典型的城市文化符码——流行歌手、录音棚、未婚先孕、堕胎、美容室、高级酒店、合同、酒吧……不必说别的，简单地想象一下也可意识到，中国居然也出现了由这些东西构成的小说是怎样具有划时代的意味。

倘使八十年代仅只偶然地出现一个刘索拉，则我们关于有一种叫"城市文学"的新事物在八十年代中期悄然降临的论断，就会显得牵强，好在事实并不是这样。我们注意到，作为目前一位较为重要的城市文学作家的丁天，在其作品《告别年代》中不止一处借人物之口这样说：

> 在写作上，给我影响最大的作家是徐星。如果没有徐星八十年代那篇著名的小说《无主题变奏》，我可能不会拿起笔来写作……

　　这篇小说对我产生了极大的影响。首先是在文学上，因此我也要写作。更重要的是生活上的。当时我对未来的愿望是找一个普普通通的工作，图书馆管理员或像小说的人物一样是个饭店服务员。后来我决定中断自己的学业，能够充满信心地走出校门，无疑这篇小说起了很大作用。

　　这样的称道是令人惊奇的，但更重要的在于，也是十分诚恳的。对《无主题变奏》来说，不幸的是，它比《你别无选择》略迟一点来到这个世上，而它在情绪和口吻上又与后者十分相似，然而当时的文坛显然还不适于接受太多这类作品。《你别无选择》令他们新鲜一把之后，另一个以这种表情出现的作家就非但引不起太深的兴趣，相反倒是有点令人腻歪了——事实上，《无主题变奏》在当时的文坛面临的主要不是好评，而是挑剔，除了被怀疑为拾《你别无选择》之牙慧外（尤其他的人物也同音乐搅在一起），也涉及到它和它的主人公某些更为"粗俗"之处。但是，当时的文坛中人显然无从得知，日后某位以城市文学创作在九十年代文坛颇为活跃的无名的文学青年，却从《无主题变奏》里受到了深深的震动，把它引为知己——发生在时间跨度两头的这两件事，实在非常值得玩味，也使我们觉得有必要拾起几乎被忘却的《无主题变奏》，重读和思索。

　　是什么打动了七十年代出生的未来的作家呢？看上去，《无主题变奏》类似于一篇"愤怒的青年"式的作品，主人公真率、富于个性和才华，但却没由来地受到社会或者说一些莫名其妙地功成名就的人的压制，可他不肯屈服、逢迎，打算走自己的路，用自己的方式活下去。这样一种情绪，显然并没有太多的新意。归根结底，青年，任何时代的青年，都是以叛逆者的面貌出现的，不论叛逆什么，总归要叛逆点什么。然而，小说中有一个安排引起了我们的注意，亦即它赋予主人公的生活姿态：热爱写作，自动从大学退学，以在饭店当侍者为生。第一条很"正常"，没有超出常规，直到《无主题变奏》写作的年月，搞艺术和写作还是很时髦的事——更重要的是，通常这被当成保持个人独立的必然方式；第二条有点异常了，考上了大学居然还主动退学，非常出格，不计后果——不过，类似的情绪《你别无选择》已经让李鸣表达过了，易于引起雷同的联想；第三条，退学后以当侍者为生、为荣、为快乐——这才是《无主题变奏》真正不可思议、骇世惊俗、振聋发聩的一笔。所谓"不可思议"，应该是站在小说发表时的1985年立场上讲的，不要说那时，即便再退后三年、五年，有"代表性"的城市青年生活状态不仍旧是《单位》样式的么？徐星的主人公的生活轨迹，恐怕一直要等到1993年、1994年以后，才真正成为城市青年的广泛、真正现实化的生活方式，因此，难怪小说发表的当时会让很多人感到其主人公纯属"吃饱了撑的"——难道不是这样吗？一个人居然在幸运地考上大学后自动退学，去饭店当什么侍者，这不是吃饱了撑的是什么？然而，十年以后，当初产生上述误解的人，也许不得不深深惊讶于徐星对时代趋势的敏感，对于身处今天的城市现实的人们来说，终于认同《无主题变奏》主人公的生活姿态，是现实所迫，是不得已，而对于后者，恐怕不能不承认，他有着相当的预见性并主动选择了一种未来不可避免的生存之道；想到这一点，回头看小说里那些仍为自己身处体制内而沾沾自喜并向主人公投以轻蔑、讥笑的目光的所谓名流们，你会觉得该被讥笑的恰恰是他们！可以肯定的是，当时并非所有人都像小说中的这些名流一样在洋洋自得的同时对主人公的生存状态怀一种"悲天悯人"之心，因为现在透过丁天的《告别年代》我们已经知道，徐星的描写，在另外一些有着同样预感的年轻人当中，引起了共鸣——他们都知道，"单位"的时代终将甚至很快就要结束，在即将到来的时代里，城市的社会结构将被完全打破、重组，以为能抱着"国家"奶瓶吃到底的"单位人"们将失去奶瓶，并被抛向市场，成为"漂着的人"。

同刘索拉一样，徐星也未必意识到他正在尝试一种名曰"城市文学"的写作，但毫无疑问，他们都在为后者做铺路的工作。这些工作包括：为文学引进了新的人物、新的场景、新的题材、新的社会内容……也许，在此二人手中，那个以"工农兵生活"为概念的传统的文学界域正被一种新的社会视野所悄然消解的动向，还不能被充分地察觉，但是，当王朔继他们之后开始出现并以令人吃惊的速度壮大着其读者群时，人们就再也无法忽视文学正在被上述新的社会视野彻底刷新的事实了。

让我们回到"工农兵"的概念上来。尽管"文革"后人们几乎不在字面上使用这样的概念谈论文学、谈论创作，或者说已经在回避着这样的字眼，但那只是一种字眼的舍取而已，而真正的思路根本没有离开它，也不可能离开——因为社会的构成本身依然如旧。不错，大多数作家出于对庸俗政治学的厌倦都不肯再把其作品往"工农兵"上靠，可是，实际上他们又是以怎样的思路切入创作的呢？难道不仍旧是循着工业题材、农村题材、军事题材、知识分子题材的思路来选定自己的表现对象吗？当过车间主任的蒋子龙似乎自认为只适宜写工厂企业的故事，置身军界的朱苏进除了军旅文学也很少考虑别的，坐机关、泡在文人堆里的王蒙、张洁、谌容以作品证实他们熟悉的社会对象就是干部或知识分子，至于知青作家们则牢牢守住他们插队落户的那一段宝贵经历——所以存在这些现象，并不是作家们主观上缺少综合的社会表现意识和能力，恰恰相反，是因为几十年来中国社会本身正是这样分割着自己，或者说，几十年来中国社会本身处在封闭的结构里，不具备一种弹性，使作家有可能摆脱行业、阶层、群体背景的限制，进入广泛、一般意义上的生活表现。应该说，随着改革开放进程不断展开，到八十年代中期前后，作家对某个特定社会范围生活的依赖性，才明显降低了，特别是在新兴一代作家那里，例如莫言，这个作家从 1985 年跃上文坛起，就未陷入以往当代作家通常无法避免的"固定角度"，其他如马原、余华、格非等等均如此。其根本原因即在于中国的社会生活本身发生了重组。

近二十多年来的作家，将这重组的态势做了最直接的表达的，便是王朔。除了这一层，王朔的小说其实没有什么太多别的价值。这位作家，所握有的技巧很一般，即使从最普通的编故事的角度看，他都算不上好手，至于其他方面的才情就更不能说在许多作家之上了。但是，在某一点上，他可远远超出了同时期所有作家，那就是对于时代特质的把握。八十年代晚期，当一般新锐作家都争先恐后往"先锋派"行列里挤着，显示他们

作为"小说形式家"的高深、对公众期待视野表示蔑视、拒绝考虑文学
与社会的关系时，王朔却用最地道的社会意识从事写作。这种意识是那样
明确，又是那样不合时宜（对于所谓"精英化"的主流文坛来说），以至
于他在当时不可避免地受到了主流文坛的排斥，后者基本上不肯认真地看
待他的作品，甚至把他的作品列在"通俗文学"范围内。但是，几年后，
一切都变了。九十年代前半期，王朔几乎成为读者广泛承认的当下文学仅
有的一位严肃作家，他们狂热地阅读他的作品，引用和摘抄他的语句，甚
至郑重其事地讨论他的价值观和文化精神；相反，八十年代的"严肃作
家"们却受到了最不严肃的对待——公众冷落他们，拒不阅读他们的作
品，或者干脆遗忘了他们。有些"严肃作家"于此感到越发地得到证据，
证明王朔确实是个"通俗作家"。他们思路上存在一个盲点，即没有把读
者对王朔的拥戴理解为社会学的，过分固执地从文学趣味上找原因。甚至
到九十年代初，王蒙在替王朔辩说时，也还是围绕"崇高"与"鄙俗"
的话题来谈，足见对这样一个文学现象的认识，文坛一时之间是颇难中的
的。实际上，王朔现象不过是开放三十年来的社会大变革在文学当中引发
的一个反应，应该说，是现实造就了王朔。当然，他自己也抓住了某种机
会——现实一直在寻找它在文学中的这样一个代言人，而且也必然会
找到。

　　八十年代后，社会明显在分解着，并且是以并不隐晦的相当明确的方
式：流民层产生、自由职业群体不断壮大、公职人员"下海"、"官倒"
益甚……这些迹象摆在每个作家面前，每一种迹象可以说都包含和透露出
极其重要的社会变异的信息，作家们不可能没有接收到，但是，他们几乎
都不曾把这些信息同自己的写作联系起来，而王朔与众人的区别仅仅在
此。十分清楚，他的写作是面向上述新的现实的，是完全以这现实为底蕴
为背景的。从早期的《一半是火焰，一半是海水》、《空中小姐》、《橡皮
人》等开始，王朔就彻底和纯粹地立足于变革之中的新的社会现实，他
的主人公清一色地有着这样的社会背景（请同时回想一下当时的"先锋
派"作家的笔触是伸向何处的），无可置疑地对应于新现实，表述着新现

实，甚至没有分毫笔墨游离于新现实之外。因此，王朔与主流文坛的分歧根本不在什么"崇高"、"鄙俗"之争，而在于对现实的敏感或者迟钝之别。但我们必须承认，这种敏感与迟钝之分，有相当的非主观因素；主流文坛的体制内的所谓"专业作家"在文学观念、思考方式和审美趣味上存在种种非个人可克服的惰性，这种惰性本身就是为了适合旧现实而形成的，对王朔而言，所幸的是他恰恰不具备这种"身份"，换言之，他在适应新现实上先天地有着轻装上阵的优势，与现实造就的新的人群、新的生存方式、新的价值理念没有隔膜和情绪上的错位——社会的原有层次明明已乱，主流文坛的作家们还拘泥于此、还抱着雅俗之分，王朔却看到了更真实的东西，并紧紧抓住了它，那就是：新生的市民社会。

"市民"是一个普通陈旧的字眼，但是，"市民社会"的概念对于我们当代中国的历史和现实来说，却代表了一种实质性的新生事物。某种意义上，从 1949 年到八十年代初，可以说中国城市有"市民"而无"市民社会"，因为在此期间城市居民并不具备独立的社会属性，人们也无从单独谈论市民概念，极而言之，不存在一般的市民概念，每个城市居民从开始到最后都是特定的"单位人"。他们没有统一的明确的价值观念，也没有真正的共同经验，他们存在和意识与共同拥有和居住的城市的联系，远不如与各自单位的联系来得真实。比方说，机关干部和产业工人、产业工人和服务行业人员、退休职工和在岗人员之间，对他们共同的城市往往不仅很少共识，相反感受可能差异极大。因为这种城市的行政化社会管理，原本就在城市居民之间硬性规定了分配制度，不同人群之间享受的待遇千差万别，他们的生活处在完全不同的模式里，并且，重要的是，每个城市居民除了被纳入某一模式，终生就几乎没有其他选择。直到八十年代后，中国城市社会的上述面貌才逐渐瓦解。随着经济改革进程的展开，旧有的城市居民与特定单位或职业的终身人身依附关系一点一点地被削弱。"城市工商个体户"这个新生事物，最初虽然只涉及极少一部分城市居民，但它却在结构上给予城市社会以极大的根本性的冲击——宣布了城市人的"非单位性存在"的合法化，从而意味着中国城市对人的管理方式从政治到经济上发生了质变，其深远意义随着时间推移越来越显出其革命性。这可以说便是从"单位人"向市民社会过渡的滥觞，到了八十年代中期，"个体户"的字眼，再也不只用于做买卖的小贩、个体承包商、艺术个体户（其中不单单有歌星、影星，也包括作家、画家等）……无所不有，从而撕开了中国这个历来只有"群体"的社会的一条"个体"口子，同时也孕育着一个更大的全新的群体——自由职业者或者说"城市自然人"群体，以后，这个群体进而接受了下岗职工、打工一族、高考落榜者以及大批失去国家统一分配制度庇护的大学毕业生和研究生，终于，它从开始时的"社会少数人群"慢慢演变成新的市场化时代的"城市主体"——也就是今天我们已实际地面对的在经济和文化上均具备了强大实力和自身形态的"市民社会"。

王朔就是这个"市民社会"的代言者，抑或不如说，他就是被这样一个社会拥戴着登上文坛的。没有新兴的市民社会的崛起，就绝不会有王朔的出现；反过来，王朔则忠实地尤其是捷足先登地书写了这个社会的意识、意志，在陈旧的文学地图上进行了合乎现实的改动，为其打上市民社会的标记。他宣布：以"工农兵"（知识分子是工人阶级的一部分）作为行政区划的文学地图失效了，新的社会，没有"工人"、没有"农民"、没有"士兵"（因为社会的解放结束了人的存在的固定的从属关系，随时可能丧失或变换身份），只有体制内与体制外的两种人；这两种人虽然同时存在于现实中，其实却分属两个时代，体现着两种"活法"，而前者势必越来越少，后者势必越来越壮大。以上的文化立场，王朔似乎没有这么明确说出来过，但他一直用作品清晰地传达同样的信息，让他的人物充分展现着新市民社会的生机和光辉、旧体制寄生人群在精神与现实两方面的黯淡前途。

八九十年代之交，文学的代表人物再也不是柳青，或王蒙，或知青作家，而是王朔——由此，我们对城市文学在未来的地位，难道还有什么怀疑吗？城市时代，今天，它已经变得那样真实！新城市，不再是被权力封闭起来的空壳，不再只是社会管理者及其幕僚们休养生息的场所，也不再是一个巨大的福利院或托儿所。新城市，这迅速膨胀的空间，蓄发着当代中国最汹涌的能量，交织着当代中国最响亮的音符，孕育着当代中国最深刻的未来。八十年代中期以后，特别是九十年代中国明确宣布实行市场经济以后，城市这个空间，势必成为中国社会现实的中心舞台，这座舞台上，演绎着令人眼花缭乱、目瞪口呆的物的增长与堆积，成为物的巨大场力的象征，它如海流交汇处的可怕的旋涡，势将席卷一切。而活动其上或者说卷入其间的生命——城市个体，那些已经脱离或正在脱离或迟是将脱离"单位制度"，并开始面对和感受独立、无助以及某种意义上"自由"的新市民们，为各自的生存、欲望和目的，展开角逐、赌上一把、经验占有和失落……

——在这样的现实之下，文学不可能不随之出现意味深长的历史性转折。

20 世纪九十年代初，随着邓小平著名的南巡讲话发表，中国明确了实施市场经济的政治策略，由此，始于八十年代中期的城市改革终于踏上快行道。1993 年，经济学家杨帆发表文章《市场经济一周年》，列举了实行市场经济以来，中国的经济、社会和人文诸方面发生的七大变化——它们主要都是以城市为舞台上演的戏剧——从中可以清楚地看见，短短二三年，中国城市从质里到面目，所发生的翻天覆地、令人瞠目结舌的变化："证券交易网点 500 多个，外汇调剂市场 90 多个，期货公司竟然发展到上千家""在 1992 年，中国出现了第三次消费高潮，这是一次以一系列千元级商品为代表品的、中间性、多元化消费高潮。即，以空调器为代表的家庭设备系列；以电话为代表的通讯系列；以出租车为代表的交通系列；以化妆品和高档服装为代表的高档文化消费系列，可以预见，私人汽车和住房将伴随中国人走入二十一世纪""社会观念的世俗化空前盛行。世俗化，即神圣的意义丧失，实用标准代替理性标准成为判断事务的基础。姓'社'姓'资'的意识形态标准让位于生产力标准，道德良心标准让位于金钱标准，都是世俗化的具体表现。在少数人暴富的刺激下，人们追求财富的欲望空前强烈，商品经济原则彻底地侵蚀了一切。教育文化降低到了最低点，大批知识分子和政府官员下海经商。商业成为收入最高、最受社会尊敬的职业。全社会的活动，开始围绕一个'钱'字进行。严肃的大报出周末版，'选美'盛行，招商活动遍及国内外，大学的自费生达到了25%，影剧院经过装修，把价格提高了5—10倍。宾馆、汽车、宴席越来越高级，大款一掷千金，争风斗富，拜金主义盛行。至此可以说，中国社会的世俗化已经完成，而且迅速向不良方向发展"；"（股票、房地产、期货等）虚拟资本空前发展。1992年，3000亿资金流向虚拟资本，把中国经济吹起一个大泡沫。投机和暴富，已经成为重要的经济范畴和增长动力"；"非国有经济空前发展，在绝对数量上第一次超过了国有经济。乡镇企业的工业产值，达到工业总产值的1/4，出口占新增出口部分的85%；外商投资企业出口达到100亿美元，占出口总额的15%，到2000年将达到30%；私营企业1992年比上年产值增长67%，到2000年，将达到30万户、5000万人、2000亿投资、60亿产值，占工业总产值的20%"。[1] 没有人能够在这样的巨变面前保持镇静，哪怕他是一个最固执的乡村文明迷恋者。

城市，"正在成为九十年代中国最为重要的人文景观"，声望素著的《上海文学》编辑部1995年1月终于明确表示这样的看法，此前的一二年，它实际上已经在不事声张地着重推出城市文学作品，现在，似乎是经过了时间的验证，它感到有足够的把握正式地以某种文学观点的方式来提出一种判断："城市正在成为九十年代中国最为重要的人文景观，一个新的有别于计划体制时代的市民阶层随之悄然崛起，并且开始扮演城市的主要角色。在世俗化的致富奔小康的利益角逐之中，个人的生命力空前勃动，然而它又是极其原本与粗始化的。城市的发展将成为中国当代文化的生长点之一，它最终会给古老的中国文明带来什么，现在尚难完全把握，但是它已经成为我们时代一个不容回避的人文命题……'新市民小说'应着重描述我们所处的时代，探索和表现今天的城市、市民以及生长着的

---

[1] 杨帆：《市场经济一周年》，《战略与管理》1993年创刊号。

各种价值观念的内涵。①"

其他众多刊物尽管不曾以明确的理论概括来鼓励或主张城市文学创作，但创作本身的自然流向仍然使它们和《上海文学》一样大量推出了城市文学作品，例如《大家》、《钟山》、《作家》、《小说界》、《芙蓉》、《青年文学》、《人民文学》等等。

"新市民小说"作为一次文学策划活动不仅受到时间的限制，而且不免有一些人为痕迹，其宣传效果可能大于实际意义。但这一指称本身以及相关解释的提出，在当代文学思潮史上，仍有着异乎寻常的含义，可以肯定，它宣告了一个新的开端，即使在"新市民小说"征文活动收场后，相关的创作现象还将作为一个长久的事实发展下去——因为，有整整一代新生的作家是凭藉着"今天的城市、市民以及生长着的各种价值观念"走入文坛的。他们——邱华栋、卫慧、朱文、西飏、棉棉、丁天、李冯、周洁茹、羊羽、李大卫、田柯、刁斗、吴晨骏、赵波、杨蔚然等等，完全是因城市文学而生，因城市文学而在，城市，是他们唯一的对象，也是他们的情感的现实理解力的全部来源，舍城市外，他们可以说没有其他精神、社会资源。

对于当下和未来的文学来说，这是一个极为重要的具预示性的因素。请设想一下，对王蒙、贾平凹等作家来说，他们如果想回避城市的叙事，似乎是完全可以有别的选择的；然而，对于这些 60 年代末至七十年代出生的新兴作家，城市叙事却是无可回避的选择，因为在他们的经验之中，并不存在别的内容，讲述城市故事，实际上是他们命中注定的归宿。当然，这样说不过是为了凸显某种必然性，而非真的暗示新兴作家之于城市文学创作存在不得已的被动的意味——恰恰相反，书写城市，是新兴作家们的快乐所在，也是他们觉得可以傲视前人的资本。当我们意识到这一点的时候，无法不震惊于城市文学在当下和未来整个文学中所占地位与分量，特别是跟过去相比较。在八十年代，城市文学对于我们仿佛还遥遥无

---

① 《"新市民小说联展"征文暨评奖启事》，《上海文学》1995 年第 1 期。

期，只不过偶然才出现个别有兴趣染指其间的作家；而现在，基于新兴作家在年龄和创作力上的优势，我们发现，城市文学实际上已经从凤毛麟角、一跃而为真正的主流写作。

在此，社会提供了一个它如何不由分说地改变文学的极好例证。三十几年前，那些生于城市、长于城市而后来到农村当了几年知青的作家，对于自己生长的空间，一律表现出价值观念上的淡薄，将其置于根本不值得书写甚至不值得思索的境地——这绝不是他们愿意轻视城市，而是社会现实从未给城市注入引起他们注意力和价值感的内容。然而现在，城市对于一位新兴作家却变成了极具魅力、充满意味、令人迷恋和玩味不已的对象，变成了最能激发写作灵感的所在。我们不妨看看如下一段出自新兴作家之口的陈述：

　　1995 年，整整一年，我是一个酒吧里的作家。那一年我在酒吧里写了十四个短篇小说。我成了一个酒吧写作者。

　　一般在夜晚九点左右，我会来到一家酒吧，一个人，我一个人坐在高高的吧台上开始写作……那一年我非常喜欢在酒吧中写作，因为酒吧的气氛与音乐适合我写作时的心情。很奇怪的是我在酒吧里可以很好地集中精力与精神，而不被那躁乱的音乐所干扰。①

这就是1995 年的新兴作家——城市作家。

1995 年前后，从新兴的城市文学浪潮中，成长出整齐的一代新兴的作家。这，应该是我们判断城市文学的生命力究竟如何的最具说服力的依据。八十年代中后期先锋派登上文坛之后，大约长达五年的时间，文坛几乎没有新的创作群涌现。虽然这不是一个可靠的参照系，但相较于八十年代大部分时间里文坛"江山代有才人出，各领风骚二三年"而言，这种

① 邱华栋：《私人笔记本》，《青年文学》1999 年第 1 期。

现象仍然不能不给人以文学陷于停滞的联想。尽管许多人都不喜欢近三十年中国作家成代成代涌现的"规律",然而既然形成了这样的"规律",就说明它具有现实合理性。基于此,当文学新人的涌现似乎到了余华、格非、苏童、叶兆言等人处便就此打住时,并不喜欢看到成代成代产生作家的我们,还是禁不住犯起嘀咕:文学到头了吗?它什么时候才迎来下一代新人?他们又将以怎样的理由、面目在文坛安身立命?

1995 年前后,这终于有了答案,但事先(五至八年前)我们绝难料到,是城市文学促成了这一切。毫无疑问,城市文学不单单在创作对象方面对当代文学布局做出了重大调整,也在创作主体方面引起一场变革。因为,一个市场化的空间,既为新型的作家提供了别种存在的可能性,更强制性地推动了这种存在。中国文学的转型期亦是当代作家的转型期,作家回到了他的本来位置——个体的、自由的艺术行为的体现者。在城市文学的土壤上,当代文学产生了它的第一代体制外作家——不拿工资、不隶属作家协会、以写作自养或者将写作与生存分而治之的所谓"自由撰稿人"。已有很多作家成功地行走在这条新的生存之道上:李冯、丁天、卫慧、周洁茹、赵波、西飏、吴晨骏、朱文……乃至"80 后"的郭敬明、韩寒等等,而且人数还在不断增加。这么一种类别、这么一种群体的作家的涌现,对未来文学的影响将无可估量,因为他们的意识和心态,或许将真正告别前四十多年的传统。这里,有几句摘自西飏《我的自由生涯》的话,其与这群作家的立场可能有某些代表性:

> 80 年代的作家要远比 90 年代的作家幸运。前者是一个大兴庙宇或和尚紧缺的时代,只要发表几篇小说或评论,就会被请去当上国家干部,有了工资劳保,并且分配住房。当时的作家也并非十分满意,因为据说苏联的国库还提供给他们的作家别墅和小汽车,庙宇提供给和尚们衣食和居住,而和尚们只需念经修行,但说到底,修行的好处却都是属于和尚个人的。但 90 年代的和尚就不那么幸运了,庙宇已经挂出客满的牌子,他们几乎个个都

是居无定所靠化缘度日的云游僧，惟一的财产就是不受任何管束的自由。对于云游僧来说，庙宇存在于他们的心中。

有了自由，问题是如何维持。生存于体制之中人，整日聊天喝茶乃至打着"红旗"反红旗都可以换得稻粮。而那些云游僧们则不得不为了对付饥饿而艰苦跋涉。多数写作者的梦想，莫过于以写作来维持写作。但又有多少自由撰稿人是依靠写作而过上丰衣足食的日子的？……令人略感宽慰（苦涩）的是，自由撰稿者的数量却反而有增无减，可见写作仍是一项动机单纯的行为，其目的与经济效益依然没甚关系。

以上言论，并非没有值得推敲处，但在总体上，它大致道出了新兴作家与传统作家的分野。不过，理性地看，这种分野并不由自作家的主观，比如说，并不是由于新兴作家较传统作家更渴望"自由"，恰恰相反，这只是不同时代的客观现实所致——进一步明确来说，是市场化的城市的馈赠和逼使。

所以，被新兴的城市文明、城市文学推上历史的这代作家，直接地看好像也是以"群起"方式重演了近年来反复出现的文坛改朝换代的老戏，但细思之余，我们就会否定这个结论；实际上，在貌似重复的表象下隐藏着从零开始的意味。

（二）物化主题及其现实表现

城市文学在九十年代中国大陆兴起，从文学内容上说，对古老的中国文学最值得重视的改变，我们以为就在于带来了一种全新的社会描述——物化主题及其现实表现。

人与自然、人与人、人与物三大关系，是人类在其文明不同阶段面临和要解决的基本矛盾。文明诞生之初，弱小的人类在诸多方面受制于自然，因此，对人与自然之间和谐性的寻求，成为最古老的人文努力。随后，当人类的社会性存在日益加强，人和人的冲突也日益突出，甚至超过了人和自然的冲突，此时，人文焦点自然而然地转移到了对政治、道德理想和理性的探索。到了近代，由于科技和社会的进步，人和自然、人和人的冲突很大程度上被缓解，或者说形成了有效的解决渠道，而生产力的飞跃则同时带来巨大的物质增长，于是，对物的占有欲和追逐，以及这种欲望和追逐本身所固有的对人自身完整性的挑战、破坏及考验，构成了近代化社会的人文主题和基本矛盾——其典型表现形态即为现代城市文明。

完整地看，现代城市文明是由两种东西缔造的：工业化和市场经济，二者缺一则不可。工业化，不单单是将城市变成现代社会的中枢，使之从经济上真正变得重要起来，更重要的是，工业化造就了全面的商品交换的时代，造就了市场经济。反过来，商品交换、市场经济也恰恰是工业化的本质，离开了资本、经营、贸易，工业化便失去了动力。因此，现代城市的灵魂便是工业化和市场经济，并且它也正是以此二者为支柱为目的组织与运转起来，从政治、法律、文化、社会关系和生活方式多方面构成一架高效严密的社会机器。一言以蔽之，只有在商品原则之下，现代城市才表达着它的意志，否则，它的存在是没有理由的。所谓的城市文学，必基于上述的"城市"概念之上，并将物和商品化作为理解人和社会的基本角度；一部名副其实的城市文学作品，它所描写的人和他们彼此的冲突，以及他们的生存方式、内心活动，应当超越于个人，而不论事情本身表面上看起来是不是采取了人格的形式，例如，狄更斯或巴尔扎克笔下那些债主、吝啬鬼、罪犯、银行家的恶，似乎是个人之恶，但追问下去，这结论却并不能成立，因为他们的恶不来自个人品质，而是来自于抽象之物——货币对人的异化，亦即来自于马克思所说的"商品拜物教"。

在漫长的历史中，中国文学重心以往主要放在人和自然关系上——这也就是乡村—田园文学的核心；其次，是对人和人关系的描写与表现，在这一方面，构成了中国文学的政治道德传统，从诗经、新乐府、明清市人小说一直到现当代现实主义文学，尽可如是观。至于表现人被物所挤压的文学，几乎可以说不存在。原因很明显，以往的中国社会现实，既未真正进入过崇尚物的欲望和追逐的形态，更未实际地从物的巨大增长之中体验这种压力。事实上，直到八十年代，文学作品所能表现的恰恰还是某种物的匮乏的记忆，例如大量作品所描写的"饥饿状态"、对自然的恐惧和膜拜等。当然，即便在今天，中国仍旧贫穷，或者具体地说，中国仍旧有相当比例的人群处在物的匮乏状态下。但是，有一点却发生了根本性的变化，这就是，中国人已经被告知，他们可以而且应该追求更大的物的占有，而不必以高尚的道德自律来约束、抑制对物的实际的或诗性的想象，也就是说，"物"这个字眼儿本身被正面地收入了时代的词典。这样一个价值观念的扭转，喻示着中国社会已经把自己的意志纳入近代以来有着全球背景的物化轨迹——尽管目前它仍旧是一个贫穷的社会，但内在的欲望和冲突却开始受制于物的增长。

无疑地，城市空间正是上述欲望和冲突在这个贫穷国度进行恣意表演和实验的乐园。九十年代以来，政治和道德作为昔日最具魅力的传统话语，在大都市以至新兴的乡镇，都纷纷失去吸引力，它们仿佛只是极少数人文知识分子的保留话题，而普通大众要么对其敬而远之，要么公开地讥笑极少数人文知识分子对政治道德问题的过度关心。与此同时，被奉守的二千年的"罕言利"的儒家信条，慢慢被淡忘或淡化，一直不习惯直截了当谈论金钱的普通中国人，现在最热衷最坦然地谈论着的，正是金钱——或者，是金钱的实际结果：住房、汽车、高档电器、出国旅游、狂热消费和享受的生活方式以及女人等等。

何立伟，一个在八十年代以"美的语言和美的情调"出现和被阅读的作家，最近写出一部新的长篇小说《没有暴风雨》。它一开始就这样描写它的主人公："一九九七年夏天的某日，我从五一路电信局旁边的一个小店子出来，自觉得走路的姿势有些一摇一摆。这不是因为醉了，也不是因为我小时候得过小儿麻痹症，而是因为我刚刚给手机配了一个皮套，把这个可以连接五湖四海的家伙十分显著地别在腰间的鳄鱼牌皮带上，好显得自己是个很有经济实力或者业务应接不暇的男人——很长一段时间来，冒充这样的男人成了我的隐秘的快乐，而一摇一摆地晃动在人丛中恰恰是这种快乐的证明。有一回有个初次见面的漂亮妹子就对我说过一句叫人难忘的话，她说：你一看就像个有钱的老板！这样的判断虽然愚蠢，但是莫不令人快乐。我当然清楚，这种虚假的快乐，是我们这个亲爱的时代带给我的——就像这个亲爱的时代终于将那位说蠢话的漂亮妹子带到了我的床上来一样。那天晚上她像条美人鱼，躺在我的床上，赤裸着身子，用我的爱立信788给她的所有的朋友打电话，大声地说：我在海鲜楼喝晚茶！或者说：我在华天开了房！我听了只想笑，我觉得幽默的并不是这条小小美人鱼，而是我们身处其间的空虚时代。与此同时，我也很想哭，因为她打了那么多而且那么久的手机，还打到了海口同深圳；我心里算计着：×你一遍要贴，×你两遍保本，×你三遍才有赚头——然而我能三遍么？顺便说一句，那天我给她取了个外号，就叫做美人鱼。该美人鱼后来常常在我的床上游动，惊人的肉艳之美可惜你看不到，除非你跟我一样，一看也像个有钱的老板。总而言之，美人鱼的一句蠢话除了让我快乐之外，还让人明白了一个道理，那就是，在这种小妹子跟前，男人应当扮什么样的角色。"

从小说摘下整整这么一大段，不光是因为有趣，也因为它提供了一个很典型的时代情景，这情景中包含了对物的力量的十分清晰的陈述。其间，男人、女人和手机这三者间具有一种奇特而真实的逻辑：男人由于悬在腰间的手机而"成为男人"，女人则因为男人的手机才"愿做女人"。这是1997年的情景。而到了世纪末和新世纪初，能使男人和女人变成他们"自身"的那个中间物，不再只是手机，而是别墅、汽车什么的，但总之，人与人之间的关系，必须由一个"物"来决定和赋予。其实，"物"的形式虽然随着外部因素在不断变化，其本体却不变，那就是钱——货币。何立伟在小说里接着写道："我的朋友球宝对我说过：你老董就是喜欢把每一分钱贴在脸上。"

货币是一切物的终极存在，也是一切物化崇拜的本质，而手机、别墅、汽车或诸如此类的东西，不过是货币的象征和模糊的指代。对货币的崇拜，秘密源于这种就其本身来说纯属虚无的东西的独一无二的属性：交换。它本身空空如也，但是由于以上属性，实际上它又成为世界上唯一真实的东西，就如《雅典的泰门》那段关于金钱魔力的著名台词所揭示的一样，它能把任何事物"变"成别的，既可以把最丑的男人变成最美的，也可以把最美的男人变成最丑的。当社会树立货币为最高权威后，一切便统统置于交换罗网，在"等价交换"原则下，人们最终发现，只要拥有钱，他可以做任何事情，也可以得到任何东西。应该说，货币权威首先是一种摧毁，带来解放，甚至带来平等和自由，只不过，这种解放、平等和自由必然以物淹没人为前提。当《没有暴风雨》的主人公，体验着货币所给予他的种种快乐时，他当然会因为和过去那个否定货币权威而尊奉别的权威的时代做对比，而对自己现在的存在状态感到满意，但是他很难意识到，他现在所感受到的一切，对他来说实际上都是异己的，或者说，是随时会被"交换法则"所剥夺的（既然现在由它给予）。不过，正因为不可能预知，人对货币的追求也才至死不渝，它给人的激情与自信，才显得无与伦比。

毕飞宇的短篇小说《款款而行》里的那个暴发户，就是这样一个商品拜物教信徒，作为被金钱武装起来的人，此人明显陷入一种类似于伟人的幻觉，他感到充满力量、所向披靡，而社会似乎也的确处处在印证着他的这种幻觉，于是，这一切终于合乎逻辑地使此人在结尾前说出了一句话——他郑重其事地对"我"（一位作家）提出了一个"正经八百"的要求："得把我弄成一个大人物，像那么回事。"

津子围的短篇小说《三个故事和一把枪》中的"第二个故事：《导演》"，情节同《款款而行》颇有类似之处，所不同的是主人公的心理。在这里，那个叫朱筌的富豪，在吹嘘一番"说真的，我要是想找'爱情'，一天可以赴十次约会"后，对现在是作家的昔日同学的"我"提出"共同创作一部作品"的要求，遭到后者婉拒，朱筌便以"我出思想，花钱请人写，千字三百元"的条件，另找了捉刀人，不久，题为《体验罪恶》的长篇小说出版了，梗概如下："有一位年轻的富翁对已有的体验厌倦了。于是，他与一个好友搞了一个极端刺激的计划。他的那位好友是警局里的刑侦队长，部队转业的高干子弟。年轻的富翁从自己的公司告假，他将外出旅行三个月……其实，年轻的富翁根本不是外出旅行，他去了另外一个离他所在的城市较远的地区，成了化名'白衣大侠'的暴徒。他在乡间路上抢劫，在一个小县的舞厅'砸场子'，在一个沿海城市里公然强奸妇女。"小说还写了他"'看好谁就可以弄'的强暴心理以及在一个市的政府大楼里用极不熟练的手法连撬了十二间办公室没被发现的快感。后来他在城郊的一个农业银行抢劫时，被公安人员抓获，在押送他的途中，他的好友出现了（其实，他的好友一直在跟着他），证明他是他（他的好友）一直追踪的特大罪犯，经过两个警局的联系与证实，他的好友将他解押回来。然而在拘押的途中，他逃掉了"。对毕飞宇笔下的富豪来说，金钱让他生出了可以成为伟人的幻觉，而在津子围笔下，金钱同样使富豪生出超级幻觉，但却走向另一个极端——他感到自己足以恶贯满盈而不受任何惩罚，因为他已经处在"一天可以赴十次约会"的现实中。

舟行的组合短篇小说《挣钱的故事》（《惦记》、《魔方》、《消灭》）截取生活三个侧面，像马克·吐温的《百万英镑》那样，观察货币对社会的作用。《惦记》写入商海的中国人为了赚钱而"遗忘"一切，而日本商人时时的"惦记"则与其形成鲜明对照。《魔方》写流氓致富而入上流社会，并通过金钱取得对社会的某种控制权，只是因为一个小小的偶然因素插入，本来战无不胜的金钱权威才意外地瓦解。《消灭》写麻将桌上的腐败，"市长"、"处长"之类，贪婪成性，不习惯小把捞钱，于是总输，倒是那个野心不大、一心一意借助麻将捞些票子的"教授"屡战屡胜。这组小说，较好地利用日常生活场景来写金钱的无孔不入，写金钱的作用和反作用，兼之构思颇具戏剧性，读来饶有趣味。

女作家叶弥的《城市里的露珠》，也从女性的特殊角度，揭示了金钱的重要角色。某种意义上，可以说这篇小说讲述的是一个有关女性独立主题的故事，但与目下诸多同类作品相比，它超卓之处在于撇开或搁置了意识形态的空谈，而将这种社会现象与坚实的经济现实紧密联系起来。小说的人物，是一群九十年代的叛逆女性，她们公然与男人为敌，向他们的社会和文化权威挑战。其中，登峰造极的举动，便是要仿效男人搞三陪、奴役女性的夜总会，共创"夏娃俱乐部"——"俱乐部宗旨：不以赢利为目的。只是填补消费行业的一个空白。为女性服务，消除性别差异。"她们当中还有人提出了异想天开的建议："俱乐部的服务员找清一色的男倮儒。"令人震惊的是，在小说结尾，"夏娃俱乐部"居然"在深秋银杏树黄成灿烂一片时破土"，真的动工兴建了。显然，这基本上是一种虚构出来的幻想，但作者叶弥在构造这一幻想的同时，却始终为真实埋下了有力的伏笔，这就是："夏娃俱乐部"的创始人们一切所作所为，都离不开一个"钱"字；钱是她们的腰杆，钱是她们傲视男性、向其实施报复的力量源泉。离开了钱，她们就没有一点力量，与那些出入夜总会卖笑鬻欢的同性就没有任何区别。姑且不论在一个真实和强大的男权社会中，这样一小部分女性（富姐）通过金钱而取得的独立有何普遍意义，也姑且不论因为同样的现实理由，她们的钱的来路非常值得怀疑（小说在写到"她们"中的老大李佳梅时有过暗示），重要的是，最终来看，这些富姐的反抗无非是包用男妓、以"有钱人"的姿态戏弄误以为可以用钱从她们身上购买快乐的台湾老色鬼……这样的反抗，固然使她们主宰了男人，可追究之下，真正的主宰者到底是什么？是她们还是金钱？答案是一目了然的，不但她们没有真正主宰男性而且连她们自己其实也都被金钱主宰着：她们的强大纯属幻觉——正如那座破土的"夏娃俱乐部"——她们只不过是至高无上的货币之王的一群可怜的臣仆。

王彪的中篇小说《我们心上的痛》，仅从标题上也可看出，作者明确立足于"心"来控诉"物"的挤压。小说中有四个主要人物：画家"我"、男诗人老班、诸葛编辑和女诗人唐蔷薇，小说用他们形成一个九十年代的城市艺术家圈子的缩影。这些人中，老班自称是时代的"最后一个诗人"，然而，是个空了心的诗人，正如他自己所吟："今夜我去哪儿/床，女人的肉体，还是马路/酒入愁肠/我的心是空的"，他的诗，连他的女友都直截了当地斥作"垃圾"——"就像一堆垃圾，光熏自己和垃圾箱的臭虫们，从来写不好爱情。"他是诗人，但诗心已死，先于他的肉体而死了，而肉体不久也在女人与酒腐蚀下烂掉，"梅毒在他脸上开花

433

……"如果说老班是一个象征着这个物化时代的艺术的悲剧和无奈的形象，那么，女诗人唐蔷薇却可以说是艺术与物化现实"勾搭成奸"的指代，她"刚写诗那会儿"，据说"跟人聊天都夹着腿儿，怕人占便宜，纯洁得了不得"。然而，现在，她那样充分"开放"着自己，靠皮肉出诗集，靠皮肉挣出国费用，靠皮肉做一切，并且在这种过程中能够"一面和我谈论诗歌一面想跟我上床"。至于诸葛，已完全沦失了传统意义上的"作家的知音"、"艺术之花的浇灌者"的编辑形象，变成彻头彻尾、极端无耻的掮客、奸商；他近乎敲骨吸髓地盘剥艺术家，利用艺术骗财，视艺术如娼妓，一切事物在他的眼中只意味着两种符号：货币和生殖器。小说中唯一"心"还未死、还试图抵抗着物化现实的人物，是画家"我"，但是他的抵抗显得绝望而可笑；他在冠冕堂皇的绘画年展上刚获奖，"组委会的头儿"就像鸨儿一样拉来港商，以从交易中赚取百分之三十的回扣；他所钟爱的恋人丽尼的小皮包里，掉出了一种东西——"她说，你别费心了，不是你的。""丽妮说的没错，大号，35 毫米，她连数字都记准了，而我只能是 33 毫米，它们之间是质的区别，是一个男人跟另一个男人的区别。"在这里，普通的性用具具有一种对现实鞭辟入里的概括性，35 毫米跟 33 毫米的差距，就是金钱与艺术的差距，就是物与心的差距，前者是这个时代的"强者"的族徽，它属于某个拥有凌志 300 的阔佬，33 毫米则属于画家！

还有许多作品都同样从物化现实切入城市描写。赵波的《情变》写画家忽尔列与其模特儿詹卡尔的恋情，前者是艺术至上者、理想主义者，后者是一个二十岁的渐渐被都市文明庸俗化了的摩梭女孩；有关这个民族如何将纯洁的母系社会维持到现代的报道，是我们所熟知的，然而，市场化的城市氛围不费吹灰之力就击破了上述神话。杨蔚然的中篇小说《紊乱》也写了一位画家，正在美院就读的学生安格，他似乎是一个愤世而后自暴自弃的青年，对艺术之媚俗与拜金、对女人的堕落憎恨不已，怀旧、感伤："毁坏我心中多年建构真情的东西还不够多吗？我的思想。我的所有美丽的记忆。"终于醒悟"因为自己的固执，使自己完全没能在国内火一把。""他想到如果在 30 岁前再不能'火'一把就没必要活了。"乃至同流合污,虽想起来没什么意思,也那样做,唯一剩下的美好记忆只是"我还记得你(初恋女友阿红)小时候的模样……"还有一篇题为《八音盒》的中篇小说,叙述的是中产阶级对城市流浪者表示同情并提供帮助的老套故事,然而,值得玩味的是,这个老套故事的结局在本篇的情节之中却有了历史性的改变,那个名叫春花的小乞丐在极度势利的现实的熏陶下,已完全丧失了这类形象古典式的质朴,她精明、狡狯,对人与人关系的功利本质有着透彻的认识,并完全用这种认识来指导自己同那个对她奉献爱心的城市中产阶级分子的交往,整个故事以"人情味"开始,却在一种令人绝望的"无情"当中结束。

这类作品是大量的,不必一一例举。透过它们,我们将非常清晰地意识到,物的幽灵在九十年代中国上空徘徊着。不必说,对于社会,对于历史,这样的笔触是重要的。中国当代文学,一度(八十年代晚期)曾对社会现实表现出漠然或日益超然其外的态度,尽管有种种的理由可以解释这种态度的产生,但是无论如何应该说是不正常的。现在,新兴的城市文学重新恢复了文学与现实彼此参照的关系,既丰富充实了文学,也是对自身责任的一种确认,虽然在深度和力量上还远不令人满意。不过,除了社会学的意义,即便从纯粹的文学史角度看,城市文学对物化现实的表现,也在诸多方面开辟了新的领域。例如,如果说"文学即人学"不失为一条相对永恒的文学规律,那么,当下城市文学围绕物化现实而展开的人性探索,对于几千年来中国文学相关领域来说,应该说已经形成一定程度的突破,并且,随着探索的深化,还将进一步突破。也许若干年后,我们的文学史撰写,就必须专门研究自九十年代城市文学以来在人性的认识与表现上取得的种种历史性成果。

(三)迷濛中的生长

当然,就像市场经济在中国是一种全新的事物一样,告别了古典概念的新城市,对于文学,对于作家来说,更是一片陌生的风景。就现阶段而言，文学之于后者所能企及的，仍然是熟悉和感受，而不是入木三分的透视。

新城市在生长着，新兴的城市文学同样处于生长期。

在过去的年月中，一个传统的城市居民的生活经历是这样组成的：他出生在城市的某个角落，不论那儿是叫"夕照街"、"小井胡同"、"裤裆巷"或者别的什么名称，总之，是一个时光保持了相当的完整性、延绵性的角落，居住其间的若干户人家极有可能做了好几代数十年的邻居，相互熟悉的程度已不亚于家庭成员内部——作为新出生的婴儿，他屁股上留下的来自老街坊们无数次亲热地拍打与抚摸过的指印就是证据；随后，稍长大一些，他就跟前后脚出生在同一个角落的孩子们成为伙伴，称兄道弟，抑或渐渐生出一段青梅竹马之情，这种状况几乎持续到成年之前，因为他们不大可能分散到不同的学校读书，而几乎总是会从小学到中学厮守在同一所学校甚至同一个班级；在这之后，如果他在工厂或别的什么单位谋到一份工作，那么他会稍稍偏离原来的生活圈子，然而这种新鲜感完全只是一瞬，他的生活只不过是从一个静止的圈子变成两个静止的圈子而已；当他终于到了退休年龄，与在一个车间一个办公室愉快或不愉快——但总之是单调地——相处了几十年的同事们分手时，他就重新回到了出生的那个角落，跟儿时的伙伴一起晒太阳、扯家常话、下棋以打发时光，或者提着鸟笼，在曾经拍打过他屁股的老人们浑浊的目光下，一趟又一趟地穿过胡同、弄堂、小巷和居民院的大门……

今天，上面那种城市居民不能说没有，但可以肯定，他们正在逐年地迅速减少。人们纷纷从老宅院里迁出，搬进现代城市的典型住宅——俗称为"火柴盒"的混凝土楼群。他们有了新邻居，但是开始失去街坊，这两个近义词之间有着微妙然而却是重大的情感差异；在单元楼里，邻居通常只不过意味着偶然住在一起而已，他们很少来往，甚至彼此缺乏起码的了解，除非非常特殊的情况，他们绝不会去拍某个邻居小宝宝的屁股。人们变得彬彬有礼，相遇于楼道不过是纯粹出于礼貌点头示意，靠这样一种单薄的方式来维系表面化的可怜的人情味。他们不复能够聚在一起畅叙家长里短，或就另一家邻居的为人处事窃窃私语、评头论足——许多城市居民由此抱怨世界变得冷漠了。实际上并非如此，现在的人们既没有比过去更冷漠，过去的人们内心也未必比现在热情。但是，他们彼此的确陌生起来，越来越陌生了。

比方说，我们不会知道，当我们正在自己的屋内忙这忙那时，会不会像刁斗在《移步换景》里虚构的那样，对面某座楼某个房间里，有一个不被注意的陌生人，正举着望远镜不怀好意地隐藏在窗帘后面，把焦距对准了我们。或者恰好相反，像邱华栋在《蝇眼·天使的洁白》里描写的那样，这个窥视者长期地规律性地用"摄影记者专用的'大炮'"，"观察一对年轻夫妇的生活场景"，并拍下一些照片仔细地"研究"，以至于这个为对方完全陌生的窥视者就像那对夫妇自己一样熟悉他们的生活，然而某一天，已对年轻夫妇的一切了如指掌并渐感乏味的窥视者，却突然目睹了一个最令他震惊的场景：一个突然闯入的陌生男人，先用刀刺死了丈夫，再冲入卧室杀了那个女人。在描写了这样的情节后，邱华栋设身处地替窥视者这样想："（他）弄不明白为什么那样甜蜜的表层生活之下竟隐藏着一条黑暗的河流。生活的丛林中隐藏了多少野兽，它们都会在某一天突然张开嘴来咬人吗？"当然，我们不知道隐藏着的是不是"野兽"，但可以断定，城市里到处隐藏着随时可能介入或者已经悄悄介入我们生活的陌生人，以至于连隐藏得很好的、得意地躲在暗处、自以为单方面介入他人生活的窥视者，也会突然发现自己被置于另外一个陌生人面前。

这也恰恰是文学的境地。对于文学来说，今天的城市，随时浮现着一道道陌生的风景；在中国，我们可以轻易而慷慨地把"熟悉农民"、"熟悉农村"之类的赞誉之辞赠给许多作家，却没有一个作家能自诩"熟悉城市"而不感到愧颜——至少眼下没有，在这样一个生长之中的、随时像万花筒一般变幻着编织着它不可预测的图案的事物面前，当下作家的认知力几乎都还只能用"无知"二字加以形容。诚然，这并非文学的责任，以往的多年，中国文学缺乏认识真正的城市的机会，现在一切却又来得太快，城市简直像繁殖力奇强的老鼠那样疯狂地制造生产着新的现象和事物，速度之快密度之大，连新闻媒体亦颇感捉襟见肘，何况细嚼慢咽的文学。

这恐怕也是一段时期内城市文学的主要特色。因为照目前作家对于城市的了解程度，不大可能拿出在深度和力度上跟在城市文明中浸淫深久的欧美日作家相比的作品，他们将像一块海绵吸取水分那样贪婪地吸取城市化进程形成的诸种新现实，在胀大自己的同时，丰富着城市文学的表现经验。经验的取得，对目前的城市文学作家来说是最重要的，人们没有必要对他们苛求过甚。

城市作为当下中国最活跃的人文景观，在造就新人、新人格上确如一个巨大的培养基，社会的旧的生命细胞在死亡中迅速腐烂同时转化为肥沃的土壤，构成了齐全而充足的养分，给一切新的生命——不论善恶——提供了疯狂生长发育的最佳环境，对这样一种现实，文学不可能熟视无睹。如果我们对近年之文学略加浏览，将会感到，用形形色色一词来形容从九十年代作家笔下产生的城市人形象，是恰如其分的。请设想一下，仅仅在几年前，我们所能欣赏到的城市人形象，仍不过是刚才我们描述过的那种陷于雷同刻板的生活模式中的市民形象，当我们的作家使这样的人物处在真正的城市社会（例如《北京人在纽约》中王起明之在纽约）中时仍然完全不知道怎样理解这种处境并幻想靠着"农民造反"的精神来击败商业文明，而现在，在作家所描写的我们自己的城市社会里，当年曾使王起明目瞪口呆的人和事，却都已经成为最平常最普通不过的现实生活的一部分，再也没有一个作家会让他的人物面对这样的社会及其所产生的五花八门形形色色的人和人际关系，由于意外、受刺激而暴跳如雷。

在今天城市文学作家笔下，人物正在分化，正在形成更多的冲突、碰撞，以日益多样化的方式存在着。一方面，这是因为城市生活现实给人物刻画创造了更为丰富的可能性；另一方面，也是因为作家在生活的启迪下对人的内心、人的本质有了更加全面的认识。城市文学作家从来不曾像现在这样，拥有一座似乎取之不尽的题材库，生活源源不断地产生着新的职业、新的人群、新的"活法儿"、新的欲望、新的压力、新的危机、新的时尚、新的理念，所有的人都不得不从旧生活形态里走出来，被卷入急遽变化中的新矛盾的旋涡，没有旁观者，每一个城市人都主动或被动地参与了改变自己的过程，那些曾经很相似的人现在也都彼此陌生起来，或者还不如说，人人都对自己陌生起来——从他的外部生活到他的内心世界——即便不是面目全非，也说得上今非昔比……设想一下，这对文学来说，是怎样一个罕见、令人激动不已的生活宝藏！尽管由于种种原因，尤其是承自八十年代先锋文学、精英文学一度影响甚大的清高地小心翼翼地与现实生活保持某种距离的艺术态度的余续，九十年代以来文学似乎超然于激变的时代之外，实属幸运一代的作家们愚蠢地并不了解自己的有利处境，他们反应迟钝，无动于衷；可是如此诱人的如盈珍列奇之盛宴的现实，魅力毕竟不可抵挡，随着这道美味的刺激日益增大，没过多久，貌似不食人间烟火的作家们纷纷卸下矜态，转身扑向现实，饕餮大嚼，尽情享受生活的馈饴。而今，他们终于看见了介入现实的初步收获，那就是，富于新意的生活场景、面孔、灵魂世界和生命感受正从自己笔端涌出，将文学装点得多姿多彩。

与八十年代形成鲜明对照的是，借助于生机勃勃的城市题材，九十年代以来作家对涉足于塑造新人物形象和探索新人物类型，显出极其浓厚的兴趣。人们曾把八十年代特别是1985年以后的文学称为"探索的文学"，众所周知，这一评价来自于那个时期文学孜孜不倦的、近乎着迷的小说形式的实验特征，然而，人们在这样概括八十年代文学特征的时候，却忽略了一个相反的事实，亦即，尽管它在语言形式技巧上扮演了一个不甘寂寞、大尝禁果的角色，但却几乎没有能够创造出什么新鲜的人物形象，至少在这个方面，如果把八十年代文学称为"探索的文学"将是名不副实的，实际上，由于缺乏开拓人物形象塑造的意愿和能力，很多实验小说采取扬长避短之策，索性模糊对人物的具体表现，走符号化、抽象化的路子，"人物"大有从小说三要素中淡出之势；或者如后期先锋派的新古典主义采用的办法，乞助于旧时代的人物素材，借腹怀胎，以此继续其叙述语言的实验。这表明先锋派作家对文学与现实关系的一种看法，所谓的

"三无"（无故事、无人物、无主题），正是在刻意规避写实主义文学原则的动机下出现的；以此为对照，反观九十年代以来的城市文学，实际上正因着它再度调整了文学与现实的关系，再度肯定了现实生活对文学创作的价值，才重新回到注重故事性和人物刻画的形态上来。

《焱玉》（殷慧芬）描写一个年轻的都市女性的内外部经历，这个经历尽管从时间上说十分短暂，大约二三年光景，但是，在这样一个极有限的表现范围里，作家却能够使人物具有十分丰富的内涵，体现出很高的艺术水准。女主角焱玉作为一个在相当大的程度上保留着学生味的单纯女孩出场，却以另一个完全都市化、职业化、世故化的白领丽人（这恰恰是她当初讨厌甚或鄙视的形象）退场，可以说，仅仅几年间，在都市文明的洗礼下，她从肉体到灵魂都脱胎换骨，完成了一次人格上的分娩。

与此近似的作品还有《何日君再来》（张人捷）。女主角小蜜年龄较焱玉稍小，应属同一代人，但不知是否因为城市背景的不同，这两个人物气质迥异，价值观念更不可同日而语。焱玉虽终于成为物化人物，但其初登场时仍是不乏单纯与幻想的女孩子，作者对她的刻画重在"变"字，字里行间似有同情以至怜惜之意，而且与上海人、上海文化的特色结合甚好，滋味尽在"堕落也要讲品味，讲格调"一语之中。小蜜截然不同，一出场便已经堕落了，如果说后面还有何变化的话，亦只是让我们随着情节的延续看见她究竟堕落到何种地步而已；并且，她的堕落绝不像焱玉那般有一种在美丑之间顾盼流连、不忍决绝之态，而是赤裸裸的、义无反顾的，甚而简直是快乐和得意的。这个人物的身上已毫无道德感，连唐蔚蓝主张的那一点"面子"也不屑于要了，她是那样斩钉截铁、粗俗、坦然地与金钱、欲望捆在一起，在这两点上"明智"得骇人，单刀直入，没有半句废话，堪言北京式的痞味十足。单从艺术上讲，小蜜的塑造不如焱玉富有层次。张人捷是一位年轻的作者，表现人物的功力、细腻度和对节奏的控制显然尚逊于殷慧芬，但她的优势却是非常贴近、了解她的人物，这一点从小说中完全能看出来，尽管她有趣地选择了一个男性叙述人的视角，但小蜜的言谈举止中那些极准确、极生动的细节，却绝对只有同性别同年龄的人才能如此信手拈来。因此，虽然我们觉得对"小蜜"的刻画尚不够老练圆熟，可是就真切感来说却要胜过焱玉一筹。可以想象，张人捷对"小蜜"一类都市女孩熟悉得不能再熟悉，她一定见过成堆成堆的"小蜜"，随时在与她们相处，感受她们，接收她们生活方式、生活态度的种种信息——

> 我够够的了，我可声明，我不跟穷人交朋友，你要是还不希望失去我这个朋友的话，那你就赶紧挣钱，要不，你假装有钱也行，或者，你摆出一副有钱的架势也成；装得特阔，我也不嫌弃，反正就是别跟我诉苦，谁跟我诉苦，我跟谁急。
>
> 我问她，你那男朋友见过你吃成这样爱你这种吃相吗？她说，不知道，我也从来没这样过，爱就爱，不爱就不爱，我也无所谓。我说，你不爱他吗？她说，说你土你还真是土，这年头也只有你才会问这种问题，谁会老把爱不爱的挂在嘴边？哪儿有那么多情啊爱的？我说既不爱，你干吗跟他在一起？
>
> 这你都想不明白啊？他有钱啊，没钱我跟他混什么劲？

诸如此类的谈吐，并非出自某个没念上高中便在社会上混迹的女孩之口，而是出自一个外语学院的在校女生。该女生傍了大款、被人养在富人区，大把大把地花钱，没有任何信仰，也没有任何禁忌和自我精神约束，认为出卖色相是能够同时得到性和金钱双重满足之乐事——若以二十年前的眼光看，这一切无疑难以置信，但张人捷把她们的存在写得真实无比，使我们很难拒绝这种真实。

像《焱玉》、《何日君再来》这一类小说，不妨可以称作"成长的小说"；这种小说在世纪之交很流行，其主题多半是有关年轻的生命与外部的城市社会现实的初次碰撞。这种主题所以能够流行起来，大概是取决于中国社会本身的状态。作为一个在市场化向度里生长着的社会，生命的含义和价值取向都是模糊的、不确定的，于是很容易想到在年轻的社会成员与时代之间寻求缩影式的表达关系。我们对毕飞宇的长篇小说《那个夏天那个秋季》中耿东亮的成长史大概就可做如是观。这是一部将社会与心理两种现实合而为一的成长小说,男主角耿东亮在其成长过程中接受着来自男人和女人的不同的塑造。耿东亮生活中分别有两个重要的男人和两个重要的女人——炳璋(他的声乐老师)和李建国(他后来当签约歌手的季候风唱片公司的总经理),童惠娴(他的母亲)和罗绮(允况集团董事长、李建国的上司)——在和女人的关系上,耿东亮有些地方很像五木宽之笔下《青春之门》中的伊吹信介,是来自女人的混合着母爱和性爱的关爱助他从男孩变成男人,这个有着弗洛伊德意味的情节我们暂且不论,重要的是,小说用炳璋和李建国这两个对耿东亮施加影响的男人形象所象征的社会性困惑,他们一个是贝多芬的信徒,另一个却是商业文化的使者,他们给耿东亮带来了完全相反的东西,令他无所适从,他就这样被夹在两者之间,既不能抵挡李建国的诱惑,又难以摆脱炳璋灌输给他的东西,这两个皆以"人师"自诩的男人,似乎代表了两个现实、两类价值、两种为人,如果说他们构成了耿东亮成长过程中所面对的父性符号,那么显然地,他所得到的是一种混乱的、矛盾的、彼此牵制的东西。耿东亮的这种处境,以及他过分依赖于女人的事实,表示出毕飞宇对这个时代和这个时代的人的精神状况的一种寓喻和思考。类似的诉说新一代城市人对父性符号的疑惑,或父性符号丢失的感受的,还有长篇小说《耳光响亮》(东西)、《碎爸爸》(李冯)和曾维浩的《弑父》。《耳光响亮》里父亲突然失踪,孩子们开始了寻父历程,当他们终于找到他时,他已经成了一个不可救药的记忆遗失症患者,"像一个标点符号,像一本笔记本,慢慢地飘远、下沉"。《碎爸爸》用一个伦理题材揭穿父性符号的尴尬,"这个父亲在开放年代之后便也开始追寻自己的来源、身份、被压抑的青春残梦。最后以抛弃家庭别筑爱巢这一行动作为馈赠给儿子的成人礼——他'碎'了。"《弑父》则组合了一条"性—父亲—城市文明"的病态文化链条,小说将男主角的父亲安排成时装设计师,这个身份具有典型的城市意味,他用一种时装表演的仪式与妻子做爱,向儿子传授生命诞生的原理,并留下遗言，准许儿子在其死后可以解剖其尸体进一步了解他身体的秘密；后来，作为儿子的"介"，果真这样做了，结果被视为"弑父"而受到其城市同类们的追缉，"介"不得已远逃至与世隔绝的原始部落肯寨，为女头人枇杷娘接纳，也正是在跟"野蛮人"的交媾中，这个被城市人设想为弑父者的"介"，被证明他归根结底是城市生殖方式的产物，正如枇杷娘对他所说的："你说你厌恶城市要远离文明，可是从你给我的姿势和手法上看，你对你所谓的文明恋恋不舍。"中篇小说《像卫慧一样疯狂》（卫慧）里则出现了一个继父，"他那双呆滞的、闪着磷光的眼睛一眨也不眨"，他"有点女里女气"，"会踩着缝纫机做夏天的裙子、冬天的棉袄"，主人公断言："这个成为我新任父亲的男人，他永远也成不了我真正意义上的父亲"，"我对继父的种种阴暗晦涩的感情，无法言传，情欲般的追杀，总是跟目睹死亡时的绝望与疯狂不谋而合"。这种奇特的亡父之感似乎压在每一个年轻一代城市人心头。

父性的丢失，寓示着成长的迷惘。三十年前那代人也曾自称迷惘的一代，那是由政治信念的坍塌而造成的迷惘，不过，这种迷惘很容易得到克服，因为它只不过意味着在情感上割断对一个已被证明是错误的时代的记忆而已，尽管那的确会带来短暂的失落感。九十年代以后城市社会里新一代的迷惘者，他们的迷惘要复杂得多，对他们来说，父性几乎是全方位地失匿了。

困惑比比皆是。李大卫《采访》写一次被收买的所谓的"采访"经历，"到了最终目的地，我对工厂唯一的印象就是弥漫着酸臭"。东西的《反义词大楼》是一篇荒诞的作品，在某公司的大楼里，"凡是进入这幢大楼的人员，必须经过一楼的培训合格之后，才能上到二楼。"所谓的合格，便是必须说反话；不愿说反话者将遭到惩罚，而惩罚的方式从正常的角度看却是享受；他另有一篇《生活》，亦是同类作品，写某医院保卫科长金大印，受急欲找到"先进人物"素材的报社女记者马艳的暗示和诱使，将自己纳入标准的旧英雄套路里，结果，这个套路已得不到任何尊重。

能够感到，在年轻的城市文学作家笔下，同样年轻的城市充满了不确定性。这种不确定性一方面来自于剧变着的现实本身，一方面也表现了作家们主观上的情感和价值世界遭受冲击的状态。因此，使用第一人称的情形，比以往任何时候都更加普遍。这一点，也许作家们自己并没有意知，不过，他们的确极少使用客观的第三人称。相对起来，第一人称是一种偏于生活化、亲历感、感受性的视角，有一种与人物、情节共呼吸的意味。与此相应，许多作品都表现出自传小说的口吻，尽管其内容实际上很少真正取自作家的个人经历，但是他们喜欢这样写小说。有时，他们简直是故意地把自己放进小说的情节中，诱使读者掉入所叙故事是他们个人生活写照的陷阱，例如卫慧那个耸人听闻的标题《像卫慧一样疯狂》，李冯《碎爸爸》为男主角设计的大体与作者本人相吻合的履历，或棉棉在《告诉我通向下一个威士忌酒吧的路》中的表白："我把我仅有的那点故事都写成小说了，其实我向来反对女作家写真人真事，但是写作确实没有赐予我虚构生活的权利。"这大约就是评论家们所谈论的"个人化"、"私人化"现象。有些评论家谈到这种现象时，担心它会使文学变得小器，那可能是有道理的，不过，对新兴作家来说，放弃叙述话语的扩张性其实也正好是他们想要选择的一种姿态；跟先锋派相比，他们是愿意接近现实、切入现实的一代，但他们大概又没有信心像前代作家一样相信自己能够把眼下的事看清楚，他们更倾向于观察现实的种种变化，体验它带来的感情冲击，而保留见解。

出于迷惘、困惑和对未来的渺茫心情，新兴作家很难去肯定什么或否定什么，深度对于他们来说是一个陌生和遥远的字眼，就其精神现实而言，他们只能呆在平面化的状态里，平面化地处理创作和其中的人物。这个语词喻指着不追向、不升发、不渗透的写作视线，或不向后看亦不向前看、非历史非想象的，紧紧抓住此刻、抓住瞬间、抓住当下生命感受的写作定位："我说为了我们对生命的感觉我们得珍惜自己才对，否则再过两年我们就挂了。""我说在接近本世纪末的时候我希望我的作品像麦当劳，并且我要做到任何人看完我的作品都不需要再去看第二遍。"这两句话引自《告诉我通向下一个威士忌酒吧的路》。这个短篇小说无论从内容到形式，都清楚地表达了新一代城市人的"在路上"的心理，他们的自我认识，和他们对现实的比较典型的看法。小说中女主角的弟弟，年轻、漂亮、健康、活跃，"他的功课在学校里是最好的。他的女朋友是学校里的校花"，应该说这样一个人对生活几乎没什么可以抱怨的，然而他却"从那幢大厦的 31 楼跳下去"，自杀了——对这件需要重大理由的事情，小说却写道："也许他只是想离开"。女主角的前男友也死了，死在铁轨上，原因只是当时他正戴着耳机听一张名为 THEDOORS 的唱片，关于这张唱片，他前一天曾和女主角发生争论，然而他就在听这张唱片时被火车撞死了（这个故事实有所本）。这两个细节，令人无法不震惊于新一代城市人的生命之轻，他们的生命就这样消耗以至毁灭在一些琐事小事（从异代人的眼光看）上。如小说描写的，这一代城市人处在一个缺乏自我牺牲、缺乏相爱的环境里，尽管人们的看法往往相反，以为这些独生子女族问题不在于缺乏爱，而在于得到的爱太多——当然，从溺爱的角度看是这样，但是，如果我们说真正的爱指的是人与人之间的互助、怜悯、关切、忠诚、谅解，那么，从总体的社会环境上看，爱的匮乏就是一个重大醒目的事实；这不单单是指新一代城市人与其他社会群体之间，尤其是指新一代城市人彼此的关系。因此，他们太少为什么事情而献身的意识，从根本上说，也没有这样的力量；物质使他们现实化，现实化使他们远离浪漫和激情，所以小说不无辛酸地写道："面条说他通过唱歌走调找到一种犯罪感，他说他需要犯罪，而他最多只能唱歌走调。"七十年代出生的棉棉，她的小说特有的迷濛的表情已经引起了我们的注意，因为这是整整一代人的表情，看见它，我们就会想起过去各个时代青年脸上不同的同样富于特色的表情，由此感应着历史的变迁。这一篇，连同我们读过的另几篇《一个矫揉造作的晚上》、《九个目标的欲望》等，棉棉用她迷濛的表情和以自言自语和自嘲为特征的怪异的叙述语言，已经给我们提供了许多她这一代城市人的若虚若实的素描或剪影形象，例如 J——"曾在这个城市度过少年时代的 J 是哭着喊着走上独立的道路的。现在他独立得几乎站着睡

觉，并且从不轻易放过任何一个可以看到抽水马桶的机会。"例如诅咒
——"我是在一个极其陌生的城市，一家肯德基店门口找到我亲爱的小
诅咒的，这实在令人惊喜。当时他带着顶大帽子朝着一个没有我的方向大
声地叫着我少女时代的名字。我发现他已不是从前的他，比如他现在叫诅
咒。他说这个名字有点沙文主义的味道。他还像以前一样喜欢把各种
'主义'混在一起搞得面目全非其味难辨。他说在他改名叫诅咒之后就变
得不怎么愤怒了。"

我们正逐渐在熟悉城市。的确，面对越来越硕大复杂也越来越像一
头怪物的城市，文学已经从起初的全然无措以至鸦雀无声、装聋作哑，
忽而振作起来，并且产生出许多相当到位的感觉；城市及其生长着的价
值观正在当代作家的笔下得到表达，人们的情绪正在和城市的情绪相
贴近。

（四）艺术感觉与城市情绪

说到底，文学是人以感觉来认识和把握世界的方式之一种。揭示客观
世界，科学家用实验，哲学家用思辨，经济学家用统计，艺术家则用感
觉。形式主义批评家什克洛夫斯基在《艺术作为手法》中指出："为了恢
复对生活的感觉，为了感觉到事物，为了使石头成为石头，存在着一种名
为艺术的东西……艺术的手法就是使事物奇特化的手法，是使形式变得模
糊，增加感觉的困难和时间的手法，因为艺术中的感觉行为本身就是目
的。"感觉之所以是感觉，应有其特殊的性质。如果我们的面前摆着一把
椅子，而作家写道："这里有一把椅子。"显然，这个句子就没有包含感
觉，只是一个陈述。或者，某城市里发生一个场景——例如交通事故——
作家描写道："在高速公路上，有 18 辆汽车突然相撞，死伤 9 人。"那么
这位写作者与其说是作家，不如说是新闻记者，因为他也只是一般地陈述
事实，而没有提供事实后面隐秘的或不直接为人所知所觉的因素。作为艺
术家的写作者——作家，绝不应该只是告诉人们事实，更重要的抑或对于
作家来说合乎其特质的一点在于，他应该拿出自己对客观对象的深层的感

受，这种东西介乎于主观和客观之间，既非常准确地切中了对象，又包含了他主观上超卓的想象、颖悟和情绪体验，最终使客观对象表现为艺术意象（人多以为诗才可以谈意象，其实不然；意象固然可以词的形式出现，但同样可以叙事的甚至乐句的等等形式出现）。

实际上，九十年代城市巨变以来，最先把巨变中的城市社会引入文学描写的，是庸俗小报小刊撰稿者。人们想必记得，九十年代伊始，这类小报小刊风行一时，上面所载内容大多与市场化城市现实有关，举如卖淫、失业、富豪传奇……不一而足。但是，如果我们把城市文学起点追溯到那里显然将贻笑大方，原因很简单，那不是艺术，是对经验现实的简单重复，或者干脆是动机不良的暴露与搜奇。因此，同样的对象，写作态度的不同，决定了写作行为是文学的还是非文学的。然而，在采取文学的写作态度前提下，作品的文学价值高低，又进一步决定于作家的感觉能力，亦即作家能在多大程度上把对现实的表现上升为一种独特的感觉。

直到目前为止，我们所能肯定的城市文学在纯粹文学意义上获得的主要成就，其实就是新兴作家笔下所捕获的对城市的感觉。这个看法，固可理解成遗憾或不满足，但同时何尝不是欣然的褒评？须知，先前我们在这块天地里近乎毫无作为。说得过分些，五十多年前所有作家对城市生活的感觉与想象加起来，也无非就是魏巍《谁是最可爱的人》结尾那几行排比句（除掉"扛着犁耙……"）！而在九十年代，几位城市文学作者眼中的城市，却是这样的：

　　在城市中，人群如同杂草一样茂盛生长在楼厦的峡谷间，不同的是这种杂草是行走的杂草，同时，从本质上看一棵和另一棵没有什么区别。每天，当太阳从天边跃升上来，活动的人群构成了杂草和喧哗的宏大场面，它们来来去去，生生灭灭，经年不息。而城市则如一个巨大的培养基，以它的庞大的下水道系统、供水系统、防灾、防洪设施、取暖供电设备以及交通和警察管制系统来使养分源源不断地输入杂草般的人群。这就是城市人生生不灭的原因和景观。①

这座城市在我们最需要灯光的时候，却是黑灯瞎火的，让我们的前途加倍地暧昧不明。马太后来在他的小说中写道：……我们像一些被城市这怪物胡乱咽下的食物，在它漆黑的大肠内蠕动着，如果说还有什么前途的话，那么我们的前途就在它的肛门口，那里有一座高耸入云的垃圾场，我们将艰难地穿过重重障碍，在那里找到自己的归宿……②

我居住的这个城市，是一个让人旅游的城市，而这个城市的人不喜欢出远门，只在家中满足地制造各种垃圾和噪音。在浮躁的繁华中隐藏着短视的扩张。男人和女人，谁都想把自己无限地扩张，侵占更多的空间。我说的空间是多重的；容纳身体的空间、容纳行为的空间、容纳活动的空间。如果我不扩张的话，就会被别人扩张掉。③

两相比较，你不难发现时隔五十多年，中国作家对城市的理解已有天壤之别；以往，作家谈到城市时，是那样苍白，甚至有一种童话般的味道，现在，他们谈到城市却一洗天真和梦幻，而充满了生活本来的严峻、真实、复杂意味。毋庸置疑，文学离城市越来越近了，或者说，城市离文学越来越近了。

曾几何时，城市对于共和国文学还是一片"陌生的风景"，从事城市文学创作的年轻作家们，从这个国家的文学资源库里几乎找不到什么现成的支援；城市人的生态、城市人的心理、城市人的精神归宿……总之，城市生活的各种可能性，一切一切，都只能通过这代作家自身的体验去发

---

① 邱华栋：《蝇眼》，新生代长篇小说文库，长春出版社 1998 年版。
② 张执浩：《毛病者也》，《上海文学》1999 年第 2 期。
③ 叶弥：《城市里的露珠》，《青年文学》1999 年第 2 期。

现，并将它们升华为文学的、语言的形式。可以说，他们任重而道远，而在最终建立起中国自己的城市文学大厦之前，他们首先要替这座大厦打好基础，这个基础便是对城市文明、城市社会和城市生活形态的良好、充分、恰如其分的感觉。如果说，这就是新兴的中国城市文学的第一步，那么我们有理由认为它迈得还不错。

被视为近年城市文学创作有代表性的人物之一的邱华栋，能够为此提供证明。邱华栋的作品，可能缺少震撼感以及入木三分的深刻性，但是，谁都不能无视如下的事实：他跟城市这样和谐、合适，他似乎是天生为城市文学写作而存在的。他在《环境戏剧人》里这样写道："像某种呕吐物那样，在城市的口腔和牙齿间流动不已……"

如果一个人写出了这样的句子，你将无法阻止他和城市的秘密之间心领神会的对话，这种对话深刻地触动着人的神经，使他如跑道上待发的赛马一样兴奋难耐。也许我们已经习惯了邱华栋高速的城市文学写作，但偶尔定定神儿，我们就会突然省思这些写作正在成为一种标志。就像一位旅客到达首都机场后，乘车经机场高速路赶往市区途中看见路边不时闪过的巨大广告牌，那时，他会清醒地意识到自己正向一个巨大的都市逼近——同样，邱华栋的出现和存在，也给我们带来了有关当代文学的这种意识。毋庸置疑，这是一道典型的九十年代文学景观；假如时光倒流十年，这个邱华栋无论如何是无缘名噪文坛的，他必须感谢城市时代。

当然，这只是一个幽默的说法，事实上，作为作家，他想到城市的时候完全不会有那样的念头，相反，他会把城市当成对手，就像海明威说的那样——一个重量级的必须集中精力全力以赴的对手，在它们之间，不是你击倒我就是我击倒你。我们注意到，邱华栋在多篇作品里，一再使用着"轮盘城市"、"像老虎机般的城市"等字眼，这个比喻性说法包含了他对现代城市的基本认识，它寓指着两面，即现代城市既是充满机遇的，又是无情、难以预知、极具敲诈性和遍布陷阱的。因此，他不可能把他小说的主人公们处理成那种被城市惯坏了的大孩子形象。从《手上的星光》开始，邱华栋写了各色各样的城市人，这些人的外部身份——职业、阶层、处境、长相在不断变化，可是有一点却是基本不变的，那就是，他们几乎都属于城市的闯入者，是一群赤手空拳、冒冒失失、怀揣着梦想闯进陌生世界的年轻人，是一些无根的城市浮萍和无家可归的外来人：

> 我和杨哭从东部一座小城市来到北京，打算在这里碰碰运气，我们都很年轻，因此自认为赌得起，更何况北京是一座轮盘城市，传说这里的机会就像退潮后留在沙滩上的漂亮小鱼儿一样多，我们来到这里也就在所难免。我们都是属于通常所说"怀揣梦想"的那类人。我和杨哭除了梦想，便口袋空空，一文不名。
>
> ——《手上的星光》
>
> 我总是觉得我像是一粒灰尘一样飘浮在这座城市的上空。
>
> ——《环境戏剧人》
>
> 我们这种人都怀揣着野心来到城市中打算捞上一把，因为我们太年轻了。可这座城市在你刚刚来临之时简直对你不屑一顾，恨不能像对待一样无家可归的狗一样对待你。
>
> ——《高速公路上的滑板嘎浪士》
>
> 我是一个孤独的人。我来到北方之都三年了依旧孤身一人。
>
> ——《持证人》

照我们看来，邱华栋笔下的城市，本质上对所有人都是一个陌生的存在物。我们的城市正在以轮盘般的速度旋转和变幻，没有人能夸口说他熟悉这样的城市，甚至于假如城市是个能思维的生命体的话，连它自己也不知道它将如何变化下去。在这样的城市中生存，几乎等同于历险，每个人本质上都是初来乍到的闯入者（哪怕是不情愿地卷入其中），都在接受挑战和考验，不断面临并解决所遇到的新难题。可以断言，随着城市化进程的深化，中国旧的市民群体在日益死去，他们对城市的体验、他们作为城市居民而形成的种种生活和文化模式也越来越失去意义，随之而来的将是一个新城市人的概念，它的成员泛及脱胎换骨的旧市民和由种种机遇在城市中生存下来的城市新移民，这样一个大城市社群新主体必将缔造出新的城市文化。显而易见，邱华栋所刻画的人物，正属于这样的城市新一代。

从邱华栋源源不断写出的故事里，我们强烈感受到了城市给予他的激动，他完全迷上了城市，迷上了它神奇的创造力；要是有人不能理解城市题材为什么会在九十年代中国文坛一下子成为炙手可热、最富于生命力的创作对象，他只须读读邱华栋的小说就可以对此了然于胸。假如认为"一代而有一代的文学"、"文学源自生活"这样一些文学的老生常谈，并不真的是一堆无稽的废话，而是多少年中被实践所肯定了的经验之谈，我们就会充分认识到如火如荼展开的城市化进程对于邱华栋这一代中国作家的意义。当然，邱华栋不是一个经典意义的写实主义信徒。他把握城市社会新现实的方式很大程度上是想象性的，或者说是寓言式的。

试看他的几篇写城市人的作品。

《时装人》假想了一个大猩猩攻击人类的情节，这个攻击居然是由时装模特儿们引起的。她们身体诱人，表情却"冷静而又克制"；她们出现在城市各种场合，有一次甚至把表演台搭到了动物园，结果不知何种原因激怒了大猩猩，"它们突然发了狂，奋力地扯着铁笼，怒吼着冲了出去"，随后便展开了一场大猩猩对时装人的杀戮。从大猩猩杀死那些姑娘后将时装从她们身上扒下的举动来看，作者可能是想表达对作为否定个性的都市符号的流行时装的反感。他把叙述人"我"设想成一个在都市里离群索居、与潮流冷淡地保持某种距离的人，"我住在一幢一百层楼的第四十九层，我已经有一个月没有下楼"。但有趣的是，小说中充满了矛盾的信息。当"我"感叹时装令人丢失个性，以及他对所暗恋的一位时装模特儿脸上一枚"小巧的黑痣"沉醉不已时，小说似乎是站在了都市文化的抵制者和批评者的位置上，然而当恰恰是这样一个人挺身保护时装人并击退大猩猩时，小说又流露出对都市文化的钟爱和眷恋。袭击人类的大猩猩在作者眼中既是与物化的城市相对立的自然的象征，又含有可能毁灭人类文明的危险性；这也正如"我"对时装人陈虹的暧昧心理——既受她的都市人的标准化性感所诱惑，又格外珍视她嘴角那粒个性符号，把唯一与其肌、肤相亲的机会留给了这颗痣（"我按捺不住内心的激情，亲吻了她那颗小巧美丽的黑痣"）。粗一看，有人也许会觉得这种自相矛盾乃是小说的败笔，但实际上，这恰恰是本篇深意所在——应该说，这种矛盾性准确传递了现代都市人的典型心态，城市文明本身就是一种两难的困境，在物的追逐、时尚的追逐与对真我、个性的向往之间，在舒适化、标准化、制度化的生活与返朴归真、自由、旷放的生活之间，现代都市人两意徬徨，欲鱼与熊掌兼得，以致每一个都市人都既是自然的赞美者，同时又是物质文明的贪恋者。这并不是一种虚伪，而是人性自身存在的两种合理却又矛盾的因素。这一矛盾的解决，将是人类理想所在，但它却可能永远得不到克服。

《公关人》讲述了一个城市文明中的成功者的故事，这样的人物在邱华栋小说中不太多见，一般来说，他的人物多半属于挣扎、沉沦＋奋斗的一类。男主角 W 有着一个标准的成功者所拥有的一切：外企公关负责人的白领身份、年薪七万元的优厚收入和一个由体态丰满而且善解人意的太太、聪明可爱的女儿组成的令人称慕的家庭；以作为 W 的朋友和老同学的"我"的评论："要知道，在这座具有摇滚节奏的城市里生存下来并且活得好并不是一件十分容易的事情"——但这句原本是表示羡意的评论，实际上却为以后的故事埋下了一个伏笔。情节从一个意想不到的地方开始：W 突然地失踪了，消失在他的面面俱佳的公司和家庭之外。作为可以信赖依托的朋友，W 的妻子请求"我"帮助寻找丈夫的下落。在去 W 家的路上，"我"这时发现，在需要想起 W 的样子的时刻，偏偏无论如何，"都记不起 W 的面孔来"，随后，W 的妻子提供了一个线索："最近几个月他好像特别喜欢各种面具。他买了很多面具，各种各样的，有时候晚上回家他就一个人默默地欣赏"，这个细节引起了"我"的好奇，经过一番查找，"我"获知 W 曾经出入过一家人像摄影室，并从那里购走一卡车塑料模特儿。正在困惑之际，他们收到了 W 寄来的一盒录音带，他这样说："我自从当上了公关人，才真正开始与人打起了交道，原来我是一个沉湎于内心，认为时间是凝止不动的人，可是，我后来发现一切都在迅速地发生着变化，我一共与一万八千多人有过公关接触，这一点，在三年的公关人工作记录中我统计过，后来我就突然对研究人发生了兴趣。在内心之中我把他们归类整理，可最近得出的结论却是：人是贫乏的，人的肉体是让人厌弃的，人的灵魂没有固定的面孔，只有面具才真正能显现出当代人的灵魂。"在表示了这种厌弃之情后，W宣布他将死去；当"我"和W之妻赶到时，W果然死在了一屋子塑料模特儿当中，他给所有塑料模特儿都戴上了面具，当然，也给自己戴上了一只。作品的情节显然具有卡夫卡式的荒诞，W对面具的爱好是作者出色的一个想象，这种爱好固然首先揭示了W在其职业中被物化和内心迷失的境况，但小说更隐蔽的锋芒其实是指向整个城市社会的，正像W在录音带中所述，他作为一个必须不断跟各种人打交道的公关人，在三年的经历里只得到了一个印象，即他所见到的每一个人都习惯于戴着面具彼此交往——这个面具虽然不是有形的，虽然不能从脸上直接看见，却更深刻地遮罩在人的心灵上。至此，当我们回过头来思索小说开始处对W的家庭的赞许，又会想到什么呢？一个成功者之家却悄悄地滋长着对面具的爱好，这不能不让人不寒而栗。

《持证人》要算做一篇黑色幽默风格的作品。男主角偶然丢了身份证，由此在城市社会里陷入了空前的危机。为了取出别人从广西托运给他的东西，他费尽周折，办理各种证明身份的手续，当他终于带着这些齐全的证明材料赶到货场时，却被告知所要取的货物已因超期退回原址；在出差乘机过程中，也因没有有效证件，被边检员挡在门外，失去旅行资格；最后，还是因身份证，他被迫把女朋友丁曼尼还给她的前男友——一位警察——后者借无证问题威胁说要他"去局里一趟"。叙述者告诉我们，一个人如果意外地突然处在持证人世界以外，其后果是怎样的："你将是一个多余的人，一个不被信任的人。在这天我的梦中，那越来越多的证书都压在我身上，压得我喘不过气。我醒来之后心仍突突乱跳。"小说奇特之处，在于整体的黑色幽默基调以外，居然还夹着一缕浪漫，亦即对男主角成为无证人后与丁曼尼一道度过的自由无羁的时光的描写："丁曼尼非常兴奋地想出了一个好主意，那就是我们一个接一个地去跳遍北京所有的迪斯科舞厅，在午夜成为狂欢的人，在白天才睡眠。""她一直是个好姑娘来着，而且还有一个遵守一切规则的警察男朋友，从和我认识以后，她就变得更为狂放，和我一起嘲笑持证的世界，并且只在午夜出动，成为午夜狂欢的人，在午夜很大程度上你是不需要持有证件的。我们玩得很快活，我们每天都换一家迪斯科舞厅，因为北京太大了，到处都是迪斯科舞厅。我们一连跳了三十几家迪斯科舞厅也没被丁曼尼的男朋友抓住。"本篇主题与《时装人》有一定联系。社会的组织化的生活空间，与人的个性要求，是一对尖锐矛盾。我们注意到，人类社会每进化一步，组织化的弊端也随之恶化一步。从人类文明发展本身，特别是经济学的需求来看，组织化是提高劳动效率的最重要的手段，一个缺乏组织或者组织化程度不高的社会，其竞争力必然低于相反形态的社会；可以说，创造了人类史上最高效率的现代城市文明，也带来了迄今为止组织化最高的社会环境。但是，人类文明同时又存在其他的尺度，例如自由、美、个性的尺度；跟支持组织化原则的经济学立场相反，哲学和艺术总是在竭力捍卫自由、美和个性的尺度。正像历史上的绝大多数人文主义者、文学艺术家一致抨击社会束缚和窒息个性自由，往往表现出强烈的厌世、弃世情绪一样，《持证人》也宣泄了一种人意欲挣脱被符号指证的命运的焦虑，尽管在现实中小说虚构的逃脱持证人世界的离奇经历，难免空想的性质，但显然这种情绪本身是正常而且重要的，试想，如果庄子二千多年前那样一个松散的自然经济状况下仍幻想着以五石之瓠而"浮于江湖"、"泽雉十步一啄，百步一饮，不蕲畜乎樊中"的生活，而后工业时代的都市人反倒在遗失了一张纸片就寸步难行的境地中心安理得，岂非怪哉？

《化学人》可能会被人误解为一篇鼓吹环保意识的小说，虽然那也是一个非常高尚的动机，但我们却必须排除这样的解释。邱华栋再次调动了他那善于萌生怪诞念头的脑筋，他写道：一对夫妻即将有自己的孩子，但是由于怀孕的妻子过于贪吃，从大量吞吃方便面、火腿肠、听装八宝粥这样一些含有色素、防腐剂的工业制成食品，居然发展到直接食用制造这些食品的工业添加剂，"当我看见她一边仰脖猛喝金鱼牌洗涤剂，一边嘴里冒泡泡，脸上畅快地笑着，我吓坏了"——后来，这位妻子产下一个十公斤重的巨婴，这巨婴除了继承了他母亲的嗜好外，"有时也得喝一点汽油"，小说在结尾时令人哭笑不得地说："我们有了一个化学儿子，我们天天在家抱着他，给他喂他想吃的任何液体……这也许是二十一世纪人类家庭的一个样板，我们一边幸福地生活，一边这样想。"作者恶作剧般的妄谈其实也不全是子虚乌有，现在城市中的人们对于自己体内经由进食而积累的多余的化学成分，普遍惶惶不安，为此竟然导致了一种名为"绿色食品"的崛起。但我们认为，这不过是邱华栋借题发挥的一个由头。实际上，小说表达的是对陷入城市实际生活的恐惧，"我"与妻子是在一次现代雕塑展上结识的，那时她是一个先锋派艺术家，并且因为"我"读懂了她的作品而"略微有些颤抖"，这带有知音聚首意味的际遇迅速朝婚爱方向发展，结婚的时候，她随嫁的东西"只有一只皮箱内装的三条裙子和两条牛仔裤"，那是因为过去作为一个艺术至上者，她把"所有的钱都用在了制作并展览这些面露挣扎之色的婴孩雕塑上"；明显地，结婚或者说家居生活根本性地改变了她，她开始不停地购物，往家里搬各种生活用品，同时扔掉她的婴孩雕塑以腾出地方——作者说，仅三个月内，她"就彻头彻尾地变成了一个热衷于逛商场的家庭主妇"。小说具有某种抵制家庭生活的倾向，称之为"安定的幻象、幸福的陷阱"，"美妙的消磨、惬意的自杀"，"善意的谎言、温暖的囚牢"，"放心的毁灭、清醒的遗忘"，"寂静的疯狂、安全的恐慌"，"丰富的荒芜、妥协的任性"，"彩虹般的绳索、镜子中的蝇眼"，"背叛的忠诚、飞行的停止"……这么一大堆嘲讽和指责都扔向"家庭"一词，敌意之深多少令人吃惊。我们不知道这倾向同作者个人生活有何关系，但是他显然相信，家庭是一种与艺术、自由格格不入，而与物化现实绑在一起的力量。为此，他差不多是漫画式地描述了从先锋派艺术家变成为人妻的那个女人，先是购物欲暴涨，继而食欲狂增，以至于彻底被工业化食品制剂打破了生理平衡。从这篇小说以及其他小说来看，一些论者关于邱华栋的创作是面向都市白领的说法，恐怕站不住脚。尽管他不断地描写城市社会五光十色的富于享乐气息的一面，但是在基本精神上，他的小说与以安定、保守、满足、回避冒险为特征的城市白领（中产阶级）价值观是相悖的，毋宁说，读他的小说，体会他所钟意的人物，更多地令人想到类似于加利·莫尔、洛德·斯图尔特、布鲁斯·斯普林斯琴等美国蓝调摇滚乐代表人物所宣示的那种情绪。

敏感、富于生气，是邱华栋城市文学创作的主要优长，九十年代以来中国城市变革所带来的各种新现象——不论新的职业、新的人群、新的生活方式、新的时髦，乃至于一座新的引人注目的建筑物，总能及时出现在他的笔下。除上述诸篇外，《直销人》、《乐器推销员》、《别墅推销员》、《保险推销员》取材于当下城市十分走俏的行销方式现象，《新美人》、《眼睛的盛宴》分别讲述了城市中那些谋财于成功男人或中老年富婆的年轻女子男子们的行迹，《高速公路上的滑板嘎浪士》、《乐队》、《沙盘城市》是对城市流浪艺术家的写照，《音乐工厂》、《城市航船》抖露出娱乐圈若干龌龊的内幕，《赞美》中出现了打工妹，《蜘蛛人》的主角是高层建筑表面清洁工，他甚至还在《电视人基努·里夫斯》里写到下岗女工的可悲境地……

对于共和国新兴的城市文学来说，邱华栋的典型性在于，到目前为止，他始终没有能力拿出一部就其完整性可以和生活本身媲美的作品，但是，他是那样飞快地从这种生活上空掠过，不断捕捉到崭新的、光怪陆离的、令人惊异的镜头，从而组成了一个万花筒般的世界。而这种特征，恰恰符合现阶段城市文学的需求：充分地、开放地感受城市现实，在积累和确定城市文学素材的同时，积累和确定城市文学的基本意象。对此，邱华栋是非常自觉的，甚至到了刻意的程度——他自己曾经在《私人笔记本》中披露过 1995 年特意在酒吧里写作的情形，实际上不仅如此，透过他的作品，我们看到，他的足迹遍及每个典型的城市场所，酒店、高级公寓、购物中心、剧场、银行、垃圾场……他对城市的感觉，就是这样庞杂、广博地形成、获得和更新着，而他的小说，则是这种堆积过程的记录。

也许，邱华栋丰富而出色的城市感觉大多是从外部得来的（不是指它们"外在化"），显然，还有一些作家会通过另一种渠道亦即从内部寻找城市感觉，在这种途径里，作家投出的目光，不是那样热切地追随于城市日新月异、五光十色、纷繁错杂的极富视觉冲击力的种种景观，而更多地集中在人的心态、行为、状态，或城市文明对人的作用以及在这种作用下人的反应……这样一些"虚处"。

例如，西飚小说的特色在于，致力于探索城市氛围与人的欲望之谜的互动关系。在为他赢得声誉的《青衣花旦》里，故事从物化的都市性交易开始，却消失在隔雾看花的节制当中；作者让故事在起点处与现实复合，却在结束处为他所幻望的唯美的情调所俘获，似乎刻意从"大俗"中玩味"大雅"，因而写出了一种"颓废"，令人想起欧洲上个世纪末弥漫于艺术家沙龙、文人圈子的那种情调。这样一种分寸，明显区别于时下最常见的对肉欲和性交易持单纯道德批判尺度的小说，而将读者注意力引向对都市文明的纵深的思考。近年来的《聚散》，继续保持了西飚式的情欲描写的暧昧性。在此小说中，三个年轻城市女孩葛樱、邱鸿和袁绒，一个甘做港商外室，一个在出国后接受了西式的性自由观念，一个一度给阔少当情妇而现在摆脱出来希望回到传统的婚姻关系中来。她们在生活中所处位置各具代表性，构成了都市文明造就的年轻女性的三种流行选择，也构成了都市人的复杂、让人难以评判的价值世界；作者在展现这种复杂性的同时，赋予三个女孩不同的美貌及韵味，让她们对男主人公"我"都构成吸引，似乎以此暗示作者与都市文明之间那种迎斥难定的关系——对于"我"来说，她们既是一种病态，同时也形成潜在的诱惑，"我"与她们处在一定距离之外，却没有真正拒绝之，反之她们的姿态似乎还包含着对于男人来说具普遍性的幻想。在近年"欲望化叙述"潮流中，西飚的小说是较具内涵的，因为他不是简单地从表面入手，而是捕捉到了"城市欲望"这个字眼里复杂的文化感觉。

赵波的《等待三十岁的来临》对两性关系与当代城市家庭之间的关系有极细的观察和传神的描写。主人公，那个叫二毛的年轻女子，对于性、家庭、男人的观念完全陷于失控，如她自己所说，"我的生活越来越变成一种情绪，我无法控制它的方向，我不知道它会变得越来越糟，还是变得好起来。我不知道我是应该呆在家里尽着本分，还是出去看看外面天上偶尔飘过的云。"这种失控状态，并不是迷茫所致，相反，看起来更多的是一种常见。"我很奇怪我们的父母怎么可以在一张床上那么太平地睡一辈子的"，父亲时常醉酒，还与外地女人苟且，母亲与他闹个不休，然而，"父亲和母亲经过一系列波波折折后，终于还是每晚睡在一张床上。"在"我"看来，这不单不可忍受，而且古怪。对于"我"来说，哪里需要那些波折，仅仅因为丈夫小顾不爱洗澡、身体变瘦（"我不喜欢瘦男人，他们让我没有安全感"）这些极小极小、纯属私人性的理由，就不再跟他睡到那张床上去。小说充满了对家庭的敌视，把离婚称作"两个陌生人连续四年呆在一起的历史终于结束了"；小说里的城市青年极度敏感（脆弱？）和极度看重个人，因为一点小事离离合合，并且相信"人人都形同沙漠，父亲一辈子也不能了解儿子，妻子一辈子也不能走近丈夫的内心"……但是，这"烦恼人生"恰恰又不引起他们的烦恼，他们躲避烦恼，以快刀斩乱麻的方式对待烦恼，因为，"复杂实在耗神，我不想操心很多人和事"——他们"不想老得太快"。

马枋的《倾诉时代》，乍一看是在抱怨城市人的孤独，但最后，你发现它是在肯定这孤独。其主人公是一位在某报主持一个以讨论现代人情感为主题的版面的女编辑，她的职责就是充当所谓公众隐私的倾听者，不断有人来找她倾诉，排遣块垒。一段时间后，女编辑发觉同样的需要在自己体内也滋长着。她邂逅了某男士，喝酒、散步、约会，男士成了她最好的倾诉对象，"我发现近来自己的口头表达能力日渐出色。我们漫步在城市边缘，可这个城市似乎变小了，我们的脚步又延伸到了郊区。我们走过环城的防护林，走过城乡结合地带农民种的麦田和玉米地，还走过成片的郊外公墓"，然而，不久，倾诉似乎顺理成章地演变成了爱恋，就在两人发生了亲密关系的一刹那，女编辑意识到倾诉结束了，"我爱上了他，就意味着我从此失去了一个称职的倾听者！"这出人意料的一笔，实则恰在情理之中；只有对一个陌生的、与己无关的人倾诉，才是安全的，相反，面对所爱的人，不可能有倾诉，因为为了保住爱，你就必须守住内心的某一面，使它秘密化，你的倾诉对象只能是"一个不会爱上我也不会被我爱上的人"——这就是城市人情感世界真正的悲剧，也是他们注定孤独的原由所在。

通过以上的作家作品，我们发现新兴作家的城市叙事几乎是无边地伸向每个角落，它们驳杂和琐碎，甚至过于细小，很难概括。有人指责新兴作家描写城市的作品"很让人失望"，"好像都市只跟钱有关，跟他们自己的私生活、性有关"。[①] 这样来概括近期的城市文学创作，似乎太轻率了一点。也许，私生活、钱和性的确经常出现在城市文学的故事里，但这些故事绝不是"只跟"这些东西有关。在本书提到的作品里，可以清楚地看到，作家们细致而敏锐地注意到社会、心理和价值的各种变化，对城市的一切都充满了兴趣。当然，他们所关心的范围偏于日常化，失察于重大的政治、经济现实，对宏伟叙事显得冷淡，但这不过是他们文学态度的一部分。况且，我们所不应回避的是，共和国的城市文学仅刚刚开始，现阶段只能求感觉的培养、扩展和弥散，远不到重拳出击的时候。批评家如果有何不满，想必是由于他们所见的城市文学没有提供太多的让他们大肆发挥其概括、抽象出某种理论这种传统癖好的余地。固然如此，但反过来说，这岂不也就证明城市文学确有其生动、自由和丰富的一面吗？

无论如何，共和国的城市文学太年轻了。中国大陆终于开辟了一个城市文学的空间，在此向度上，包藏着无尽的可能性，并势将改变中国当代文学的基本成分。

---

① 德国汉学家史安递博士（Ph. D. Candlrmy Schweiger）语，见戴锦华：《都市文学、文学批评与知识分子角色》，《山花》1998 年第 11 期。

三、女性书写

共和国 60 年的文学艺术领域中，恐怕没有比"女性写作"这个问题的提出，更能凸显文学当中人性表达从抽象到具体的过程，更能显示我们的文化和文学批评从简单的二元对立到多元发展的变革。

"女性文学"或曰"女性写作"作为一个学术概念的提出，实际上是到了 20 世纪九十年代之后，伴随着西方女权主义思潮在中国内地的广泛传播，以及国内女性主义运动的兴起而逐渐获得学界的认可和接受。尤其是九十年代中期第四次世界妇女大会在北京的召开，更是推波助澜，将越来越多的学者推入到对女性问题的研究当中，文艺领域中"女性写作"已经被列为一个专题纳入到专门的学科研究范畴。

将文学写作进行性别上的甄别和划分，这在中国内地的文学史上还是第一次。从前的文学划分方法通常是以阶级、集团、种族、团体、国别等等来划分，很少能将"性别"纳入区分文学艺术思潮和派别的轨道。不是因为她们——被西蒙·波伏娃称之为"第二性"的女性们没有从事到这门艺术活动中来，而是因为作为弱势群体，女性在文化当中的声音实在显得微弱，即便是有寥寥无几的出类拔萃者，也都在强大的男权文化压制统辖之下，故意被忽略不计或将其成绩刻意贬低，致使女性的写作群体远远构不成一个集团的挑战力量，不能够得到正确的认识和应有的评价。她们的写作，基本上都被归入到宏大叙事和主流话语之中，其巨大的对于"人性"的揭破和颠覆意义就统统都被遮蔽不见了。

我们在历史上能够见到的所谓"人性"表达，全由男权文化一手操持，"人性"几乎就是男性文化主宰之性，历史上的一切文化、哲学、政治、宗教、道德观念，一切文化文学经典，以至于关于女性之躯体的修辞学，无不出自于男性的笔下，男性权威的眼中。当"人性"的各个方面均由性别的一方来诠释和把持时，"人性"就成为偏颇的、不完全的，由于缺少了占人口一半数量以上的另一方性别群体的认同和解说，"人性"就会变得抽象而单一，这种解释对女性的要求就只有无条件服从，而不允许她们有自由思考精神和行为姿态上的独立。历史上最基本的人性差异——"第二性"与第一性之间的最基本的差异，统统被那些男性叙事的宏大话语所淹没，所覆盖。女性的心理流程，千百年来形成的"第二性"心理，女性在文化中的被窥、被看的艰难处境，一直无从诉诸于表达。除掉文学史上那些男性大师们"代女人言"的经典叙事之外，现存的一些问题诸如女性在现实生存中究竟如何对自己和他人认知；抛却"男性之眼"那面镜子之后，女性作为独立的个体是否存在；她的肉身和内心又是怎样一种与男性并列而又分歧的存在方式……等等。诸如此类问题均得不到表现和表达，更遑论谁能为此解疑和释惑。

当越来越多的女性投入文学艺术创作中后，历史和现实当中一个真实的女性自我渐渐清晰地浮凸出来。人们会惊奇地发现，对于男权一贯所规定的人性和妇德的真理，她们并非完全的信奉和屈从，而一直如地底埋藏的潜流一般充满背叛与反抗地汩汩流动，并时刻准备伺机奔涌而出。当反抗和表达的机会到来时，她们便无法再保持缄默。当她们以长期被压抑着的女性心理来重新打量和观察这个世界、并进而触摸人性的真实时，人性的解释便又多了一个角度和层面。女性写作无论对男性还是对于女性而言，都是一个新的课题。因为在历史上从来就没有一个女性写作的文学传统，也无女性大师和楷模供后来者模仿，一切都是从空白处填充起来。如此一来，女性写作对于男权文化传统的冲击将是空前的，对他们的认知和接受能力都是一个考验。一大批有才智的女子无时无刻不在力图冲破女性一贯的"镜中之城"——看似有路，实则处处碰壁的境遇，艰难地进行着文化上的突围表演。

中国内地"女性写作"的思想资源，是承继于"五四"新文化运动，伴随着民主科学的呼声高涨、妇权旗帜的高扬而发展演变而来，20世纪末八九十年代之交西方女权思潮的浸入，又给了女性写作一个大大的促动和推进。"五四"时期一些女性革命先驱以身示范，争平等，求解放，给妇女做出了实际斗争的榜样。其后一大批知识女性如冰心、庐隐、凌叔华、白薇、苏青、张爱玲、丁玲、萧红、冯铿、白朗等，也纷纷站在时代的前沿，以手中之笔来书写女性解放的心声。其中既有对温婉的母爱亲情以及平等性爱的呼唤，又有反抗世道不平的愤懑之声。这样一些写作母题历经七八十年的历史轮回之后一直延续至今。1949 年新中国成立以后至"文革"前十七年间活跃在文学舞台上的女性作家如杨沫、刘真、茹志鹃、菡子、宗璞、草明、韦君宜、柳溪等，她们或以"战士"的豪情和身份如实记录下那个年代的斗争风云，或以"小资"身份描写解放后自我改造的心理流程。她们的写作完全应和时代的需要。经历过"文革"十年间的一片惨淡空白之后，从新时期到新世纪，又有一大批独领风骚、成绩卓越的女性作家，如张洁、谌容、叶文玲、张辛欣、王安忆、铁凝、张抗抗、陈祖芬、刘索拉、残雪、舒婷、翟永明、黄蓓佳、陆星儿、范小青、王小鹰、王晓玉、胡辛、池莉、方方、赵玫、韩小蕙、蒋子丹、徐小斌、毕淑敏、斯妤、张欣、徐坤、迟子建、陈染、林白、海男、赵凝、卫慧、周洁茹等等，将中国的女性写作从思想深度和艺术魅力上向前推进了一大步。女性写作由此进入了成熟阶段。

中国的女性写作经历了"五四"以后性别意识的觉醒、女性意识的唤起，到新中国成立头十七年间的性别泯灭、"文革"十年的一片空白，至新时期以后性别意识的重新觉醒，到九十年代以后女性书写的大规模展开、女性主义诗学的逐渐建立……百多年间，中国的女性写作，经历了一个痛苦的挣扎、阵痛和凤凰涅槃般的再生过程。从性别泯灭到性别复苏，也体现了文化和文学当中从对人性的无视到尊重的过程。

（一）女英雄模式与性别泯灭

在新中国成立以后的十七年至"文革"十年这一段漫长的时间里，借助于政府机制和行政手段而提出的"男女平等"观念，涵盖控制了整个艺术创作群体的思维空间。时代不同了，男女都一样，男同志能办到的事情，女同志也一样能办得到，这便是当年所提出的响亮口号。这一时期所提倡的男女平等，与"五四"时期所提出的妇女解放有很大的不同。"五四"时期的女性所追求的是个性的解放，要求摆脱封建桎梏，提倡大胆的反抗和叛逆精神，女性要在内心深处产生独立，不再依附于他人。"娜拉出走"成为一种普遍模式，其根本精神在于获得文化意义上的解放和独立。而1949年新中国成立以后的妇女解放，诚如戴锦华和孟悦所言，是承袭了建国以前的解放区妇女的解放特征，"它第一次从政治、经济而不是从文化心理角度肯定了男女两性社会地位的平等，妇女有史以来第一次有了与男人一样的经济权力和政治——社会价值。从鼓励妇女离开锅台下田劳动、男女同工同酬，到提倡婚姻恋爱自由乃至妇女工作协会及各项妇女工作机构的确立，男女平等成了解放区新的社会总体秩序的一部分，成为一种制度。正是在这种制度化或不如说制度性的男女平等关系中，产生了我们今天女性的生存方式。"（戴锦华、孟悦：《浮出历史地表》）

实施这项政府机制真正有意义的方面是确立了妇女在政治经济上与男性平等的权利，与此同时，它却又将问题引向了另一个极端，在一个大而化之的平等口号下，妇女被提倡和教化的是对公共准则的简单遵守和绝对服从，"娜拉出走"式的叛逆精神继而消失。无论是对于妇女还是对男人来讲，"只有解放全人类，才能最后解放无产阶级自己"是彼时人们所共同恪守的行动准则。作为个体意义上的"个人"显然是不存在的，耸立着的坐标只有一条集体和公共利益原则。原以为自"五四"以来随着思想解放运动而逐渐觉醒复苏的女性自我意识及其所要求的男女平等，会随着这样平等口号的提出而自动获得，而事实上却相反，泯灭男女性别差异的背后，掩盖着的是对人性的无视，是对权威话语的绝对遵从，是以新的菲勒斯专制代替和抹杀了性别平等。

泯灭性别以后的所谓"男女平等"，对妇女而言，便是无视其生理和心理特点，在主观控制上片面强调妇女要跟男人们完全一样，在思想和体力行为模式上，消除了妇女选择的自由权，实则是在传统的尊卑之外又平增了一份妇女所承受不起的负担。传统的妇德教化尚未经彻底打破，她们又必须承受一份走出家门、与男人一道在体力上拼杀、提篮担担、炼钢筑堤的身体艰辛。在外千般劳累，而回到家里之后，她们仍旧还要操持传统的女红，仍要洗衣烧饭伺候男人。那些不愿出门工作的妇女是要遭受嘲笑的，她们一定要被动员、说服出来承担某些社会公职。妇女们只有服从和顺应而不能有所忤逆，否则就是与新政权格格不入，担当某种政治风险。新时代的妇女承受着传统角色与现实选择的双重压力。如老作家韦君宜在她的《关于〈女人〉》一文中所言，建国后，当她看到解放区来的一些女同志有些忘记宝贵的艰苦朴素传统，开始懒散，不以无工作为耻，反以为荣，开始去陪丈夫休闲度假等等，她作为一个坚定的女革命者，本能地觉得"不应该这样"，应该"永远保持战斗传统"。在她这样的战士型的女作家的思想当中，只有投身于革命工作才是有意义的，生命在工作和战斗之中才会变得伟大，否则将会有发展成新兴资产阶级的危险。世界上绝没有无缘无故的爱，也没有无缘无故的恨，人性是由党性和阶级性所规定，抛开了这些，人性便无从谈起。

这一时期从事创作的女性作家队伍的组成，基本上都是像韦君宜这样经过革命战争烈火考验、有丰富斗争经历的女性革命者、女战士，如杨沫、草明、白朗等等是革命战争时期的地下党员，刘真、茹志鹃、菡子等都是八路军、新四军战士。这样一份出身背景，使得她们对于革命抱有真诚的信仰，对于斗争生活怀有巨大的迷恋。她们不会像"五四"时代旧知识分子出身的女作家那样柔情婉约、疏淡和晦暗，而是要表现出热烈豪放，英姿飒爽。

在作品内容上，贯穿这一时期的女作家写作的基本有两大主题：第一类就是对革命战争年代生活的深情回忆；第二类是热情歌颂解放以后革命生产建设当中涌现出来的英雄形象。前一类作品如杨沫的《青春之歌》、《房客》，茹志鹃的《百合花》、《三走庄严》，宗璞的《红豆》，刘真的《长长的流水》、《红枣》，菡子的《万妞》等等。其中表达女性自身在艰苦的革命斗争中成长的题材占了很大比重。这里既有表现如林道静那般柔弱的逃离地主家庭的女知识分子，通过艰难的自我改造以及优秀的革命者的引领，经过种种艰难曲折的跋涉而最终走上革命道路的成长过程（《青春之歌》）；也有表达如江玫那样温文尔雅的女知识分子为了革命事业而放弃一己爱情的深情回望（《红豆》）。同时还有对战争时期包含在"军民鱼水情"母题之下的人与人之间单纯朴素美好感情的眷恋（《百合花》）。不难看出，同是表达对过去年代回忆的作品，男女作家的写作却有着很大差别。爱情、亲情、真情都在回忆里展开，过去岁月的一切朦胧表象都会蒙上一层现今的或道德或政治评判色彩。即便如此，在"回忆"之中，女性作家们的感情因素仍旧顽强支配着作品情节的基本走向，无论是像林道静、江玫她们那样或缠绵悱恻或温文儒雅的爱情，还是像新媳妇和通讯员之间悲壮动人催人泪下的情谊，以及女主人公和战士"我"之间的亲如姐妹的军民鱼水情（《三走庄严》），这一切描述都因与事件发生之日有了时空上的间隔，因而使诸种记忆当中的情感变得醇厚了，并由此而产生特定的藉由女性自身优雅品质而生发的氤氲美感。

比较同一时期由男性作家创作的一些同样是革命历史题材的作品，如《三家巷》、《三里湾》、《红旗谱》、《苦菜花》、《红日》、《苦斗》、《创业史》、《红岩》等等，他们的作品在审美的质感上与女性作家的写作有着很大的差别。仅从这一点上也可看出文学叙事话语当中的性别存在。无论女作家们如何努力使自己的写作汇入时代的宏大叙事和主流话语，在审美的自我心理定势上，她们仍旧是边缘的，叙事基点压得很低。从情感的层面对生活予以穿透和楔入，这是她们一贯迷恋和擅长的。正是由于她们的作品中表述了人性人情的基本善良和品质美好，并让这些东西超越了时空时代的间隔，因而与那个只讲阶级斗争和阶级性的时代产生忤逆，致使这些作品和作家本人后来频频遭受责难。《青春之歌》再版时作者又添加上十万余字，以符合当时主流话语的要求；《百合花》的作者茹志鹃和《红豆》的作者宗璞都处境艰难。

然而，文学史是最后能留下来的，恰恰是这样一些充满真情的作品。正是在回望之中，在追忆逝水年华的深沉冥思里，女性作家们真纯而又淳朴的青春记忆复活，并时时闪动出人性率真的光彩。那光芒经炮火洗礼，但却不失其本色。林道静、新媳妇、江玫这些女主人公形象，以其千般柔肠打动人心，她们身上所特有的艺术魅力经久流传。相比之下，那些紧密配合当前形势，歌颂当代英雄的即时唱颂就显得逊色。它们总如过眼云烟，稍纵即逝，鲜能给读者留下深刻记忆。

建国以后相当长的一段时间里文学作品中女英雄模式的出现，也是由于男性修辞学的一贯作祟。为配合时代对社会主义新人的需要以及"男女都一样"的号召，不光男性英雄都要符合高大全的标准，女性英雄也不例外，要统一的向一个方式靠拢。才子佳人帝王将相以至于小布尔乔亚的故事被彻底摒弃于文学言说之外，只有工农大众才能成为文学作品要表现的主角。过去那些受压迫的名不见经传的底层劳苦妇女，现在翻身做了主人，她们要走出从前固守的锅台、炉灶那些低矮隐秘的生存角落，迈出家门，积极投入到时代洪流当中，在轰轰烈烈的革命和生产实践中，争当女英雄，体现主人翁的责任感和壮志豪情。这时的妇女离家出走与"五四"时期的娜拉出走，其性质上有所区别。娜拉的出走，前途是迷茫不确定的，只为反叛而出走，冲出压抑个性的黑漆漆的铁屋子。并且，出去的角色多半是深宅大院里的有钱的富裕人家的女子。她们先从知识理性上受到号召启蒙而毅然与家庭与封建传统决裂，自发自愿地去寻找新生活。然而出去以后怎么办？也许正如鲁迅先生所说的那样，要么回来，要么沦落为妓女。因为妇女在经济上缺乏独立，无法靠自己的力量生存，而且，当时的社会制度也没有为女性的人生权利设置一个有效的安全保障。

新中国的妇女就不同了。她们是在政府的统一号召之下迈向社会，革命和建设的远大前程在等待着她们，共产主义的宏伟理想在激励着她们，她们根本不用为出去以后干什么而忧戚。这时出走的女性是从前被压迫在社会底层的劳动妇女。当家做主人的自豪光荣感是她们工作的基本动力。她们虽是被启发的但却是自愿的，毫无顾虑和怨尤的，有着政府机制给予的精神和物质上的保障。在这种情况下，社会要求什么样的女英雄，她们就会拼尽全力朝着那个方向去做，无须深思，无须探讨。

对于女英雄形象的规定，男性的权威叙事定下一套固有的表达方法，除了女英雄们的思想方法必须完全一致外，他们还在写作的视点上，居高临下控制了对妇女的身体、外貌、气质、穿着以及言谈举止的描绘。文学作品中女英雄的一些基本特征：在外观上，必须有劳动者的长相，不能显露出小资产阶级的形态，服饰着装上要向男性化靠拢，不爱红装爱武装，以更好体现男女都一样的律令。在行为上，普遍要具有假小子特征，能用男性语调说话，在男人的用工队伍中能毫无懦弱、羞涩、忸怩，干起活来跟他们一样有力气，能够在生产劳动中平起平坐。在内心及思考方式上，以爱情选择当中的"革命＋爱情"模式最为典型，当然是革命性排在第一，个人情感考虑排在第二。世界上绝没有无缘无故的恨，也没有无缘无故的爱。男女只能为着一个共同的革命目标而走到一起。在道德守则上，传统的妇德却仍在发挥着效用，女性仍要兼具传统的好女儿、好妻子、好母亲的特点，在外面参加生产劳动是一把好手，回到家来，又能宽容柔顺伺候男人。在外面是"铁姑娘"，在家里面是好媳妇。更有甚者，至"文革"时期的革命样板戏里，那些老中青的女英雄们完全成了符号的化身，是人性扭曲的一群人。她们基本上都是老年寡妇（《红灯记》李奶奶），来历不明的单身女人（《杜鹃山》柯湘），丈夫长期在外跑单帮的留守女人"持家寡妇"（《沙家浜》阿庆嫂），分不清其正常身份、家庭生活情况严重不详者（《海港》方海珍，《龙江颂》江水英）。她们浓眉大眼，鼻直口阔，从外貌到内心，都如男人一样粗粝、坚硬。这些女性代码的出现，其实已经不是一个简单的性别泯灭问题，而是文化专制制度荼毒生灵，不许正常人有健康外表和正常生活，致使人性遭受普遍戕害和毁灭。

这一时期的女作家的写作在风格和内容上，也努力向时代靠拢，在既定模式的规范下仿效雄性化风格。时代的风尚也许容不得个人做出选择，然而由于她们本身的女性生理和心理特质决定，在对女英雄形式写作的模仿当中，她们还是不由自主露出潜意识中低调、柔情的一面，不像男性叙事那样夸夸其谈，无际无边。如同样是写新社会妇女的翻身幸福、主人翁责任感时，茹志鹃就比较擅长和注重于心理描写，她的细微的笔触经常优柔体贴地穿越了生活当中那些小人物的内心世界。如她的《如愿》、《春暖时节》、《静静的产院》、《里程》、《高高的白杨树》等，多是写旧社会的家庭妇女成为新社会劳动大军当中的一员；或是从围着锅台转到成为福利合作社成员；或是从旧社会的接生婆变成新社会医院里的产科大夫；过去在家洗衣煮饭的妇女现在也可以走出家门到大队里卖茶水，她们欣喜地在新中国的各条生产战线中找到了自己的社会岗位……小人物翻身做主人，从家庭走向社会的心理变化被她描述得十分细腻逼真。其他如刘真在《英雄的乐章》中描绘女主人公在建国十周年时在北京回忆童年朋友和初恋情人，歌颂美好的理想的故事。草明的《火车头》、《姑娘的心事》、《爱情》，韦君宜写领导干部妻子保持革命战争时期光荣传统的《女人》，白朗根据女英雄邵玉梅事迹写的《为了幸福的明天》，葛琴的《女司机》，江帆的《女厂长》……等等，基本上都是应时而作，无法同"五四"时期妇女第一次思想解放时的自由创作的作品相类比。这些作品思想比较单薄，艺术质地比较粗糙，文学中的精细品质呈现不足。艺术中的女人一旦不是了女人，那么男人也就不成其为男人了。除掉阶级性以外，不仅性别泯灭，而且人性也无存。

　　1976年10月粉碎了"四人帮"，结束了长达十年的文化专断统治，中国历史进入了改革开放的新时期，文学艺术领域里呈现出一片生机盎然的景象。新时期的女性意识的觉醒，是借助于人性的复苏、思想的再次启蒙运动而起的。在对过去极"左"思潮的控诉和清算中，对于受伤的"人性"的观照和抚慰成为男女作家所共同关注的社会母题。这期间兴起的"伤痕文学"、"大墙文学"、"知青文学"、"寻根文学"、"新写实主义"等等文学思潮，其总的倾向，就是恢复被压抑和灭毁的人性，真实地记录刚刚过去的那一段晦暗的历史，以避免后来者重蹈覆辙。在新时期所涌现出来的一批作家队伍中，女性作家占了很大比例，她们几乎是从被压抑的历史地表之下喷薄而出，带着一股巨大的热情和能量，以女性自身的情怀和际遇，悲愤诉说对历史的反思和批判，对性政治专制之下的父权虚伪性揭露得毫不留情。老作家韦君宜、茹志鹃等等都满怀激情拿出了自己的力作，如《洗礼》、《剪辑错了的故事》等等，以艺术的方式对人性进行反思。而谌容《人到中年》，戴厚英《人啊，人!》等，则从不同侧面，揭示知识分子的命运，描写知识分子阶层由于受到思想上阉割以及经济上遭受不公平待遇而产生的人格伤害。另外一些中青年女作家也后来居上，创作出新时期以来一些脍炙人口的名篇。柯岩《寻找回来的世界》，张洁《大森林里来的孩子》、《爱，是不能忘记的》，张辛欣《在同一地平线上》、《我在哪儿错过了你》，王安忆"三恋"（《小城之恋》、《荒山之恋》、《锦绣谷之恋》）、《岗上的世纪》、《小鲍庄》，铁凝"三垛"（《麦秸垛》、《棉花垛》、《青草垛》）、《没有纽扣的红衬衫》、《哦，香雪》，张抗抗《北极光》、《夏》、《爱的权利》，刘索拉《你别无选择》、《蓝天绿海》，残雪《苍老的浮云》、《阿梅在一个太阳天里的愁思》，迟子建《北极村童话》、《美丽的大固其固》，池莉《烦恼人生》、《你是一条河》，方方《风景》、《何处是我家园》，蒋子丹《桑烟为谁升起》、徐小斌《弧光》，毕淑敏《昆仑殇》等等，全面记载了这一时期人性复苏的历史进程。这几乎是继"五四"之后，女性书写的又一个辉煌壮丽时期。

可以看出，新时期以来至九十年代末期的中国女性写作之路，其基本脉络是延续着"五四"精神传统，经历和完成了女性走向独立和获救的三个阶段：第一阶段是"别离家园"阶段；第二阶段是文化寻父以及颠覆和戳穿父系文化谎言和男权神话阶段；第三阶段是重返家园，寻找母亲的历史阶段。女性从文化"寻父"到"寻母"；从以颠覆为主的文本策略到再现文化"杀夫"场景；从退守女性"私人生活"、展开"一个人的战争"到"守望空心岁月"，中国的女性写作几乎在很短的时间里，完成了西方女性主义者用了很长时间才走过的路程。

（二）文化寻父与颠覆男权

如前所述，如果将"五四"时期的"娜拉出走"和新中国成立后劳动妇女的"走出家门"作为女性争取解放和人格独立的第一阶段，那么，改革开放新时期以后的女性书写上的文化"寻父"及其对男权话语的颠覆就应算作是第二阶段；而九十年代以后的女作家们重新书写母性史的阶段便是第三阶段。就其第一阶段的女性离家"出走"而言，无论它是女性个人的自觉自愿选择抑或是一种政府行为，至少，在其行为结果上，"别离家园"之后的妇女不再困守于家庭狭小的囚笼，摆脱了充当男人玩偶的宿命。"五四"时期的娜拉带着迷茫又果敢决绝的心绪冲向自我解放的茫茫前程，新中国劳动妇女则满怀着远大的共产主义理想和翻身做主人的热情投身于革命与生产的实践中。

至改革开放以后，被荒芜的人性的修复摆到文学母题之中。在人性重建的过程里，女性最初的历程就是文化和精神上的"寻父"。经过无数次寻找的艰难和结局的失望之后，她们方才痛切醒悟出，在一个巨大而永恒的历史之"父"那里，她们力图寻找皈依和庇护的想法是可笑而不切实际的。没有人能够真正挺身而出保护她们，当她们过于懦弱而企望垂怜时，她们会遭到忽视和厌弃；当她们真正强大起来自主自立时，又会以"缺乏女人味"而遭到嘲笑和唾弃。在一个由父权统治的文化历史里，女性的处境永远是两难的。

新时期初始的早期作品中，女性作家们普遍从男女关系中的"爱情"角度切入，在当事者双方的男/女、给予/奉献的两重关系中，探索着人性生存的本质以及女性存在的位置。探寻的结果，却在最基本的应是"两情相悦"、"两性平等"的情事里，发现了其背后所隐含的巨大的不平等的问题。这时的女人在性道德上基本是恪守传统的、克制的、奉献的、含辛茹苦的、带有巨大而宽厚母性情怀的，有时又是略带有无法实现的反叛心情的……总之她是位于男性视点之下的、一个被看和被评判的女人。这时的男人形象通常是一个权威发言人的形象，一个中心，一个居高临下的审判者，女人的一切生命活动围绕着他而展开。而面对女性全身心的奉献，他仍然怀有许多挑剔和不满。

张辛欣的《在同一地平线上》最先触及这个问题的实质。一对小夫妻，双方都是有为有志青年，都想通过努力和奋斗成就一番事业，夺回过去年代里损失的青春。结果在当时社会上流行的家庭之中"保一个"风俗影响下，妻子为丈夫牺牲，放弃了上大学机会，选择了结婚，在家里当贤妻良母。当妻子从失落当中反省过来，也走出家门去到外面拼事业之后，丈夫的不满随之而来，他认为"男主外女主内"是理所当然，女人应该学小鸟依人，全力照顾好家庭。而妻子在社会上又被要求像男人一样能拼能干。由此说来，解放了的女人忍受着家庭和社会的双重要求和压力，男女永远不能站在同一个地平线上，女人在角色选择上永远付出更多，承担得更多，被要求得更多，她所渴求的走出家门之后的平等实际上是不存在的。在另一篇《我在哪儿错过了你》中，涉及女性的"寻父"母题，一个具有艺术才华的公交车女售票员，剧本被剧团采用并上演了，剧团导演欣赏她的才气，却不能容忍她在工作中摔打出来的过于粗糙的男子气。女人虽然对男导演很心仪，渴望能够依附在一个坚强的如父如兄的男性臂膊里躲风避雨，以作为她事业奔波途中休憩的温情港湾，然而，她在男人世界中锤打出的女强人似的"中性"气质，却被她所钟爱的男人所不认许。男／女，事业／爱情仿佛永远是一个矛盾的主题，无法统一协调。而造成这一切的，却是主导这个社会的男人。是他们把她磨砺得粗糙，反过头来，又是他们对这种"能干"的粗糙性表示置疑。所有的生存权、解说权全都把持在他们手里。在《最后的停泊地》中，女性的"出走"仍是一个命题，在经历了艰难的寻找和极大的失望之后，干"事业"成为女人的最后归宿，女性的人格上自我和经济独立都要从中获得，但同时也要承受情感上的孤独和空落。

张洁在《爱，是不能忘记的》、《祖母绿》等作品中，书写过同样的"寻父"母题。《爱，是不能忘记的》倾诉的，是在禁忌之中，一定要完成和坚守的爱，那种用意念沟通和连接的、柏拉图式的爱情。在普通的意识形态的层面上，它反映了对"文革"灭绝人性的控诉，对"爱"的自由权利的渴望和争取。当我们从另外一个方面来解读，就能感到其中蕴涵着的深深的不平和特殊的有意味之处。那就是爱情双方在情感程度上的不平等。女人的身份是在暗处的、是等待的、奉献的、暗自饮泣的、独守闺中的，为了一个意念而苦守到底的；男人的身份是自由的、在明处的、具有健全的（至少表面健全）的家庭形式的、具有比女方更完整独立社会身份和地位的、可以游走八方的自由人。爱情对女人来说是生命的全部而对男人仿佛却只是其中的一部分。在这篇《爱，是不能忘记的》里，"情人"是人格和道义上高大完美的象征，女人为之所做的一切都理所当然。女人对于有妇之夫"狂恋症"，缘于深深的自我牺牲的满足与虚幻。对于情人的"恋癖"，对于父权神话的忠诚信奉，导致她能够在与他没有过身体接触的情形下，仍一贯保持着高尚的乌托邦恋情，并将他送的一套《契诃夫小说选》视作珍宝，要将其带入坟墓里，还要在他死后，继续在日记里对亡灵倾诉衷肠。而情人又给予过爱他的女人什么呢？那并不是作者所要关心和有兴趣回答的问题。问题的结论即是：恋爱的双方中，只要女人还在悄悄而无望地爱着，也就够了。

在张洁的另一篇小说《祖母绿》里，对爱情的虚幻还在绵延继续着。女人替男人承担了一切：政治上的迫害、私生子的独自抚养、二十几年的单身守寡生活、舆论的压力、道德的谴责……等等。最后的结论是：（女人对男人的）真爱，就不要要求回报。作者此时沉醉于被自己以及父权文化所制造出的爱情神话里，对恋人的忠诚，看似一种人格信仰，实际是遵从着另一种妇德，或说是妇德的某种变异。同样主题的还有王安忆的《金灿灿的落叶》、《雨，沙沙沙》作品系列，寻父心理伴随着主人公少女"雯雯"的成长。女主人公都欲在"父亲"那里，在一个高大伟岸的男人那里寻找庇护和港湾。

然而，虚幻终究掩盖不住现实。在书写完那些女性的无条件奉献后，张洁以一曲《方舟》很快就发泄出对这种奉献的不耐烦，表达出在看清了这个父权世界的性别歧视实质之后，女性一无所有，缺乏安全感，只剩满腔愤懑、怨怼，没有哪一处可以成为她们借以栖身的方舟的事实。积郁已久的愤懑，一开闸门，就有如山洪暴发，其势汹涌。三个有个性的女子因为各自的不幸而暂时同住在一套房子里，她们在事业和家庭上都遭遇到难题，其中两人离婚，另一个婚姻名存实亡，正在空担妻子名义。她们的基本形象就是喝酒、抽烟、邋遢、不修边幅，歇斯底里地在一起对男人大骂，时时开一个控诉会。家庭中的性暴力、婚后不育，是柳泉和荆华两个女人休夫和被夫休的原因。另一个女人梁倩则被丈夫死死拖着不肯离，因为她的父亲是高干，丈夫还要想方设法利用老丈人的权力。事业上她们也一筹莫展，因为频频遇到上司、男同事之类的性骚扰；同时还有身为女导演，不能震慑住剧组、指挥不灵的问题。篇中得出的结论就是：女人不要太能干，只有小鸟依人在男人怀里撒娇才能得到男人宠爱和欢喜；女人不能依赖男人，要自强自立，要能干，要有自己的独立自主的事业天地；女人能干以后容易给男人造成威胁，通常会遭到男人的抛弃。《方舟》通篇都充满了女性在获得独立和反抗过程中的自怨、自怜、矛盾和无奈。

在这之后，至八十年代中期，在对于人性复苏的描写中，女性自身情欲的书写上升为一个重要的主题。前期作品如《爱，是不能忘记的》中的柏拉图精神不见了，书写者的描摹重点直接上升为细腻的性行为心理。比如王安忆《小城之恋》、《荒山之恋》、《锦绣谷之恋》、《岗上的世纪》，铁凝的《麦秸垛》、《棉花垛》等等。她们都从女性最深层的生存形态上揭示现存文化内涵。这一时期的书写女性生命欲望的作品，比起从前"五四"时期以及中年作家如张洁等的女性写作有了极为大胆的突破，比起后来的九十年代以后的如林白、陈染等的作品，以及一批更年轻的七十年代以后出生的女作家的作品，这一时期女作家的行文仍是谨慎的、内敛的、在传统与突破之间小心翼翼的，精力主要应用在刻画性心理方面，而肢体和语言行为不是她们所要描写的主要目标。因为，当此八十年代，中国大多数作家所普遍受的影响是弗洛伊德的性与梦的解析理论，是由男性权威来观瞧和解说人类也包括女子的性欲。而后来的女作家如林白等所受到的却是埃莱娜·西苏等女权主义思潮的影响，敢于将笔触直接逼近女性自身的身体，书写女性的感官欲望。

王安忆的"三恋"从女人的性萌动到男女之间的性吸引、性征服及至最后分崩离析，她打破了以往女性描写中的性禁忌因素，破除了关于性事是龌龊与不洁的传统心理。尤其是她在对女性心理流程的描写刻画上入木三分。《小城之恋》、《荒山之恋》、《锦绣谷之恋》设置的是三个偷情的故事，并为当中偷情的女性设置了三种结局：《小城之恋》中性欲进发、时时不得遏止、难以对情欲自控的女性，最后不期然怀胎生育，孩子生出后，身体的渴望消除，性欲自然泯灭，女人像大地母亲一样平静、安详；《荒山之恋》的一对男女，由最初的女子勾引男人偷情，到游戏成真，感情难以割舍，在满怀罪孽和叛逆之中，这对有妇之夫和有夫之妇，决定殉情，以生命为代价留住一份感情；《锦绣谷之恋》讲的是一段始乱终弃的故事，萍水姻缘，男人在女人的生命中光芒一闪，偷情的结果是女人从此无望的等待和期盼。这是上天对女人感情的另一种惩罚方式，用所谓"相思"镣铐将她的感情之徒刑判得遥遥无期。

在铁凝的作品中，性政治是造成人性压抑的主因。一幕幕乡村野合的图景被她描写得惊心动魄。女性原初的巨大的生命力，原始的激情，都爆发于斯，也毁灭于斯。无论是她们生命本能的躁动，抑或是以身体为手段对财富、名誉的换取，最终，女人的生命都逃不脱被利用、被出卖的境遇，无论这个女人是没有文化的乡下妇女，还是一个下乡女知识青年，她们的命运呈现出某种因果轮回。《麦秸垛》中的大芝娘与大芝母女，《棉花垛》中米子与小臭子母女，以及知青沈小凤，她们都在乡野的植物秸秆之中为男人献出了身体，而最终都没能逃脱女性在性政治文化中的悲剧性命运。她们所企望的爱情和幸福的好运并没有来临。对男人、对爱情的神话想象逐步趋于幻灭。

八十年代末，随着妇女认知程度的提高以及西方女权主义思想在内地的渐进，成长和觉悟起来的"雯雯"们，已经不满足和受制于虚幻的父权神话。《叔叔的故事》就是一次少女长大成人后对"父亲"的再认识，也是一次真诚善良的对父权神话的颠覆和拆解。演绎的结果，就会发现，作为右派一代的"叔叔"们所自我复制的神话，建立在《男人的一半是女人》、《绿化树》基础上的男性文化虚幻的自我认知，其实是经不起女性从旁轻轻一击的。抽掉了妇女对他们的盲目崇拜，抽掉了妇女在他们成名过程中所做的精神和肉体的牺牲、奉献、忍耐、喂养，他们身上的神圣光环立即消散远遁。成熟后的妇女，不会再盲目接受男性虚幻的欺骗。

如果说八十年代的张洁、张辛欣们的"寻父"过程还比较含蓄、虔敬、柔顺、谦和，还带有女性天然的受了委屈之后的暗自饮泣，在审美风范上类似于古代妇女的"怨妇吟"的话，那么到了九十年代以后，女作家们则不再谦恭客气了，她们将对于一部男权神话的颠覆和拆解作为了一种日常和当然的文本策略。此时她们藉着理性和感官上的日益成熟，以及多年来周游于话语边缘与中心的经验，逐渐窥破了人生的或说是中心文化的虚饰与惨烈，因而一份痛创的嬉戏与荒诞的揭破势在必然。首先对男权文明发难的多是一些在八十年代就已成熟起来的女作家。而这之后的一些新人多半走的是一条远离中心的"准自传"式的女性私人写作的路子。这些成熟的女作家之所以能够在文化的中心地带寻隙宣战，不光是她们一向的文学上的资格和资历使然，也是由于一份多年来"槛内人"饱经打磨的深刻的洞穿和冷眼。她们操纵着业已熟练的文学技巧，以深刻而沉雄的隐喻书写着既定文化的隐痛，间或表达着一份女性多年来被一成不变的男权菲勒斯机制压抑的痛苦。

八十年代女性写作还可看做是一种跻身男权文化的光荣，或是一种"木兰"式的梦想的实现，其基本发生发展脉络还要受主流话语导引与约束，而九十年代的女性写作实践则是一种女性个人能力的展示和显现，其时的她们，不再胆怯而又战战兢兢地对既有的文学潮流和派别怀有瞻望和趋同，而是注重表达个人对历史及现实的本质认识以及对汉语词汇的领悟和运用。一些敢于向惯有文明和文化发难和挑战的女作家，从新时期以来的张洁到风头正健的中年女作家王安忆、铁凝、方方、池莉，以至九十年代异军突起的蒋子丹，她们无不以女性成熟的个性化姿态出现示展魅力。九十年代多元文化的时空给了她们以表现自身智慧的最好机会，她们以成熟而自信的姿态穿行于主流话语之间。无论是方方、蒋子丹充满自信潇洒的对于男权文本的把玩与洞穿，还是铁凝、池莉作品中基于女性获救之路描画的性/政治文本的双重策略，女作家们都将笔触进一步逼向人性的本质，在实施尖利的质问和无望的叩询中，执意寻找一丝审慎的爱意和自我获救的温暖。其间不乏惨淡，不乏壮烈，而更多的则是悲悯和忧怀。九十年代女作家们的创作独立于各种公众传媒和理论评说之外，沿着一条边缘的路径潜心行走，并进而向文化的中心地带曲迁徐缓渗透，执拗地揭秘解说着一部人性的或说是女性的心灵史。

依照一部男权文明史的惯有准则，女性的得救，无论是躯体或心灵，无不依附于男权力量的拯救。男性的上帝和"父亲"一贯而永恒，他不因女性的反叛或忤逆而承诺或允许在权力位置上的女性角色置换。一个永恒的父权神话覆盖在无数个"我们"的躯体和天空之上，引导我们以对他的屈从和受虐而期冀得到庇护。九十年代的女性写作，就是力图推翻这种一贯的权力结构，将其自身的书写呈现为一种文化颠覆性的战略意图，体现真正意义上的人的本质。张洁的《上火》、《她吸的是带薄荷味儿的烟》，蒋子丹的《桑烟为谁而起》、《左手》、《绝响》，与方方的"三自"以及铁凝的《对面》、《午后悬崖》和池莉的《云破处》等等前后相接，形成一道序列，构成九十年代女性写作又一道景致，在游戏的对于性/政治潇洒快意的揭破过程里，充分表达和证明了女性有把握男性文体的坦然自信与她们智性上的绝对超拔。这里游戏与颠覆共生，语言的犀利与文本的穿透性并存。

张洁在九十年代初期的中篇《上火》中，写尽了一副父权文化压抑下的男性人格猥琐的丑态。一个民间研究团体"猛犸研究会"里，却差不多具有了政府的全部职能，在其领导班子改选换届之际，其上层集团内部上演了一幕幕愚蠢可笑的人间悲喜剧。权力斗争的倾轧，人事内部的猫腻，在召开理事会和代表大会之间的绞尽脑汁的运筹算计，现场举手表决时人工操纵"后电脑"统计作弊；竞选对手唐炳业和武建新之间的明争暗斗、表面言和，他们各自家庭内部的混乱无序；女人吃醋、公公扒灰、媳妇乱伦……实在是写尽了一副性/政治文化压抑下的人格猥琐的丑态和嘴脸。这期间唯一还算得上人格健康的是一个佣人老妈子潘嫂，只有她还显得诚实勤勉，敢爱敢说。《她吸的是带薄荷味儿的烟》则更是一种对男权统治下性/政治人格的辛辣的嘲讽。一个梦想发达的一无所长、不学无术的年轻人，挖空心思欲傍上回国观光来的一个华裔女富婆。于是便按照《金瓶梅》和《肉蒲团》上的招法，频频写肉麻的求爱信去，以期被海外富婆接纳。华裔女舞蹈演员在酒店豪华客房里接见了他，并用蔑视的目光冷冷地剥落了他全部遮体的衣服，让他赤裸裸展现在灯光下，饱受华裔女人言语和目光的羞辱。女人冷漠轻视而又义正词严训诫他，安身处世要凭自己的辛勤工作和努力，不要尽想歪门邪道，并进而揭发他那个喜爱夸耀自己门庭的祖父其实是一个上海滩的小开，也因为当年无钱而又想狎妓而被打瘸了一条腿。年轻人无地自容，虽有一米八二的年轻力壮的身躯，却无法"上床献艺"。过后他只记得曾经接触过一个女人，她吸的是带薄荷味儿的烟。张洁对于男权文化的揭露、讽刺和挖苦，对于男性粗鄙、堕落人格的讥嘲，已经到了毫不留情的地步。

究其本质，性的较量仍旧是人格精神的较量。女性日益因其精神上的独立和物质上的自主而行为日臻完美，又因其一份在男权文化中进退自如的自我心理优势而少受羁束，生命力因此便充沛，在与天地万物与宇宙自然的交接中旺长。以此可以回溯到八十年代张贤亮的名篇《绿化树》、《男人的一半是女人》，章炳麟的文化阉割症正是由于女性生命力的焕发而得以恢复。

在九十年代异军突起的蒋子丹，以其一批自成序列的作品，也为这一时期的文本颠覆性写作开了先声。在蒋子丹设置的关于女性生命和爱情的故事当中，无论是女诗人黛眉之死（《绝响》），抑或是女教师萧芒最终进退维谷的三种结局（《桑烟为谁而起》），女性身体和心灵都难得善终。在《桑烟为谁而起》当中，关于女教师萧芒肉身成长过程的回顾，"初夜"和"贞洁"的观念既包含有那个革命时代意识形态性压抑残留，也是男权文明统辖下的对女性身体的磨损。萧芒既要接受那个时代既定强加于女性的评判标准，在男人面前，在初夜之中要表达适度的惊惧害羞含情脉脉，同时她又必须要在床上摇曳多姿，多方位满足丈夫的性快感和性心理想象。无奈，她只习惯于熄了灯之后的"暗室"里的行夫妻之事，以至在无趣和疲沓之中，不得不忍受丈夫在外边另有新欢。作为一个知识女性，在两性关系中，在一贯的性/政治的准则训诫中，她势必要给推入"贞洁"/"淫荡"，"乏味"/"多情"的两难处境里饱受煎熬。亦如埃莱娜·西苏对妇女文化命运的归纳："写作将使她挣脱超自我结构，在其中她一直占据一席留给罪人的位置（事事有罪，处处有罪：因为有欲望和没有欲望而负罪；因为太冷淡和太'热烈'而负罪；因为既不冷淡又不'热烈'而负罪；因为太过分的母性和不足够的母性而负罪；因为生孩子和不生孩子而负罪；因为抚养孩子和不抚养孩子而负罪……）"（埃莱娜·西苏：《美杜沙的笑声》）他们将足够的罪责强加给女人，致使她们无论在既往道德意识上还是在日常行为上都瞻前顾后无所适从。尽管冲破一切禁锢的思想解放运动虽早已开了隆隆先声，但是，那种革命似乎永远指涉不到女人的内部生活，永远指涉不到女人自己的身体。在结局处，蒋子丹笔锋一转，在将萧芒的丈夫处理成意外事故死亡，萧芒意外得以从性压抑气氛中得以解脱后，让她出走，奔向自由的新生活，并设置了三种开放性结局供读者想象。蒋子丹以及她同时代的女作家们最初正是从对女性自身躯体的认识着手，经由诉说躯体从蒙昧到苏醒的往事，进而进一步揭示出女性心灵的自主和自觉。

提到女性书写当中的"恶"，令人要想起女作家残雪在八十年代中后期的写作。她的那些有悖于权威话语对女性书写一贯审美期待和审美规范的无端叛逆作恶，从对人类个体形貌丑陋的津津乐道入手，进而揭破了人性整体心理阴暗的基本事实。残雪对于一个强大的菲勒斯审美机制的颠覆效果是振聋发聩的，极具前卫姿态和先锋风范。作为大陆新潮小说的先导者，残雪行文走笔当中对于当今现代社会的荒诞生存还隐含着一丝忿恨和绝望的情愫于其间。而另一位女作家刘索拉别无选择的嬉笑怒骂式的情怀放纵，则明确无误昭告女性已有意识地脱离了男权既定的美感和诗意规范，不再纵身跃入其陷阱和泥沼。

进入九十年代以后，女性对恶的书写和揭破，已经变得更加洞幽烛微，不动声色。她们那种穿透式的历史书写，以拒绝庇护的反叛姿态和无妄的冷静决绝面孔出现，已经无忧无悲，只有穿透过后于风过耳的冷峭战栗之中令人感到一丝丝凄寒。无论是池莉的《云破处》，徐小斌的《双鱼星座》，还是铁凝的《秀色》，都以其文本的开放和隐喻性，揭穿某种男权历史的伪善现实。

《云破处》是一个现代社会的杀夫故事。性政治、复仇和宿命构成它的中心母题。不同于多年前台湾女权主义作家李昂在其代表作《杀夫》里所写到的，穷女子杀夫的原因仅仅是出于不堪丈夫在生活中的频频施虐，《云破处》正相反，其中的一对小夫妻金祥和曾善美夫妇在日常中彼此敬爱互相尊重，看上去无比和谐与美满。凶险和杀机不是潜藏他们的个人生活里，而是潜伏在一部性政治历史的深处，千百年来它一直静静地潜伏，终有一天它会按捺不住它自己作恶的欲望，自行步入现实的前台来明现真身，终结破坏人类一己的所谓安宁幸福生活。女主人公曾善美杀夫的原因，是因为得知了丈夫金祥是早年杀害她父母的元凶。而男主人公金祥幼年时的杀人动机，仅仅是出于嫉妒，一个山沟里的农村穷孩子对兵工厂里的城里人那种颐指气使的富贵傲慢态度的嫉妒。这嫉妒化成无边的愤恨，促使他从阴沟里潜入工厂食堂并在他们的菜里撒入河豚的剧毒。九名中毒死亡者当中，就有他后来的妻子曾善美的父母。

摒除表面的嫉妒因素，从其出身背景上考察一番九岁的男孩子金祥杀人的深层动因，却会蓦然发现，一部冠冕堂皇的男性创业史竟是完全建立在杀人的基础之上。金祥是一个杀人如麻的农民领袖的后代，他所出生的那个地方是这类领袖和将军辈出的地方。作者在此处还提供给我们一些数字统计，以显示金祥的乡人每一提起这些往事来就显得无比荣耀的原因。杀人的基因就储存在金祥这类农民后代的血管里，因而他幼年杀人之后的态度漠然就有了合法的陈陈相因的历史遗传上的依据。杀人除了暂时平息他心底的嫉妒之外，对他个人的生存并不曾有过多的影响，因为他的杀人无师自通而且手腕高超，令四处漏风的法律无法取证实施惩罚。而另一方面，从道德良心上说，他的内心也从不曾有过追悔自新的念头，杀人对他而言并不认为罪孽，在他思维当中一切都是理当如此，毒死掉几个人不过是除去了他的一块心病，消灭了几个在他生命成长过程中令他恼恨的仇家而已。他的心灵并且还从杀人之中得到快慰和踏实。被害者曾善美的命运却因父母被杀而彻底改变：她将独自承担由此而带来的一切苦难，五岁时成为孤儿，承受父母双亡、小弟也因此无辜而亡的痛苦；少女时代寄人篱下时又不得不承受姨夫、表弟奸淫之痛；成年婚后承担丈夫是杀父元凶的惊变和苦厄；她的身体在遭受过多蹂躏之后已经变得终生不育，形同残疾。读到此，我们不由得要为作家精心设置的、历史上一切苦难和劫痛的由女性的过分担当而叹息扼腕。尤为让人痛心的是这种担当的无助和无望。凭借女性曾有过的美与善良，曾善美在道听途说了丈夫幼年杀人的事实真相后，还企图用自己的激愤自虐方式激怒金祥诉出原罪，她以为对方会为自己罪行的暴露去自首或感到忏悔。结局却让她大失所望。金祥对自己幼时的杀人显得理所当然无动于衷且又言之凿凿，还以为妻子的行为是受刺激以后的歇斯底里。

作家就此对人类道德提出叩问进而对历史提出置疑。当人性的卑劣已经至此，一切苦难的担当超过了女人所能承受的极限，当法律和道德都不能给这一切承受以一个圆满的解答和报偿时，就只好轮到由女人自己出面，用她曾经善与美的手，实施道德的叩问和法律的审判，毫不吝惜地用刀子杀死了眼前这个男人。"曾善美对于由自己来承担消灭金祥的义务深感理所当然。总要有一些真正勇敢的人来为人类服务，来主持公道。"这是曾善美这个弱女子对自己杀夫举动的合理解释。殊不知她自己所认为的这个"主持公道"依旧是"杀人"，以杀人来偿还杀人，以杀人来抵消和反抗杀人。历史本身原来就是由一系列杀人构成的，到了女人曾善美这里也概莫能外。当历史和现实中的道德审判由女人来承担时，女性又仿照男人的权力文本，进行了一次成功的替代或说是模仿，她的杀夫举动成了男权杀人形式的仿制。女性无意间便落入又一次杀人历史的窠臼。并且，她的"杀夫"也同样因为没有证据无法取证，以致命案高悬无法破获，最终不了了之。历史的因与果链条环环相扣胶合咬啮得如此紧密无缝、滴水不漏，它无情地卷入和吞噬了周遭环生的一切人情与世故。一部性政治的历史建构在杀人的基础之上，人吃人，人杀人，人与人之间的互相倾轧和杀戮构成了整个历史的全部。它的显在逻辑是以胜负论英雄的胜者王侯败者贼，其隐含寓意则是由男权主宰的一部性政治的暴力支配史的生生不息。

　　《云破处》上演的是两个人的战争。在一个狭小的凝滞空间里，时间流程却显得无限，空间也在向无限的横向和纵向深度延展。历史被横向和纵向的最大限度的压缩于一个精心布置的暗室之中，所有的枝蔓瓜葛都隐藏在暗室背后，于某个偶然的事件中显露端倪并进而迸发出激烈的矛盾指向，从而将历史本身还原。对比李昂的《杀夫》故事，池莉的《云破处》中的"杀夫"因其带上了强烈的时代背景和政治因素，其所指更加惊心动魄，其能指也无限膨胀，直至延展漫伸至我们现世痛苦荒诞生存的每一处边边沿沿角落。池莉设置的有关宿命、伦理、历史、现实、道义、性别……等等的论题，几乎就是织出了一道因果轮回网，同时亦自行封闭成某种现世窠臼，没有什么事件不落入俗套，没有什么凡人休想逃离得脱。她将整个人类的生存罩在一片虚无之网下，经由白天/黑夜，外表/内心，善良/丑恶，制造/真实……等等多重的二元对立转换，刻苦进行着人生以及历史的深层意义的求解，而最终在人类救赎之路的尽头，她却苍凉而又无奈的指现出一片广漠的虚无。一如小说结尾时的反诘："是不是因为这个世界上有太多的人生来就模模糊糊，到处留下的都是语焉不详的人生片段，把他周围的人和事，把生活与历史都搅得似是而非了呢？"

　　女性"杀夫场景"的展现，表明了对父权文化的彻底失望以及女性颠覆其神话的绝决。徐小斌的《双鱼星座》是一部大胆探究女性幽秘心理的力作，写的是"一个女人和三个男人的古老故事"。一个出生在"双鱼星座"的"一生只幻想着爱和被爱"的女人，在尘世不断弥漫的物欲的包围之下，精神生活饱受压抑。女主人公卜零的精神生活摇摆迷失在自身、丈夫和情人之间，同时她的肉身还要承受种种现存的物质外在压力。当她将目光转向周围的男人，企望从"爱"之中寻得一丝丝疗剂和一条缝隙般的归途时，她得到的是彻底的失望和无休止的折磨。以创造物质的丰富为主题的现代化进程不断消磨女人也阉割男人，在日益巨大的生存压力和繁缛的生计的诈欺谋算下，所有的男人以及他们男人的本性全都七零八落，只剩一片阉割人格空存世中，让渴望爱和被爱的女人悲痛。作为权利——欲望——金钱的代码，丈夫——司机——老板作为三种男人类型设置，他们分别或同时与女主人公卜零发生牵连。丈夫"韦"从一文不名的小公务员变成下海经商的阔老板，天天利欲熏心俗不可耐，不仅没有生育能力，连最后的做爱兴趣也消失了；给丈夫开车的司机"石"高大英俊，年轻漂亮，善于调情和搞一些偷偷摸摸的婚外恋，然而骨子里却极端卑微懦弱，徒有一张吸引人的男性脸蛋和外表；卜零单位里的老板阴险狡诈，又极其伪善，他无论是利用还是迫害起手下人来连眼都不眨，卜零因不会对其迎合献媚而备受刁难，在被其胁迫去为单位献过血之后又被无情地逼迫下岗。卜零的爱无以为继，她以为司机的朦胧之爱尚可以解救地，希望有一场爱情的火焰可以把自己燃成灰烬，然而司机的懦弱却给她带来失望。女性走投无路，不仅是受嘲弄受戏耍而且还受欺骗受欺压。不光是爱的权利，连最基本的生存权利、谋生的饭碗也被剥夺了。心高气盛的女主人公卜零只能又自欺欺人地逃避，逃向梦里，臆想着分别用三种不同作案工具——冷冻的火腿、水果刀、注入钢笔水中的毒药，将那些蠢笨的男人——外强中干的丈夫、懦弱负心的情人、压抑迫害她的男上司统统杀死，尔后留给她自己的，也将是对这个世界的彻底绝望。这的确是女性最后一招"通往绝境"的智慧。从"原罪"的意义上来说，女性为最先尝禁果的性别，天门最先就对她们关闭了。她们这一生的无论是爱还是被爱，都是赎罪。所有不甘心于自己命运者，必将咎由自取。而卜零却宁愿"同归于尽"，与她所属的性别，及其所属的双鱼星座上那两条叠在一起的鱼，同归于尽。"同归于尽"这样的设置，或许能够有效地摒除女性在这个世界上生存所背负的极端压抑。

铁凝在九十年代的名篇《秀色》，其文本便呈现出无限开放性，并同时指涉出多重关于性别的和政治的涵义。这亦是一出"得救"的故事，它源自于阳物主导作用的张扬。故事很简单：一个贫瘠、干旱的叫做"秀色"的小山村，围绕着打井取水，展开了一代又一代生生不息的奋斗故事。其间让人惊心感动的，是秀色村女人们的以身体为代价，为打井而屈身向打井队男人们奉献的情节。"打井"在本文中作为一个中心意向，覆涵出多重隐喻。"井"既是实际之枯竭之井的称谓，又是秀色村的女人干渴锈旱之身体的代称。此时便需要有人来将其"打"通。不仅是疏通生命之脉，也是疏通秀色村女人们的性别。秀色村的男人自己担负不起这个使命，缺水的危机已日夜耗尽他们的内存，他们的性别也日趋萎顿。希望只能是投注于外援力量上。打井队的每一次进入，都在秀色村的女人身上和井上使绝了力气，然而终究是打不出水。作者在此处诘问出，古老的阳刚生殖崇拜论在现世生活中能否全面应验的问题。直到共产党的打井人李技术的出现，此命题才得到最终的解决，只有他们才真正为秀色人打出了水。在此艰难的打凿穿击过程里，历史又一次想伺机循环往复，张二家的后代大姑娘张品又企图重蹈母辈的献身动作，她跟她母亲当年一样，是亢奋的也是奇异的，同样用家中仅有的水把自己洗濯得妖艳一新，满怀一种叫做"壮烈"的豪情前去对李技术献身。共产党员李技术始终坐怀不乱，不曾去戳打这口井。他抵抗住诱惑，红着眼睛激情出走，将力量转移，并将全部气力扑到山中去打井。他一下一下为张品打着，也仿佛一下一下打着张品。在山上不停断地打了九九八十一天，终于把井打出了水。答案就此书写完毕。"井中之水"的命题得到妥善解决。性/政治，阳刚/阴柔，传统/现实，崇拜/拯救，期望/虚妄……多种意向交相缠绕，诸种二元对立的矛盾都在篇中出现，以女性书写的方式得到巧妙的和谐与统一。神话的结局：李技术打出了水，站在高处冥想着张品，冥想着对公众作一次宣言的时候，不慎跌入悬崖成为牺牲。祭悼他的方式就是，秀色村的水被张品命名为"秀色·李"，注册商标出售。作为一种对于男权性政治的反策略，作者的书写在此意义上获得了成功。在一个民主科学日益昌盛的同时也是女性日益觉醒的时代，谁若还想当救世主，去将世人拯救，把女人身体当水井打，他就会付出代价，不光生命牺牲，尔后名字会以"被注册成矿泉水商标"的形式来频频被人提起。看起来已颇有一些商业社会的滑稽和反讽意味。

（三）家园回望与重写母系

女性写作的第三阶段是家园回望阶段。空白之页上母亲谱系的梳理与母女关系的重新书写，成为这一时期新老女作家共同感兴趣的主题。这时的母性，已经不同于"五四"时期冰心所倡导的传统母性的包容性，而是向母系血缘的纵深处检索，重新扣问哲学意义上的"我是谁？我从哪里来？要到哪里去？"的问题。一批同类题材的作品相继涌现。铁凝《玫瑰门》，方方《何处是我家园》，池莉《你是一条河》，张洁《世界上最疼我的那个人去了》，王安忆《长恨歌》、《纪实与虚构》，徐小斌《羽蛇》等等，女作家们不约而同地踏上了寻找母亲之路的漫漫征程。

铁凝最初在用她女性细润的皮肤毛孔感知和表述着这个世界时，她笔下的"母性"是宽容、平静、宁和的，同时又有一份无形的松弛、倦怠和美丽的慵惰。如《孕妇和牛》中孕妇那份怡然自满及其对文化生出的渴盼，如《青草垛》中"人鬼情未了"式的一份肢体的贲张和恋情的执拗，如《世界》里一份对"母性"的高度赞美等等。然而在她的长篇《玫瑰门》里，却看到了另一份对母系血缘的穿透力量。以母亲的或说是女性的血缘为主脉来构建小说框架的作品，铁凝写于八十年代末期的长篇小说《玫瑰门》，可以说是从多方位观照和解读一部中国当代女性史的文本。这是一部对于母系族谱的纵向涉及，同时也是"仿男性争斗"式的女人关系的逼真描述。《玫瑰门》是关于三代女人：祖系（外婆）——母系（舅妈）——孙系（苏眉），在一个"文革"专制年代下的性别罹难、人格异化而最终难以获救的故事。它既是性别的，也是政治的，是极其生动的性/本文政治的书写实践。它连接起了八九十年代母性谱系书写的桥梁。

从旧时代过来的地主出身的婆婆（外婆）司猗纹，儿媳竹西，以及外孙女苏眉，在那个如火如荼的"文革"年代既相依为命、又相互为仇。这一家的男人全部缺席在场，非死即病或亡，肩负生存重任支撑家庭门面的就靠婆媳外孙女等几个老中青女性。老一代的当权人婆婆和青春少壮的媳妇之间，在共同对付外来的压力时尚可以携起手来，反抗一切对于她们这个没有男人之家的欺侮。而一旦关起门后，在争夺家事的主持权时，婆媳之间又展开一番艰苦卓绝的明争暗斗。婆婆司猗纹是经历过荣华、也饱遭过践踏的女性，有过富贵的生活，但这一切背后却隐藏着不为人知的苦衷。她脑门儿上留下的被丈夫毒打后的疤痕可以作为见证。她有着历经世事的巨大的生存本领，一边怀念着旧社会的吃馆子、用法国进口化妆品的荣华，一边也能屈能伸，随机应变，能在新社会到来、成为改造对象时摧眉折腰，曲意相迎，在家里的老太爷和丈夫去世后，她能够靠糊纸盒做零工来度日，还要在艰难情境中养活姑爸——她的小姑子。在红卫兵的抄家运动即将到来之前，司猗纹简直是大义凛然，抢先主动捐出房产和珍贵的红木家具，以表明自己投身革命、拥护群众运动的真心。这一切费尽心机的招数，才使她在艰难时世中勉强生存。儿媳竹西更是一个命运多舛历经沧桑的女性。这样一个知识分子家庭出身、教养良好、个性充分发展、生命力旺盛的女性，在那个时代里不幸下嫁给一个体格和性情都极其孱弱的男子，充沛的生命力不得尽情释放。婆媳间的第一场争斗就产生在对待儿子与丈夫的态度上。对于儿子在房事中的无能，婆婆的体恤儿子与媳妇的不能原谅之间构成矛盾。中国传统戏曲中惯有的"婆媳斗"模式在这里又一次上演。街道居委会主任贫农罗大妈接受了她们捐出的房产，进驻她们这个朱门大院，让各种争斗几乎达到白热化阶段。女与女之间的关系，阶级与阶级之间的关系，纠缠搅杂在一起，一个时代的斗争，都集中凝缩于此了。富农婆婆司猗纹与贫农主任罗大妈两个同龄老太太的阶级斗争你死我活。自知是阶级成分上的弱势分子的司猗纹婆婆使出浑身解数，运用女人的天才本领，能够将一次次灭顶的危机化解，同时也不断伺机反戈一击，给与她作对的女人以致命的打击。媳妇竹西守寡之后，与同院罗大妈年轻力壮的儿子大旗私下交欢，婆婆看在眼里，记在心上，终于设计出"捉奸"一场戏，给贫农的罗老太婆和不把她放在眼里的儿媳以一石双鸟的打击。

面对这一切的受害者不是别人，却是十四岁的寄养在外婆家的苏眉小姑娘。苏眉的受害是极其无辜的，那是一份对女性脆弱心灵的戕害，是女性自我意识的一次次重创。在苏眉童贞的眼里不得不收录了这一份残酷的女性人生。外婆的冷酷与坚硬，竹西的丰腴与骁勇，罗大妈的低贱卑琐与无事生非，还有血缘之亲的斤斤计较，幸福欢愉却尽遭耻辱……这一切对她纯洁幼小的心灵施与了一次又一次毁灭性的打击。苏眉在外婆的唆使下，无意的也是故意的撞见了正在床上偷欢的竹西和大旗的裸体场面。她十四岁的眼睛里再也装不下这许多在她看来是见不得人的"羞辱"，当即她便拖着不懂事的妹妹仓皇逃离外婆家里，在口袋里一分钱没有的情况下，悲愤地爬上了去乡下寻找干校父母的火车。少女的初潮就在悲愤绝望的逃离时刻莅临了。这究竟是她身为女人的庆幸还是悲哀?! 粗砺的"文革"的生活，你争我斗你死我活的粗砺的残忍的生存，将一丝丝女性的优雅情怀羞涩之心，全都无情无妄地打烂，磨钝，撕扯掉。苏眉对于女性身体的认识，就是从看见小表妹的肛门便秘开始。竹西的女儿宝妹婴儿时代起就一直便秘，竹西在把着孩子拉屎时，经常让苏眉帮忙扒着表妹的肛门，粗陋地往里面塞上一粒痔疮栓，接着就是粪便从那个窄小的开口处喷涌。作为医生的竹西将一切的人体部位都职业性地仅仅看成是某一个器官，然而她根本不曾想到，对于她的才七八岁的小外甥女苏眉来说，童稚时代这样一份女性生殖器官的丑陋的赤裸目视，将会对苏眉往后的女性心理产生怎样的影响。厌恶和作呕是她最初的心理体验。之后，少女时代那次不经意的撞见竹西与大旗"鱼在水中游"的男女偷情场面，更将她的全部感知中的有关"爱"与"美"的意念全部轰毁了。童年时毁灭的一切，再难以在成年之后扶植起来。

作者用"玫瑰门"这一书名隐喻女人的生殖产道，也是隐喻女人的逃离和再生之路。本文中处处流露出对于生殖的巨大厌恶，对于自己与外婆这一母性链条丝丝相扣、紧紧相互缠绕的仇恨；对于外婆畸形之爱的恐惧与挣脱。苏眉成年后发现自己长得越来越像外婆，从姿势到神态，遗传基因在神秘地发生着作用；而外婆也对她越来越纠缠得紧，拼命想把她打造成又一个自己。苏眉讨厌这种关系，想泯灭少女时代的种种不愉快记忆，想开始属于"自己"的、而非来自于遗传的人生。小说结局意味深长。成年后的苏眉在分娩时，"女婴和产钳配合着撞开了母体，把苏眉毁坏得不轻，把她撞开了一个放射般的大洞，缝了十针"。在她艰难生产的同时，有两个情节伴随着她：竹西家鼠害成灾，她到处寻找灭鼠方法。有人发明两种奇特鼠药："鼠得乐"——专药"男鼠"；"乐得鼠"——专药"女鼠"。为了使鼠们丧失繁殖能力，也为证实这报道的真实性，竹西决定找药，先药死鼠的一方，但拿不定主意，先找哪一方。在给苏眉接生后，竹西先找了"乐得鼠"（即先药死女鼠）。另一个情节是：苏眉在美国的妹妹苏玮买了条德国纯种狗，是母狗，取名叫狗狗。一进门，她便找狗大夫为狗做了绝育手术。苏眉接到妹妹信后，想给女儿取名"狗狗"（潜意识里是否想让她也绝育？）。狗狗额角上一弯新月形疤痕（接生时的器械碰伤）与司猗纹头上被丈夫毒打的疤痕相似。疤伤再现，俨然是一份残酷与冰冷的女性历史的循环。

苏眉想通过"绝育"来希冀这样一种虚妄历史的终结，然而却无力排除她的自然接续。她始终处于一种希望与绝望相交织的矛盾里。而作为勇敢追求新生活的竹西的结局也不甚美妙，竹西跟大旗生米做成熟饭后勇敢地嫁了过去，并生下儿子欢子。肉体的激情过后，那个荒诞的年月业已终结。冷静过来后的竹西认识到她跟大旗不是一个阶级或说不是一个阶层，作为贫民的大旗跟她出身于知识分子家庭的趣味差别太大，终于决定离婚，过起单身女人的生活。正如女性主义批评家戴锦华教授所言，"在三代女性人生之路的悲剧中，她（作家）交织起女人的清醒与迷惘，背负与绝望，逃脱与落网"。（《大陆女性作家的低语与恶声——王安忆、铁凝、张洁等作品中的女性获救之路》）

方方发表于1994年的《何处是我家园》，发掘了邻居洗衣妇"秋婆"生命中的一小段故事。秋婆——亦即年轻的名媛闺淑秋月，自小无家可归，父母双亡后十三岁起寄居在姑母家。在当铺伙计的女儿凤儿的撺掇帮助下，跟恋人私奔，回未婚夫的乡下老家去投奔自由自主的天地，摆脱寄人篱下的生活。逃离途中秋月一生灾难性的命运即开始，先是火车遇洪水暴发受阻，离车去路旁村中寻找吃食时遭一伙性饥渴的烧窑男人轮奸，她两姐妹决定在矿山开妓院为生，最后换姓埋名，嫁给一个有文化的先生，重新成为一名"贤淑、文雅、富有、有知识的女人"。到了故事讲述的结局时，跨过岁月和时间的断层，秋月只是一个弯腰驼背的洗衣妇"秋婆"，风烛残年之际客死他乡。女人的命运"就如这只风筝一样只有沉浮之空间而没有归宿之陆地"。回首来时路，女性的家园正在一片历史的梦魇之中，凌乱破碎，荒凉废置，不堪入目和回眸。也许在那一片废墟之上却恰好可以烘托出了女性一块"心灵的墓地"。

池莉《你是一条河》写作于九十年代初期。在两代女性：母亲辣辣与女儿艳春、冬儿、贵子的生命长河里，"母性"经历了残酷悲戚的延续和凛然决意的断绝过程。辣辣作为一个没有文化、没受过文明熏陶的女性自然人，却能在一个男权文化经久教化与阴霾覆盖下，将"生殖"和"养育"视为女性一己的本能和天职。在三十岁守寡那年，已成为八个孩子的母亲。从此漫长的含辛茹苦的母性生涯便开始。在辣辣与冬儿母女两人间的较量仇视和相互体恤里，呈现出一份艰难曲折的"性别"或文化意识的苏醒和自觉过程。母亲是冬儿她们几个女儿的来路，她的以生殖和养育为业的沉重而又贫乏的一生，也可怕地指向了女儿们的未来去处。冬儿女性温柔纯美的文化心灵的启蒙，是从《女神》以及《钢铁是怎样炼成的》这些书本中得出。家庭的愚昧丑陋，母亲的粗鲁肮脏、谩骂讽刺，母亲吐在她书中那口绿痰所表示出来的对文化的轻蔑和鄙视……都使少女的已然发蒙的自尊一次又一次受到刺激和伤害。终于，借助于轰轰烈烈的知青下乡运动，冬儿义无反顾地走出家门，远远逃离了愚昧昏聩的母女血缘之网，挣脱了做"自然女人"的宿命，在决绝的突围之中寻到了新生活的亮点。冬儿主动申请到最荒僻的农村，一去三年不回家，自称自己是个孤儿，并改名换姓"净生"，考取了大学，脱胎换骨，成了新一代有知识有文化的女性。要问女性家园的来路，或许那是女性心底深处永远的一份梦魇。

徐小斌的长篇《羽蛇》是一部充满灵性的深思熟虑之作。作者不断地将笔触向历史的纵深处开拓，在一部二十几万字的作品中，追溯了一个共同血缘链条上的五代女人的成长史。在一幅母性的"树形"血缘脉络图，开始审视历史和清理自己，并查找作为一个"女性"在文化历史当中的位置。注意这棵血缘之树是"女树"而不是男树。"羽蛇"这一古老神话中的有关太阳的意象，现在被赋予和命名给"女人"而不是男人。"女人是太阳"之隐喻，对于古老的汉族文化传统无疑是一个巨大的颠覆。自父系社会以来，无论是历史学家、社会学家抑或是文学家，他们在追踪一部文化文明史时，无不按照父亲姓氏的那一路族谱追索，女性在其中被忽略不计，实际上也是无从查起。《羽蛇》中的五代女人，分属不同的姓氏，她们由于某种必然和偶然，相逢相遇相偎相依或者离散在广漠无边的大千世界中。她们偶尔会跟男人发生千丝万缕的联系，但最后很快就孤独地只剩下她们自己。她们想与社会背景疏离，在对家族往昔没落贵族豪华生活的遥想中平安度日。但那个激烈动荡的社会不停的卷裹、吞噬着她们，"背负与逃离"几乎成为她们的宿命。到最后，她们不得不低眉顺眼地苟安于人世上。决定着小说中心走向的女主人公"羽"，作为这"树形"血缘脉络上的一个异己分支，其命运不停地在历史与现实之间纠结、摇荡。"羽"从小通巫，通三界，晓未来，不甘心于自己重复外婆、母亲等人的女性命运，同时又不屑于如自己几个姊妹般的由命运宰割。厌弃与逃离仿佛成为她生存的主要目的，也使她成为家族中的反叛和一个令人头疼的存在。"羽"每每做出疯狂的举动：六岁时扼死刚出生的小弟弟；疯狂的跳楼摔坏自己；到佛庙里为自己在背上刺青；负气离家出走；痛斥一切事物与一切人为仇；直至在父亲的遗体告别仪式上歇斯底里、尔后被送去做脑叶切除手术……"羽"见惯了生活的虚伪和命运的无稽，与现世格格不入。她将自己巨大的艺术才能，将所有的抑郁和生命能量，狂热地挥洒在画布上。一个被视为生活中的疯子的人，却是一个艺术上的巨大天才。但是这样的人不容于世，最后还是要被扼杀。"羽"被迫做了脑叶切除手术后，终于变得与常人无异，知书达理，懂孝顺，有规矩，赢得人人欢喜。但当灵性被阉割后，她的肉身不啻于是一具尸体。于是"羽"理所当然便走到了生命的终极。在徐小斌的一段繁缛而耗尽心力的清理过后，人们看到，覆盖在男权文化下的女性生命流程，不外乎两极：顺从，便成为牺牲；反叛，亦是一种献祭。遇难航程中的这一顿飨宴，已不知是供谁来大快朵颐？

（四）女性写作的限度

在经历了以上三个阶段的对女性写作的追踪和梳理后，也不难发现：追寻的结果，却似乎是文化中的哪一处也容不得妇女栖身。她们期望着从母亲那里打探出自己的来路，寻找之后才发现，那竟是一条辛酸而难忘的崎岖路。失望之余，女性的返归自身，幽闭于自我之囚笼中，困守女性一己的"私人生活"就成为一种选择。在九十年代的女性写作中，最能引起争议的话题，当然就是那些有别于"公共话语"的女性"私语"写作的凸起，亦即指林白、陈染、海男等等年轻一代女作家书写女性个人生活体验作品的出现。如陈染《私人生活》、《无处告别》、《凡墙都是门》、《与假想心爱者在禁中守望》、《破开》，林白《一个人的战争》、《守望空心岁月》、《子弹穿过苹果》、《瓶中之水》、《回廊之椅》、《说吧，房间》，海男《私奔者》、《我的情人们》等一系列作品。在女性自我幽闭情境的书写当中，女性的"躯体写作"上升到读者的认知层面上来。

陈染的大部分作品描写的都是一个没有男人在场或拒绝男人在场的地方，幽闭，孤寂，馨美凄艳，理念纷杂。《破开》之中直接书写到女性之间的姐妹情谊，希望这种感情最终能够获得承认。《凡墙都是门》里描绘无时无刻不遭到窥视的女性一己生活，那个窥视和监听者，有时甚至就是自己的母亲，母亲按自己的原型打造女儿，女儿力图挣断血脉之链，希望建立自己新的生活规范。然而一切挣扎都是徒劳的，"凡墙都是门"，没有一个安全有效的屏障能够保护她的肉体和心灵不受侵犯。

她的长篇《私人生活》是其代表作，抒写的是一部独特的"女性成长史"。它不仅仅是女性肉体的、生理的成长史，同时也是女性心灵的成长秘史。它讲述了"倪拗拗"这个小女孩从幼年到成年的成长过程。倪拗拗与邻居禾寡妇若即若离的同性之间相吸又相斥的关系，倪拗拗与她的中学男教师T之间的互相敌视又相互需求的紧张矛盾，倪拗拗与母亲之间相互依恋以及相互间的隔阂……这一切构成了整部小说的主体故事框架。作者从一个女性的视点出发，来为人类的一些基本的关系，诸如爱情与友情以及亲情，女性与女性，女性与男性，个人与集体，个性与共性之间的一些关系揭秘，同时也力图对人类的生存状态以一个女性的心灵和思考限度来对其进行重新的哲学把握。用倪拗拗的话讲："再也没有比经常地回头看看往昔的生活，更能够体验人类生存的玄妙，更能够发现我们今天所生存的世界所进行的物质的与精神的变迁。"正因如此，所以她要经常退回到她早年的那些故事中拾起她成长的各个阶段中那些奇妙的浮光片影，进行理性的观照与反思。少女成长期的性期待与性恐惧，"杀父"的心理与"寻父"的期待，"恋母"情结以及虚无缥缈及若隐若现的"莱斯嫔"情意……这些从女性强烈的个体生命体验出发的、一直被绝大多数的女性所精心规避的事实，作者都以从容心态将其袒露、展示，并运用其女性的智慧进行重新梳理和逐一思考。她希望能够在父辈停止思索的地方，由女儿来继续思考。如此一来，其思考便是在父权哲学的内部进行，并没有与之产生什么忤逆。可事实上，她作为女人的内心生存状况以及外部生存形式的独特性和差异性，是用原来的父权理论所无法解说的，必须找到新的属于女性自己的理论诠释代码。

这也正是女性生存与男性的文化哲学所相互矛盾的地方。同样的生存困境和难题，也曾被王安忆所触及过。她在《纪实与虚构》里，在追问"我是谁？我从哪里来？"追溯自己的父系家史时，却不料想拐到了追踪母系家族史上去。在谈到追踪母系家族史的缘由时，作者这样辩白说："父亲来自遥远的地方，为我与这城市的认同帮不上一点忙，希望就寄托在母亲身上……减少一些在上海这座城市里的孤独感。我父母的意志主要由我母亲来体现并执行。因此，长期以来，我一直把母亲作为我们家正宗传代的代表，这其实已经说明我的追根溯源走上了歧路，是在旁枝错节上追溯，找的却是人家的历史。这是混乱不堪的地方，不过也可证明在上海这座城市里，妇女的地位上升，父权观念下降。"（《王安忆自选集之五·长篇小说卷·米尼》）最为有趣的是，就在她追踪母亲的血缘时，自觉或不自觉的追踪的仍是一部母亲的父系的历史，是母亲的父亲——母亲的祖父一直上溯……母亲从哪里继承来她的"茹"姓姓氏的哪一家的历史，而非母亲的母亲的母系家族历史。这样一来就更加混乱，在严格的女性史研究者看来，这样的历史追溯混淆了"父系"与"母系"的界限。她认为，追寻一部母亲家的历史，"已经说明我的追根溯源走上了歧路，是在旁枝错节上追溯，找的却是人家的历史。这是混乱不堪的地方"，这就足以说明，父权历史乃为正统的思想，还在影响和制约着女作家的思维。另外一个可能是，几千年来的男性文明史，根本没有一个按母亲姓氏排列的族谱顺序，追寻起来实在是困难重重。在她想到追寻母亲家族的历史时，一个显而易见的母亲的"茹"姓姓氏，很容易便成了王安忆追寻的起点和终点。母亲的父姓姓氏成了一道贯穿本文的钮链。无论是女性史的梳理还是女性自身生存情境的描绘，在理论上，都有许多空白需要填充。

而诸如《私人生活》中的女性自身生活的幽闭来源于厌倦外界的喧嚣，同时也是独立思考的需要。对同性的依恋来源于对异性的失望，以及无数次受伤后的重创。没有一个现存的可靠理论能够帮助女性来解释今天生存意义断裂的事实。当女性想用那些既定的男权教条极力将自身作为"女性"的处境概括解释得明白时，结果往往会引起曲解和误会。尤其是，当女性的私人生活一旦进入公共流通领域后，女性面临的就将不仅仅是"无处告别"，而且是无处可逃遁了。世俗以及我们的现存文化法律并没有建立起一道保护私人生活不受干扰的屏障，并没有一道能够将自己有效疏离于俗世的安全网。相反，越是将自己幽闭，就越是成为网中之鱼，挣扎到最后有可能成为涸辙之鲋。这就是当今女性生存的共同困境。

"身体叙事"是九十年代女性写作中一个独特的景观。妇女争取自己权利的斗争，初始正是通过反封建反压迫争取妇女人身自由的斗争，将身体从他人手中、从他者的控制中夺回，以期对自己身体有自由支配的权利。这是妇女解放的物质阶段。发展到精神的反叛和抗争时，亦是从女性躯体上开始突破，从女人书写自己的身体开始，着眼于"女性自我"的重新发现和认识，争取躯体觉醒以后在历史上"说话"的文化权利。如果说八十年代的女性写作是伴随着拨乱反正的思想解放运动而起，女性作家与男性同行们一道，将被"文革"所禁锢了的源于"五四"时期的个性解放、人对自我的发现重新点燃和接续上了的话，那么，九十年代则是随着多元文化历史现实的到来，有更多的一直在文化的边缘上默默行走着的女作家，更注重挖掘遮蔽在"人"的解放旗帜下的"女人"的自我发现。"身体的叙事"成为这一时期的女性写作现实。经由一系列的反抗斗争，女性的物质之躯虽然从他人手中夺回，初步赢得对自己身体的支配，然而她的精神之躯，却一直层层束缚在衣物的包裹里，禁锢在文化的贬抑中，不得见诸于人世，不得显露于历史。在男权菲勒斯机制严密控制之下，女性对自己躯体的书写成为不可能，即便是有些微的不经意的流露，也会立即遭轻贱，被蔑视，它几乎就是"没脑子"、"没文化"的同义语，是她还不够书写水平的一种隐喻。这样书写出来的作品根本不配进入人们的阅读视阈，至少，不配进入权威话语的视阈。新时期以来，有一大批新锐女学者首先在对历史的反思及对西方女权主义的研究过程中找到了自身作为女性的话语切入点，是她们率先从理性上将中国的女性主义成功地"浮出历史地表"。之后，便是多元文化时期一批女性作家在创作上的集体跟进，她们从对身体的感性认知出发，转而向文化的其他层面突围。"身体的语言"形式不再仅限于那些舞蹈、美术、歌唱领域，也不仅仅表现于体育竞技过程中，而是进入了语言叙事范畴，女性"通过身体将自己的想法物质化了，她用自己的肉体表达自己的思想"。身体从重重遮蔽和桎梏中凸显了出来，在明媚的自我书写中熠熠生辉。女性写作"这一行为将不但实现妇女结束对其性特征和女性存在的抑制关系，从而使她得以接近其原本力量；这行为还将归还她的能力与资格、她的欢乐、她的喉舌，以及她那一直被封锁着的巨大的身体领域"（埃莱娜·西苏）。女性作家们以其枝繁叶茂的语言，用一种打破男性单一线形逻辑的女性发散性思维的表现形式，描述出经由身体而感知的隐秘的女性生命体验。文学史上女性的躯体返归到女性主义诗学本身，不再完全受控和受制于男性叙事主体。这必将带来不光是审美的，同时亦是整个文化上的具有革命意义的变化。

林白的《一个人的战争》是一部完全按照女性主义理论操作的精致的女性文本。作者以其艺术才能和深刻的理论感悟能力，用女性自传或准自传的记录形式，写成了一部关于女人成长的小说，从写作实践的意义上完成了对西方女权主义理论的认同过程。林白在艺术上的卓绝的勇气，她的奇妙的女性语言生成方式，她所表现出来的女人对性的另一种不为人知更不能为人所道的隐秘体验，以及她的随意而散漫的小说架构，正是埃莱娜·西苏所认定的那种女性躯体写作的特征。"躯体是个人的物质组成。躯体的存在保证了自我拥有一个确定无疑的实体。任何人都存活于独一无二的躯体之中，不可替代。如果说，'自我'概念的形成包括了一系列语言秩序内部的复杂定位，那么，躯体将成为'自我'涵义之中最为明确的部分"（南帆：《躯体修辞学：肖像与性》）。然而"文学史上男性叙事人的传统已经根深蒂固。他们联手创建了女性躯体修辞学……文学史上的女性肖像却完全同历史脱钩了。女性的躯体成为历史的局外人。'历史人物'这样的解码器对于女性躯体形象无效"（同上）。被逐出历史的女性躯体，连同她们对历史发言的权利一道也被驱逐了。女性的躯体幽闭在男权话语的窥视之下，在千百年的沉默之中黯然神伤。九十年代后，随着多元文化历史现实的到来，有更多的被男权的审美钳制以及一直在文化的边缘上行走着的女作家，自觉的跻身到"女性主义者"阵营当中来，以她们的创作应和了女学者们的先声。此时妇女争取自己权利的斗争，也从初始阶段的反封建反压迫争取妇女人身自由，将身体从他人手中、从他者的控制中夺回，争取以自己身体有自由支配的权利，发展到反文化、反专断，争取女性在文化中的权利。这一次的对男权文化的抗争和反叛，亦是从女性躯体开始突破，从女人书写自己的身体开始。女性对"自我"的重新发现和认识，也是从身体开始的。女人的书写，从一开始就是以血代墨的书写，她们以纤弱柔韧的血肉之躯，在巨大的菲勒斯机制的合围中，泼墨突围挥洒出一道道殷红的疮痕。世界与时代变化之巨，没有什么能够在一己之把握之中，能够把握住的惟有自己的身体，只有这一具身体永远不会背叛她们自己的魂灵。因而她们愈发对自己的身体充满自恋似的珍爱，间或也有自虐般的怜惜。她们想让身体"说话"，让它把对世界的感知诉诸"语言"表达。

林白的小说《一个人的战争》正是从女性的躯体描写入手，从对性感及其性感区域的精确描摹出发，来阐述一个女人成长过程中的自我意识。引导和贯穿作品始终的，是埃莱娜·西苏提出的那种从自慰/自恋开始自我认知的女性躯体书写逻辑：女性躯体的写作——手淫——自慰——自恋——飞翔——文本引起破坏性——重新发现和找回女性自己。一部关于"女人"的传记，一个被命名为"多米"的女子漫长而又短暂的成长过程的记录，从"身体"这个起点上出发，开始往前放飞。一共四个章节的《一个人的战争》，分别用小标题连缀：镜中的光；飞翔与下坠；随意挑选的风景；傻瓜爱情。最后是简短的结局：逃离。"女孩多米犹如一只青涩坚硬的番石榴缀在 B 镇岁月的枝头上，穿过我的记忆闪闪发光。"故事的场景分别发生在幼儿园、学校、乡村（知青岁月）；女孩多米写诗的年代，无目的的漫游，爱情的遭际（与男性的"傻瓜爱情"，与女性的"准同性恋"），寻找生存之路的漂泊。追寻的结果：不容于社会或被社会所不容，逃离成为女孩多米的惯常姿态。现实当中无处可逃，只好逃回写作，逃回艺术本身。

正统的男权独断的文学史中，不会允许女人有这样的描写，也不会允许女人如此袒露自身隐秘的欲望。男性对于自己躯体的审视可以尽情展示，他的身体的每一部分关节，肉体上的每一种细微的感官欲念都可以大言不惭毫无羞耻地示众，并且还可以获得人类文化学上的意义崇高的解读。男性欲望的压抑和喷泻，代表了普泛的"人类"孤独状态下的绝望情感，因而显得合情合理，合乎伦常。然而人类之中的那一半人众——女性的生命欲望诸种形式的表达却体现为一片空白，人们无从知道女性面对生命压力的另一种自我体验。这便是文化中的不公平之处。亦如批评家南帆所言，男性对于历史的统治甚至获得了生物学的支持，这些不同的男性肖像毋宁说是历史丰富层面的证明。但是，排除于历史描写之外的女性之躯，却仿佛只能在黑暗之中永远蒙昧，其实，其巨大的身体能量正在一个不为人知的文化地底层狂涌、奔突，一旦浮出历史地表上升于人们的视野，就会将现存男权文化赖以生存的根基惊震起剧烈的摇荡。女性的"自慰"体验不光是与青春成长的郁闷和躁动相联结，同时亦是与文化的窒息与反叛相联结的深层情感。她对"自我"的认知，从幼年时期墙上的那一面物质之镜，以及蚊帐庇护后边自己手指艰难的触抚来一一了解完成，而后又不得不转向合乎这个世界规范，成年后便要借助"男人"之眼这面世事的也是世俗的镜子，要藉由男人的身体给予她以肉身快乐时（包括他对她身体的"进入"等等），她这时只有两种选择：要么顺从，要么反抗。女人为适应男人而进行的身体改变，其深刻的文化心理缘由追踪起来亦很悲怆。这也是当初上帝在塑造男人和女人之躯时明显不公平的地方。多米的生存恰恰是犹疑于顺从和反抗两者之间，她不敢完全放逐对异性的情爱诉求，但又不愿舍弃将爱求诸、托付于自身的游戏。生存的极度迫压，和生理（身体）上的极度压抑，致使其自慰举动不断绵延下去。其间她不仅体味到了"美"，"反抗"与"飞翔"也能由此个人生命能量纾解之中得以诞生。

《一个人的战争》之中女性躯体与欲望的写作引起爆炸性的轰动和极具震撼力的效果。在九十年代的女性欲望化处理的写作中，与此相关的，还有陈染《私人生活》以及徐小斌《双鱼星座》中基于自慰基础上的女性欲望的描写。它们都是对女性欲望的大胆披露。《一个人的战争》是从女子的自慰开始，《私人生活》是以自慰而告结束；《双鱼星座》中的女性自慰则是生命反抗压抑中的一个过程，同时也是对男人及其所属的"阉割"文化的一份无比的失落和失望。

在肯定其女性躯体写作意义的同时，也正如伊莱恩·肖瓦尔特在评价埃莱娜·西苏为代表的法国女性主义者的女性美学时所指出的那样，"法国女性主义者关于女子性欲/本文的理论以显露出美杜莎的面貌而大胆地冲破父权制禁忌，她们的理论不论是基于女性器官如阴蒂、阴道或子宫，还是集中研究记号学的脉动、分娩或女性愉悦，都是对菲勒斯话语进行的令人振奋的挑战"。但是这种女性美学也具有严重的弱点，"女性美学强调女性生理经验的重要性非常危险地接近性别歧视的本质论。……女性文体或称为女性写作仅仅描述了妇女写作中的一个先锋派形式，许多女性主义者感到被这种规定的文体排斥在外。规定的女性文体是一种非线形和超现实主义的试验文体。只要女性美学认为惟独妇女才有资格阅读妇女的本文，女性主义批评就有受到孤立的危险"。女性躯体写作的结果是带来了躯体的忧郁。当女性将自己的一切都赤裸裸地暴露在菲勒斯审判目光的注视下时，她将无处逃遁。她在将那面男性的哈哈镜打碎之后，却不经意地连镜中的自己原型也一道撕裂了。撕裂以后，却是无法再将自己的身体原型拼接。她既无法继续爱自己，更不可能再去爱上别人。在无爱的境地里隐遁回内心，隐遁回本文，甚至就连隐遁回本文都已经成为不可能。在林白其后的《守望空心岁月》、《说吧，房间》两部长篇里，我们直接读到了女性身体书写后的自身所遭受的极大的破坏性结果，在她的文本对菲勒斯强权机制引起了巨大的破坏性作用之后，那个男权机制复又将那种"破坏"反馈强加于女性写作者本人，让她在无比忧伤，无限愤懑之时，连她前期的巨大的艺术才能同时也遭到了破坏和磨损。躯体的写作之于她在现存之中的痛苦遭遇，除了守望"空心"岁月和退缩于一个狭窄幽闭的"房间"内"憔悴而坚忍的诉说"之外，她已别无选择，除了幽咽的诉说，还是诉说。她已来不及在更深层面上对女性的生存进行耐心思索，更无从去铺排和施展她自己的艺术才华和灵气，精致的像丝绸一样滑爽的语言，和精巧散漫而独具匠心的叙事谋篇也杳然一去难复返了。在争取到了权威话语的逐渐肯定之后，作为写作者本人却已明显失去了最初的火一般的冲撞的激情和青春血脉的贲张，她变得声音有些哑然，身体也在一连串的打击下似乎也显得疲惫不堪。女性本文透露出的这一部分信息使我们有理由断言：基于身体叙事基础上的女性主义美学似乎是在中国这块有着古老传统的国土上遭到了暂时挫折和稍纵即逝的失败。女性写作者对于菲勒斯机制的颠覆和反叛的斗争将是漫长而艰苦卓绝的。

另类女作家海男的作品中则充斥着女性梦境的真实与自由的虚幻。如她的《私奔者》、《我的情人们》等等，撕扯不开的梦境织成一面虚无的网，冲不破，割不开。她试图用诗意焊接想象，将生活的断裂处刻意地接合上来，结果却仍然是生存的支离破碎。对于她及她那些作品中的主人公来说，现世的生存是模糊的、不确定的，充满了虚化与呓语，除了梦，还是梦。这样，她作为一个女性的位置究竟在哪儿就成了一个问题。并且，置身于无数男权目光的窥视之下，对女性自身位置的诘问相反倒显得十分可疑了。

到 20 世纪末，借助于改革开放程度的进一步加大及西方女权主义理论在中国的推介，文化整体格局多元化趋势的出现，中国女性的话语空间随之拓展，女性写作从理论到实践相互呼应，大批理论著作和实践文本都相继涌现。许多西方女性主义在发展过程中所遇到的问题如女性"躯体写作"、"母女关系"、"女性史"，女性"私人化写作"等等，都被中国的女性作家所触及。中国的女性对自己的性别有了更深一层的自觉。女作家们对自己的"女性"不再采取回护姿态，无论是在写作观念上，还是更深一层的艺术处理上，较以前都有了显著变化。女性以女性视角直面人生的书写更有力度，直抒胸臆时更加直白大胆，对商业化社会"游戏规则"的把握也更有穿透力；女性个人与历史对话的姿态更加孤独也更为执著；商业视阈下的女性写作有了更为自由广阔的空间，女作家们都把笔触探向女性最为幽密的内心世界，找到了被历史所遮蔽的那一部分女性记忆和表达方式。更年轻的一代女作家，则将女性的性别体验以一种执拗的"私语"化方式描绘出来，写作更加自由奔放，触及到女性自恋及"莱斯嫔"（女同性恋）等母题，渐渐形成一股新的女性写作态势。女性写作不甘于遮蔽在阳刚的历史之下，正在奋勇奔突，既成一股特别激情的力量而即将抽离于男权主流话语的写作，女性作家对于人性对于自身的书写愈发坚韧了。

（五）历史重构与"自我"超越

进入新世纪的女性写作，经历了1980年代重新探索"人——女人"的书写之路，经历了1990年代与西方女性主义理论"亲密接触"而狂飙呐喊与集体突围的性别"战争"，经历了"私人化写作"与"躯体写作"沦为被看尴尬与媚态低吟的性别"时尚"，经过反思而走向超越"自我"和"他者"的重构性书写，女性写作在"她世纪"进入了一个新发展阶段。其突出的特点是三个"走进"：

其一，走进家族与时代历史。在承接现实与未来纬度上，重新认识分析男权文化传统淤积而成"性别怪圈"，消解男权文化规定的女性形象，在泯灭女性主体身份的历史迷雾里，发现和构建女性的精神成长历史。

张洁于新世纪初出齐的三卷本、80万字的《无字》，以女性血缘维系的家族谱系诉说四代女人的生命历史。令人震撼的，不仅是她以三代女性的悲剧拆解了当年亲手构筑的爱情圣殿。更是借禅月之口表白的"咱家的这个咒到我这儿非翻过来不可"的宣言。因为，女主人公吴为的为情而痴而疯而死的绝望悲剧，是女性把爱情视为自己全部生命的支点，才是铸成人生悲剧的铁证。而更深的隐喻却在作品最后的文字里，超越爱情之绝望，"继续前行"而"原谅了自己"。当然也就意味着宽恕了"他人"。理性地破解了女性悲剧的根本原因，不仅是男性的自私与伪善，更是女性自身对爱情的生死依赖，自我独立精神的丧失。对女性丧失自我主体的灵魂深刻地反思与拷问，成就了这部女性心灵史和生命史"向死而生"的救赎意义。比较上世纪末女性写作曾以极端的情绪代替理性的批判，造成思想的迷失而无法抵达更高的哲学层面而言，《无字》的深邃思想与精湛艺术值得称道。

蒋韵的《我的内陆》太原，以往蓬勃的生命力已经枯竭，"晋阳不再，杏林不再，剩下的只是干涸了的难老泉与稠成泥浆的汾河水，是一大堆毫无生命灵性的钢筋水泥"。女性的精神生命在此无法生长。无论是虚构的陈枝、林萍、程美等，还是真实存在历史之中的林徽因、阎慧卿，传说中的柳氏女，几代女性的生命的悲剧与张洁的《无字》里的女性有更多的相似性。当代女性无论怀揣怎样的美好理想，在现实中只能被迫无奈地失落。决心一个人徒步去长征去延安的林萍，再也没有了任何消息；陈枝感天动地的浪漫爱情在世俗和欲望的夹击下破碎。蒋韵如同社会观察家，站在新世纪的起点上，直指1990年代金钱欲望的膨胀对人性的扭曲与物化，对女性主体精神的围剿。"内陆"作为女性精神"原乡"已不复在，灵魂将何以归？

铁凝的《笨花》以半个世纪的民国战争风云为背景，走进笨花村向氏家族演变史的深处，发现了半个世纪掩隐在"历史褶皱"里的不变，是人情美、民俗美、向善的心性和民族精神。是对黄土地的厚爱，对民族对人类命运的深切关注。铁凝精心刻画的笨花村旧时代传统文化的典型代表，性格近乎完美的向熹与向文成的父子形象，填补了当代女性写作中男性形象集体坍塌的空白之页。而且，一个小小的笨花村，居然能容天下之大，单姓与双姓，洋花与笨花，孔孟之道与圣经之道，中医与西医，西洋画与中国画……博大包容，藏污纳垢，容世间万象，孕真善美于其中，凝聚"和而不同"。这种站在对人类社会终极关怀的"世界大同"的高度，寻找东、西方文明智慧起源的同根性，体现了女作家强烈的社会使命感。

徐坤的《八月狂想曲》，书写的是还带着余温的北京奥运会历史。却在某种精神指向上与铁凝不谋而合。小说里塑造的两位理想男性式的时代英雄形象，年轻的常务副市长旷乃兴和建筑设计师黎曙光，作为"青春中国"时代的文化形象，与铁凝《笨花》里旧时代的传统男性典型相映生辉，在女性写作的形象画廊升起了传统与现代的人格精神之光。向氏父子在民族危亡之际，为了掩护同胞，以生命保卫笨花村，旷乃兴与黎曙光，则在现代化鸟巢建设之时，一身新知识分子的傲骨和正气，对爱人、亲人和朋友充满善意和柔情。从美好的共同人性里，重新探索性别平等与两性和谐的可能性。

如果说，铁凝的《笨花》是"自西向东"那个时代人类多元文化和谐共存之地，那么，徐坤《八月狂想曲》则是一座"自东向西"的现代人类精神鸟巢。徐坤从承接历史、现实与未来的意义上，寻索到了历经百年孕育的中国精神与魅力。"青春中国"正如"红日喷薄"，"击穿天与地的心灵。""构成青春，强有力的正午，一种庄严的力量，与那个伟大的建筑物遥相呼应，印证着人类想象力的纯洁。它泽被，福荫，庇护，在人类之上，成为永恒的主宰。"其浩荡之气魄，蓬勃之力量，壮哉之人关，在天、地、人合一的情景交融里，在超验与经验、梦想与现实的神会里，完成女作家的大野之恋，人爱之心，绝尘之想，济世之梦。《八月狂想曲》不愧为是一部"青春中国"崛起于东方的史诗。

其二，走进民间灵魂乡土。乡土对人类灵魂与肉体的孕育，奠定了人与乡土的血缘关系和"原乡"隐喻。迟子建、孙惠芬、葛水平等人的作品，倾心于生长在"乡土"之上的民间叙事。

迟子建的《额尔古纳河右岸》正是以她已经化为灵魂的"原乡"记忆，让一位鄂温克老女人，在一天之内讲述了这个行将消亡的鄂温克部落、森林、驯鹿与人的百年沧桑故事。虽然，男萨满、叙述者"我"、最后一位酋长，以及山川河流、日月星辰，仿佛一切都在讲述着。但是从女萨满妮浩的身上，体现了真正的悲悯与人爱，真正的对生命的热爱，和令人屏息的人格魅力。作品巧妙地把传承文化历史的性别重新排序，从民间被时空的尘埃掩埋的历史里发现的女性生命价值。这不仅是在讲述"原乡"记忆，而是呼吁人类要重新建立现代人与自然的平等的伦理关系。

乡土在孙惠芬的笔下是"歇马山庄"。她构筑的乡土世界大多与"歇马山庄"有着千丝万缕的血脉关系。在《上塘书》里给上塘村"记史"，是因为它歇马山庄的深处"家园"，乡村里自然、纯朴、善良与温暖的爱，可以抵御城市欲望的疯狂扩张与霸权，物质至上的浮躁与冷漠。这上塘村"一旦进入日光的照耀之下，一个清晰的、湿漉漉的村庄，像刚从蛋壳里蹦出的小鸡，活脱脱地诞生了"。因此，这里永远是人类文明超越物欲的心灵乡土。当"往外走"成了上塘人的时尚与意识——"出去变得越来越容易，不出去越来越不可能"，孙惠芬《上塘书》的"记史"就有了更特殊的珍藏与传承"原乡"精神的意义。孙惠芬《歇马山庄的两个女人》的"记人",记述了男性缺席之后两位新媳妇潘桃和李平的自我寻找、反抗与反思。在乡村琐碎的日常生活里,即使置身养育她们的乡村,而其文化身份仍然是"他者"。她们的梦想在城市和乡村之间飞落。两个人始终没有走出传统性别命定的角色,仿佛乡土已不能够安放人们的灵魂。

然而在葛水平的小说里,一个个如同"地母"似的女性,用自己独特的生命之爱,孕育和庇护着乡土的文明。《地气》整篇文字里洋溢着对"母性"的赞美。在物质贫乏的大山里,地气因女人的存在而鲜活起来,温热起来,灯一样亮起来。三个女人与一个男人之间性与爱的想象,有本真的对男性身体欲望主动性,更具有女人味的暖爱,连绵的大山都会为之动容。最后,十里岭剩下的两户人家也还是搬走了,女学生李修明和老师王福顺一起留在十里岭,又燃升起了希望之火。《狗狗狗》更是在血与火的乡土上,站立起用身体再"创世纪"的一位伟大母亲。一个山里的女人,以自己最原始的本能,在国家民族危难之际,用身体担当起山神凹人口的繁衍生息。直到最后"秋生孩子生得面黄肌瘦,形容枯槁,……秋不怕瘦就怕不能生育"。小说结尾写道:"山神凹被日本人绝了的窑洞里有了人气,袅娜炊烟漫到半空溶进云雾……。""秋"身上传统"母性"的"天职"与"天德",救活这一方乡土。两部"再创世纪"隐喻,无论是在怎样的年代,女性与男性都共同创造着人类的物质文明与精神文明,而母性的生命之爱是乡土的魂。

其三,走进人格成长世界。性别"战争"导致女性的自我主体的丧失,陷入情感世界的孤独里。女作家穿透都市浮华表象,对现代都市生活敏锐洞察,叙写都市女性情感困惑。她们作为一个理想主义的性别群体,独立自主,充满自信,不畏世俗,寻找爱情真谛,抵制庸俗的、物化的、平淡的日常生活,勇敢地活出自己灿烂的梦想。

张抗抗《作女》里的"作女"群,她们受过良好教育,属于衣食无忧的"白领"阶层。她们的言行惊世骇俗,内心独立自主,反叛现代性的世俗生活,逃离任何可能丧失主体性的诱惑,高扬个性理想,主动选择适合自己的生活方式，选择是否结婚、是否独身、是否做母亲……

徐坤小说对女性情感世界的重建，表现出永不妥协的文化批判性和现实人文关怀。她以"双调夜行船"的智慧与勇气，考证女性遭遇爱情婚姻不幸的文化、意识根源，修正男权中心文化的性别秩序，确立女性自我的主体位置与生存方式，直击都市知识女性遭遇的情感危机。在《春天的二十二个夜晚》里，当代"娜拉"毛榛的丈夫陈米松留下一张纸条离家出走了。毛榛用自己的灵魂、肉体和"会哭的血"，为自己死亡的爱情与婚姻送葬，在灵魂的夜航里获得主体精神的复活。在《爱你两周半》里，撕破情人与权性交易的面纱，以幽默的戏说，毫不留情地解构了两个女人婚内与婚外的"短命爱情"。《野草根》是在那段中国历史癫狂的转弯处——文化大革命时期，三代女人屡屡遭遇性别政治权力的挤兑、侮辱与蹂躏。但是她们艰苦奋斗，用知识改变命运，实践着由现实向人格理想高处的成长。

潘向黎对都市女性情感世界的丰富多变，有深入探究。女性理想爱情失落后的意识自觉自信，阳光和宽容的心态，体现了都市女性情感的新特质。她在发掘经历岁月磨砺后女性性别的精神之光。《重重跌倒》里那个跌倒的女人真的遇到了一只拉她起来的男人的手；《碎钻》里的女人将直面破碎记忆而重建生活。而《白水青菜》、《女上司》、《永远的谢秋娘》，陡然转向沉重与冷峻的锐利。因为时间会让成熟女人的精神智慧融化于血液，作为抵御命运之夜的光亮和生命的底色，她的写作从某种意义上讲，是以女性理想人格的寻找方式，寻找都市的现代性灵魂。

在魏微小说里，"暧昧"是都市边缘人感情生活的真实原貌。如《化妆》中女大学生嘉丽对自己爱着的男人的"尖叫"，《大老郑的女人》里大老郑和他的女人的暧昧关系，《异乡》里女儿和母亲"说不清"的猜疑。在作者看来，都市边缘人的挣扎、奋斗是冷眼旁观社会的巨变。乡情亲情在时代巨变中不堪一击，那友情爱情更不在话下。而这种陷入情感幽境的"症候"是暧昧时代的启示录。戴米的小说，善于构造都市男女复杂而孤独的情感"关系"，表达了现代人普遍缺乏面对面的交流，心理上的隔离与疏远，怀疑现实生活中的爱，怀疑自己和对方爱的能力和诚意。在恋爱中体会不到安全感、幸福感和满足感。在这个失去爱的时代，她以小说《练习生活练习爱》、《鱼说》、《甲乙丙丁》来试图厘青爱的秩序，激活当代人在生活中"爱"的能力。在《关系》里，原以为一目了然的"关系"并不是我们想当然的那些坐实的关系，读者看到的听到的以为的以及轻易做出判断的所谓的"关系"，往往是靠不住的。

林白从"一个人的战争"到转入灵魂的化蝶与飞翔，始于她的《万物花开》生出的翅膀。《野生的万物》又是她告别过去的宣言："原先我小说中的某种女人消失了，她们曾经古怪、神秘、歇斯底里、自怨自艾，也性感，也优雅，也魅惑，但现在她们不见了。……就像出了一场太阳，水汽立马就干了。"《致一九七五》是她个人身体记忆的温暖回归，"一个人的战争"中的孤独、恐惧与分裂的冰冷记忆，被作家幻化成了微光与露珠汇成的生命音符。在她的笔下已不再是"性独舞"，而是通过男女情爱重塑灵魂的乐章。即便是毁灭，也是对人性的深层考量，进而深化了身体的精神性内涵。

总之，新世纪的女性写作，在多元文化矛盾的冲突与融合中，吸收本土与异质文化的精髓，基于中国文化母体之上，为改变女性现实生存和文化处境，试图建构一种新型性别关系的人类生态叙事，而进行了多重努力。中国内地的女作家们开始不仅关注女性命运，更关注男女性别平等，关注人类社会的现实与未来，行走在寻找人类精神"原乡"的历史云烟里。她们以客观的性别视角，用"原乡"记忆和"他乡"经验，绘制着不同颜色的精神"地衣"，表现出以"原乡"精神审视女性自我与男性、现实与历史的深度成熟，形成了新世纪女性写作的绚丽景观。女作家们越来越明白，男女两性关系如宇宙间的太阳与月亮转换的"阴阳鱼"，二元互补，互依共生，互助共存，只有获得和谐，世界才不至于倾斜。

第七章
文学的形象

  在共和国 60 年的文学发展及每一历史时期的文学格局中，如何塑造新的人物形象，或以怎样的立场及感情倾向实现这种塑造，一直是一个处于焦点地位的中心问题，或一个敏感的文学区域。

  其实，关于新的人物形象的塑造问题的讨论，早在四十年代的延安便开始了（甚至可以追溯到三十年代的左翼文艺活动）。从某种意义上说，毛泽东之所以要发表《在延安文艺座谈会上的讲话》（1942 年 5 月），也与这个涉及"立场问题"、"态度问题"的人物塑造问题相关。但因为当时正值战时（即抗日战争时期）的缘故，文学界无条件地接受了毛泽东提出的"文艺是从属于政治的"、并要为政治服务的观点（毛泽东还说："今天中国政治的第一个根本问题是抗日"）。至于怎样"从属于政治"，怎样使文艺成为"整个革命事业的一部分"，成为"齿轮和螺丝钉"，或怎样实现"为工农兵而创作，为工农兵所利用"，一个最为直接的问题就是塑造怎样的新的人物形象。而自此以后所展开的各式各样的文学论争，也就无可回避地与人物形象的塑造问题结下了不解之缘，以致使整个文学界付出了不小的代价，并演绎出一幕幕严肃而又荒唐的悲喜剧——实际上（或从问题提出的最初时刻），人物形象的塑造从来就不是一个可以被纳入美学范畴的创作问题，而始终是一个从属于政治的或携有浓烈的教条主义色彩的"政治问题"；倘若以美学的目光审视或诠释这一问题，那理论的归途不仅可能变得模糊不清，而且很难找到可靠的合文学逻辑性的答案。因为在今人看来，其中的很多论争，或很多需要论争者付出终身代价的申辩，大都是一些常识性的问题；因常识性问题而兴师动众，免不了让后来者感到某种历史的荒诞不经。但事实就是如此。而其中的关键就在于，把常识性的文学问题政治化，或把某些正常的文学论争以无以辩驳的硬性方式纳入政治轨道，并使一系列的"批判"散发出荒谬而杀伐的气息。

若按照当代文学史的流行阐释，最早涉及人物形象塑造的"论争"，应推文艺界对于电影《武训传》的批判，或者说是在毛泽东的《应当重视电影〈武训传〉的讨论》（1951 年 5 月）之后，文艺界对这部电影及其已经发生的评价所呈显的所谓"思想混乱"，进行了围追堵截式的"求得彻底地澄清"的批判。而批判的焦点或"思想混乱"的重要原因，便是影片没有塑造新的人物形象，而是歌颂了一个"面目可憎"的封建主义奴才。在共和国文学史上，这是围绕作品中的具体人物形象而展开的第一次论争或批判（所针对的还是一个银幕形象）。实际上，关于塑造新的人物形象的论争要早于对《武训传》的批判——1949 年 7 月，全国文艺工作者汇集北平（北京），召开了第一次文代会，之后便发生了"可不可以写小资产阶级"的讨论，而讨论的重心则是谁在作品中当"主角"的问题。论争是由冼群挑起来的，他认为，文代会提出的新的人民的文艺的工农兵方向，并不意味着对以小资产阶级为主角的作品的否定（参见《文汇报》，1949 年 8 月 27 日）。冼群的文章是针对陈白尘的观点而写的，所以陈白尘著文申辩说，以工农兵为主角是就整个文艺创作讲的，而不是就一般作品讲的，但他又说，在一般作品的创作中也应该是工农兵而不是小资产阶级作主角。陈白尘还发出了这样的诘问："为什么独独担心于知识分子、小资产阶级'是不是还可以写'？为什么就不担心于就如何与工农兵相结合的问题？"（参见《文汇报》1949 年 9 月 3 日）论争是肤浅的，但因了"工农兵主角论"占据着主流话语的缘故，这场肤浅的论争及其质问式的思路，却对以后的文学发展产生了长远的消极影响，而即将出现的文学创作中机械、单一的"工农兵主角论",也由此而开始获得确立。至于随之发生的、毛泽东亲自参与或发起的对于电影《武训传》的批判,则可以认为是进一步强化了塑造工农兵形象在文学创作中的主导地位,即那种无可怀疑的必须"一面倒"的绝对地位。如果综合当时(1950年)发生的关于"文艺与政治"的论争,关于文艺创作是否应该"赶任务"的论争,那就不难发现,共和国的文学道路将沿袭"战时"(或延安时期)所制定的文艺方向及创作模式,并坚定地把塑造工农兵形象作为评判文学创作的重要标志。而这种从属于政治的从未被自由讨论过的简单化的"工农兵主角论",一直发展到作为"根本任务"的"三突出"理论的出台与终结,才匆忙地画上了一个模糊的句号。

这里值得一提的是,在共和国初期围绕人物塑造所展开的论争,从探讨"可不可以写小资产阶级"或知识分子、小资产阶级能不能作为作品中的"主角",到毛泽东亲自介入的对于电影《武训传》所展开的尖锐批判,都与第一次文代会的"精神"及倡导相关。文代会的代表虽则来自解放区与国统区,但整个会议突出或重视的仅仅是解放区的文艺经验,而国统区的进步文艺只处在陪衬的位置。对于国统区进步文艺的不重视或否定,实际上已经把是否以工农兵作为人物塑造对象看作是一种创作尺度,一种评判作品的价值标准,而这里所说的尺度或标准,也只是停留在"战时"所可能或必需的范围之内。所以,虽则同是进步文学或塑造的人物均属"新"的形象,但在"没有第二个方向"的规范下,文学观念的磨擦及冲突也就显得无可避免。特别是,第一次文代会不仅不重视国统区的进步文学,而且对解放区文艺的不足,以及在新的历史时期如何调整文艺思想与文艺创作等问题缺少必要的透视与剖析。时代变了,但文艺创作的要求却依然原封不动沿袭"战时"的模式及价值标准——就此而言,提出"可不可以写小资产阶级"或知识分子、小资产阶级能不能在作品中作"主角"的疑问,也就是一种顺理成章的文学逻辑了。也许,"可不可以写"或谁当"主角"的论争,还留有某些探讨的色彩,而"应当重视电影《武训传》的讨论"的"讨论",则在所谓"反动思想"或"反人民、反历史"及"反现实主义"的定性规范下，演变为一场因套上了政治枷锁而不可能实现学术上自由平等讨论的批判运动——可以说，在共和国文学史上，首开了以政治批判或阶级斗争理论替代文学批评的先河。实际上，对电影《武训传》的批判，是共和国创建初期的一次贯彻"文艺为政治服务"观念的演习，并就此而更加确立了塑造工农兵形象在文学创作中的至高无上的地位。所谓"新的社会经济形态，新的阶级力量，新的人物和新的思想"的说法，就是在《应当重视电影〈武训传〉的讨论》中提出的。围绕电影《武训传》的人物形象塑造所展开的政治批判，其效果是当时的文坛始料不及的：它不仅助长了正在蔓延的公式化或概念化的创作倾向，而且因文学问题的政治化而束缚了创作的手脚，甚至对创作的题材选择及人物形象塑造的具体方式，也产生了深刻而长远的反馈作用。

在共和国 60 年的文学旅程中，如何塑造工农兵形象，或以怎样的立场与态度刻画"新的人物和新的思想"，确是或始终是一个牵涉文学发展及其论争的关键性问题。而在事实上，我们也可以从围绕人物形象的塑造所展开的一系列论争或批判运动中，清晰地窥见共和国文学所走过的坎坷泥泞的道路。

我们在论及毛泽东文艺思想的基本骨骼时，流行的归纳通常包括工农兵的文艺方向、"两结合"的创作方法、与工农兵相结合及改造世界观的作家或艺术家道路等，其中的所有"思想"，几乎都与塑造新的人物形象相关。倘若换一个角度审视，即在当代文学史上，从"讨论"电影《武训传》开始的一系列批判运动，如对胡风文艺主张的批判，对"现实主义广阔道路论"的批判，对"现实主义深化论"、"写中间人物论"的批判，对"人性论"、"唯真实论"的批判，等等，也无一例外地牵涉到了在新的历史条件下如何塑造新的人物形象的问题。我们不难发现，当一个文学问题在成为历史性问题之后，它便拥有了巨大的惯性或沿袭性，或者说，即使在新的历史景况中，它也会以新的方式传达出其中的思想分歧或论争的某种焦点所在。关于新的人物形象的塑造问题就是如此。在共和国文学进入新时期后，文学界曾发生过各式各样的讨论或争论，如"两结合"问题，典型观问题，性格组合问题，真实性问题，"社会主义新人"问题，爱情描写问题，文学"向内转"问题，现实主义或新写实问题，寻根文学问题，文学中的人文精神问题，等等，这些问题的讨论或争论，也都直接或间接地与创作中的人物塑造问题相关。从根本上说，作为文学范畴，其中涉及的仍然是一些"老问题"，甚至可以看作是历史遗留问题的再探讨、再论争或再发现；不同的则在于，视野更开阔了，更接近文学自身了，也终于注入了一些自由讨论的空气。

实际上，作为共和国的新的文学倡导，主张塑造新的人物形象，或把审美的目光更多地投向"工农兵"（其中理所当然地包括了底层生活中的"小人物"），就文学特质或健康的文学功利而言，其本身并无过错，与文学的终极目标也不存在根本性的冲突——无论是人性、人道的文学，还是为了"人类精神"或"人类前景"的文学，总得具有特定的文学过程或文学形态。问题的症结在于，我们长期地无视生存在现实中的人的本相，或长期地徘徊在一种充满着"净化"倾向的泥淖之中，把本应是复杂的人的性格塑造及精神刻画简单化了、模式化了，以致于极大地折损了文学创造、特别是新的人物形象塑造的艺术可能性。于是，现实感被淡化了，"时代精神"也因脱离现实而被模糊了。一句话，在文艺服从于政治的旗帜下，无论是文学整体，还是新的人物形象的塑造，其道路只能是越走越崎岖，也只能是适得其反，只能是经由"反思"或"自省"而重新开始。

一、工农兵形象的确立与净化

毛泽东《在延安文艺座谈会上的讲话》中指出："中国的革命的文学家艺术家，有出息的文学家艺术家，必须到群众中去，必须长期地无条件地全心全意地到工农兵群众中去，到火热的斗争中去，到唯一的最广大最丰富的源泉中去，观察、体验、研究、分析一切人，一切阶级，一切群众，一切生动的生活形式和斗争形式，一切文学和艺术的原始材料，然后才有可能进入创作过程。"毛泽东在这里说的是体验生活，是"全心全意"的创作态度，并没有提及塑造工农兵形象的问题。但在"讲话"中，毛泽东特别针对当时的作家、艺术家的创作状况，提出了严肃而又委婉的批评。他说："有许多同志，因为他们自己是从小资产阶级出身，自己是知识分子，于是就只在知识分子的队伍中找朋友，把自己的注意力放在研究和描写知识分子上面。这种研究和描写如果是站在无产阶级立场上的，那是应该的。但他们并不是，或者不完全是。他们是站在小资产阶级立场，他们是把自己的作品当作小资产阶级的自我表现来创作的，我们在相当多的文学艺术作品中看见这种东西。他们在许多时候，对于小资产阶级出身的知识分子寄予满腔的同情，连他们的缺点也给以同情甚至鼓吹。对于工农兵群众，则缺乏接近，缺乏了解，缺乏研究，缺乏知心朋友，不善于描写他们；倘若描写，也是衣服是劳动人民，面孔却是小资产阶级知识分子。他们在某些方面也爱工农兵，也爱工农兵出身的干部，但有些时候不爱，有些地方不爱……"① 毛泽东提醒作家、艺术家要放弃灵魂深处的"小资产阶级知识分子的王国"，要把立足点移到工农兵方面来，要把"注意力"放在研究和描写工农兵上面。作为解放区作家、艺术家的方向，经由共和国创建前夕召开的第一次文代会的确认，也就成了中国作家今后的创作方向。

当时的中国文学界，基本上是由两类作家汇合而成的：一类是解放区的作家，一类是国统区的进步作家。于是，从五十年代到60年代，在以工农兵为主要塑造对象的文学创作过程中，解放区的作家也就自然而然地成了中国文坛上的"主力军"，因为他们更多地接受了"为工农兵而创作，为工农兵所利用"的文艺思想，也更自觉地把文艺看作是"整个革命机器的一个组成部分"，并尽力使它"作为团结人民、教育人民、打击敌人、消灭敌人的有力的武器"，特别是他们在与工农兵相结合的过程

---

① 《毛泽东论文艺》，人民文学出版社1966年版，第12页。

中，也更熟悉"火热的斗争"，更熟悉工农兵的"生动的生活形式和斗争形式"。就此而言，我们便不难理解这样的事实，即不少原置身于非解放区的著名作家，如巴金、曹禺、老舍、沈从文、钱锺书、夏衍、骆宾基等，在建国后岁月里大都处于无所作为的创作状态。即便如茅盾这样的曾创造过卓越文学成就的作家（如《蚀》、《虹》、《子夜》、《林家铺子》、《腐蚀》、《霜叶红似二月花》等），也基本上停止了自己的创作——而且与其他非解放区作家不同的是，他还有过解放区生活的经历（1940年赴延安，曾在鲁迅艺术学院讲学，于当年年底离开延安赴国统区从事革命活动）。茅盾是如此，那其他非解放区作家的创作状态也就可想而知了。可以说，这些作家即便拥有出色的文学造诣，但他们已很难适应建国后的"文学生态"了，更谈不上塑造朗健鲜明的、能够为政治服务的工农兵形象了——随着时代的推进，这种不适应倡导的创作状态及必然的冲突，也变得越来越趋于明朗化，而不少作家则因描写对象不对路或意识到写不好工农兵形象，最终自觉不自觉地放弃了自己熟悉的题材领域，甚至完全中断了自己的文学创作。

不过，也有一些非解放区作家不甘落后，诚心诚意地投入了火热的斗争生活，自觉踏上了与工农兵相结合的道路，并在塑造工农兵形象，以及在表现"新的阶级力量、新的人物和新的思想"方面，倾注了巨大的热情与艰辛劳动，但收获却因违背创作规律而往往事与愿违。譬如巴金的一些短篇小说（短篇集有《英雄的故事》、《李大海》），大都取材于志愿军官兵的战场生活，创作的立足点虽则移到了"兵"的一面，塑造的形象也是"兵"的形象，但这些小说基本上都是"应景"的急就之作，让人感觉到情感的投入很充分，而人物形象的塑造则很单薄或很概念化，根本谈不上是艺术意义上的朗健鲜明及丰富的思想内涵。又如老舍，他真诚地热爱新生活，总是使自己的创作与时势、与党的中心工作保持情感及题材上的一致。新中国成立了，他以《龙须沟》反映群众对新社会的热爱；在"三反"、"五反"中，他写了反映这场运动的《生日》、《春华秋实》；当时公安部长在全国人代会上揭露了大骗子李万铭案件，他立即写出了讽刺剧《西望长安》。但老舍的这些创作，往往写旧社会旧人物逼真独特、栩栩如生，写新社会新人物则免不了生涩单薄、捉襟见肘，但因了他杰出的语言才能及对北京人风俗民情的熟知，所以这方面的不足也就可能获得某种弥补，但总的来说，老舍"紧跟形势"的创作，是令人失望或令人惋惜的。特别是他的《春华秋实》——作品试图通过北京一家私营工厂的劳资斗争，从而塑造工人阶级的鲜明形象及其必然的革命要求，并由此而描写资本家的转变，即既要写出资本家唯利是图、投机取巧的所谓阶级本相，又要写出政策感召下的改造过程，完全是一种"主题先行"的概念化创作，而其中的人物，无论是工人还是资本家，基本上成为阶级斗争理论的一种翻版。尽管是写了工人，也写了工人的对立面，但塑造新的人物形象的愿望，最终还是在教条主义的阴影下落了空。这正如文学理论批评家冯雪峰所说，教条主义及主观主义致使"作家的能动性，向生活的战斗性，独立的思考力，好像是被谁剥夺了的样子，不像一个灵魂工程师"。冯雪峰对老舍的创作提出了警示性的批评，说："《春华秋实》是失败的，没有艺术的构思，这是奉命的东西。'三反'可以写，但不可以这样写，这条路是走不通的。我们要把老舍先生走得很苦的道路停下来。我们要否定这条路，否定这种反现实主义的创作路线。"① 不过，这仅仅是冯雪峰的一厢情愿；彼时彼地，像老舍这种类型的创作方式是根本不可能"停下来"的：非但停不下来，而且还受到"为政治服务"的文艺方向的鼓励——老舍的《春华秋实》写于1953年，而此后的包括老舍在内的整个中国文学的坎坷曲折，便是一种有力的明证。若说"停下来"，"停下来"的首先不是老舍，而是冯雪峰自己；他因揭露"反现实主义思潮"的荒唐，也因批评教条主义及人物形象刻画的政治化及概念化，而付出了沉重的代价。作为革命文学祭坛上的牺牲，付出沉重代价的何止冯雪峰。实际上，围绕新的人物形象或工农兵形象的塑造所展开的论争，或直接或间接，或尖锐或缓和，或起或伏或明或暗，始终在延续着，就是到了新时

---

① 转引自巴人的《是现实主义还是反现实主义？》，《文学评论》1959年第1期。

期，也没有因新的历史时代的降临而结束这种论争。

但无论怎样说，当我们纵观共和国文学史、特别是统览共和国前十七年的长篇小说时，也就不难发现，作家们还是竭尽全力地塑造了一批相对成功的，也吻合当时政治需要或读者期待的工农兵形象——作为性格的共通性及可能传达的"时代精神汇合"（不是周谷城先生所界定的那种"时代精神汇合"），这些人物大都具有某些相似或相近的特征，如勇敢坚定，朗健鲜明，感情朴素，积极向上，富有斗争性，执著追随社会进步，等等。其中的不少形象，或给当时的读者留下了难忘的印象，以致影响到他们的价值观的形成及人生道路的选择，或为当代文学的发展提供了一笔可供借鉴的财富，而某些惨痛的经验教训及审美失误，也可作为一种后来者的宝贵提示。

在共和国前十七年的工农兵形象塑造中，新时代的工人形象的刻画，若与"农"、与"兵"的领域相比，在整体上或在性格内涵的丰富及实现方面，要显得薄弱与贫乏一些。这自然与工人生活题材的创作长期处于不景气状态有关。尽管不少作家深入工厂，深入铁路、钢铁、煤炭等生产前沿，也写出了一些以工人生活为主要描写对象的小说，如《铁水奔流》（周立波）、《五月的矿山》（萧军）、《潜力》（雷加）、《百炼成钢》（艾芜）、《乘风破浪》（草明）、《在和平的日子里》（杜鹏程）、《风雨的黎明》（罗丹）、《浮沉》（艾明之）、《沸腾的群山》（李云德）等（与此同时，一些"工人作家"如胡万春、费礼文、唐克新及当了"右派"之后的工人陆文夫等，也写下了一批富有工人生活气息的短中篇小说），但实事求是地说，这些小说都不是也不可能是成熟之作。即便是被载入了当代文学史教材的《百炼成钢》，也难免留下包括阶级斗争理论在内的流行观念的痕迹，而作品对于工人形象、如主人公秦德贵等的刻画，更是因顾及当时的政治需要而不乏概念化或简单化的倾向（不过，在当时的长篇小说工人画廊里，秦德贵还算是一个比较饱满的人物形象）。这种工人形象塑造的整体格局之所以显得如此贫乏薄弱，其原因还不止于教条主义创造导向的制约，也与作家不熟悉工人生活或少有独到体验的"硬伤"有关。

能说明这种创作状态的，还有周而复的小说创作——《上海的早晨》（一、二部）同样是被载入了文学史教材的长篇小说。虽说作品描写了建国后党领导工人阶级对民族资产阶级与资本主义工商业进行社会主义改造的过程，或者说既写了工人阶级的斗争精神及成长过程，也写了资产阶级的抗争及被改造、被征服，但写得相对成功的则是资本家群落，而作品的描写重心也在资本家的抗争及被改造、被征服的过程，相比之下，工人形象的塑造则显得单薄逊色，且留有概念化的弊病。而这一类弊病的出现，与《百炼成钢》一样，除了教条主义及阶级斗争理论的牵引或影响外，同样与作家对于工人生活的隔膜及少有体验相关。不难感受到，《上海的早晨》在描写资本家生活的时候，可以做到有血有肉活灵活现，而在刻画工人形象时，则显得生涩而缺乏沉重的思情意蕴，似有依仗概念复制人物性格的味道。至此，也足以让人意识到，在共和国前十七年的文学道路上，"农"与"兵"的人物塑造之所以那样丰富多彩，在很大程度上是因为作家的生活准备充分的缘故。在这里，文学观念及文学素养固然重要，但在文学思潮飘忽起伏难以捉摸的状态下，作家们所拥有的那种富有"亲历"气息的生活体验，那种直接来自生活底层的现实理解，也许要比既定的理论观念显得更为重要：为政治服务是一个方面，源自生活本相的经验则又是一个方面。因此，我们不必简单地否认共和国前十七年的作家们在塑造工农兵形象（特别是"农"与"兵"的形象）方面所作出的努力；泥泞的道路已经成为历史，但历史是不可忘却的。

在共和国文学史上，钟情于农村题材的作家是最值得尊敬的。无论是受到怎样的政治因素的干扰或侵害，他们对于农民的感情是由衷的，对文学的追求是虔诚的，而创作态度的严肃真挚，也是当代文学史的一道令人回味无穷的风景。他们崇信毛泽东的"现身说法"，那就是"拿未曾改造的知识分子和工人农民比较，就觉得知识分子不干净了，最干净的还是工人农民，尽管他们手是黑的，脚上有牛屎，还是比资产阶级和小资产阶级知识分子都干净。这就叫做感情起了变化……要使自己的作品为群众所欢迎，就得把自己的思想感情来一个变化，来一番改造"。

　　在与工农兵大众的感情"打成一片"，潜心于农民形象塑造方面，我们不能不提到赵树理、柳青、王汶石、马烽等作家的创作。这些作家的创作成功，首先取决于他们对于农民生活体验准备的充分，或者说，作为当时小说艺术所可能抵达的最高水准，他们的创作之所以可能为中国文学的人物画廊添增或提供如此丰富的或众多的农民形象，是与他们深入农村生活底层、熟悉农民生存景况及当时的精神状态分不开的，譬如：

　　赵树理——自 1951 年后，一直在故乡太行山区深入生活，与农民同吃同住同劳动，参加了当时农村的建社、扩社、整社等；1964 年，他又正式回到山西，并为便于与基层生活保持联系，曾兼任中共晋城县委副书记……

　　柳青——且不说 1945 年前后，他在陕北米脂县担任过 3 年乡政府的文书，就说建国后，他长期地与农民生活在一起：1952 年安家于长安县皇甫村，并兼任中共长安县委副书记，经历过农村合作化运动的各个阶段……

　　王汶石——1942 年赴延安后，经历过整风运动、秧歌运动、大生产运动、土改运动和西北解放战争。从 1953 年起，他长期生活在关中农村，参加了农业合作运动及"大跃进"。1958 年还担任过县委副书记……

　　马烽——1956 年离京回山西；从 1958 年开始曾任中共汾阳县委书记处书记，长期深入农村熟悉农民生活……

　　当然，这里所列举的作家深入生活的方式，并不是唯一的或必须的方式——就熟悉底层农民而言，我们还可以有各式各样的其他途径。但无论是怎样的方式，这一过程之于农村题材小说的创作及农民形象的塑造，却是至关重要的，也十分吻合毛泽东的教导。正因为有了这个深入农村底层及熟悉农民的过程，所以才有了（或才可能产生）赵树理的王金生、王满喜（《三里湾》）、柳青的梁生宝（《创业史》）、周立波的刘雨生（《山乡巨变》）、李准的李双双（《李双双小传》），以及孙犁、马烽、王汶石、刘澍德等的短篇小说中的众多新时代的农民形象。这些农民形象确具有朗健鲜明、积极向上的特点；在品格上大都心向集体、大公无私；他们或是走社会主义道路的带头人，或是忠心耿耿跟共产党走的农民楷模，或是农村新风尚的体现者；在他们的社会关系及个性行为中，富有浓郁的农村生活气息及强烈的时代精神。作为事实，我们从作品中是可以很真切地感受到的。当然，在这些新的农民形象的塑造中，也留下了一些诸如阶级分析之类的流行观念的溃痕，或那种"政策对号"的概念化嫌疑，或自觉或不自觉，"从属于政治"的束缚也是无可避免的——而这一切，只能是留给文学后来者感叹的另一种事实了。

作为"兵"（官兵或军人）的形象塑造，以及由此而支撑起来的"军事题材小说"或"战争小说"，在共和国前十七年的文学发展中，也是一个出色的、受到读者青睐的领域——《铜墙铁壁》（柳青）、《保卫延安》（杜鹏程）、《战斗在滹沱河上》（李英儒）、《红日》（吴强）、《林海雪原》（曲波）、《铁道游击队》（刘知侠）、《战斗的青春》（雪克）、《烈火金钢》（刘流）、《敌后武工队》（冯志）、《踏平东海万顷浪》（陆柱国）、《红旗插上大门岛》（孙景瑞）（以上为长篇小说），以及峻青、王愿坚等的短篇小说。这些作品，都对战争中的人物形象塑造作出了很大努力，如《铜墙铁壁》中的石得富，《保卫延安》中的周大勇、王老虎，《红日》中的沈振新、梁波、刘胜、石东根，《林海雪原》中的杨子荣、少剑波、刘勋苍、栾超家、孙达德，《铁道游击队》中的李正、刘洪、王强、彭亮、林忠，《烈火金钢》中的史更新、肖飞，《战斗的青春》中的许凤、《敌后武工队》中的魏强、杨子曾，等等。这些描写战争生活的小说，创作上大都严肃而又通俗，那种传统写实方式，通常拥有一种迅速引领读者进入情景的魅力，并让那些处于严酷战争（或战场）状态中的人物深深地留在阅读印象中。应该说，"军事题材小说"（或战争小说）中的"兵"的形象塑造是相当成功的，特别是那些抗日战争中的英雄形象，更是鲜明地体现了机智无畏的民族精神。值得一提的是，小说中的这些"兵"的形象，不少曾因银幕艺术的再塑造而更具有影响力，甚至达到了家喻户晓的程度。从小说艺术的角度审视，这些"兵"的形象塑造，尽管留下了某些粗疏单一（平面化）或缺乏思情深度的遗憾，但其中的战争气息及人物个性刻画的栩栩如生，并因此而赢得了广泛的读者的呼应，却是值得文学史家们深思的。尤其是在作家与生活、或作品的形象塑造与社会阅读期待的相互关系上，是否存有一些启示性的或值得后人借鉴的携有某种规律意味的因素呢？至少应该注意到，这些"军事题材小说"（或战争小说）的作家，大都经历过战争的艰辛旅程，或亲身感受过炮火硝烟，因此在步入新的时代之后，强烈的创作冲动是自然而然产生的，而那些炮火硝烟中的"兵"的形象，往往是他们的切身感受或体验的一种概括提炼（甚至是一种"如实写来"）。可以说，是深厚的生活准备弥补了他们所必然具有的某些流行观念的束缚。

对于特定时期的文学创作，我们应该持具体分析的历史主义评价态度，或应该注意到作家创作所处的历史环境与作家所诉诸的努力及可能抵达的创造性。但我们也应该承认，共和国前十七年文学、乃至"文革"十年的某些作品中的工农兵形象塑造，朗健鲜明、富有时代气息或生活气息是一个方面；而人物性格内容的"净化"倾向，也是一个方面，而且是一个愈演愈烈的方面。就描写农民生活的长篇小说而言，《三里湾》（1955年）是较早出现的作品，此后便是《山乡巨变》（1958年）、《创业史》（1960年），再后则是同年问世的《风雷》（1964年）、《艳阳天》（1964年），直至"文革"中出版的《金光大道》（1972年），其中作为"主角"的农民形象的塑造，确是越来越"完美"，或越来越能体现"阶级本质"，而"净化"的倾向也越来越严重。即便如柳青这样的小说家，在塑造梁生宝这一最为"主角"的人物形象时，也没有摆脱"净化"倾向的制约——这，大约也是作为艺术形象的梁三老汉，要比梁生宝更丰富或更具美学价值的原因。顺便要说明的是，某些"当代文学史"的阐释中还提到了《虹南作战史》——论题材，是农村题材；论人物，自然是由农民充当"主角"，但严格地说，这一类"作品"是不能视作"文学创作"的；若要谈论，也只能是另一种视角的阐释。而在"军事题材小说"（或战争文学）领域，因为主要人物是"我军指战员"的特殊缘故，也因为其中的长篇小说大都是讲战斗故事的大众化作品的缘故，其中的人物或对于"兵"的塑造，更是被"净化"的气息笼罩着。就连《红日》（1957 年）这样的小说——只因是在人物刻画方面诉诸了一些个性化的生活内容，如团长刘胜的所谓感情用事，缺乏自制而容易冲动，以及某种"游击习气"等；又如连长石东根的鲁莽任性之类——便受到了当时的文学界的"批评"，如称转移途中"战士思想不通，连长不高兴，团长也闹情绪，甚至讲怪话，这不能不使人怀疑：毛主席的战略思想是否深入了部队？"认为对团长连长的刻画"消极面似乎太多了一点"……（参见《〈红日〉所体现的毛主席的战略思想》，《文学研究》1958 年第 2 期）"军事题材小说"对于"兵"的描写的"净化"倾向，一直延续或发展到《欧阳海之歌》（1965 年），实际上已不是"倾向"的问题，而是一种以"共产主义战士"为蓝本的或跟着某些现成概念行走的公式。

这种在工农兵形象刻画中所呈显的"净化"倾向，产生的原因当然是复杂的，但无一例外都与作家的创作环境有关，而且还往往是以自觉的"艺术追求"的形态出现的——毫无疑问，这首先是创作导向的牵引，如文艺从属于政治的观念，阶级斗争的理论，等等。但在具体的创作过程中，有两个方面的"权威观点"，对作家产生过积极而又具有负面作用的影响：一是所谓农民是"最干净"的，一是关于歌颂与暴露的"两者必居其一"的论述，要么是"歌颂"，要么是"暴露"——对这一观点的理解，一旦进入误区，就可能产生对"无产阶级"的描写是容不得半点"暴露"的创作导向（即便是缺点或弱点也不行，就如有人对《红日》中的关于团长、连长及战士的描写表示"怀疑"那样）。实际上，毛泽东文艺思想中的不少本属正确的观点——特别是不少产生于"战时"的观点，在实践过程中也被当时的政治需要所利用、所歪曲了。譬如说农民"最干净"的观点，其原意是希望作家艺术家深入社会了解大众；所谓在思想感情与工农兵打成一片，也不是为了证明农民的完美无缺（正如毛泽东在另一场合说过"严重的问题是教育农民"）；又如"歌颂"与"暴露"的观点，毛泽东只是就整体或就原则而论，并不是指对具体人物的描写不能这样或不能那样——其实，如《创业史》对梁三老汉的某种体现农民品性的"暴露"及转变的描写，说到底也是一种"歌颂"。

那种与"净化"倾向相关的文学导向，到了"文革"时期，便以恶性膨胀的方式演化为"三突出"的创作原则。只有在进入新时期之后，艰难的"正本清源"才开始启动——应该意识到，工农兵形象刻画的"净化"倾向，并不是因一个时代的结束而被清除掉的；只是作为文学对象工农兵，不再仅仅是工农兵，而是逐渐作为"人"而出现在创作过程（或作品）中了：即便仍然是朗健鲜明或富有进取精神，也是身置时代生活中的作为"人的过程"的朗健鲜明或富有进取精神了——只要是作为"人的过程"，"净化"的概念或"净化"的倾向，也就必然地趋于淡化或消失。应该说，这是一种巨大的观念突围，一种来之不易的等待了很多年的转折，或一种使文学真正接近文学的历史性的进步。

二、知识分子形象的"成长"特质

论及共和国文学中的知识分子形象塑造，或当你在当代小说的人物画廊里漫步巡视，必然会遭遇这样的难题：关于所谓"知识分子形象"的界定，即哪些人物是、哪些人物不是——虽则这种界定与作品的审美价值并无必然的联系，甚至可以认为不是我们所要谈论的文学问题（它也许是一个社会学问题），但我们得承认，这个问题并非与曾经发生过的文学思潮或文学观念无关（应该说是很密切），尤其是当我们在选择了"知识分子形象"的塑造这一特殊角度之后，那对"知识分子"这一概念（或范畴）作出相应的分析及界定，还是十分必要的。

何谓知识分子？从严格的或真正的意义上说，知识分子只能是一个人数有限的社会群体，但这一群体拥有一种其他社会成员很难具备的"性格"（或思想品格），即都以独立思想进行社会批评为职责。当然，知识分子必须具有成为知识分子的前提，或者说，知识分子首先是一些具备知识专长的人。他们可能是记者、律师、教授，也可能是作家、艺术家，或可能是科学家、工程师，以及各个领域的学者，等等。基于社会进步（诸如精神文明、政治清廉、国家管理有效之类）的出发点，他们通常具有相应的、与国家前途及公众利益共通的价值标准或衡估尺度，并以此批评与力图匡正种种有碍于社会进步的现象，或政治上的失误、腐败，或各种各样的涉及公众利益的不合理、不公正……从而有利于人类文明的推进，有利于人的尊严、人的权利、人的义务的普遍确立。在这里，"批评"是个中性词，因为他们也颂扬或提倡一些什么，但他们决不会放弃知识分子的独立品格及应尽的社会责任。在一种崇高使命的驱动下，他们并不一定"从政"（"从政"之后便可能出现社会身份的转移），但以各种方式"议政"、"参政"（即所谓"干预"），却是他们最重要的"性格"内容。可以这样说，一个具有知识专长的人，如果他的兴趣仅仅囿于知识专长的职业范围，既不关心政治，也没有对社会环境的种种不尽如人意的现象诉诸批评的欲望（或即便有也不表达），那是很难被称为知识分子的——知识分子的称谓是一种体现了社会良心的崇高荣誉。他们往往为国家前途而忧虑，为公众景况而焦灼，但他们又往往为此承担风险、甚至付出个人的代价。这，便是严格的或真正意义的知识分子。当然，也是现代意义上的"知识分子形象"的一种粗略描述。

但就"中国特色"而言，从现代到当代甚至到今天，人们往往把读过一点书的、做一点儿学问的、拥有某种科学文化知识的人，统统称之为"知识分子"，不同的只是有些是"无产阶级知识分子"，有些是"资产阶级或小资产阶级知识分子"，有些是"旧知识分子"，而有些是"新知识分子"……已有的历史过程往往让后人不可思议，但事实就是如此——而历史的惯性又是如此强大，至今，我们对于"知识分子"这一概念（或范畴）的运用，所沿袭的仍然是历史惯性推动下的这种传统理解——通常的或流行的理解，大半个世纪以来的约定俗成的理解。正因为如此，我们在阐释共和国文学史上的"知识分子形象"的塑造问题时，只能沿袭这种通常的流行或约定俗成的理解（即界定）；否则，这一问题即使得到某种极为勉强的论述，其过程也不仅难以接近或体现我们的论述宗旨，而且还可能陷入某种混乱状态。实事求是地说，即便是以这种通常的流行的或约定俗成的理解来发现及认定当代文学人物画廊中的"知识分子形象"，结果也是颇令人失望的。因为这方面的形象塑造实在是太少了——当然，其中的原因绝不是当代作家不熟悉的知识分子，或对知识分子的生存状态、特别是他们的精神景况缺乏体验，更不是对知识分子在漫长的革命旅程中的先驱作用，或在推动社会进步方面已经起到及还将起到的重大贡献缺乏了解，无论理性还是切身感受——谁不知道青年毛泽东就是一个典型的忧国忧民的知识分子，而作家写作本身也大都是一种知识分子行为？那么，在共和国60年的文学过程中，众多的作家为什么偏偏放弃自己最熟悉的生活领域，或放弃自己最富有的体验而没能写出更多的如《家》（巴金）、《围城》（钱锺书）那样的作品呢？事实上，从十九世纪到二十世纪，相当数量的世界名作都是以知识分子作为描写对象的，而中国的当代文学却有意无意地错过了这一充满了文学可能性的题材领域。不言而喻，所谓转变立场，改造世界观，走与工农兵相结合的道路，从而创造出朗健鲜明的吻合"时代精神"及政治需要的工农兵形象，是造成当代文学中"知识分子形象"匮乏的重要原因。但问题绝非如此简单，起码可以说，这不是唯一的或全部的原因。因为这种现象（作为历史）的出现，并不是一朝一夕的事——它是一种极为复杂的过程，特别是对于众多的作家来说，从不自觉到自觉，其中隐含着一种悲剧性的文学观念的"潜移默化"，一种思潮的开始与发展，或一种现实主义文学精神的曲折与坎坷——历史之于今天的中国文学，无论如何，是可以成为昭示或警喻的。

延安时代的以《讲话》为标志的文学主张，诞生于战争时期——那是一场抵抗日寇侵华暴行的战争，一场决定民族命运的残酷战争。面对这样的战争（或处在这样的战争状态下），无条件地倡导深入工农兵生活，塑造工农兵形象，讴歌工农兵的爱国精神与英勇气概，从而使文学成为"团结人民、教育人民、打击敌人、消灭敌人的有力的武器"——就当时的作家或全民族的生存环境而言，这样的"武器论"无疑是一种必然而又必须的选择（尤其是在战争岁月，精神的批判已让位于武器的批判，以启蒙为职志的知识分子已明显地处于整个社会生活的边缘；只有战争，才是中心的中心，而战争中的工农兵，才是打赢战争或结束战争的中轴力量）。这，便是文学之于时代的适应。不过"适应"本身就是一个变化发展的概念——当新的时代开始之后，还应该产生新的适应，无论是题材选择，还是人物塑造问题，都应该开创一种真正的适应时代审美需求的新局面。但我们并没有或没有完全做到。当然，对于文学来说，写什么人或选择怎样的角色作为塑造对象，并不是至关重要的事，因为塑造任何社会角色都可能创造卓越的作品。在这里，我们只是说，因为知识分子地位的"一如既往"，才直接或间接地影响到了文学中的"知识分子形象"的塑造问题，才使这个本不是问题的问题成了我们的关注对象。不难想象，这个问题及谈论这个问题的过程，必然携有只有中国文学才会产生的某些症候或特色，尤其是那种非文学因素所可能起到的制导文学的强大作用。但正因为如此，"知识分子形象"的塑造问题才能相对独立地成为一个窗口，即通过这个窗口而窥见当代文学旅程的风雨。

实际上，当走与工农兵相结合的道路、努力塑造工农兵形象的"既定方针"，在共和国创建前后（1949—1950 年）获得再一次确定时，同时也确定了"知识分子形象"在整个当代文学画廊中的可能性——从第一次文代会后提出的"资产阶级、小资产阶级"能不能作为作品"主角"的疑问及论争，到对萧也牧的"小资产阶级创作倾向"的批判，以及从与此同时开始的对电影《武训传》"讨论"的大规模的"重视"，到稍后开展的对胡风文艺思想的全国性清算，都使文学中的"知识分子形象"的塑造越来越趋于艰难，特别是在经历了"反右派"运动之后，知识分子几乎成了革命的对立面，因而更加难以作为真实的文学形象出现在作品中。作为观念形态的文艺作品，自然是一定的社会生活在人类头脑中的反映的产物。我们在共和国文学史上所读到的"知识分子形象"，以及那种不难感受到的很不正常的塑造状态或作家创作心理现象，也正是知识分子这一特别群落在当代社会的处境的一种极为真实的"反映"；或者说，谁想了解知识分子在当代中国的遭遇，那当代文学便可从一个侧面作出某些可靠的注脚。

以小说为例。从五十年代始，直至经"文革"而进入八十年代的复苏时期，在这三十几年的文学发展中，以知识分子为主角（或中心人物）的长篇小说不是很多，而称得上是优秀作品的，更是寥寥无几。尽管如此，我们还是可以把以知识分子为主角（或中心人物）的长篇小说分为三种题材类型：一是革命历史题材，一是当代现实生活题材，一是古代生活题材。就革命历史题材类型的长篇小说而言，不少知识分子是作为革命者出现在作品中的，而不是我们所说的"知识分子形象"，如《红岩》中的江姐等；只有如《小城春秋》（高云览）、《青春之歌》（杨沫），才可被认为是以知识分子为主角（或中心人物）的小说。关于以当代生活中知识分子或青年学生为主要人物的长篇小说则更少，从五十年代到八十年代初，也仅有汉水的《勇往直前》（1961 年）、张扬的《第二次握手》（1979 年）、焦祖尧的《总工程师和他的女儿》（1978 年）、程树榛的《大学时代》（1980 年）等。这样的创作态势的出现，不仅与知识分子在当时所处的社会地位相关（作为知识分子的生活现实），而且与一些以知识分子为主角（或中心人物）的作品所遭遇的批判或"批评"相关（作为创作的现实）。暂且不论五十年代中期对《来访者》（方纪）、《红豆》（宗璞）的批判，就如《青春之歌》这样的以讴歌革命为宗旨的小说，也遭到了批评（1958 年版）。如指责这部小说"充满了小资产阶级情调，作者是站在小资产阶级的立场上，把自己的作品当作小资产阶级的自我表现来进行创作的"；而且认为，"林道静从未进行过深刻的思想斗争，她的思想感情没有经历从一个阶级到另一个阶级的转变"。甚至说，林道静的入党"是严重地歪曲了共产党员的形象"，所描写的也只是"孤立"的学生运动，而没有走与工农兵相结合的道路，等等。[1] 这些荒唐的但又打着

---

[1] 参见《略谈对林道静的描写中的缺点》，《中国青年》1959 年第 2 期；《就〈青春之歌〉谈文艺界创作和批评的几个原则问题》，《文艺报》1959 年第 4 期。

"原则问题"旗号的批评意见的提出,对文学中的"知识分子形象"的塑造,所产生的负面影响是可以想见的。尽管文艺界的很多人对这种"革命高见"持不同看法,但也难以抵消其恶劣的反文学性及思想误导作用。这种有形无形的强大力量,至少使"知识分子形象"的塑造变得越来越敏感,也越来越难以按照生活的本相及文学原则来塑造作家自己心目中的"知识分子形象"。《青春之歌》自 1958 年出版后,就在展开"讨论"的当年(1959 年),作者也就对小说作了很大的修改,增写了林道静从事农村革命活动及北大学生运动的大量章节。实际上,《青春之歌》一出版之所以受到读者、特别是青年读者的喜爱,在很大程度上是因为小说比较真实地描写了特定历史时期的青年学生的特定生活——作为动荡时代的知识分子的各式各样的生存形态:他们的分化与组合、团结与斗争、欢愉与苦恼、进步与沉沦、动摇与徬徨、依恋与离异,都可能强烈地拨动读者的心弦。应该说,这也是小说之所以拥有魅力的重要原因。至于作者在再版时所作的大量修改或增写,恰恰是对这种富有原生风貌的艺术魅力的破坏——在九十年代的今天,这一点可以看得更清楚了:不是别的,就是在"知识分子形象"的塑造中所普遍贯穿的诸如转变立场、改造世界观、走与工农兵相结合的道路之类的"既定方针",以及那种与此相关的谁也无法突破的模式化倾向,根深蒂固地制导着我们的创作。即便是到了七十年代末至八十年代,这种模式化的倾向也没有得到根本性的改变——我们从《总工程师和他的女儿》、《大学时代》乃至属于革命历史题材的《北国风云录》(马加)中所读到的"知识分子形象",仍然没有摆脱先前的理解与刻画上的惯性。

从五十年代到八十年代初,若论"知识分子形象"的塑造及作家的自主性,倒是有这样几部长篇小说值得注意的(按出版年代)。首先是高云览的《小城春秋》,也许是因为作者是五十年代初才回国的进步作家的缘故,所以较少"既定方针"的束缚;其作品中的主要人物四敏、剑平,一出场便是成熟地走上了革命道路的知识分子形象,其中并无"成长"的过程;若说"成长",则是作品中的秀苇,但秀苇并不是小说中的"主

角"。《小城春秋》就"知识分子形象"的塑造及人物布局来说，在当代
文学的发展过程中还是不多见的，甚至可以说，在知识分子的个性刻画方
面，要比再版的《青春之歌》少一些概念化或模式化倾向的侵扰及制导。
另一部值得注意的小说，便是写作及传抄于"文革"时期，经修改充实
后于七十年代末出版的《第二次握手》：作品虽则写得粗疏而不甚成熟，
但它触及到了中国知识分子的精神寄托与感情归宿，触及到了他们的坎坷
曲折的命运，特别是在命运描写中，让人感受到了一种积聚已久的抗议或
思考。作品甚至借人物之口道出了这样的充满政治色彩的"劝喻"："我
非常痛感在又穷又大的中国，知识分子不是太多了，而是太少了……首先
就不能把他们当敌人或闲人，必须把他们当作自己人，当作同志，当作革
命战友，尽力接近他们，努力了解他们，热情关怀他们。"这种说法不无
为执政者着想的意味，但其中的忧患及不满也是很容易感受到的。不言而
喻，作品所弥漫的思绪，在当时的文学气候中是绝无仅有的：它们属于作
者自己的或时势可能达到的方式，比较真实地倾诉了逆境中的知识分子的
心声，具有一种划时代的意义。还有一部长篇小说，便是李准的《黄河
东流去》（1981 年），作品很有特点地塑造了一个乡村知识分子的形象：
徐秋斋。作为小说中的重要人物（或中心人物），徐秋斋浪迹江湖，见多
识广，出身贫寒却又受过中华民族古老文化的熏染，因而在他的性格内容
中，不仅折射出传统知识分子的正义与智慧，而且集中体现了底层劳动者
的某些精神品格。即便是从"知识分子形象"多样化的角度审视，徐秋
斋也不失为一个独特的人物，或一个充满了新鲜感的脱离了模式化倾向的
人物。

纵观从五十年代开始的文学创作，"知识分子形象"究竟是一种怎样
的角色呢？无非是"陪衬"的角色，或是被改造、被锤炼的角色，但无
论充当何种角色，"成长"则是形象完成过程中的"中心词"或"主题
词"。当然，任何人物都可能拥有"成长"的过程，但对于"知识分子形
象"的塑造来说，这里所说的"成长"自有其特定的含义，或者说，"知
识分子"的"成长"携有绝对被动的性质，其被改造、被锤炼的程序是

早就被规定了的。譬如说，"知识分子形象"开始总是被"资产阶级、小资产阶级情调"笼罩着，必须转变立场，必须与工农兵打成一片，必须走与工农兵相结合的道路，然后才可能成为革命者，才可能实现世界观的改造。也正是出于这种既定的"成长"程序的规范及导向，才会对林道静的"成长"描写产生出种种不满，也才会有作者对《青春之歌》的大规模修改与增写——为解决"走与工农兵相结合的道路"的问题；小说安排了林道静赴深泽县大劣绅大地主宋贵堂家当家庭教师的情节，让她在自我批判中消除长工对她的误会，让她在东家房上观看远处农民抢收麦子的情景……而林道静的"阶级立场"怎样得到"转变"呢？小说设计了一个人为的少有逻辑性的"过程"，并增写她的心理活动，甚至不惜向长工说明自己也有贫农的血液等……为了充分开展"复杂尖锐的思想斗争"，让林道静的自我批判具有无产阶级的参照，小说还增添了"姑母"与许满屯这两个很概念化的人物……凡此种种，目的只是为了使林道静这个"知识分子形象"的"成长"，更符合"既定方针"的规范，更能体现"成长"这一"中心词"或"主题词"的含义。《青春之歌》的创作历程，只是一个很典型的例子。而这方面的创作思路，直到八十年代初期仍然被沿袭着——只有到了把知识分子真正当作审美对象或当作"人"来看待及感受的时候，这种"成长"的思路才被逐渐淡化了。特别是到了九十年代，仍有一些长篇小说以知识分子作为自己的描写对象，如张抗抗的《赤彤丹朱》、李锐的《万里无云》、贾平凹的《高老庄》等，但可以觉察到的是，这些小说并没有把知识分子当作所谓的"知识分子形象"来塑造，而是当作具体的"人"来刻画的——这都是一些具有鲜明社会烙印或时代精神特征的人。实际上，这些具有特定性格内容的人是不是知识分子并不是最重要的；最重要的，或者说作品所要追求的，是一种人的处境，一种隐含着丰富社会历史意蕴的人的生存状态。其结果，也就从根本上摆脱了"成长"的规范，或不再具有那种必须的诸如"转变立场"、"改造世界观"之类的塑造程序。至此，我们才可以说，"知识分子形象"的塑造（或任何其他身份的人物形象的塑造），总算走上了接近文学的轨道。

在这里，还可涉足一类与"知识分子形象"相关的小说，即所谓"右派生活题材"的小说。这一类创作，以张贤亮的作品最具代表性。但张贤亮的创作（如《绿化树》《男人的一半是女人》等），与其他曾当过"右派"的作家一样，很难跳出被改造过程影响过的生活经验的局限，因而所塑造的"知识分子形象"，大都是一种被迫害过程的再现，或很难撕开曾被扭曲、曾被摧残过的灵魂，并以此揭示"人的过程"，并展现那种富有历史感与现实感的人的生存状态的悲怆壮烈。直到八十年代末，张贤亮写出了长篇小说《习惯死亡》，而并没有当过"右派"的作家南豫见，则创作了《生命原则》，才翻开了"右派生活题材"小说创作的全新一页——与上面所涉及的张抗抗、李锐、贾平凹的小说创作一样，知识分子不仅仅是知识分子；也可以说在这些全新的"右派生活题材"小说中（其中也包括莫言、尤凤伟的某些中长篇小说），无论是知识分子身份还是"右派"身份，只是题材选择上的一点儿特殊性，当然，人物塑造是否拥有真正的知识分子品格，也不是创作的终极目标；真正的美学目标在于，经由"人的过程"的描写而抵达更富有传达意蕴的思情彼岸。不言而喻，若要谈论当代文学史上的"知识分子形象"的塑造问题，新时期（乃至将来的）涉及"右派生活题材"的创作，必然是一个无法绕开的领域；同时也是一个洞察共和国文学进步的重要窗口。

还有一个领域不应该遗忘，那就是作家们在极为艰难的情况下所创作的以古代或近代知识分子为对象的历史题材小说，作为一种富有现代文学传统的小说方式，在五十年代几乎走到了绝迹的边缘。到了 60 年代，我们才倾听到了与"知识分子形象"的塑造相关的这一题材领域的声音：如陈翔鹤的《陶渊明写〈挽歌〉》、《广陵散》，黄秋耘的《杜子美还家》等。无论是陈翔鹤还是黄秋耘，都是文化修养及文学素质很高的作家，因而在这些作品中，颇能感受到古代知识分子所遭遇的社会磨难及精神摧残所隐含的现实意义；又因为描写对象是古代知识分子的缘故，所以也就免去了所谓"成长"的模式化程序，反而更接近社会人性的真实，所塑造的人物性格，似乎也更富有"知识分子形象"的精神气息。甚至从寓意上说，这些小说中的人物，要比革命历史题材或当代生活题材小说中的"知识分子形象"，更具有知识分子的特质，或更靠近真正意义上的"知识分子"范畴。进入八十年代后，更是出现了长篇小说《戊戌喋血记》（任光椿）、《醉卧长安》（马昭），等等。《戊戌喋血记》的"主角"是谭嗣同——作为那个时代的"知识分子形象"，谭嗣同不可能没有局限，但他在特定的社会变革情势下，以鲜血与生命尽到了一个知识分子应尽的崇高历史使命，作品的现实感是很容易感受到的。而《醉卧长安》的"主角"则是诗人李白，小说对于李白不畏权势及傲视名利的品格，同样诉诸了与"知识分子形象"相近的精神揭示：他不仅是诗人，而且富有政治抱负，充满了为国计民生做一番事业的渴望。当然，他首先是一个有人格有尊严的人，所谓"人，要活一口志气"，便是他作为一个真正的人的标志。正是从这一意义上说，《醉卧长安》中的诗人李白，被称为古代社会的"知识分子"是很贴切的。而我们的以当代知识分子为描写对象的作品，所缺少的便是这种李白式的精神气质与人格锋芒。这种类似于谭嗣同或李白的"知识分子形象"，在当代生活题材的创作领域中，毕竟是太少了一些。

三、"英雄典型"的身份与类型化

走与工农兵相结合的道路，在前行的旗帜上，又始终如一地标志着刻画新的人物的主张——说到底，就是要塑造具有革命现实主义光彩的"英雄典型"。也许在传统理论的解释上，塑造"英雄典型"自有其相对的合理性，所以即便是经历了"文革"的恶性发展及某种崩溃之后，但这一主张通过各种包装或新的诠释，至今依然具有一定的文学号召力。而不少作家也依然遵照这一主张千方百计地塑造着新的属于改革时代的

"英雄典型"。譬如《乔厂长上任记》中的乔光朴,大约可算是新时期较早出现的焕发着改革时代光彩的"英雄典型"了。

在共和国文学史上,"英雄典型"问题总是与人物的性格刻画联系在一起的。不管当代社会出现怎样的动荡或变革,创作中的人物形象一直是无可回避的中心课题(或焦点问题)。在当代文学所经历的几十年的坎坷曲折之中,不论是谈论文学的"思想性",还是探讨文学的艺术前景(或使文学更加接近文学),抑或是剖析文学道路的"成就"和"失误",乃至批评创作的公式化、概念化之类,都会涉及包括"英雄典型"在内的人物刻画问题。一部《创业史》,从60年代初至今,出版时的"争议"也罢,姚文元之流的"大批判"也罢,八九十年代直至新世纪以来的重新评价也罢,谈论的焦点还是关于梁生宝、梁三老汉等人物形象的刻画,以及与形象相关的典型性问题。人物形象刻画的优劣成败,决定着作品的优劣成败,这似乎已经成为一种无可怀疑的文学判断尺度。因此,"英雄典型"的刻画与怎样完成"英雄典型"的刻画,也就很自然地成为一种文学标志。特别是在新的人物形象的净化倾向日趋严重的情势下,"英雄典型"的塑造更是一道引人注目的风景。

一部共和国文学史(特别是前十七年的文学史),几乎就是一部努力塑造"英雄典型"的历史——从战争题材(军事题材)到农村生活题材,从小说到诗到报告文学,也确实给共和国的人物画廊里提供了相当数量的"英雄典型"。其中不少人物或抒情主人公形象,则因顺应时代潮流或塑造的生动丰富而成为一种精神品格的象征,并由此活跃在中国人的感情生活中。实际上,每个时代,每个民族,都有与读者期待息息相通的英雄;没有自己英雄的时代是不可思议的时代,而没有自己英雄的民族,也许就是处在衰落无望中的民族。可以说,塑造"英雄典型"是一种很必然的文学行为:东方是如此,西方也是如此。关键只在于怎样的人物才是"英雄"?而"典型"的含义及诠释又是什么?

从严格的学术意义上说,"典型"这一概念应该归属于哲学,或首先是一个哲学范畴,而不是文学的范畴。当然,在一般的文学理论批评中,使用哲学的（或社会学的、文化学的乃至政治学的）概念，也是很常见的现象，但"典型"（包括"英雄典型"）是否可能成为文学创作的重要范畴，或成为某种文学理论系统的重要构成（如某些文艺理论教科书总有阐释"典型"问题的章节），也许是值得重新思考的。特别在回顾共和国的文学旅程时，对于"典型"的重新思考可以帮助我们认识一些从来没有表示过疑惑的问题。以前，我们在谈论"典型"问题时，经常引证恩格斯的《致玛·哈克奈斯》中的一段话："据我看来，现实主义的意思是，除了细节的真实外，要真实地再现典型环境中的典型人物。您的人物，就他们本身而言，是够典型的；但是环绕着这些人物并促使他们行动的环境，也许就不是那样典型了。"① 这段涉及现实主义定义的话，所表达的主要意思是现实主义的真实性问题，而不是"典型"问题；"典型"是表达过程中所运用的哲学概念，因为"典型"本身并不体现文学或文学创作中的特别性。另一段经常被引用的"语录"则出自恩格斯的《致敏·考茨基》："……每个人都是典型，但同时又是一定的单个人，正如老黑格尔所说的，是一个'这个'，而且应当是如此。"② 这里也是以哲学思维的方式谈论了一个很重要的文学问题、即人物刻画（也应包括英雄塑造）的个性化问题，而"典型"也是一个论述中被运用得很纯粹的哲学概念。哲学可以包括文学理论，但决不能代替文学理论，因代替的结果必然是丧失文学（尤其是文学创作）本身的审美特质。至此，我们还会想起毛泽东《在延安文艺座谈会上的讲话》中的那段同样令中国作家难忘的话，即"文艺作品中反映出来的生活"，应该"比普通的实际生活更高，更强烈，更有集中性，更典型，更理想，因此就更带普遍性"。这便是毛泽东从《矛盾论》中演绎出来的文艺辩证法。毫无疑问，共和国文学史上（尤其是前十七年）的"英雄典型"观念，以及与这一观念相关的大量创作，最重要的制导作用，则来自毛泽东的这一文艺辩证法，而对

① 《马克思恩格斯列宁斯大林论文艺》，人民文学出版社 1980 年版，第 147 页。
② 同上。

于其中的"更"（即"更高，更强烈，更有集中性，更典型，更理想……"）所作的引申及自觉不自觉的误解和曲解，则给"英雄典型"的塑造带来了相应的折损或负面影响。我们应该坦诚地承认这一事实——尽管在"英雄典型"的塑造方面所取得的成就同样是事实。

在开国头十七年，真正探讨过"典型"问题的是1956年，其背景则是"双百"方针的提出，而其中最能让人感到宽慰的是，此次探讨的"典型"不止于"英雄典型"，则是对人物形象及其性格刻画的比较接近文学本身的一次探讨。但在这次探讨之前的一些"讨论"中，实际上已经涉及了"典型"或"英雄典型"的问题。譬如在五十年代初的"社会主义现实主义"的学习过程中，就提出过"创造英雄人物"的严肃课题。作为一场"讨论"，第一篇文章为陈荒煤所写，题目是《为创造新的英雄典型而努力》（《长江日报》1951年4月22日）。这篇文章的题旨甚为良苦，在很大程度上是针对当时已经出现的某些公式化倾向的，但（包括后来一些文章）所开的"良方"，却又陷入了新的"主题先行"或新的概念化之中，譬如称"歌颂"是"发展方向"之类，又如"英雄典型"要充分表现毛泽东的"战略战术思想"，等等。在这次相对持久的讨论中，比较接近文学本身原理或规律性的文章，要推冯雪峰的《英雄和群众及其他》（《文艺报》1953年）。冯雪峰说："不可以把先进分子和英雄们从实际生活的矛盾冲突中孤立开来；不可以把他们从他们所反映的伟大社会力量（即群众）中孤立开来；不可以把他们从现实的历史前进运动的力量和方向上孤立开来。"他还提出了要写好否定性人物与转变人物的主张，而实际上还是为了更好地实现"英雄典型"的塑造；他竭力反对"典型化"过程中的不着边际的"理想化"倾向。事实证明，冯雪峰的"典型"观念，不仅在当时具有现实意义，而且还富有一定的预见性。但这种"新英雄人物"的讨论，后来的矛盾焦点基本上集中到了这样两个方面：一是关于"英雄人物缺点的描写"，一是如何"反映矛盾冲突"。"讨论"自然是肤浅的，而且不可抵抗地被时势扭曲，即便是1956年的"百花"季节，也没有扭转这种越来越概念化的局面。而到了60年代，认定"英雄典型"的塑造是文学的"重要任务"或"最迫切的任务",以及"英雄典型"不能有品质缺陷等观点,已经相当流行并占据着文学发展的主导地位。

还应该看到,与"英雄典型"的塑造理论同步发展的是对于一些作品及人物的批判,如五十年代的《关连长》(朱定)、《洼地上的"战役"》(路翎),而这些人物的"问题"就在于描写了性格的复杂性及在当时被认为的"缺点",一句话,没有塑造高大完美的能体现军人最高精神境界的"英雄典型"。显而易见,这方面的"批判"(包括60年代对《红日》等小说中的某些军人形象的"批判")给作家留下的负面影响是持久的。直到1964年,《文艺报》发表了一篇题为《十五年来资产阶级是怎样反对创造工农兵英雄人物的?》的概述性文章,该文从1949年讨论"小资产阶级可不可以作主角"说起,对多年来所开展的关于"新英雄人物"的探讨,基本上作了全面的否定,认为这方面的探讨都是"同表现工农兵的任务相对抗"的,都是"形形色色的资产阶级、修正主义理论",而且全部肯定了那些已被非议过的诸如简单化、公式化、概念化,以及只要"思想"不要艺术的创作倾向,其中自然包括了关于"英雄典型"塑造的一些荒唐观点,如个性"只能"是"阶级性、党性在不同人物身上的具体表现"等。彼时彼刻"根本任务论"及"三突出"的创作原则,已呈现出即将破土而出的势头了——若不割断历史,那我们就不难发现,本可以深入探讨的"英雄典型"的塑造问题,一旦被持久地误导、歪曲,并被纳入为政治服务的轨道,恶性膨胀也就变得不可避免了。

塑造"英雄典型"的道路之所以越走越窄,最终走进了"根本任务论"及"三突出"的死胡同,关键的原因便在于,长期以来,我们把"典型"或"英雄典型"与流行一时的"阶级论"、"本质论"混为一谈,甚至把"典型性"与"代表性"看作是同一种概念。这种因为"阶级论"、"本质论"及所谓"代表性"观点的参与或制导,"英雄典型"的塑造也就陷入了严重的模式化的泥淖之中,而在具体的创作中(尤其是在长篇小说创作中),"英雄典型"的身份或在阶级对立中所处的地位,便成了不可忽视或必须重视的问题——在战争文学（或军事题材文学）中，谁是军事指挥员，谁是政治工作者，谁是基层干部，谁是苦大仇深的士兵……尽管都倾注了刻画"英雄典型"的笔墨，但塑造的分寸及走向却是不一样，因为各种身份的"英雄典型"，不仅是某种政治力量、如党的领导的象征，同时也可能依据不同的身份及阶级出身，赋予不同的阶级觉悟：或"代表"某种"新的阶级力量"，或"代表"在党的哺育下的成长，等等。总之，在身份与"英雄典型"的塑造之间，有形无形地存有一种由政治意识支配的默契或制约关系。譬如《保卫延安》，其中的重要人物之一是彭德怀、周大勇、李诚。彭德怀是"真人"，在作者所处的写作时代，其"代表性"及必须要体现的"本质"，决定了作品对这位高级军事指挥员的刻画；在具体的刻画过程中，小说还得描写及揭示毛泽东与党中央的直接领导（"舵手"作用），并使人物（彭德怀）成为忠实贯彻与运用毛泽东军事思想的楷模。这确实是由"英雄典型"的身份决定的：彭德怀不仅仅是彭德怀；他是毛泽东军事思想的"代表"或体现者，同时又是党的化身。小说必须这样塑造彭德怀，除此别无选择，而小说也是严格依据这样的逻辑来刻画彭德怀的。在这里，似乎没有可供商量的余地，而任何别出心裁的塑造逻辑（包括描写人物的缺点之类），都可能受到严厉的惩罚——即便政治时势发生了变化，如现实生活中的彭德怀受到了批判，或因他没有资格"代表"（体现）毛泽东军事思想了，他的历史身份也不是从前的彭德怀了，所以小说中的作为"英雄典型"的彭德怀，仍然逃脱不了被批判的厄运。在"英雄典型"的身份与"英雄典型"的"代表性"或"象征"之间的关系上，彭德怀这一形象也许是个特殊的例子，但特殊中仍然隐含着必然性，仍然传达着极为鲜明的时代特点。不言而喻，《保卫延安》中的其他"英雄典型"的刻画，也只能是如此。如周大勇，他是受尽地主压迫，然后参加革命队伍的战士，而他的这种身份，决定了他是千千万万普通战士的化身及象征。于是，在他的性格内含中，便富有"代表性"地凝集着千千万万普通战士的革命精神及顽强朴实的品格，而他的成长过程——从普通战士到战斗英雄到出色的基层指挥员，同样是千千万万普通战士成长的缩影。那么，另一个"英雄典型"李诚呢，他是基层政治工作干部，因而他的"代表性"，便在于体现党的政治工作的传统，在于以个人的性格魅力传达党的精神力量的伟大与正确；他具有崇高的共产主义觉悟，克己奉公，无私无畏，情操高尚，灵魂纯洁……在他的精神境界中，融党的化身与个人品格为一体，充分透露出"英雄典型"的身份所隐含、所起到的制导作用及性格刻画的牵引力。

这种把"英雄典型"的身份与性格内容的揭示（或设计）捆绑在一起的塑造思路，当然不止于我们所论及的《保卫延安》。在这之前或之后，很多战争小说或革命历史题材小说，也同样普遍地存在着，如《铜墙铁壁》、《三千里江山》、《铁道游击队》、《林海雪原》、《红日》、《红旗谱》、《青春之歌》、《红岩》等。就一般逻辑而言，无论是"英雄典型"的塑造，还是其他类型的人物性格的刻画，人的身份或在阶级对立中所处的地位，必然与性格形成拥有相应的内在关系，但当这种关系被过分强调或夸大，并蜕变为所谓的"代表性"，或以"代表性"取代"典型性"，那就势必形成一种既定模式，或一种大同小异的"现成思路"，甚至走上一个阶级一种典型、一种身份一种品格的极端公式化的道路。在不少小说中，"英雄典型"的塑造因过分顾及身份而往往导致"事与愿违"的局面，即越想使某些"英雄典型"高大完美起来，可最后的效果却往往高大完美不起来，就如《保卫延安》之于彭德怀及李诚的刻画，无论怎样"提拔"也达不到周大勇的生动程度。其原因就在于前者受"英雄典型"的身份牵制过大，很难自由地放飞自己的文学想象，而后者的形象塑造，则是从苦大仇深的农民开始的，其间拥有一个相当丰富的成长历程。

这种不尽如人意的人物塑造现象，不仅存在于战争文学或革命历史题材的小说，而且也影响到了农村题材小说的创作。如果我们把《三里湾》中的王金生（党支部书记）、《山乡巨变》中的邓秀梅（县团委副书记）、刘雨生（合作社社长）、《创业史》中的梁生宝（民兵队长、互助组带头人）等，同样看作是"英雄典型"——事实上，他们也确是特定的社会变迁进程中的"英雄人物"；他们大都具有无私无畏、坚定顽强的精神品格。但这些"英雄典型"，在很大程度上承担了党的农村经济政策的执行者，或"代表性"地体现了党在农村的作用及影响力。直至1980年版的《中国当代文学史初稿》（人民文学出版社）还直言不讳地赞扬了《三里湾》对于王金生的塑造："作者写出了以党支部书记王金生为代表的先进农民集体的力量……"又说："党支部书记王金生一家，是这支力量的代表……"但小说人物的实际塑造中，生动而又富有思情含量的，并给读者留下深刻印象的人物，并不是王金生，而是范登高、糊涂涂这样的不是"英雄典型"的典型人物。《山乡巨变》与《创业史》对于"英雄典型"的塑造，基本情景也大致如此：邓秀梅、刘雨生不如亭面糊、陈先晋，梁生宝不如梁三老汉，而这里所说的"不如"，其重要的原因或原因之一，便是受到了"英雄典型"身份的牵制，或者说，是因为身份的缘故，所以在刻画他们"英雄性格"的时候，往往难以进入复杂的立体的或富有人性意味及感情色彩的塑造境界。在《山乡巨变》中，作为"运动中的党的领导者形象"的邓秀梅，虽则也写到了这位女性的爱情及同情心，并竭力使她的个性活跃起来，但关于她的全部刻画，最终也没有摆脱那种因身份而导致的"政治性"统帅"个性"的套子。在共和国头十七年的农村题材小说中，人物关系的布局几乎形成了一种约定俗成的模式：即总是有"党代表"，总是有"先进农民"（以上作为"英雄典型"），总是有转变中的"落后农民"，总是有兴风作浪的"阶级敌人"，而当小说描写一旦陷入这样的人物关系的布局，性格刻画也就被人物的身份带着走了。在这方面，《艳阳天》、《金光大道》，是最能说明问题的标本。

由于我们过于看重"英雄典型"的身份及可能"代表性"或象征，也就在很多时候贻误了刻画的契机。总结这方面的经验教训，或许有两点是值得汲取的：一是塑造"英雄典型"并不是最终的艺术目的；不难想见，"根本任务论"在艺术上的荒谬，也正是在这里（当然，最重要的是为其政治服务）。就我们至今可能达到认识水平而言，塑造"英雄典型"是为了表现英雄主义精神的说法，似乎离文学的特质更靠近一些：即便是一部塑造"英雄典型"的小说，英雄主义精神也只能是一种艺术传达的旋律。另一值得汲取的经验教训是，那便是"英雄典型"塑造的可能性问题，特别其中所必需的过程，"人的过程"及人性人情的过程，使英雄成为英雄的过程，即便是英雄失败的过程，英雄蒙受苦难或遭遇折磨的过程。如果我们真正把"英雄典型"看作是一种"人的过程"，并尽可能摆脱身份的制导或牵扯，那作品的现实感及引人入胜的魅力，势必会得到强化。

共和国 60 年的文学史，按照"英雄典型"的身份来刻画人物性格，并以此象征"英雄典型"的身份所"代表"的某种政治力量及社会格局中的地位（如党支部书记"代表"党的领导，先进农民"代表"新的阶级力量或社会发展趋势，等等），可以认为是半个世纪以来的文学创造的重要误解之一；而这方面的误解，不仅在以往的文学岁月中严重地存在着，即在进入新时期的八九十年代，也同样存在着。尤其是那种"党的领导是这样的吗"的判断逻辑，绝不能说已经销声匿迹；而为"英雄典型"而"英雄典型"的叙述路数，仍然泛显着"根本任务论"的残痕，而这种波及到作品思情、艺术质量的"遗风"，在某些改革小说中表现得尤为明显。

但八十年代以来的文学创作，总趋势是"淡化"了"英雄典型"的文学概念，对"典型"的理解也更进了一步。不过，这里所言称的"淡化"，目的并不是为了瓦解"英雄典型"的塑造，而是为了更接近文学、更能体现生存本相——身份的影响依然存在，但为的是传达一种与生存本相吻合的精神状态，其中自然包括英雄主义精神。即使是"非英雄化"的思路，在很大程度也是为了反拨传统的对于"英雄典型"的误解或歪曲，甚至是为了对抗"三突出"创作原则造成的危害，或为了真正创造新的具有英雄主义精神的典型。我们已经看到，像《红高粱》、《北方的河》、《沉重的翅膀》、《白鹿原》、《第二十幕》、《英雄无语》这样的小说，虽没有塑造原来意义上的"净化"的高大完美的"英雄典型"，但贯穿叙述之中的英雄主义精神或渗透着"中国特色"的民族性品格，却是可以实实在在地感受到的。这，便是文学巨大的进步。

四、"中间人物"的策略性命名

"中间人物"这一概念，作为"策略"的结果，是地地道道的中国特产，也是共和国文学史上一种很值得玩味的记录。

实际上，就文学的表现而言，人物刻画是无所谓区分正面、反面、"中间人物"或"转变中人物"的——无论是现实主义的创作，还是充满现代精神的创作，都必然是如此。在前面已经说过，人物塑造只是一种途径、一种过程，而不是审美的终极目标。这也是"雅文学"与"俗文学"的一点儿差别。

文学创作中的人物形象的艺术力量产生于性格刻画的可能性，即形象自身的描写与表现，而决不取决于被刻画的人物的身份、阶级属性、社会地位或所谓"好人"还是"坏人"，先进人物还是落后人物，抑或是"转变"中的"中间人物"。这些都是无关紧要的。然而，即使是在九十年代的小说创作中，因受"净化"倾向的影响，也受由来已久的正面人物必须占主导地位的庸俗文学观的侵害，那种主张"光明"要压倒"黑暗"的意识依然存在（所谓在一部作品中要讲求"光线比例"）。因为探讨"中间人物论"的产生及这一概念的内含，不仅有利于当代文学史的梳理，对今天的文学现实也是一种很微妙的提醒。特别是，鲁迅先生创作《阿Q正传》的时代，并不存在"中间人物论"的问题，而到了共和国时代，反而小心翼翼地提出了这样的问题……说到底，这是对当时的"革命现实主义"所提出的某些规范的戒拒：公开的抵制是行不通的，也是无效的；以现在的眼光回眸，"中间人物论"或许是最好的选择了。

"中间人物论"之所以引人注目，那是与1964年对这一主张大张旗鼓的批判运动分不开的。那一年的《文艺报》8、9期合刊，曾以编辑部的名义，发表了《"写中间人物"是资产阶级的文学主张》，以及《关于

"写中间人物"的材料》，对邵荃麟于 1962 年在大连农村题材短篇小说座
谈会上的讲话，展开了断章取义的"大批判"。其实，邵荃麟的所谓"写
中间人物"并非讲话的重点内容，对于"中间人物"也没有作出严格的
定义；相反，邵荃麟所护卫的仍然是"革命现实主义"的文学旗帜。他
只是针对那时的小说创作只重视"新英雄人物"的塑造，而"正面人物"
与"反面人物"的"一刀切"的创作思维流行，是这种单一化、概念化、
公式化的创作现象，才使邵荃麟提出了在英雄人物与落后人物之间，还存
在着"中间层"的看法：所谓"中间大、两头小"，英雄人物与落后人物
是"两头"，而"中间状态"是大多数。仅此而已。但这种"写中间人
物"或"写转变中人物"的创作主张，与当时极力提倡的"创造英雄人
物的任务"，或"社会主义文艺创作的最主要、最中心的任务"，不能说
不存在某些相对抗的因素，所以遭到批判也是很自然的事。但实事求是地
说，邵荃麟在大连的讲话并没有否定塑造英雄人物的重要性，而只是同时
强调了人物形象刻画的多样性。况且，毛泽东的《在延安文艺座谈会上
的讲话》也提到了，"革命的文艺，应该根据实际生活创造出各种各样的
人物来，帮助群众推动历史的前进"；毛泽东要求文艺工作者"一定要把
立足点移过来"，但说的仅仅是"立足点"，因为毛泽东也强调过"观察、
体验、研究、分析一切人，一切阶级，一切群众，一切生动的生活形式和
斗争形式，一切文学和艺术的原始材料"，而这"各种各样"及"一切"
之中，也就包含了"中间人物"或"转变中人物"。从这一意义上说（或
以今天的眼光审视），邵荃麟的观点并不与毛泽东的文艺思想相抵触，真
正对抗的是当时的流行观点。这里所说的流行观点，其实也就是文坛上的
官方观点——如上所述，邵荃麟被扣上了宣扬"写中间人物论"的资产
阶级帽子，并受到了空前规模的批判。首先是《文艺报》的那篇《写
"中间人物"是资产阶级的文学主张》，之后又有姚文元的长篇大论《使
社会主义文艺蜕化变质的理论——提倡"写中间人物"的反动实质》
（《解放日报》1964 年 12 月 14 日），文中的小标题就充满了棍棒的气息：
"'写中间人物'抹煞和否定了社会主义文艺的歌颂对象"；"'写中间人

物'维护和抬高了资产阶级的地位"；"'写中间人物'是唯心主义和形而上学的理论"。姚文元说："'写中间人物'论，从思想上取消了毛泽东文艺思想的旗帜，取消了社会主义、共产主义的旗帜，从创作上取消了无产阶级英雄人物的旗帜"；"这是一条资本主义文艺走了几百年的旧路。这是现代修正主义正在走着的堕落道路。我们的文艺决不允许走上这条路。"仅仅过了一年多时间，"中间人物论"就被那个《部队文艺工作座谈会纪要》（1966 年 2 月 2 日至 2 月 20 日）判决为"黑八论"中的一论。

应该说，提出"写中间人物"是一件极为无奈的事，是因为当时的实情而选择的一种比较"策略"的创作理论主张，但也因为当时的实情，最终仍然没有获得"策略"的效果。

这里值得说明的是，倘若"中间人物论"确可成为一种创作理论，那明确提出这一主张的先驱是冯雪峰，而不是邵荃麟（冯雪峰因反对文艺上的教条主义，早在五十年代就受到了批判与惩罚）。冯雪峰在《关于创作和批评》（1953 年 7 月）一文中，曾针对当时的"写政治"提出了一个总体性的观点，即"文艺的任务，是写生活，写斗争，写在生活和斗争中的、在实行着生活和斗争的人"，也正是基于这一总体性的观点，他在论述"典型创造"问题时说：

> 当然在实际生活中，所谓不好不坏的，看起来好像既不加以肯定也不应该加以否定的，没有什么斗争性和创造性的所谓庸庸碌碌的人们，是大量地存在着的，并且形成为一种很大的社会势力，然而这样的人们，仍然不是站在矛盾斗争之外，而是站在斗争之中。他们无疑是生活前进的一种雄厚的阻碍势力，可是又恰好在斗争中被斗争所教育、所改造，时刻在变化着的。在艺术形象上，他们仍然也是重要的主人公，要出现在各种各样被否定的、被批评的、被教育的和被改造的典型里。

冯雪峰的这种见解尽管被彼时彼刻的"理论框架"局限着，但在比较大胆比较细致也比较审慎的社会学分析中，透露出其见解的鲜明针对性（绝非"无的放矢"）。冯雪峰说这番话的时候，正值文坛上一味倡导塑造"新英雄人物"，而脱离生活的"理想化"倾向又很严重，所以这种类似于"不和谐音"的出现，对创作还是具有某种提醒的或新人耳目的作用。我们还应该承认的是，这种是否可以把"不好不坏"的、大量存在着的"中间人物"作为重要的主人公来描写，而且有着各种转变可能性的"典型"来刻画的问题，在那时候的文学理论界及小说界所呈现的冲突，还没有发展到很尖锐的地步。只有到了60年代，随着人物描写（特别是"英雄典型"的描写）越来越概念化、公式化，也越来越显得单调、肤浅、狭窄时，"中间人物"的描写问题，也就越来越趋于尖锐或重要：因为"英雄典型"与"反面人物"的塑造要求，逼迫着文学界开始进一步思考人物形象的塑造及刻画的多样化问题——但这方面的"思考"依然存在一个前提，那就是必须肯定"英雄典型"的塑造在全部人物形象塑造中的中心地位。当然，邵荃麟也不可能例外。这是由中国当代文学发展的历史环境决定的。邵荃麟在1962年大连农村题材短篇小说创作座谈会上是这样说的：

> 两头小，中间大，英雄人物与落后人物是两头，中间状态的人物是大多数，应当写出他们各种丰富复杂的心理状态。文艺的主要教育对象是中间人物……写英雄模范，不写矛盾错综复杂的人物，小说的现实主义就不够。

还有一段话是：

> 陈企霞认为不能分正面人物反面人物，这当然是错误的。但在批判这种观点时，却形成不是正面人物就是反面人物，忽略了中间人物；其实矛盾往往集中在中间人物身上。

如果真讲"双百"方针，陈企霞的观点未必是错误的。但为了顾及眼前，只能说"不能分正面人物反面人物"的观点是错误的——邵荃麟只是认为不要批判过了头，对文学创作造成危害（其实危害早已产生）。还有一点是，当时的文学界也已感觉到了刻画"转变中人物"对于创作的意义。《文艺报》（1962 年 9 月）发表了沐阳（谢永旺）的文学随笔《从邵顺宝、梁三老汉所想起的……》，其中指出了这样的苗头或倾向，即在当时的小说创作中，存在着人物形象刻画"向正面与反面两极端"的"分化"现象，因而提出了"在创造新英雄人物的同时，把生活中大量存在的处于中间状态的多种多样的人物，真实地描绘出来"的看法，而且对"中间人物"的含义也作了很策略的、有前提的发挥，那就是"不好不坏，亦好亦坏，中不溜儿的芸芸众生"。当然，这些见解的产生，是和梁三老汉、邵顺宝（唐克新小说《沙桂英》中的人物）的形象刻画所抵达的文学效果联系在一起的。从 1962 年至 1964 年，虽则"中间人物论"经历了很严厉很粗暴的批判，但它的生命力却很旺盛。在 1965 年华北区话剧歌剧观摩演出座谈会上，周扬仍然说了这样一段话：

> 不要不承认中间状态的人物，中间状态的人物很多，既不是落后的，也不是很先进的。革命力量与反革命力量中间也有中间状态的。有政治立场上的中间状态，也有世界观上的中间状态，现在批判"写中间人物"的主张，有些同志不敢写中间状态的人了，这不对。既然敌人都能写，为什么中间状态的人不能写？

事实上，"中间人物"与"中间状态的人"是没什么区别的，都是主张要刻画"转变中的人物"。但从中可以看到，在当时的历史环境中，正确或不正确都是寻找一些藉口，为的是展开"文艺斗争"，因为总的来说，彼时彼刻的文艺方针或文艺方向是被扭曲了的；同时，也让感觉到，在文艺为政治服务的前提下，创作只能是任人宰割，或只能在被划定的圈子里舞蹈；若要表达一点正当的创作见解，所谓的"双百"方针便消失了；而见解的表达，尽管很审慎很策略，但因与当时的某些倡导不吻合（或为某些其他原因），也一样难逃被批判被惩罚的厄运。应该承认，在共和国的文学史上（从五十年代初到七十年代末），面对持续不断的教条主义、公式化、概念化、"主题先行"，以及一味强调塑造"英雄典型"，直至"根本任务论"与"三突出"创作原则，等等，最具抵抗或对峙能力的"理论"，也许要首推"中间人物论"，因为这一"论"的理论色彩抹得比较淡薄，通俗易懂，既符合整个社会的生存状态，也容易与作品、与作家正在进行的创作联系起来，所以，它拥有相当强大的潜在号召力或创作上的影响力。

我们知道，自五十年代初开始（或1949年的第一次文代会后），共和国的文学道路就被确定了的，那就是延安时代的文学道路。在人物形象的塑造方面，也被作了明确的规范，那就是共和国一诞生便积极倡导的塑造"新英雄人物"。而到了60年代，塑造"无产阶级英雄形象"的极端主张，已如政策或法规一般不可违抗。但文学就是文学，小说就是小说，其创作自有合乎审美的规律，因而不管怎样批判"中间人物论"，也不论是在"大批判"之前或之后，中国当代文学、特别是农村题材小说创作领域，人物形象的塑造成就最突出的，大都不是那些精心刻画、并竭力使之高大完美的"英雄典型"，而是那些转变中的、可能体现历史进程及特定时期人的精神状态的"中间人物"——作家的才华功底，作家的文学水准或生活积累，也大都经由他们笔下的"中间人物"而获得体现。一般说来，在那种沿袭了很多年的创作模式中"英雄典型"或最主要的"先进人物"一旦确定之后，"中间人物"的刻画也就显得相对自由了。如《三里湾》中的范登高、糊涂涂；《山乡巨变》中的亭面糊、陈先晋、菊咬筋；《三年早知道》中的赵满囤；《锻炼锻炼》中的王聚海、小腿疼、吃不饱；《水滴石穿》中的申玉枝；《老牛筋》中的纽进全；《李双双小传》中的孙喜旺；《艳阳天》中的弯弯绕、马大炮；特别具有典型意义的是《创业史》中的梁三老汉、王二直杠、郭振山等。

　　在那些非农村题材小说中，也普遍存在着"中间人物"独领魅力风采的现象，即在作品中，那些落墨最多、用力最大、又是千方百计竭力突出其主导（或主角）地位的属于"党支书"一类的"英雄典型"或主要英雄人物，总不如那些"中间人物"或"转变中的人物"来得富有艺术光彩，而最终给读者留下深刻印象的，也大都是这些人物……如长篇小说《青春之歌》、《红日》、《林海雪原》等，最终的效果就是这样。而如《红旗谱》、《三家巷》这样的长篇小说，其主人公便是"转变中人物"：是"英雄"，但他们是逐步转变为"英雄"的。且不论"思想性"如何，就说作品所可能留下的印象：或被感动，或受到启示，或让作品洞开了联想的空间，关键的问题是要写出人的过程及人的变化，而"中间人物论"所顺应所体现的，正是这样一条难以颠覆的文学真理。所以从某种意义上说，在共和国文学史上——就人物刻画或人物塑造而言，真正有所收获的，既不是"无产阶级英雄形象"，也不是那些似是而非的"英雄典型"的塑造理论——这一领域所流行的那些"理论"，其中的反艺术的劣根性，很快被江青、姚文元们发展为一整套荒唐愚昧又霸气十足的"文学理论"——而这一切过眼云烟般的生长与崩溃，更加说明了，真正取得胜利（艺术成就）的是那种宽泛意义上的"中间人物论"，以及相当一批小说中的"转变中人物"。倘若没有这样的"转变中人物"的支撑或贯穿，而仅仅依仗高大完美的英雄人物，甚至只有那些作为党的化身或革命者象征的"英雄典型"，那么，这些小说也就可能趋于无足轻重。小说家柳青在《创业史》中，为梁生宝这个"英雄典型"倾注了大量心血，而当时的文坛及后来的文学史家也一片叫好声，说梁生宝这一形象是体现了"党的路线"的"典型"，等等。但文学毕竟是文学，武断的政治裁定替代不了文学评论，这一点如今可以看得更清楚了。即使是在当时，一些有眼光的文学评论家也自有公论。譬如严家炎认为，作为"艺术形象"，在《创业史》中的诸多人物形象中，最成功的是梁三老汉，而"评论界一直过分推崇梁生宝形象而对梁三老汉形象注意得这样少，这恐怕不能认为是文艺批评上的公正现象"，梁生宝固然是作品中的思想最进步的人物，思想最进步的人物不一定就是最成功的艺术形象①。评论家李希凡当时也说，在"具有双重性格矛盾的老年农民的形象"中，梁三老汉"是这类人物里的最完整的艺术形象"②。而邵荃麟在大连农村题材短篇小说创作座谈会上说，梁三老汉"比梁生宝写得好"，也可认为是情理中的事。梁三老汉之所以比梁生宝写得好，原因就在于梁三老汉是一个"中间人物"，他有生动的、吻合农民情性的"转变"，或者说，他具有成为艺术形象的"人的过程"及精神演变的渐进脉络。

在当时，"中间人物论"的提出者虽则苦于无奈，不得不利用文学生存的夹缝，很策略地亮出了这样一种创作主张，看起来有点偶然，实际上却是一种文学必然。不管自觉还是不自觉，关于"中间人物论"或"写转变中人物"的不少见解，很能传达现实主义创作的文学精神，尤其是在对人的性格复杂性或多重性的理解方面，如此艰难而又迈出了如此扎实的步伐。特别值得一提的是，一直到新时期，受到"中间人物论"影响的，还不止于创作，即便如"性格组合论"之类的理论演绎，也不能说与"中间人物论"无关。当然，在"文革"之后的文学领域，作家也罢，评论家也罢，关于塑造什么人或塑造何种身份的或让他担当怎样的角色，已变得无关紧要，重要的是怎样塑造，以及经由刻画试图传达一些什么，等等——"中间"或"两头"的问题已不算什么问题。至此，"中间人物论"也算完成使命而载入史册了。

五、"底层人物"的亮相

随着共和国改革开放的进程，社会阶层形态也发生了多方位的变化。

---

① 严家炎：《〈创业史〉中的梁三老汉》，《文学评论》1961 年第 3 期。
② 李希凡：《漫谈〈创业史〉的思想和艺术》，《文艺报》1960 年第 17、18 期合刊。

文学作为表现社会现实的忠实文本，在人物形象的塑造也随之发生了转向，作家们更多地将目光投向了伴随改革开放过程中的底层群体变化的现实生活，在作品中更多地表现了底层人物群体。作为一个标志，是2005年10月25日，田耳的中篇小说《一个人张灯结彩》获第四届鲁迅文学奖。该小说的授奖词是："各色底层人物的艰辛生活在老警察的尽职尽责中一一展现，理想的持守在心灵的寂寞中散发着人性的温情。"的确，脱胎于社会转型时期的底层民众生活，反映了这一时期中国底层群体变化的生活现实，具有真实性和时代感。在文学作品中表达对底层人物的关注，实现了对底层的"去遮蔽"，对遭遇命运转折而陷入逆境和不幸的人们寄予深切的同情，含有无边的爱意和悲悯的情怀，关注苦难并揭示苦难的社会根源与人性因素，体现了强烈的人文关怀精神。"那些出身微贱、性格鲜明的'小人物'，通过作者的文学打磨和艺术提炼，成为靠近大众经验又富于平民情趣的个性化典型和艺术化结晶。"[①] 因此，文学作品中所表现的底层人物，也在新世纪以来文学格局中越加凸显其品格与色彩。

近十年的文坛中，作家们通过对底层人物的状写，表达了一种低姿态的写作趋向。对于作品中底层人物的描写，大致可以分为普通市民、都市漂泊者这样两个主要群体。

城市漂泊者形象是近年来文学作品中较为突出的一个群体形象。相对于他们奋斗所在的城市，他们是来自其他城市或农村的外地人，为了生存或梦想，他们在希望与现实中默默地甚至不反抗地争取着生存的地位和权利，然而愿望却常常被现实击碎。他们游走于城市的最底层，是城市的边缘人，也是都市的寻梦者与漂泊者。他们有的在经济上脱离了底层，但其精神感受仍然处于边缘，无法进入中心。他们行走在城市边缘，充满对中心与身份追问和焦虑。这一群体的创作者也大都具有在城市中漂泊的身份和经历，如荆永鸣以其外地人的身份和闯荡北京的经历，创造了"外地人"系列小说，塑造了独特的城市漂泊者的形象。《外地人》（两题）是

---

① 白烨主编，《中国文情报告（2005—2006）》，社会科学出版社2006年版，第4页。

他创作的精短而文化内涵颇丰的短篇小说，叙述了两个外地来京打工者的悲凄遭遇。与其他作家着重描写这些漂泊在城市中的外地打工者的生存状态不同的是，荆永鸣更关注的是他们的精神世界，对其寄予了亲切深厚的人性、人文关怀，不是居高临下的同情，而写出了他们对梦想的追求，生存的艰难，身份的尴尬，内心的挣扎、伤痛与快乐。在《外地人》之《哭啥》中，昔日机关里的同事老陈，竟与"我"在京城相遇。老陈命运不济，先"下岗"，后"下床"。妻子和他过了十几年，也和另一个男人好了十几年。那个男人的老婆一死，她就彻底和他摊了牌，而且告诉他儿子不是他的种。人生整个塌陷了。老陈孑然一身来到京城，惨得简直就是乞丐，还拉过泔水，最后干上废品收购，也算是个老板了。但漂泊京城，总有找不到家的感觉。心里放不下儿子，回乡一次，儿子已经姓了别人的姓。心中愁苦，于是喝得大醉，然后大哭。外地人的眼泪包含了这些多少流浪者的人生的辛酸。

卢江良的《城市蚂蚁》是一部谜一样的长篇小说，你无法分清是作者写了这部小说，还是里面的一个人物写了这部小说。作者特意将自己与小说里的人物混淆，使这部小说充满了悬念和戏剧性，让读者无不例外地产生身临其境的感觉。小说讲述了三个外来打工者，在一座城市里的生存历程。室内装修工冯乐发，赌博赢了一家旅馆的承包钱，却跟做过二奶的李青青纠缠不休；知名企业办公室秘书郑三狗，由于身体矮小和家境贫寒，始终无法赢得女孩子的芳心，一气之下屡屡召妓；商业杂志记者赵嘉映，爱上了网友刘茹茵，历经周折后，终于打算跟她结婚，却发现……作者以平实而简洁的笔触，刻画了外来打工者的生存处境和个人奋斗的悲壮历程以及他们内心的隐痛，揭示了社会最底层人群的挣扎和无奈，具有浓重的现实主义风格。

亚非的《阿莲的故事》中的主人公莲子是一个又穷又漂亮的高三女生。那一年她高考落榜了，自卑的她踏上了开往京城的"保姆专列"……等待莲子的，是一个个面貌迥异的家庭：辱骂莲子勾引丈夫的女记者；屋漏偏逢连夜雨的赵老师；硝烟四起纠葛不断的重组家庭；居住国际自然村的神秘美女……饱受生活磨难的莲子，在隐忍中坚守善良和真诚，18岁的她，犹如一朵孤独的白莲花，在命运的风口浪尖上顽强绽放。

在城市漂泊者群体中尤为惹人注目的，是农民工形象。在社会发展和改革开放进程中，农民工为城市的建设做出了无与伦比的巨大贡献，是一群默默无闻、辛勤劳作的底层人物。当城市以高傲的姿态拥抱他们进入建设者的行列中之后，他们便成为城市强体力劳动的主要承担者。然而，走进城市的农民工也只是他们的身体，事实上城市并没有也不可能在精神上彻底接受他们。城市因"现代"的优越在需要他们的同时，却又以鄙视的方式拒绝着他们。孙惠芬的《吉宽的马车》中的吉宽、刘震云的《我叫刘跃进》中的刘跃进和贾平凹的《高兴》中的刘高兴等，是作者们笔下的农民工形象，状写了他们在走进都市后难以预料又难以应对的遭际引来的迷失与迷茫，表现了他们在对故乡的留恋与城市的奋斗之间的那种难以名状的两难精神状态。

《高兴》中，从农村来到城市的拾荒者刘高兴是农民工进城的代表。作家选择刘高兴的叙事视角，以刘高兴与五福、孟夷纯等为数不多的若干进城农民的故事为基本切入点，进而折射表现挣扎于都市底层的打工农民复杂的精神状态。小说在着力描写刘高兴进城的经历时，一方面极力表现刘高兴心高气傲的个性与向往，他在心里早已把自己当作了城里人，经常以城里人自居，因为他干了诸如清洁城市、制止打架、帮人解困等好事，更是引以为豪、自以为荣；但另一方面的现实是，"他爱这个城市，这个城市并不爱他"，城里人要么对他视而不见，要么对他视若敝屦。他唯一能够自我安慰的，是拾荒者里还有一个五福，这个五福比他更笨、更穷、更没有文化。因而他与他形影不离，总要帮衬他、提携他。作者通过五福这一形象，更加立体地刻画出刘高兴的那种心高气傲而地位卑下的强烈反差的心理状态，细致入微地书写了刘高兴的善心为人、贤良助人。而这恰恰构成了人们所忽略的一道社会风景，那就是人们并不看重的城市的拾荒者们，也以他们朴素又本色的道德情怀，支撑着社会一角，滋润着都市一方。在这个意义上，刘高兴是名副其实的都市的主人，而这个主人希图得到愉快，甚至改名"高兴"，但始终不能走出愁苦与悲伤，这种事实上的强烈反差，让人唏嘘，更发人深省。

孙惠芬的长篇小说《吉宽的马车》，通过主人公吉宽叙述了与恋人徐妹娜进入城市之后的不幸遭遇，同时也充分展示了林榕真兄妹、黑牡丹与水红以及吉宽的大哥、二哥、三哥、四哥等人在城市打工的苦难遭际。吉宽作为既是小说的主人公，同时又是故事的叙述者的双重身份，使小说的叙述视阈更为广阔，与吉宽相联系的装修老板、酒店小老板、普通民工、妓女等社会底层人物，一一上演了一幕幕令人震惊的悲喜剧。这些从农村进入城市的各色人物，都在他们各自不同的人生轨迹上追寻着自己的城市梦。作者对他们心路历程的客观展示与吉宽的生活遭际经纬交织，共同构成了小说纷繁复杂、错落有致的富有个性的底层人物全景图。而吉宽又是这一群体中特殊的个体形象：他是在极不情愿的状态下走入城市的，因为心爱的人嫁给了城里小老板，他负气来到城里，希图在城市中寻找到自己的价值与尊严，实现自己的爱情理想。但现实是，这种要求被无情地拒绝了，他陷入了城市和乡村的双重困境中无法自拔，被称之为"身与心的双重苦旅"。以吉宽为代表的底层人物，成了一群肉体虽在城市而心灵却不断漂泊的流浪者。在不断飘泊的心灵苦旅中，难能可贵的是，在城乡交叉地带构成的尴尬境地中，吉宽的不断自省：自问自己得到了什么，又丢失了什么；自问自己置身何处，又去往何方？作为现代都市森林罩的"一片落叶"，吉宽时时提醒自己不要做了"时代的垃圾"，这也使得吉宽这个农民工形象，不仅富有了个性，而且富有了灵魂。李晓兵在《生存之民工》中，也讲述了一群游走在现代都市的社会最底层的城市边缘人——农民工生活的故事。该小说真实地记录了现代都市里一群被忽视的农民工合法追讨微薄的血汗钱，却被诱拐、诱骗、致残、致死的一些鲜为人知的真相；不加掩盖地暴露了黑心包工头纠党结伙、非法牟取暴利、欺骗压榨农民工的暴戾面目。

2009 年 2 月，打工作家郭建勋出版的长篇小说《天堂凹》，真实地描写了新时期千百万农民工的生活。小说以农民工在深圳打工的艰难生活为背景，描写了他们打工的经历、痛苦和欢乐。天堂凹是一块令人向往的热土，农村青年德宝被"卖猪崽"扔在了这里，就像鸟嘴里偶然掉下来的一粒种子，他与"小四川"、福林、李元庆、黎仔、小金、雪梅、春梅、卷毛等农民在这里生根、破土、发芽，铺天盖地地成长。他们在求生、求活、求富的强烈意愿下，用汗水、血泪与命运拼搏，以狡黠、顽强与不平抗争……这一群打工者在社会底层苦苦挣扎的经历，演绎着中国改革时期千百万打工者生存发展的历史。

生活在社会底层的普通市民，也是作家们近年来普遍关注的另一底层人物群体。在许多作品中，作家们用浓郁的笔墨描述了这一群体在社会体制变迁中的生存与精神困境和生生不息的追求精神。作家关注的不仅仅是底层劳动者在苦难中孤独承受和默默煎熬的叙述，而是直接表达了他们对不合理现实所作的怀疑、愤怒和抗争，写出了体制变革过程中人们的命运被改变、又无力把握自己命运的悲哀。如：榛子的《且看满城灯火》中，工人阶级家庭的四兄妹是曾被人们羡慕的国企工人，然而在市场浪潮冲击下，他们相继失去了国企工人的身份。小说表现了他们辉煌不再的心理失落与生活断裂后的惊悸与恐惧。曹征路的《那儿》，通过小舅的形象表达了小舅们对不合理现实的怀疑、愤怒和抗争，以及同知识精英之间那种日益加深的隔膜和敌意。时代在这些底层人物身上刻下了转弯的痕迹，人物很有苍凉感，透露出转型时期的社会变革和身份失落的无奈，表现出来的质疑与追问也令人警醒，反映出了底层人物对自我身份的焦虑与探求。乔喻的《大生活》中的柳东，是生活在城市最底层的城市贫民，当过街道汽修厂工人，做过小生意，后来成为扫大街的环卫工人。在他身边聚集着一些和他同样命运的底层人物：在清洁队开洒水车的王鹏举，没有工作却四处冒充大老板的金东民，看护公共厕所的老苏，曾用铁钉子下酒的丁爷，等等。他们信奉的准则是："生活嘛，就是生下来，活下去！"这些人身处逆境，却时时处处帮助那些比他们更弱小更不幸的人，用他们自己的话说就是："自己过得比鬼火亮一点，却假装太阳去照亮别人。"王国兰作为70年代出生的女作家，用其女性的独特感受和视角，在《唇红齿白》这部小说中给我们讲述了一个生活在社会底层、都市边缘的小男人（阿兰）的与众不同的成长秘密、人生悲喜剧和个性烦恼，让人为之垂泪、为之愤慨，同时又"哀其不幸、怒其不争"的现实活剧。

刘恒的《贫嘴张大民的幸福生活》，是一部描写北京市民的小说。它用"显微镜"去观察琐碎的生活细节和渺小的人生困境，以浓厚的生活气息和淡淡的喜剧效果、切实的人生内涵，凸显了心地善良的城市平民张大民一家人追求平凡的幸福生活的过程。幸福是每个人所追求的精神境界，而张大民的幸福是知足常乐。张大民这一爱耍贫嘴的形象正是北京普通市民的缩影，他那脚踏实地的生活状态，锲而不舍的乐观精神和读者心心相印。这部小说塑造了一个普通大家庭，描述了我们很多人曾经经历过的生活状态。

许春樵的《男人立正》是一部"以小见大"、状写底层人物的长篇小说。作品通过下岗工人陈道生的遭际与命运，独到地切入现实和审视人性。在陈道生因搭救吸毒失足的女儿，被好友刘思昌骗去从左邻右舍借来的30万元钱之后，便陷入了妻离子散的巨大痛苦，进入八年还债的苦难历程，直至自己最后身患绝症。作品通过底层人物的悲怆人生，鞭挞了现实社会生活中的道德失范，呼唤人际信任与道德理想的重建。在小说中，作者怀着一颗悲悯的心，选择陈道生这样一个下了岗又遭了难的底层人物，让他为了维护传统道德，为了维护做人的尊严，然后在道德失范的年代里，秉承中国人的传统美德，进行了具体抗争与艰难的生存奋斗，这既体现了作者对美好道德的鲜明维护和呼唤，也在一定程度上显现了对于现实的某些失望与愤然批判，作品被贯注一种强烈的社会与历史的使命感，在反思现实、审问灵魂中，焕发出了灼热的人性光彩。张鸿疆的《大众情人》是一部诠释普通百姓酸甜苦辣的悲喜剧，一部着意刻画中国式"堂吉诃德"的温情之作，以戏剧的手法，围绕一个复转军人、普通"的哥"征婚的曲折经历，细腻而生动地塑造了一个刚直不阿、憨厚热情可亲可爱的社会底层小人物的形象。他是小人物，却有"大快乐"，他不在大众眼中，只在大众心里。他是俘获向善之心的"大众情人"，在这个典型人物身上，有着说不完道不尽的人生百味。

底层人物在文学作品中的凸显，无疑使共和国文学中的人物形象更加丰富多彩。这一群体的生存状态又不得不让我们有所思考，诚如一首《城市里的漂泊者》的诗中写的那样："失落的脚步/在城市冷漠的目光中踟蹰……漂泊者的歌声/唱不晴城市黯淡的心情/漂泊者的手掌/扰不到城市紧皱的眉头/漂泊者的笑靥/打不开城市凝固的表情/无奈的背影/在城市冰冷的躯体里流浪……漂泊在城市里的人儿啊/是穿过大街小巷的风/而有时是道路旁孤零站立的路灯"。真纯的文学，没有理由不对那些暮色中行色匆匆的人群保持一种情怀，没有理由不通过人物形象的塑造，让一颗颗流浪的心在此歇脚，让一个个久违的灵魂在此相遇。倘若在底层人物形象的创造上达不到人类精神的高峰，起码应当是滋润心灵的一次真诚的记录。

共和国文学家笔下的人物形象，最终承担着赋予精神归宿的责任。

第八章

文学的实验

从 20 世纪 80 年代起，共和国文学摆脱了"以阶级斗争"为纲的传统思想，迎来了真正意义上的文学的春天，进行着前所未有的自由的创造。人们无法否认有一种变动的文学潮流在持续涌动，无可否认由创新、探索、实验所引发的多样性与丰富性。文学的实验具有历史的实在性，它与当代中国整体的改革开放进程同步进行，也在文学的意义上，开始与西方、与世界对话。

一、现代主义缘何兴起

文学的实验首先表现在中国文学对西方现代主义所作的应战，所呈示的生动、具体与丰富。

现代主义在西方是一项声势浩大的艺术运动，自 19 世纪后半期前后持续了大约半个多世纪①。现代主义被认为是一次剧烈的艺术史革命，赫

---

① 关于现代主义运动的时限问题一直没有定论。法国批评家罗朗·巴特把现代主义从 1850 年算起，他在《写作的零度》里写道："1850 年左右……传统的写作崩溃了，从福楼拜到今天的整个文学都成了语言的难题。"这是把现代主义推得最早的观点。美国批评家艾德蒙·

伯特·里德在 1933 年写道："在现代以前，一直就有艺术史上的变革，每一代都有变革，而且大约每一世纪都周期性地产生一种更广泛或更深刻的感情变化，这种变化就被认为是一个时期——十四世纪，十五世纪，巴罗克时期，罗可可时期，浪漫主义时期，印象主义时期，等等。但我认为，我们已能看出，当代的变革有着不同的性质：它并不是暗示倒转、甚至倒退的变革，而是解体，是退化，有些可以说是崩溃。它的特征是灾难性。"① 另一位艺术史家 C. S. 刘易斯认为，西方整个历史最伟大的时代划分——比过去把黑暗时代同古代分开、或把中世纪同黑暗时代分开的那种划分更加伟大——乃是把现代同简·奥斯汀和沃尔特·司各特的时代划分开来。这两个时代在政治、宗教、社会价值、艺术和文学各个方面都有很大差别。他认为："以往任何时代都没有产生过这样的作品，这些作品在他们那个时代能像立体派艺术家、达达主义者、超现实主义者和毕加索等人的作品在我们这个时代这样新颖得令人震惊，令人困惑。我深信对诗歌来说……也是如此……我看不出有谁能怀疑这一点：比起任何其他的'新诗'来，现代诗歌不仅具有更多的新颖色彩，而且还以一种新的方式表现出它的新颖，几乎是一个新维度里的新颖。"② 大多数艺术史家倾向于认为现代主义开启了一个新的时代，它产生于一个深刻的思想再评价以及社会和思想变化的时期。马尔科姆·布雷德伯里和詹姆斯·麦克法兰写道："它日益支配着我们伟大作家的情感、美学和思想，而且成为我们最敏感读者的幻想中适当的、必不可少的东西。……它也是一场革命运动，

威尔逊的关于现代主义的经典著作《阿克瑟的城堡》(1931) 把 1870 年作为象征派文学的起点。西利尔·康诺利在《现代主义运动——1880 至 1950 年英美法现代主义代表作 100 种》(1965) 中认为，1880 年是一个转折点。从这时起，可以确定，现代主义运动确实形成了。袁可嘉认为："现代文学是 1890—1950 年间西方主要资本主义国家间流行的一个国际文学思潮，它是一个包括象征主义、未来主义、意象主义、表现主义、意识流和超现实主义文学六个流派的总称。"袁可嘉：《欧美现代派文学概论》第 6 页，上海文艺出版社 1993 年版。

① 赫伯特·里德：《现在的艺术》，伦敦，1933 年，1960 年修订版，序言部分。
② C. S. 刘易斯：《时代的描述：就职演说》(剑桥，1955)。该演讲重印于他的《他们要一篇论文》，伦敦，1962 年。

利用了思想上广泛的再调整，已有人们对过去艺术极端不满的情绪——这场运动在本质上是国际性，其特点是拥有丰富的思想、形式和价值，它们从一个国家流传到另一个国家，从而发展成西方传统的主线。"①

现代主义兴起于资本主义剧烈变革的时期，反映了经济高度发展，传统社会解体后西方社会重估一切价值体系而面对的精神危机。现代主义崇尚个人表现，追求神秘主义和不可知论，强调艺术的形式技巧，这种技巧以反传统的抽象、象征和变形等实验形式加以表现。因而现代主义往往具有先锋派的性质，它的动力来自对未来的人类意识进行不懈的革命性探索。按照中国正统观点的看法，现代主义是资本主义精神混乱和道德堕落的反映，它反现实主义的实质遭到中国主导文化长期排斥。但随着改革开放的深化和思想解放运动取得阶段性的进步，现代主义不可避免地进入中国思想界和文学界，并有效地推动中国文学的创新发展。

事实上，现代主义在 20 世纪二三十年代就传入中国，并风行一时。但八十年代的中国似乎根本不知道"五四"时期就有过现代主义输入这段历史。这说明八十年代的新时期文学与"五四"时期及三四十年代的文学史关系有多么淡薄。实际的情形也正是这样，直到九十年代，年轻一代的作家才又开始记忆起鲁迅和其他现代文学巨匠②。八十年代中国的现代主义的时兴和当时的社会条件、思想资源，以及文学史内部的创新压力相关，现代主义是处于主导地位的现实主义发展到一定阶段的产物，并且对现实主义构成直接变革。

八十年代的现代主义的兴起并没有什么明确的时间标记，既没有什么

---

① 马尔科姆·布雷德伯里和詹姆斯·麦克法兰：《现代主义的名称和性质》，参见《现代主义》，上海外语教育出版社，第 13 页，胡家峦等译。

② 年轻一代的作家在创作谈中几乎很少谈论"五四"时期的作家，这虽然跟当代中国作家过分自以为是有关，也跟当代文艺理论的教育有关。当代文艺理论把文学创作看做是与生活构成血缘关系，而并不强调文学史传统。加上当代文化一直存在与西方同步对话的焦虑，少有人会去重温自己的传统。年轻一代的中国作家动辄谈论卡夫卡、海明威、福克纳、马尔克斯或博尔赫斯，这是创新的焦虑使然。1996 年 6 月，在瑞典斯德哥尔摩召开了一次以"沟通：走向世界的中国文学"为主题的讨论会，会上，青年作家余华几乎是带着刚发现新大陆时的惊喜谈论了鲁迅。

断然的宣言，没有团体组织，也没有形成有规模的持续运动，毋宁说它是在原有的文化秩序中潜移默化地形成的趋势。从其最初的源头来说，可以分为现代小说和现代诗歌两股源流，它们之间在最初的阶段几乎不发生直接的关联或呼应关系。文学中的现代主义是在现实主义的总体性框架内加以表现的，这就不奇怪它不具有真正的叛逆性，而更像是现实主义文学自身作出的一种创新努力。现代主义文学也从来没有越过主导文化的边界，它一直在正统文学史的叙事中，作为新时期文学的"新动向"、"新实验"的一个最有活力的侧面加以叙述，也可以看出当代现代主义的历史性质。有一点必须明确指出，大多数人觉得当代中国的现代主义不过是舶来品，不过是对西方现代主义的简单模仿，但我们认为，文学上的现代主义根源于时代思想意识的深处，它是"文革"后的中国文学寻求思想突破的必然产物。同时，我们也不能简单地把现代主义看成是一种异端。事实上，它从主导文化那里找到生长的依据。如果用西方的现代主义为标准来衡量中国的现代派，那就很难找到符合理想的样本。实际上，当代中国的现代主义，是指那些吸取西方现代派作品的艺术特征和表现手法，在艺术形式和思想意识方面与传统现实主义构成较大差异，在依然严整的思想氛围中，产生美学上的震惊效果的作品。现代主义或现代派，在当代中国文学的语境中，具有比喻性的意义，那些与经典现实主义有所悖离的艺术行为和作品，都可能在艺术上产生震惊效果，这就足以认定它们具有现代主义特质。

文学的现代主义首先根源于时代的意识形态诉求。在八十年代多次翻云覆雨的政治运动中，现代主义都被当作主导文化的危险的对立面加以批判。不管是"清除精神污染"，还是"反对资产阶级自由化"，文学上都把现代主义看成重点批判对象。这种情况并不能说明现代主义是反主流文化的思潮，它不过是八十年代中国社会主流意识形态领域里两种力量冲突的反映而已。在整个八十年代的上半期，现代主义正是思想解放运动的产物，它及时投合了主流意识形态关于"实现现代化"的政治诉求。

由真理标准讨论引发的思想解放运动，在文学界是以关于文学与政治、人道主义、人性论等问题展开的，这些问题的深化，必然引起思想界寻求新的思想资源来解释与解决历史与现实矛盾。现代主义对人的价值、人的本质的相关思考，给思想解放运动在这一序列的推进提供了参考系，因而也可以把文学的现代主义实验看成是思想解放的延伸。例如，王蒙等人的"意识流"小说，作为最早的现代主义叙事文学，它虽然属于"伤痕文学"的范畴，它在思想意识方面明显比伤痕文学更加深刻。在"反文革"的历史纲领下展开的伤痕文学，通过揭露"四人帮"的政治罪恶，重述了老干部和知识分子对党的忠诚和对革命事业的信念。典型的"伤痕文学"，如从维熙的《大墙下的白玉兰》、鲁彦周的《牧马人》、张贤亮的《绿化树》等等，其主题主要表现"第二忠诚"，重述了知识分子的历史。王蒙的意识流小说则有着不同的主题。仔细研究一下王蒙的作品，会发现这些作品与主流意识形态的微妙区别。它表现的主题一开始就谨慎地涉及"反官僚主义"（如《悠悠寸草心》、《蝴蝶》、《春之声》等等）、"民主"（如《夜的眼》）。而在拨乱反正的历史时期，王蒙率先关注复出的老干部是否会真正代表人民利益。历史表明王蒙的忧虑是有先见之明的。但在当时的历史条件下，王蒙显然不能过于直白地表达他的个人思考，他采取了意识流的手法来表现他的作品中的人物的特殊的思想状态，以及他的隐晦的忧虑思想。这一主题虽然是在"拨乱反正"的总体纲领底下展开的，但可以看出王蒙对"拨乱反正"思考的深化和超前性，这一思考推动他去寻求新的表现手法。我们可以看到，正是对思想解放的进一步发掘，相当一批作家和知识分子从根本上去思考"文革"，文学上的现代主义才开始崭露头角。

现代主义的引介并不一帆风顺。在八十年代初期，现代派遭遇到严厉的批判。对于正统派理论家来说，现代主义显然冒犯现实主义的权威性。在他们看来，现实主义的审美规范，构成社会主义文化领导权的核心部分，谁企图用现代主义来冲击现实主义，并不是什么艺术创新，而是把当代中国文学引入西方没落的资产阶级思想歧途。现代主义无疑与主流文化倡导的现实主义构成矛盾，它能在八十年代的思想文化频繁的斗争中发展起来，在相当的程度上也借助了主流意识形态关于"现代化"的理念。倡导者敢于提出探索现代主义文学观念，其重要的理由建立在"实现四个现代化"的基础上。既然中国把实现四个现代化看成国家的最高理想，那么文学方面也有必要考虑"现代化"的问题，而文学的"现代化"被理解为"现代主义"。当时，现代主义最积极的倡导者之一的徐迟，早在1978年3月，发表《文艺与"现代化"》一文，引起多方注意；1979年3月，中国社会科学院外国文学研究所组织关于"外国现代资产阶级文学评价问题的讨论"；1982年，徐迟发表《现代派与"现代化"》震惊文坛。这些讨论逐步形成这样一个命题，即：实现现代化不能忽略文学的现代化，而文学的现代化不借鉴"现代派"则无从谈起。

随着现代派影响的深入，必然引起文学的争议。中国作协机关报《文艺报》组织系列文章对现代派进行系统批判。1981年，《文学评论》发表郑伯农的文章《心理描写和意识流的引进》一文。该文坚持现实主义立场，对强调心理描写的现代主义方法表示怀疑，认为情节与人物应该是小说的主要描写对象。文章指出："不要主题，不要情节，把心理描写和主题、事件完全割裂开来，和人物的行为完全割裂开来，这会形成什么样的后果呢？只能使创作松散，不着边际，成为一系列'自由联想'的闪跳，一连串心理镜头的拉洋片。"[①]。值得注意的是，作者的立论在于，主张心理描写或意识流的探索、实验，就是"不要主题，不要情节"。显然，作者的这一概括值得商榷。作者认为，意识流的本质就是非理性主义（或反理性主义），"作为一种艺术方法和艺术主张，它的艺术观的思想基础是唯心主义、直觉主义"。因而作者阐明立场："我们是唯物主义者，应当和唯心主义艺术观划清界限。社会主义文艺要坚持马克思主义世界观的指导，坚持辩证唯物主义的反映论。直觉主义、反理性主义，这是我们所反对的。我们的文艺家不能只是靠直觉去创作，不能把生活写得一片恍

---

① 参见《西方现代派文学回顾论争集》，人民文学出版社1984年版，第314、319—320页。

惚。如果那样的话，文艺还怎么能帮助群众正确地认识生活、认识时代
呢?"① 很显然，现代派与现实主义构成直接的矛盾。现实主义显然不是
单纯的文学创作方法，它实际是主导意识形态的思想规范，它反映了文学
的总体性制度对文学创作的具体要求，文学的社会功能和作家的使命。现
代派当然不可能完成主导意识形态所给予的任务。

每一种新的思想主张或创作主张，都要试图从时代的总体性要求中去
寻求自身的依据。主导文化是这样，新兴的、实验过程中的创生文化也是
如此。倡导现代主义的人们也同样在主导意识形态上作文章。1982 年，
徐迟发表《现代化与现代派》，从时代精神的新需求去解释现代派的合法
性。徐迟认为，西方的现代派也是西方物质生活发展到现代化阶段的产
物，反映了资本主义现代化社会中人们的精神状况。因此徐迟推断说，
"我们将实现社会主义的四个现代化，并且到时候将出现我们现代派思想
感情的文学艺术"。作者断言："可以肯定的是在我国没有实现现代化建
设之时，我们不可能有现代派的文艺，虽然少数先驱者也还是可以有所试
探和有所作为的。"② 徐迟的观点引起强烈的争论。理迪撰文《〈现代化与
现代派〉一文质疑》对徐迟的观点进行批驳。理迪指出，徐迟认为西方
现代派文艺反映了西方发达社会的"物质生活关系的总和的内在精神"
这种看法是站不住脚的。他认为，西方现代派不过是西方精神混乱、悲观
失望的反映。他的立论前提在于对西方资本主义社会的判断方面就持否定
态度。他认为：在西方资本主义社会里，"社会矛盾十分尖锐，物质生活
虽然有相当程度的发展，在精神生活上，却充满着危机和混乱，人与人之
间的关系往往是勾心斗角，尔虞我诈。很多人精神空虚，对生活前途悲观
绝望，丧失信心，如此等等。现代派文艺就是这种社会条件和社会背景下
的产物"。③ 作者对资本主义社会的判断带有很强的意识形态色彩。作者

---

① 参见《西方现代派文学回顾论争集》，人民文学出版社 1984 年版，第 314、319—320 页。
② 原文载《外国文学评论》1982 年第 1 期；或参见《西方现代派文学回顾论争集》，第 399
页。
③ 参见《西方现代派文学回顾论争集》，第 402 页，原载《文艺报》1982 年第 11 期。

坚持马克思主义经济基础决定上层建筑的观点，对资本主义的经济基础持否定批判的立场，也就不可能对现代派持理解的态度。在作者看来，资本主义社会产生的这些思想体系和文学艺术，只能反映其消极颓废的精神状况，不可能"为新世界创造它的精神条件"。

尽管在整个八十年代，现实主义始终是主导文化倡导的主流，但"现代派"却在思想上和创作实践方面，构成一种不可遏止的探索力量。对于一部分中国作家和知识分子来说，八十年代正值开放初期，禁闭多年的思想有所松动，人们迫切需要了解外部世界的新变化，掌握新的知识与思想方法。这一切都是在实现"现代化"的时代精神激励之下的历史动向，追求现代派虽然被视为"异端"，与主导文化不协调，但它同样从时代的创新要求方面获得动力。从某种意义上，新的思想构成崛起的创生文化，它与主导文化产生冲突；也作为主导文化可容忍的文学实验，推动时代思想文化的前进。因为，主导文化内部也有一股力量需要借助新兴的文化冲击原有的保守文化体系，这就使现代派这种显而易见的异端文化，居然也可大肆传播。当然是多种合力的作用下，现代主义成为八十年代最有争议，又最有影响的文化潮流。据有关资料统计，仅1978年至1982年五年之内，关于现代派问题争论的论文不下五百篇。由袁可嘉等人选编的《外国现代派作品选》（上海文艺出版社），第一卷于1980年出版，第一次印刷发行五万册，迅速告罄。即使在1983年，第三卷出版，也印刷了两万一千册，争相抢购者不仅只限于大学专业教师学生，普通文学爱好者也不甘示弱。因为"现代派"被认为代表了这个时期的最新的思潮，也反映了西方最新的文化成就，急于实现现代化的中国人，也急于在文化上进入现代化，不管正确与否，文学上的现代派就成为这一条捷径。

接受西方现代主义思想，并不是在文学界单独展开，八十年代的中国刚刚开放，在各个领域，西方的现代主义思想都被广泛引介，并作为最有活力的思想资源加以运用。最突出的可能应推哲学界，西方现代哲学对正统意识形态构成相当大的冲击，在青年知识分子和学生中产生广泛的影响。八十年代上半期就有过"尼采热"、"弗洛伊德热"、"萨特热"，并且

《哲学译丛》和《国外社会科学动态》等刊物陆续介绍"结构主义"、"阐释学"、"现象学"、"存在主义"等西方现代哲学流派，这些对文学界的影响是相当大的。理论界在"人道主义"基础上，进而讨论马克思青年时期的哲学思想，《1844 年经济学—哲学手稿》引起理论界极大的热情，左派、右派都忙着引经据典重新加以诠释，结果引发了"异化问题"的讨论。而这一问题则与西方现代派文学艺术密切相关，异化理论一时是理解西方现代派的一个重要理论视角。

哲学界与文学殊途同归，都开始张扬"主体性"。在哲学界，李泽厚对德国古典哲学的阐释，从康德的思想中发掘出主体性问题。在文学界，刘再复则把"主体性"问题引入文学理论，使由反映论统治的文学理论面临冲击。从哲学的意义而言，"主体性"问题未必是现代主义的核心范畴，但在八十年代的中国，"主体性"则是现代主义思想的入口处。从"人是马克思主义的出发点"到主体性和异化理论，中国思想界关于西方现代哲学和现代派文学的接受问题，就不仅仅是一个被动的知识接受过程，也不是像有些人所说的那样，照搬西方的模式。它与中国"文革"后经历的社会历史的内在变化，思想界的对立斗争与更新，都密切相关，并且构成了这一历史过程最直接的知识的和思想的动力。

总而言之，文学的现代主义在八十年代兴起，根源于思想解放运动的深化，它反映了一部分中国作家和知识分子试图运用新的思想资源的努力，尽管它引起广泛的争议，但它终究创造一种有活力的文化情势。不管如何，至八十年代，封闭保守的意识形态不可能全面控制当代思想意识。文学界长期为苏联模式的文艺理论统治，现实主义为主导的审美观念实际上明显偏向于左倾，其僵化和保守是显而易见的。年轻一代的作家普遍寻求新的文学观念和表现手法。而现代主义的实验，正预示着文学多元化的可能性，也给作家提示了创新的可能性。

二、意识萌动与叙事实验

20 世纪 80 年代中国内地的现代主义不是一个有纲领的文学运动，它是创作界自发的对西方现代派进行有限借鉴的艺术探索。虽然较早的理论倡导发生在 1978 年（徐迟文），但创作方面也几乎是在同时就开始尝试，例如，朦胧诗和意识流小说。作为自发的非团体性的个人借鉴，中国的现代派在其初始阶段无疑是幼稚的，但它也无疑表现了当代文学努力探索的勇气。就这个时期的现代主义文学表现出的创作动向而言，在强调叙述的主观视点方面；在深入探索人物的内心活动方面；在表达偏激的自我意识方面；在运用象征等修辞方法方面，都显示出尝试创新的意义。

王蒙显然最早开始追寻现代主义艺术形式，他的数篇意识流小说可以看成是中国大陆当代现代主义的滥觞。王蒙出于什么目的运用意识流手法来表现人物的心理意识，似乎难以捉摸，王蒙在写作伤痕时，就与当时的主流倾向重塑老干部和知识分子的形象有所不同，他更感兴趣的在于劫后余生的人们的复杂心理。它也许还试图去揭示更深刻的政治根源，这些以王蒙当时的思考不是不可能达到的深度，但王蒙显然不会直接去以卵击石。意识流一类的叙述可以把那种复杂性的思考改装成艺术形式和表现技艺。只要看一看那几篇被推为意识流代表作的作品（如《蝴蝶》、《春之声》、《夜的眼》、《杂色》等）就可以一目了然。事实上，就这一时期的写作而言，王蒙的形式主义并不浓重，他的"意识流"不过是比较偏重人物的心理活动和感觉，相比较伍尔芙和乔伊斯的意识流来说，王蒙的小说还是偏向于现实主义一类。但当时现实主义的简单明晰的主导文风，使王蒙的小说叙事的实验显得锋芒毕露。

王蒙在多大程度上直接受到西方现代派的意识流小说的影响尚难以断言，但敏感的王蒙，那时肯定注意到西方现代派的翻译作品，只不过出于他要表达的思想的隐蔽性而在形式方面浅尝辄止。直接从艺术形式技艺方面主张大量吸取西方现代派的，是剧作家高行健。高行健当初也写小说，但总是受到质疑，据他后来回忆说，他那时写的小说被认为"不像小说"、"不是小说"或"不会写小说"，出于这种压抑，高行健 1981 年在《随笔》上连载多篇短文介绍西方现代派，随后花城出版社结集出版。这本题为《现代小说技巧初探》的小册子引起极大的反响，先是王蒙在《小说界》发表一封公开信支持高行健，随后刘心武在《读书》上又加以推荐，紧接着《上海文学》发表冯骥才、李陀、刘心武三人关于这本小册子的通信，引发了一系列的批评与反批评。

冯骥才在一封信中记录过他阅读高行健的小册子的感受："我急急渴渴地要告诉你，我像喝了一大杯味醇的通化葡萄酒那样，刚刚读过高行健的小册子《现代小说技巧初探》。如果你还没有见到，就请赶紧去找行健要一本看。我听说这是一本畅销书。在目前'现代小说'这块园地还很少有人涉足的情况下，好像在空旷寂寞的天空，忽然放上去一只漂漂亮亮的风筝，多么叫人高兴！"① 与此同时，报刊杂志评介西方现代派也多了起来，早期现代主义，如伍尔芙，乔伊斯、卡夫卡、布莱希特以及拉美魔幻现实主义等等；后期现代主义乃至于后现代主义者，如：荒诞派戏剧、巴斯、巴塞尔姆、卡尔维诺等人的作品和言论都有评介。虽然不成系统，但对文学界产生冲击则是足够的。

创作界的实践也逐渐在推进。除王蒙进行意识流实验外，李陀也相继发表《七奶奶》、《自由落体》等作品，虽然比较生硬，但实验倾向却更明确。高行健的几部戏剧如《绝对信号》、《车站》等，已经摆出阵势要向现代派迈进。其他一些作家作品虽然未标明是现代派，但对人物性格和心理的刻画已经侧重于向乖戾方面发展。张洁的《方舟》写了一群独身女人，她们追逐事业和个性而拙于爱情，这使她们纷纷陷入性苦闷的境

---

① 冯骥才：《中国文学需要"现代派"》，参见《上海文学》1982 年第 8 期；或参见《西方现代派文学回顾论争集》，人民文学出版社 1984 年版，第 499 页。

地。张洁当年优雅的感伤与温情，现在已为尖锐乖戾的性意识所替代，人格分裂，对生活过激的反应，一些怪诞的生活行径被张洁刻画得有棱有角。而张辛欣的《在同一地平线上》涉及到城市中男女的个性冲突问题，小说探讨个人与他人，与社会乃至与家庭的冲突。那个"孟加拉虎"被设想成富有个性的现代人，他以困兽的姿态与社会搏斗，并且不屑于在爱情与事业之间寻找平衡。张辛欣的叙事犀利而硬气，敏感而富有张力。

现代主义的早期实验困难重重，王蒙关于意识流的探索就受到各种批判，高行健的现代小说主张更是遭遇猛烈的攻击。"现代派"虽历经批判却奇怪地存活下来，并且在创作实践中成长壮大。就文学创作实践而言，根本缘由在于文学界一直承受着创新的压力。"新时期文学"经历过"伤痕文学"、"改革文学"和"知青文学"之后，面临着在艺术上向前发展。尽管现实主义文学取得相当的成就，但现实主义文学主要是在思想解放运动的推动下，也就是在主流意识形态的规范下，重述反"文革"的历史叙事。就其艺术上而言，并没有多少实质性的突破。当意识形态的想象力被发挥到极致后，文学需要在自身的艺术本体方面作出有效的探索。艺术在任何时代都要有创新，不管是从整体的创作实践来看，还是就个体艺术家而言，更何况处在一个改革求变的时代。对于具有历史敏感性的作家来说，求变的思想则显得更加迫切。在这样的前提下，西方现代主义为寻求艺术创新的中国作家，特别是年轻一代中国作家提供有益的经验。事实上，自现代以来，文化上的"新"总是与西方文化发生直接关联。新/旧的更替，经常被东/西方冲突的二元模式所代替，现代主义就成为当代中国文学创新的动力之一。尽管这里面有诸多的片面性，但作为冲破僵化沉闷的文学格局来说，不失为有益而必要的实验。

关于现代主义，在八十年代中期有一个别致的表述："新潮小说"。也许现代主义过于"西化"，有"自由化"嫌疑；也许是现代主义谈论数年还不足以满足人们寻新求异的心理。"新潮小说"这种说法则与当代文学史的创新自觉紧密相联，也重新划定了一个时期的变革开端。总是乐于处在开端，就像急于宣称一种潮流过时一样，这是当代文学无法承受创新之重而作出的过激反应。1985 年是一个创新之年，于是 1985 年的文学就有了"85 新潮"的说法。居于创新首位的并不只是典型的现代派小说，同时"寻根文学"以更具有集体性的姿态，跨入 1985 年，使"85 新潮"变得名副其实，也使现代主义具有了本土的特色。寻根文学在什么意义上可以定义为现代主义，这确实是一个语焉不详的问题。从其影响来说，寻根派深受拉美魔幻现实主义的影响，后者被西方 60 年代先锋派小说奉为圭臬；从其创新的前卫性而言，它是与现代派对话的结果，因为当代中国小说的创新压力正是来自于现代派，所有的创新都是试图切入现代派，或超越现代派，在这一意义上，所有的创新又必然打上现代派的烙印——明显的或潜在的烙印。因而，寻根的文化目标和创新动力都暧昧且自相矛盾。"寻根"在文化方面的目标是要重新理解传统，如何理解？寻根群体几乎没有统一的观点和立场，有持批判态度的，也有试图到原初的文化性状中去获取生命热力，以作为进入现代化的生命动力。"寻根"的文化意义在于呼应海外儒学复兴而作出应急的反应，这使它在中国急争进入现代化时期，奇怪地去审视中国传统。这种应急措施根源于中国由来已久的现代性焦虑，它本质上是要确认自我的文化身份，从而与世界（西方）文化对话。"寻根"在文学上的意义则是借助拉美魔幻现实主义对当代文学创新难题作出反应，这又使它具有现代/本土的双重意义。

"寻根文学"的代表作当推韩少功的《爸爸爸》。这篇小说描写了一个尚处于蒙昧状态的落后部落的故事，这里远离现代文明，贫穷、野蛮、懦弱而无知。每个人都没有独立的价值，不过是这个愚昧集体的一个被动角色，他们自觉屈从于宗族的权力和习惯。祭祀、殉古、打冤、迁徙……等等，一切都习俗化仪式化了。不管是老辈人之间的冤仇结恨，还是有点改革意识的人物仁拐子，都不妨碍这种生活习惯的日常运转。作为故事主角的丙崽却是一个白痴，由他提示的视角则使整个部落的活动显得更加怪诞。《爸爸爸》表达了对国民劣根性的寓言式的批判，精当地运用了象征、隐喻等手法，特别是丙崽这一叙述视角的强制性运用，有效地捕捉住那种疯狂与麻木相交合的生存状态。韩少功同时期的作品还有《女女女》

等，显然有些刻意去表现乖戾而坚硬的个性与文化根源的关系。

莫言被看成是反"寻根"也是最后一个"寻根"作家。他的"红高粱"系列作品，以热辣辣的笔法，描写东北高密富有野性的生活。"寻根"这一过强的历史意识、虚无飘渺的观念和境界，被莫言的粗犷野性横扫一空。这里的故事主要由杀人越货、抢亲野合构成，一股原始野性的生命强力流宕于其中。"我爷爷"余占鳌出身贫寒，十六岁就杀死与母亲通奸的和尚，随即开始了流浪和土匪生涯。这一切在莫言那里都是以自豪和赞赏的意味加以叙述的，而土匪向着抗日英雄的转化，又更可见出莫言赞赏的野性品格的正面意义。莫言改变了寻根的历史意向，把寻根拉回到纯粹的中国本土的历史和生活状态中来，对于他来说，这种生活的原始生命力才是中国民族真正缺乏的，这就是中国民族的生命之根。《红高粱家族》经由张艺谋改编成电影而红极一时，它契合了八十年代中后期民众渴望强悍的时代心理，为那个时期提供了自我认同的精神镜像。

当然，莫言的写作从来不作形而上的考虑，他对"寻根"的反叛和超越，不如说完全出自他对一种生活状态的认同，出自对个人生活经验的发掘。这种经验深植于他的记忆的深处，所以他的叙事显得极为真实。而第一人称（我爷爷、我奶奶）的叙述视点，无疑强化了这部小说的传奇性。"红高粱系列"可以看出莫言在叙事上大起大落的笔法，粗犷凌厉，涌溢而出，无拘无束，洒脱至极。而反讽性的快乐穿插于其中，使莫言的小说始终洋溢着一种宣泄式的快乐。莫言的小说为小说叙事向着个人经验、向着语言和感觉层面转向提供了一个杠杆。莫言把寻找民族的文化之根的历史沉思，改变为生命强力的自由发泄，历史、自然与人性被一种野性的生活状态胶合在一起，当代中国小说从思想意识到文体都获得了一次解放。

莫言与此同时的一系列作品：《透明的红萝卜》、《爆炸》、《球状闪电》，都是极为出色的作品。这些作品尤为显示了莫言的描写能力，他的语言表现力和丰富的感觉。正是莫言在这些方面所作的实验，他在文学叙事中对传统道德观念的反叛，都强有力地影响了随后的先锋派的小说意识。回到个人体验的生命本体，回到叙事语言的本体，莫言为现代派小说观念注入了切实的本土内容。莫言已经挥霍尽了文学叙事在历史文化和生命认同方面的想象力，因而，莫言在个人的生命体验意义上，不得不给后来者只剩余下个人的乖戾感觉，也就是说，那种狂热的、自我确证式的认同，只能向着个人的狭隘感觉方面变化。莫言像是一个独行的过客，又像是一个始终的怂恿者，在他之后，年轻一代的作家必然在现代小说意识方面越走越远。

寻根文学还创造了一种新型的文学经验，而且群体效应并没有淹没个人化的风格。文化作为底蕴，个人的风格化标识才有特征可循，才有力量。贾平凹刻画秦地文化的雄奇粗砺而显示出冷峻孤傲的气质；李杭育沉迷于放浪自在的吴越文化而具有天人品性；楚地文化的奇谲瑰丽与韩少功的浪漫锐利奇怪地混合；郑万隆乐于探寻鄂伦春人的原始人性，他那心灵的激情与自然蛮力相交集而动人心魄；而扎西达娃这个搭上"寻根"末班车的藏族人，在西藏那隐秘的岁月里寻觅陌生的死魂灵，远域文化隐含着不可知的力量而令人震惊……正如那些被称之为典型的"现代派"小说，仔细分析总是与现代派相去甚远一样，"寻根派"从直接动机与表面的叙事都与现代派抵牾，但其最终创造的文学观念与美学效果，它所隐含的间接动机，这些都表明它与现代派的内在联系。在这一意义上，同样富有实验性的寻根派，是八十年代中期中国现代派文学的同路人。

三、先锋派文学登场

20 世纪 80 年代后期以来的中国的经济发展状况和文化氛围，给予"后现代主义"产生提示了最低限度的历史条件。但是，当今中国的"后现代主义"说到底还是政治/经济/文化多边作用的结果，它象征着一种极为复杂的文明情境。"后"是一个最容易被误解的词，通常认为它仅仅表示了在后工业文明时代的时间界线。后现代作为一种理论话语，当然是对后工业化社会存在的现实特征和文化现象进行研究的结果，它是晚期资本主义的文化产物，其对"现代主义"的反叛和修正，使它在时空上具有双重的可能性：既有可能是在"现代"之后，也有可能是在"现代"之前——它在时空上试图最大可能地概括人类生活和文化存在的多元交错样态。因而，当它用于抵抗人类业已经形成的时空观时，"后"更重要的意思，在于描述一种空间性的多元交错状况，不同时间的东西被堆放在同一个空间或平面中。它揭示了与先前经验存在某些细微的差别，或是某种混合的、拼贴的、变形的、过分的以及失真的状态。它表明人们已经无法在习惯的和常规的意义上去描述或理解某些事物，无法给予明确的界定而又不得不做出区别。它通常是中性的，但它时常也有戏谑的意味。以这样一种眼光来看"后"，则没有必要把"后"与经济发展水平简单混为一谈。即使就经济文化前提而言，中国也有相当条件可以产生后现代主义。八十年代后期，特别是九十年代以来，随着改革开放向纵深领域推进，跨国资本与跨国公司的大量进入中国，高科技产业，传媒与信息产业高速发展，消费社会及城市化迅猛发展，所有这些，都给后现代的产生提供了必要的物质条件社会环境。

　　说到底，"后现代主义"表达了中国的现代性所处的多元混杂的"历史误置"状况。当代中国同样置身于一个巨大的"文化落差"之中，不同的时代，不同的信仰，不同的观念和行为方式在这个特定的历史场景汇集，使当代中国文化变得混杂丰富却又奇妙无比。八十年代后期，人们不难感觉到中国社会的"中心化"价值体系失去创造功能，"一体化"的社会秩序处于变动状况。经济过热发展激化了隐藏的文化矛盾，市民社会正在逐步形成，与主流意识形态、知识分子精英文化处在三元分离的状况。市民社会奉行经济实利主义原则，并且代表了一种生机蓬勃的社会力量。这使长期以来确立的那些价值准则和社会秩序处在激烈的变动和摇摆中。随之，社会的信仰、价值和符号体系必然发生一系列的混杂错位，例如，名/实，动机/效果，真实/虚假，政治/经济，文化/商业，进步/守旧，左

/右……等等之间的并存与摆动。这些对立项在具体的历史过程中总是相互颠倒，就其存在方式而言，总是出现"名"（能指）与"实"（所指）的分离，因而其运作方式总是发生动机与效果的倒错，错位的文明情境洋溢着无边的荒诞与诗意。所有这些都并存于这个时代，使中国社会的现实充满了前所未有的复杂性和奇妙性。它为当代叙述学揭示了诗意祈祷、滑稽模仿，抒情与反讽等等一系列感觉方式、修辞方式和表达方式——这使当今中国的生存现实、大众文化生产和某些先锋派实验，不可避免出现后现代主义倾向。

尽管"后现代"的标志在各派理论的描述中显得五花八门，莫衷一是，但大体还是可以归纳出如下几方面的特征：（1）反对整体和解构中心的多元论世界观；（2）消解历史与主体性的人文观；（3）用文本观念替代世界（生存）本体论；（4）反（精英）文化及其走向通俗（大众文化或平民文化）的价值立场；（5）消解终极关怀而追求写作（文本）快乐的艺术态度；（6）反悲剧而追求反讽、黑色幽默的美学效果；（7）在艺术手法上追求拼合法，不连贯性、随意性，滥用比喻，混同事实与虚构；（8）"机械复制"或"文化工业"是其历史存在和历史实践的方式。①

总之，历史神话的解体与主体地位的失落，其实在意识形态本身的推论实践中就不可避免，外部社会经济现实和日常经验不过加深了思想领域的危机。年轻一代的诗人、作家、艺术家、批评家，包括从事各项专业活动的青年知识分子，他们在八十年代后期寻找一种新的话语，一种新的价值立场和表达方式，这使得他们与八十年代上半期奉古典人道主义为圭臬的那一代"历史主体"貌合神离；他们在基本的文化信念方面，在基本的社会理想和文化道义责任方面并行不悖，然而年轻一代追求的艺术规范

---

① 哈桑在《后现代主义》（1971）一书中列出二十多项指标以表明与现代主义根本对立的后现代性；戴维·洛奇在《结构主义的运用》（1981）也列出"后现代主义"的六项准则：（1）自相矛盾；（2）排列拼合法；（3）不连贯性；（4）随意性；（5）比喻的滥用；（6）虚构与事实混合。

以及学术规范，价值立场，他们所接受的文学艺术传统及思想资料，乃至于语言风格都相去甚远。他们适应了八十年代后期"中心化"价值体系变动的现实，甚至可以说他们浮出文化的地表本身表征着并且加剧了"中心化"的解体，反权威、反文化、反主体、反历史，几乎成为一代人的文化目标。而先锋派创作实验所表现出的后现代倾向，构成了这个时期富有生气的文学流向。

在过渡与转折中，值得注意的是马原、洪峰和残雪。

马原出于他的不安分的天性，最早探索文学向内转的可能性。1984年，马原就写下《拉萨河的女神》，这篇实验小说，第一次把叙述置于故事之上，把几起没有因果联系的事件拼贴到一起。1984年马原用这种方法写小说是有特别的意义的，并且后为形成一股无法切断的流向。1985年以后，马原陆续发表几篇作品：《冈底斯的诱惑》、《虚构》、《大师》等。

马原把传统小说重点在于"写什么"改变为"怎么写"，预示了小说观念向文本转变的趋势。马原的文学观念属于现代主义与后现代主义混合的产物，他一半来源于对博尔赫斯的阅读，另一半来自他的天性和对当时的文学潮流的反叛。马原的立场标志"创作"向"写作"的退化。创作的主体面对着文明、人类、时代等巨大的历史客体，创造一套与之相适应的"想象关系"和理想价值。而"写作"则只是面对语词的一种个人行动，一种话语讲述的过程，它表明"想象关系"的破裂与超越性价值的失落。创作关注"写什么"，而"写作"则偏向于"怎么写"。前者由现实的真实关系和想象关系的统一决定其内容实质；后者则是在文学史纵横交错的坐标系上寻找有限的突破口。马原的"叙述圈套"在1986年和1987年名噪一时。马原用叙述人视点变换达到虚构与真实的位格转换，叙述构成一种动机力量推动故事变化发展。然而，马原的"叙述圈套"的功能有限，它更像是几个故事单元的刻意组合，仅仅定位在故事的层面上，而不是定位在话语的层面。虽然马原确定了新的小说视点，但并没有确立新的"世界观点"。随着"我就是那个叫马原的汉人"这句语式的神秘性在不断重复中逐渐丧失新鲜感，马原的挑战性也就丧失了。

洪峰一直被当作马原的第一个也是最成功的追随者，但是人们忽略了洪峰的特殊的实验意义。1986 年，洪峰发表《奔丧》，传统小说中的悲剧性事件在这里被洪峰加以反讽性的运用。"父亲"的悲剧性意义的丧失和他的权威性的恐惧力量的解除，这是令人绝望的。《奔丧》的"渎神"意义，表明"大写的人"无可挽回地颓然倒地，它怂恿着叛逆的儿子们无所顾忌越过任何理想的障碍。洪峰同时期比较出色的作品还有《瀚海》和《极地之侧》，前者带有"寻根"的流风余韵，后者显示了对马原的某些超越，它们与《奔丧》比起来艺术上显得更加成熟，但是却不具备《奔丧》的那种改变观念的力量。洪峰的小说具有渎神的特点，并且他对生命的原始冲动有着强烈的表现欲望，这些使洪峰的小说具有与现代主义不同的意味，而倾向于后现代主义。

作为当代最早具有尖锐的女性主义意识的作家，残雪那若即若离的独行气质难以归类，然而，残雪以她冷僻的女性气质与怪异尖锐的感觉方式，不仅与前此的中国女性的写作诀别，而且与同代的男性作家群分庭抗礼。只有残雪才具有那种绝望的反抗男性制度的意识，因为绝望，她才绝对；因为绝对，她才如此怪僻与尖锐。1986 年，残雪连续发表几篇作品：《苍老的浮云》、《黄泥街》、《山上的小屋》等。残雪显然过分夸大了日常生活里那些精神乖戾的现象，但是她也确实暴露了女性在潜意识里企图用她们怪异的精神反应来对付已经制度化了的男权统治。残雪的写作洗劫了女性的脂粉气和臣服于男权制度的浪漫情调。她的主题值得推敲，但是她的那种冷峻怪异的感觉，那种对妇女心理的淋漓尽致的刻画，对暴力的幻觉式的处理方式，以及有意混淆幻想和实在的界线的叙事方法，显然严重影响了稍后的"先锋派"，至少打开了一扇隐秘的窗户，破除了一些清规戒律。她预示了一个似乎超离现实的幻想世界在文学中的存在。

马原、洪峰、残雪既是一个转折，也是一个过渡，在他们之后，文学观念和写作方法的某些禁忌已经解除。但是，留给后来者的不是一片广阔的可以任意驰骋的处女地，而是一个前途未卜的疑难重重的世界。马原的昙花一现或许令人感到当代中国文学变化无常，但也同时表明文学一直承受着艺术创新的巨大压力，马原的实验意义是重大的：过去"写什么"可以从现实生活中找到与意识形态直接对话的重大题材，写作只有主题的类别之分；而"怎么写"明显地见出才情技法的高下之别，写作不仅要发掘个人化经验的非常特殊的角落，而且要去寻找动机、视角、句法、语感、风格等等多元综合的纯文学性的要素。只有独特的话语、技高一筹的叙述，才能在失去意识形态热点的纯文学的艺术水准上得到认可。在这一意义上，马原既是一个怂恿，一个诱惑，也是一个障碍。马原在他那曾经卓有成效的"叙事圈套"上，垒起了他自己艺术实验的纪念碑。显然，后来的写作者必须跨越这块并不雄伟却预示着方向的石碑，有必要在叙事视角、价值立场、心理经验、感觉方式、语言的风格化标志等等方面超越马原。

1987 年被认为是当代中国文学跌入低谷的时间标志，这一年到处都可以听到文学失落这种慨叹。从思想意识方面来看，这种悲观论调无疑是合乎实际的，当代现实不再需要文学充当什么改革开放的开拓者，而文学不得不面对市场去自谋出路。但在文学方面，这个时间标志隐含了太多的历史内容，因此它更有可能是当代文学另一个历史阶段的开始。文学开始摆脱意识形态的直接束缚，有可能以自身的美学价值获得独立存在的依据。其显著特征在于，继马原之后，更年轻的一批作者步入文坛。这里面可以看到"现代派"的线索；也不难发现"寻根"的流风余韵；当然还有马原起到先锋作用的叙述观点。

也正是在 1987 年，先锋派崭露了头角。

这一年早春，阵阵寒流依然料峭，中国作协机关刊物《人民文学》却破天荒以第一、二期合刊的方式发行。第一次发行 70 万份销售一空，再加印 50 万份又告售罄。但这本刊物引起人们广泛兴趣的不是什么现代派的作品，而是马健的那篇《伸出你的舌苔，或者空荡荡》。这篇小说当然不是以什么现代派观念或叙述技巧令人耳目一新，而是以对性的大胆描写引人入胜，加以这里的"性"是关于西藏远域的风习，就更添了一层神秘莫测的色彩。事实上，这一期的《人民文学》确实登载了不少前卫性的作品，且不说有马原、莫言的小说和廖亦武的诗，一批在当时还是无名小卒的作品，正在预示着一次根本性的变化。例如，孙甘露的《我是少年酒坛子》，北村的《谐振》，叶曙明的《环食·空城》，姚霏的《红庙二题》，乐陵的《扳网》，杨争光的《土声》等。这几篇小说的显著特征在于：其一，故事情节淡化或趋于荒诞性；其二，"反小说"的讲述与注重语言句法；其三，现代性寓言。孙甘露的《我是少年酒坛子》只能称之为一种"亚小说"，它是散文、诗、哲学、寓言等等的混合物，这是作者一贯的风格。北村的《谐振》、叶曙明的《环食·空城》和姚霏的《红庙二题》，表达的是有关当代人的生存困境及其荒诞性的主题，其反讽的效果及其对世俗化生活的批判意识，明显与刘索拉和徐星的那种自以为是的"现代意识"区别开来。那些看上去是现代主义的主题，实际是被反讽性地挪用了。

1987 年底，《收获》第五、六期明显摆出一个"先锋派"的阵容。这些作品在艺术上比较年初的那些作品要成熟纯正些，那些姿态，那些硬性的所谓"现代观念"已被抛弃，非常个人化的感觉方式熔铸于叙事话语的风格标志中。苏童的小说给人以凝炼而又舒畅的感觉，苏童的叙事既表现出对语言、句法和叙述视点及结构的强调，又能给人以明晰纯净的印象，这也是苏童在当时比其他先锋派作家更容易为人所接受的缘故。苏童的《一九三四年的逃亡》，多少可以看出一点莫言"寻根"的味道和马原的那点诡秘，然而，以"祖父"、"祖母"为表征的历史却陷入灾难，历史已无根可寻，留在虚假的时间容器中的，不过是颓败的历史残骸。显然，这篇小说没有可以全部归纳的故事和主题，通篇是叙述人关于祖父祖母在灾荒的 1934 年的苦难经历的追忆。历史、农村、都市、生殖、革命、生活等等，都不是在观念的领域里被寓言性地谋杀，而是在具体的叙事中被无所顾忌的诗性祈祷所消解。那些在叙事中突然横斜旁逸的描写性组织，构成叙事的真正闪光的链环。苏童在此之前已经写过多篇小说，只有《一九三四年的逃亡》使苏童突然成为先锋派。过于激越的抒情意味和强烈的叙述节奏打断了残败的历史之梦，并且标志着新一代的写作者鲜明的话语意识。

就先锋派的特征而言，余华沉浸于幻觉与暴力而显得极其尖锐和怪异。1987 年，余华发表《十八岁出门远行》，描写少年人面临成年时发生的心理动荡，显示出余华把握一种细微而偏执的心理状态的能力。《四月三日事件》显然是余华变本加厉的结果。小说对少年心理意识进行了一次更加怪异的描写。对于余华来说，少年的视角不过是他有意混淆幻想/现实、幻觉/实在的一个特别视点。一个无名无姓的"他"，在十八岁生日的时刻，神经质地意识到"被抛弃"的恐惧。"他"的精神的漂流状态真切地呈示为他对生存环境扭曲的细微感觉，迷醉般地用"幻觉"来审视他的实际存在。叙述时间由于卷入幻觉与实在的不厌其烦的辨析过程，而在精细怪诞的感觉中无比艰难地推进。余华随后在《一九八六年》中，把一个疯子推到叙事的中心，作为"文革"疯狂历史的精神遗产，疯子不过是历史疯狂的凝聚。然而，现实的人们完全漠视了这个历史凝聚之物。疯子的存在不仅是在道德的水准上对人性、良心的诘难，同时是对生活的虚假性的全部戳穿。余华从这里出发，走进一个由怪诞、罪孽、阴谋、死亡、刑罚、暴力交织而成的没有时间也没有地点的世界。在那里，他可能尽情发挥他运用语言去捕捉永远不在的实在之物。

孙甘露在语言叙述的平面上走向极端，传统中国文学的宏大叙事，在这里只剩下魔法式的文本模仿。梦、幻想、瞬间的感觉和狂热的语词，以及优雅的风格，构成孙甘露小说叙事的主要素。孙甘露在 1986 年写过《访问梦境》（《上海文学》），这当然是一篇把梦境与现实混为一谈的小说。想象奇特古怪，结构却流畅自如，语言瑰丽奇崛。而《信使之函》在艺术上显得更加激进，通篇用五十几个"信是……"的句式作为叙述提纲，也可以看成是段落的起承转合。这篇被称为"小说"的东西，既没有明确的人物，也没有时间、地点，更谈不上故事，它把毫无节制的夸夸其谈与东方智者的沉思默想结合起来；把人类的拙劣的日常行为与超越性生存的形而上阐发混为一谈；把摧毁语言规则的蛮横行径改变为神秘莫测的优雅理趣。孙甘露像个远古部落遗留的现代祭司,端坐在时间与空间交合换转的十字路口,而后不失时机地把他的语词抛洒出去。如果把孙甘露的《信使之函》称之为小说的话,那么这是迄今为止当代文学最放肆的一次小说写作。孙甘露的作品寥寥无几,在当时却让文坛大惊失色,无数的批评家理屈词穷,面对孙氏写作无从下手。《信使之函》作为极端的小说,证明当代小说没有任何规范不可逾越。

相比较而言,格非看上去要传统得多。格非开始引人注目的小说当推《迷舟》。这个战争毁坏爱情的传统故事是以古典味十足的抒情风格讲述的,那张简陋的战略草图一点也不损害优美明净的描写和浓郁的感伤情调。然而,整个故事的关键性部位却出现一个"空缺"。"萧"去榆关,到底是去递送情报还是去会情人"杏"?这在传统小说中无论从哪方面来看都是一个精彩的高潮,然而,它竟然在这里被省略了。这个"空缺"不仅断送了萧的性命,而且使整个故事的解释突然变得矛盾重重,一个优美的古典故事却陷进解释的怪圈。这个"空缺"在 1987 年底出现,轻而易举就使格非那古典味十足的写作套上"先锋派"的项圈。尽管这个"空缺"不过是从博尔赫斯那里借用来的,然而格非用得圆熟到家,无形中把汉语小说的叙事实验,推到一个奇特的难度和高度。

当然,1987 年还有一些值得注意的小说,这里难以全面列举。就以上提到的几位"先锋派"作家而言,其实已经操练小说(或诗)多年,何以他们在 1987 年底突然间集体成熟?仅仅归结为他们"长大了"是远远不够的。1987 年也不仅仅依靠外部现实的压力(文学不得不重视"怎么写"),而且在于文学的写作水准已经趋于明确:强调叙述视点、独特的感觉方式、鲜明的语言风格、对故事的特殊处理方式等等。总之,每个写作者必须找到自己的"话语"。因此,1988 年底,《收获》第六期再次推出一组"先锋小说",几乎一样的阵容,显然艺术水准有了明显提高。在这一期上同时刊登了马原的《死亡的诗意》。曾经是"先锋派"领路人的马原,现在却明显落伍,没有理由认为这篇小说不好,然而,人们可以容忍追随者的平庸,却无法忍受开山者的重复,马原功不可没,却足以抹煞后来的自己。因而对马原的超越已经变成一种考验，叙事话语的风格标志才显得至关重要。如果说《一九三四年逃亡》还带有一些兼收并蓄的痕迹，那么《罂粟之家》则真正显示了苏童的风格。这个家族颓败的故事内涵相当丰富：历史与生殖、压迫与报复、血缘与阶级、革命与宿命……等等，或对立或统一，以一种舒缓纯净的风格化语言从容讲述出来。苏童的人物总是为情欲所驱使，毫无指望抗拒命运而事与愿违。《罂粟之家》散发淡淡的历史忧郁之情而远离悲剧，故事明白晓畅却不失深邃诡秘之气，这是苏童的独到之处。《罂粟之家》作为苏童以往作品的一次全面总结，看不到外来小说影响的痕迹，这并不容易。

1988 年，余华在暴力与阴谋的无边苦旅越走越远，没有人可以否认余华的感觉古怪而奇妙，他把那些奇怪形状人物的全部智力压制在正常人的水平线之下，这样余华就可以驱使他们去干任何不可思议的勾当。显然，余华对人物的行动并不感兴趣，他关注的是那些过分的反应方式给叙述语言提示的可能性。《河边的错误》、《现实一种》显然有不少令人瞠目结舌的场面，然而，更加令人注目的是对那些场面感觉方式和语言特征。随后的《世事如烟》、《难逃劫数》，无疑是余华较好的作品。《世事如烟》对暴力、阴谋、罪孽、变态等等的描写淋漓尽致。在余华的那个怪异的世界里，时间与空间、实在与幻觉、善与恶等等的界线理所当然被拆除，而阴谋、暴力和死亡则是日常生活必要的而又非常自然的内容。"算命先生"作为全部阴谋和罪恶之源，如同远古时代令人恐惧的部落长老。这帧历史的古老肖像总是在余华的写作中浮现出来。余华的那些怪诞不经的故事因此又具有某种发人深省的历史宿命论的意味。《难逃劫数》把暴力场面写到炉火纯青的地步，它们看上去像是一些精致的画面。余华的那些被剔除了智力装置的人物，总是处于过分敏感与过分麻木的两极，而且总是发生错位。他们不过注定了是些倒霉的角色，一系列的错误构成了他们的必然命运。人们生活在危险中而全然不知，这使余华感到震惊，而这也正是余华令人震惊之处。

《褐色鸟群》无疑是当代小说中玄奥的作品。格非把关于形而上的时间、实在、幻想、现实、永恒、重现……等等的现代主义哲学本体论的思考，与后现代主义式的重复性的叙述结构结合在一起。"存在还是不存在？"这个本源性的问题，随着叙事的进展无边无际蔓延开来，所有的存在都立即为另一种存在所代替，在回忆与历史之间，在幻想与现实之间，没有一个绝对权威的存在，存在仅仅意识着不存在。这篇小说使人想起埃舍尔的绘画、哥德尔的数学以及解构主义哲学那类极其抽象又极其具体的玄妙的东西，它表明当代小说在"现代派"这条轴线上，已经摆脱了浅薄狭隘的功利主义，而真正在小说叙事方面达到相当水准。虽然这篇小说明显受到博尔赫斯的影响（例如关于"棋"与"镜子"的隐喻），但是汉语的表现力及其关于生存论的思考，也可以置放在现实中来理解，因而这篇小说读起来有些晦涩费解，但决无做作之感。如果说《褐色鸟群》的形而上观念过强毕竟只能偶尔为之，那么《青黄》则把叙述的结构设计与生活史的存在方式结合为一体，一个不完整的统一体，结构上的"空缺"正是生活史的不完整性的隐喻投射。对"青黄"的词源学考据，变成对九姓渔户生活史的考证，结构上隐瞒的那些"空缺"，恰恰是九姓渔户生活中最不幸的环节，"补充"可能使叙述结构变得完整，但是却使外乡人的生活彻底破碎了。格非的故事主角经常是"外乡人"，对于格非来说，生活本质上是不能进入其中的，因而"外乡人"的历史构成了人类生活中最隐秘的部分。

1988 年因为有了孙甘露的《请女人猜谜》，"先锋派"的形式实验才显得名副其实。在这篇小说中，孙甘露同时在写另一篇题名为《眺望时间消逝》的作品。这是双重文本的写作，就像音乐作品中的双重动机一样，结果后者侵吞了前者。在这篇没有主题，甚至连题目都值得怀疑的小说中，角色随时变换自己的身份，时间与空间的界线变得相对。这是一次关于写作的写作，一次随意弹奏的卡农，孙甘露不过想试验一下写作的可能性到底有多大？同时也不能忽略孙甘露对生存的似是而非境遇的似非而是的剖析，对那些虚度瞬间的心烦意乱的刻画，都具有玄妙深长的意味。值得提到的还有潘军写的《南方的情绪》。这篇对侦探小说反讽性模仿的小说别有趣味。这个企图侦探某个秘密的主角却是一个忧心忡忡的多疑者，他总是落入别人的圈套。如果把这一主角的形象与"新时期"文学"大写的人"作一对照则是一件十分有趣的事，角色的变迁正是社会心理改变的投影。《南方的情绪》其实为当代小说的写作开启了一条类似罗勃·格里耶的《橡皮》那种路子，潘军没有坚持探索有些可惜。同期还有扎西达娃的《悬岩之光》。扎西达娃由于他的藏族文化身份，总是习惯于把他看成藏族作家，而在讨论先锋派的时候把他忽略，这显然是个错位。事实上，扎西达娃是个极有挑战性的作家，他对藏族的现代化、对汉语言写作都有相当的冲击。他后来的《野猫走过茫茫的岁月》是一篇相当出色的作品，对西藏的现代化与文化多元混杂状况作了相当深刻的描写。

　　如果把1989年看成"先锋派"偃旗息鼓的年份显然过于武断，但是1989年"先锋派"确实发生某些变化，形式方面探索的势头明显减弱，故事与古典性意味掩饰不住从叙事中浮现出来。1989年《人民文学》第3期再次刊登了一组"先锋"（或"新潮"）小说，在那些微妙的变化和自我表白的话语里，我们看到另一种迹象。先锋们放低了冲刺的姿态，小说叙事显得更加平实和流畅些。这当然不是和1989年事件有关，从发表的时间周期来看，大部分小说写作于1989年之前。《风琴》如果不是近年来最优秀的短篇小说，至少也是格非最出色的作品。这篇看上去抒情味十足的小说，颇具古典情调。格非以往的那种形而上观念和叙事"空间"不再在故事中起控制作用，相反，故事是不留痕迹自然流露出来的一些场景片断。它们像一些精致的剪贴画呈现出来。然而人物的行动链的某些环节出了差错就是这些细微的差别，使整个故事、整个生活无可挽救地颠倒了。王标渴望一次真正的伏击，却伏击了一个迎亲的队伍。他能干什么呢？他只好请新娘唱支歌。歌声被王标的遐想掩盖了，然而正是歌声激起王标的遐想，正是歌声掠过早春的原野经久不息地飘荡，还有什么比这种情境更让人悲哀，更为感人至深的呢？只有在这时，人才能和真实的生活融为一体，与自然融为一体，回到"生活之中去"的渴望，恰恰是在破碎的生活边界上奏起的无望的挽歌。

1989 年，"先锋派"以其转向的姿态完成历史定格。"先锋派"本来就无力面对现实说话，他们不过是以形式主义实验，与经典现实主义分庭抗礼，并且也只是潜在的，象征性的，或者说在客观的历史效果意义上如此。现在，先锋派一旦放低了形式主义的姿态，或者说形式主义的小说叙事已经为人们所习惯，先锋性的形式外表被褪下，那些历史情境逐渐浮现，讲述"历史颓败"的故事成为 1989 年之后"先锋派"的一个显著动向。显然，叶兆言在这方面多有建树。尽管叶兆言写过《枣树的故事》(1988)这种形式意味很强的作品，但他最拿手的是讲述三十年代散发着历史陈旧之气的故事，例如《状元镜》(1987)、《追月楼》(1988)、《半边营》(1990)、《十安铺》(1990)等等。叶兆言写出了三十年代那些被遗忘和淹没的往事，虽然他没有表达真切而深挚的怀旧情绪，但是写出了历史无可挽回的颓败命运，在古代与现代的交接点上，观看历史弥留之际的最后时刻的景象。

《妻妾成群》显示了苏童对历史的特殊感觉方式，尤其是对"历史颓败"情境的刻画。1989 年以后，苏童的风格有所变化，准确地说，《妻妾成群》并不能反映苏童作为"先锋派"的面目，这篇小说已经带有回归传统的意向。当然这篇看上去古典味十足的小说，也显示了非常现代的叙事方法；它强调语言感觉和叙事句法，显示了苏童特有的那种叙事韵味。这篇小说讲述一个女性遭遇婚姻悲剧的故事。与"五四"时期大多数"新青年"相反，颂莲这个女性却走进一个旧家庭，她几乎是自觉成为旧式婚姻的牺牲品，她的干练坚决成为她走向绝望之路的原动力。显然，苏童赋予这个女性过多的女人味，她谙熟女人间的争风吃醋和勾心斗角，甚至以"床上的机敏"博取陈佐迁的欢心。然而，她清纯的气质和直率的品性终究没有挽救她作为一个小妾的命运。

显然，苏童宁可在古旧中国模糊的历史区域行走，也不对现实投关注的一瞥。苏童有非常好的小说意识，却没有对现实的意识。对于他来说，远离现实的那种历史的或怀旧的氛围，适合于他的小说叙事，适合于他对纯粹的小说本体意识的把握。苏童的第一部长篇小说《米》(1991)，已经更加注重故事性，除了偶尔流露的那种叙事风格还可见苏童当年作为"先锋派"的气质格调外，《米》似乎更接近现实主义。这部小说讲述江南30年代的故事，看上去很像帮会传奇。这里面每个人都是坏人而且惨遭不幸。欺诈、诱惑、阴谋、暗算、凶杀和复仇等等，构成了这部传奇的主要内容。这部长篇当然有它出色之处，个人化经验被刻画得很充分。这部小说有意夸大五龙的凶狠，他的那种无法遏止的占有欲望迅速演变为凶猛的复仇。他的仇恨一半来自个人的现实遭遇，另一半来自乡村对城市的天然仇视。在他敌视小店主及其城市恶霸的瞬间，乡村的记忆总是绵延而至。这使乡村的忧伤记忆充当了久远的历史背景，甚至使那些凶猛的动作具有一种特殊的情调。这显然是苏童惯用的手法，但在表现凶猛的场面时，依然不失优雅之气。苏童写作这部小说，大概是想完成一次对凶猛粗野一路风格的尝试。其实，绮云和织云两个女性形象依然写得很好。那种感伤忧郁，任性而多情，红颜薄命，无可挽回的失败感写得如歌如诉。女人的心性与命运是无法读解的生存之谜，它们在苏童的叙事中，总是散发着浓郁的末世情调。

当然，并不是说形式探索就根本不存在了。1990年孙甘露发表的《岛屿》，就是实验性很强的小说。与此同时，北村一直就没有放弃他的语言与叙述视角的探索实验。继1987年发表《谐振》之后，北村发表《陈守存冗长的一天》（1989）、《逃亡者说》（1989）、《归乡者说》（1989）、《劫持者说》（1990）、《披甲者说》（1990）、《聒噪者说》（1991），这些小说都没有具体的故事可以归纳，它们大多是关于逃亡、劫持、归乡以及生与死的价值、语言与人相遇的关系等等形而上理念的思考。这些作品一如既往显示了北村对叙述语言探索的宗教徒般的精神。在北村看来，语言与世界相遇显然存在一个漫长的过程，他乐于观看那些放慢的动作在精确的语义序列中的推移过程，而仿梦的叙述观点（结构）为语言的迷失设置无限的歧途。北村过于重视语言的精确性和表现力，尽管人们看重北村对小说叙述时间的探索，但很少有人有耐心去读北村的作品。用苏童的话来说，北村是个真正的先锋派。在九十年代最初几年，北村至少是一个寂寞的先锋派。

"先锋派"称得上具有形式主义实验倾向的作品，主要发表于 1987 至 1989 年初。进入九十年代，先锋派的探索基本偃旗息鼓，除了北村和吕新还在以迟到者的姿态负隅顽抗外，先锋派已经名存实亡。寥寥几个先锋派已经悟出文学与现实的暧昧道理。回避现实，讲述一些莫名其妙的历史故事，既可以保持语言与叙述的前卫性感觉，又没有任何风险。对于他们来说，小说的形式主义策略是他们回避现实的首要方式，而历史故事则是与大众调和的必要手段。他们都是些纯粹的小说家，不大习惯于对现实进行思考。因此，也就不难理解，被人们称之九十年代"先锋派"的作家，如果用"历史的责任感"之类的大话来衡量，他们基本上是一些思想的侏儒。实际上，九十年代先锋们的作品数量更多，大多还是长篇小说，只不过不像几年前的中短篇小说那么具有形式主义的特征，而是更接近常规小说。

1993 年，花城出版社推出一组先锋派长篇小说，它们是苏童的《我的帝王生涯》，余华的《在细雨中呼喊》，孙甘露的《呼吸》，北村的《施洗的河》，吕新的《抚摸》。实际上，这些长篇（除了孙甘露的《呼吸》）都是 1991 年以来陆续发表于刊物的长篇作品。这些作品大都远离当下现实，余华的《在细雨中呼喊》故事到"文革"时期结束，孙甘露笔下的故事进入当代，但故事一如既往地只是形式的附属品。这些小说依然可以见出先锋派对语言形式的锤炼功夫，但形式方面的冲击力已经大大降低。艺术形式的变革意义通常是爆发性的，那些高地被攻克之后，如果还在原地踏步，就意味着走下坡路。人们期待看到先锋派更具有现实感或思想性的叙述，但是没有。这也就意味着先锋派处在尴尬的调整阶段。先锋派在艺术方面的探索意图、各自的创新动向，都不明确也缺乏冲击力。

尽管先锋派的实验不过短短几年，能称得上先锋性的作品并不壮观，但它无可置疑标志中国文学发生的转折。先锋派创造的叙事形式，语言感觉，对幻觉的处理，对风格化的叙述的把握，无疑把中国当代小说叙事推到一个新的难度。先锋派的形式主义实验，既是对现实的回避，也是在文学的创新压力之下，对经典现实主义的反叛。年轻一代的作家仅仅凭着对艺术的纯粹追求，对艺术创新的本能探索，而走到经典现实主义的反面。自从先锋派之后，现实主义代表的美学规范不再是天经地义的了。那些美学信条和思想规范，已经被新一代小说抛到后面。先锋派的实验阐明了这样的道理：文学写作可以依靠个人的艺术经验作为基础。它也表明中国文学实际上已经开始进入一个多元分离的时期。

进入九十年代以后，先锋派没有找到撤退之后的新的起点。那些放弃艺术创新尝试的作品，大多数只是简单回到写实的传统，并且依靠陈旧的思想观念来支撑再现性的叙事。苏童的《妇女乐园》（浙江文艺出版社，1991 年）收录的小说，无疑对妇女生活作了极为细致的表现，那些情境描写和人物心性的刻画都非常出色，但不能说在对生活、对历史和现实的整体把握上有多么独特复杂而深刻的认识。余华的《活着》在表现一个人的命运方面当然相当成功，但他的思想意识并没有超出古典人道主义。余华在 1996 年出版的作品《许三观卖血记》，受到多方颂扬。就常规小说叙事而言，无疑可以从中看出余华的艺术手法已经十分圆熟老道，叙述显得纯净而流畅。但就一个作家的创造性而言，这部关于"苦难生活"的故事并无惊人之处。就其叙事而言，这部被称之为长篇小说的作品过分追求单纯性，流畅明晰的叙述替代了余华过去的有意混淆现实和幻想的叙事方法，因而在相当程度上削弱了对人物所处的历史环境的表现，作为长篇小说也未能在复杂的语境中表现更加丰富的生命状态。

格非在 1995 年发表《欲望》，这部面对"现在"的作品，可以看到格非对当代中国变动的现实，对精神生活流失的现状所进行的思考。格非的叙事依然保持相当好的语言感觉和叙事节奏，试图在较大的现实层面上来表现当代生活，这不能不说是格非的有益努力。但由于格非过分刻意表现当代精神生活的混乱，它对当代生活理解难免有些概念化的痕迹。对人物命运的处理，各种事件的关联，那些隐含的时代象征，似乎过于明确地进入既定的理性框架。但不管如何，格非有勇气摆出面对"现在"的写作姿态。格非的困难不过是表明讲述"现在"故事必然面对的难度，理解"现在",艺术地把握变动的"现在",并不是一件轻易的事。仅仅把"现在"描述为一个道德沦丧的时代是远远不够的,而这一点正是大多数作家面对"现在"的基本立场。北村也不例外,这个一度是个真正的"先锋派"的人,一直陷入思想的迷惘之境。一旦从形式主义的实验高地撤退下来,北村只好求救于宗教。而他的宗教在小说里更像是一个勉强的后缀。这里想强调指出的是,在同时期的作品中,这些作品无疑是出色的,就常规小说而言,这些作品的叙事和语言都具有相当高的艺术水准。我们的追问在于,当先锋派从形式实验撤退之后,它本来应该在、也完全有可能在思想的领地确立自身的起点,对历史、现实和人类生活的复杂性作出更深刻的探索,表现这一代人的思想力度和艺术地把握世界的能力。然而,当他们面对现实时,难以找到理解现实的思想出发点,而更多的作家,只是简单地退回到一个轻松自如的领地。

因此毫不奇怪,九十年代又有一批年轻的作家步入文坛,如何顿、述平、邱华栋、鲁羊、韩东、徐坤、张曼、刁斗、朱文、毕飞宇、李大卫、李冯、鬼子、东西等。这些人年龄不一,艺术准备也大相径庭。对他们的命名是困难的,"新状态"、"晚生代"、"新生代"、"60年代出身群落"、"女性主义"、"新生存主义"等等都无法概括这一庞杂的群落。但有一点是共同的,那就是他们直接面对当代生活,面对他们置身于其中的现代社会。在"寻根"群体及马原、莫言的背后,先锋派以其远离现实的形式主义实验在纯粹艺术的层面上标新立异;而现在,就在先锋派的侧面,这一庞杂的群落,仅仅以对当代现实社会的直接书写就吸引了人们的全部目光。尽管命名是一种粗暴的理论行为,但是不命名就无法进行新的理论概括,也无法描述和阐释新的历史现象。在这里,我们不得不用"晚生代"来描述九十年代出现的新的文学群落。这个群落既没有统一的文学观念,更没有相近的艺术风格,但是,相比较先锋派而言,他们明显有着直接面对现实写作的意识。自然,这将是新的实验。

可以说,对现代主义的追寻,对"先锋艺术"的实验,当代中国文学创造了自身的经验和美学趣味。例如,1. 具有文学自主性;2. 强调叙述主体的作用；3. 文学本体观念或文本观念替代了意识形态观念；4. 注重对人物的心理意识等个人性的表现；5. 叙述方式的开放性与实验性；6. 对语言本体和形式而上观念的多种方式的有机把握；7. 以个人为本位的多极化文学格局……等等。所有这些方面的现象，都不可避免引起当代文学、思想和精神的深刻变化。从这一意义上，确实构成当代精神活动变化的重要方面。

四、开始上路的网络文学

文学的实验是多种多样的。进入 21 世纪以来，共和国文学已由以往的体制化文学而"三分天下"，化为传统型文学、市场化文学和新媒体文学的不同板块。其间，发展迅猛、实验性很强的，当数以网络文学为主体的新媒体文学。这一在市场上不胫而走、斑驳杂陈、"小鬼当家"式的文学现象，其对于文学的实验性意义，不能不引起我们的关注。

来自 CNNICC（中国互联网络信息中心）的数据显示，截至 2008 年底，中国互联网普及率为 22.6%，超过 21.9% 的全球水平。中国网民数量达 2.98 亿人，居世界第一。网民已成为新世纪舆论的主体角色。在这一社会群体分化出来的"新群体"中，自然有一部分人借助媒体直接性、快捷性、互动性的传播特征和强大的服务功能，来表达个人的文学爱好和旨趣，从而涌现出一批网络写手，形成了网络文学的潮流。

网络于九十年代中期在中国大陆兴起，一批网民开始在网络上发表小说、散文和诗歌，网络文学应运而生。那时候它们还只是零星地存在，不成气候，并未形成潮流。1998 年 3 月 22 日，台湾成功大学水利研究所博士研究生蔡智恒（网名"痞子蔡"）以"JHT"为笔名在 BBS 里发表了《第一次亲密接触》的第一章。5 月 29 日，当他贴出最后的第三十四章时，这个网恋的爱情故事早已经传遍海内外的 BBS，并就此改变了大批年轻人的阅读习惯和写作模式。1998 年 9 月,《第一次亲密接触》繁体字版出版,发行量超过 30 万本。次年 11 月,简体字版在内地出版,发行量超过了 50 万本。"痞子蔡"和他的《第一次亲密接触》成为网络文学兴起的标志。与此同时,内地的安妮宝贝、宁肯、宁财神、李寻欢、邢育森、慕容雪村、雷立刚、今何在、石康、狗子、燕垒生等在网上也声名鹊起,网络文学潮流汹涌而来,蔚为壮观。短短数年间,网络文学涌现出了安妮宝贝的《告别薇安》(2000 年)、今何在的《悟空传》(2001 年)、慕容雪村的《成都,今夜请将我遗忘》(2002 年)、林长治的《沙僧日记》(2002 年)、邓安东的《有个流氓爱过我》(2005 年)和《不够时间好好来爱你》(2008 年)等优秀的作品。2009 年 5 月 13 日,历时半年多、集结中国文坛 21 名专家学者评审出的"网络文学十年盘点"终审推荐作品有:《紫川》(老猪)、《新宋》(阿越)、《家园》(酒徒)、《狼群》(刺血)、《官商》(更俗)、《窃明》(大爆炸)、《脸谱》(叶听雨)、《尘缘》(烟雨江南)、《无家》(雪夜冰河)、《天行健》(燕垒生)、《真髓传》(魔力的真髓)、《凤凰面具》(蘑菇)、《电子生涯》(范含)、《琴倾天下》(宁芯)、《曲线救国》(无语中)、《原始动力》(出水小葱水上飘)、《此间的少年》(江南)、《都市妖奇谈》(可蕊)、《韦帅望的江湖》(晴川)、《回到明朝当王爷》(月关)、《成都,今夜请将我遗忘》(慕容雪村)。网络小说铺天盖地,算得上洋洋大观。私人博客写作亦如雨后春笋,拔地而出,可谓多如牛毛,其中也不乏精彩之作。十余年来,私人博客的成熟和不断壮大,几乎掀起了一场全民的写作运动。网络文学之盛可见一斑。

在网络文学潮流兴起的大潮下,文学门户网站如"文学城"、"书路"、"黄金书屋"、"榕树下"、"收费文学网站博库"以及各种各样的个人网络书屋纷纷成立,网络文学逐渐被纳入了市场轨道,各种网络公司和网站之间掀起了次起彼伏的商战。进入新世纪,越来越多的人开始在网上阅读和写作。文学网站在经历了发展、整合乃至兼并,以及其他困难和波折之后,在新的建站模式和网络技术基础上走向成熟。网络文学本身也发生着分化，网络文学的发展日趋复杂化多元化，不断地向纵深挺进。作为一个新生儿，网络文学固然有许多缺点和不足，但它无疑也有许多优点，否则早就夭折在摇篮中了。经过十余年的发展，网络文学经由传统文学的"异端"向传统文学的"同路人"靠拢，两者之间的交流、对话和沟通不断加强，官方组织和主流作家对网络文学的态度也有了不断的改观。2008年11月份，中国作家协会指导的"网络文学十年盘点"正式启动，"五大作协副主席力挺'网络文学十年盘点'"。中国作家协会陈建功、邓友梅、张抗抗、高洪波等五位作协副主席为此次活动亲自题写贺词以示支持，中国作家协会向网络作者敞开大门，允诺优秀网络作者有望被推荐申请进入鲁迅文学院进修深造。2009年5月，媒体公布了"王蒙出任网络文学公司顾问"的消息，并题词寄语网络文学"文以清心，网更动人"。其实，早在2005年，在中国现代文学馆参加一项网络文学颁奖活动时，王蒙就曾幽默地说，"与自己同时代作家的作品，具有更多责任感，有时甚至故作高深，而网络文学的写作姿态比较放松、自在，有一种精神上的自由感。网络文学题材丰富的多样性与精彩的内容，激活了我的思维。"王蒙在幽默中简练地道出了传统文学与网络文学的各自特点，赞许之言和期待之情溢于言表，无疑体现了主流作家对网络文学的宽容、理解和支持。2008年7月，整合了网络文学优秀力量的盛大文学有限公司在北京宣告成立，它标志着中国网络文学发展又迈向了一个新台阶，"网络文学渐入主流"。"网络文学"在十年前还是连"名份"都没有的"野路子"文学，还是被断定为"自生自灭"的文学，如今随着中国内地亿万"网民"而伴生，已成为不可小觑的文学力量。它对当代文坛乃至整个社会文化产生着影响，其文学本身，也显示着"在路上不断探索"的实验性意义。

虽然人们还不习惯于把网络文学与传统文学相提并论，很多时候也不愿承认网络文学的价值，但毫无疑问，图书市场上的畅销书多发源于网络，"起点中文网"等网络甚至成了畅销书的策源地，网络写作与网络阅读正成为更多人选择写作与阅读的方式。当传统文学逐渐被边缘化，网络文学却活力迸射，其商业价值更是令人眼羡，作为"草根文学"的网络文学更增添几分傲气。无可否认，网络文学开放的文学生产机制所形成的庞大的文学生产群体和日益膨胀的作品数量，让其足以确认自身的文学在场性。尽管网络作家的身份定位经常发生变化，网络作家的"生存"体验，对于"写作"呈现了最直接的意义；网络文学交互性和超文本特性，使作家在创作过程中直接与读者对话，创造了新的读写关系模式。网络文学作品中幻想、虚拟的成分急剧增加，对拓展人的精神领域具有积极意义。我们同时也发现，网络文学"快餐化"倾向日益严重，无节制，写作技法粗陋。网络文学的娱乐性和休闲功能在得到长足发展的同时，社会性和审美性价值明显降低。

在许多人看来，网络文学的快速发展带给文学的更多是数量的急剧膨胀而不是文学品质的改善和提升。以风靡一时的《第一次亲密接触》为例，它旋风刮起时赚足了读者的眼泪，把"网虫"们感动得一塌糊涂，开启了一个"网恋"时代。但是，就其故事情节结构和言辞文笔而言，充其量只不过是一部不甚高明的言情小说，不时还闪烁着日本偶像剧的影子。而脱胎于电影《大话西游》的《悟空传》，企图在思辨中重新设置悟空、唐僧和紫霞的命运，以探讨生命的意义以及不可知力量，给爱以崇高地位，张扬其神圣与庄严，只能算得上是同类传统文学题材的戏拟之作，它很快就被淹没在诸如《八戒传》《唐僧传》等模仿之作中了。至于那些"网虫"痴迷的玄幻武侠历史架空小说，如《窃明》《家园》《尘缘》《诛仙》等，它们也多在港台武侠小说电影和时下热播历史剧之间打转，缺乏自己的独特个性和创造性发挥，遑论那些模仿抄袭、粗制滥造、陈陈相因之作了。更有甚者，一些网络色情小说堂而皇之，大行其道。作为网络垃圾和毒瘤，它们严重污染了网络环境，毒害了网民的身心健康，损害了网络小说的声誉。网络文学的品质固然未能让人满意，有待进一步改善和提升，但如今网络文学依旧红火热闹，依旧不受地域和族群的阻隔，轻而易举地与远在天涯的人实现文情互动，也许这就是现代生活方式的不足之足。

网络文学从它诞生的那一天起，就似乎在无功利地种下了功利的种子。当《第一次亲密接触》和《悟空传》迅速走红后，"痞子蔡"与今何在两位当红网络写手、运营商、出版商和捉刀者们赚了个脑满肠肥。当下，网络文学畅销书如《明朝那些事儿》一出再出，《鬼吹灯》也在火爆热卖。于是，大批在网络上游荡的人窥见了名成利就的终南捷径。一时间，各大网站的BBS几乎同时火爆。各种网络写手通过网上发表小说作为试金石，以积聚人气检验水平，终至网下出版赚取人民币，形成了网络文学发展的固定模式。同时，各大网站运营商也染指其中，对网络文学进行商业操作，彼此开展商站，致使网络文学的功利气息甚嚣尘上。网络文学本身充满了文学与市场的纠葛，它既叱咤风云又暗藏危机，其发展充满了不可知因素。应当看到，"文学与市场如何兼得"是传统媒体一直没有解决、而网络媒体一直都在探索的问题。在解决这一问题的过程中，文学网站首先碰到的便是"艺术正向"与"市场焦虑"的悖论——艺术的价值律令是一维的，它要求任何一种艺术生产都必须追求人文价值的一面，而媒体价值规律的经济杠杆追求利润的最大化。然而，"鱼"与"熊掌"的居一之选不仅成为文学之困，也是文学网站之惑。当文化资本的市场逻辑与文学创作的价值理性出现落差的时候，究竟是把握"艺术正向"还是屈就"市场铁律"就成了一个让人焦虑的难题。以某中文网签约作家为例，作品开始20万字的阅读是免费的，20万字之后每千字收费两分，写手得分成。也就是说，至于要写20万字才能上架销售，网络写手们像码字的工具，想尽办法拼命拉长作品，使得长篇小说几乎成为网络小说的唯一形态。网络写作的"兑水"现象必然相当严重，一两百万字的作品比比皆是，没有经过训练的作者，一般来讲很难驾驭这样的篇幅，于是就大开"水闸"。在网络诗歌中，更有大量自动、半自动的"脱口""灌水"操作，低俗、简化的"分行说话"，惟快感是问的"连篇废话"，随意唾沫的"怪异粗话"，无技巧的、无诗意的、无难度的油腔杂耍大行其道，造成了"非诗""伪诗"满天飞，"丑诗""劣诗"遍地见。网络写手的此类写作更多源于作者追求写作的易操作性，和片面迎合读者的娱乐性、消费性的需求等。文学网站出于商业目的导向，束缚了网络文学的创造力和想象力，使文学越来越像有着既定模板的公文写作。这必然折损文学本身的生命力和创新性。

目前，中国网络正在规模性普及，网络文学的生产者和阅读者每天都在急剧增加，网络文学的数量也在节节攀升，即使用铺天盖地、遮天蔽日来形容，也不为过。在 2008 年启动的"网络文学十年盘点"活动中，参赛的小说就有三千多部，主办方网站上汇集的小说竟高达一万多部，至于那些散布在各大文学网站上的作品以及数以千万计的私人博客就另当别论了。然而，文学的数字化生存并不就是艺术的胜利。网民的"艺术在线"一旦不是为艺术的目标，纵使将文学纳入新媒体的丛林，它生长出来的也未必是艺术审美的果实。对于那些懂技术却不懂艺术的"网虫"、"闪客"们来说，他们在网上"玩文学"，容易流于戏谑、粗疏和随意，把文学对人文审美的关注变成随心所欲心境下的"平庸崇拜"，创作常常成为"孤独化狂欢"的游戏。这种自由生产的文学机制有助于"民间文学力"的自由释放，但免不了会批量生产出"国际文化快餐"和"心情留言版"。我们随便打开一个文学网站都不难看到过眼云烟般的"准文学"抑或"非文学"。于是，"文学性"的技术化消解和文学非艺术化的出现就在所难免。

而这势必产生出另一后果：写作的责任和良知、作家的使命感和作品的意义链也就无根无依或无足轻重，文学的价值依凭和审美承担，成了被遗忘的理念、被抛弃的信念或不合时宜的观念。可以这样说，如果"界面"阅读完全替代了"低面"阅读，损失的可能是时间的纵深度和历史的厚重感。人在瞬间获得大面积的、爆炸性的、炫异性的文学信息的同时，也会产生某种难以名状的"失重"。网络文学，往往是"三分钟美学"，难以有那种沉入心底的重量，有那种既甜蜜又酣畅的美感。一旦网络写手在"玩文学"的自由心境中一味宣泄自我，此时的网络文学生产，全凭自动而没有了他律，写手无须为民众代言、为社会立心，也毋庸给予艺术的进步以积极进取的承诺，甚至不再秉持艺术传统的赓续和艺术规范的服膺。结果，文学生产中应有的价值赋予、意义深度、审美创新和社会效果等艺术期待，均失去了合理的逻辑前提。于是，文艺的精神品格，人类的道德律令和心智原则，终于让位于个体欲望的无限表达，在线写作的修辞美学让位于意义剥蚀的感觉狂欢，在失去约束的主体虚拟的自由里失去的恰恰是现实的艺术自由，得到解放的个体，最终得到的只是消费意识的文化表达，导致许多网络作品创作都淡化或者放弃了所应当担负的尊重历史、代言立心和张扬审美的责任。

但也值得欣喜的是，在汶川大地震期间，网络诗歌成为其中最珍贵的援助方式之一。网络诗集《瓦砾上的诗》以饱含深情的笔触，讴歌了灾难时刻中华民族体现出来的美德和良知，真切地道出了作为民间诗人和网民的心声，谱写了大爱无疆之歌。在民族的巨大灾难面前，网络诗歌以其语言短小精练、节奏明快和长于抒情的特点，记录和表现了人性的光芒，传达了民众汹涌激荡的强烈情感，形成了一次空前的岩浆喷发。

一些网络写手不仅写出了妙文章，而且用文字承载了道义。一向以游戏姿态和功利色彩著称的网络文学一时的"变脸"，令世人刮目相看，网络文学呈现出了与传统文学精神一脉相承的特质，赢得了社会各界的广泛好评。当然，它同目前流行的网络小说一样还存在着诸多的缺点和不足，但它无疑昭示了网络文学的新旨向和新态势，必将为网络文学的进一步发展提供借鉴。事实上，网络文学经过十余年的发展，网络作家和网络读者，民间机构和官方组织一直都对网络文学的发展进行了总结、检讨和反省。当前，虽然网络文学自身存在的问题仍然不少，面临着诸多挑战，但其发展也充满了的机遇。我们有理由相信，在社会各方的共同努力下，已经开始上路的中国网络文学，必将通过继续的实验，如歌德所言"在限制中显出身手"，走出一条良性发展之途，确定自己雅俗共赏的品质，成为中国当代文学的一支新的探求者部队。

第九章

文学的花环

在中国内地，少数民族文学 60 年的道路与共和国文学在整体上是同步发展的：从"一唱雄鸡天下白，万方乐奏有于阗"的欢歌中走过来；从把文学作为旗帜和炸弹的历史烟云中走过来；从"文革"十年空前的文化浩劫中走过来。当各族人民迎来了改革开放的新时期，开阔的视野，不断地反思和光大精神文明的信念，使少数民族文学站在了新的制高点上，犹如在精神上又一次获得解放。60 年的漫漫行程，有鲜花、有阳光，也有风雨和蒺藜，但少数民族自身的成长和不断走向成熟，其举世瞩目的成就本身，充分显示着民族文学事业的艰难与辉煌。

一、文化融合的新阶段

共和国文学是由五十六个民族的文学共同组成的。尽管在历史上各民族的发展水平不一样，但每个民族都有自己的历史文化传统，都有自己丰富的口头文学乃至优秀的书面文学。虽然在过去的历史上，汉族文化，汉族文学占有主流地位，封建统治阶级对少数民族在文化上采取愚民政策，限制它们的发展与进步，但也不能遮蔽各少数民族文化与文学的各异的个性。二十世纪初中国各民族都经历了社会理想的冲撞和道路的抉择，新中国的成立即是各族人民共同努力的结果，共产党领导的社会主义道路凝结着饱经忧患的中国各族人民的理想，他们真诚而热烈地庆祝新中国成立，对于翻身得解放和生活的巨变无不抱有由衷的喜悦。

接受一种崭新的社会制度，表面上看是很自然的，但要以新的社会观念、思想方法，以及新的社会伦理道德代替历史形成的旧思想、旧观念、旧道德，并不是那么轻而易举的事情，而且有的少数民族一下子要从刀耕火种的较原始的生态进入现代社会，精神与文化都会有重重阻力。这一场全面的社会大变革，是中华文化面临的最深刻、最广泛的文化转型和文化整合，要求生活方方面面、文化的各种因素都要顺应新制度、新文化的系统建设——自然包括与此相关的少数民族文学。新中国成立之后，整个文化的转型与整合是以制度化的方式迅速而有力地展开的。毋庸讳言，制度的文化整合是带有一定强制性的，那些与新社会不相容的旧文化、旧思想以及各种陈规陋习被无情地清除。文化整合也是文化自我完善的形成过程，其中必然贯穿着选择和修正。在文学事业上，少数民族文学受到积极扶植和引导，文化整合产生了显著效果。老舍1959年在中国作家协会第三次（扩大）会议上的报告中，曾这样总结道："全国解放后，我国各少数民族与汉民族携手向前，进入了一个全面更新的伟大时代。在短短的十年内的革命与建设过程中，我们基本上消灭了各民族中的阶级压迫和剥削，实现了各少数民族从封建制度、奴隶制度，乃至带有原始色彩的社会制度，齐向社会主义过渡，促进了各民族在政治、经济与文化方面的发展与繁荣，在我们的广大土地上出现了历史上从来没有过的祖国统一，民族团结的崭新局面。"他在提到少数民族新文学时说："这种新文学一开始就是在毛泽东文艺思想的指导下，遵循着为工农兵服务的方针进行创作的，许多新的优秀作者一开始拿笔，就是以社会主义文学的建设者自期的。"

尽管在今天看来，让少数民族文学对战争年代形成的革命文学道路完全认同，把政治标准放在首位，确是出于文学整体格局建设的需要，但因为忽视文学的自身规律，忽视各少数民族文学的民族个性，少数民族文学在发展中仍然充满了坎坷。总的来说，在当时的条件下，党和政府努力扶持少数民族文化建设，在文学特质的形成上，显现出三个方面的意义：

其一，少数民族文学各以自己的新生，在新中国文学中获得平等地位。虽说在漫长的中国历史上，各民族在长期相处和交往中，共同创造了整个祖国的历史和文化。文学方面也是如此，少数民族作家用汉文创作的作品，如纳兰性德的诗词，贯云石的散曲，马常祖的散文，蒲松龄的小说等，都成了汉语言文学史不可分割的部分。但是由于历史上汉语文化的巨大影响和封建正统观念的狭隘，少数民族文学是没有地位的。在过去的时代里，少数民族文学从未进入过统治阶级的视野。"少数民族文学"这一命名，是新中国成立后才真正实现的。五十年代初期，我国报刊上出现了"兄弟民族的民间文学"、"少数民族的民间文学"的提法。1956 年在中国作家协会第二次理事会（扩大）上，老舍作了《关于兄弟民族文学工作的报告》，"兄弟民族文学"的概念正式提出来，随着少数民族文学事业的发展和党的民族政策进一步贯彻落实，1958 年 7 月 17 日中共中央宣传部召开座谈会提出了"编写少数民族文学史或文学概况"的任务，"少数民族文学"这一命名得以确立，成为共同使用的概念。

其二，少数民族文学在空前的文化整合中，铸造了自己新的文化特质。首先，在文学的精神内涵上，少数民族文学改变了封建社会中受歧视的地位，以主人公的姿态注视社会生活的变革，抒写热爱新生活的心声，走出了非主流意识的笼罩，显得乐观向上和自信。在文学思想上，接受了马克思主义世界观和毛泽东文艺思想，文学作品关注现实人生，为社会主义建设服务，虽然在新的少数民族文学创作起步时期，作品还缺乏反映生活的深度，艺术上还不成熟，但是新的现实主义文学精神还是极其鲜明的。可以说在精神特质上新中国少数民族文学较以往的文学发生了根本的变化，已具有社会主义文学的一些主要特征。其次，在文化形态上，少数民族在历史上大多处于从属的地位，即使掌握政权的时代，受占有主流地位的汉文化影响，很少有民族文化特点鲜明的作家创作，历史留下来的文学遗产大多是民间的或口头文学创作。我们承认民间文学对民族文化而言承载着更多的群体意识，有独特的文化的和文学的价值，但是文学的成熟并达到人类文化的一定高度，还需要有专业从事文学创作的作家的独到创作。新中国成立后，随着民族政策的落实，少数民族有了较充分的受教育的权利，文化水准普遍提高，同时党和政府特别重视对少数民族作家的培养，使得少数民族涌现出了不少自己的作家，有的民族是有史以来第一次拥有自己的作家。这意味着少数民族文学在文化形态上，将从民间群体的创作，走向作家文学。这标志着少数民族文学乃至文化在自立基础上的成长。

其三，少数民族文学虽以作家创作为主导，但在文化水准上仍然属于大众的、普及的文学。原因一个方面是共和国建设伊始，新文化事业有待开拓，而少数民族文学的文化土壤大多还是比较贫瘠的，对许多少数民族来说，还不能拥有像老舍、沈从文，纳·赛春嘎、铁依甫江那样高水准的作家和诗人，从文化整体来看是急需普及的时代。另一方面是社会主义文学延续了战争年代的文学思想，即文学要为现实的政治服务，为工农兵服务。当时需要的是"雪中送炭"，需要"下里巴人"，以便更迅速地把社会主义的新思想、新观念普及到民众中去。带有贵族化味道的高雅艺术追求的创作是不合时宜的，因此建国以后老舍不再写他擅长的小说，而从事更能为群众接受的话剧、曲艺；沈从文只能转向考古，这种现象的出现也是时代的遗憾，因为时代在改变一些东西时往往是以牺牲另一些东西为代价的。

新中国成立而发生的文化整合，为中国少数民族文学的发展提供了契机。共产党的民族政策为少数民族文学的建设准备了必要的条件。经历了战争考验的中国共产党，拥有组织群众工作的成熟的经验，在少数民族文学建设上是极富创造性的。在文学工作的组织上，共和国充分发挥了体制的作用。党的民族政策有力地贯彻到了党和政府的各级机构中，得以自上而下地把文学的各项具体工作落实到基层。因此，少数民族文学的建设工作呈现出全国性地整体运作的特点，各项工作有序地展开，从而使少数民族文学建设在几年时间里取得了显著成效。在这一方面，1955 年中国作家协会第二次理事会（扩大）会议，就曾提出过如下的具体措施：

（一）推动各文艺团体的各级领导重视兄弟民族文学工作，加强领导，鼓励搜集、整理与创作。大力培养搜集整理兄弟民族文学遗产的干部，培养翻译人才与作家。

（二）中国作家和各分会应吸收兄弟民族有成绩的作家为会员。以会员为中心，兄弟民族的作家们应有经常联系、定期学习的组织。

（三）商请人民文学出版社与民族出版社拟定出版兄弟民族的古典文学和新的创作的计划。协助有关出版社做好汉文文学作品译成各兄弟民族文字和各兄弟民族互相翻译作品的工作。中央的与各地方的文学刊物应多发表兄弟民族作家的作品。

（四）选取兄弟民族青年作家到文学讲习所学习。

（五）成立中国作家协会新疆维吾尔自治区、内蒙古自治区及延边自治区等分会。

（六）中国作家协会成立民族文学委员会，负责组织发展兄弟民族文学的工作。

（七）有步骤地创办各兄弟民族文字的文学创作刊物。

（八）中国作家协会号召汉族作家到兄弟民族地区去体验生活，进行创作和帮助兄弟民族作家进行创作。

这些措施周详具体，行之有效。真正开花结果，最终还是要体现在少数民族作家的成长，队伍的形成、壮大和创作的实绩上。在这方面，新中国的文学工作获得了极大成功，为少数民族文学事业奠定了坚实的基础。

培养少数民族作家并形成创作队伍，在中国历史上是个创举。新中国诞生前，在革命斗争洪流里，曾经孕育了一批少数民族作家，除前面提到的，还有萧乾、端木蕻良、马加、舒群、陆地、李纳、胡可等。但在人数上与偌大的少数民族文学事业相比简直寥若晨星。1955 年"五一"劳动节期间，中国作家协会邀集八个少数民族的作家到北京参加座谈会，到会的作家才十一个，可见当时少数民族作家尚属凤毛麟角。为了使少数民族作家迅速成长，当时中国作家协会采取了一系列措施，如从群众创作的积极分子中选择作者，以训练班的形式加以强化培养，使之在文学观念、创作技巧上得以提高。其中全国作协办的文学讲习所吸收了许多有希望的青年作家比较系统地培养，有的还送到大学的中文系加以深造。一些地方的作家协会也以办短训班、文研班的形式培养作家，并结合实际工作的需要组织和鼓励他们深入生活，体验生活。当时许多青年作家都有自己创作的基地。同时还有步骤地创办了各兄弟民族文学的文学刊物，如蒙文版的《花的原野》，维吾尔文版的《塔里木》，哈萨克文版的《曙光》，朝鲜文版的《延边文学》，藏文版的《青海湖》等，还有一些汉文文学期刊也经常发表少数民族作家的作品。在出版方面，有关出版单位也有计划地推出了一批少数民族青年作家的作品，在社会上产生了较大的反响。同时，一批老一辈作家、评论家也为少数民族作家的成长付出了劳动和心血，像茅盾就对蒙古族、哈萨克、白族等作家的作品做过悉心指导和分析。冰心、老舍、张光年、冯牧等老作家，也都为少数民族青年作家的作品写专文评论。经过十年的耕耘，在新中国文坛上基本形成了一支少数民族作家队伍。1959年建国十年，中国作协和所属地方协会已经拥有少数民族会员二百多人。到今年建国60周年的时候，据不完全统计，参加中国作家协会、中国民间文艺研究会及各地分会的少数民族会员，总数在两千人以上，五十多个少数民族的大部分都有了本民族的作家。许多少数民族作家在全国范围内有了一定的影响。他们当中有：纳·赛音超克图（蒙古族）、李準（蒙古族）、巴·布林贝赫（蒙古族）、玛拉沁夫（蒙古族）、阿·敖德斯尔（蒙古族）、扎拉嘎胡（蒙古族）、超克图纳仁（蒙古族）、云照光（蒙古族）、胡奇（回族）、哈贵宽（回族）、赵之洵（回族）、饶阶巴桑（藏族）、铁依甫江（维吾尔族）、艾里哈木、艾合台木（维吾尔族）、克里木·霍加（维吾尔族）、伍略（苗族）、石太瑞（苗族）、杨明渊（苗族）、黄勇刹（壮族）、李乔（彝族）、普飞（彝族）、吴琪拉达（彝族）、苏晓星（彝族）、陆地（壮族）、韦其麟（壮族）、莎红（壮族)、汛河(布依族)、金哲(朝鲜族)、任晓远(朝鲜族)、胡可(满族)、寒风(满族)、关沐南(满族)、戈非(满族)、苗延秀(侗族)、晓雪(白族)、杨苏(白族)、张长(白族)那家伦(白族)、汪承栋(土家族)、孙健忠(土家族)、赫斯力汗(哈萨克族)、库尔班·阿里(哈萨克族)、康朗甩(傣族)、康朗英(傣族)、温玉波(傣族)、李四益(傈僳族)、汪玉良(东乡族)、孟和博彦(达斡尔族)、包玉堂(仫佬族)、郭基南(锡伯族)、忠录(锡伯族)、白辛(赫哲族)……尽管列举了这么多人们熟悉的作家,还是难以穷尽。特别是一些坚持本民族语言创作的作家,由于语言限制,他们在本民族群体中有比较大影响,译介不及时,便不大容易被更多的人了解。不过从上述作家的济济阵容,就可以看到在少数民族作家培养方面的卓著成就了。

回顾少数民族文学建设初期作家的成长,可以看到三个方面的文化因素对他们发生的影响。一是这批作家的大多数人都曾经历过革命斗争生活的砥砺,与中国革命共同着命运和呼吸。因此在文化转型和整合的过程中,他们很自然地对社会主义的新文学认同,并以全部热情投身于新文学的建设中。例如写出长篇小说《美丽的南方》的壮族作家陆地,不仅经历过抗日战争、解放战争,还亲自参加过广西壮族地区的土地改革等斗争生活,他讴歌自己亲历的伟大事业,在情感上自是非常投入。白族作家杨苏曾经在云南从事过地下斗争、山区游击战争和解放初期民族地区的复杂斗争生活,他的小说《没有织完的筒裙》就是这段生活体验的结晶;蒙古族作家敖德斯尔长期在内蒙古骑兵部队生活,担任过部队政治和文化部门的领导工作,亲自参加过人民解放战争,他和同是骑兵出身的妻子斯琴高娃合著的长篇小说《骑兵之歌》,就是他们战斗生活的纪录;像蒙古族作家云照光,很小就投奔延安,他的电影文学剧本《鄂尔多斯风暴》的成功,同样来自革命生活的深刻体验。和他们相同经历的少数民族作家在那个时代是很多的。而学院派的作家却很少,甚至在新中国成立前曾有过一定成就的知识分子出身的作家,许多都销声匿迹了。

二是这些作家的成长,民族民间文学给了他们一定的滋养。这一批少数民族作家，虽然未必在学校读过多少书，但童年大多受过民族民间文学的启蒙。以后他们走上文学道路也有受民族民间文学熏陶的原因。那草原上雄浑豪放的蒙古族长调，那唱得九曲黄河温暖起来的柔柔的花儿，那傣族竹楼下唱得月儿羞答答的情歌，那壮族歌圩幽默机智的对歌……该是怎样呼唤着诗人的激情！蒙古族诗人巴·布林贝赫最初的诗风就带着蒙古族民歌的浓郁奶香，他说是民间歌手的母亲"用自己的眼泪、奶汁和歌声，哺育了自己的孩子"。① 白族诗人晓雪的诗歌从较早的《望夫云》到其后的《美人石》、《大黑天神》，始终以白族民间传说故事为题材，激发诗情灵感；朝鲜族诗人金哲的叙事长诗《晨星传》，也交融着朝鲜族民间叙事长诗《沈清传》、《春香传》的血脉……同样，民间传说故事也对小说创作产生着深刻影响。像蒙古族作家敖德斯尔的小说《阿力玛斯之歌》对大力士阿力玛斯传奇性的刻画，就可见到蒙古族民间故事的艺术精神；回族作家胡奇的《五彩路》对理想的执著追寻，也与回族传说故事笃守信仰的精神水乳交融着；哈萨克族作家赫斯力汗的小说《猎人的道路》，人物的风趣幽默也显然沾染着哈萨克民间故事的审美情趣……在剧本创作中，赫哲族剧作家乌·白辛的《赫哲人的婚礼》就是采用赫哲族民间演唱形式——"伊玛堪"展开情节，表达不同情感，进行艺术的大胆探索的；壮族歌剧《刘三姐》的成功，与民间故事《刘三姐》的素材，以及主要执笔者黄勇刹对壮族民歌的谙熟分不开的；蒙古族作家超克图纳仁的剧本《金鹰》对蒙古族英雄赞歌形式的运用，也洋溢着诗般的激情……民族民间文学对少数民族作家创作的影响是不争的事实，但今天还是应该有所反思。少数民族的民间文学中深孕着民族文化的根，其中许多内容涉及少数民族独特的文化心理的深层构成，对文学创作而言，其中含纳的人类精神的永恒母题，意义深刻而广泛。可是在极"左"思想影响下，对民间文学的继承借鉴有许多禁区，使之很难深入。藏族诗人饶阶巴桑曾谈

---

① 巴·布林贝赫：《自传》，见《中国少数民族现代作家传略》，青海人民出版社1980年版，第33页。

到自己的体会:"仅仅停留在对民歌的形式上的模仿和不加消化的移植,不仅不会因它的某些易于捕捉的特点加入个人创作而使作品大放光华,相反,民歌的精髓部分却往往在我们的手里失去一半的价值,甚至和民歌的原始形式相比,相形见绌。"① 这种现象值得深思。

三是这些少数民族作家大多受到苏俄文学影响。俄罗斯文学以其悠久的传统和经典性的名家名作,对中国作家在"五四"以后就发生过深刻的影响,建国之后,社会主义苏联的文学,更是作为全面效仿的榜样。因此,少数民族作家向苏联文学学习,对文学水准的提高是有积极作用的。但是,苏联文学在五十年代存在严重的公式化、概念化的倾向,也给中国文学带来负面的影响。故而老舍在中国作协第二次理事会(扩大)会议上曾提出严厉批评:"看到外来作品,也就自然要去摹仿,不但摹仿形式,而且甚至抄袭内容。这么一来,就不可避免地写出些公式化、概念化的东西。有的时候,有人甚至照着苏联的集体农庄的描写来写民族地区的农村生活,为矫正此弊,我们必须深入地学习本民族文学遗产,和深入本民族地区生活,只有这样充实了自己,我们才能适当地接受外来的经验,而不至于生拉硬套。"尽管如此,苏联文学当初在拓宽我国少数民族作家的文学视野方面的意义,还应正确予以估价。

以上三个方面的文化因素,在少数民族作家成长中成为主要的文化营养,使他们成长、壮大。在这一时期还强调了少数民族向汉族文学学习。但此时的汉族文学同少数民族文学一样,正经历着文化整合中的艰难阵痛期,实际上汉族文学在这种状态下,汲取文化,建构自己的使命和所走的道路,是与少数民族文学在共同摸索前进的。

共和国少数民族文学创作的 60 年,可明显地分为"文革"前十七年和"文革"后的三十年。这里我们首先要谈的是"文革"前十七年的创作。在十七年中,少数民族文学也是一路坎坷地走来,但其中的主旋律

---

① 饶阶巴桑:《从澜沧江出发》,转引自吴重阳《民族文学简论》,新疆出版社 1988 年版,第122 页。

——建设社会主义新文学的目标始终没有改变；作家热爱社会主义新生活，赞颂社会主义新生活的热情没有改变；虽然其间曾经有"左"的思想阴影，有政治运动的创痛，但不能掩抑一路向上的主潮。因此，可以说十七年的少数民族文学唱出了一曲新时代的欢歌。

从作品的题材和主题来看，主要可以分为以下几类：

（一）少数民族作家怀着翻身解放、当家做主的历史感，表现生活发生的巨变，欢乐地歌唱民族的新生，赞颂民族地区生活的进步。诸如五十年代中期到60年代初，少数民族文学在中、长篇小说方面出现繁荣景象，其中大部分作品是以历史的视线回顾民族解放走过的艰难道路，刻画体现民族成长的艺术形象。像李乔的长篇小说《欢笑的金沙江》三部曲的第一部《醒了的土地》是写建国初期人民解放军进军金沙江畔，在党的民族政策指引下，消除了民族隔阂，揭露了反动派的面目，战胜了奴隶主的破坏，进行民主改革，彻底推翻了吃人的奴隶制度，使凉山的彝族人民走上幸福之路；乌兰巴干的长篇小说《草原烽火》则是通过一个奴隶在革命洪流中成长为革命战士的历程，昭示了蒙古民族的解放之路；玛拉沁夫的长篇小说《茫茫的草原》（上部）则以更宏大的构思，通过察哈尔草原上各种力量错综复杂的斗争，以及主人公曲折的道路，表现了共产党领导的革命是蒙古民族解放的必由之路……这类作品堪称是奴隶解放之歌，民族解放之歌。同样的主题取向，在剧本创作中有老舍的《龙须沟》、《茶馆》；超克图纳仁的《金鹰》；云照光的《鄂尔多斯风暴》等。在诗歌方面，诗人对翻身解放的历史感更为敏锐，他们由衷地放声歌唱。维吾尔族老诗人尼米希依提"欢呼解放的歌声冲破云霄，/维吾尔族人民见到了久别的慈母。/铁锤砸碎了脚上的铁链，/山鹰飞出了铁笼"。蒙古族诗人巴·布林贝赫喜悦地捧出了《心与乳》："我们对心里的爱，用乳来表示。/我们对自由和解放，用乳来献礼。/我们对健康与兴旺，用乳来象征。/我们对未来的幸福，用乳来祝贺。"哈萨克族诗人库尔班·阿里感受着《从小毡房走向全世界》的快乐，纵情歌唱他的解放感："牧人得到了权利和自由，/清洗了心中的悲伤，/插上了翅膀自由飞翔，/同着月亮，吻着阳光，/和星星畅谈，/在天空自由的歌唱。"

（二）中国的新生，民族的解放，离不开中国共产党和伟大领袖毛泽东的领导。中国少数民族的作家们在历史生活的巨变中，对此有深刻体会。因此，在他们的作品中热诚地揭示了"没有共产党，就没有新中国"这一历史性主题，并怀着真挚的感情歌颂党，歌颂领袖。应该说这一时期的作品，大多写得朴素诚实，出自心声。与"文革"时期的盲目崇拜的宗教化狂热有本质的不同。当然，也难免受到那时的"左"倾思想和政治运动影响，有一些虚假的声音不和谐地掺杂其中，亦是可以理解的，但从主体来看，还是真情的颂歌。这一主题，在叙事类作品中常常表现为对党和领袖伟大历史作用的赞颂。如话剧《龙须沟》就以旧社会把人逼成疯子，新社会疯子变成了人，由衷歌颂共产党、毛主席的好领导。小说《茫茫的草原》通过铁木尔磕磕绊绊地摸索民族解放之路的经历，最后证明只有共产党能给蒙古民族带来翻身解放。诗歌则更直接地袒露心声，把火热的感情唱出来。蒙古族老诗人纳·赛音朝克图唱出了各民族人民热爱领袖的歌声："他们虽然用不同的语言歌唱，/但他们的歌声，/却融合得多么动听！/他们虽属于不同的民族，/但他们的心，却都这样地热爱着/我们的领袖毛泽东！"

（三）歌唱社会主义祖国，歌唱民族平等、团结，人民幸福、昌盛，是少数民族文学最主要的主题之一。在旧时代，少数民族饱经忧患，但他们热爱祖国，热爱中华的赤心耿耿。在现代文学史上，老舍、端木蕻良、舒群、陆地、纳·赛春嘎、黎·穆塔里甫等一批老一辈作家和诗人，就在他们的作品里，表现了对灾难中的祖国的忧思和对祖国新生的瞩望。他们身上体现着中华民族巨大的凝聚力。新中国成立以后，党的民族政策的落实，少数民族真正成为国家的主人翁，面对新生的蒸蒸日上的祖国，体味着各族人民共同的大家庭的温暖，少数民族作家更加热爱自己的祖国，热爱自己的各民族同胞弟兄，由衷地歌唱着。他们把祖国比做母亲，倾诉水乳交融的深情。傣族诗人康朗英唱道："我是一个普普通通的傣家人，/我从来没有像今天这样感到，/作为中华儿女的骄傲，/我若能投生一千次，/也要选择投生在你的怀抱。"（《人民大会堂》）维吾尔族诗人铁依甫江也这样唱道："祖国一我生命的土壤，你是生我育我的母亲，/你的儿子迷恋着你，犹如灯蛾之迷恋光明。"（《祖国，我生命的土壤》）……他们歌唱祖国大家庭的融融亲情，表达各民族之间的兄弟情谊：维吾尔族诗人尼米希提唱道："祖国各民族像兄弟一样平等，/党给我们全身以温暖和力量。/民族歧视的乌云已经驱散，/我们的国度里一片友爱的阳光。"（《在时代的讲坛上》）蒙古族诗人纳·赛音朝克图更揭示了民族团结深刻的内涵："我们把眼泪/一起流进了/痛苦的海洋；/我们把鲜血/共同流洒在/斗争的战场。""谁能割裂我们/亲如手足的/兄弟民族/谁能分离我们/钢铁般紧握的/十个手指。"（《狂欢之歌》）……在小说中，这方面的主题有更宏阔的开掘，像《茫茫的草原》中铁木尔艰难寻找民族出路，终于走上革命道路，其精神的基础就是对自己的民族和祖国的热爱和忠诚；《鄂尔多斯风暴》中乌力计的觉悟与成长与共产党员刘洪泰的帮助分不开，他们鲜血凝结的战斗情谊，是上引《狂欢之歌》诗句的形象的注脚。

（四）描写少数民族日常的劳动和生活，展示独特的民族风情和热爱新生活的情感。这方面的题材虽然常常是生活的微波细流，却令人信服地表现了社会主义新思想、新道德情操的成长，又耐人寻味的思想内涵。例如杨苏的短篇小说《没有织完的筒裙》中通过景颇族母女在织筒裙上的思想矛盾，表现了少女娜梦勇敢冲破旧习俗，走向新生活的新人风姿；玛拉沁夫的短篇小说《花的草原》则着力刻画了长跑运动健将杜古尔，为培养新一代青年运动员所做的努力，展现了蒙古族新人的宽广胸怀；土家族作家孙健忠的短篇小说《五台山传奇》中，主人公田天陆与向小妹本是恩爱夫妻，旧社会他们离散后，田天陆一直在寻找妻子。二十年后夫妻重逢时，向小妹已嫁给了搭救过她的老船工，当田天陆得知老船工和两个女儿等待向小妹归家时，他压抑自己的痛苦，毅然送向小妹踏上归路。这一悲欢离合的故事，反映了社会主义新道德的成长，闪耀着善良无私的人性美。在诗歌创作中，少数民族诗人对纯洁美好的新思想、新情操的歌颂力作是很多的，就不一一赘述了。

少数民族文学在十七年中，所表现的题材和主题远不止上述四个方面。但是，这四个方面的内容已完全可以体现出在民族文化整合中，新生的少数民族文学所具有的新的文化特质。中国的少数民族作家，热爱社会主义祖国，努力学习运用马克思主义来认识社会，阐释历史，热诚地歌唱新中国的伟大业绩。他们的歌唱，是激情的，欢快的，同时也是单纯的，理想化，从而构成了一个欢歌的文学时代。

二、民族性追寻的焦虑

建国初的十七年，社会主义新文化的整合，要求各民族的作家都必须加强马克思列宁主义的学习，一齐写出热爱祖国与反映社会主义建设的新作品来，要求文学为工农兵服务、为政治服务。显然，这是一个特定的时代，作家有应该肩负的历史使命。这个时期，少数民族文学作品所反映的社会生活内容和主题思想，具有显明的趋同性。这样就自然产生了一种困惑：这是不是一种民族文化融合现象呢？少数民族文学还要不要体现民族特点呢？这个问题在 60 年代初编写少数民族文学史或文学概况时就反映了出来。当时何其芳在《少数民族文学史编写的问题》一文中，曾经做过解释："编写少数民族文学史或文学概况应该强调各民族文学的共同点还是应该强调特点，也有两种不同的意见：一种意见认为写文学史或文学概论要有助于我国各民族的走向自然融合，因此应该强调各民族文学的共同性，不应该强调各民族文学的特点；一种意见认为两者并不矛盾，重视并发展各民族的特点并不妨碍我国各民族走向自然融合。我们赞成后一种意见。我国各民族走向自然融合，这是一个长期的过程，一个远景；不能因此就人为地否定各民族的特点；重视并发展各民族文学的特点并不妨碍这样的趋势和前途，反而可以丰富今天和将来的我国各民族的文学的共性。"① 强调共同性而抑制民族文学的特点的主张和做法，有些受"共产主义急躁病"影响。应该看到，民族自然融合是历史发展的结果，不是人为的操作，人为地搞民族融合是有悖党的民族政策的。同时从文学发展的要求看，文学永远要求独创性、个性，少数民族文学的发展更应如此，没有了民族特点哪里会有少数民族文学呢？从当时的创作情况来讲，少数民族文学的民族个性并不是多了，而是不足，这与当时的文艺指导思想有关。一方面，是积极扶植少数民族文学的发展，重视少数民族文学遗产的整理，尊重少数民族文学的民族风格和特点。另一方面，在强调文学的时代性、阶级性时又压抑了民族性。如 1959 年中国作家协会第二次理事会（扩大）会议上，周扬在报告中谈到少数民族文学问题时就提出："是不是我们对各族人民的新生活已经反映得极为有力了呢？对各民族的阶级斗争已经表现得极为深刻了呢？严格地说，还不都够有力，还不都够深刻！而且有些作品无论在思想内容和艺术形式上都还存在一些缺陷。少数民族作家还应该要求自己层楼更上，更有力，更深刻，更多更好地反映社会主义革命与建设，反映阶级斗争，反映各民族在建设与斗争中的团结与协作。"针对民族文学特点的问题还指出："社会主义文学是不排斥和忽视民族特色与地方特色的。可是，这种特色必须与整个祖国的社会主义文学的共同性结合起来。各民族的文学应当是既有鲜明的民族风格与气派，又是以使人一眼即能看出，是伟大的中国土地上的产物。倘以保持民族特色为借口，而拒绝向其他民族学习，一定是错误的。"这段话里可以隐约感觉到文学的政治砝码加重了，时代性、阶级性突出出来了，民族特色相比之下就黯然失色了。当然，这不是说不要民族特点了。周扬就把民族特点提到了很高的位置，他的著名论断是："文艺的民族独创性，是人民群众的创造性的集中表现，是一个时代、一个阶级的文学艺术成熟的标志。"② 既要求文学有独创的个性特质，又要求它服从政治需要突出时代性、阶级

---

① 何其芳：《文学艺术的春天》，作家出版社 1964 年版，第 326 页。
② 周扬：《我国社会主义文学艺术的道路》，人民文学出版社 1960 年版，第 36 页。

性之共性，实在是两难的议题。那个时代的作家还不可能提出"文学就是文学"的观点，只能在这种政治与文学互相缠绕中摸索民族独创性的规律了。

应当说，文学的民族特征的核心是独特的民族心理特质，民族文化气质和民族生存的愿望、理想的表达。民族独特的心理特质，是各民族在自己长期的历史发展中形成的，经过了一代又一代的心理积淀，形成一定的思维方式、审美方式以及独特的道德观念和行为方式，是一个民族所以成为一个民族的根本。一般讲，一个民族生活的外部特征，如衣、食、住、行的一些习惯，是容易随着生存条件的改变而发生变化的，而更深层次的民族心理特质及其文化结构则具有相对的稳定性，在各民族文化互相交流中的变化也是缓慢的。别林斯基就认为："每个民族之民族性之秘密不在于那个民族的服饰和烹调，而在于它理解事物的方式。"当然也就可以说，少数民族文学的特性，不在于作家写什么，而在于他所写的生活承载着什么精神内容。从时代性和阶级性来说，也并不是抽象的东西，它们总是要通过具体的文化样式，文化载体体现出来的。因而，少数民族的民族特质，在不同的时代，不同的阶级，有不同的内容和表现。即是说，少数民族的民族特质也是有自己的时代性和阶级性的具体表现形式的。不应该把时代性、阶级性和民族性对立起来，更不能以其他民族的时代性、阶级性特征要求别的民族与之相同。特别是文学艺术的时代性、阶级性，各民族更应该保持自己的体现方式和特点，这样才能在真正的"百花齐放"中，使各少数民族的民族特点更鲜明。

但是五六十年代在文艺思想上强调的是文艺为政治服务，这是时代精神的具体化、简单化的内涵。当时人们的生活是高度政治化的，意识也是高度政治化的，那么反映现实生活的文学作品，以及人们对作品的解读目光，也都是政治化了的。所以与当时政治思潮不一致的东西，都是背离时代精神的，这是那个时代的逻辑。如土家族作家孙健忠在 1963 年总结了自己创作上的经验教训，"摆脱了对表面的民族特色的刻意追求，而致力于对生活的探索和思考"。他创作了优秀的短篇小说《五台山传奇》。这篇小说所表现的人生悲欢离合的故事，本身潜在着深刻的时代性，他的主题是在当时的常规模式"旧社会妻离子散，新社会使夫妻团圆"的基础上，向前发展了一步，即团圆后又忍痛分离。这在对旧的社会批判方面又深化了一层，写出了旧社会留下的难以治愈的创伤。同时，写出了当时倡导的"我为人人"的共产主义思想在面对生存难题时的具体体现。应该说这是时代性、阶级性与少数民族的民族性的很好的统一。可是在"左"的思想下，这一点求新的东西被视为离经叛道，当作"人性论"的表现予以批判，亦可见在当时政治化的氛围中，思想方法的僵化和变异。面对这一面不可逾越的墙，碰壁之后，只好再回到大家都遵从的模式中去，这一问题在蒙古族汉语作家李準身上也是很有代表性的。他坚持从生活出发，发现了建国后农村的两级分化现象，因忧虑而写了《不能走那条路》，备受赞扬，但是，同样他体察到官僚主义，不正之风开始滋长时，又写出了《芦花放白的时候》和《灰色的篷帆》，似乎这有碍当时的政治，就招来不客气的批判，反右斗争时险些被打入另册。在这种压力下，他的创作曾发生过很大变化，从独立观察思考转向对政治任务的遵从，对一个作家来说是悲剧性的。在这种情况下，造成少数民族创作上的趋同性，在主题的表现上用现成的政治观念代替思考，只能是一种模式，共性多，个性少。正像有些学者指出的，在"文革"前十七年，真正形成个人风格的少数民族作家屈指可数。应该说，这正是片面强调为政治服务，片面地形而上学地强调时代性、阶级性造成的后果。

民族特点的追求同样是艰难曲折的。

由于十七年的中国文学相对处于与世界隔离的、封闭的环境中，文学创作在政治的直接影响下发展，就难免随着政治的波动而发生起伏。从少数民族作家的创作主体来说，虽然总是期望提高文学水平，很好地表现出民族的特点。但是，在一次次政治运动的冲击下，难免要走曲折的探索之路。从整体看，少数民族文学在十七年的历程中曾经出现过两次发展的契机，初步形成了有望兴盛的局面。从1955年中国作家协会召开第一次少数民族文学座谈会，到1956年的中国作家协会理事会（扩大）会议召开前后，政治空气比较宽松，一批少数民族青年作家在共产党的培养下，正在成长起来，创作出现了一个高潮。数年来青年作家们精心创作的长篇小说纷纷问世，短篇小说也出现了一批有新意的作品，诗歌方面也出现了不少较富色彩的创作。但是随着 1957 年的反右斗争，这种创作势头低落下去。及至 60 年代初，党的文艺政策经过调整，少数民族政策进一步落实，以 1960 年第三次全国文代会为标志，少数民族文学出现了第二次创作高潮，许多青年作家开始形成自己的艺术特点，出版了不少长篇和短篇集，电影戏剧文学也很有收获。可是，随着"左"倾思潮愈演愈烈，好的形势也很快被破坏了，并最终导致十年动乱对文学艺术的大摧残。

少数民族文学出现的两次高潮，对于民族文学的特点的表现是有一定促进作用的。但是，"人不能两次渡过同一条河"。这两次高潮中，文学的民族特点的表现是有不同的。在第一个阶段，是少数民族文学在新的历史条件下起步的时期，作为范例，有现代文学史上的革命文学，特别是延安的革命根据地文学，再就是苏联的革命文学。怎样体现少数民族文学的特点，无可效仿，只能在借鉴中摸索，一般来说还有摹仿之迹，对民族生活的特点有朴实的表现。如玛拉沁夫曾回顾说："我最初搞创作，在文工团是学习马戏的，不知道小说怎么写，因此我初期的小说，在人物性格的刻画方面是比较粗的。但是因为写过戏，所以我懂得使用道具、布景、灯光。我在 1951 年写的第一个小说《科尔沁草原的人们》中，就使用小狗、烟荷包、黄毛毯等——这算是道具吧——来穿连情节，用闪电和打闪的一刹那间看见敌人的足迹——这算是灯光吧——来推进故事的发展。"[1]可以看出，这个时期他在民族特点的表现上还是不自觉的，作品中反映蒙古族生活特点的小道具的运用还是从技巧方面考虑的。作为爱情独特方式的敖包相会，也是朴素地从生活中撷取的。所以对民族特点的表现显得自然，有情调，但没有向文化深度开掘的主观意向。经过五年之后，1956 年他完成的《在茫茫的草原上》这部长篇小说，对民族特点的追寻就显

---

① 玛拉沁夫：《谈创作准备》，《草原》1979 年第 3 期。

得很自觉了。从小说的情节和人物来看，作家当时是没有什么创作模式和条条框框的束缚，在艺术表现上显得从容自信。如对作品主人公铁木尔的塑造，在表现他寻找民族解放正确道路的过程中，让他经历了曲折的过程，思想几经反复，终于走上革命道路。性格发展很能体现蒙古族心里特征，而没有任何模式化的印迹。这是作品表现民族特点很内在，也很成功的地方。但以后在"左"的思潮影响下，对这部作品的批判，也是集中在铁木尔的"民族热"上，可见其后在写人物成长时形成的起点高，错误小，转变快的模式，对人们的文学思想扭曲得多么厉害。另外，我们从对这部作品中的洪涛形象塑造看，作为党的领导干部，玛拉沁夫把他当成了一个思想不成熟的知识分子来写，不说是否得当，仅从这里也可以感到，在五十年代前期，还没有以后那么多的"条条框框"的束缚。因此，这个阶段少数民族作家在民族特点的表现上艺术的限制比较少，表现比较自然朴实，不足的是艺术经验不充分，对民族特点尚待熔铸和提升。

经过"反右"斗争和反右倾运动，文学批评的矛头也指向过一些少数民族作家，有些作家被错误地冠以"地方民族主义"之类帽子受到批判。这使得作家们变得小心翼翼起来，民族问题一时成为禁区，便自然地要遵从一些政治化的模式或思维定势来创作，相比之下，60年代初期到来的创作高潮中，作品最明显的变化是政治突出出来，格调高昂起来，艺术也相应地圆熟起来。作品中的民族特点囿于种种表现模式，并不能深入到民族文化的深层去。这时产生的一种趋向就是避开现实性题材，回到历史题材或民间文学、传说、歌谣中去开拓，比较从容地表现民族生活的深在内容。诸如话剧剧本《金鹰》，电影剧本《鄂尔多斯风暴》，《赫哲人的婚礼》，歌剧《刘三姐》，还有直接取材民间传说的叙事长诗等。这时期作品的主调是阶级斗争和"反修"斗争，与前一段相比，是从颂歌的时代转向了战歌时代，注重的是高扬的时代精神，民族特点只是艺术性的点缀而已。从这个阶段的创作来看，在民族特点的表现上出现了窄化现象。具体表现在三个方面：一是由于对政治宣传需要的顺应，作品往往注意表现共性的东西，而忽视甚至回避民族的个性的生活方面。这时所谓的共性，往往是已经形成模式的一些教条，如英雄人物模式，阶级斗争模式。这就使得各民族文学在表现生活的内容上就大同小异，在雷同之中模糊了民族特点。二是往往注意生活表现的特征，忽视对生活本质的挖掘，这是因为理性模式的先入为主，只能使作家把目光投射到民族生活的外部去寻找。三是开始追寻简单化的情节表现，尽量回避复杂、隐晦的表现。因此，这一时期虽然在艺术表现上有了长足的进步，艺术手法圆熟起来，在这种窄化的状态下，民族特点只是停留在表面，鲜见具有民族文化深度的作品。及至阶级斗争为纲的年代的到来，就有些风声鹤唳的气氛了，连玛拉沁夫充满诗意的小说《路》都被说成"渲染战争残酷，有修正主义思想"之嫌时，民族文学的民族特点的表现，就无路可走了。

　　反思这个阶段少数民族文学民族特点表现上存在的问题，除了社会原因外，在作家的主体方面的原因也是值得探查的。最主要的原因是缺乏必要的文化理论修养，对民族文化历史传统的研究缺乏理论的支持，很难开掘出民族生活表象下面深潜的精神。这种情况和新时期出现的青年作家相比，就很清楚了。例如，张承志作为回族作家，他早期写的《黑骏马》却有较厚重的蒙古族文化底蕴，从生活体验来说，他只有三年在草原下乡的经历，与土生土长的蒙古族作家无法相比，但他的长处在于对蒙古族历史文化有系统的学习和研究，使他具有了民族深层心理素质的洞察力。他在《历史与心灵——读〈元朝秘史〉随想》一文中，对蒙古民族种种独特心理和道德观念做过深入论析，如对蒙古民族的马的观念的分析："在北亚（已经不仅是蒙古）游牧世界中，人所经营的劳动对象是有生命的畜群。由于历史的迟滞循回，这种生活和生产在千百年中制造了人们的一种特殊的生命观，那就是相当平等地看待牲畜的生命。生活过于辛苦，命运过于悲惨，希望被禁锢于一片辽阔的青草里，潮来浪去的只是生命的降临和衰亡。于是蒙古牧人在自己目所能及的世界中选择了一种寄托，一种实在但又比生活好些的希望，这就是骏马。在严酷的风雪中，在无终无止的颠簸跋涉中，马便成为人的更强有力的脚，马的速度保证着和鼓舞着人的意志和欲望。马从生产对象，从畜群的一员变成了人本身的一部分，使人完成着人已经不敢想象的事业。骏马的形象使牧人的自尊心得到满足，夏季里骑着一匹漂亮骏马的牧人觉得自己的身心都在升华……骏马集中了一切生物（他们觉得：包括人在内）的优点，牧人们觉得有朝一日骑上一匹神奇好马的欲望是那么珍贵。这样的心理积蓄和沉淀了多少个世纪。也就在这样一个历史中，骏马的形象和对骏马的憧憬，构成了游牧民族特殊的审美意识，骠悍飞驰的骏马成了牧人心中的美神。"① 由此可见，良好的文化人类学、历史学诸方面的修养，对于一个作家深刻表现自己民族的特点是多么重要。在五六十年代囿于封闭保守的大环境，作家无法摆脱种种教条的束缚，是可以理解的。但作家应该是人类灵魂的工程师，应有独立的思想与目光。做到这一点，是要有深厚的素养支持的。

从十七年少数民族文学的创作实践来看，虽有对文学民族特点的苦苦追索，有一些作家也形成了一定的民族风格，然而由于缺乏对民族性更深刻的把握，更缺乏相关的文学理论的建设和支持，并没有出现真正的文学流派。但是，流派的出现似乎是文学成熟的标志，就有热心的理论家归纳出一些来，如诗歌方面提出的内蒙古的"草原派"、西南边陲的"苍山洱海派"、贵州的"苗岭花溪派"、新疆的"天山派"等等；小说方面也曾提出"荷花淀派"、"山药蛋派"、"桐子花派"，等等。这些命名本质看是对地域特征的归纳（"荷花淀"、"山药蛋"之类也是地域的表征的命名）。首先，从地域角度不足以构成文学流派。当提出"荷花淀派"的时候，被视为这一派宗师的孙犁就率先反对，说没有什么"荷花淀派"，可见以地域界定流派不大有说服力。其次，还应看到，地域和民族性的关系非常复杂。虽说地域对民族生活的习惯性，心理有一定的决定作用，但是同一个民族有分居在不同地域的，在生存方式与心理上造成一定差异；也有不同的民族生活在同一地域，在生活习惯上又有相似的地方；更何况在今天的世界，地理空间已经对各民族间的经济文化交流不再构成障碍，地域的边界被逐渐打破，中外交流、南北交流，再从某一地域出发看文学，

① 张承志：《历史与心史》，《读书》1985 年第 9 期。

也有些与时代不合了。因此说，用地域性特点描述文学流派或少数民族文学的民族特点，是不恰当的。

但是，在十七年的文学创作中，能够真正显示少数民族文学的个性并体现为风格的因素，最主要的就是地域性的特点了。文学的地域特征，不仅仅是指地域的自然景观，还包括与之相联系的人文景观和心理氛围，也属于文学的普遍属性之一。不过，我们应该注意到，地域性的表现所承载的民族文化深层的信息量，较之生存的具体方式及宗教信仰、风俗习惯等方面要少得多。如玛拉沁夫的短篇小说《路》中，作家虽然以草原上的路象征了主人公塔尔娃的人生之路，象征了民族成长之路，但其指向是社会的政治观念，具普遍性、外在性。在十七年的少数民族作家中，玛拉沁夫要算民族风格比较突出的作家了。当年茅盾曾在《读书杂记》中对他的短篇小说作了如下概括：

一、行文流利，诗意盎然，笔端常带感情而又十分自在，无装腔作势之病。

二、民族情调和地方色彩都是浓郁而鲜艳的，不但写牧民生活的作品如此，写矿山工人生活的作品亦复如此。

三、不以复杂曲折的故事强加于人物，换言之，即是不借助于复杂尖锐的矛盾、冲突来刻画人物的性格，而只是指出一、二个最有典型意味的情节，又辅之的抒情的叙写，来表现人物的性格。

四、自然环境的描写同故事的发展有适当的配合，结构一般都严谨。①

上述四个方面，涉及地域性表现的就有两条，即"民族情调和地方色彩"、"自然环境的描写"，可见当时创作中，地域性表现是非常重要的，也是突出的。也可以说，地域色彩与情感色彩的交融是当时少数民族文学的民族特色的基本表现途径。而作家作品的风格倾向也大体取决于地域色彩与情感体验的结合。如蒙古族小说家敖德斯尔是与玛拉沁夫同时登

① 《茅盾评论文集》（上册），人民文学出版社 1978 年版，第 455—456 页。

上文坛的，他们在题材选择上有不同的角度，但地域特点是相近的，即都是以反映草原生活为主，在自然环境和人文环境上格调接近，不同的是个人的感情方式不同。茅盾在评价敖德斯尔的风格时指出，抒情和浪漫色彩也是构成他风格的因素。如果拿他的代表作《阿力玛斯之歌》与《路》进行比较，就会发现在草原环境，生活样式的描写上，敖德斯尔的审美情趣是传奇的美，玛拉沁夫则是诗情的美，一重夸张，一重蕴藉，就使他们笔下同样的草原生活呈现出了不同的格调。玛拉沁夫是清丽的，敖德斯尔是厚重的。

　　不同地域的、不同民族的作家作品，民族的独特性的差别通过地域特征的刻画，也可以产生较大的区分。如土家族小说家孙健忠的作品，尤其注重湘西特有的景物风情的描写，在这一背景上展开土家族的历史和现实生活的图画，使他的小说成为湘西土家族独特的生活风俗画和风景画。白族作家杨苏的小说很有云南生活的色彩，特别是他的《没织完的筒裙》，被茅盾赞为"抒情诗似的一个短篇"。这篇作品是以三个清晨的描写构成总体节奏，运用了大量南疆生活中常见的物象来营造这一特定地域的生活氛围，如"黄牛的铃铛声"、"母牛哞哞的叫声"、"叮叮的舂米声"、"大青树"、"金蝉"、"米酒"、"山鸽子"等，描画出了一幅山谷苍青、蓝雾缭绕、鸟群喧鸣、阳光朗照的独特风情画。由此可见，不同地域的小说家通过带着地域特点的环境描写和风情描写，可以表现不同的地区特点和民族特点。在抒情诗中，这一点更突出。诗人感情抒发所选取的意象，是与地域生活相关的。生活在青藏高原的藏族诗人饶阶巴桑的诗，便多以"白云"、"雪山"、"雄鹰"、"牦牛"、"绵羊"、"捻羊毛"、"狩猎"、"骑马"等意象，构成带有藏族生活气息的诗篇；而云南的少数民族诗人，像傣族的歌手康朗英、康朗甩，诗中多用"孔雀"、"糯金花"、"山溪"、"澜沧江"、"大象"、"芒锣"、"象脚鼓"等富于傣族生活气息的意象，勾画出地区和民族的风情；蒙古族诗人则多取与草原有关的意象，如"牧场"、"草原"、"小路"、"骏马"、"百灵鸟"、"蒙古包"、"奶酒"、"哈达"、"雄鹰"等，用以表现草原的韵味。应该指出的是，地域特点在诗歌的情感基调和诗的形式上会产生深刻影响，如饶阶巴桑的诗，有跳跃的空间运动感，犹如他时时面对的雪山、峡谷、瀑布、江流的起伏，情调便见顿挫与飞扬；如巴·布林贝赫的诗，有流动的广阔感，像他故乡的绿风在一望无边的草原上吹拂，或如小溪的婉转去远，情调是舒展开阔的。这应该是地域特征的艺术形式上的体现。

所谓地域性，是自然地理的，但在文学表现中是人化了的，或者说是渗透着文化意识的自然。追溯人类最古老的文化就是与自然相和谐的产物，今天的自然意识中也有极丰富的文化蕴藏。在文学表现地域特点时，本质是文化的呈现。因此在新时期的文化寻根中，人们发现了"梦文化"、"齐鲁文化"、"吴越文化"、"巴蜀文化"、"草原文化"……的存在，并提出了"西部文学"、"草原文学"、"边地文学"等文化地域观的命名。这在文学观念上是个进步。但文学的最终的任务，还要走过地域性文化，进入民族文化历史的深层体验，才会有真正体现民族特点的文学出现。

三、"异族情调"与回抱传统

"异族情调"在共和国最初的文学批评语汇中，是一个令人生畏的字眼，特别是对少数民族文学而言，那是离心离德的语义代码。建国之初，提出这个字眼的时候，或者是希望少数民族作家能真正深入到民族生活的底蕴中，要求作家不要存在猎奇心理，不要从表面上寻找异族情调。那时的文艺界领导人说："我们的责任是写民族间的团结与互助合作，不是写异族情调。"这也许是从新的社会主义文化整合的角度出发，要求文学为当时的政治任务服务，还可理解。到五十年代后期，"反右"斗争和反地方民族主义的扩大化，混淆了文艺问题和政治问题、正常的民族感情和地方民族主义的界限，打击了许多少数民族文艺干部和不少有才华的、勇于探索的少数民族作家，党的民族政策遭到一定程度破坏。这时"异族情调"就大有非我族类的讨伐之意了。60年代初，虽然文艺政策的落实对一些错误做法有所纠正，但"异族情调"仍然是一根高悬在少数民族文学头上的大棒。及至"文化大革命"的十年浩劫，"异族情调"被升格为"异国情调"，"地方民族主义"也变成"叛国文学"、"民族分裂"等更吓人的罪名了。然而正应了物极必反这句话，倒行逆施的"四人帮"被粉碎后，党的十一届三中全会确立了改革开放的路线，党的民族政策得以复苏，那些被颠倒了的事物匡正过来。由于实事求是的思想路线的确立，在文化上以更广阔的胸怀面对世界，结束了闭关锁国的状态。一个充满生机的时代的到来，为少数民族文学发展提供了新的契机。

20世纪拉开序幕的时候，中国就处于世界文化的冲击之中。以先进的科学技术和发达的经济为基础的西方文化，给了中国文化极大的吸引力和渗透力，从而爆发了"五四"文化革命。但是，传统深厚的中国文化有很强的稳定性，要顽强地发挥自己文化的凝聚力来对抗外来文化，从而发生了文化的碰撞。新中国成立以后的十七年，采取封闭的文化政策，以建设自己的社会主义文学。如前所述，乃是以制度化方式推行的文化整合。这种自我封闭的文化结构，显然是与世界文化发展的潮流相悖的，是缺乏活力的，因此，当国门开放以后，必然要发生更激烈的文化碰撞，以打破封闭凝固的文化，这对整个新中国的文化建设不可避免地要发生震颤乃至重组。作为新中国文化有机组成部分的少数民族的文化和文学，同样要经历这样的文化碰撞而发生深刻变化。在新时期的三十余年里，中国文学经历了浮躁的摹仿阶段，随后走向自省和重建，少数民族文学也走过了同样的道路。

"异国情调"在西方美学中是指称具新奇色彩的美的格调，被赋予追寻他者的意味。当我国在新时期执行改革开放的政策后，尘封的文化之门打开了，五光十色的文艺思潮和五花八门的文学手法，以及以前望而生畏的、甚至不可思议的各种文学作品，如潮水般地涌了进来。其强烈的"异国情调"使长期被禁锢的中国作家耳目一新，文学意识受到前所未有的震荡。中国文学包括少数民族文学开始了一次大规模的横的移植。它们开始对外国文学的各种创作方法和表现手法思考和探究，在创作实践中纷纷尝试着诸如"意识流"、"象征主义"、"黑色幽默"、"荒诞派"等种种文学流派的作品进行摹仿和学习。海明威、庞德、纪德、加缪、萨特、卡夫卡、海德格尔、弗洛伊德等西方作家、思想家声名大振，他们的作品和思想成为时髦的话题。自然，这其中有许多出于对西方文学的好奇心，也有对长期封闭心理的反拨，更有对民族文化沉落的焦灼感，还不免带着跻入世界文学潮流的急切，总之，这种横的移植是在一种浮躁的心态下进行的。因此，中国文学在八十年代中后期的几年时间里，步履匆匆地走过了西方文学几十年的历程，以致有的作家感慨新时期文学进展好像有狗在后面咬着，一路向前猛跑。这样匆促而急切地横向移植，难免夹生，难免有更浓的"异国情调"。一批少数民族青年作家大胆地摹仿，并不顾忌民族文学自身特点如何，写出一批具有探索意义的作品。如藏族青年作家扎西达娃的小说《系在皮绳扣上的魂》，明显地吸取了拉美魔幻现实主义的表现方法，通过夸张、变形等手法，把历史、现实和未来三者交织起来，使人物和情节产生象征意味；回族作家张承志的小说《大坂》、《绿夜》等，采用的是意识流的手法，叙述角度不断在主观"我"与客观"他"之间转换，把喧嚣的都市的物欲，与大自然的宁静和谐纠葛在一起，流露着现代人的生存失落感；苗族作家伍略的小说《啊，枫叶》也是运用意识流手法，在一场篮球赛的时间里，通过意识流动，铸入了从内地到台湾，建国前到建国后的广阔时空中错综的生活变化……这种横的移植，在诗歌、散文、剧本创作中也各有不同的表现。这种匆促的摹仿时间不很长，随着浮躁心态的克服，走向冷静和自省，这种实验很快就结束了。但是，它对少数民族文学的发展，是必然要经历的文化过程，对日后的创作的影响是潜在的、持久的。

引起少数民族作家困惑和沉思的，是拉丁美洲和非洲文学的崛起。从诺贝尔文学奖设立到 1980 年，尚没有一个拉丁美洲和非洲的作家名列获奖名单。但是，从 1980 年以后，有几位分属拉丁美洲和非洲的作家获得了这项荣誉。他们是哥伦比亚的加西亚·马尔克斯（1982），尼日利亚的索因卡（1986），埃及的纳吉布·马夫兹（1988）等。特别是加西亚·马尔克斯在80年代中期的中国文坛上形成了"马尔克斯热"，少数民族青年作家也几乎人手一册《百年孤独》。开始时他们也是在热情地摹仿，其后，带来的是一种反思。拉丁美洲和非洲属于经济落后地区，埃及文化的陷落要较中华文化更早，但是他们的文学却走到了世界的前列，这又一次证明了马克思关于"艺术生产与物质生产发展的不平衡关系"的论断是正确的。对中国少数民族作家来说，这是一种启迪，是一声召唤，使之从浮躁的横的移植的盲目中有所清醒，看到自己民族文学振兴的希望，从而增强民族的自信心。这使他们在学习外国文学先进经验的同时，开始冷静地回顾自己民族的文化，更深入地研究本民族的文化和历史，深入到民族生活中去开拓寻找真正属于自己民族的东西。这意味着真正意义的带有民族特色的少数民族文学在摸索中步入一个新的时期。

新时期党的文艺总方针的调整，使得少数民族文学摆脱了"为政治服务"的束缚，文学的视点从时事政治的角度，转向了文化视角，从而使少数民族文学创作开始从民族文化特质出发来铸造有民族特色的文学。这就解决了长期困惑少数民族文学的问题，即少数民族可以有区别于汉族文学的文化品格和艺术风格，也就可以有"异族情调"的文学存在了。这一点，在少数民族文学中已经有了较明显的表现。鄂温克族作家乌热尔图的小说《在哪儿签上我的名》里有这样一段话："别看诺克托带着一身外国香皂的骚味儿回来了，他在猎营地的帐篷里滚了三天，身上又有鄂温克味道了。你不信！你闻闻——我身上的味儿，这才是道地的钻林子的人。"这段话可以来比喻少数民族文学的状况，只要回到民族生存的特定文化中，自然就会有了自己民族的味道。或许，这正是着意开掘鄂温克民族文化底蕴的乌热尔图的心声的无意识流露。

问题在于，各少数民族文学纷纷追寻自己的民族特点，开掘民族文化，使它们的作品带有浓郁的"异族情调"，这会不会与中华民族正在建设的社会主义文化主体相分离呢？是不是会削弱中国社会主义文学的时代感呢？其实是不必忧虑的。少数民族文学植根的土壤，是正在深化改革的社会主义事业，这一伟大事业巨大的历史意义和现实的进步，同样融贯在少数民族的现实生活中了，无论作家取怎样的角度反映这样的生活节律和精神，只要他是有艺术良心的，就必然会正确地传达出这种精神。如蒙古族青年作家白雪林的小说《蓝幽幽的峡谷》问世后，赢得了广泛的好评，同时也有人忧虑地提出这个作品缺乏时代气息。其实这篇小说描写的生活，是实行责任制之后的北方草原，毁坏草场的基层干部以及企图独霸峡谷牧场的牧人，贪欲的人性恶，与商品经济下剥削思想的泛起有关，主人公虽没有正面与之斗争，但与恶狼的搏斗却象征性地表达了除恶务尽的思想。可以说这是与时代脉搏息息相通的。况且，文学对生活的反映具有更高层建构的意味，它要把生活提升到美的愉悦和哲理性观照的高度，在表现生活的时空形态上，要较政治更开阔、更持久。因此，少数民族作家站在生活前列，观察体验生活，并尊重艺术规律，以恰当的方法加以表现，那么文学的文化视角只能使文学的思想内容加以深化，从而更充分、更本质地反映时代的脉动。

新时期少数民族文学在中外文化的碰撞中，民族文化意识开始觉醒。这一过程是在两个层面上展开并完成的。首先，是意识到文化的匮乏与传统的断裂。其动因是民族文化在西方文化的五彩斑斓面前，感到了自我封闭的愚昧；而在拉丁美洲、非洲文学面前则有所顿悟，回头看自己的文化，感到许多东西是陌生的、无知的。这自然与"十七"年时采取的制度化方式的文化整合有关。当时虽然对少数民族文化遗产的搜集、整理、翻译、出版等方面做了大量的工作，也很有成绩，但对过去的文化遗产的批判继承上，既缺乏开阔的科学视野，也缺乏深邃的鉴别的目光。加之"左"的思想影响，对涉及宗教、巫术、仪式、禁忌等原始形态的东西，视为迷信；涉及一些旧习俗的东西，视为封建落后；涉及性爱等人伦关系的，视为不健康，从而在很大程度上遮盖了这些遗产的文化价值。同时，在现实生活中一次次的政治运动也使人们生活的一些习俗受到抑制，甚至发生变化。对年轻一代来说，不了解更不熟悉过去民族生存的一些习俗、仪式等等。现在，在异国的作品中看到时感到新奇，感到自己民族过去的东西陌生了，因此产生文化断裂的感觉。从文学作品来看，还有明显的对比，即十七年产生的作品大多执著于现实生活的斗争内容，缺少从文化习俗层面上的历史沟通。而从外国引进来的作品，历史文化的含量比较多，也是感到文化因素匮乏的原因，从而产生文化失落感。当创作界提出"文化寻根"的口号时，情绪基本在这一层面上。在此基础上，经过了一番寻根之后，民族文化意识才跃入更跃动的层面，即进入对文化系统的整体把握。但"文化寻根"之举仍带着一定的浮躁，那时产生的"寻根文学"实际上是在摩挲"鱼形陶瓶"、"石斧"之类古董，或解读"女娲"、"夸父"之类神话故事，或寻找所谓民族"集体无意识"的怪异之举等等，不过是停留在文化大厦门外，从缝隙里窥视一鳞半爪。当时就有学者著文指出了这种失误，告诫作家，文化活在历史中，也活在现实生活中，这是有见地的。同时，还应注意到，民族文化存在的整体性、系统性，犹如一棵大树有根、有干、有枝叶，还有远山近水，有蚁居鸟栖，有风霜雨雪，有春夏秋冬……一个少数民族作家真正把握自己民族的文化不是一蹴而就的事。当经历过一番对民族文化苦寻之后，明白了这个道理，文化的慧眼就开始睁开了。走出浮躁，潜心回抱自己民族的文化，就产生了这个时代民族作家最宝贵的文学态度——默默地耕耘。

　　我国少数民族中流传着大量的神话、传说、故事、史诗、叙事诗、歌谣、谚语等，有些在民族的日常生活中仍然发挥着作用，是一种活的文化。在十七年的文学作品中，在运用这些文化材料时，由于缺乏对文化内蕴的把握，一般就流于表面的社会气氛的渲染和点缀，真正体现深层文化意义的不多。在民族文化意识成为自觉之后，这种文化形态在作品中往往就显现出不一般的意义。例如满族女作家边玲玲的小说《德布达理》，写一个大学中文系的女学生到山林深处去寻找满族古老的民歌"德布达理"。她决心找到它，"觉得如果不再走这趟，后半生都不会生活得安稳"。可惜，唯一会唱"德布达理"的老人已经去世，她没有亲耳听到那首催人泪下的歌，只是记录了歌的故事梗概，但她感到在寻找的过程中接触到的淳朴、善良的满族父老兄弟身上，就响着那首歌的律动。这篇小说几乎是对作家皈依民族文化传统的象征性表达。还有些作家以民间传说、故事、歌谣为素材，进行再创作，如壮族著名诗人韦其麟的长诗《百鸟衣》等。在新时期，这方面的作品在内在意蕴的表现上要繁复得多，诗人不再满足于叙述一个传说故事，不再满足演绎一种政治化观念，而更多了一些文化历史的思索和个人性体验，表现出对这类民族文化遗产的新的态度。金哲的长诗《晨星传》，就利用朝鲜族民间传说，塑造了有典型意义的女性形象，成为朝鲜族妇女勤劳、善良、勇敢、智慧的化身，就很富有创造性。蒙古族作家扎拉嘎胡的《嘎达梅林传奇》，则是运用小说形式再现蒙古族起义英雄形象的作品，作家对嘎达梅林的理解就有了更多的蒙古族文化的观照。总之，从这类文化遗产的开掘中，少数民族文学的特质变得深邃了。

在宗教的问题上，少数民族作家也有了开掘。宗教对于我国少数民族来说，在生活和精神上的影响要比汉族深刻得多，而且在大部分非物质文化遗产中都渗透着一定的宗教思想。还有些民族因解放前生存状态比较原始，还保留着原始宗教及其巫术与禁忌等。因此，改革开放前在对待这部分文化遗产时，往往简单地给予否定，是很不恰当的。经过了几十年现代生活、现代科学文化的冲击与影响，各少数民族的宗教观已经发生了不同程度的变化，也还有相当一部分人保守着古老的信仰。但是，作为民族文化精英的作家来说，他们对宗教一般是具有现代的进步眼光和态度的，正确地理解和表现宗教生活，才能把握民族精神的脉动，更好地引导人们走向科学和进步。鄂温克作家乌热尔图在他的中篇小说《丛林幽幽》里，就刻画了一位老萨满的形象，生动地描写了老萨满"进入常人难以领悟的人神双体的萨满世界"，有一定神秘感。但这位萨满不是蒙昧的化身，相反，他身上的神秘是古老荒蛮的文化沉积的神秘，是鄂温克族善良和智慧的化身，更是民族命运的预言者。作品准确地反映了原始宗教对人类精神的影响，并揭示了作为鄂温克民族文化传统最古远的形态与今天民族心理的有机联系。这不独具有小说的美学价值，从文化人类学的角度看，也富于认识价值。谈到把笔伸到宗教问题上的作家，不能不提张承志。他从《骑手为什么歌唱母亲》、《阿勒克足球》到《黑骏马》，在反映蒙古族生活方面显得得心应手，这自然与他曾在草原下乡，曾随翁独健先生读蒙古史研究生的经历有关。但他开始把注视的对象转向了自己出身的回族，并执著地审视"回民的黄土高原"，回味这里几百年间发生的历史，倾听人们对民族理想的真诚希望。他的短篇小说《残月》，中篇小说《黄泥小屋》、长篇小说《心灵史》等一系列作品，对民族信仰的坚持，对理想的追寻和为生存而宁死不屈的斗争精神，做了深入的剖析，展现了回族的民族性格和心理素质。这方面的作品还有土家族作家李传锋的长篇小说《最后一只白虎》，藏族作家阿来的长篇小说《尘埃落定》，壮族作家岑献青的中篇小说《蝗祭》，哈尼族作家存文学的短篇小说《兽之谷》等。这些作品通过民俗生活的深入把握，鲜明地表现了民族特点和文化特质，使少数民族文学的文化内涵达到一个新的高度。

我们还应注意到，新时期少数民族作家在回抱民族文化传统时，并非一味地陶醉其中，猎奇自炫。他们一般都能坚持以历史唯物主义态度，科学审慎地区分传统文化中的健康因素和负面因素，通过艺术形象塑造加以张扬与批判。藏族作家扎西达娃的短篇小说《没有星光的夜》，讲述流浪汉拉吉遵循康巴人"血亲复仇"这一千百年的陈规，去找阿格布复仇；共产党员阿格布甘愿以屈辱的方式寻求和解，表现出新一代康巴人的胸怀，但是拉吉却被阿格布的妻子刺死了。这血淋淋的故事说明，一个民族要摆脱历史留下来的民族精神重负是何其艰难的事。蒙古族作家哈斯乌拉的中篇小说《虔诚者的遗嘱》，描写道布敦喇嘛宗教观念的执著，即使在"文化大革命"的迫害下，仍然以其他的形式表现对佛爷的虔诚；然而在改革开放，社会走向安定繁荣之后，他的信念却开始动摇了、崩溃了。道布敦精神发生裂变的过程，非常生动地表明，野蛮的暴力并不能改变民族精神中的负面因素，只有在进步向上的文化环境中才能使人的精神升华。这一主题不仅批判了野蛮与蒙昧，而且揭示了民族精神成长的规律。此外，回族作家马犁的《小龙湾纪事》，蒙古族作家扎拉嘎胡的《风雪夜》，藏族作家扎西达娃的《朝佛》等一批作品，也都在题材的把握上表现出思辨的力量。

少数民族文学回到自己文化的流脉中，并随世界文化与中国文化的进步而以自己民族独特的文化视角、文化态度对民族生活的进步加以描绘，从中折射出民族世世代代的理想和品格，这样，民族特点、民族气派的表现就不再是凌空高蹈的口号，而是少数民族文学创作深刻的风格印记了。

中国新时期的少数民族文学，在经历过文化碰撞的震荡和虔诚回抱民族文化传统之后，伴随着民族文化修养的提高，作品的文化内涵就逐渐厚重起来。由于文化意识的自觉，开始出现不同的审美追求。这既造成了少数民族文学民族风格、民族色彩的加强，同时少数民族作家个人风格也开始鲜明起来。

文化自觉的最主要特征是自由的思索。摆脱口号化的政治思维定势，作家思索的头脑便转向社会生活的现实问题，特别是涉及在社会主义条件下，少数民族自身的生存发展的问题。这是走过对"文革"十年的悲剧进行控诉的文学阶段之后，少数民族文学在现实主义道路上进一步深化的过程。例如藏族作家阿来的中篇小说《奥达的马队》，写川西藏族地区由于公路的延伸，交通的改善，兴旺了千百年的马队将走向消亡。这给奥达马队的四个赶脚汉带来了不安和忧患，他们对将要发生的生活变化感到了困惑，甚至发愁："三五年后，我们到哪里存身？公路一通，那么多条文就跟着来了，打猎、猎鹿、捕麝，一条法令就把你送进监牢。种地？你的土地在哪里？放牧，你的草场、羊群在哪里？"自然，这是在社会进步过程中必定要产生的问题，生存发生急剧变化的今天，对少数民族而言是具有普遍性的问题。这不只是对过去习惯的生活方式的恋旧情绪，不是简单的新旧冲突中保守思想的反映，是一个民族对自己民族文化传统的执著的留恋与热爱，是要为民族在新生存方式下保持自己的文化精神。显然，对于这样的问题不能简单地以落后、保守加以否定。对这样一个复杂的社会问题、文化问题的提出，并加以文学化的表现，本身就极有价值，而且文学作品并不能给生活开药方，它只是书记官忠实记录人类的精神历程。土家族作家李传锋的长篇动物小说《最后一只白虎》，则是通过对山林中最后一只白虎的猎杀，揭示了人类的蒙昧，提出了人类生存环境保护的问题。但同时，这只白虎的故事还有一定的寓言性。白虎是土家先民的图腾，作家对虎有特殊的感情，"在白虎身上涌动着一个民族的热血，寄托着一个民族的命运与希冀"。因此，这不是一般意义上的自然环境保护问题，也透露出在社会变革中如何保护少数民族的生存环境和文化传承问题。仡佬族作家戴绍康的中篇小说《滚厂》似乎更切近改革开放后的少数民族生存的现实。作品写一个封闭、贫穷的山沟，在改革大潮冲击下，引起了精神的骚动，人们冒着生命危险到滚厂开采汞矿，在新与旧、美与丑、开化与蒙昧、欢乐与痛苦的交织中，显示了少数民族在新生活冲击下的精神裂变过程。这类作品充分注意到各少数民族由于社会主义形态的不同，社会进步在不同地区不同民族中表现出的社会问题、心理变化、对待方式等方面存在着的差异性，注意到自己民族生活的具体性、特殊性，因此他们的作品是现实的、深刻的，又是绝不雷同的。这样，从少数民族整体来看，一个个的"这一个"，就构成了少数民族文学对生活反映的广泛性、多样性。

文学的思索总要趋向对生存本质及其规律的把握，趋向哲理性的言说，这意味着文学在精神方面的提升。新时期的思想解放，使共和国各族作家获得了更丰富的精神食粮，经历过一段"哲学热"之后，领略了人类思想成熟的历史，更容易理解马克思主义哲学的精髓，从而把它与本民族的生存问题联系起来，并以民族自己的习惯的思维方式加以认知。这使得少数民族文学作品的思想内涵变得空前丰富起来。最先体现出文学沉思色彩的，是经历了"文革"十年劫难的那批作家。五六十年代，他们怀着真诚的心，相信共和国的天空永远是晴朗的，不料也有乌云蔽日的日子，是"文革"的灾难使他们变得成熟，也学会了思想。因此，在八十年代初，他们的作品就以哲思的深沉震撼了读者的心。例如蒙古族作家玛拉沁夫的短篇小说《活佛的故事》，就通过一个天真活泼的孩子成为活佛后，在宗教崇拜的环境里失去人的正常的思想感情，而在新生活中，他曾失去的正常人的思想才得以恢复。从表层看，这篇小说批判了"文革"中的现代迷信，但深层的正反合结构却含有人类精神发展的必然规律性，其故事层面可以作为人类精神异化—复归的历史过程的寓言来看。曾经唱着"一个舞步，一朵鲜花"那样单纯的欢歌的饶阶巴桑，诗中的哲理性思索也明显加强了。"瀑布落地就大声怒吼，/咬碎一路坚砂顽石兴波东赴。/有人惊喜从此人间有希望了，/——借它的性格去寻找道路"。这首题为《瀑布》的诗暗喻着粉碎"四人帮"的喜悦，却是从哲理高度揭示了奋斗牺牲、排旧布新的历史辩证规律，深沉警策，诗人仿佛经历了一番脱胎换骨的蜕变。或者对老一辈的作家来讲，哲理性是他们风格成熟的重要表征。对于年轻一代的少数民族作家而言，则体现着他们的出发有更高的起点。这一代青年作家，在西方文化涌入时，曾如饥似渴地了解西方现代哲学的种种学说，然后又回归中国古代哲学，经过这一过程，在对生活的具体观察思考中，便更灵活地把马克思主义的哲学方法运用到对象上去，而见出思辨的色彩。如维吾尔族青年作家阿拉提的小说《每个人都是自己的上帝》，这题目本身就是哲言，《国际歌》有"从来就没有什么救世主，全靠自己救自己"，意思是一样的。但是在"文革"十年中，人们为什么唱着《国际歌》却又搞轰轰烈烈的领袖崇拜，给自己制造精神的上帝呢？可见，这一思想仍有深刻的现实意义。体现这一哲思的小说，无论有什么不成熟的地方，都使它站在了精神的制高点上了。青年小说家对哲理的表现，不是停留在对一些睿智话语的图解上的，而更多地着眼于艺术形象的刻画，就有了张承志的《绿夜》那样带有象征意味的草原生活与都市喧嚣生活的对立，表现现代人重返自然的思想；就有藏族青年作家平杰的中篇小部《绿波带》，在琐碎、庸俗、空虚的城市生存空间中，顽强地生长出对"绿波带"的幻象表现孤独，当是对人的生存本质的思考。值得注意的是阿来的长篇新作《尘埃落定》，他的哲学意识已然融化在对历史传奇生活的冷静超然的叙述态度中了，有如陶渊明的采菊东篱下的悠然自在，或佛教禅宗迦叶禅师的拈花微笑，这时的哲理性与生命状态水乳交融，应该说很有境界。这样的作品出现，当显示思想的果实已透出成熟色泽了。

　　思想的自由，必然会带来人格的成长和完善。人性的表现是思想解放的必然结果，打破"人性论"的桎梏，少数民族文学在人物形象的塑造上，有了更广阔的艺术空间。植根于各个民族现实生活的土壤，人的个性的无限丰富性、多样性，为少数民族文学作品塑造个性各异的民族性格和心理提供了基础。新时期的少数民族作家扎根在传统与人民中间，在人物形象塑造上取得了前所未有的成绩。乌热尔图的小说以着力刻画鄂温克人性格见长，尤善于透过他们朴素的生存揭示纯洁善良的品德，像《瞧呵，那片绿叶》中因误伤好人便按原始赎罪方式枪击自己的拉杰；像《琥珀色的篝火》中面对救助三个迷路人和送病危妻子就医的矛盾中，选择先救他人的尼库，都以人性的善良给读者以强烈的美的感动。在张承志笔下的回族人物形象系列中，为民族生存而百折不挠地奋斗的人物格外突出，在《黄泥小屋》中有杀过官府与东家，终于把他心爱的女人救出苦海的苏尕三；在《西部暗杀考》中有把一生交给暗杀民族宿仇后人的复仇行动的依斯儿；在《心灵史》中则是浴血反抗清王朝的马化龙、马元章等哲合忍耶教派的群体，有足以洞穿历史黑暗而追寻真理的心灵。这些为信仰的自由视死如归的人物形象，在当代少数民族文学中实有横空出世的感觉，强烈的民族精神可谓力透纸背，虎虎有神。满族作家赵大年笔下老北京的满族人物形象也有独到的神韵，如《西三旗》中的佟二爷和佟二奶奶，每年二月初八，都用一年摆茶摊攒的钱，雇小厮，请旗人老友品茗对弈，要的是吉祥、喜庆、气派。从他们的生活态度上，似乎可以洞见满族贵族生活的历史形式和独特心理，在沧桑巨变中，或许只是一声轻叹，却涵盖着许多酸甜苦辣的人生体验在其中……各个少数民族文学的文学创作，无论小说、诗歌、散文、戏剧剧本都在人物形象的创新上有骄人的成绩，这一点就不难体会了。

　　文学的革命，从文学意识的嬗变必然要走向形式的创新，从而体现着文学的有机整体性。少数民族在艺术的空间里，有丰富的蕴藏，在"文革"前的十七年，作家在创作中对艺术形式、表现手法都曾经做出过有益的探索。只是当时受政治模式规范，形式只起到一些外在的民族色彩的渲染作用，真正在形式与内容的有机结合中使形式成为"有意味的形式"的作品是鲜见的。改革开放以后，形式美学思潮对中国文学产生了一定影响，中国少数民族文学也更注重形式意味与内容的高度统一。这就使少数民族文学在语言形式上呈现探索之势，人人操灵蛇之珠，个个怀荆山之玉，形式的表现各呈异彩，既有现代的个性又有民族的艺术精神。因此，从内容到形式，少数民族文学创作已开始呈现出多色彩展开的气象。

四、开掘民族文学的诗性智慧

共和国 60 年的历程，虽然经历了曲折，但少数民族文学的建设已经有了很好的基础。在民族文化遗产的整理和研究方面成绩显著，我国少数民族文化已经引起世界注意，像藏族的宗教艺术就已经有西方艺术理论家预言会对下个世纪的艺术产生深刻影响。蒙古族文化也在引起世界史学界、艺术界瞩目，蒙古学研究在许多国家都在开展……少数民族文学的组织日益完善，作家队伍不断扩大，现在各少数民族大多有了本民族的作家水准，有的形成了实力雄厚的队伍，开始出现各民族共同繁荣的局面。一批有较高水准的作品的出现，已经引起国外文学研究者的注意，预示少数民族文学将把影响传播到全世界。的确，中国少数民族文学事业存在着巨大的潜力。以前，人们总是认为汉族文学是先进的，少数民族文学在起步时也确曾有过学习和摹仿汉族文学的现象。但是，从今天的创作实际来看，少数民族文学创作在某些方面已经显示出汉族文学所不具备的优势，可以窥见其创作潜力的深厚，其发展前景的广阔。简单归结起来，我国的少数民族文学存在下列特点：

少数民族文学的"题材优势"。这在十七年时就已经提出了，因为每个少数民族都有自己的历史文化，有相对汉民族而言的独特生活，它的风俗习惯、宗教信仰、地理环境、思维方式构成的生活矛盾，构成故事会有新鲜感。陌生化是艺术所追求的效果，因此从中国文学总体看，少数民族文学在题材上是有优势的。许多汉族作家，特别是长期生活在少数民族地区的作家，也对少数民族生活题材比较钟情。如现代文学史上有艾芜写南疆少数民族生活的《南行记》；当代有徐怀中写藏族生活的《我们播种爱情》，冯苓植写蒙古族生活的《驼峰上的爱》等等，似乎可以证明这一点。实际上真正的优势不在少数民族生活的新奇上，而在它的文化价值。许多少数民族在建国前的社会文化形态尚处于较原始的阶段，对于现代飞速发展的大工业社会来说，它是文化的源头，其认识意义自不必说；对现代人而言，它更是抗拒现代工业污染的精神避难所。这也是为什么西方现代人类学家特别重视对少数民族文化研究的原因。拉美、非洲文学崛起很大程度上也与它们的文化价值有关。我国少数民族文学中在国外引起注意的作品，大多具有文化人类学方面的意义，如乌热尔图的《丛林幽幽》、玛拉沁夫的《活佛的故事》等等。

作为一种文学的文化优势。文化优势不以科学为尺度，而是以其承载的世界与人的生命信息，以作为审美对象的价值来衡量的。虽然许多少数民族的传统文化并不是先进的，恰恰它的相对原始一些的生活更纯朴，更能接近人的心灵生活，因此也更能接近美。白雪林的《蓝幽幽的峡谷》是这样，藏族作家意西泽仁的《松耳石项链》也是这样，他们所写的生活都是那么单纯、那么透明，人的爱憎清清楚楚，连逛一次小县城都会感到满足，但是他们体现出的人性美却是那么饱满，犹如饱含生命汁液的红樱桃。然而人类在原始的生存中，其文化意识是万物有灵的，以巫术仪式沟通人与自然力的关系，有神秘的、言之不尽的意味，维柯在《新科学》一书中即称之为诗性智慧。现代理性的发展，越来越趋向机械与数学，系统有序的生存使诗意消失殆尽。于是，有超现实主义一派提倡回到巫术文化，也就是恢复人的生命感受的活力，恢复诗性文化。少数民族文化中保存着大量诗性文化因素，因此，在宗教的、民俗的、牧猎的生活中，很容易含纳接近诗性文化的内容。在新时期，这些方面的题材很多，也很引人瞩目，原因就是这类题材可以更好地表现带有神秘色彩的美。

中国少数民族文学的另一种优势是意识优势，或者说是心理优势。一般说来，我国大多数少数民族生存环境较为集中，生存方式有群体依赖性，因此民族有较强的向心力和群体感。在文化角度上，一个少数民族作家在反映本民族生活时，会有很强的整体把握性，在时间上易于历史地观照民族发展的历史，在空间上易于对全民族加以概括，从而作家的整体意识转化为作品的文化自足表现。另一方面，少数民族的生活相对来说物质生活、精神生活都比较落后。不管从文学的意义上可以找到多少与自然和谐、人际和谐的美感，但不能不为民族的落后现实而悲哀，而且这种悲哀与少数民族在长期的封建统治下受轻蔑遭凌辱的地位形成的心理积淀有关。相比较而言，要比汉族的民族忧患意识强烈得多。因此，许多少数民族文学作品都带着沉重的忧伤的调子。忧患意识会使一个民族的头脑变得清醒，能正视自身，从而产生自然批判意识，对民族的负面精神因素进行解剖和批判。实际上，新时期优秀的少数民族文学作品无不具有自我批判的素质。这一点正是民族自强不息的动力，有忧患，能自省，便能自己崛起。

中国少数民族中除入主中原的一些少数民族被汉族文化同化，思想上受儒家思想影响较重外，许多民族由于生存环境闭塞，或偏远，受汉族传统文化影响相对来说要薄弱一些，而且，这些少数民族的文化思想大多保持在自然状态，社会思想单纯，生活习俗也与汉族有许多相异处。这些民族受汉族传统文化影响小，文化的遮蔽也相应较少，因此它们比较容易接受新思想，新观念，而富于创造性。在我国文学进行横的移植的时期，对外国现代派的理解和接受，在少数民族中比较快捷而且相当娴熟，当时人们曾奇怪为什么藏族作家的现代意识会那么强，我们读一下扎西达娃、阿来、平杰等作家的作品，就会有很深的印象。这其中原因很多，但不可否认，在创造性思维上，少数民族作家有自己的优势。

仅从上述几方面，已不难看到，我国少数民族文学内在地潜存着巨大的创造力。

不妨再看一下少数民族作家主体意识的建构。

在新时期，我国少数民族的作家队伍，除十七年在党的培养下成长起来的一代人外，一批新锐的出现进一步壮大了阵容。同时，由于这批新人朝气勃勃，给少数民族文学创作，带来了新的生机。让我们略举一些中青年作家的名字吧。他们是：鄂温克族的乌热尔图，回族的张承志，郑国民、霍达，达翰尔族的李陀，土家族的蔡测海、李传锋，蒙古族的哈斯乌拉、白雪林，藏族的意西泽仁、扎西达娃、多杰才旦、阿来，维吾尔族的祖尔东·沙比尔、麦买提明·吾守尔，巴格拉西，哈萨克族的艾克拜尔·米吉提，朝鲜族的林元春、金勋，满族的边玲玲、王家男，纳西族的戈阿干，景颇族的岳丁，布依族的罗吉万，苗族的吴雪恼、李必雨、伍略，白族的景宜，佤族的董秀英，彝族的吉狄马加，哈尼族的存文学，侗族的熊飞，土族的鲍义志，壮族的黄锭等等。他们起步不凡，勇于探索，在创作上的成绩令人瞩目。这些中青年作家与他们的前辈有不同的经历，他们基本上是在红旗下成长的一代，却经历了"文革"浩劫，或感受了改革开放的历史转折，在精神上有与前一代人不同的素质。历史和时代造就了他们求实、注重自我价值、目光开阔、有竞争心等方面的特点。而且，处于世界文化大交流、大碰撞的漩流中，他们有自觉的文化意识，有在知识上、技能上丰富和完善自己的强烈愿望。这一代少数民族青年作家大部分都经历了知识学养的自我完善过程。他们中有一大批毕业于各大专院校的中文系；有的在各高校办的文学专修班进修过；还有的攻读过硕士、博士研究生，有更深的学养；有的作家埋头苦读，自学成才，也达到了相当的学问基础。总的趋向是，这一代作家身上出现了学者化倾向。像有攻读考古学经历，且获硕士学位的张承志，创作中就很有历史研究的痕迹。如果说《黑骏马》的蒙古族古歌的运用还只是表现出他对历史文化资料的关心态度，在《西部暗杀考》、《心灵史》里对历史资料的详细梳理和主题中含纳的严肃的史论因素，以及题目本身暗示的考证、探究历史的态度，则更充分地表现出了学者小说的韵致。像没有什么学历，只参加过中国作家协会文学讲习所的乌热尔图，通过扎扎实实读书与思索，在文化人类学方面的学养，足以与这方面的专家坐而论道。近年来他在《读书》月刊发表的有关文化人类学的文章，是很有些专业水平的。他的中篇小说《丛林幽幽》对鄂温克民族的历史与习俗表现得那样具体生动，时时透露着他对民族文化的研究审视的心态。作家学者化在今天已经不是一句空论了，张承志和乌热尔图就是这一潮流的有代表性的少数民族作家。从这种取向来看，当前中国少数民族作家正经历着一个积极的创作主体意识建构的过程，虽然以后要走的路可能还很长，但对少数民族文学在新的世纪里的发展，有着举足轻重的意义。

就目前少数民族文学创作情况来看，作家在主体意识建构方面已经发生着质的变化，也显现出一些新的特点：

首先，作为作家，最重要的意识是创造意识。作品以其独特性，作家以其独创性来体现文学价值。在十七年，为政治服务造成的迎合与图解的动机，严重地抑制着作家的创造意识，虽然提倡民族特色、作家风格，但创造意识的匮乏，也只能使之流于口号。新时期拨乱反正，以科学的实事求是的态度来遵循文艺创作的规律，使少数民族作家的创造意识有了建构的可能。文学创作的独特性有两个层面，一是作品表现出的独特性要素，一是创作主体的精神的独特性。一般来说，作家如果总是盯着作品构成要素的独特性，而忽略创作主体精神的独特性，是很难达到真正的独创性的。以前在少数民族生活题材中曾花很大力气开掘运用有独特性的风俗习惯、生存方式，以及更多借鉴少数民族的艺术样式，却总觉得在隔靴搔痒，原因就是忽视了主体精神的建构。新时期的少数民族作家，在经历了横向移植西方现代派和寻根热的浮躁阶段之后，开始了沉静的自省，有了自我精神建构的自觉，把创造性的追寻从作品转向主体自身，实现了一次创造意识的升华。少数民族青年作家中出现的读书热，和对其他各类艺术的广泛关心，乃旨在加强作家主体的美学修养和独立的人格。这种独特的主体精神是文学作品创造性的本质体现。

其次，作家应该保持对生活感知的深度感，在创作中则体现为作品主题的深刻性，即"意识到的巨大的历史内容"。作家在这方面的追求，颇受历史内涵的吸引，从而一段时期里，史诗性成为评介作品的最有力的尺度。很多作家热衷于对历史过程的描述，就是在力图表现史诗性。从中国小说发展来说，历史演义小说是小说未臻成熟时的形态，标志小说成熟和古典小说艺术高峰的是写儿女情长的《红楼梦》，当然有人把它解释为封建阶级的没落史，那只是仁者见仁，智者见智。文学是人学，所说的深度乃是人的生命感知的深度。新时期文学发生"向内转"的表现形态的嬗变，就是把文学表现的深度从历史的时间深度，转向心理感知的深度，这几乎和上述独创性的内在化是同时发生的。这种意识的变化在作品中有清晰的脉络。以往表现少数民族历史命运的作品大多集中民族解放的历史运动，如《欢笑的金沙江》从解放战争到民主改革，平息叛乱等历史斗争的过程，表现彝族人民解放的历史；或写一个人物的成长历史，像《草原烽火》那样写一个奴隶变成战士的过程，作品仍带有演义小说的色彩。现在一些少数民族青年作家的长篇小说，注重的是精神的深度，像张承志的《心灵史》，虽有史料的大量运用，但其着力发掘的，却是民族精神深处的痛苦与强韧。

再次，少数民族文学在民族性的表现上，在为政治服务的制约下，服从宣传的主题需要为主要目的的时代，民族性只能体现在生活的风情上。那时最有力的解释就是少数民族的前途和命运是与整个中华民族的命运一致的，似乎随着新中国的成立，各民族的前途一片光明，没有什么可忧虑的了。事实并非如此。在整个社会主义革命和建设时期，少数民族的发展有自己的特殊的规律，要不断解决自己的特殊的问题，党的民族政策就是建筑在尊重民族问题的特殊性的基础上的。新时期少数民族文学在进一步落实民族政策的政治背景下，现实主义精神重建，作家开始把目光投向自己民族的生活，开始关心民族生存发展的重要问题，开始关注民族文化的进步和民族精神的成长。这样，带着强烈的民族自尊、自强的意识，带着高度民族责任感的民族意识，才是真正意义上的民族性、民族精神。反映这种民族性的作品才会有真正的民族特点。近年来，少数民族作家的作品，大多数切入民族发展的重要问题，体现着深沉的忧患意识，就是民族性意识发生了深刻变化的体现。

少数民族作家主体意识与艺术观念的嬗变，不仅提高少数民族文学的艺术生产能力，还促成了精神逐渐趋向与世界文化交流和对话。而少数民族文学与世界对话的基点，恰恰是民族文化自身。或者在这里正体现出"越是民族的就越是世界的"这句话的正确性了。当前在世界上出现了后殖民文化思潮，乃是随着殖民主义的终结，对殖民主义造成的殖民文化的质疑与拷问。21 世纪将是充满批判精神的世纪，是被奴役的民族从文化上清除殖民的烙印，走向民族文化重建的世纪。一些少数民族作家，对此颇为敏感，他们在探寻民族文化渊源的同时，思考的矛头已经指向了一些前沿性的课题，且崭露出思辨的锋芒，使人感到了他们走进新世纪时脚步的坚实。

在美国学者拉尔夫·科恩主编的《文学理论的未来》一书中，有欧美 20 余位名家撰文对 21 世纪文学发展的走向作了前瞻性的研究。其中德国学者沃尔夫冈·伊塞尔提出 21 世纪的文学理论研究将"走向文学人类学"，他认为："在本世纪后半叶，教育观念以及个人意义的削弱已经对固有的准则产生了深远的反响。这种固有准则的有效性在当时受到了极大的质疑以至于全面废除与文艺阐释有关的学科都被认为是符合当时社会利益的。"[1] 这包含着对 20 世纪带有殖民色彩的资产阶级文化思想的批判，正与后殖民文化的取向契合。人们不会想到，在中国，在僻远的东北林区，一位鄂温克作家会率先对殖民文化进行致命的批判。乌热尔图在《读书》月刊上撰文，通过对两部立论上截然相反的人类学著作的审视，"沉思的是由人类学家的失误所造成的不良影响，以及在那一时期由个体所代表的某一强势集团与不同文化群体之间的关系"。一本专著是玛格丽特·米德《萨摩亚人的成年——为西方文明所作的原始人类的青年心理研究》，这本书出版于 1928 年，是米德带着明显的为了驳斥从生物学角度解释人的行为的观点，以维护博厄斯学派的权威而写作的。另一本专著是

---

[1]《文艺理论的未来》，中国社会科学出版社 1993 年版，第 296 页。

1984 年 9 月出版的《米德与萨摩亚人的青春期》，是作者德里克·弗里曼应萨摩亚人的要求，以人类学家的身份纠正米德对萨摩亚人文化精神的歪曲。乌热尔图特别提出了民族文化的解释权的问题，指出："在这一文化纠葛中，在面对世界的讲台上，萨摩亚人被置于什么样的位置？他们创造的文化是否属于既无边界亦可共享的资源，外族人是否有权随意攫取？外来的擅自利用者如何以其优势篡改他人的形象？在文化交往中处于劣势的被动者有无维护自身形象的权利？"米德对萨摩亚人文化的曲解，"实质上是抑制和占有萨摩亚人的自我阐释权，替代了萨摩亚人的声音，歪曲了本应由他们自己向世人展示的形象。虽说那一形象的自我展示对萨摩亚人来说涉及生权与民族自决，也包括民族经济发展的水平与力度，但这只是时间上或迟或早的问题"。这篇题为《不可剥夺的自我阐释权》的文章，①是对肆意剥夺民族自我阐释权利的抗议，也是对民族自主权利的伸张。另一篇《发现者还是殖民开拓者》②针对 1983 年出版的美国文史学家丹尼尔·J. 布尔斯廷的三卷本专著《发现者——人类探索世界和历史》的基本观点和立场而发，以确凿的文献材料对其殖民文化理论提出反证。乌热尔图对殖民文化观的质疑，有出于少数民族文化关怀的心理因素，更有对世界文化发展的前瞻的思索。但他的指归还是在伸张自己民族的权利，作为作家特别注目的是民族的解释权。他在前一篇文章里指出："对于一个原始部族来说，没有属于自己的神话、故事、传说，简直是不可思议的。那些为整个部族所共有的、涉及部族起源、创世神话、英雄传说、动物故事，大多指向一个目标——部族对世间万物（包括部族自身）的理解、阐释或探寻其源头。可以说那是以独特形式表达群体意识的'隐形文本'，其旨在阐释整个部族的精神世界，使其更具凝聚力与部族意识，以便同其他生存群体相区别。"作为作家，他所创作的虚构的文本，本质上是对一个民族文化的阐释，因此他必得熟悉和理解民族文化的"隐形文

---

① 《读书》1997 年第 2 期。
② 《读书》1997 年第 4 期。

本"，才有民族文化的阐释权利。这种民族文化阐释权利的自觉，在乌热尔图的小说中越来越明显。他以作品向世人证明，他是有资格向人们阐释关于鄂温克民族的文化历史的。

无独有偶，回族作家张承志同样沉浸在阐释自己母族文化的热情里。他的文化熏染应该说与母族文化有一定疏离，因此他步入文坛的作品大多是写蒙古族生活的。但他在从事中亚、新疆、甘宁青伊斯兰黄土高原的历史宗教考古调查中，开始熟悉、理解伊斯兰文化，"一连几年，在哲合忍耶百姓的土炕上，和他们拥着一条棉被，闻着他们烧炕的树叶和牛粪的呛味，我听着。我听得很多，但我们似听似睡。我的倾听像是吸收。那无休止的山风一样的，那浓烈的炕烟一样的故事，没有留在我的记忆里，只是融进了我的血液。信仰，我一连几年思索着这个词"。① 这使他在精神上经历着一番脱胎换骨的变化，从而折服于中国最贫瘠的土地上艰难生存，却为民族自由敢在二百年时光里牺牲至少五十万人的哲合忍耶的精神力量。这不是游子对母族的回归，而是精神与信仰的皈依。他不只是回溯民族的历史，作为学者，他要宏扬回教学术精神。他崇敬清代初期的回族大著述家刘介廉，认为"刘介廉可能是用汉语的叙述系统解释伊斯兰教的队列里，最成功的一个。他显然捉住了古汉语的多义、凝炼和一定的暧昧性，充分利用了古汉语的难解本身，完成了在一定程度上对伊斯兰神秘哲理的解说"。解说这个词很有意味，因为他认为刘介廉"就是中国回教本身……若无刘介廉数人，何谈回教学术！"② 刘介廉是够资格的回族文化的解释人。但是，刘介廉及其话语却被清代社会淹没了。由此观之，张承志著文张扬回教学术思想，与乌热尔图有同样的动机，即强调民族文化的自我阐释权利，本质上也同样具有对殖民文化的反拨意义。

英国文论家阿拉斯泰尔·福勒在《类型理论的未来：功能和建构型式》一文里，提出了21世纪可能会得到发展的新的文体类型。他认为

---

① 张承志：《回民的黄土高原》，青海人民出版社1993年版，第248页。
② 张承志：《刘介廉的五更月》，见《读书》1999年4期。

"超小说现在必须被视为一种充分确立的当代类型"，"虚构和现实、人物和其创造者令人困惑地混合在一起；结果它常常被放在超小说这一更广的类别中加以处理"，"近来进展式小说的确很占优势，以致对周转圆或类型产生了强大的影响。其结果是朝着可以称为心理传记性的方向发展"。[①]这种文体的革命，正与 21 世纪文学作为民族文化阐释话语的趋向相关。民族文化阐释话语是对殖民话语的反拨，它要打破贵族化的追求纯粹性审美趣味的话语，要在拆解中论证，在虚构中嵌入史实，更适合民族文化阐释的需要。我们不妨从文体角度，比较一下张承志写作《黑骏马》、《北方的河》的流畅、典雅、抒情的文体，与写作《西部暗杀考》、《心灵史》的杂糅、嵌合、理智又抒情的文体，两者之间有多么大的距离，就不得不承认超小说的类型的出现是合情合理的。张承志关于哲合忍耶的小说，在形式上有些不像小说了，它可能更像 21 世纪的小说。乌热尔图要较张承志沉静，他的文体态度仍然保持着叙事富有感官性的特点，但其中嵌入的现实与文献内容也显然在增多。在《萨满，我们的萨满》中，他要证明虚构文体中老萨满的实在性，便引入了《北方通古斯的社会组织》、《萨满教研究》、《哥萨克在黑龙江上》三部文化学著作；《丛林幽幽》里，也经常出现《北方通古斯的社会组织》、《使用驯鹿鄂温克人的调查报告》、《鄂温克人原始社会形态》，乃至人类学家史禄国的著作等。他引用来说明鄂温克族的风俗习惯和历史渊源，很有些像鄂温克民族文化历史的考证文字，也有些超小说的色彩了。这也就是说，从小说文体的类型上，他们以其对民族文化的诗性智慧的开掘，具备了作为新世纪的话语形式的特征。

---

① 《文学理论的未来》，第 373 页。

五、"原生态"地景中的山脉与河流

如果要给新世纪以来的少数民族文学勾勒一幅地图，那它一定会呈现色彩斑斓、式样驳杂、线条杂糅、构图迷离的景象。不同的民族、地域、性别、阶层、认同，交错并置在一起，融合在全球化、地方性、族群性的环境中，又因作家各自个性特点、美学理想、写作追求、创作风格、文化趣味的不同，这幅少数民族文学地图必然呈现出难以辨识的风貌。不过在这种"原生态"的地景中，仍然会有一些大的走势和趋向，如同地表的山脉与河流，为我们标示一个转型时代的文化风向。

绝大部分少数民族文学作品都带有深沉的文化怀旧意识，他们分明饱含着对现代生活体系的热忱，但是在工业化、商业化冲击下，文化碰撞的程度超过了历史上的任何朝代更新和战争迁徙，旧有的生活方式面临解体，温情脉脉的的家园日益分崩离析。现代性的欲求与对其后果的焦虑之间构成了巨大的张力，而这中间就产生了挣扎与眷念的悖反。

满族作家叶广芩从20世纪末的家族小说《采桑子》开始，就着力于历史与现实、个人回忆与社会感触交互为文的方式，构建出一个悲情的失乐园。步入新世纪之后，她延续了这种现实与过去、当下与回忆的不断穿梭的叙事模式。长篇小说《青木川》由三条线索组成：一是曾经在青木川剿匪的三营教导员、现已离休的老干部冯明，重回故地打捞关于心上人林岚的记忆；二是作家冯小羽在陪父亲重回青木川时探寻土匪魏富堂的故事；三是从日本留学归来的博士钟一山，来青木川镇东八里考察自认为和杨贵妃有关的太真坪。在视角的不停闪回与映现中，小说向正史之外的历史缝隙聚光，试图射照历史废墟和世界上的异样历史景观。作者没有猎艳搜奇，或者用显微镜放大某个历史拐角处的体积，也不是由逸闻野史等历史瓦砾拼接的极端书写覆盖正史系统的叙述，而是尽可能还原历史的面貌，让微弱沉寂的历史事件发出声音，让大历史丰碑遮蔽之下的人和事浮出历史地表：鉴别历史，激活历史，给历史一条多层面、深维度的回返之路。近几年，叶广芩的《逍遥津》、《三击掌》、《大登殿》、《状元媒》等作品，以深厚的家族文化、京味文化的积累，围绕着北京旧家的戏剧化人生故事展开，用京剧里的某个典故映照着现实生活中的人、事、情、缘，在舞台戏剧与真实人生、虚构与现实之间，形成互文性的交错阐释。这些小说带有"原型叙事"的色彩，是将某些具有典范意义的故事进行古今之间的改写、扩写与续写，笔法细腻，文字清通，富含京旗文化的气质，形成了特有的典雅与诙谐并重的风格。与之相似，藏族作家阿来的长篇散文《大地的阶梯》、小说《空山》系列，前者对马尔康地区嘉绒部落文化的行走与寻觅，后者藏地小村秘史"花瓣式"结构，其雄心已经超出了对于所谓"形容词"西藏和"名词"西藏的辨析，而指向一种对于断裂性的现代性的思考，所指是整个 20 世纪中国历史进程中藏族乃至全国乡村文化的变迁过程。

少数民族因为地理、文化、信息、经济、政治等多方面原因，往往会存在同发达地区和主流文化存在较大差距的现象，而在共同的资讯、金融、商品一体化的背景中，后者却要面对更大程度的焦灼。基于文化多样性的认知模式，就产生了滞后的现代性与超越的文化意识并行不悖的现象：在线性发展、传统道德、正统历史话语已经遭到先锋作家批判与反思的时候，他们依然矢志不渝地前行在"现代化"的路径上。较之于这种在现实伦理前的工具理性，在少数民族作家的文化追求和审美品格上，又呈现出另一层的人文关怀，即挽歌情怀和底层瞩目。

诗歌的创作最能体现少数民族文学的地方性关怀：亲近大地、背靠自然，在遭遇现代工业化、商业化、信息化的冲击中，保留了民族地区残存的诗性气质。吉狄马加（彝族）、阿卓雾林（彝族）、巴音博罗（满族）、叶娜、娜仁其其格（蒙古族）、阿尔泰（蒙古族）等诗人，站在本族本土视角的言说，具有了汉族诗人一般缺乏的"文化持有者的内部眼光"，不仅在少数民族文化的彰显，还是在为主流文化提供新鲜的美学经验上都有着不可或缺的作用。鲁若迪基（普米族）、曹翔（普米族）等对小凉山、泸沽湖的书写，在文化根性的层面凸现了不同民族的心灵真实。李骞（彝族）《快意时空》从时间和风格上来说，几乎完整体现了从朦胧诗之后少数民族诗歌的一个演进线索，既有西方诗歌的影响，又有能体现作者诗歌特质的对于滇西北红土高原的热情讴歌和冷峻反思，其长诗《圣母》、《彝王》、《创世纪》，则以一种宏大的史诗情怀打捞民族的历史，抒发文明的幽怀，弘扬地方性的精神和气质。

和谐自然的生态追求也一再成为少数民族文学的主导性话题。比如达斡尔族作家萨娜对于额尔古纳河畔的描写引人注目，《达勒玛的神树》、《蓝蓝的天上白云飘》、《山顶上的蓝月亮》等作品透露出明确的原乡意识，有着对于传统民族文化在现代性冲击下溃败的痛心疾首与悲凉心境。对于达斡尔族这样无论在人口、资源和文化上都处于弱势的民族来说，他们既有的生活和文化在现代实用主义的功利价值观下被迅速贬值，因而萨娜的作品就带有了浓郁的挽歌意味。不过，她的挽歌却并没有过多的哀伤，充盈于作品中的，是一种大气磅礴的恢弘感和直趋情感内核的力度：不事雕琢而自有技巧，没有浮华而灿烂满眼，那是一种充斥着天人合一的元气。蒙古族作家郭雪波的动物小说《大漠狼孩》、《沙狼》、《沙狐》，肆意一种原生态的野性活力，畅扬一种人与自然、动物、神性的合一。

少数民族与女性在社会结构中具有同构性，二者从诸多"后"学理论来看都具有可以类比的地方。少数民族文学与女性文学的勃然兴起可以说是世纪之交一个无法忽视的文学现象。少数民族女作家身置双重边缘命运，她们在书写时无一例外地有着浓厚的女性主义气质，即使在叙写宏大背景、民族历史与家族命运时也概莫能外。欲望、情感始终占据着她们作品的主要部分，她们较少用外在形形色色的意识形态规划约束自己的情绪与思维，透射出具有女人个体对于历史、命运、爱情的体验、感悟、意绪和理解。这是一种区别于男性刚性话语的柔性话语，偏重于感性、肉身、经验和个体。

就少数民族女作家来说，马瑞芳（回族）的知识分子画廊（《天眼》），叶梅（土家族）的山鬼与新时代女性（《花树花树》、《五月飞蛾》），赵玫（满族）《满随流水》《秋天死于冬季》的历史回顾与隐秘私语，庞天舒（满族）《落日之战》、《王昭君出塞曲》、《红舞鞋》的虚构历史与贵族气质，白玛娜珍（藏族）《复活的度母》、格央（藏族）《让爱慢慢永恒》的拉萨红尘往事、世俗对比映衬，等等，形成了各种不同的声部。既有对于女性身份与宗教、民族文化心理的胶合，也有民间叙事与民族记忆的默契；既有现代社会文化冲击下少数民族女性的生活写实，也有坚持女人立场的永恒价值的追求。她们的风范或者说特色，大致可以归结为三点：一、以个人话语消解或者重构宏大叙事的框架，一方面颠覆了主导意识形态的父性霸权，另一方面也重建了一种新型的文化理念，奠基于母性的、注重情绪与感受的文化理念。二、以现代形式的外壳包容宗教地域文化传统的内核，世代相传的宗教思想与民俗观念浸润在这些女作家的小说思想氛围中，使之具有了达观的人生态度、平静的现世观念与充满神性光辉的精神升华。三、以浓郁民族韵味的叙事风格建立了带有普适色彩的美学风格，从中可以看到民间文学、史诗、民间故事、歌谣、谚语的隐含魅力。这就区别于18、19世纪传入的西方小说性格中心的观念，也不同于传统中原说部的注重外部叙事，较少内心深描的技巧，既具有本土民族文化特色，又融合了前二者的长处，别具一格。

我们还看到，少数民族文学的母语创作是当代中国文学独特的现象，在边疆、边缘的少数民族作家中是个重要的存在。母语文学往往更能体现一个民族的文化根性和特质，也是文化多样性的最佳体现，应该说这是少数民族文学对于中国当代文学的独特贡献。罗庆春（彝族）一直是母语文学的倡导者和力行者，创作出彝语诗集《冬天的河流》、《虎迹》，并有一系列理论上的探索。

藏语、维吾尔语、科尔克孜语、朝鲜语、彝语、蒙古语文学创作都有较多作品，在稳健的推进中绽露出新鲜的枝叶。虽然迄今为止的民、汉文学互译的工作依然不够完善，使汉语文学界很少听到兄弟民族母语的声音。但在新疆地区民族语文学创作和传播异常繁荣，维吾尔文、哈萨克文的期刊发行量的人口比例很高。目前民、汉双语的翻译工作不是很充分，这个问题已经引起较多作家、批评家和学者的关注。《民族文学》杂志就开设有专门的"翻译文学"栏目，推介少数民族母语创作的作品。扎西班典（藏族）、李慧善（朝鲜族）、许连顺（朝鲜族）、布林（蒙古族）等都有较为成熟的、焕发着蓬勃生机的母语作品被翻译成汉语。

因为语言和文化的差异，少数民族文学的汉语创作还存在一种"边界写作"的现象，语言的杂交、文化的混血、观念的杂糅，从而呈现出一种介于本民族传统文学与汉语主流文学之间的第三类介质文学，表现在文体上，就是超脱于小说、戏剧、诗歌、散文四分法的新的文体的出现。侗族作家潘年英的《人类学笔记》可以说是这方面的代表，《故乡信札》《伤心篱笆》《黔东南山寨的原始图像》《雷公山下的苗家》、《寨头苗家风俗录》可以说是这方面的代表。少数民族作家的创作，在文体上的无法纳入规范，恰恰显示出边缘文化在话语权力隙缝中生长，让我们意识到文化对于文学的入侵以及"大文学"时代的到来脚步，其后果固然充满变数，无可预测，其所显现的文学随机应变的活力却让人欣慰。另一方面，少数民族文学的书写方式也不再限于单一的纸质载体，开始向网络、图像、视频乃至其他媒介衍生。这可以说是新世纪以来少数民族文学的新动向之一。

身份认同也一向是九十年代少数民族文学批判的一个关键词，在更真实的意义上，大部分文化认同或者身份确定就如同民族识别一样是"被发明的传统"。不过，当这种观念被激发和彰显之后，它就会对现实产生作用。一些人口较少民族的文学在新世纪的从无到有、方兴未艾可以说是其直接后果。赵剑平（仡佬族）、孟学祥（毛南族）、潘国会（水族）、顾伟（锡伯族）、陈强（哈尼族）、艾傈木诺/唐洁（德昂族）、娜朵（拉祜族）等，都已经成为本民族较有影响力的作家，而基诺族、门巴族和珞巴族等，也都出现了本民族第一位中国作协会员，充分体现了文学在这些少数族群的发展。

与主流文学对比，少数民族文学在其社区、族群、生活中所起的作用不可忽视：当前者的教育、认识、审美功能日益在市场体制中遭受挤压，而娱乐性被迫突出的时候，少数民族文学依然在其本民族文化中具有举足轻重的作用，其读者群随着识字率的上升反而有增长的趋势，而其道德教化和政治导向的功能尤为突出，这是一些主流文学研究者所不曾注意的。也就是说，文学作为一种"知识—权力"，其力量发生了转移，而边地文学则以其朴野的活力，登上了本民族和地域的文化舞台，取代了之前的口头叙事和民俗事项。

作为中华民族成员的不同少数民族，其文学的多样性指向于同一性，其民族身份笼罩在中华民族认同之中。尽管语言不同、文化有异，但是作为共和国文学的共同体，不同的少数民族文学都越来越新鲜地叙述了共同的中国经验与中国故事。这是一个新的趋向，一个叹为观止的文学事实。

第十章

文学的批评

　　文学批评是整体文学事业的一部分，文学事业又是整个社会事业的一部分。这种相互依从的关系，在共和国成长过程中表现得尤为充分。这就使文学批评的成败盛衰，既有赖于文学事业的正常运转，更有赖于社会生活的健康发展。

　　但在建国之后，"由于我们党领导社会主义事业的经验不多，党的领导对形势的分析和对国情的认识有主观主义的偏差，'文化大革命'前就有过把阶级斗争扩大化和在经济建设上急躁冒进的错误。后来，又发生了'文化大革命'这样全局性的、长时间的严重错误。这就使得我们没有取得本来应该取得的更大成就。"① 党在这一时期的诸多偏差与失误，不仅在文学领域未能幸免，而且还因为对问题估计得过重和开展斗争的过当，社会生活中大大小小的偏差与错误，进入文艺领域里反而被一步步地扩伸与放大。处于这样一个背景之下的文学批评，在建国之后的五六十年代，充满了坎坷与曲折，在"文革"十年，更是被所谓"革命大批判"彻底替换。文学批评和文学批评家，始终未能走上一条健康前进的道路，也始终未能逃脱一种悲剧性的命运。

---

① 《中国共产党中央委员会关于建国以来党的若干历史问题的决议》，转引自《党员必读》，人民出版社1983年版，第98页。

粉碎"四人帮"之后，社会生活步入正轨，文学事业也走上坦途。重获生机的文学批评和文学批评家，才有了施展才力和发挥作用的天地，他们一方面为创作的发展扬清激浊，一方面为自身的更新标新领异，在与创作的彼此呼应、相互促进之中，开拓出自己新的领地，实现了批评的历史性的演进。

一、批评的双重使命与两难处境

在共和国60年间的许多时期，文学的发展都有欠正常，而要在不正常状态下开展文学批评，更是难上加难。尤其是五六十年代的文学批评家，大多都置身于一个非常态的文学环境和文学批评环境。

批评家们最感尴尬的是，在具体的文学批评中，既不能不顾及政治需要，又不能不顾及文艺规律，二者本来就难以兼顾，而自文学性的批评越来越政治化之后，批评家只能以文艺批评的方式从事政治性批判，最终远离批评和批评家的本义。这样的遭际，当然不能不是文学批评家个人的悲哀，但个中最终折射出的，却是时代和社会之不幸。

共和国文学以建国前夕的第一代全国文代会为发端，以毛泽东《在延安文艺座谈会上的讲话》为指针，作为整体构成之一的文学批评当然也不例外。

关于文艺批评，毛泽东《在延安文艺座谈会上的讲话》中指出，文艺界的主要的斗争方法之一，是文艺批评"，"文艺批评是一个复杂的问题，需要许多专门的研究"；而"文艺批评有两个标准，一是政治标准，二是艺术标准"，"政治标准放在第一位，艺术标准放在第二位"。① 根据毛泽东关于文艺批评的这一基本精神，周扬在全国第一次文代会所作的

①《毛泽东论文艺》，人民文学出版社1966年版，第24—27页。

《新的人民的文艺》的报告，专列一节论述"建立科学的文艺批评，加强文艺工作的具体领导"问题。他主要围绕"思想斗争"这一重心，来给文艺批评定位。第一，他把文艺批评与批评错误的一般批评相等同，认为文艺批评的主要功能是"对文艺界的错误进行批评"，"必须通过批评来推动文艺工作相互间的自我批评。"① 在文艺整风中，他再次强调："文艺战线上的斗争，主要就是采取思想批评、文艺批评的方法，用马列主义毛泽东思想及其关于文艺的学说来批评一切错误的文艺思想和作品，以巩固和扩大马列主义文艺思想的领导地位。"② 在这些论述中，文艺批评被理解为通常所说的"批评与自我批评"，理所当然地也就成了思想斗争的武器和工具。第二，把文艺批评与文艺创作的相互关系看作领导与被领导的关系。周扬在全国第一次文代会上说，"批评是实现对文艺工作的思想领导的重要方法。"后来他也经常指出：要克服文艺工作中的恶劣作风，"最主要的方法就是开展文艺工作上的批评与自我批评。文艺批评是实现文艺工作中党的领导的重要工具，必须进一步提高批评的政治思想内容，并使之与对具体作品的艺术分析结合起来。"③ 周扬对于文艺批评的这些解说，也经常见于茅盾、冯雪峰、邵荃麟等文艺界领导人的论述之中，代表了新中国文学批评的主导观念。这一观念突出和强调了毛泽东在《讲话》中关于文艺批评是"文艺界的主要斗争方法之一"的观点，但却没有充分顾及毛泽东指出的另一点，即"文学批评是一个复杂的问题，需要许多专门的研究"。所以在建国后不久，一方面文学批评中出现不少简单、粗暴的批评，另一方面文学批评成为少数人的专利，造成文学批评的一度沉寂。

因为强调思想斗争的功能，建国初期的文学批评所关注的主要是文学作品中的思想内容。而由对萧也牧创作倾向的批评开始，这种注重思想内容的批评，又集中表现为对文学创作中的"资产阶级、小资产阶级思想

---

① 《中华全国文学艺术工作者代表大会纪念文集》，新华书店 1950 年版，第 96 页。
② 《文艺报》（1951）第 5 卷第 4 期。
③ 《坚决贯彻毛泽东文艺路线》，《文艺报》第 4 卷第 5 期。

倾向"的集中批判。注重"思想斗争"的批评观念和反对资产阶级、小资产阶级思想的批评实践，在提高文艺工作者的政治思想水平，抵制资产阶级、小资产阶级不良影响上，不无一定的意义，但由于没有清醒地估计到社会生活和人们审美需求给文学创作带来的影响，缺乏对资产阶级、小资产阶级文艺思想作出准确厘定，只是简单地以解放区的文艺创作倾向和艺术趣味作为判断标准，这就不免伤害作家的创作热情，并在一定程度上助长经验主义、教条主义和庸俗社会学的倾向。

由于"双百"方针的提出对于文学批评家的鼓舞，也由于文学批评家针对文学现状的独立思考，在五十年代中后期，文学批评中也出现了一些颇具新意的提法与讨论，如切实尊重文艺的特殊性也即客观规律问题，克服创作中的公式化、概念化问题，现实主义与写真实问题，人性、人情问题等等。但在当时只以《讲话》为准绳和小步纠"左'、大步"反右"的总体氛围之下，这些不合规范的理论批评现象一经露头，便被作为"脱离人民"的"资产阶级和小资产阶级思想倾向"受到严厉批评。自胡风集团事件和"反右派"斗争之后，政治斗争和阶级斗争的意识进一步渗入文学批评，文学批评的主要锋芒所向，又由对"资产阶级小资产阶级思想"的批判，升级为与"修正主义"思想、"反人民、反革命、反社会主义"倾向的斗争，文学批评要成为"战斗的批评"，因为"文学上一系列的斗争"，"都是阶级斗争在文学上的反映。"[1] 由此，"思想斗争"的文学批评，进一步演变为政治斗争的文学批评。进入 60 年代之后，毛泽东在党的八届十中全会上发出"千万不要阶级斗争"的号召，文艺领域被视为阶级斗争的前沿阵地，文艺批评更是变成了名曰"革命大批判"的政治斗争，其情其景可套用《文艺报》"再批判"《编者按语》中"以革命者的姿态写反革命的文章"[2] 的说法，也即以文学的旗号做非文学的文章。

---

① 邵荃麟：《文学十年历程》，《文学十年》，作家出版社1960年版，第50页。
②《中国当代文学史料选》（1948—1975），第405页。

新中国初期的文学批评家队伍的基本构成，主要有两种情形。一种是文艺部门和文艺报刊的领导者和负责人，一种是有志于批评的报刊编辑、大学教师和文学读者。冯雪峰于 1953 年 7 月在《我们的创作与批评》中，曾对当时的批评队伍构成作了如下的概要描述："我们这几年的批评工作，是由文艺部门的领导同志们的理论文章，一部分偶然写点批评文章的同志们的文章，各杂志报刊的编辑同志们的文章和一部分读者的文章组织而成的。"①

在这两类文学批评家中，由文艺部门和文学报刊的领导者和负责人构成的领导型批评，因为地位较高、影响较大，在文学批评中往往具有举足轻重的作用，无疑是整个文学批评的主导与中心。属于领导型批评家的，仅在中共中央宣传部、中国作家协会领导部门任职的，即有周扬、茅盾、冯雪峰、林默涵、邵荃麟、何其芳、侯金镜、张光年、荒煤、冯牧、陈企霞、萧殷、袁水拍等人。周扬等人的介入文学批评，有着先天性的双重身份，即一方面是文艺界或文艺部门的领导者和负责人，一方面是文学批评的专门家与实践者。双重性的身份又必然带来双重性的使命，这就是一面要统观全局，抓取倾向，站在文艺思想斗争的最前列，为党的文艺思想和文艺政策代言；一面要浇花锄草，剔微阐隐，通过具体的作家作品评论，探究文学的发展规律，促进创作的不断前进。双重性身份集于一身即是一对矛盾，又要在风云变幻的社会和文化氛围里实现其双重使命，就更为不易。以周扬为例，他在建国以后的几次重大文艺斗争中，都有重要的理论批评文章问世，如批判《武训传》时的《反人民、反历史的思想和反现实主义的艺术》、批判《（红楼梦）研究》和胡风集团时的《我们必须战斗》，文艺界"反右"后的《文艺战线上的一场大辩论》等，这些文章或引领文艺批判的开展，或总结文艺斗争的经验，无不是文学批评领域的领衔之作，而且一篇更比一篇调门高，一篇更比一篇声势大，但在当时瞬息万变的时势下仍不免有形"左"实"右"之嫌，最终还是作为"反革命

---

① 《冯雪峰论文集》（下），人民文学出版社 1981 年版，第 59 页。

两面派"的代表作被批判，他本人也作为"修正主义文艺黑线的总头目"被彻底打倒。其他领域型批评家的批评遭际，也大致如此。这说明，在社会高度政治化和政治高度左倾化的年代里，在文艺批评领域里希图以双重身份去履行双重使命者，基本是书生意气的一厢情愿，实际上很难真正实现。

文学批评家要履行双重性使命，文学批评实际上也在两种取向中不断变动，使得整个十七年的文学批评充满了左右摆动的情形。如建国初期，结合一些电影作品，一些文学评论家提出"创造新英雄人物"问题，但讨论刚刚开始不久，便因对萧也牧的《我们夫妇之间》等作品的批评而结束，随后又开展了对于"资产阶级小资产阶级思想"的严厉批评。1956 年，"双百"方针正式确立之后，文艺批评开始对几年来的教条主义倾向进行清理与批评。1956 年第 18 期的《文艺报》还发表了《把一切积极因素发挥出来》的社论，有关创作的公式化、概念化问题的讨论也随之开展起来，钟惦棐的《电影的锣鼓》等批评教条主义思想的文章也陆续发表。但接踵而来的 1957 年的"反右"运动，又把对教条主义的批判视为"修正主义的调子"，钟惦棐等人纷纷被打成"右派分子"。1959 年至 1961 年，伴随着对"大跃进"时期"左"的倾向的纠正，文艺界在周恩来《关于文艺工作两条腿走路的方针》的鼓舞下，先后召开"广州话剧会议"和"大连农村题材小说创作座谈会"等重要会议，《文艺报》发表了《题材问题》专论，《人民日报》发表了《为最广大的人民群众服务》的社论，探求在新的形势下发展文艺的新路，但受党的八届十中全会对意识形态领域里的阶级斗争错误估计的影响，文艺界转而成了阶级斗争的重要战场，又开始了对《李慧娘》、《早春二月》、《红旗谱》等一大批戏剧、电影和小说的错误批判，并且一直延续到"文化大革命"。由这些简括的描述即可看出，五六十年代的文艺批评，"纠左"少，"反右"多，"立"的少，"破"的多，甚至不能说是在理论批评的正常探索与正面建设上获得了必要的条件和取得了应有的成果。

这种情形也使身居要位的领导型批评家，在这种坎坷时势中备受煎熬。如周扬，一会儿要讲"文学艺术活动必须接受党和国家的领导"，一会儿要讲"这种领导必须十分注意文学艺术活动的特点"，① 一会儿又要讲："强调文艺的特殊性到绝对化的程度"，"只会把文艺引导到脱离人民，甚至反对人民的道路上去。"② 又如邵荃麟，一会儿批评理论上的教条主义思想和创作中的公式化、概念化倾向，一会儿又说："公式化、概念化的原因"，"还是由于政治太少了"，"由于作家缺乏政治"。③ 如果说周扬、邵荃麟等主要是在不同的情势下，因强调重点不同而导致前后自相矛盾的话，那么何其芳多次在对毛泽东《讲话》有关论述的反复阐释中，则表现出他希图以纪念文章的方式来消解某些教条主义解释的良苦用心。他在《回忆、探索和希望》、《毛泽东文艺思想是中国革命文艺运动的指南》、《战斗的胜利的二十年》、《文学史讨论中的几个问题》等文章里，尽力从积极一面解说毛泽东有关文艺的论述，并针对某些教条主义的倾向进行了富有说服力的批评。比如谈到批评的现状时指出，有些文学批评，"似乎把政治标准第一误解为政治标准就是一切，缺乏必要的艺术要求，自然也就没有了细致的艺术分析，而且有些时候它们的政治标准也是未必恰当的"。"政治标准第一，艺术标准第二，这并不能成为创作家放松艰苦的艺术创造的借口，也不能作为批评家忽视艺术分析或没有能力进行艺术分析的辩解。"④ 对于毛泽东提出的文艺批评标准问题，自然不能提出半点疑问，但这一批评标准存在的弊端，何其芳显然是察觉到了，并以自己的语言作了补偏救弊性的解说。这在当时的形势之下，是需要心思也需要胆识的。由这些事例也可看出，五六十年代的批评家不是摇摇摆摆、变来变去，就是吞吞吐吐、唯唯诺诺，好像既少创见又无定见，其实这是一个绝大的误解。处在那样的一个时代背景和一种文化氛围之下，他们不是不为也，而是不能也。

---

① 《周扬文集》第 2 卷，人民文学出版社 1985 年版，第 244 页。
② 《中共八大文献》，人民出版社 1959 年版，第 516 页。
③ 《文学十年历程》，见《文学十年》，第 57 页。
④ 《何其芳文集》第 6 卷，人民文学出版社 1984 年版，第 116 页。

二、观念与方法的变更

　　共和国的文学批评真正使自身重获发展，并以其能动的作用推动创作，是进入新时期以后才逐步实现的。进入新时期以来，当代的文学批评一方面为文学的现实创作鸣锣开道，摇旗呐喊，一方面对自身的切实发展反思自省、探求新路，使它以新异的姿态和蓬勃的生力，在新潮迭起的新时期文学中发挥了独特的作用并占据了重要的地位。

　　文学批评的这种历史性变异，总的来看，经历了两个大的阶段：第一个阶段，是1980年前后以文学批评的标准问题的讨论为标志的，对过去的文学批评传统在理论上的清理和观念上的反思；第二个阶段，是1985年前后以"系统论、信息论、控制论"等新理论、新方法的引进为标志，在借鉴现当代西方文学批评成果中对传统文学批评的模式的超越。经由这样两个阶段，新时期的文学批评在反省中调整，在批判中建设，逐步实现了在回归文学和凸现主体的大前提下，整体批评局面的渐次更新和不同批评倾向的多元竞争。

　　有关文学批评传统的反思，大致经历了一个从朦胧到自觉，由局部到整体的过程。在粉碎"四人帮"之后的拨乱反正的斗争中，人们在深刻批判和彻底清算"四人帮"一伙篡改文艺路线、搞乱文艺思想的种种罪行时，对"文化大革命"及十七年文艺工作中的"左"的思想和错误同时进行了总结和纠正，逐步感觉到过于政治化的理论批评对文艺生产力的严重束缚，遂在1979年以《上海文学》四月号的《为文艺正名—驳"文艺是阶级斗争的工具"论》为先导，开展了对于文艺与政治关系的讨论。通过这次理论探讨和同年10月召开的中国文学艺术工作者第四次全国代表大会，广大文学批评工作者进一步解放了精神，活跃了思想。他们结合对当时一些尖锐反映现实生活的作品的评论与争鸣，在八十年代初期就文学批评的标准、职能和方法等问题展开较为集中的讨论。这次讨论起初以如何正确理解毛泽东关于文学批评的论述为重心，后来逐步扩展为对在新形势下如何建立科学的文学批评体系的研讨。此后，受"新方法热"和"文学主体性"研究的影响，有关文学批评问题的研讨又进而演变为对文学批评的思维模式和操作方法的非文学性和非主体性的种种局限的推本溯源和革故鼎新，从而在真正的意义上实现了对于文学批评传统的自觉反拨和整体反思。

关于文艺批评问题的讨论，起先是由文艺与政治关系的讨论引申开来的。"文艺是否是阶级斗争的工具"逐渐演化为"文艺与政治关系"的更大范围的讨论之后，怎样理解毛泽东在《在延安文艺座谈会上的讲话》中有关文艺与政治关系以及与之密切相关的文艺批评标准等问题的论述，就成为不可避免的事情。当时，争论的焦点，一是批评的标准，即"以政治标准放在第一位，以艺术标准放在第二位"的问题；二是批评的职能，即"文艺界的主要的斗争方法之一，是文艺批评"的问题，在文艺批评标准问题上，经过论争与探讨，大家普遍认识到"政治标准第一，艺术标准第二"的提法，因过于强调阶级的政治的功利，并容易把思想与艺术的统一性相割离，所以不宜再继续沿用。但在提什么样的标准更科学和用什么提法取代"政治标准第一，艺术标准第二"的问题上，看法更为多种多样。有的人认为应当倒过来提出"艺术标准第一，政治标准第二"；有的人认为应当以"真、善、美"的融洽统一作为文艺批评的标准；还有的同志提出应以"美学观点和历史观点"的合而为一作为文艺批评的基本标准。[①] 这些意见虽然存有不少分歧，但都共同表现出了大多数批评家冲出政治学的樊篱、走出社会学的视野，切近文艺的本质和批评的本义去确立文艺批评标准的新的努力。

有关文艺批评职能问题的讨论，比文艺批评的标准问题更深一步地涉及文艺批评的整体建构问题。过去，我们长期把文艺批评看作是文艺领域

---

① 参见《文艺理论研究》1980 年第 3 期。

里的政治评判和社会评论，使文艺批评在实质上远离了文学的本体、失却了批评的本义。人们开始重新思考这一问题时普遍认识到，从文艺批评的主要对象是文艺作品，批评的过程又是以欣赏为基础的对特定作品进行美学评价和社会评价等方面来看，文艺批评是根据一定的标准对一定文艺现象所作的评价，是以艺术欣赏为基础的科学性活动。把文艺批评认定成文艺批判，等同于文艺斗争，不仅取消了文艺批评，而且把文艺批评变成了政治斗争的工具，这已经为过去的许多事实所证明是错误的、行不通的。[1] 有的论者还指出，"文艺界的主要斗争方法之一，是文艺批评"的说法一经绝对化，文学批评便成为评论家对作家、评论家对评论家之间相互攻击的事情。于是，文学批评往往是按领导人的政治意图，写给作家、评论家看的。帮助和引导广大读者欣赏文学作品，研究读者的接受和再创造的反馈，一向没有得到应有的重视，文学批评的路子越走越窄。[2] 这些意见，抨击了批评观念上的庸俗社会学意识，呼吁批评走向真正广阔的艺术天地，引申了人们对于文学批评的标准及职能的思考与讨论。

当人们从不同的角度认识到了文学批评必须走出病态政治学、庸俗社会学的泥淖之后，怎样使文学批评正常而健康地发展的问题就自然显豁出来，等待着人们去进而解决。面对这样的问题，许多文学批评家不约而同的回答是：回到文学，回归本体。

首先是回归文学。这样的意见，最先表现在刘再复的《关于艺术批评的真善美标准》一文中。此文指出："文艺批评是一种审美判断，只能在美学范围内进行。科学的文艺批评，就是从社会生活实际和艺术实际出发，准确地估量艺术作品客观存在的价值，准确地、全面地反映艺术的本质规律。"[3] 钱谷融的《谈文艺批评问题》一文也表述了与此意见相似的看法："就艺术作品作为艺术作品来看，真实性、倾向性不能离开艺术性而存在，而艺术性本身也就是真实性与倾向性的和谐的富有魅力的'形

---

[1] 参见《关于文艺批评性质的考察》，《山西大学学报》1983 年第 2 期。

[2]《历史的追溯与现实的思考》，《十年文学潮流》，复旦大学出版社 1988 年版。

[3]《中国社会科学》1980 年第 6 期。

象显现'。"① 这些意见把文学批评的审美判断和艺术分析摆在第一位，强调回到文学对于文学批评的重要意义。如果说这些意见还嫌朦胧的话，那么，朱寨在《中国新文艺大系·理论二集·导言》中专列一章描述批评长久迷失文学之后逐渐回归文学的过程，实际上也是对批评的健康而理想的状态的一种呼唤和礼赞。从该文用"回到文学的批评"作为其中一节的题目来看，坚定的首肯中就包含了一个明确的信念。文章指出："我们的文学批评从来没有像现在这样活跃，敢于突破陈见，勇于提出新说，较前更加深入地研究文学创作的内在规律和不同形式体裁的特点，为文学创作探索'美的前程'。"② 字里行间溢渗着对文学和文学批评冲破思想的禁锢，回归文学本体的热情揄扬。

批评回归文学之后，还须获得一定的独立地位，这是人们在有关批评的反思中进一步发现的问题。冲破为政治服务的狭隘观念对文学批评的束裹之后，人们发觉批评同时还带有另一个枷锁，那就是"浇香花"、"锄毒草"的单一职能，在紧紧依附创作的过程中失去了自己的相对独立性。于是，1984 年前后，一些年轻的理论批评工作者提出了文学批评的相对独立性问题。③ 这里的"独立性"，有两个层面的含义。第一，是与文艺理论体系相对独立，也就是说，超出既定的文艺学的理论和概念的框范，去寻找和形成真正属于自己的生动活泼的"运动的美学"，发挥文学批评本身的审美感受力、透视力、创造力；第二，是与文艺创作客观相对独立，也就是说，超出对具体作品的刻板解释和被动论证，在评论中表现批评家主体的审美观和人生观，批评家与作家在生活和文学面前，完全平等，要有自我意识和自主意识。

批评作为一种审美的再创造，还必须超越客体，实现主体，这是文学批评界对于批评回归本体的又一重思考。这一思考比较集中地表现于在一

---

① 《文艺理论研究》1981 年第 4 期。
② 《历史转折中的文学批评——〈中国新文艺大学〉（1976—1982）理论二集·导言》，《文学评论》1984 年第 4 期。
③ 见《文艺批评的独立性及其他》（《文汇报》1984 年 10 月 29 日）等文章。

批中年理论批评家之间开展的"我评论的就是我"的讨论中。从这一讨论的主要意见来看，"我评论的就是我"要义在于强调批评家以特殊的感受方式和思维方式，在与创作者的审美共鸣中刻意表现"自我意向"和"主体意识"，从而使批评以有"我"而极现其个性。文学批评的过程实际上是评论主体和评论客体的相互效应的过程，从这个意义上说，可以说"我评论的就是我"，也可以说"我评论的就是他"。但在这里提出"我批评的就是我"，对我们长期以来批评中的无"我"现象不无补偏救弊的意义。它以批评家的主体意识的觉醒，预示了文学批评界通过步步深入的反思，逐渐走向自立和自强。

在批评界反思已往的文学批评传统和更新已有的文学观念的过程中，文学批评方法的更新问题日益提到了议事日程之上，成为人们所难以避绕的问题。1984 年，一些批评家从理论务虚的意义上，谈文学批评和文学研究的方法的更新，如文学批评的宏观性、当代性和整体意识、选择意识等等；另一些同志则倡导运用系统论、信息论等新的批评方法解释文学现象，并大力倡扬这些新方法的有效性和优越性。1985 年，人们以更大的热情关注"新方法"，谈论"新方法"，仅全国性的"新方法"学术研讨会，就相继在北京、厦门、扬州和武汉举行过四次，使得这一年成为引人注目的"新方法年"。在谈论"新方法"的同时，一些论者开始在文学批评中具体应用系统论、信息论、控制论等新的批评方法，使"新方法"由"虚"到"实"地进入了当代文学批评的实践之中，并对整体文学批评的渐次更新发生了不可估量的推动作用。

批评方法的更新，有种种因素在内中起着作用。从大的方面来看，至少有三点原因不可忽视：第一，新时期以来的文学创作大大地向前突进了，无论是题材、内容，还是形式、技巧，都出现了既新颖、又多样的追求。这些都需要文学批评给予合理和科学的说明，而原有的一套板滞、单调的批评方式和方法，难以适应这种变动着的文学现实；第二，随着理论视野的扩展和新技术革命浪潮的冲击，人们迫切感到了飞速发展的自然科学在思维模式和认识方法上对社会科学的推动与渗透，看到了把自然科学和交叉学科的方法引入到文学批评中的现实威力和可观前景；第三，"新方法"所体现的意义不仅仅是方法本身，它连缀着一定的思维观、负载着相应的认识观，对理论批评拓展思维空间、改造知识结构、更新文学观念，从而起到影响批评发展的有力效果和提高批评水平的重要作用。

从文学批评界对"新方法"在理论上的讨论和实践中的运用来看，所谓"新方法"，实际上包含了三个方面的内容。第一，是借鉴西方现代以来流行已久而对我们还颇为陌生的各种理论批评流派的方法，如精神分析学、神话原型理论、阐释学、现象学、符号学、叙述学、结构主义、解构主义等；第二，引进自然科学领域的一些概念、知识和方法，如突变论、全息学、模糊集合论，弗晰数学、模糊逻辑学等；第三，是运用系统科学的诸种方法，其中包括控制论、信息论、协同论等。

在"新方法"引进之初，理论批评界在三个层面上齐头并进。首先，翻译、介绍了许多有关"新方法"的资料和著述；其次，结合具体的学科和问题，在理论上研讨引进"新方法"的原则与意义；再其次，一些理论批评家开始把有关的"新方法"融入自己已有的知识结构，尝试以新的方法开展具体的文学批评。但从整体上来看，有关系统论、信息论、控制论的方法的吸收、借鉴和引进，在我国的理论批评界表现得更为集中、应用得更为内在，从而发生的影响也最为显著。

有关"新方法"的引进与移植，并不是一帆风顺的。几乎从这个问题的提出开始，就一直伴随着不同意见的争论，这种争论差不多表现于由整体探讨到具体运用的整个过程和一切环节。比如，有人担忧大量引入"新方法"，可能会出现"科学主义、实证主义的倾向"，[①] 或者远离"文艺对象的特殊性特征"；[②] 有人则认为"新方法"的讨论已经出现了两种值得警惕的现象，"一方面不适当地奉西方各种新理论为金科玉律，一方

---

① 《欲穷千里目，更上一层楼——记扬州文艺学与方法论问题学术讨论会》，《文学评论》1985 年第 4 期。
② 《关于文艺学方法论的讨论综述》，《新时期文艺论争辑要》（上），重庆出版社 1991 年版。

面不负责任地曲解、贬低和排斥马克思主义的文艺观和方法论"①。对这些意见稍加分析便不难看出，其中既有出于希求"新方法"的引进健康发展的心理，对"新方法"讨论中出现的问题加以提醒和匡正的；也有出于对"新方法"不熟悉和不理解，而产生的某些学术上的疑虑的；还有出于僵滞的思想、保守的观念，对一切新的东西的莫名反感和盲目排拒的。但从总体上看，这种引进过程中不可避免的争议，实际上也促进了人们对"新方法"的接受，使人们更为清醒地看到，"新方法"的引进对于改观我们的文学批评和文学研究的必要和重要，并在不同意见的碰撞中，加深对"方法论"问题的理解与认识，从而真正走向文学批评方法更新的自觉状态。

"新方法"的讨论与引进，使不同的批评家都在原有的基础上开阔了视野，充实了自己。他们或者从自然科学领域的方法和知识体系中吮吸营养，全面地更新了自己的理论批评；或者在方法论的意义上汲取系统科学之所长，使自己的理论批评具有了新的素质；或者在与自然科学、系统科学的碰撞中，发掘原有批评方法的所短与所长，使自己在理论批评的追求上更为清醒、更为执著。

方法与观念存在着不可分割的内在联系，人们在原有观念上的某些松动，必然要求方法的调整，而方法的更变，又进而激发观念的革新与跃动。有关"新方法"的研讨与引进，也是这样的一个过程。《文学评论》等在全国颇有影响的刊物，在"方法论热"方兴未艾的 1985 年，随之开展了"我的文学观"的讨论，便是事情发展的合乎情理的一个结果。

从新方法所引起的批评观念和文学观念的变动情形来看，最带普遍性的一个成果，是人们在新旧对比之中进一步看清了传统的批评观念和批评方法的诸多缺失，从而变得更为自知和自觉，许多人都深有体会地指出，过去批评方法的单一源自于文学观念的单一，现实主义成了唯一可行的创作方法，也成了唯一可行的批评标尺。这样长期下去，既会使创作提不到

---

① 《关于文艺学方法论的讨论综述》，《新时期文艺论争辑要》（上），重庆出版社 1991 年版。

切实的繁荣，也会使批评家在丰富复杂的文学现实面前束手无策。有的人进而由批评方法的单调性寻绎文学观念的偏狭性，指出过去我们片面强调文学是生活的反映，忽略了艺术把握世界的特殊方式。体现在文学批评上，就是以某种凝固的政治标准和道德观念来评判作品。由此产生出两种结果，一是导致批评的简单化、庸俗化，二是堵塞了从其他角度审视文学的途径。新批评方法的出现有力地冲击了这种僵化的状态，使文学批评真正走向了活跃、得到了发展。① 有的人还从传统批评方法的静态考察、线性思维，社会学批评方法的注重客体、忽略主体等方面，指出我们的批评传统因长期逡巡不前，在思维方式上显得原始，并且这种批评还常常在有意或无意中被庸俗化。因此，批评的传统方法需要改进，批评的整体格局需要重建。

通过新方法带来的观念变异，人们更深刻地认识到文学观念的多元性和文学批评多样化的必然性与合理性。各种观念和方法的碰撞与竞争，使人们比以往任何时候都更深切、更具象地看到了在文学观和批评观上恪守大一统的局面的没有可能和没有必要。他们认为，人类掌握世界的方式是多种多样的，是一个多元的思维空间。一种研究方法不可能穷尽有关文学的一切问题和完美无缺地揭示作品的底蕴。应当从各个不同的角度和侧面，去把握批评对象，各种研究方法各有长短，应该互竞互补。因此善于吸收各种方法的长处，为我所用。还有一些人由此更感到了确立批评的主体的重要性，他们指出，方法首先是一种态度、信念，它来源于人生经验和主体需要；对批评对象研究的深入，实际上也是对批评主体自身研究的深入。因此，应当首先确定自己的存在，然后再考虑方法的选用；方法只有在运用中才能展示自己的存在。所谓方法，实际上就是找到沟通主体与客体的途径的问题。这一观念的普遍确立十分重要，它实际上以自主意识和宽容意识的双重增进，为批评观念和批评方法的多元竞争和多样发展，

---

① 《文学批评：在新挑战面前——记厦门全国文学评论方法论讨论会》，《文学评论》1985 年第 4 期。

提供了一个广阔的心理基础，也为新的批评群体和批评格局的形成提供了条件和可能。

三、新的批评倾向与批评格局

文学的新时期，也即批评的新时期。由 1976 年至 1984 年的八年，文学批评从多种角度、多个侧面拓展领域、寻求支点、汲取营养，丰富自身，逐步向文学本体和主体本位回归，使文学批评真正成为文学意义上和主体意义上的批评。虽然这个时期的文学批评在类型上还颇显单一，在方法上颇为单调，但这苏醒了的"单一"中隐含了潜在的"杂多"，这觉悟了的"单调"中包孕了内在的"活跃"。

如果说 1984 年前的文学批评，主要是在拨乱反正的基础上向科学意义的社会学批评渐次回归的话，那么，1984 年后的文学批评在新方法、新观念的促动下，从多方面对社会学批评进行更新与超越，当代文学批评实践以社会学为主的多元竞争局面开始出现。与此同时，以文学批评家和文学批评成果为对象的批评的批评也进而开展起来，把文学批评作为一门学科研究其构成和规范的批评学也初显端倪。这样，文学批评在批评的实践、批评的批评、批评学的研究诸方面，都得到了加深与加强，文学批评真正走向了适应新的文学时代的全面建设的新时期。

（一）社会学批评的深化

经由对文学批评传统的反思和对西方文学批评方法的引进，人们更为清楚地看到，我们的文学批评几十年来基本上是在社会学的轨道上运行的。社会学批评在我国现当代长期占据主导性地位，有其历史的和文化的诸多原因。就我们的文学审美传统来看，其基本内核是"原道、征圣、宗经"的儒家思想；"文以载道"已成为人们要求文学和评判文学的内在的标尺。这种注重政治功利和社会效用的文学传统和审美意识，在"五四"以来的进步文学运动中，不仅没有得到应有的冲击和撼动，反而以新的形式得到了充实和强化，并与我们在文学与生活、文学与政治的关系问题上的偏狭观念不谋而合，遂使整个文学观念体系形成了一种在创作上推崇现实主义，在批评上倚重社会学的思维定势。从学科的意义上来看，社会学的批评也是一种行之有效的批评，它从文学与社会经济基础、文学与社会政治生活、文学与作家的经历、环境等角度去评价作家作品，对文学作品的思想内容和历史意义上的价值，常常有颇见深度的揭示。但这种严谨意义上的社会学批评，在我国现当代的许多时期并未得到切实的发展。我们为文学与政治关系问题上的许多错误认识所障蔽，常常以庸俗社会学的观点代替了科学社会学的观点，使文学批评在许多时候实际上成了庸俗社会学的批评。

可以说，在重新审视文学与政治的关系的大背景下，文学批评由批评的标准到批评的职能等问题的逐一反思与调整，也就是文学批评向科学意义的社会学批评的回归过程。随后，文学新方法和新观念的引进，给人们打开了一个更为广阔的知识视野，又使人们看到了社会学批评的优长与局限，以及更新社会学批评的必要性和超越社会学批评的可能性。更有一些思想敏锐的中青年文学批评家先行一步，把新的理论和新的方法引入批评实践，使社会学的批评表现出了融洽别家批评之长的不同倾斜，在整体上带动了社会学批评的深化与发展。

社会学批评深化与发展，最明显的是向主体意识深化，向创作心理倾斜，向文化意蕴靠近的三种倾向。

社会学批评不可能不带有浓重的社会意识，它以批评家的人生体验形成的批评视角，本身就是社会性的。但一些文学批评家并不满足于此，他们在文本与人本相统一的内涵中找寻新的支点，把人的重新发展和重新肯定贯彻于批评实践，形成了带有鲜明的主体意识色彩的社会学批评。这种批评具有两个显而易见的特点：特点之一是在社会意识之中融入了个体意识，即在群体的意义上看取文学的同时，又在个体的意义上看取文学，表现出对个体和个性的重要性和特殊性的关注，单个人的精神向往和情感追求得到了前所未有的重视。特点之二是，在客观批评之中增加了主观批评的因素，批评家更注重主体意识的投入和外射，更注重审美主观的感觉与凹现，批评不再是外在地诠释作品本身，而更多地是以批评家的主体意识感应和揭示创作者的主体意向。这种批评伴随着人道主义文学思潮的涌动，在一个时期形成了热潮。批评家们或者评析具体作家作品在人性、人道主义探索方面的成败得失，或者综论作为倾向的人性、人道主义创作的价值和意义，以坚定的立场和执著的角度，对于文学的人性、人道主义倾向给予热情地倡扬和积极地推导。这种批评倾向到后来进入到更为深入的层次，即由理论性的探索进入文学性的思考，紧贴文学创作的实际，揭示作品在写人方面从英雄化的人向平凡的人的转化、从工具型的人向主体型的人的转化，以及由更为关心作为个体的人和尊重个体主体价值所体现出来的现代人道主义精神。这种批评既以刘再复的"人道主义主潮"论、雷达的"民族灵魂重铸"说，何西来的"历史意识与主体意识觉醒"说，促进了新时期文学研究的深化，还以钱理群、王富仁等人注重"思想启蒙"与"精神内涵"的作家作品研思，拓进了现代文学的研究。

社会学的批评也可以说是"社会—文化"角度的文学批评，因此，它本身即应包含一定的文化视角在内。但在实际上，我们的社会学批评常常是关注共时性的东西胜于关注历时性的东西，文化的内涵往往比较淡薄；而有的批评家所涵带的文化意识又往往是对文化传统的笼统认同，因此，真正意义上的富于文化意蕴的社会学批评，在过去并不多见。新时期中期以来，一批中青年批评家从文化冲突、文化反省和文化替嬗的角度，审视文学创作现象，探索了不同历史时期的不同创作倾向在民族精神、历史意识、思维方式和心理结构诸方面的思想内涵和审美价值，揭示了蕴藏在文学形式之中的民族文化心理的深邃而微妙的变动，使文化审美有效地融入了社会学角度的文学批评之中。这类批评还可具体划分为一般的文化批评、文化精神批评和地域文化批评。发生于八十年代中期的关于"寻根文学"的讨论，即是"社会/文化"批评的一次集中表现。后来，季红真的"文明与愚昧的冲突"论，戴锦华的"九十年代文化描述"等，不仅因社会/文化的角度别开生面，而且还促使了文学批评向文化批评的过渡。

（二） 批评的多元

对于新时期的文学批评在中期之后出现的分化趋向，如果我们不囿于刻板的学院派眼光，就会看到其多样化形态中所具有的某些流派性色彩。从不同的批评所倚持的理论支点上来看，在常见的社会学批评类型之外，相继出现了系统科学的批评、文本学的批评、文化批判性批评、比较文学批评等新的批评类型；从批评在表述方式上的异同来看，在传统的判断式批评之外，出现了大量的印象式批评、描述式批评；从批评的着眼角度的差异来看，在已有的微观性批评之外，还出现了众多的宏观性批评。这样层次不同、倾向各异的各含个性的批评追求的互相补充和相互竞争，使文学批评充满了前所未有的生力与活力。

系统科学的批评，是"新方法热"结出的一个现实果实。从林兴宅等人在论述阿 Q 形象的复杂构成和艺术魅力的多因生成的实际运用来看，系统科学的批评所蕴含的有机整体的观念、多向多维联系的思维，动态的过程以及普遍联系的复杂综合的方法，在考察和解析某些复杂的文学现象时，确有其令人信服的优势和不可忽视的特点。这种科学主义文学批评所关注的文学问题，主要有艺术形象、艺术风格、艺术魅力、艺术接受、艺术创造等方面。其中以系统论方法研究人物性格和以信息论、控制论方法揭示艺术接受的重要性，还出现过一批较有深意的批评成果。从 80 年代后期开始，这一批评倾向逐渐由"热"变"冷"。

创作心理的研究与批评虽然与人本主义思潮不无关系，但在其理论渊源上与以"主体论"和"主体意识"为支点的批评有所不同，它们更多地从心理学美学（包括实验美学、"移情"美学、精神分析学美学、格式塔心理学美学和人本心理学美学等）中汲取营养，在批评的重心上也侧重于品评作品所表现的人的内心生活和内在心理的真实，探悉作家在创作过程中的感情活动特点和心理活动属性。可以说，这类批评大致是在心理学的方法与社会学的方法相结合的基础上，实现着对于创作主体和创作个性的研究与批评的。因为角度独到、触摸深入，这类批评常能发人所未发，见人所少见，如鲁枢元由心理学入手对新时期文学发展倾向所作的"向内转"的判断，洪子诚由作家"自我意识"对"创作姿态"的内在主导的探究，王晓明由创作心理障碍对二十世纪 12 位著名作家悲剧性精神历程的揭示，李洁非以文坛"典型人物"的视角引入当代文学史的考察，都由"内向化"的文学批评视角和别有洞天的文学发现，对一些文学现象进行了独辟蹊径的理论阐释。

文体文本学的批评，在理论渊源上带有兼收并蓄的特点，它在术语概念上带有文体学、语言学、叙述学的明显色彩，但在精神内涵上却带有现象学、阐释学的浓重意识。运用这种批评方法的青年批评家不在少数，但却表现出两种不同的情形，一种是侧重于小说本身的语言，叙述、结构的表现方式和艺术特点的探悉的文体批评；一种是着眼于文学形式与历史内容的隐秘联系的揭示的文本批评。前一种批评的主要成果，大都收集在《小说文体研究》① 一书中，后一种批评可参见孟悦的《历史与叙述》②曹文轩的《小说门》③、吴义勤的《长篇小说与艺术问题》④ 等著述。

文化批评性批评吸纳了西方"文化研究"理论中的诸多营养，如福柯、杰姆逊、赛义德、德里达等人的"知识考古学"、"形式的意识形态"、"后殖民文化"、"解构主义"等等，并力图把这种外来的思想资源与中国本土的文学实践结合起来。这样的理论支点为一些新派批评家提供了超越 80 年代"社会/文化批评"的可能，并使他们能够以新的视角面对"后新时期"的文学现实，从而以强烈的现实感与参与性，及时而敏锐地对当前一些重大的社会文化现象作出评判。这类批评所关注的问题有

---

① 《小说文体研究》，中国社会科学出版社文学室编，中国社会科学出版社 1987 年版。
② 《历史与叙述》，陕西人民教育出版社 1991 年版。
③ 《小说门》，作家出版社 2002 年版。
④ 《长篇小说与艺术问题》，人民文学出版社 2005 年版。

"现代性"反思、全球化下的中国、性别身份与文化政治的关系等。在这一方面,较早的成果有陈晓明的《无边的挑战》①、张颐武的《在边缘处追索》② 等。近几年来,文化批判性批评引起越来越多的人们的关注,一些从事哲学和思想史研究的学者也参与进来,并有一些人开始对这种热度不减的文化批判性批评的优长与不足进行理性反思。

比较文学批评是早已有之的一种批评方式,但在新时期中获得了前所未有的发展,不仅许多中青年批评家加入了比较文学批评行列,而且所比较的范围也主要由古典和现代转入了当代和新时期。仅就较有影响的一些文章来看,角度之新颖、视野之宏阔就可见其一斑。如中外作家比较方面的《陀思妥耶夫斯基与张贤亮》(许子东)③,古今作家比较方面的《王蒙与庄子》(张啸虎)④,中国当代作家作品比较的《秀丽的楠竹和挺拔和白杨——漫谈周立波和柳青的艺术风格》(宋遂良)⑤,《同一历史主题两时代乐章——赵树理与高晓声创作特征的比较》(季红真)⑥,《时代·阅历·艺术——茹志鹃与王安忆创作风格比较》(包忠文、裴显生)⑦,《两个金苹果:"跳出去"和"走进来"——〈蓝屋〉、〈流逝〉比较谈》(邹平)⑧ 等。这些文章或在较大的文化背景下比较作家作品的形异神似,或在同一的审美层次上比较作家作品的形似神异,不仅求出了其相同点和相异点,而且在对比分析中揭悉出了其异其同在文化和文学上的所由。

从90年代到进入新世纪,文学批评领域还以一些有影响的丛书,对诸种文学现象进行综合性考察,从而把客观批评推进到一个新的阶段和新的水平。在这一方面,先后有汤学智、杨匡汉、张德祥主编的"新世纪

---

① 两书均列入谢冕主编的《二十世纪中国文学丛书》,时代文艺出版社1993年版。
② 同上。
③《文艺理论研究》1986年第10期。
④《当代作家评论》1985年第3期。
⑤《文艺报》1979年第2期。
⑥《当代文学研究丛刊》第5辑(1984年)。
⑦《钟山》1985年第2期。
⑧《文学评论》1985年第6期。

文丛"（9 种）①，谢冕、李扬主编的"二十世纪中国文学丛书"（10
种）②，陈思和、王晓明主持策划的"火凤凰新批评文丛"（10 种）③ 等。
近些年比较引人注目的文学批评丛书，则有谢冕、孟繁华主编的"二十
世纪百年文学总系"（11 种）④，杨匡汉主编的"九十年代文学观察丛书"
（10 种）⑤，以及中国出版集团东方出版中心的百年中国文学研究书系
（三种）⑥，分别以重要文学年份的个案剖解，以论带史地综论了 20 世纪
文学的坎坷进程；以分门别类的文学扫描，以点带面地考察了 90 年代文
学的纷繁万象；以 20 世纪文学为总体考察对象，展示了中国现当代学科
的整体水准和最新向度。这些丛书，以个体透视的群体组合，实践并体现
了文学宏观批评中总体构思与群体方式的鲜明优势。

（三）批评的衍化与泛化

文学和文学批评进入 90 年代之后，尽管因逸出主流意识形态和受制
于商品大潮日见尴尬，但批评仍在不断求索，并以更具多样化和民间化的
姿态，在批评的视点、批评的方式和批评的文体等方面，开始表现出些许
新的变化。

从批评观点上看，在单一的文学角度的批评之外，文化角度的批评越
来越多见，这一方面表现在对于文学现象的考察，增加了文化视点的批
评，如蔡翔的立足于日常文化、胡河清着眼于东方文化的文学评论；另一
方面还表现为对于当代文化尤其是 90 年代文化的诸种现象，也初步展开
了及时而有力的批评，如吴亮关于城市文化的评论、戴锦华有关 90 年代
文化的述评等等。也许最能显示批评由文学向文化转移的，是兴起于

---

① 陕西人民教育出版社 1993 年版。
② 时代文艺出版社 1993 年版。
③ 学林出版社 1994—1995 年版。
④ 山东教育出版社 1998 年版。
⑤ 山西教育出版社 1999 年版。
⑥ 这三种为：王晓明主编《20 世纪中国文学史论》（上、下卷，2003 年），唐金海、周斌主
  编《20 世纪中国文学通史》（2003 年），杨匡汉主编《20 世纪中国文学经验》（上、下册
  八卷，2006 年）

1993 年于今仍在发展的人文精神的讨论。这个发生于批评界和知识界的讨论，从人文精神的评估到知识分子的定位，话题涉及的内容，入乎于文学又超出了文学，较为集中地表现了知识文人与文化现实的种种关系及其不同见解。这个讨论并非偶然出现，它的发生和发展，都是批评家面临新的文化现状，寻求新的位置和新的话语的必然结果。

从批评的方式上看，一个最为明显的变化是，在正经八百的文字评论之外，又兴起了活泼多样的会议评论。在作家作品愈见增多而又难于以文字形式普遍追踪的情况下，对某些作家作品假以会议座谈予以研讨，也不失为一种以点带面的评论方式。座谈研讨的对象因种种原因可能良莠不齐，但只要研讨者不失批评家的良知与真诚，对象本身的优劣并不一定决定研讨的意义。在一些作品研讨或书稿论证会上，既有对某些优秀作品肯定其成就又指出其缺陷，也有对某些稚嫩之作说长道短以帮助作者总结经验。这样的作品研讨，对于不同层次的作家都会有所助益。作品研讨会作为文学批评的一种新方式，还需要在发展中形成一些必要的规范。

从批评的文体上看，现在出现了许多不同于传统的论说文体的批评文体，成为一定倾向性的现象，至少有随笔体、新闻体和对话体等几种。以随笔的形式写评论，在过去只有王朝闻等罕见的几位，而在近几年，以随笔的方式写评论，或把评论随笔化的评论家，几乎比比皆是，评论家中的阎纲、雷达、南帆、吴亮、谢有顺、李敬泽、王干、解玺璋等人，作家兼评论家的邵燕祥、王蒙、李国文、从维熙、刘心武、张承志、韩少功等人，以随笔的方式谈艺说文，便于写作者自如操作，也便于阅读者轻松接受，使供需双方拉近距离，同时适应了日益增长的报刊杂志的需要。新闻体评论，是指那种超出新闻报道的常规，以会议纪实和现象综述的方式对某些文学问题夹叙夹议的深度报道，此类文章在文艺报刊上日见其多。这种新闻体评论，在客观报道中不失主体意向，在现象描述中叙议结合，以评论因素延伸了新闻的长处，又以新闻的因素弥补了评论的短处，以两种文体的联姻丰富了文学批评的品类，因而得到了报刊杂志和文学读者的广泛欢迎。此外，对话体也是近年来颇为流行的一种评论文体。这种评论方式的最大特点是发挥群体的优势，就某一问题从不同的角度穷形尽相，参与者可以相互切磋，也可以相互辩难，使对话的展开充满一种张力。而且自然而然地促膝对谈的方式，迫使对话者在理论的思考与表述上，以口语化和现场感的方式化繁就简、深入浅出，从而使对话式评论避免了刻板论说，具有一定的可读性。

（四）批评的批评与批评学的建设

批评的批评，也称之为评论的评论，即以具体的批评家及批评成果和整体的批评现状及其走向为对象，对其在批评实践中的成败得失和价值意义进行检视和评估。应当说，有关批评的批评在当代文学的许多时期都是一个空白点，它的兴盛与发展，是在新时期中才切实实现的。

80 年代初，批评界出现了以书评形式对某些批评家的批评成就和批评特点进行论评的文章，使批评的批评初露头角。批评界的一些专门家认为，"创作需要评论，评论也需要评论"，[①]"克服文艺批评中的涣散软弱状态，把文学评论工作搞活，有许多工作可做，评论之评论即是切实可行的一种，已经有人开了一个很好的头，很值得努力使它兴盛起来"。[②]经过这样的推波助澜，"评论的评论"作为文学批评的内容和方式之一，得到了更多批评家的认同和响应。

从此后的发展来看，新时期的文学批评之批评，一方面集中于某些理论批评家的贡献和风格进行梳理与品评，另一方面又就某些批评倾向和其个时期的批评状况进行检视和考察，在微观和宏观两方面都取得了较大的进展。在具体批评家的批评方面，有关周扬、胡风、冯雪峰的研讨形成了一定的热点，有关陈荒煤、冯牧、阎纲、谢冕的批评的批评也相对较多。有关这些批评家的批评文章，就他们在才学、胆识、态度和方法诸方面所表现出的建树与特点，进行了多方面的揭示，提出了不少启人思索的问

---

① 顾骧：《赞主的文学评论》，见《顾骧文学评论选》，湖南人民出版社1984年版。
② 白烨：《评论之评论偶感》，《文汇报》1981 年 12 月 8 日。

题，对于人们理解这些批评家及其他的所操持的批评的特点和方法都大有裨益。有关文学批评的宏观批评，主要是面对批评现状或对一个时期的文学批评的发展脉络及其在整体文学事业中的作用地位进行观照，或在代表性现象的梳理中论述批评的多元发展和总结批评的已有经验。前一种宏观批评的论文，有朱寨的《历史转折中的文学批评》①，钱谷融的《面向文学，面向未来——近年上海文学批评之一瞥》②，潘旭澜的《历史的追溯与现实的思考——漫谈新时期的当代文学评论》③，吴义勤的《对 90 年代文学批评几个问题的思考》④ 等；后一种宏观批评的论文，有白烨的《近年来文学批评的历史性演变》⑤，潘凯雄、贺绍俊的《走出思维定势后的选择——论新时期文学理论批评的新调整》⑥，肖鹰的《媒介扩张与文学批评——当新中国主流批评症候》⑦ 等。在文学批评的宏观批评方面，朱寨、阎纲、顾骧、何西来、王愚等人的对话体文章《新时期的小说评论》⑧，敏锐，活泼，较有分量和影响。该文从多种角度纵论了当代时期的小说评论的演进情形，个中既有对个人风格的描述，也有对整体倾向的论说；既有对小说评论现状的评估，也有对小说评论历史的反思；其中还用较大的篇幅论述了新时期文学评论的评论，表现出了视野的宏阔和识见的全面。

在 80 年代后期，批评的批评中开始出现就某些代表性的批评家的得与失从中探悉个中的社会文化原因的倾向，对当代文学的坎坷历程从批评的批评的角度进行了深入的反思。如刘再复的《对文学与真理的圣洁之爱——追怀何其芳》⑨ 一文，由何其芳后期的创作矛盾和思想苦闷，提出

---

① 《文学评论》1984 年第 4 期。
② 《文汇报》1985 年 7 月 23 日。
③ 见《十年文学潮流》，复旦大学出版社 1988 年版。
④ 《文艺研究》2002 年第 5 期。
⑤ 《上海文论》1987 年第 3 期。
⑥ 见《十年文学潮流》。
⑦ 《天津社会科学》2007 年第 1 期。
⑧ 《批评家》1987 年第 3 期。
⑨ 《文汇报》1988 年 1 月 5 日。

了在文学进入当代时期以后何以发生"思想进步与艺术退步的反差现象"的问题。朱辉军在《周扬现象初探》① 一文中，就周扬在理论与政策上的矛盾和理论与实际的矛盾中上下求索，左右周旋，以至于在许多时候身不由己、话不由衷的情形，提出了富于普遍性意义的"周扬现象"的问题。这些文章把批评家还原于一定的社会政治氛围和文化背景之中来审视，他们由衷地说了些什么、做了些什么，又违心地说了些什么、做了些什么，都在主观与客观相结合的意义上理出了不少文学和批评的历史经验和教训。

在相当长一段时期，我们没有把文学批评当作文学性的批评来对待，更谈不上把文学批评学当作一门独立的学科来对待。有关文学批评的一些问题，常常只在"文学概论"一类著作的最后一章来谈，而且只从一般应用的角度上，以颇为偏狭的观念简述其性质、意义、方法和标准。随着实用性批评（或称应用性批评）在新时期的空前深化与发展，有关文学批评的理论性问题日益得到人们的重视，并开始作为一门独立的学科来对待，以研究文学批评的结构、方法和规律为主体的文学批评学，便逐步建立起来。

在文学批评学的形成过程中，一个必要的前奏是批评的批评，一个重要的过渡是对实用性批评所进行的理论性研究。抛开"文学概论"的框式来谈论实用性的批评，这本身就使文学批评另立了门户。王先霈等人的《文学评论教程》②，吴炫的《文学批评十面观》③，傅修延、黄颇的《文学批评思维学》④，张荣翼的《文学批评学论稿》⑤ 等著作，摒弃了在文艺学的意义上论述文学批评的既有做法，把文学批评看作是与文艺学既有联系又有区别的独立的艺术世界，从文学批评的本体意义上论述其构成与

---

① 《文艺报》1988 年 10 月 8 日。
② 华中工学院出版社 1986 年版。
③ 南京大学出版社 1986 年版。
④ 文化艺术出版社 1989 年版。
⑤ 云南人民出版社 1994 年版。

特性，寻求其框式与规律，表现出了研究者在文学和审美的基点上对文学批评的重新思考与界定，使文学批评在理论上回归本体迈进了重要的一步。

在此基础上，一些年轻的研究者进而思考和探索文学批评作为一门独立学科的应有形态和体系构成，写出了各有理论体系又共富学科特色的批评学专著。在这一方面，值得一提的著作，有陈晋的《文学的批评世界》①，潘凯雄、蒋原伦、贺绍俊的《文学批评学》②，贺桂梅的《批评的增长与危机》③ 等。陈晋的著作，联系文学活动的总体特征和中外文学观念的演进，论述文学批评的本体特性和自身规律，其关于批评的看法，带有包含文艺学、文学史的大批评学的理论意味。潘凯雄等人的著作，则在与创作思维相颉颃的意义上，论述文学批评作为一种特殊思维方式在本体、主体、文本和方法诸方面的自身结构和内在规律，旨在立足于文学批评本身，建构与文艺学、文学史相区别的文学批评学。贺桂梅的著作，以知识社会学的方式，深入分析 90 年代主要批评话语类型，是对建立关于文学批评的知识谱系的理论探索。这些批评学专著表现出一种把文学批评作为一门独立的学科来予以关注和对待的自觉自主意识。这种企望文学批评以独立学科的姿态和形象耸立于学术和艺术之林的努力，得到越来越多的人们的认同。而它们经由年轻一代的批评家来推进和完成，也是文学批评历史演进的必然结果。

四、文学批评面临的新课题

进入 21 世纪以来，文坛的主要问题，已不是一般意义上的"文艺创

---

① 上海文艺出版社 1989 年版。
② 人民文学出版社 1991 年版。
③ 山西教育出版社 1999 年版。

作"问题或"文艺批评"问题,而是文艺创作的环境氛围发生了巨大变化,文艺领域本身出现了新异的变动,文坛在不同的人那里,显然已有了"传统内"与"传统外"、"主流"与"非主流"、"体制化"与"民间化"等不同部分的区分。这是一个不争的事实,也就是说,现在的文坛与过去的文坛已经完全不同了。

当今的文艺与文坛的状况,可以说活跃与繁杂并存,机遇与挑战同在。这样的一个现状,是与从社会到经济到文化的"市场化"、"全球化"、"信息化"和"娱乐化"等大的背景、大的环境密切相连的。应该说,这种新的现实,不仅超出了原先的预想,而且大大超出了我们已有的经验,是一种全新的文学存在。因此,全面而客观地认清变化了的并且还在变化中的现状,是置身于其中的文学批评者的当务之急。

过去的文坛大致上是以专业作家为主体队伍,文学期刊为主要阵地,作协、文联为基本体制的一个总体格局。这种当代文学的传统结构模式在进入新时期的80年代之后,就在种种革新与冲击之下,发生了一些变异。而上世纪90年代以来的以市场经济为中心的社会变革,广泛而深刻地影响着社会生活的方方面面,这使得文学赖以存在的经济基础、文化环境和传播手段等都发生了前所未有的剧烈变动。对应着经济基础、文化环境和传播手段的变化,市场化、大众化和传媒化联袂而来,并形成了一种基本定势。可以说在被动应变和主动求变的两种动因之下,文坛开始发生结构性的变化。比如,几十年来基本上以文学期刊为主导的传统型文学,已逐渐分离出以商业出版为依托的市场化文学和以网络媒介为平台的新媒体文学。

传统型文学或主流文坛,在过去基本上就等于整个的文坛。由作协、文联系统主办的各类文学期刊,是文学作者学习写作和发表成果的基本阵地,也是文学读者阅读作品和瞭望文坛的唯一窗口。一个作者要从事文学、进入文坛,在文学期刊上发表作品和演练自己,这是唯一的必经之路。现在则不然,一些作者可经由出版运作直接出书,一些作者可在文学网站自由发表作品;文学的进路与出路都较过去更多了。但文学期刊仍然以严肃文学的坚守，高质量作家作品的推出，成为整体文坛的重要构成和中心所在。这可由三个方面来看：一是由各级作家协会和有分量的出版社主办的文学期刊，联系着长期从事创作的各类文学作者，尤其是一大批造诣较高、影响较大的专业作家，这使它集聚了当下文坛最为重要的创作力量；二是文学期刊因为作者素质高，办刊专门化，所发表的各类作品都代表了同一时期的重要成果和最高水准；三是文学期刊本身也在不断更变，过去相对圈子化的现象开始有所打破，一些过去忽略了的领域如长篇小说、散文随笔、青少年文学等，都有专门的文学期刊开始涉猎，这使得文学期刊在代表性与影响力上都有新的提升。所以文学期刊这一块，虽然在整体上的影响不如过去，甚至经常面临生存困境，但它仍然是当下文学的主体构成部分。

市场化文学是在文学图书的大众化出版与商业性营销的过程中逐渐浮出水面的。文学出版在新时期以来得到了较大的发展，但在长期以来都只是文学期刊的延续与补充。在以前，一个作者不具有一定的知名度，是很难出书的。只有那些在文学期刊上发表了一些作品并造成一定的影响之后的重要作家，才有可能结集出书。而长篇小说作品，也往往是先在文学期刊上连载之后，再行出书。情况发生了明显的变化。因为出版行业的逐渐市场化，尤其是民间力量介入出版后进而强化了市场运作与媒体炒作，文学出版开始由过去的以作者为主转而走向以读者为主，一些文学名家的力作经由炒作，大幅度地提高了印数，一些无名作者的作品也可经由包装，走进图书市场甚至成为畅销作品，文学出版由此进入了市场化的新阶段，而且逐步形成了以长篇作品和大众读物为特色的文学图书阵地。因为门槛较低和炒作介入，文学图书的出版一直存在着数量与质量不成正比、质量上又参差不齐的诸多问题。

新媒体文学从现在看主要是网络文学，但从发展趋势看，手机文学也在蓄势待发。网络文学与网络写作是近年随着互联网的飞速发展而迅速崛起的一个领域。借助于网络平台，一些文学爱好者和写作者，或建立自己的写作基地、文学网站，或参加一些门户网站的写作竞赛，先经由网络媒介造成一定的影响，尔后又转而出书，或跻身于主流文学创作行列，或成为流行文学和时尚写作的新贵。网络写作的长处与短处，都在于它的写作更加"自我"，发表更加"自由"——这既可以使那些别有才情的作者脱颖而出，迅速成名，也可能会使那些重"名"不重"文"的。写手得以寄身。虽然网络文学总体来看还在成长与发展之中，并且泥沙俱下，良莠不齐，但因为网民数量的急剧增长和年轻网民的普遍介入，其影响却越来越大。

当下文坛这种"三分天下"情形，带有相当的必然性。这种走向的动因，无疑是综合性的，并非单靠文学本身所能促动和形成。批评家需要做的，或者我们应该关心的，不是这样一个格局该不该有和好与不好的问题，而是必须面对这样一种已经存在的现实，在走近它和认识它的过程中，就其如何良性生长和健康发展做出思考。

目前批评家面临的问题，从宏观方面来看，主要表现在三个方面。

第一，对于新兴文学板块关注不够，对市场化文学与新媒体文学都缺少应有的研究与批评。

自上个世纪90年代中后期以来，因为出版的日益市场化、文化的趋于娱乐化，在文学出版中，根据大众阅读的需要，有针对性地策划和运作相应的图书，越来越成为出版行业的流行趋势与通行规则。在这种趋势之下，除当代文学的少数名家继续成为图书市场的稳定主角之外，适应青少年读者的青春文学、流行于网络的类型文学等，都纷纷粉墨登场，成为图书市场上新的宠儿。这两大类文学作品，依托网络与传媒的传播，依靠年轻读者的追捧，在文学图书销售中遥遥领先，在实际的文学阅读中影响甚大。如以《杜拉拉求职记》为代表的职场写作，以《鬼吹灯》为代表的悬疑小说，在几年前出版之后，一直稳居近年来图书销售的前列，印数累计都在百万册以上。为了形成品牌，利用资源，这些作品的作者与有关的出版社联起手来，继续打造续集，而这些续作也从"之一"写到了"之四"，而且推出之后，照样畅销，持续不衰。

与这种新兴文学板块迅速发展形成反差的，是相关文学批评的严重缺席。可以说，几年来，对于这样一些行销于市场的图书，无论是单个作者与单部作品，抑或是某种倾向、某个类别，都没有什么评论性的文章加以分析和论说。这种缺席，显见的原因是主流的文学批评家不了解又不屑于去介入，以为这些作品少有文学性，不值得去认真关注。而那些喜欢这些作品的人们，又没有能力站在更高的角度去分析和品评。但这些作品能畅销不衰和读者甚众，一定有其原因，这种原因也许包含了文化性的因素，还包含了社会性的因素；也许包含了积极性的因素，又包含了消极性的因素，这恰恰需要从文学与文化的角度作出有见解力与说服力的分析与评论，从而对这类作品的写作、出版与阅读的各个环节，产生相应的影响。

第二，价值标准多元而混乱，没有形成一定的共识，不同的观念之间也缺乏沟通与宽容。

近些年随着人们思想观念的变革与开放，旧的观念不断更变，新的观念不断产生，各种观念都有存在的可能与生存的空间，整体上真正走向了多样与多元。但同时产生的严峻问题是，每人都可表达自己的观点，坚持自己的观念，都认为自己掌握了真理，对不同的观念或者不以为然，或者不屑一顾，不同的观念相互抵牾，甚至在不同的区域与板块中流行不同的观念。这使得那些有关文学的基本的、整体的和长远的观点与观念，在相当程度上受到了冷落、遮蔽与淡化，使文坛不同群体、不同板块之间，相互不通气、不服气，也相互不理解、不理会的现象愈发严重。

市场与媒体在相互借力中的勃兴与盛行，并不只是简单的经济活动、单纯的媒介活动，它们还携带和负载了一定的价值观念，并在实际运行过程中对人们的思想观念发生潜移默化的影响作用。比如，市场交换原则所连带着的实利、实惠的价值取向，市场化出版所体现的只追求读者众多，而不太顾及内容的功利化原则，媒体（包括纸面、影视与网络）所极力倡导的"娱乐至上"，所尽力推行的"吸引眼球"策略，看起来是为了争取和服务更多的受众，其实背后是把受众换算成点击量、销售量或市场票房，乃至订阅数、印刷数，最终还是落实在最大经济利益的获得上。这里边应该有的一些必要的尺度，在一些急功近利者那里完全失却了。这样一些文化人、媒体人，实质上成为了文化与媒体外衣包装下的生意人。

这种行为与观念的盛行，对当下文坛造成了巨大的冲击，而且不只是表面上的，更是深层的。在这样一些似是而非的观念与理念的冲击与影响之下，那些本该确定不疑的属于规律性与基本性的观点与观念，现在反倒不那么明朗，不那么响亮，甚至让人们不无疑惑了。比如，在文学创作上，作者要不要葆有"责任感"；在看待文学的功用上，要不要坚持"寓教于乐"；在文学的商业运作中，要不要注意"社会效益"；在文学阅读上，要不要提倡"怡情益智"，等等。在这样一些基本问题上的看法不一，各行其是，彼此又缺少理解与通融，使得目前在文学活动中缺少一种必要的主导，也使当下的文坛缺少一种应有的和谐互补。

第三，文学阅读需要批评的引领，对于不同的阅读需求要作具体分析，不要一味强调"适应"与"满足"。

文学阅读的背后，是众多的读者。读者是林林总总、形形色色的，需求也五花八门、不一而足。就不同年龄层次的读者、不同文化层次的读者来说，阅读的需求就很不相同，阅读的趣味也大相径庭。一般来说，年轻的读者更喜欢在阅读中寻求宣泄与娱乐，文化层次不高的读者，则更愿意在阅读中寻找热闹与消遣。白领读者，愿意在职场小说的欣赏中反观自我；女性读者，更愿意在爱情小说的品味中寄寓梦想。这些种种需求，或专于快感，或偏于实用，不能说不合理、不适当，但其中显然也存在着高下之分、雅俗之别，而越是囊括了不同层次读者的大众化的取向，就越容易偏于"俗尚"，乃至"低俗"。

因此，对于不同的读者，不同的需求，既要作具体的分析，也要有自己的定向，如果只是不加分析地去"适应"和"满足"，只能向低俗的方向一路下滑。这样的结果，必然会使图书市场低俗的作品大行其道，并统领市场，而在总体上影响文学创作的质量和整体文学的健康发展。

所以，在面向读者和服务读者的时候，不同的环节都要有一个包含了低端更包含了高端的整体读者的概念，甚至要选取一种就高不就低、就雅不就俗的人文立场与基本尺度，至少应用一种中性的姿态，批评要在适应读者中引领读者，提高读者，使文学、文化产品既在经济建设中释放一定的能量，也在精神文明建设中发挥独特的作用。

我们不能不承认：面对飞速发展与不断演变的文学现状，文学批评日渐显得力不从心，穷于应对；而有关针对文学批评的检省与批评之声，也不绝于耳，日见频仍。文学批评的这种境况，自然不能不引起文学批评界的高度关注与认真自省。

新世纪文学批评现状中存在的问题，为文坛内外所广泛关注，近年来更成为了一个热点话题。问题确实存在，也迫切需要改进，比如，面对俗化的文化环境和缭乱的文学现状，批评家需要增强社会责任心，增强历史使命感，并以知识分子的良知、审美高端的感知，观察现状，洞悉走势，仗义执言，激浊扬清。要超出对于具体作家作品的一般关注，由微观性现象中捕捉宏观性走向，由代表性现象中发现倾向性问题；该倡扬的要敢于倡扬，该批评的则勇于批评，对于一些疑似有问题的倾向和影响甚大的热点现象，要善于发出洞见症结的意见和旗帜鲜明的声音。要通过这种批评家自身的心态与姿态的切实调整，强化批评的厚度与力度，逐步改变目前这种文学批评宣传多于研究、表扬多于批评、微观胜于宏观的不如人意的现状。比如，为适应不断变化的文学现状，批评家在观念上、方法和语言上，要及时地吐故纳新，不断地与时俱进。比如有的批评家的思想与情绪还停留在上世纪 80 年代，没有完全走出"新时期"的情结，这使得他们在看取现状和表述问题时，都有一定的滞后性，明显地与当下现实相错位或相脱节。批评的倦怠与知识的困局有关，而活跃于当下文坛的多数批评家，在知识结构与理论准备等方面几十年"一贯制"，较少有新的"充电"和大的变化，因此在面对超出已有经验的新的文学现象时，要么是文不对题，要么就失语、缺席，显得力不从心和束手无策。

但文学批评中这些问题的出现，有着复杂的原因，这些问题的解决，也需要综合性的手段。要看到现在的批评所面对的对象，不仅增多了、变大了，而且也新异了、复杂了。过去的文学批评，基本上面对的是一个相对单一的传统文学与文坛，而现在的批评在传统文学或主流文学之外，还要面对市场化的文学、网络文学或新媒体文学。如果要如实描述现在的批评与现状的关系，可以说是：缩小了的批评，在面对一个放大了的文坛；相对传统的批评，在面对一个活跃不羁的文坛。这种事实上的不对等和不平衡，正是批评的难处与挑战之所在。

因而，批评问题的解决，需要人们的理解与多方面的扶持。

首先是批评队伍既需要壮大，又需要纳新。现在从事文学批评工作的，来自好几个方面，有作协、文联系统的，有高校、科研机构的，有报刊、出版单位的，等等。说起来是一支队伍，实际上是散兵游勇。因为没有一个彼此联系的机制与方式，见面就是作品研讨会，会散了后就各自为战。就评论与批评的对象选择来看，也是主要根据作品研讨的情形顺序而来，基本上是随机安排，被动应付，而且忙得不亦乐乎。现在看来，建立一个联系批评家的组织或机制是必要的。可借助这样一个组织或机制，沟通情况、研讨问题、交流信息，并就一些倾向性的现象与问题，组织集体的力量运用论坛的方式进行重点出击，还可就一些需要特别关注的宏观性的文学问题，提出一些带有指导性或导向性的系列课题。通过这种方式，可以起到联谊批评队伍，集中批评力量，组织重点选题，及吸引对文学批评有兴趣的人士介入文学批评等多重作用。还有就是要积极发现批评人才，大力培养批评新秀。现在活跃于文坛的批评家，主要由上世纪40年代、50年代和60年代的人们所构成，70年代的极少，80年代的基本没有，这与文学创作上的六代同堂（从30年代到90年代）和越来越年轻化，构成了极大的反差。批评的队伍需要年轻化、有活力，而批评的人才又需要既综合又特殊的素质，因而很难依赖自然成长，需要有一些发现和培养新人的措施与办法。在一些有条件的高校和研究机构，可以建立专门培养批评后备人才的研究生基地，吸纳有志于文学批评的年轻学人和爱好者，举办文学批评青年培训班。

文学批评在活动的阵地、传播的工具、资讯的提供等方面，也需要具备一定的条件，得到有效的支持。现在的文学批评类文章，主要发表于一些专业性的报纸和文学理论批评刊物，而这些报刊的受众主要是业内人士，因此其影响基本上囿于一定的圈子，社会性的影响极其有限。而受众较多、影响较大的电视、网络和市民报纸，基本上没有文学批评的立锥之地。即使出现，往往也是以媒体批评和媒体报道的方式对专业的文学批评进行"为我所用"式的择选、删改与加工，经过这种媒体过滤的批评家，常常有"被侮辱与被损害"的感觉。这样的大众化的传播资源，辐射面广，影响力大，如何能"为我所用"地为文学批评服务，或起到一些配合、呼应的作用，委实是值得认真考虑的。

批评的问题不只是批评本身的问题，它还是文学的问题、文化的问题、社会的问题。从这个意义上讲，理解批评、扶持批评、振兴批评，实在是文学发展、文化建设和社会进步的题中应有之义。

不论从何种意义上讲，一部文学史，是社会生活投影于心灵的历史，也是以创作和批评为双翼的双桨船不断行进的历史。可以相信，尽管我们面临着新问题、新挑战，随着共和国社会生活的不断变革和创作实践的日趋丰富，文学批评之树也会更健旺地成长起来。

结　语

穿过丛林就是海

　　我们曾为沐浴早春阳光的温暖而欣喜，也曾为拥有灿烂明天的希冀而热情；曾在乌云遮蔽、风雪交加的泥泞中苦苦思索，也曾在潮起潮落、涛声浮泛的星空里寻寻觅觅——文学，作为我们精神的守护，伴随着年轻的共和国，已经走过了整整 60 年。

　　60 年，在几代耕耘者辛勤开垦、播种下，诞生于这片古老而年轻的土地上的当代文学幼苗，满载文学工作者的希望与汗水，拱开了沉重的土坷，在风风雨雨的浇淋后，已是枝叶繁茂，俏然而立。在她的茎叶间，人们已经可以看到种种丰富而斑斓的色泽：既有了诗人的放声歌唱，有了散文家的浅酌低吟，有了报告文学的鼓乐，也有了小说家饱含沧桑的沉郁；既有了倾注热血与真诚的篇章字句，有了为艺术与良知而挣扎的苦难印记，更有了一群群默默耕耘于芳草地的行者凝重的步履……

　　以世纪视野观之，"共和国文学"是新生的、也是饱受争议的文学。当代文学史家洪子诚指出："对当代文学持否定态度的，不仅仅是西方的汉学家，也包括国内的某些学者。当然我们承认当代还没有出现像鲁迅等这样的大师，但是当代的一些作品也具有成熟的品格。当代的一些作家也有很多故事，只不过这些故事还没有被认真地去讲。所以这是一个过程，我们处在过程里面，我们在看到一些优秀的或者动人的作品的同时，周围也有很多平庸的噪音，我们在判断上有时候会被这些噪音所干扰，认为当代文学好像没有什么出色的表现，实际上这是一种假象。"① 诚然，是非成败，功过毁誉，将由后来者评说。但可以肯定的一点是，随着一支老中青结合的当代作家、批评家队伍的日渐成熟，随着从封闭到开放的过程中一批优秀作品的不断涌现，共和国文学已经完全有能力与世界文学对话，乃至发生人文的和艺术的碰撞。我们可以做这样的比喻：如果说，"现代文学 30 年"生长出了一排大树，那么，"共和国文学 60 年"已风长成一片繁盛的森林。

今天，站在新世纪的地界，当人们回首来路，习惯性地对当代文学的历史与现实作出一个总体性的整理。人们或许要为这 60 年的诸多梦与非梦的轮回而深深痛惜，为众多的时代的"如果没有……"而叹惋；我们却更应当把目光投向当代文学"几度夕阳红"背后潜藏的种种天机，投向新世纪曙光折射下开拓者新的足迹。在这条伸向前方的道路上，我们不妨静下心来，对困扰当代文学发展的最主要的几个问题，再稍作剖析，做学理性的反思与展望。

首先，当代文学要面对的是在"全球化"语境中，真正确立中国文化、文学的立场问题。

不仅仅是在当代文学 60 年中，差不多在整个 20 世纪里，中国文坛的每一次重要文学运动，都浸透着"传统"与"现代"、"全球化"与"民族化"的纠葛。近代以降，在西方现代技术的率领下，西方文化也带着"先生"的面孔来到了华夏的土地。和西方实业的力量一样，西方文化一度简单地替代了传统精神的自立；我们过多地匍匐在"西化"的脚下，甚至达到盲目迷信的地步，文学中的表现尤其如此。而近现代中国的历史已经反反复复地证明，"借他人之火"毕竟只是手段，"煮自己的肉"才是目的。我们无意苛求前人在文化立场上的选择，每一个时代自有它特定的时代精神，不过我们注意到，在今天这个"全球化"趋势似乎日益明显的时代里，仍然不乏在借火煮肉的实际操作过程中，隐现出来的"全

① 洪子诚：《"中国改革开放文学论坛"研讨会发言》，《文艺报》2009 年 1 月 17 日。

球化"背后西方中心主义的阴影。而西人之须眉，安能生我之面目？因之，如何立足于本民族的特点，又能在"全球化"的大背景下有区别地汲取营养来充实自己，使自己立于不败之地，便是问题的关键。东西方世界本身在意识形态、价值观念、文化传统、审美观点以及鉴赏趣味上都存在着巨大的差异，不承认这一点，一味"借火"并简单地追随，将导致放逐对自己话语的寻求。

在新世纪，我们丝毫不会排拒西方人及所有异邦人士的文化精萃。我们将继续向全人类的智慧开放。自然，我们更倡导接通东方智慧，从自己传统里寻找新的理论生长点，以广阔思维空间的文化运思，在文学创造上建立一种"文化特色"与"智慧融合"辩证统一的思路和策略。也即：首先是表达中国人自己的思想情感和叙述话语，自觉地承担起把本国文化精神的硕果奉献于世界的责任，然后应企及人类普遍关怀的命题的真知灼见。"全面排外"和"全盘西化"都是一种文化近视。只有对长期以来"中西"、"体用"之争的超越，我们才可能理直气壮地进入到真正的东西方文化和文学的对话的情境中。作为一个传统的文学大国，她的母体里蕴涵的智慧无与伦比。如何不失去冷静的心智而能把传统话语中的陈旧话题同中华民族的文化智慧加以区别，就显得尤为重要。只有让这种人文智慧充分地艺术转化，为今所用，当代文学才会有望创造出更灿烂、更辉煌的人文的和艺术的画卷。

其次，经过时光之水的淘洗，我们看到，决定一个文学作品实际成就的，还是作家有无历史经验的刻度，有无深刻的人生体验，有无深厚的文化素养，以及有无卓尔不群的艺术笔墨。

在翻阅共和国文学历史的丰富中，我们看到了许许多多至今仍能让我们感动至深的艺术抒写，但也不时能从大量的篇什间窥见出太多的浮泛与迎合。一甲子的风风雨雨，当代文学在特定政治、经济、社会等外在因素的影响下，虽然拥有无比广博的写作资源，但常常也因为时政的需要，自觉不自觉地承担或过度张扬了许多本不属于文学的功能。政治自然并非文学之累，但当代文学与时政过于密切的"配合"关系，使文学一度陷于工具化的境地；而 90 年代以来文学对市场经济的"无条件"拥抱，又让文学带上了急功近利的色彩。任何成功的作品，最终还是由文本本身的艺术价值来决定的。切合某种时势的需要而在当时取得巨大轰动的文字，虽然有其不可或缺的社会功能，但我们更看重在轰动效应背后，经过岁月激荡后积淀下来的、体现在文字中的艺术的金子。这种金子应是作者从最宽广的人文思考出发，结合自己个人和群体命运的体验，经过艰苦卓绝的艺术探求，而最终凝结成的精神食粮。它应是有关民族灵魂的诘问，有关人性本原的求索。它要求作家不随波逐流，不妄自菲薄，不仅有丰富的阅历，有出色的艺术才情，有开放的胸襟，更有自己独立的艺术眼光和艺术追求。

最后，我们更要强调当代文学的独创性和原创性，倡导在多元时代里，在非常开阔的文化艺术视界下，当代文学应有的独立、独到与独特。

从共和国之初的 17 年，到 20 世纪八九十年代，我们听到不乏人文精神失落、文学沦丧的哀叹。但我们看到的事实，则是新世纪以来年产长篇小说 1000 部，诗集 800 部，散文集 500 部等一系列令人诧异的统计数字。显然，在一个充满了机械复制的年代里，当代文学日益面临着失去精英意识的危险。我们的文学应该说尚属过渡性的文学。当下作品铺天盖地而精品寥若晨星的文学现实，一方面表明在多维、多元的文化时空中，文学的消闲、娱乐、教育、消费等价值功能已呈现全方位的自由状态，文学的表达也出现了包括个人化和群体化在内的各种特征；另一方面，这种多样化也表明，我们的文学仍处于过渡状态。而贴近世俗，依赖市场，拒绝崇高，放弃精神家园的追求等，毕竟也是文学的一种惰性与歧误。任何一个民族的文学都是自己民族精神灵魂的重要载体；而失去了对人、对民族群体最本质的思考，失去了对中国经验的复杂性的认知和对艺术表达可能性的探索，文学就会陷入浮泛化的泥潭。在对文学政治化的反叛时把文学的崇高和审美也无原则地抛弃掉，无疑透露出从一个极端走向另一个极端的绝对化心态。

今天，在一个多元化日益明显的社会里，共和国文学获得了前所未有的宽松环境。在充分张扬文学的多项价值时，更没有理由放弃文学创作的独立性，放弃文学思维的独特性和人文关怀的独到性。我们希望文学主旋律与多样性的谐调发展，但我们更期望拒绝平庸、媚俗和浮躁，保持创作的激情和先锋的文字，能成为当代文学的中坚。如此，21世纪的中国文学才会有更壮丽的前景。

抬望眼，文学60年，恰似积木成林，如今，我们穿过丛林，又见大海。那湛蓝的海水浸透了我们的心血与智慧，那跳跃的浪花激荡起我们创造的活力，那不灭的波光涌动着我们的光荣与梦想。

我们从大海获得自由的元素，获得宏伟与博大。

我们将和大海的每一呼吸息息相通；我们将迎着新一轮的太阳，走向大海。

后 记

　　已届甲子的"共和国文学"，尽管是历史长河中的"一瞬间"，却为我们留下了珍贵的记忆，留下了颠踬顿踣的履痕和足以引发的思索。所有的经验、教训、问题和得失，都构成了一笔巨大的精神财富。梳理与总结，理所当然地成为当代文学研究工作者不可拒绝的承担。好在 10 年前我曾主持过关于"共和国文学 50 年"的研究课题，有一些学术积累，在此基础上，从去年冬季到今年夏天，在张文勇博士的协助下，经过结构的大调整、章节的新增补、材料的新充实以及论点与文字的再打磨，遂成《共和国文学 60 年》一书，作为向中华人民共和国建国 60 周年的一份微薄的献礼。

　　感谢国家新闻出版总署和中国作家协会的提携和支持，该书列为"庆祝新中国成立 60 周年国家重点图书"和重点作品扶助项目，自愧并不合格，然关怀和美意铭记于心。人民出版社慨然承担此书的出版和印行，这种学人与出版人的业缘和情谊，也是令人难忘的。

　　本书是集体著述的成果。各章节的撰稿人为：

第一章　杨匡汉

第二章　周晓风

第三章　陈福民（第一节 1—5），王巨川（第一节 6），田美莲（第二节），萨支山（第三节 1—3），何奎（第三节 4）

第四章　刘士杰（第一节 1—4），王巨川（第一节 5—6），田美莲（第二节），李炳银（第三节）

第五章　高鉴（第一节 1—5），王巨川（第一节 6），杨鹏（第二节）

第六章　高秀芹（第一节），李洁非（第二节），徐坤（第三节 1—

4），王红旗（第三节5）

第七章　周政保（第一至四节），王巨川（第五节）

第八章　陈晓明（第一至三节），王巨川（第四节）

第九章　班澜（第一至四节），刘大先（第五节）

第十章　白烨

结　语　张文勇

本人负责整体设计、全面统筹，张文勇博士协同对全书做最后的审校、修改和定稿。

这是一部旨在回顾过去和启示来者的描述型著作。编写的初衷是：整体把握，"史""论"互动，重点析述，美文笔墨，学理点化。虽勉力而为，但疏漏、欠缺和歧误定然不免，恳望学术界、文学界和广大读者不吝赐教。

杨匡汉

2009 年 8 月于中国社会科学院文学研究所